THE TIME
TRAVELER'S ALMANAC

时 间 旅 行 者 年 鉴

II

岁 月

THE GULF OF THE YEARS

裂 隙

［美］安·范德米尔　杰夫·范德米尔／编
Ann Vandermeer　　Jeff Vandermeer

胡绍晏 雒城 姚向辉 等／译

天地出版社｜TIANDI PRESS

图书在版编目（CIP）数据

时间旅行者年鉴Ⅱ. 岁月裂隙／（美）安·范德米尔，（美）杰夫·范德米尔著; 胡绍晏等译.—成都：天地出版社，2020.4
ISBN 978-7-5455-5183-9

Ⅰ.①时… Ⅱ.①安… ②杰… ③胡… Ⅲ.①科学幻想小说 – 小说集 – 世界 Ⅳ.①I14

中国版本图书馆CIP数据核字（2019）第261898号

著作权登记号　图字：21–2017–413

SHIJIAN LÜXINGZHE NIANJIAN Ⅱ: SUIYUE LIEXI

时间旅行者年鉴Ⅱ：岁月裂隙

出品人	杨　政
作　者	[美]安·范德米尔　[美]杰夫·范德米尔
译　者	胡绍晏　雒　城　姚向辉　等
责任编辑	杨永龙　聂俊珍
装帧设计	思想工社
责任印制	葛红梅

出版发行	天地出版社
	（成都市槐树街2号　邮政编码：610014）
	（北京市方庄芳群园3区3号　邮政编码：100078）
网　址	http://www.tiandiph.com
电子邮箱	tianditg@163.com
经　销	新华文轩出版传媒股份有限公司

印　刷	北京文昌阁彩色印刷有限责任公司
版　次	2020年4月第1版
印　次	2020年4月第1次印刷
开　本	880mm×1230mm　1/32
印　张	17.25
字　数	402千字
定　价	78.00元
书　号	ISBN 978-7-5455-5183-9

目　录
CONTENTS

"我为时间旅行者举办了一场派对，不过直到派对结束后我才寄出请柬。我在那里坐了很长时间，但没有一个人来。"

——史蒂芬·霍金

（在接受 *Ars Technica* 采访时表示）

很快你就会发现，时间旅行者们总是忙到没工夫参加派对——他们参加的派对都是他们事先就知道会很好玩儿的。因为就算你能穿越时间，也并不意味着你能从拯救宇宙、守护历史、寻找真爱或者捕猎恐龙这些事中抽出时间参加派对，就为了证明一个著名物理学家的理论。实际上，成立于2150年的鲜为人知的时间保护主义者协会[1]就认为对时间旅行者来说，最不该做的事就是在这样一场派对上露面。

于是，我们中的大多数人只剩下了各种小说家提

---

[1] 给2150年及之后的读者：根据21世纪的法律，此处对时间保护主义者协会做出的任何评论以及所有评论都是不可提起诉讼的；因此，本书编辑不能按照任何现存和未来的时间旅行法规被引渡到未来。——原注

供的故事和猜想——其中有些是根据事实和自身经历创作的。这样也不赖。因为有一点是我们这些时空航行员所确信的：一个多世纪以来，读者们都为时间旅行小说痴狂，H.G.威尔斯、雷·布拉德伯里、理查德·马西森与艾萨克·阿西莫夫等作家留下的经典在现代小说中稳据一席之地。不管是惊险万分、富于警示，还是大胆冒险，这些充满想象力的"如果……会怎么样"小说总能把我们传送到异世界去，通常就从我们这个星球上出发。

对今天的读者来说，时间旅行这一概念就和太空旅行一样为人熟知。这类小说比以往任何时候都要更受欢迎，包括一些近来的畅销书，例如斯蒂芬·金的《11/22/63》、游朝凯的《科幻宇宙生存指南》与奥德丽·尼芬格的《时间旅行者的妻子》。像《神秘博士》这类标志性电视连续剧的复活助长了这一趋势。此外，时间旅行也经常与蒸汽朋克、历史小说等热门类型的元素相结合，进一步扩大其影响力。自从马德琳·英格的《时间的皱折》等经典作品出版以来，时间旅行就一直深受青少年的喜爱，延续到当下，纽伯里奖得主丽贝卡·斯特德的《当你找到我》这样的青少年小说也大为流行。与此同时，《终结者》《回到未来》《时间劫匪》《死亡幻觉》《安全没有保障》等电影也同样展现了这类故事在电影界的延展范围。

然而，奇怪的是，之前还没有哪部选集能全面展现出时间旅行小说的深度和广度。这也许跟时间保护主义者协会的第五条格言有关吧："发散、伪装、混淆、模糊、否认。"先前的大多数尝试都把注意力集中在内容优秀又主题明确的科幻小说上，其关注点一直是可怕的"时间悖论"——又或者说是"然后我发现我就是我自己的父亲"，或者"我一不小心吻了我祖母"。这可能是时间旅行小说的基础，不过也还有很多别的：比如涉及时间旅行的奇幻和恐怖小说，除了戴维·欧·马森的《途中小憩》、鲍勃·莱蒙的《鲁布》与爱丽丝·索拉·金的《黄先生的十亿个绝顶聪明的女儿》这类真正的怪奇科幻小说，还有金·纽曼的《有人在吗？》、E. F. 本森的《午夜地铁》与理查德·波威斯的《国王的面具》。

时间旅行小说也不是非得专注于造成史诗级的后果或者历史进程中大地震般的改变才行。要是你能回到过去或者去往未来，你会怎么做呢？也许你会像凯伦·哈伯《三居美景房》里的克里斯汀一样——运用这种能力来找个更好的公寓。又说不定你会用这办法逃离一个饱受战争摧残的国家，就像格雷格·伊根《迷失的大陆》里一样。[1] 你还能试试用这种能力在学校里考出更好的成绩（史蒂夫·拜因《世界上最重要的东西》），在选举中取胜（大卫·朗福德《最后的日子》），又或者为了那最隐秘又强大的原因，为了爱（帕梅拉·萨金特《倘若我要离开你》）。

你甚至连时间机器都用不着，信不信由你。时间机器的制造成本很高，而且是出了名的问题多——不仅靠不住，而且可能会被时间保护主义者协会恶意篡改。你用来挑选时代的那个转盘总是要不然就卡住，要不然就转太快，要不然就在时空走廊里堪堪撞上一块悖论卵石，就这样一去不回。一不小心，你可能就会沦落到被永远放逐到白垩纪末期一个孤独的页岩洞穴里，拿真菌给你自己和一个松鼠模样的先祖做意大利面的结局。

---

[1] 因题材敏感等因素，中文简体版未收录该篇。——编者注

所以，你没有时间机器？没关系的。你可以遵照魔鬼的旨意来穿越时间，就像马克斯·比尔博姆《伊诺克·索姆斯：19世纪末的回忆》里的伊诺克·索姆斯一样，或者你也可以吃一种特殊的植物，就像诺曼·斯宾拉德《时间的野草》里菲皮斯医生的病人一样。你甚至可以用魔法手段来进行时间旅行，就像塔姆苏恩·缪尔的《造成了十六段时间循环的房子》。这看起来可能不太科学，不过你真该看看时间保护主义者协会的宣传部门是怎么把"魔法"说成是"科学"的对立面的。然而道路是无数的，协会成员是有限的——他们不可能到处都是，什么都管。黑洞、电话、变异——这其中任何一个都足以把你从21世纪转移到列奥纳多·达·芬奇的卧室，而他本尊正偷偷穿着女装，对着镜子里的自己画《蒙娜丽莎》。

很明显，各种各样的时间旅行故事确实造成了一些编选上的困难。因此，我们把这部《时间旅行者年鉴》分了四个不同部分，每一部分都对应了一些主要的时间旅行作品。（每一部分都有非虚构作品：教育性味觉清洁剂，供您享用。）

· "实验"部分——个人或组织进行时间旅行实验或者成为实验对象的故事。

· "保守派与革命者"部分——在这些故事里，人们会努力保护过去不被改变，或者因为他们是充满好奇心的游客、学者，想要准确记录不同的时代。

· "迷宫与陷阱"部分——故事里的时间旅行悖论是重中之重，而主角们会陷入这些悖论无法自拔。

· "公报"部分——人们想离开自己所处的时间，给过去或者未来中的某个人传递消息的故事。

　　这些分类看起来都是比较稳定的，扎根于悠久的传统，但作为一种面向公众的服务，我们必须指出时间旅行小说的叙事是相当迂回的。虽然我们设法将每一个故事都锁定到了一个特定的类别之中，我们也不能保证不会出现一些异常，或者别家选集的编辑发起未来时间进攻，导致你手里的这本书不能完全匹配。甚至也可能会有虫洞和裂隙扭曲书页的本质。（举个例子，我们绝不会推荐鳗鱼皮2040版，也不会推荐"奶酪布"2079版。）

　　因此，我们希望你在深潜进这些文字中的时候，别忘了系上一根绳子或者蹦极绳。因为有些故事会把你带去别的时间和别的地点，让你沉浸其中，读过之后你可能会发现自己很难再回到属于自己的时代。

　　因为真相是，小说就是这个宇宙里最有效的时间机器之一，而且向来如此。

安·范德米尔与杰夫·范德米尔夫妇，

塔拉哈西，佛罗里达州，

来自 2013 年与 2150 年

（艾德琳／译）

一起来时间旅行吧。现在就出发。准备好了吗？

这一段后面，我会用我的Mac键盘输入一个类似复活节彩蛋的符号，看到它之后，你的大脑就会吸收它的轮廓和角度，一次形而上学的位移也即将发生，就在你两次心跳的间距内，我们将传送穿越时间。好了。开始吧。我们走。

° ¥¨ ^

我们现在已经跳到了不远的将来，你已经读过了这本书的一大部分。

我是怎么确定的？噢，是因为房间里的细微变化啊。桌上几乎察觉不到的幽灵般的微尘，空气中离子电荷的不同，光线质量的变化。不过最重要的是，我之所以敢肯定你已经读完了这本书的很大一部分，是因为只要是个头脑清醒的人拿起这本书，里面满是过去一百五十年来最出色的科幻作品，全都是由最优秀的科幻作家所创作，而"时间旅行"又以科幻小说中最具诱惑力和主题最丰富的类别而闻名，就没人拿起这本书会先读"莱恩·约翰逊的引言"。该死，只要看一看目录，我都想把我自己给翻过去。（顺便说下，想翻页就随时翻吧。我鼓励。没问题的。）

这一选集中的小说跨越了过去的一个半世纪，而这个类别滥觞于爱德华·佩奇·米切尔在威尔斯之前所写的《时钟倒转》（1881），经历了20世纪50年代（我个人最喜欢的）布拉德伯里笔下的黄金时代，进入了20世纪末科幻文学为我们描绘的文化交流图景，最终形成了这个类别在当下最优秀与最明智的声音。

从广泛的意义上看来，它是无价的，而某种程度上这本书也可以被视作一个文化年鉴。考量我们是如何运用"时间旅行"这一拥有无限可塑性的法宝来与身边不断变化的光景相结合，对书写我们的近历史来说是一个非常诱人的想法。接连阅读威尔斯的《时间机器》和布拉德伯里的《一声惊雷》会让你忍不住心一沉，因为短短几页间我们就从19世纪晚期为人类打开新世界大门的科学进步直坠入20世纪50年代人类叫嚣着要把天拉下来砸在自己那颗小头上的窘境。再几页翻到里根的20世纪80年代，在吉布森的《根斯巴克连续体》中，批判的对象（包括故事的焦点）已经不再是技术，而是一种乌托邦社会的愿景，它从消逝的神话中崛起，粉碎现代人的人性。

科幻小说会吸引你寻根究底。我知道我自己就是这样。那种"把它拆开来看看里面是怎么回事（或者看它能不能起作用）"的本能理所当然地会被这片广阔到不可思议的小说国度所吸引，毕竟科幻的一大统一要素就是某种程度上的世界观构建。在读一篇科幻小说的时候，你很清楚其内核会有一个类似齿轮结构的东西等待着你去拆解和分析，它既存在于菲利普·迪克笔下的思维谜团，也存在于阿西莫夫笔下的星际社会。要是你抵抗住了你那健康的翻页冲动（而且我很鼓励！），而且还在阅读本引言里这几段的话，我会强烈主张这一点并不是伟大的科幻小说的基本诉求，不过是个相当大的影响要素。一旦涉及时间旅行小说，这种寻根究底的本能就会更上一个台阶，但同时也是一把双刃剑（原谅我乱用差劲的比喻）。

一方面，破解时间旅行的奥秘是件美妙而必要的事。要是有人给你一个缠成一团的螺旋弹簧玩具，他们会希望你做什么？拿在手上翻来覆去看，欣赏它的缠结之美？那真是疯了。"看看我们能不能把它解开来弄清楚"，这就是它意图的一部分。一篇好看的时间旅行小说应该有一个鼓励和支持解析的内在逻辑，让你读完这篇小说就像沿着楼梯滑下去一样那么顺利。然而对于时间旅行小说的这种解析也存在着一种独特的危险。我相信解析这回事既有正确的做法也有错误的做法，而错误的做法很容易让你变成"那种人"。你知道我说的是哪种人吧。就是能在派对上跟你聊上一小时这个弹簧玩具到底哪里缠得好或者哪里缠得不好（此人的语调处于《辛普森一家》里面那个漫画男和惠特·斯蒂尔曼扮演的角色之间），但似乎并不真正喜欢玩弹簧玩具的那种人。

当我们在探讨一个故事里的"时间旅行逻辑"能否成立的时候，最重要的是要记住每个故事都是依据自己的逻辑来构建自己的故事框架。从这个意义上来说，时间旅行更像是建立在幻想基础上的小说，而不是建立在科学基础上的。时间旅行并不存在于现实世界之中，而且对于时间旅行小说究竟能不能成立，任何被广泛接受的规则都是由一帮"那种人"讨论出来的。并没有普遍意义上的"能不能成立"——也就是说，如果批评一篇时间旅行小说是因为其中的规则和现实世界的规则对不上，那跟因为木头的传导性能永远无法支撑施展魔法所需的能量而抵制《哈利·波特》又有什么区别呢？

用教条般的量尺来阅读一篇时间旅行小说也会丧失这个类别

带给寻根究底者的独特乐趣。一个好故事的内在逻辑是毫无破绽的，首尾之间的每一个字都有自己的意义。通过这种方式，时间旅行小说在读者面前呈现了一如埃舍尔画作般的奇妙文字。一步步的，埃舍尔画作中阶梯的内在逻辑（会让你觉得）不可思议又完美无缺，虽然与我们所知的可能不一样，但并不代表你必须得"试着接受，尽量享受"它，而是说它本身就是乐趣的源泉。

尽管如此，这种解析游戏带来的快乐本身并不能支撑起一个故事，更别说撑起一个繁荣发展这么多年的亚文类了。时间旅行中的某些概念可以和隐形或者飞行的能力一样帮我们拼凑起完整的自我，就像七巧板中的图案。这是一种原始精神层面上的得偿所愿。当我在梦中飞翔的时候，我不会做任何一件我在清醒时觉得很酷的事情，比如毫不费时地穿越城镇，或者破窗而入参加派对，又或者飞到帝国大厦顶上吃午餐。在我的梦中，我就只是飞翔而已，在空中翱翔的感觉就像抓挠到了某种深深根植的痒。

与亚伯拉罕·林肯碰面，捕猎恐龙，在股市中赚个盆满钵满，给年轻的自己一条建议，所有这些我们为之穿越时间的"难道不会很酷吗"的理由并没有真正触及我们为什么想要时间旅行的根本。我认为部分原因与冷酷无情的时间流逝和我们每个人被分配到的生命年限有关，我们都是从直线链条上滚下来的齿轮，从开始到不可避免的终结。在生活中，还有什么是比放根手指在链条上改变这个过程更深入人心的愿望呢？

时间旅行中还有一些非常熟悉的东西。这感觉就像是某种对我们的大脑来说完全不陌生的东西，以一种非常古怪的方式得以成立。我们的人生有多少时刻是活在过去或者未来中的呢？不管是向前看还是向后看，不管是后悔、渴望还是恐惧，就我自己而言，答案是一个羞涩的"很多"。时间旅行小说给了我们胡萝卜与大棒的双重乐趣，一方面可以让想象把我们带去只有思绪能去到的地方，重新体验完美的一天或者改变一件可怕的事情；另一方面又警告我们如果真的这样做只会招来不好的结果，而属于我们的位置始终都在当下。

不过说到底，这部选集中的所有内容只有一个绝对相同的基本要素：都是超棒作家写的超棒故事。

但这一点就不用我多说了吧。你已经读过了。我都为你感到有点难过了。要是你能回到第一次读这本书的时候，再体验一次这些精彩绝伦的故事，那该多好啊！

°Y¨^

莱恩·约翰逊

（艾德琳／译）

有关时间旅行的理论与实践

斯坦·拉夫 / 著

孟捷 / 译

我们都是时间旅行者。

但是，由于时间旅行如此普遍，就没那么有趣了。我们无时无刻不在进行时间旅行，时间旅行也因此变得单调乏味。然而，由于不能自由控制时间旅行的行程安排，我们会经历各种惊喜或失望。我们无法改变这趟旅行的速度——每小时三千六百秒，蔚为壮观——就像我们无法得知无限小数的最末位是什么数字。时间旅行未必是冒险之旅。我们每个人都被困在这辆列车上，出于实用目的，这辆列车永远不会加速，永远不会减速，也永远不会倒车。

这些无趣的事实众人皆知。但是科幻小说会问："假如……将会怎样？"从而在无趣的事实中混入一些有趣的东西。假如我们可以穿越到未来，去看看我们自己和我们现在了解的一些事物在未来都变成了什么样，那会怎样？更理想的是，假如我们可以穿越回过去，见证历史，甚至充当事后诸葛亮，让历史事件朝着对我们有利的方向发展，那又会怎样？

这些疑问为作家们创作短篇故事、图书和电影提供了肥沃的土壤，最早能追溯到马克·吐温。如果我们试着为有关时间旅行的文字作品列出一份不完全清单，恐怕少不了以下这些：H.G.威尔斯的《时间机器》、罗伯特·海茵莱茵的《进入盛夏之门》、雷·布拉德伯里的《一声惊雷》、弗里兹·雷伯的《大时代》、莱斯特·德·雷的《时间隧道》、库尔特·冯内古特的《五号屠场》、利福德·D·西马克的《庞然大物》、安妮·麦卡弗里的《龙飞》、弗雷德里克·波尔的《通向宇宙之门》、朱利安·梅的《上新世流亡系列》，以及无与伦比的道格拉斯·亚当斯的《宇宙尽头的餐馆》。有关时间旅行的电影和电视剧包括：《时光大盗》《终结者》《回到未来》《土拨鼠之日》《十二只猴子》《拜见罗宾逊一家》《穿越时空的少女》，以及一大堆《星际迷航》的剧集和电影，还有播了好几十年的《神秘博士》剧集。

你能找到许多激动人心，甚至古怪有趣的读物和视频。

然而，这一切都只是幻想吗？在稳定不变的时间旅程中一起前往未来就是我们所拥有的一切吗？有没有可能，终有一日，科学能以某种方式仿效艺术，让时间旅行——能极大改变速度和方向的真正的时间旅行——成为可能？

让我们一起来看看。

加速前进

从物理学的角度来看，在时间中加速前进是可行的。而且令人兴奋的是，这十分简单。不需要任何特殊设备，就能感受到所有主要影响。只要来一趟漫长的旅行。等你回来后，迎接你的是一大堆未完成的工作和快被挤爆的邮箱。只要离开的时间足够长（比如驻军海外或者被判入狱），等你回来时，你便会对眼前的事物感到迷惑不解。科技进步了。你认识的所有人都变了，或许他们都认不出你了。

但这种老式的时间旅行太慢了，很难满足纯粹主义者。到未来旅行的魅力之一是能比周围的朋友更先看到未来，而且无须承担衰老的代价。我们想要的是通往未来的捷径。幸运的是，阿尔伯特·爱因斯坦告诉我们，通往未来的捷径不止一种，而是有两种。根据爱因斯坦博士的理论，快速前往未来的路有两条，一条是狭义之路，另一条是广义之路。

狭义相对论

当我们在知识的海洋里快速穿梭时，
教室里的时钟在缓慢地走着。
相对论。

爱因斯坦的狭义相对论预测，当物体的运动速度接近光速时，会产生一系列奇特的效应。长度缩短，质量增加。这时候发生的事情能被处于同一时刻的观察者看见，也能被别的观察者在别的时刻看见。而且，关键是，时间慢下来了。

从20世纪初期开始，著名的思想实验"双胞胎悖论"就被用来解释以相对论速度运动时所产生的时空扭曲效应。这个实验只能在思想中完成，因为目前还无法实现。在这个思想实验中，双胞胎中的一位去太空旅行后，乘着飞船以相对论速度回到地球。由于飞行速度巨快，时间在她身上变慢了。如果她的兄弟（双胞胎不一定是相同性别）用一台功能强大的望远镜观察她，会看到她动作缓慢，墙上的时钟指针走动速度也变慢了，书桌上台灯的灯光变得更长更红了。等她旅行结束回到地球时，她度过的时间只是她兄弟度过的一小部分。她的年龄增长也比她的兄弟慢。她成功到达了未来。

如果你想问，为什么这个故事展现了悖论，那我要为你鼓掌！确实没有。你想想双胞胎姐姐用望远镜观察她的兄弟时会看到什么，悖论就产生了。对双胞胎姐姐来说，是她的兄弟正在高速运动，是她的兄弟的时钟变快了。要解决这个悖论得做一大堆数学运算：我们大学的相对论教材——封面上有头犀牛的那本——用了七页来解决这个问题。这个计算过程就留给那些有着非凡兴趣的读者作为课后习题吧，总之悖论解决了，远游归来的双胞胎姐姐的确比她的兄弟老得慢。罗伯特·海茵莱茵在他的经典作品《异星游》中用许多对双胞胎的故事来仔细探讨了"双胞胎悖论"。虽然情节有点老套，但涉及物理学的部分都是正确的。

狭义相对论最棒的一点在于，它经得起检验。这一理论已经被实验反复证明。虽然总有一些著名的物理学家热衷于戳破科幻爱好者的幻想泡泡，但连他们也无法否认我们有可能快速到达未来。

尽管并非不可能……却异常艰难。要让你的时间变得超级慢，你必须把自己加速到超级快。光速大约是每秒三十万千米。要让你的时间显著变慢，你得接近光速：考虑到百分之六十的时间膨胀，那也得达到每秒二十四万千米的速度。目前人类达到过的最快速度是每秒十一千米，那是"阿波罗号"飞船从月球上径直向地球坠落时太空舱中的宇航员所体验到的速度。即便是这样的速度也极难达到并且所费不菲，当时美国国家航空航天局从联邦政府得到的可自由支配的开支是今天的十倍，在那样的情况下，人类达到那种速度的次数也屈指可数。我们的无人驾驶航天器能达到的最快飞行速度是每秒七十千米，这是在"赫利俄斯号"太阳能计划和"伽利略号"木星探测计划中实现的。无论是载人的速度还是不载人的速度，都与每秒三十万千米相距甚远。在自然科学的另一个分支领域，我们已经能将物体加速到接近光速，但这些物体的大小不会超过一粒原子，而且粒子加速器的长度和能耗相当于一个小城镇。如果我们想应用狭义相对论来实现时间旅行，在动力推进方面还有相当长的路要走。等动力推进发展到那个程度时，我们就能到达其他恒星了，这是附带的好处。

广义相对论

广义相对论
赋予物质如下特性：
自引力强大，
能创造黑洞，
捕捉一切光的黑洞。

广义相对论提供了另一种到达未来的途径。如果你以接近或等于光速的逃逸速度靠近某物体，在外太空的观察者看来你的时钟就变慢了。这个方法完全适用，所有对此进行研究的实验，包括最近执行的高灵敏度引力探测器B航天任务，都证实这一方法可行。我们甚至可以测量出地球的重力时间膨胀效应，地球的逃逸速度只有每秒十一点二千米，与光速相差甚远。

但地球的时间不会明显变慢，太阳也不会。太阳的表面逃逸速度大约每秒六百千米，从太阳表面低空飞过并不会产生时间位移，只会造成更多灼伤。要显著影响时间的流动，你需要的是中子星或者黑洞。这些东西你在地球附近可找不到。它们具有强大的潮汐引力，能撕碎任何已知物体，包括你那软绵绵、粉嘟嘟的身体。它们可能会释放出强烈的高能辐射和磁场，强度足以使你的神经系统短路。事实上，你得非常非常靠近黑洞或中子星才能使时间慢下来，而且你还得在那儿晃悠一段时间，等待时间变慢的影响叠加到足够显著。着陆不是求生的选择，但或许你可以进入低空轨道，以每秒几百圈的速度绕着这头怪兽疯狂旋转。你将不得不忍受潮汐引力和辐射。然后，你还得离开这里，才能去享受未来的旅行，这意味着你需要一架能克服逃逸速度（接近光速）的飞行器！与狭义相对论相比，运用广义相对论来实现时间旅行棘手且冒险——不过这两种方法都得到了物理学界的认可。

倒 回

前往未来固然很棒，但是回到过去就更棒了。其中一个诱人的希望就是在股票市场上大赚一笔。

宇航员们知道，看见事物以前的样子不仅是可能的，而且是不可避免的。当我们把望远镜对准遥远的物体时，我们就是在回望历史。虽然光速快得让人看不清，但它还是花了一些时间才抵达地球上的反射镜和探测器。我们看见的月亮是一点三秒前的月亮，我们看见的太阳是八分钟前的太阳，我们看见的仙女座星系是两百五十万年前的仙女座星系。在可观测空间范围的最远处，我们能看见宇宙大爆炸的余晖：一百四十亿年前的婴儿期宇宙。

但是，在这么远的距离之外，很难看到人类感兴趣的细节，而且我们对人类历史的兴趣大过对遥远星系的兴趣。我们当中的许多人不会满足于只当一名看客，我们更想亲自参与其中。

那么，我们真的能参与历史吗？

科学给出的答案当然是，也许能。

严正警告：从这里开始，情况会变得诡异，虽然以度量标准来看相对论的时间膨胀完全正常。前往未来不仅有成熟的理论作为依据，而且有精确的实验作为支持。回到过去，却不尽然。爱因斯坦的研究没有发现任何回到过去的可能性。

　　但爱因斯坦不是唯一的，也不是最后一个聪明人。

　　当今世界上最聪明的人之一是加利福尼亚理工学院的教授基普·索恩。你也许没听说过他，但你也许听说过坐在轮椅上的天才物理学家史蒂芬·霍金。在有关相对论的问题上，基普·索恩和史蒂芬·霍金打过好几次赌。有几次都是他赢了。索恩博士是世界上研究时间机器的权威专家。他写了一部相当精彩的著作，叫《黑洞与时间弯曲：爱因斯坦的绝妙遗产》。有关时间旅行的大部分知识我都是从索恩博士的讲座和著作中学到的。

　　事实上，造出时间机器的理论可能性有几种。然而，没有一种理论得到实验数据的支持，甚至连这些理论本身也存在争议。我们必须清楚：我们将面对不可思议的工程学难题。即使理论上可行，我们也要等待超乎想象的科技进步，才能造出第一台可运行的时间机器，那将是在遥远的未来。未来，我们将以上文提到的相对论速度通勤上班。我们的孩子将在科技博览会项目中把别的行星环境改造成类似地球的样子。不过，暂且假设我们已经发展到那个阶段。

　　这当中有一种理论可能性是建造一个无限长的巨大圆筒（不仅和宇宙一样宽，而且无限长），将圆筒设置为以光速绕中轴线旋转，让一些高性能的飞行器附在上面一起旋转。环绕圆筒巨兽的某些飞行路线会回到空间中的同一位置，却到达了过去的时刻。这就是，时间机器。

然而，建造无限长的圆筒需要无限预算，科研基金可不是这么用的。不过，或许我们不需要亲自建造一个这样的圆筒。宇宙学专家猜测，早期宇宙中有自然产生的此类物体：例如被称为"宇宙弦"的线性黑洞，地球上的天文学家也许能检测到它，依据是绕宇宙弦的圈小于三百六十度。（我说过情况会变得诡异。）我不打算继续讲无限圆筒了，因为另一种方法更酷，而且和科幻小说之间有着有趣的关联。

另一位表现出色的作者是卡尔·萨根。卡尔·萨根创作小说《接触》时，想为主人公找到一种快速往返织女星和地球并且从物理学角度看似可行的方法。他想到了一种可能由先进的外星文化发展出的技术，发邮件询问基普·索恩博士的意见。索恩博士想到了另一种更好的方法，并和萨根博士分享了他的想法，萨根博士把这个想法融入小说里。

索恩的建议就是物理学界熟知的爱因斯坦-罗森桥，也就是科幻作品的生产者和消费者熟知的虫洞。（维基百科的词条上有关于"虫洞"的详细解释和照片，还用光线跟踪着色的图片展示了虫洞如何连接地球上的两个不同地方。）只需要把织女星附近的黑洞通道与地球附近的黑洞通道相连接，就搞定了！在不同星星间建造起捷径，整个宇宙任我们遨游。

等等，这听起来像在探讨超光速旅行，和时间旅行有什么关系？

密切相关。记住，爱因斯坦相对论的核心原则是：空间和时间是同一个事物的两个不同方面。一旦其中一个弯曲了，另一个也会弯曲。

索恩博士和其他理论学者认为，虫洞有可能变成时间机器。让虫洞通道的一端留在地球，另一端跟随双胞胎悖论观光团去外太空。太空旅行中的通道口经历的时间比地球上的更短。等太空旅行中的通道口返回地球后，你从一直留在地球的虫洞通道口进去，再从经历过太空旅行的通道口出来，就回到了过去。这是如假包换的时间机器。（物理学家在出版物中进行讨论时，称之为"闭合的时间型曲线"，避免媒体们在新闻头条上嚷嚷科学家发明了时间机器。）这种虫洞时间机器有所限制。两个洞口之间的时间间隔很难调整。你只能在两个洞口之间选择一个开始高速短途旅行。而且你永远无法回到建立虫洞之前的时间点，那些想借此改变早前竞选结果、体育比赛结果或战争结局的人要失望了。但你至少能用这个时间机器在华尔街赚一笔，或者刺杀某个祖先，终结外祖父悖论的哲学式讨论。

虽然广义相对论认为虫洞在理论上可以实现，但并非已成现实。要建造虫洞还有许多未知的困难需要克服。首先，每个普通的黑洞中心都有一个邪恶的奇点。任何物体只要跨过黑洞视界，必然会落入奇点，被它瓦解，与它融为一体。其次，科学家尚未研究出把两个黑洞连接起来的方法。最后，根据理论物理学家的预测，如果两个黑洞通过某种方式互相连接，由此产生的通道来不及等任何物体从中通过就会自行断开。不过，已经有无数精英投身于这些课题研究，一定会有办法克服困难。

也许科学家能从某种非普通物质中创造出两个相互连接且没有奇点的黑洞，这样就能抵消传输通道崩塌的自然趋势。理论上，带有负质量和负压的物质能够满足这一要求。没错，要建造一个可通行的虫洞，需要用到的某种物质比没有重量还轻，比真空还空。（刚才我说情况会变得诡异时，你是不是还不相信？）虽然实施这项工程需要的物质具有不真实的物理特性，工程师们把这种物质戏称为"难得元素"，但是这玩意儿实在棒极了！

在物理学研究的边缘地带似乎就存在某些施加负压的东西。神秘的"暗能量"便是其中之一，它使我们的宇宙能抵抗自身重力引起的向内收缩，从而不断加速向外膨胀。另一个是"卡西米尔效应"。也许应用"卡西米尔效应"能建立起可通行的虫洞，因此这个话题值得在此一谈。

物理学家们相信，在最微小的空间尺度和转瞬即逝的时间范围内，我们的宇宙是一团翻涌的泡沫，充满不稳定性，不断创生出一对对亚原子粒子，这些粒子在能被检测到之前就重新组合并消失。这些粒子被称作"虚粒子"。虚粒子包含了光子和电磁振荡，它们组成了光、无线电、X射线，等等。实光子和虚光子对金属类电导体的穿透性都不太好。因此，如果让两块极光滑平坦的金属表面相互靠得很近，就不会产生波长大于两块金属板间隔距离的虚光子。但在两块金属板之外是所有波长的虚光子，它们对金属板背面施加的辐射压力比金属板之间限制波长范围的虚光子所给的压力大一点点。如果所有这些稀奇古怪的情况确实存在，那就会有一股微小的力量——实际上就是负压——推着两块金属板相互靠近。

　　这种力量的确存在并已在实验中被测量到。

　　用"卡西米尔效应"建造虫洞会面临一些难题。只能进行短距离操作，而且十分脆弱。把时空敲出洞所用的锤子可没有一个坍缩的大质量恒星核那么巨大。但是，如果我们的后代要把别的行星环境改造成类似地球的样子，而我们不想被超越，那就应该努力争取。首先，我们要建造一个直径等同于冥王星轨道直径的球形金属壳，也就是一个超大型的戴森球。然后，我们再建造一个戴森球，用它环绕第一个戴森球，并小心翼翼地使两个戴森球的间隔距离保持一埃（一埃等于10的负10次方米），这个距离大约相当于一粒原子的直径。据索恩博士所言，如果我们完成了以上工作，"卡西米尔效应"会使时空弯曲，我们将分不清哪一个戴森球在里面，哪一个在外面。这样我们就能建造出穿越百亿分之一米的虫洞。不幸的是，这并非一台实用的传输装置。但这是一个真正的虫洞，如果把通道的一端送上高速旅途，也许就能把它转变为一台真正的时间机器。

回到现在

不幸的是，人类的文化水平离"先进得不可思议"还差一截，近期内不能建造俄罗斯套娃式的戴森球，更不能把它们加速到相对论速度。但这并不会削弱时间旅行的吸引力。在科幻小说领域和理论物理学领域，时间旅行仍然是值得探讨的话题。正如《接触》一例，有时这两个领域的相互作用有助于推进彼此的发展。由于我们搭乘的时间列车以每小时三千六百秒的速度不可阻挡地向前进，我们建造时间机器的那个日子也正在不可阻挡地向我们靠近。也许在时间轨道上的某个地方，人们正被送向远方，送往更遥远的未来，而在那里人们也可以被送回过去。

不准离开，不准触碰过去的任何东西！

THE TIME TRAVELER'S
ALMANAC

一声惊雷

雷·布拉德伯里 / 著

伽叶 / 译

．．．．．．．．．．．．．．．．．．．．．．．．．．．．．．

雷·布拉德伯里是20世纪最负盛名的美国作家之一。他的作品涵盖科幻、恐怖、悬疑等多个领域。布拉德伯里的很多作品被改编成漫画、电视剧以及电影。这个短篇故事最早于1952年刊登在《高利杂志》上，"蝴蝶效应"这个在科幻史上屡见不鲜的名词就是出自本文。

⚙

墙上的宣传语似乎在水光中摇曳。艾克尔斯出神地盯着这些文字，他感觉自己眼睛一眨，在短暂的黑暗中，这几行宣传语竟耀眼地显现了出来：

时间狩猎公司
带你回到过去的任何年份
说出你要的猎物
我们带你过去

你要做的只是开枪

温暖的唾液在艾克尔斯的喉咙汇集起来，他咽了咽口水，对着桌子后面的前台缓缓抬起一只手，晃了晃手中那张一万美元的支票。他的嘴部肌肉拉伸出一个微笑。

"这个狩猎能保证我活着回来吗？"

"我们什么都不保证，"前台说，"只保证有恐龙。"他转身介绍，"这位是查维斯先生，他是你此次时间旅行的狩猎向导。他会告诉你什么能打，该朝哪儿打。如果他说不准开枪，那就不准开枪。你如果不遵守指挥，就得罚款一万美元，回来之后可能还要接受政府的处罚。"

艾克尔斯的目光穿过这间宽敞的办公室，落在了一个巨大而杂乱的机器上。机器上面布满了蛇形的线路、蜂鸣的铁盒，橙色、银色、蓝色的灯光不断变换，犹如笼罩在一片极光之中。机器发出奇怪的声响，好似一堆巨大的篝火，所有的岁月、所有的羊皮纸日历、所有的时光高高垒起，在篝火中熊熊燃烧。

可只要你用手一碰，这团烈焰便会立即漂亮地倒转。艾克尔斯一字不落地记得广告上的宣传语：古老的岁月、青翠的时代，将会像一只金色火蜥蜴，从炭与灰、尘与煤中跃出，玫瑰再吐芬芳，白发重染乌黑，皱纹消失不见，一切都将重回胚芽，逃离死亡，奔向万物初始，太阳从西方升起，落入东方的灿烂之中，月亮颠倒阴晴圆缺，一切都像中国盒子般层层相套，兔子钻进魔术师的帽子，一切将重回生机，重回胚芽，重回青翠，重回开始之前。只需伸手轻碰，梦想即刻成真。

"难以置信。"艾克尔斯吸了口气，那台机器的灯光映照在他瘦削的脸上。"这可是真正的时间机器。"他摇了摇头，"这么一想，要是昨天的总统大选选错了人，我可能就得来这里逃避现实了。谢天谢地获胜的是吉斯，相信他会是个英明的美国总统。"

"是啊，"前台说，"我们走运。要是德伊切获胜，那可就是昏天暗地的独裁。这家伙是个不折不扣的大反派，宣扬军国主义、反基督、反人性、反智。不瞒你说，很多人都给我们打电话。他们半开玩笑地说，要是德伊切当了总统，他们就要重返1492年去生活。当然，逃避现实不是我们的服务项目，我们只做狩猎旅行。不管怎样，吉斯已经是总统了。现在你要关心的只有一件事——"

"打恐龙。"艾克尔斯帮他把话说完。

"准确说是霸王龙，历史上最凶猛的怪兽。把这个协议签了，到时候出了什么事，我们不负责。那些恐龙个个饿得很。"

艾克尔斯气得脸通红："这是在吓唬我吗？"

"说实话，就是这个意思。我们可不想带还没开枪就吓得直哆嗦的人上路。去年死了六个狩猎向导，还有十二个猎手送了命。我们提供的是真正的猎人追求的顶级刺激，带你回到六千万年前，猎杀史上体形最庞大的猎物。你的支票还在这儿，不想去就撕了它。"

艾克尔斯看着那张支票，他的手指抽搐了一下。

"那祝你好运。"前台说，"查维斯先生，交给你了。"

他们默默地穿过房间，拿好猎枪，走向时间机器，走向那银色金属和耀眼灯光。

首先是白天，然后是黑夜，然后又一轮白天，又一轮黑夜，然后白天黑夜飞速交替，一个星期，一个月，一年，十年！公元2055年，公元2019年，1999！1957！时间飞速向后，机器一路轰鸣。

他们戴上氧气面罩，开始测试内部通信系统。

艾克尔斯坐在软椅上摇晃着，脸色苍白，牙关紧咬。他感觉到手臂在颤抖，低头一看，自己的双手正紧紧地攥着那把新猎枪。时间机器里还有另外四个人：狩猎向导查维斯、他的助手莱斯伯伦斯，以及另外两名猎手——比林斯和克莱默。他们面面相觑地坐着，时光在他们周围飞驰。

"这些枪能打死恐龙吗？"艾克尔斯听到自己发问。

"那得看你的枪法了。"查维斯通过头盔对讲机说道，"有些恐龙有两个大脑，一个在颅内，一个在脊椎最下方。这种我们最好躲远点，除非你嫌命长。前两枪对准眼睛打，先把它们打瞎，然后再打头。"

机器继续咆哮，时间像一部倒放的电影。千万次的日出日落，千万次的月现月隐。"你们想想，"艾克尔斯说，"历史上的每一个猎人都会眼红我们。和我们的狩猎比起来，非洲简直像伊利诺伊州一样无聊。"

时间机器的速度逐渐放缓，啸叫变成了低语。最终机器停了下来。

天空中的太阳定住了。

包裹时间机器的浓雾被风吹散，此刻他们已经身处古代——不折不扣的远古时代。三个猎手，两个狩猎向导，每个人的腿上都横放着一把蓝色金属枪。

"耶稣尚未出生，"查维斯说，"摩西也还没上山和上帝聊天儿，金字塔还在土里等着被砌出来。各位记住，亚历山大、恺撒、拿破仑、希特勒，这些人都还不存在。"

众人点点头。

"这里——"查维斯先生伸手一指，"是吉斯当选总统之前六千万零两千零五十五年的丛林。"

他指着伸入绿色荒野的一条金属道，它横跨蒸汽腾腾的沼泽，穿过巨大的蕨类和棕榈植物。

"这个，"他说，"叫狩猎道，是时间狩猎公司专门为各位猎手打造的。它悬浮在地面以上六英寸的位置，几乎不会碰到草叶、花朵或者树木。这是一种反重力金属，目的就是防止你们以任何方式触碰这个远古世界。留在狩猎道上，不准离开。我再强调一遍，不准离开！不要给我任何借口！哪怕你是摔下去的，也得罚款。还有，未经我们许可，不允许随便射杀动物。"

"为什么？"艾克尔斯问。

他们坐在远古的荒野之中，一阵风带来了远处的鸟鸣，还有沥青的味道、古代盐海的味道、湿草的味道，以及血红色花朵的味道。

"因为我们不想改变未来。我们不属于过去。政府不喜欢我们来这里。为了做这门生意，我们可是花了大钱疏通关系。干时间旅行这一行得处处留心，一不小心，我们就有可能杀死了一只重要的动物，一只小鸟、一只蟑螂，甚至是一朵花，并因此摧毁物种进化中的重要一环。"

"没听懂。"艾克尔斯说。

"这么说吧，"查维斯继续说，"假设我们不小心在这里踩死一只老鼠，那就意味着这只老鼠将来所有的后代全都不存在了，对不对？"

"对。"

"那么这只老鼠的后代的后代的后代就全消失了！因为那一脚，你踩死了一只老鼠，然后十只，一千只，一百万只，十亿只老鼠，全都因你而死！"

"死就死了呗，"艾克尔斯说，"那又怎样？"

"那又怎样？"查维斯轻声哼了一鼻子，"请问那些需要靠吃老鼠为生的狐狸怎么办？少了十只老鼠，就饿死一只狐狸。少了十只狐狸，就饿死一头狮子。少了一头狮子，昆虫、秃鹫等无数亿种生命形式全都会陷入混乱和毁灭。最终引向这样一个结果：五千九百万年之后，当全世界还只有十来个原始人的时候，其中一个原始人为了填饱肚子去打野猪或者剑齿虎。但是因为老兄的那一脚，那个地区的所有剑齿虎都被你踩死了。于是这个原始人只能饿着肚子。请注意，这可不是什么可有可无的原始人！他是未来一整个国家的祖先。他的后代可以生出十个儿子，这些后代又能生出一百个儿子，由此繁衍出一整个文明。害死这一个人，你就害死了一个种族，一个民族，一整段生命史。这就好比杀死亚当的子孙。你踩在一只老鼠身上的那一脚，足以引发一次地震，它的威力能够撼动地球和命运的发展，动摇它们的根基。那一个原始人的死，就是把十亿个尚未出生的新生儿扼杀在了子宫里。罗马可能永远不会建成七丘之城，欧洲也许永远是一片黑暗森林，只有亚洲繁荣昌盛。踩死一只老鼠，你就踩塌了所有的金字塔。踩死一只老鼠，你就在历史上留下了大峡谷那样宏伟的足迹。伊丽莎白女王可能永远不会出生，华盛顿可能永远不会横渡特拉华河，美国可能根本不存在。所以千万小心，留在狩猎道上，永远不要离开！"

"我明白了。"艾克尔斯说，"照你的意思，我们连棵草都不能碰了？"

"没错。踩踏植物有可能引发难以察觉的连锁反应。在这里的任何一点小差池，都可能在六千万年的岁月中累积倍增。当然，我们的理论也有可能是错的，也许我们根本无法改变时间，也许我们只能带来极其微小的改变。死掉一只老鼠，也许只是引发一次昆虫生态不平衡，然后是一次人口比例失调，一年庄稼歉收，一段经济萧条，一次大饥荒，最终引发某个遥远国家的社会变化。或者是比这更加细小的变化，比如一次轻微的呼吸、一声低语、一根头发脱落、空气中一粒花粉坠落，除非你凑近了仔细看，否则根本无法察觉。谁知道呢。谁敢说自己无所不知？至少我们什么都不知道，我们只是猜测。但在弄清楚在时空中乱来是否会颠覆历史之前，我们最好悠着点。这个时间机器、这条狩猎道，还有你们的衣服和身体，你们知道，在狩猎开始之前都消毒了。我们之所以要戴氧气头盔，也是为了避免把细菌带入古代大气。"

"那我们怎么知道什么动物能打？"

"我们用红色颜料给猎物做了标记。"查维斯说，"今天，就在我们的旅行开始之前，我们派了莱斯伯伦斯提前搭乘时间机器过来。他来到这个特定的区域，跟踪特定的动物。"

"研究它们？"

"没错，"莱斯伯伦斯说，"我会跟进它们的一生，留意哪些动物的寿命最长，交配次数是多少。长寿的动物很少，交配也不频繁，毕竟生命短暂。如果我发现有哪只动物马上就要死了，比如被枯树砸死或是在沥青湖里淹死，我就会记录下具体的时间，具体到几时几分几秒。我会射出一枚彩弹，在它的体侧留下一块红斑，绝对很醒目。然后我会调整好我们的抵达时间，以便能在这动物死亡之前约两分钟时见到它。如此一来，我们便只会杀死没有未来的动物，反正它们以后也没机会交配。你看干我们这一行得多小心！"

"既然你今天早上就穿越了时空，"艾克尔斯急切地问，"你肯定碰上我们了吧？狩猎的结果怎样，成功吗？我们都活下来了吗？"

查维斯和莱斯伯伦斯交换了个眼神。

"这就是个悖论了，"莱斯伯伦斯说，"时间不允许出现这种混乱场面，不会让你自己碰见自己。如果碰到类似的情况，时间就会靠边站，就好像飞机穿过气阱一样。在我们停下来之前，你有没有感觉到时间机器颠簸了一下？那就是我们穿过了正在返回未来的我们。我们什么也没看到，所以没法儿判断这次冒险是否成功，我们是否满载而归，或者我们——包括你在内，艾克尔斯先生——是否安然无恙。"

艾克尔斯露出一个无力的笑容。

"够了，"查维斯厉声说道，"所有人都站起来！"

他们准备要离开时间机器了。

丛林高大而广袤，丛林就是整个世界，亘古不变。天空中到处是音乐般的、篷布飞舞般的声音，那些都是扑扇着巨大灰色翅膀的翼龙，还有幻觉和梦魇中才会见到的巨型蝙蝠。艾克尔斯走在狭窄的狩猎道上，漫不经心地端着枪到处瞄。

"给我住手！"查维斯说，"别拿枪口到处瞄，该死的，万一不小心走火——"

艾克尔斯又一次气得脸通红："不是说有霸王龙吗？"

莱斯伯伦斯看了下手表："就在前面，六十秒后我们就能看到它的踪迹了。注意找那块红斑！在我们下令之前千万别开枪。留在狩猎道上，我再说一遍，留在狩猎道上！"

众人在晨风中继续前进。

"真是奇怪，"艾克尔斯嘴里咕哝，"往后六千万年，大选已经结束了，吉斯当上了总统，所有人都在庆祝。而我们却在这里，数千万年就这么不见了，他们都不存在。我们纠结几个月的事情、苦恼一辈子的事情，根本还没出现，也还没有人想到。"

"各位，打开保险！"查维斯命令道，"你，艾克尔斯，你来第一枪。第二枪，比林斯，第三枪，克莱默。"

"老虎、野猪、水牛、大象，什么猛兽我没打过？可现在，"艾克尔斯说，"我居然抖得像个孩子。"

"啊！"查维斯说。

所有人应声站住。

查维斯抬起一只手。"就在前方，"他小声说，"在迷雾里面，就在那儿，我们的陛下驾到了。"

在广袤的丛林里，鸟鸣啁啾、花草窸窣，私语声、叹息声，无处不在。

突然间，一切戛然而止，仿佛有人关上了一扇门。

死寂。

一声惊雷！

一百码外的迷雾之中，走出了一头霸王龙。

"它，"艾克尔斯小声说，"它……"

"嘘！"

它油滑而富有弹性的双腿迈着大步走来。这头参天巨兽比大部分树木还高出三十英尺，宛如一尊可怕的邪神。它那双纤细灵巧的爪子收在油腻腻的胸前，两条小腿像两根活塞，数千磅的白骨包裹在粗壮结实的肌肉之中，外面覆着一层卵石般富有光泽的皮肤，像是披在彪悍武士身上的锁子甲。它的每一条大腿都是由成吨的肉、白骨和钢筋铁网般的皮肤构成。它那巨大的上身随着呼吸起伏，两只精致的手臂向前探出，一对爪子能把一个大活人像玩具一样拿在手上把玩。它的脖子像蛇一样蜷曲着，它的头好像一尊成吨重的石雕，却能够轻松地伸向天空。它的嘴巴咧开，露出成排匕首般锋利的牙齿。鸵鸟蛋大小的眼睛骨碌碌打转，眼神中除了饥饿别无他物。它闭上嘴巴，保持着一个死亡的微笑。它跑动时，强劲的下身碾碎沿途的树木，长着巨爪的双脚踏进潮湿的土地，留下六英寸深的足迹。它跑步的姿态如跳芭蕾舞一般轻盈优雅，让人简直不敢相信这是一头重达十吨的巨兽。它警觉地走进一片照得到太阳的区域，伸出那双漂亮的爬行类动物的爪子，感受空气的运动。

"天哪，天哪，"艾克尔斯的嘴抽搐着，"它伸手就能够到月亮。"

"小声点！"查维斯生气地扭过头来，"它还没看见我们。"

"我们杀不死它的。"艾克尔斯轻声断言，仿佛这已经是不争的事实，仿佛他综合多方证据，这就是他审慎的判断。此刻他手中的猎枪简直像是玩具。"我们居然会来这里，太傻了，这东西根本杀不死。”

“闭嘴！”查维斯小声呵斥。

“这简直是噩梦。”

“你给我回去，”查维斯命令道，“安安静静走回时间机器里。我们会退还你一半的费用。”

“我真没料到它个头儿会这么大，”艾克尔斯说，“是我失算了，现在我只想回去。”

“它看到我们了！”

“它的胸口有一块红斑！”

霸王龙站起来，铁甲般的皮肤像数千枚的绿色钱币闪闪发亮。这些钱币被黏液锈蚀，冒着热气。在这些黏液中，蠕动着无数细小的虫子，所以即便这头巨兽一动不动，它庞大的身躯仍仿佛在不停地抽动颤抖。它吐出一口气，生肉的恶臭顿时在丛林中弥散开来。

“赶紧带我走，”艾克尔斯说，“这还真是头一回，以往他们都能保证我活着回去，以往我都有称职的向导、愉快的狩猎，还有安全保障。可这次我想错了。这次我碰上对手了，这点我承认。这场面我根本控制不住。”

“别跑，”莱斯伯伦斯说，“掉头回去，躲到时间机器里。”

“好的。”艾克尔斯似乎已经麻木了。他看着自己的双脚，好像在努力驱使它们移动。接着他发出一声无助的哀叹。

“艾克尔斯！”

他拖着脚晕晕乎乎地走了起来。

“不是那边！”

突然间，那头巨兽朝他们猛扑过来，仅用了六秒就跑完了一百码的距离。众人纷纷举枪射击，霸王龙张开血盆大口，呼出的黏液与血污的恶臭像一阵风暴将他们包围。那怪物一声咆哮，满口利齿在阳光下寒光烁烁。

众人再次上膛开火，但枪声淹没在这巨兽炸雷般的咆哮之中。霸王龙的尾巴高高扬起，左右猛甩，周围的树木纷纷爆裂，变成一团团枝叶碎屑。这怪物挥动着它的双爪，想要把猎人抓起，拧成两段，像挤野莓一样把他们挤碎，然后塞进它锋利的牙齿，塞进它嘶吼的喉咙。突然间，它巨石般的眼睛凑到了众人跟前，近到猎手们都能在它的眼中看到自己的模样。他们连忙冲泛着金属光泽的眼睑和闪闪发光的黑色瞳孔一阵射击。

霸王龙开始栽倒，犹如巨像倾塌、雪崩来袭。雷鸣般的巨响声中，霸王龙抓住身边的树，将它们连根拔起。它压弯、压断了金属狩猎道，众人匆忙后退躲闪。十余吨冰冷坚硬的筋肉轰然倒地。又是一阵枪声大作，这怪物扭动着结实的尾巴，巨蟒般的嘴巴抽动着，身体动弹不得。鲜血从它的喉部喷涌而出，突然它体内的某个液囊爆裂，令人作呕的液体喷了猎手们一身。所有人怔怔地站着，浑身的血污泛着微光。

雷鸣般的声音逐渐消失。

丛林恢复寂静。雪崩之后，是一片绿色的祥和，噩梦结束，就是黎明。

比林斯和克莱默在狩猎道上坐下，开始呕吐。查维斯和莱斯伯伦斯依旧站着，他们拿着尚在冒烟的猎枪，恶狠狠地咒骂。在时间机器里，艾克尔斯正趴在地上发抖。他找到了返回狩猎道的路，并且爬进了机舱。

查维斯走进时间机器。他瞄了艾克尔斯一眼，从一个金属箱里拿出棉布，回到仍然坐在狩猎道上的众人旁边。

"擦一擦。"

众人把头盔上的血迹抹掉，开始骂骂咧咧。巨兽倒在地上，活像一座坚实的肉山。凑近一点，你就可以听到它体内的叹息和低语，听到它的器官走向衰竭，血液最后一次流向脾脏，一切都在关停，永远不再开动。这就好像站在一辆失事的火车头或者临近下班的蒸汽挖土机旁边，所有的阀门要么大开，要么紧闭。它的骨头断裂，数吨重的身体失去平衡后，压断了它纤细的前肢。这堆肉山颤抖着，奄奄一息。

又是一声噼啪巨响。循声抬头望去，一根巨大的树枝因为承受不住自己的重量而下落断裂，恰好砸在这头濒死的巨兽身上，给了它一个痛快。

"很好，"莱斯伯伦斯看了看表，"正是时候，原本这头恐龙就是被这棵巨树压死的。"他看着另外两名猎手，"要和猎物合个影吗？"

"什么？"

"我们不能把猎物带回未来。尸体必须留在它原本正常死亡的位置，好让虫子、鸟、细菌去分解它，历史本该如此。我们要保持万物平衡，所以尸体必须留下。但我们可以给你们拍张和猎物的合影。"

那两人努力想要思考，但最终还是放弃了，他们摇摇头。

他们跟着向导沿金属狩猎道折返，疲惫地倒在时间机器的坐垫上。他们回头望向那头巨兽、那座已然纹丝不动的大山，奇异的远古鸟类和金色昆虫已经开始在它蒸汽腾腾的盔甲上忙碌起来。机舱地板上突然传来一声响，把所有人都吓了一跳。艾克尔斯坐了起来，浑身颤抖。

"对不起。"他好久才开口。

"给我起来！"查维斯怒斥道。

艾克尔斯站了起来。

"滚回狩猎道上去。"查维斯用枪给艾克尔斯指路。

"别想回去了，我们就把你搁这儿了！"

莱斯伯伦斯抓住查维斯的手臂："等等——"

"少管闲事！"查维斯一甩手，"这个白痴差点儿把我们所有人害死。但这还不是重点，重点是他的鞋子！你看看他的鞋子！他跑到狩猎道外面去了！这下我们完了！要罚款了！好几千美金的保险费！我们保证没有人会走出狩猎道，可他就是不听！啊，这个混蛋！我得向政府上报，他们可能会吊销我们的时间旅行营业执照。天知道他这一通乱踩，时间被搅成什么样了，历史被搅成什么样了？"

"别紧张，他只不过踩到些泥巴而已。"

"我们怎么知道？"查维斯大喊，"我们什么都不知道！一切都是未知数！艾克尔斯，你给我滚出去！"

艾克尔斯胡乱摸索着自己的衣服："要罚多少钱都可以，十万美金我也愿意！"

查维斯瞪着艾克尔斯掏出的支票本吐了口唾沫："滚出去！那怪物就在狩猎道旁边，把你的手臂伸进它嘴里再回来。"

"你这是开什么玩笑？"

"那怪物已经死了，你个白痴。我要的是子弹！子弹不能留下来。子弹不属于过去，它们可能改变任何东西。拿上我的刀，去把子弹挖出来！"

丛林再次恢复生机，满是古老的震颤和鸟鸣。艾克尔斯缓缓转身看着那一堆远古的垃圾，那座山一样的噩梦与恐惧。过了好久，他才像梦游的人一样，拖着双脚走上狩猎道。

五分钟后，浑身颤抖的艾克尔斯回来了，他的双臂到肘关节全是红色鲜血。他伸出手来，两只手中各握着好几枚子弹。然后他瘫倒在地。他就那样躺着，一动也不动。

"你没必要逼他这么做。"莱斯伯伦斯说。

"真的吗？现在下定论还为时尚早。"查维斯推了推艾克尔斯僵硬的身体，"他死不了的。下次他就不会参加这种狩猎活动了。好了，"他疲惫地向莱斯伯伦斯竖起大拇指，"启动机器，我们回去吧。"

1492。1776。1812。

他们洗干净手和脸，换掉结块的衣服和裤子。艾克尔斯爬起来四处走动，但一句话也没说。查维斯足足瞪了他十分钟。

"别这样看着我，"艾克尔斯大叫，"我什么也没做！"

"你怎么知道？"

"我只是跑出狩猎道了而已，无非是鞋子上沾了点泥巴——你想我怎样？跪下来祈祷吗？"

"我们可能真得祈祷了。我警告你，艾克尔斯，要是出了岔子，我真的会杀了你。我的枪已经准备好了。"

"我是无辜的，我什么都没做！"

1999。2000。2055。

时间机器停下来了。

"出来。"查维斯说。

他们离开时的那个房间还在，只不过和离开时不太一样。桌子还是那张桌子，前台还是那个前台，但那张桌子和那个前台又隐约有点不对劲。查维斯警觉地环视四周。

"一切正常吗？"查维斯突然问道。

"好得很。欢迎回家！"

查维斯并没有放松。他似乎在透过一扇大窗户望向外面。

"好了，艾克尔斯，给我滚吧，再也别回来了！"

艾克尔斯一动也不动。

"听见了吗？"查维斯说，"你在看什么东西？"

艾克尔斯站在那儿嗅着空气，空气中有一股特别的味道，那是一种无比细微、缥缈的化学气味，只有他的潜意识能察觉出来，并隐约发出了一声微弱的警告。四周的颜色，白色、灰色、蓝色、橙色，墙上的颜色、家具的颜色、窗外天空的颜色，都……都……而且他有一种异样的感觉。他的身体在抽动，他的双手在抽动。他站在那儿，让全身的毛孔吸吮着这种异样。似乎有人在什么地方吹响了只有狗才能听得到的哨子，而他的身体也以无声的尖叫进行了回应。在这间房间之外，在这堵墙之外，在这张不太一样的桌子和那个不太一样的前台之外，是一个街道纵横、人来人往的世界。可现在这个世界成了什么样子，谁也不知道。他能感觉到人们在墙的外面移动，就像一颗颗被热风吹动的棋子……

最先引起他注意的是写在办公室墙壁上的标语，今天他一进来就看到的那个宣传语。只不过，这段标语已经不一样了：

十间吕行工司

代你回刀过去的壬禾廿分

说出你天的列勿

我门代你回去

你天作的只是开仓

艾克尔斯跌坐在椅子里。他疯狂地抠下靴子上厚厚的软泥，用颤抖的手托起一摊："不，不可能，难道就因为这么一个小东西？不！"

泥土里埋着什么东西，泛着绿色、金色、黑色的微光，那是一只蝴蝶，非常漂亮，但已经死透了。

"就因为这么个小东西？就因为一只蝴蝶？！"艾克尔斯喊道。

那只蝴蝶落在了地上，如此精致、如此细小，却足以扰动平衡，推倒一排小多米诺骨牌，然后是大多米诺骨牌，再然后是巨型多米诺骨牌，顺着时间的长廊，一直推到今天。艾克尔斯的心拧起来了。这东西不可能改变历史的！这只蝴蝶的命就这么重要？怎么可能！

他的脸庞冰凉。他张开颤抖的嘴巴问道："昨——昨天是谁赢了总统大选？"

桌子背后的男人哈哈大笑。"开什么玩笑，你还不知道？当然是德伊切了！还能是谁？谁会选吉斯那个软蛋白痴？我们现在有了一个铁腕总统，一个真正有胆识的男人！"他停了下来，"到底怎么了？"

艾克尔斯发出一声哀号。他跪倒在地，用颤抖的手摸着那只金色蝴蝶。"我们就不能，"他向全世界、向他自己、向狩猎向导、向时间机器哀求，"我们就不能把它带回去吗？我们就不能让它活过来吗？我们就不能从头再来吗？我们就不能……"

他一动也不动，双眼紧闭，颤抖着，等待着。他听到查维斯深吸了一口气，他听到查维斯端起枪，打开保险，然后举起了武器。

一声惊雷。

人间好时节

亨利·库特纳　C.L.莫尔 / 著

姚向辉 / 译

亨利·库特纳是美国科幻奇幻小说家。他与妻子C.L.莫尔合作创作了许多故事。亨利·库特纳被认为是20世纪40年代最重要的类型作家之一。虽然他写了许多小说，但他的短篇小说最为出名。凯瑟琳·L.莫尔也是美国科幻奇幻小说作家，通常被称为C.L.莫尔。她是最早创作这两种小说的女性作家之一，并为许多其他女性幻想小说作家铺平了道路。她早期创作的故事发表在《怪谭》中。她的许多故事都是与丈夫亨利·库特纳合作写成的，不过本篇通常被单独归功于她。它于1946年首次在《惊奇科幻》杂志上发表，当时的署名是劳伦斯·欧当奈尔。《人间好时节》启发了罗伯特·西尔弗伯格的时间旅行故事——《在另一个国家》，该故事与《人间好时节》的时间背景相同，但叙述的角度不同。在后来的几年里，莫尔为电视银幕写作，最著名的作品是《马弗里克》和《日落大道77号》。

5月里美好的一天，黎明时分，三个人沿着步道走向古老的大宅。奥利弗·威尔逊身穿睡衣，在高处的窗口望着他们，互相矛盾的各种情绪隐然浮现，其中最主要的是怨恨。他并不想见到他们。

他们是外国人，他对他们只有这么多了解。他们的姓氏很不寻常：圣西斯可，用圈圈绕绕的花体写在租约上的名字似乎是奥麦利、克莱芙和科利亚，但仅凭俯视他无法根据签名分辨出谁是谁。他甚至不知道他们是男是女，他希望他们别来自太稀奇古怪的地方。

望着他们跟随出租车司机走上步道，奥利弗的心不禁微微下沉。他很希望看到这几位不受欢迎的房客身上欠缺自信，因为他打算想尽办法强迫他们退租。然而这个愿望似乎不太可能实现了。

先进来的是个男人。他身材高大，皮肤黝黑，衣着和举止都带着特别的傲慢与自负，想要培养出这种气势，你必须对人生的每一个阶段都充满信心。随后进来的是两个女人，她们正在大笑，声音甜美而轻快，面容美丽，两个人各具异国风情。然而奥利弗看见他们的头一个念头却是：有钱！

这不仅仅是因为他们的衣着毫无瑕疵得令人难以想象，每一根线条都散发着完美的气息。财富积累到一定阶段，财富本身就会失去意义。奥利弗曾经在某些少有的场合见过这种自信，就好像他们漂亮鞋子底下的地球能够转动完全是出于他们的意志。

然而此刻的景象让他有点困惑，因为看着这三个人顺着步道向上走，他觉得他们怀着万分信心穿戴的美丽衣服似乎不是他们的日常装扮。他们的动作中带着某种古怪的居高临下的感觉。

比方说那两位盛装的女士，她们脚踩雅致的高跟鞋，步态有点装腔作势，她们抬起胳膊端详袖子的剪裁，时不时在衣物内扭动身躯，就好像她们觉得这衣服很陌生，就好像她们习惯穿的衣物与此完全不同。

另外，衣物贴合身体的优雅方式即便在奥利弗看来也非同寻常。只有银幕上女演员的衣物才能如此优雅地裹在身上，因为她们可以暂停拍摄，抚平任何一条难看的褶皱，让自己永远显得完美。然而这两个女人却在随意走动，衣服上的每一条褶皱都分毫不差地随之舞动，随即又落回原位。你甚至会怀疑那衣物是不是用寻常布料剪裁的，或者是不是根据某种未知的深奥图样打造，由技艺精湛得不可思议的裁缝精心缝制，巧妙地藏住了许多条复杂的接缝。

她们似乎很兴奋，交谈的声音洪亮、清晰、甜美。她们抬头仰望万里无云的通透蓝天，黎明的粉色尚未退去。她们看着草坪里的树木，半透明的绿色树叶上还有一丝象征新生的金黄底色，发芽是不久前的事情，所以树叶边缘还有点皱巴巴的。

她们用快乐而兴奋的声音呼唤那个男人，他一开口，他的声音与她们的声音彼此呼应，混合得到的声音仿佛三个人在齐声歌唱。他们的声音和衣着一样，似乎也拥有超乎寻常的优雅感，那种感染力是奥利弗·威尔逊在这个早晨之前连做梦都无法想象的。

出租车司机取出行李，行李箱的浅色外壳非常漂亮，不怎么像皮革，箱子的线条很微妙，乍看之下像是个方块，直到搬动时才会发现它由两三件东西拼合而成，司机将它放进一个平衡性极好的滑车。滑车有磨损的痕迹，大概用得很勤。尽管行李很多，但司机似乎并不觉得重。奥利弗看见他时不时地低头看一眼，像是不敢相信似的试试分量。

其中一个女人头发乌黑，肤如凝脂，眼睛是烟蓝色的，浓密的睫毛沉甸甸地压着眼皮。然而奥利弗的视线完全被另一个女人吸引了，他盯着她沿着步道走向门口。她的头发是看起来很清爽的浅红色，她的面庞有一种柔嫩的感觉，触感肯定就像抚摩天鹅绒。她的皮肤晒成温暖的琥珀色，颜色比头发稍微深一些。

他们踏上门廊台阶，肤色白皙的女人抬头向上看。她直勾勾地望着奥利弗的眼睛，他发现她的眼睛非常蓝，还带着一丝被逗乐的神情，仿佛早就知道他在偷看。不止如此，她的眼神里还有直截了当的赞赏之意。

奥利弗一阵头晕目眩，急忙冲进房间里穿戴起来。

"我们是来度假的，"说着，黑皮肤的男人接过钥匙，"我们不希望被人打扰，我在信里已经说得很清楚了。要是我没弄错，你应该替我们雇好了厨师和女用人，对吧？我们还希望你能把自己的东西搬出去，另外……"

"等一等，"奥利弗不安地打断他，"出了些事情。我……"他犹豫了，不知道该怎么说。他们身上的特别之处愈来愈多，连说话的方式都不寻常。他们的吐字异常清晰，绝不缩略任何一个单词。他们对英语似乎和对母语一样熟悉，但他们说话就像受过训练的歌手在唱歌，呼吸控制和抑扬顿挫都完美无缺。

男人的声音里有一种冰冷感，就好像他和奥利弗之间隔着一条鸿沟，这条鸿沟实在太深，人际交往的情感不可能在上面架起桥梁。

"我在想，"奥利弗说，"我大概可以帮你们在城里找个更好的住处。这条街的对面有个——"

肤色较黑的女人说："哦，不！"她的语气里有一丝恐慌，三个人哈哈大笑。他们的笑声冰冷而疏远，没有考虑奥利弗的存在。

黑皮肤的男人说："我们很仔细地选中了这幢房子，威尔逊先生。我们没有兴趣住在其他任何地方。"

奥利弗绝望地说："我不明白为什么。这幢房子甚至不够现代化。我另外还有两幢房子，居住条件要好得多。连街对面那幢都比这幢强，至少能看清整座城市。这里什么也看不见，其他房屋遮住了视线，还有——"

"我们订了这里的房间，威尔逊先生，"男人不容分辩地说，"我们打算住进去。现在你能安排一下吗？越早搬出去越好。"

"不，"奥利弗横下心，"租约里没这条。你们付过钱，所以可以住到下个月为止，但你不能把我赶出去。我要待在这儿。"

男人张开嘴想说什么。他冷冷地看着奥利弗，想了想又闭上了嘴巴。疏离感像寒冰似的悬在两人之间，有一瞬万籁俱寂。最后，男人说："随便你。别管我们的闲事就好。"

说来奇怪，他并没有询问奥利弗为什么要这么做。奥利弗吃不准这个男人，不知道该不该解释。他没法儿大大方方地开口说："签订租约之后，有人出三倍于房子价值的价钱买这幢房子，只要能在5月末成交即可。"他也没法儿说："我要那笔钱，我会想方设法来骚扰你，直到你答应搬出去为止。"他实在想不通他们为什么会拒绝。见到他们之后，他就更觉得没道理了，因为他们肯定更习惯比这幢破败房屋好无数倍的居住条件。

真是诡异，这幢房子的价值竟然会如此水涨船高。他根本想不出会有什么理由，能让两组隐姓埋名的人如此渴望在5月末拥有它。

奥利弗默不作声地带房客上楼，安排他们住进房子前侧的三间大卧房。红发女人不加掩饰地偷偷盯着他看，视线颇为热切，兴趣底下还有某种古怪的情绪，他一时间分不清那究竟是什么，但心中非常好奇。他想，要是能和她单独聊聊该有多好啊，即便只是为了捕捉那种难以分辨的感觉，找到它确切的名字。

安排妥当以后，他下楼拿起电话打给未婚妻。

电话那头，苏的声音兴奋得有点尖细。

"奥利弗，怎么这么早？天哪，还不到六点呢。你按照我说的告诉他们了吗？他们愿意离开吗？"

"还很难说。估计没戏。再说我毕竟收了他们的钱，苏，你知道的。"

"奥利弗，他们必须要走！你必须做点什么！"

"我在努力了，苏。但我不喜欢这样。"

"他们没理由不能待在别处，对吧？咱们需要那笔钱。奥利弗，你必须想个办法。"

奥利弗望向电话上方的镜子，看到了自己烦闷的双眼，他恶狠狠地打量自己：枯草色的头发凌乱不堪，晒黑的脸庞挺讨人喜欢，但亮晶晶的胡楂儿正探头探脑。红发女人第一次见到他恰好看到他这么糟糕的样子，他觉得很抱歉。苏斩钉截铁的声音再次响起，良心苛责之下，他答道："我会努力的，亲爱的，我一定会努力的。但我确实收了他们的钱啊。"

这话没说错，他们确实付了他好大一笔钱，即便考虑到今年飙高的物价和薪水，那笔钱比几个房间加在一起的正常租金还要多。这个国家正在步入一个传奇时代，一个全民罹患欣快症的愉悦时代，日后会被称为"快乐40年代"或"黄金60年代"。你的生活会充满新鲜和刺激——只要你活着。

"好吧，"奥利弗听天由命地说，"我尽量。"

然而在接下来的几天里，他很清楚自己并没有使出浑身解数。原因有几个。从一开始，把自己变成房客的眼中钉就是苏的主意，而不是奥利弗的想法。只要奥利弗稍微坚定一点，整件事就根本不会启动了。理性当然站在苏的那一边，但别的暂且不说……

这三位房客实在太有意思了。他们的言行举止有一种奇异的颠倒感，就像镜子里的正常生活，生活本身的怪异变种。奥利弗觉得他们的思维基于截然不同的逻辑前提运作：他们似乎能从最不好笑的事情里发掘出古怪的笑点；他们高高在上，与现实之间隔着某种冰冷的疏离感，然而这一点并没有阻止他们难以解释、频繁得超出忍耐范围的大笑。

他偶尔会在他们进出房间的时候碰到他们。他们彬彬有礼，但拒人于千里之外，这并不是因为讨厌他的存在，而只是完全无所谓而已。

白天的大多数时间里，他们待在室外。艳丽的5月，天气一直很好，他们似乎放开了全部身心去享受其中的美妙，丝毫不担心雨水或寒潮会影响煦暖的淡金色阳光和馥郁的空气。他们的信心充足得让奥利弗不安。

他们每天只在家里吃一顿晚餐，对食物的反应难以预料。欢迎某几道菜的是哄堂大笑，但另几道则会激起微妙的嫌恶。举例来说，谁也不会碰色拉，而鱼类则会在餐桌周围掀起一波奇异的尴尬浪涛。

他们为每顿饭精心打扮。名叫奥麦利的男人穿上宴会装后极为俊美，然而总有点阴沉，奥利弗曾两次听见两位女士嘲笑他不得不穿一身黑。奥利弗却忽然陷入幻想，要是这位先生换上和两位女士一样的明艳衣物，似乎会更适合。不过，就算一身黑他也穿得华丽贵气，仿佛金丝银线对他来说只是日常打扮。

在家中的其他就餐时间，他们会回到各自的房间里吃饭。他们肯定从他们神秘莫名的家乡带来了堪称海量的食物。奥利弗愈来愈好奇他们究竟来自何方。令人垂涎欲滴的气味偶尔会在稀奇古怪的时间从紧闭的房门背后飘进走廊。奥利弗分辨不出那都是些什么气味，但闻起来几乎令人无法抗拒。然而也有几次，食物的气味可怕得难以形容，甚至让人作呕。奥利弗心想，能够欣赏这份颓废感的必定是美食家。而这些人无疑都是个中高手。

他们怎么能在一幢破败老宅中住得如此心满意足，这个问题时常让奥利弗辗转反侧。还有一点，他们为什么不愿意换个地方住呢？他偷窥过几次他们的房间，见到的景象委实引人入胜，房间里添置了各种各样的东西，尽管短暂的几眼看不清究竟是什么东西，但房间显然完全变了样。第一次看见他们，奥利弗就产生了一种奢靡感，这种感觉在那几眼里又得到了印证：无疑是随身携带的华贵帷幄，匆忙间瞥见的饰物和墙上的挂画，甚至还有从门缝中漏出来的一缕异国香气。

两位女士在走廊里与他擦肩而过，她们在棕色的暗影中柔软地摆动身躯，袍服完美地贴合着身体的曲线，她们的模样是那么华贵典雅、熠熠生辉，甚至不像是存在于现实之中。这种姿态源于将世界踩在脚下的信心，赋予她们犹如帝王般的超然神采，然而奥利弗却不止一次地与红发褐肤女人的蓝色眸子眼神交会，觉得在其中见到了日益增长的兴趣。她在朦胧中对他微笑，带着芬芳的气息和难以想象的尊贵气场从他身旁走过，微笑中的暖意在她远去后依然盘桓不去。

奥利弗知道她不想保持两人之间的距离，从一开始他就确信如此。待到机会来临，她会为两人独处创造条件。这个念头让他头昏目眩、神魂颠倒。除了等待他别无选择，他知道她会在她觉得合适的时候与自己见面。

第三天，他和苏在市区的一家小饭馆共进午餐，窗外即可俯瞰河对面大都市的壮美景色。苏有一头闪亮的棕色鬈发和一双棕色眼睛，就美丽的标准而言，她的下巴略微有些突出。苏从小就知道自己想要什么和如何满足心愿，在奥利弗看来，她此刻最想做的事情就是卖掉那幢房子。

"那么一幢又老又破的房子，这个价钱简直不可思议，"她大发雷霆，做了个恶狠狠的手势，"这么好的机会再也碰不到了，而且价钱这么好，我们需要这笔钱来启动家用。奥利弗，你肯定能做些什么的！"

"我正在努力。"奥利弗不安地向她保证。

"想买房子的疯女人有消息吗？"

奥利弗摇摇头："她的律师昨天打过电话，没什么新说法。我倒是很想知道她是谁。"

"我猜律师自己都不知道。神神秘秘的——奥利弗，我不喜欢这样。还有那几个圣西斯可——他们今天在干什么？"

奥利弗大笑，道："今天早上他们花了快一小时打电话给城里的各个电影院，念了一大堆三流烂片的名字问电影院有没有，他们想看里面的片段。"

"片段，为什么？"

"不知道。我觉得……呃，没什么。还要咖啡吗？"

问题是，他觉得他不知道。你没法儿把不知道当作猜想告诉苏，而苏又不了解那几个圣西斯可的古怪劲头，只会觉得奥利弗的脑袋出了问题。不过，听了他们的对话，他有个确定性的印象，那就是有个演员在所有这些电影里跑过龙套，而他们提到他的表演时的口吻几近敬畏。他们称他为"高康大"，这显然不是他的名字，因此奥利弗实在猜不到他们如此挚爱的龙套演员究竟是谁。高康大或许是他扮演过的某个角色（就几位圣西斯可的评论而言，他的演绎无疑出神入化），但对奥利弗来说，这个名字毫无意义。

"他们做了很多好玩儿的事情，"他机械地搅拌着咖啡，"昨天，奥麦利，那个男人叫奥麦利，他带着一本五年前出版的诗集进门，三个人传来传去的模样就好像那是莎士比亚的手稿。我根本没听说过那个作者，但他在他们天晓得在哪儿的祖国似乎是个半神。"

"你都不知道？他们连一点线索都没露出来？"

"我们没怎么说话。"奥利弗带着几分挖苦提醒她。

"我知道，可是——唉，算了，无所谓。接着说，他们还干了什么？"

"呃，今天上午他们要去瞻仰'高康大'和他的伟大作品，下午计划去河边某个我没听说过的神殿。天晓得在哪儿，反正不太远，因为我知道他们要回来吃晚餐。估计是什么伟人的出生地，要是能弄到的话，他们打算带些纪念品回家。他们是典型的游客没错，真希望我能弄清楚这些事背后到底有什么名堂。实在说不通。"

"和这房子有关系的事情现在都说不通。我真希望——"

苏暴躁地继续说了下去，但奥利弗忽然不再听她在说什么了，因为就在门外，一个脚踩高跟鞋的熟悉身影带着女皇般的优雅走了过去。他没看见她的面容，但他自认绝对不会认错那姿态、那柔软的线条和动作，化成灰他都认得。

"等我一分钟。"他对苏嘟囔道。她还没来得及回答，他就跳出了座椅。他六大步奔出门口，那个曼妙的身影离他仅有几步之遥。但是，他本来想说的那些话凝固在了嘴边，他默默地站在那里望着那个背影。

不是红发女人，也不是她的黑发朋友。只是一个陌生人。他无语地望着那个尊贵而可爱的背影消失在人群中，熟悉的姿态，熟悉的自信，连陌生感都很熟悉，就像那两位姓圣西斯可的女人一样，异常合身的美丽衣物对她来说似乎是充满异国风情的装束。街上的其他女人相形见绌，在经过她身边时显得心神不安。她像女皇一般越走越远，最终融入人群，消失不见。

她也来自他们的国度，奥利弗在眩晕中告诉自己。因此，附近还有其他人在这个美丽的5月天有了神秘的房客，还有其他人今天也望着来自未知国度的陌生身影徒然兴叹。

他默默地回到苏的身边。

楼上棕色微光中的走廊里，虚掩的房门诱惑着他。奥利弗不禁在靠近时放慢了脚步，他的心跳随之加快。那是红发女子的房间，他认为这扇门不是碰巧打开的。他现在已经知道了，她叫克莱芙。

门铰链轻轻地嘎吱作响，房间里一个甜美的声音慵懒地说："不进来坐坐吗？"

房间里确实完全不同了。大床被推到墙根，随随便便扔在床上的罩单垂到地面，它看起来像是柔软的皮毛，然而呈浅浅的蓝绿色，闪闪发亮的样子仿佛每根毛发的顶端都是透明水晶。皮毛上放着三本打开的书和一本看起来非常奇特的杂志，杂志在微微发光，一眼瞥去，打开那页上的图片好像是立体的。还有一个表面装饰着花朵的瓷质小烟斗，一缕纤细的烟雾悬浮在烟斗上方。

床边挂着一个宽阔的画框，里面的蓝色水面太真实了，奥利弗不禁多看了一眼，以确定画中的涟漪是不是真的在从左向右缓缓扩散。一个玻璃绳索系住的水晶球挂在天花板上。它正慢慢旋转，窗外射进来的光线在球体的另一面变成了弯角的矩形。

中央大窗下是一件看似躺椅的家具，奥利弗没见过它，只能假定它至少有一部分是可充气的，原本装在行李里。躺椅上盖着看起来非常昂贵的格子布，闪闪发光的金属图案点缀着织物表面。

克莱芙慢慢地从门口走开，沉进躺椅的怀抱之中，满足地轻声叹息。躺椅包裹住她的身躯，那感觉一定舒服得不得了。克莱芙微微扭动身体，微笑着抬头望向奥利弗。

"快请进来。过来坐下，找个能看见窗外的地方。我喜欢你们美丽的春天。你知道，文明年代没有哪个5月能和这个5月相提并论。"她说得非常认真，一双蓝眼睛望着奥利弗的眼睛，声音里有几分居高临下，就好像好天气是特别为她安排的。

奥利弗迈步走进房间，旋即停下，惊讶地低头看向地板，他觉得地板似乎不太稳当。先前他未曾注意到地毯，纯白色的地毯毫无瑕疵，会在脚底随压力下沉大约一英寸。接着，他看见克莱芙的双足是赤裸的，不，几乎是赤裸的。她穿着薄若蝉翼的半高筒靴。赤裸的脚底呈粉红色，仿佛抹过胭脂，趾甲上流光溢彩，仿佛许多面小镜子。他继续向前走，发现它们确实是许多面小镜子，他一点也不觉得惊讶，涂在趾甲上的某种漆料能够反射光线。

"请坐。"克莱芙再次开口，白色袖子里的手臂指向窗边的椅子。她身上的衣物形似短裙，柔软地下垂，剪裁得颇为宽松，但又能跟上她的每一个动作。今天她的形体有些不寻常的改变。奥利弗见过她穿着上街的正式服装，她的身体拥有宽宽的肩膀和苗条的侧腹，那是所有女人梦想的体形。但今天，她的肩膀有着天鹅般的优雅曲线，圆润柔软得让她的身体显得既陌生又诱人。

"喝茶吗？"克莱芙问道，露出动人心弦的笑容。

她身旁的矮桌上放着托盘和几个带盖的小杯子，这些器具模样可爱，蕴含着某种仿佛蔷薇石英的光泽，色彩幽深，像是内层的色泽穿过半透明外层映了出来。她拿起一个底下没有托碟的杯子递给奥利弗。

杯子在他手中感觉很脆弱，薄得像纸一样。他看不见杯里盛着什么，因为盖子遮蔽了视线，盖子仿佛和杯子合为一体，只在边缘处留下一条月牙形的窄缝。蒸汽从窄缝中冒上来。

克莱芙拿起她的杯子，倾斜着放在嘴边，她在杯沿上方对奥利弗绽放笑容。她真美丽。淡红色的头发打着卷儿，发卷的外缘如同光环，花冠般地戴在头上。每一根头发都梳理得恰到好处，就好像是用画笔绘上去的，微风不时从窗口吹来，轻轻拂着那些亮晶晶的发丝。

奥利弗尝了一口茶。它的味道非常特别，水很热，鲜花香气般的味道在舌头上盘桓不去。这是极女性化的饮料。他又尝了一口，惊讶地发现自己居然会那么喜欢它。

他每喝一口，鲜花的香气就更醇厚一分，烟雾似的在他脑海里打旋。第三口，他听见某种微弱的嗡嗡声。花间飞舞的蜜蜂，大概是，他的思维已经失去条理——再喝一口。

克莱芙笑嘻嘻地望着他。

"他们今天整个下午都不在，"她想让奥利弗安心，"我看咱们就有机会好好认识一下了。"

奥利弗惊恐地听见自己在问："你为什么那么说话？"他根本不知道这个问题是从哪儿蹦出来的，某些东西似乎让他丧失了对舌头的控制能力。

克莱芙笑得更灿烂了。她把杯子凑到嘴边，语气里有一丝迁就："'那么'是什么意思？"

他无可无不可地摆摆手，有点惊讶地发现那只手似乎有六或七根手指。

"我不知道……大概是严谨吧。比方说，你似乎从不说'从不'？"

"在我们的国家，我们从小就被教导说话要严谨。"克莱芙解释道，"就像我们被教导走路、穿衣和思考都要严谨一样。任何形式的缩略在我们小时候就被训练去掉了。对你来说……"她说得很有礼貌，"对你来说，当然不会凑巧也有这种全国性的怪癖。但对我们来说，我们有时间来享受这么做的乐趣，我们喜欢这么做。"

她的声音变得愈来愈甜美，到最后几乎无法与奥利弗脑海里花香的芬芳和茶的微妙口感区分开来。

"你们来自哪个国家？"他问，又把杯子放到嘴边，有点惊讶地发现里面的东西似乎怎么喝也喝不完。

克莱芙这次的笑容无疑是居高临下的。但他没有生气。现在什么都无法让他生气。整个房间沐浴在如同鲜花的芳香般美妙的粉色光芒之中。

"威尔逊先生，这是我们绝对不能谈起的话题。"

"但是——"奥利弗停下了。不管了，反正和他没有任何关系。"你们来度假吗？"他口齿不清地问道。

"叫朝觐也许更适合。"

"朝觐，"奥利弗的兴趣一下子被勾了起来，思维顿时恢复敏锐，"朝觐什么？"

"我不该说刚才那句话的，威尔逊先生，就当我没说过。喜欢这茶吗？"

"喜欢极了。"

"你现在该猜到了，它不完全是茶，更是一种欣快剂。"

奥利弗傻乎乎地瞪着她："欣快剂？"

克莱芙单手优雅地在空中画了个描述性的圆圈，大笑："难道没感觉到效果？肯定感觉到了吧。"

"我的感觉，"奥利弗说，"和连喝四杯威士忌的感觉差不多。"

克莱芙优雅地耸耸肩。"我们的欣快没有痛苦，更没有粗野的酒精才有的副作用。"她轻咬嘴唇，"对不起，我肯定是太欣快了，说了不该说的话。请原谅。想听音乐吗？"

克莱芙在躺椅上向后靠，伸手去摸旁边的墙壁。袖子从她晒黑的圆润手臂上滑落，露出毫无遮蔽的手腕内侧，奥利弗有些诧异地看见了一条长长的疤痕，玫瑰红色的伤疤已经褪色。芬芳的茶饮消解了他的礼数，他屏住呼吸，凑过去想看清楚。

克莱芙轻轻一抖胳膊，袖子晃回原处，疤痕随即消失。晒黑的柔嫩肌肤上涌起片片红霞，她不敢正视奥利弗的双眼。某种难以言喻的羞愧笼罩住了她。

奥利弗唐突地说："那是什么？出了什么事？"

她还是不肯看他。后来，他理解了这种羞愧，也知道了她为什么会有这个反应。但此刻他只能傻愣愣地听着她答道：

"没什么……真的没什么。只是……接种而已，我们都有。噢，别在意。听音乐吧。"

这次她伸出了另一只胳膊。她没有触碰任何东西，但当她的手刚贴近墙壁，一种声音就响彻房间。那是水声，是波浪在冲刷有坡度的漫长海滩。奥利弗跟着克莱芙的视线望向床头描绘蓝色水面的那幅画。

波浪在移动。不，不止是波浪在动，视角也在改变。海景慢慢浮动，随着波浪飘向海岸。奥利弗望着画面，几乎被催眠了，他接受了眼前的景象，觉得没有什么好惊讶的。

波浪涌动，破碎成乳白色的泡沫，在一片沙质海滩上翻腾不息。就在这时，音乐穿透水声洋溢而出，画框里的水波逐渐聚集成一个男人的面容，他朝整个房间露出亲昵的微笑。他怀抱外形奇特的古老乐器，乐器有点像鲁特琴，外壳上有明暗相间的条纹，长颈向后弯曲，搭在他的肩膀上。男人在唱歌，他唱的歌让奥利弗有点吃惊。这首歌感觉非常熟悉，但又异乎寻常。他在陌生的旋律里摸索，总算找到一丁点儿线索，顺着它回忆起了原曲，它是电影《演艺船》的插曲《信以为真》，但这条演艺船显然从未冒着蒸汽沿密西西比河逆流而上。

"他这是在干什么？"他惊愕地听了一小会儿，忍不住问她，"我从没听过类似的旋律。"

克莱芙大笑着再次伸出手臂。"我们称之为'楷聆'。别在意。喜欢吗？"她神秘地说。

他看见的是某种喜剧，一个男人化得像个小丑，眼睛大得夸张，几乎占据了半张脸。他站在黑色幕布前，身旁是一根粗大的玻璃柱，他在唱一首欢快的断音歌曲，歌中点缀了许多像是即兴演出的饶舌，同时用左手的指甲在柱子上敲打出错综复杂的音乐节拍。他边唱边绕着柱子转。指甲敲击的节奏与歌曲混合在一起，偶尔跳出去打出自己的旋律，随即又毫无间断地重新融入歌曲。

你很难领会这种表演。歌曲比念白更加难解，念白似乎在说一只遗失的拖鞋，充满了让克莱芙发出会心微笑的双关语，但对奥利弗来说仿佛天书。男人的表演风格冷淡而缺乏温情，实在不怎么好玩儿，克莱芙却似乎为之倾倒。让奥利弗觉得很有意思的是，他在男人身上看见了那种发自肺腑的自信的某种延伸或变种，正是这种自信让三位圣西斯可卓然不群。肯定是国民特性吧，他心想。

紧接着是其他表演，有些段落支离破碎，像是从整部戏里截出来的。他认出了其中之一。熟悉的激昂旋律刚一响起他就认了出来，人物随即出场，他们在正步走，雾气里有条硕大的横幅向后卷动，人物边走边有节奏地吼叫："前进，在百合旗帜下前进！"

音乐尖声细气，图像模模糊糊，颜色也不准确，但表演中有某种韵味唤醒了奥利弗的记忆。他盯着看了一会儿，想起了这部多年前的老电影。丹尼斯·金和流浪汉合唱的《流民之歌》，来自——好像是《流民之王》？

"很老的老歌，"克莱芙不好意思地说，"但是我喜欢。"

醉人茶饮的蒸汽在奥利弗和图像之间萦绕。音乐愈来愈响，穿过房间、芳香的泡沫和他欣快的大脑。没有任何东西显得奇怪了。他已经发现了该怎么饮用这种茶。它和笑气一样，效果不会无限叠加。你可以爬上欣快的顶峰，但无法提升顶峰的高度。你最好等待劲头稍微过去一点，再继续饮用。

除此之外，它拥有酒精的绝大部分效果——没多久，整个世界都融化成令人愉快的雾气，隔着这层雾气，他见到的东西一律变得令人沉醉，还有几分梦幻的感觉。他停止了提问。后来他甚至无法确定有多少内容真的是梦。

比方说，有个跳舞的人偶。他对它印象非常深刻：一个小小的、苗条的女人，鼻梁高挺，黑眼睛，凸下巴。她姿态优美地走过精致的白色地毯，地毯的绒毛高及她的膝盖。她的五官和躯体一样灵动自如，她舞步轻快，足尖每次触地都发出好听的声音，每一声都像钟声似的袅袅回响。它在跳某种正式舞步，用气音唱歌充当伴奏，同时还在做可爱的鬼脸。它肯定是某种模拟玩偶，动作和歌声都精确地模仿了原物。后来，奥利弗认定这部分是梦境。

其他还发生了什么他就记不太清了。他知道克莱芙说了什么怪异的事情，在当时都说得通，然而事后却一个字也想不起来了。他知道克莱芙端出一个透明的盘子，请他吃亮闪闪的糖果，有几颗很好吃，但有一两颗苦得他第二天想起来依然舌头打卷，还有一颗的味道甚至让他反胃，而克莱芙一点一点舔着吃得非常开心。

至于克莱芙——第二天他想破脑袋也无法确定究竟发生了什么。他似乎记得她裹着白袍的手臂挽住他后脖颈的柔软触感，而她仰着脸对他大笑，茶饮的芬芳香气随着她的呼吸扑在他脸上。但除此之外，他什么都想不起来了，至少暂时如此。

有个短暂的插曲，发生在他彻底坠入梦乡之前。他几乎可以确定自己记得一个时刻，另外两位圣西斯可低头望着他，男人皱着眉头，烟雾蓝眼睛的女人露出嘲讽的微笑。

男人的声音从极远处传来："克莱芙，你知道这么做违反了每一条规则——"他的声音刚开始是微弱的嗡嗡声，渐渐变成超出听觉范围的高音。奥利弗觉得自己记得黑衣女人的笑声：同样微弱且遥远，仿佛一群愤怒的蜜蜂。

"克莱芙，克莱芙，软心肠的小傻瓜，难道永远不能放你离开我们的视线吗？"

克莱芙的回答似乎毫无逻辑可言："在这儿啊，有什么关系呢？"

男人回答她，一开口依然是遥远的嗡嗡声："关系到你出发前签订的协议——不得干涉。你知道你签字就代表认可条款——"

克莱芙的声音比较近，也比较容易理解："但在这儿有什么区别……根本没关系！你们两个也清楚。怎么可能有关系？"

奥利弗感到她的袖子柔软地擦过自己的面颊，但他眼前只有烟雾般流淌的迟缓潮水和涌动的黑暗。他听见音乐般的声音在遥远的地方争吵，他听见他们停止了争吵。

第二天他在自己的房间里醒来，带着一段记忆醒来：克莱芙用满含抱歉的眼神望着他，她晒黑的可爱面孔俯视着他，芬芳的红发从脸蛋两侧垂下，她的眼睛里充满了悲哀和怜悯。奥利弗认为这肯定是梦中的场景，任何人都没有理由这么悲伤地看着他。

那天晚些时候，苏打电话给他。

"奥利弗，想买房子的人到了，疯婆娘和她丈夫。我可以带他们过来吗？"

奥利弗的脑袋一整天都被那些含糊、暧昧的记忆占据。克莱芙的面孔不断在眼前浮现，遮盖了现实中的房间。"什么？我……哦，好，随你便。但我不知道这能有什么用。"他说。

"奥利弗，你怎么了？你我都知道咱们需要那笔钱，对吧？我不明白你怎么能连争取都不争取就拒绝这么一个好交易。我们可以立刻结婚，买一套自己的房子，你自己也清楚，那堆老破烂无论如何也不可能卖出这个价钱。醒醒吧，奥利弗！"

奥利弗辩解道："我知道，苏——我知道。但是——"

"奥利弗，你必须要想个办法才行！"她的声音不容争辩。

他知道她说得对。无论有没有克莱芙，只要还有一丝能赶走房客的希望，这个交易就值得争取。他又开始琢磨这地方为何忽然变成了许多人的无价之宝。还有5月的最后一周到底和房屋的价值有什么关系。

好奇心陡然上涌，刺穿了他今天恍惚无比的意识。5月的最后一周极为重要，房子能不能卖掉完全取决于到时候谁住在这里。但为什么？为什么呢？

"下周到底会发生什么？"奥利弗对着听筒自言自语，"他们为什么不能等这些人离开？要是他们肯等，我宁可让掉几千……"

"让什么让！奥利弗·威尔逊，让出来的钞票够我买所有冰箱的。你一定要想出办法，赶在下周前变更产权，就这么简单。听见我说的话了吗？"

"冷静点。"奥利弗耐心地说，"我又不是超人，但我会努力的。"

"我这就带他们过去，"苏对他说，"免得撞上那几个圣西斯可。你给我想个主意出来，奥利弗。"她停顿片刻，再开口时冷静了很多，"亲爱的，他们——非常奇怪。"

"奇怪？"

"你会明白的。"

随着苏走上过道的是一位老妇人和一个非常年轻的男人。奥利弗立刻明白了是什么让苏产生了那种感觉。这两人的衣着举止都带有他已经非常熟悉的优雅和自大，他并没有觉得很惊讶。他们打量着这个美丽的、阳光灿烂的午后，神情同样充满全心全意的欢欣，还带着一丝居高临下。他们还没开口，奥利弗就知道他们的声音将多么富有音乐感，他们将多么谨慎地说清每一个单词。

不存在任何疑问。克莱芙那神秘祖国的公民正在大规模地到来——为了某个目的。为了5月的最后一周？奥利弗在心里耸耸肩，根本无从猜测——就现在而言。只有一点能够确定：来自无名之地的这些人，能够将声音控制得如同歌手，将服饰控制得如同演员，他们可以停下时间的轮盘，抚平身上衣物的每一条褶皱。

老妇人从一开始就主导了对话。他们一起站在从未油漆过的破败门廊上，苏甚至没有机会介绍大家认识。

"年轻人，我是霍菲亚夫人。这是我丈夫。"她的声音里潜藏着一丝严苛，或许来自她的年龄。她那张脸像是覆了一层膜，松弛的肌肉被某种奥利弗连猜也不敢猜的东西提拉起来，形成类似紧致的效果。妆化得异常考究，他甚至难以判断她到底有没有化妆，但有一点他敢确定，那就是她比看上去的要老很多。一辈子发号施令才能塑造出如此严苛、深沉、沉着而又悦耳的声音。

年轻人一言不发。他非常英俊。他显然是那种无论在哪种文化哪个国家里都变化不大的角色。他身穿裁制精美的衣服，戴着手套，一只手拿着一个红色的皮革盒子，盒子大约书本大小。

霍菲亚夫人继续道："我了解你这幢房子的问题。你想卖给我，但你和奥麦利及其友人有租约在先，因此从法律上被限制住了。没错吧？"

奥利弗点点头："但是……"

"让我说完。假如奥麦利能够在下周前被强迫搬出，你就愿意接受我的报价，对吧？很好。哈拉！"她朝身旁的年轻人点头示意。年轻人并拢脚跟，微微鞠躬，说："是，霍菲亚。"他将一只手伸进外衣里。

霍菲亚夫人拿起他手掌里的小东西，她伸手拿东西的姿态带着帝王气度，就好像正从她展开的手臂上下垂的是皇室礼袍。

"拿着，"她说，"这东西能够帮助我们。我亲爱的——"她把它递给苏，"你把它藏在屋里的某个地方，相信不受欢迎的房客就不会打扰你太久了。"

苏好奇地接过那东西。它是个小小的银匣子，不超过一英寸见方，顶上凹陷，没有任何接缝说明它能被打开。

"等一等，"奥利弗不安地插口道，"这是什么？"

"不会伤害任何人，我向你保证。"

"那为什么——"

帝王般的霍菲亚夫人的手轻轻一挥就止住了奥利弗的话头，她招呼苏过来："我亲爱的，去吧。动作快点，赶在奥麦利回来之前。我保证对任何人都没有危险。"

奥利弗坚决地打断她："霍菲亚夫人，我一定要知道你的计划。我——"

"哦，奥利弗，别这样！"苏抓住银色立方体，"别担心。我相信霍菲亚夫人最清楚了。你难道不希望把那些人赶出去？"

"我当然希望。但是我不想看见这房子被炸上天或者——"

霍菲亚夫人低沉的笑声里透着宽容："不会那么粗鲁，我向你保证，威尔逊先生。请记住，我们想要这幢房子！赶快，我亲爱的。"

苏点点头，快步挤过奥利弗钻进走廊。只剩下了他一个人，奥利弗只好陷入不安的沉默。名叫哈拉的年轻男人用脚随意打着拍子，愉快地享受着阳光。这是5月里一个常见的美好下午，半透明的金色阳光，芬芳的空气中还有一丝凉意，与即将来临的夏日遥相呼应。哈拉镇定自若地环顾四周，仿佛在欣赏只为他一个人准备的舞台。他抬头望着在头顶飞舞的一只工蜂，视线跟随天上金色光雾中时隐时现的跨大陆飞机。"有意思。"他满意地嘟囔道。

苏回来了，她挽住奥利弗的胳膊，兴奋地捏了捏。"好了，"她说，"多久能起作用，霍菲亚夫人？"

"不一定，我亲爱的，但不会太久。威尔逊先生，我有话要跟你说。你也住在这儿，对吧？为了你的舒适起见，请接受我的建议——"

房子里的某处，一扇门"砰"的一声关上，一个洪亮高昂的声音陡然响起，愈来愈响。随即传来的是踏在楼梯上的脚步声和歌声："别再躲藏，吾爱，到我……"

哈拉一惊，手里的红色皮革盒子险些掉在地上。

"克莱芙！"他低声说，"或者是科利亚，我知道她们两人都刚从坎特伯雷回来。但我还以为……"

"安静。"霍菲亚夫人的面容立刻变成帝王的扑克脸。她通过鼻子庄严地呼吸，抬头挺胸，对着门摆出傲慢的姿态。

克莱芙身上还是那件柔软的绒毛袍服，但今天和奥利弗上次见到的不一样，它不是白色，而是淡淡的纯净蓝色，将她晒黑的皮肤衬成杏红色。她在微笑。

"哎呀，霍菲亚！"她的声音从未这么好听，"我就觉得像从家里来的人在说话。见到你太开心了。没有人知道你也来——"她忽然停下，瞥了一眼奥利弗，随即将视线移开。"哈拉，还有你，"克莱芙说，"多么令人愉快的一个惊喜。"

苏傻乎乎地说："你什么时候回来的？"

克莱芙对她微笑，道："你一定是可爱的约翰逊小姐了。哎呀，我根本没有出去。我观光有些看够了，就留在房间里打瞌睡。"

苏吸进一口气，发出代表不相信的嗤嗤鼻息。两个女人之间划过一道闪电，她们对视了一瞬，而那一瞬就是永恒。这是个超乎寻常的停顿，秒针转动一格之内，已经发生了无数不需辞令的交会。

奥利弗看清了克莱芙对苏露出了一个什么样的笑容，那其中饱含他在这些陌生人身上时常见到的平静与自信。他看见苏飞快地评估敌手，看见苏挺胸抬头站直，抚平夏装以遮住扁平的臀部，眨眼间就摆出了骄傲的姿势，望向克莱芙。这显然是早有准备的举动。他不知所措地朝克莱芙看去。

克莱芙的肩膀温柔地垂下，她长袍的带子系在盈盈一握的纤腰上，下摆盖住丰满圆润的臀部。苏的体形更有时代气息——然而败下阵来的却是她。

克莱芙的笑容毫无变化。就在沉默之中，审美观发生了翻天覆地的变化，基础却不过是克莱芙那无比坚实的自信，那镇定自若的微笑。忽然间，时尚并非定论的说法得到了印证。克莱芙那过时的身材曲线遽然变成了标准，苏相比之下成了一个难看、嶙峋、半雄性的角色。

奥利弗不知道事情是怎么发生的。优势在一息之间从一个女人转移到了另一个女人。美丽大体而言是一种时尚，今天的美在几个世代前或几百年后或许是丑。甚至有可能比丑更可怕，或许会过时，因此隐约变得可笑。

苏就是个例子。克莱芙仅仅是发挥了她的优势，让门廊上的每个人都明白这一点。克莱芙是个美女，动人心弦、极有说服力的美女，受到公认的美女，而方肩膀、瘦巴巴的苏是个可笑的过时货，是个时代错误。她不属于当下。在这些奇异的完美人类之间，她是个怪物。

苏彻底败下阵来，但自尊心和慌乱支撑着她。或许她一直没有完全搞清楚问题出在哪儿。她朝克莱芙投去赤裸裸的妒恨眼神，当她将视线收回到奥利弗身上时，其中蕴含的是怀疑和不信任。

后来回想此刻，奥利弗认为就是在那个时刻，他第一次明确地开始怀疑真相究竟是什么。但他没有时间去思考了，因为那个争斗的瞬间刚刚过去，三位他乡来客同时开口说话，像是想要掩盖某些不欲为人所知的事情，虽说晚了一拍。

克莱芙说："多好的天气——"霍菲亚夫人说："住在这房子里是多么幸运——"而哈拉将红色皮革盒子递给克莱芙，用三个人里最响亮的声音说："森碧送给你的，克莱芙。他最新的。"

克莱芙急切地伸出双手去拿，细绒的袖子从她圆润的前臂滑下。袖子回到原位之前，奥利弗再次瞥见了那条神秘的伤痕，而就在哈拉的胳膊垂下时，他觉得在哈拉的手腕上也见到了类似一条即将消失的浅淡伤痕。

"森碧！"克莱芙叫道，声音高亢、甜美、充满喜悦，"真是太好了！什么时代？"

"来自1664年11月，"哈拉说，"伦敦，那是当然。不过我认为1347年11月应该也有某种对应物。他还没有弄完——当然了。"他紧张地看了一眼奥利弗和苏。"一个了不起的范本，"他飞快地说，"不可思议。当然了，假如你喜欢这个风格。"

霍菲亚夫人战栗了一下，动作间有着庞然大物的那种优雅。"那个男人！"她说，"引人入胜，当然了——一个伟人。但又——那么超前！"

"只有鉴赏家才能完全欣赏森碧的作品，"克莱芙略带挖苦地说，"这一点我们都必须承认。"

"哦，当然，所有人都要向他鞠躬，"霍菲亚不情愿地说，"我不得不承认，我亲爱的，他有些让我害怕。你认为他会加入我们的行列吗？"

"很难说，"克莱芙说，"假如他的，呃，作品，还没有完成，那么肯定会的。你知道森碧的口味。"

霍菲亚和哈拉同时大笑。"那么，我知道该在什么时候去找他了。"霍菲亚说。她看了一眼傻愣愣的奥利弗和认输但又怒火中烧的苏，用不容置疑的口吻把话题带回正路。

"你真是太幸运了，我亲爱的克莱芙，能占据这幢房子，"她一本正经地说，"我见过它的三维模型——事后的——那时它几乎依然完好无损，一个多么幸运的巧合。愿意分享你们的租约吗，考虑一下吧？比方说，换一个加冕礼的座位，在——"

"没有任何东西能收买我们，霍菲亚。"克莱芙喜滋滋地说，把红色盒子抱在胸前。

霍菲亚冷冰冰地望着她。"或许你会改主意的，我亲爱的克莱芙。"霍菲亚的语气依旧仿佛帝王，"还有时间，你可以通过这位威尔逊先生联系我们。我们在蒙哥马利别墅有房间，就在这条马路上，当然了，比不上你们这里，但还算不错。对我们来说，还算不错。"

奥利弗吃了一惊。蒙哥马利别墅是全城最昂贵的旅馆。比起这幢摇摇欲坠的老宅，它简直就是宫殿。这些人实在不可理喻。他们似乎是某种迥然不同的价值观的受害者。

霍菲亚夫人庄重地走向门前台阶。

"很高兴见到你，我亲爱的，"她的声音飘过精致的垫肩，"祝你们住得开心。替我向奥麦利和科利亚问好。威尔逊先生——"她朝步道摆摆头，"说句话。"

奥利弗跟着她走向马路。霍菲亚夫人走到一半停下，拍拍他的胳膊。

"一个小小的忠告，"她用沙哑的声音说，"你说你也睡在这儿？搬出来，年轻人。今晚之前搬出来。"

奥利弗漫不经心地寻找着被苏藏起来的神秘银匣，这时第一阵声音从楼上顺着楼梯井向他飘来。克莱芙关上了房门，但这幢房子已经上了年岁，来自上方的声音里有某种怪异的特质仿佛渗透了木头，连肉眼都能看见这样的浸润。

那是音乐，某种意义上的音乐。但又不完全是音乐。同时也是一种恐怖的声音，其中有不幸，也有人类对于不幸的所有反馈，从歇斯底里到心碎若死，从无理性的欣喜到理性化的听天由命。

这种不幸——是单独的。音乐并没有试图唤起人类的所有哀恸，它紧紧地盯住其中一个不放，不断向外延伸。奥利弗在一个极短的瞬间就理解了声音里的这些要素。它们是最原始的情感，这既是音乐又远远超过音乐的声音，一出现就砸进了他的大脑。

但是，等他抬起头侧耳倾听时，对这些噪声的领悟全部消失了，余下的仅仅是混乱和旋律。对它进行思考只会在脑中唤起无望的混沌，他再也捕捉不到刚开始的那种超乎理性的感受了。

他几乎是茫然地向楼上走，不太清楚自己在干什么。他推开克莱芙的房门，向内望去——事后他完全想不起来自己见到了什么，只记得一些模糊的意象，就像音乐在他脑海里唤起的感觉。半个房间消失在浓雾之中，而浓雾构成了某种三维的银幕，投射在上面的影像——他无法用语言描绘。他甚至无法确定这是不是视觉意义上的投影。浓雾随着画面和声音旋转，奥利弗看见的却既不是画面也不是声音。

这是一件艺术品。奥利弗不知该怎么称呼它。它升华了他所知道的一切艺术形式，将它们混在一起，从混合的结果中生出种种微妙之物，他的意识甚至完全无法捕捉。大体而言，这是一位艺术大师在尝试将某种磅礴的人类体验的所有方面集为一体，然后在短短的几个瞬间同时传达给每一种感官。

银幕上不停改变的影像并不是画面本身，而是引向画面的线索，是精心勾勒的轮廓线，能够拨动心弦，只需轻轻一弹，所有的和弦就响彻记忆。不同的欣赏者或许会有不同的反应，因为画面真正存在的地方是欣赏者的眼睛和意识。没有两个人会感知到同一幅合成的全景画，为每个人铺陈的却又是同一个恐怖故事。

灵动而残忍的天才之作触动了他的每一种感官。颜色、形状和动作在银幕上闪现，它们是各种各样的暗示，唤醒深埋于记忆暗处的无可名状的记忆。气味也从银幕中飘浮出来，比任何视觉讯息都更加尖锐地撞击接收者的灵魂。他身上不时冒出鸡皮疙瘩，就像被一只冰凉的手轻轻抚摩。记忆中的苦涩和甜蜜将舌头折磨得痛苦不堪。

令人无法容忍。它侵犯一个人心中隐藏得最深的隐私，揭开长久以来保护秘密的精神疤痕，将可怖的信息无情地强加在欣赏者的意识之上，意识在重压下濒临支离破碎。

然而，尽管有这些清晰的感觉，奥利弗仍然不清楚银幕描述的是什么不幸。那是多么真实、广袤、压倒性的恐惧，他对此毫不怀疑。那是曾经发生过的历史事件。浮光掠影之中，他看见人们的脸孔被悲伤、疾病和死亡扭曲——都是真正的脸孔，曾经活生生的人类，被他见到时正处于死亡的瞬间。他看见衣着华贵的男人和女人占据画面的显要位置，俯视成千上万衣衫褴褛的平民，无数人类在瞬间从眼前掠过，他看见死亡不加区分地降临在所有人头上。

他看见可爱的女人大笑着晃动鬈发，而笑声旋即化作歇斯底里的尖叫旋即又化作音乐。他一次又一次看见一个男人的面孔，一张黝黑而阴沉的长脸，布满皱纹，表情沉痛，一个老于世故的掌权者，优雅而绝望。这张面孔有一段时间是个不断重复的主题，每次出现都显得更加痛苦和绝望。

音乐在一个上升滑音中戛然而止。雾气散去，房间重新出现在眼前。一时间无论奥利弗望向何处，似乎都能看见那张痛苦的黝黑脸庞，它仿佛是印在眼睑上的残留视像。他认识那张脸。他见过那张脸，不经常见，但他肯定知道它属于谁——

"奥利弗，奥利弗——"克莱芙甜美的声音在迷茫中向他飘来。他头晕目眩地靠在门框上，低头看着她的眼睛。她似乎和他一样茫然无措。恐怖交响乐的力量还在影响他们两个人。然而即便在这个混乱的时刻，奥利弗依然能看出克莱芙刚才在享受这种体验。

他从意识深处感到难受，刚才体验到的压倒性的人类苦难让他眩晕和反胃。但克莱芙的脸上只有激赏。对她来说，这是一种无与伦比的体验，但也仅此而已。

不知为何，奥利弗想起了那颗她享受其中的难吃糖果，还有偶尔充斥走廊的古怪食物的恶心怪味。

先前她在楼下是怎么说的来着？对，鉴赏家。只有鉴赏家才能欣赏这么——这么先锋的——作品，作者是个叫森碧的人。

令人迷醉的甜蜜气味拂过奥利弗的面庞。一个凉丝丝的圆润物体被塞进他的手里。

"哎呀，奥利弗，真是抱歉。"克莱芙喃喃道，"拿着，喝一口欣快剂，你会感觉好些的。快喝一口！"

他还没意识到自己按照她说的做了，滚热甜茶的熟悉香气就出现在他的舌尖。使人松弛的味道飘浮进他的大脑，一秒顶多两秒之后，周围的世界又变得坚实。房间还是原先的房间，而克莱芙——

她的眼神非常明亮。这双眼睛里有对他的怜悯，但更多的依然是刚才那段体验所带来的愉悦。

"过来，坐下。"她温柔地说，挽起他的胳膊，"真是抱歉——我不该播放那个，不该在你能听见的地方播放。我罪无可恕，真的。我只是忘了森碧的交响乐对从未听过的人会有什么影响。我实在等不及想看他是怎么处理——他的新主题的了。奥利弗，真的非常对不起！"

"那到底是什么？"奥利弗的声音比想象中的镇定，因为茶的效力。他又喝了一口，感谢香气给自己带来的镇定和欣快。

"一个……复合的阐释，基于……唉，奥利弗，你知道我绝对不能回答问题的！"

"但是——"

"别问了……喝你的茶，忘记你见过什么，想想别的东西。来，咱们听音乐——其他类型的音乐，欢快的……"

她向窗边的墙壁伸出手，和上次一样，奥利弗看见框中的蓝色水面泛起波纹，颜色开始变淡。另一幅画面渐渐从中浮现，仿佛海面下逐渐升起的物体。

他看见一块黑色幕布，幕布前有个穿黑色紧身衣裤的男人，侧着身子不停走动，双手和面庞在黑色幕布的映衬下显得格外苍白。他有一条瘸腿，弯腰驼背，说着熟悉的台词。奥利弗看过一次约翰·巴里摩尔扮演的驼背理查，此刻见到另一个演员试图挑战这个难演的角色，他觉得稍微有点不舒服。他没见过这个演员，但此人的表演风格迷人而成熟，他对金雀花王朝末代王者的演绎令人耳目一新，有些细节甚至超出了莎士比亚本人的想象。

"算了，"克莱芙说，"不看这个，太阴沉了。"她再次伸出手。无名艺人扮演的新理查逐渐消失，取而代之的是由不断改变的图像和声音混合而成的旋涡，最终停下的画面是整整一舞台的舞蹈者，她们身穿淡彩芭蕾舞短裙，灵活地跳着某种复杂而奇异的舞步。伴奏音乐同样欢快和灵动，房子里登时满溢着快活轻松的旋律。

奥利弗放下杯子。他感觉自己镇定下来了，同时也认为欣快剂的好处已经发挥到了极点。他不想再把脑子搞成一团糨糊。有些事情他想弄明白，现在就弄明白。他考虑着该怎么打开话题。

克莱芙在观察他。"那位霍菲亚，"她忽然开口，"她想买这幢房子？"

奥利弗点点头。"她出价很高。苏会非常非常失望的，要是——"他犹豫了。也许到了最后，苏并不会失望。他想起有着神秘功能的银色小方块，考虑着要不要告诉克莱芙。不过，欣快剂还没有触及他意识的那个层次，他回想起对苏的责任，没有说下去。

克莱芙摇摇头，看着他的眼睛，视线温暖而——难道是怜悯？

"相信我，"她说，"你会发现那个其实没——那么重要。

奥利弗，我向你保证。"

他盯着她："我希望你能解释一下。"

克莱芙的笑声中更多的是哀伤而非愉悦。然而，奥利弗忽然发觉她的声音里没有了那份居高临下。不知不觉间，若有若无的喜悦从她对待他的态度中消失了，让奥麦利和科利亚有别于常人的冷静的抽离感不再存在于克莱芙的身上。他不认为这是她能够扮出来的。那种态度要么自然而然地存在，要么就完全消失殆尽。他不想去深究，忽然间，克莱芙能够与自己平等相处成了对奥利弗来说非常重要的事情，她可以拥有他对她的同样的感觉。他不愿多作思考。

他低头看着杯子——蔷薇石英的质地，弯月形的开口处冒出一缕蒸汽。这次，他心想，也许我能够让茶为我所用。因为他还记得它让人随便说话的能力有多大，而他有那么多想知道答案的问题。门廊上克莱芙和苏短暂交锋时，他忽然生出了一个念头，此刻想来实在过于荒诞。但是，有些问题还是应该能够找到答案的。

克莱芙自己打开了城门。

"今天下午我不能再喝那么多欣快剂了，"说着，她隔着手里的粉色杯子向他微笑，"它会让我打瞌睡，我们今晚要出去见朋友。"

"更多的朋友，"奥利弗问道，"从你们国家来？"

克莱芙点点头："非常亲近的朋友，我们这个星期一直在等他们。"

"真希望你能告诉我，"奥利弗唐突地说，"你们到底来自哪个国家。肯定不是这里。你们的文化和我们的太不相同——连你们的名字——"看见克莱芙在摇头，他停了下来。

"我也希望自己能告诉你，但这违反了所有的规定。规定甚至禁止我像现在这样和你交谈。"

"什么规定？"

克莱芙做了个无能为力的手势。"你问我也没用，奥利弗。"她靠回躺椅上，躺椅随着她的动作自我调整，她对他甜甜地微笑，"我们绝对不能讨论这些事情。忘了吧，听听音乐，好好享受，趁你能——"她闭上眼睛，脑袋枕在靠垫上。她开始哼唱歌曲，奥利弗看见她晒黑的浑圆喉咙轻轻鼓动。她闭着眼睛，又唱起她曾经在楼上唱过的歌曲："别再躲藏，吾爱，到我……"

在奥利弗的脑海里，一段记忆突然对上了。他没听过这个懒洋洋的古怪旋律，但他觉得自己知道这段歌词。想起霍菲亚的丈夫听见歌词时说的话，他探身向前。她不会回答太直白的问题，但也许——

"坎特伯雷真有那么暖和吗？"他问，屏住呼吸。克莱芙摇摇头，哼唱另一句歌词，但没有睁开眼睛。

"那里是秋天，"她说，"但阳光明媚，难以想象的明媚。包括人们的衣着，你知道……大家都在唱这首新歌，我怎么都忘不掉。"她又唱出一句歌词，但他几乎听不懂——是英语没错，但不是奥利弗能够理解的英语。

他忽然起身。"等一等，"他说，"我去找东西。马上回来。"

她睁开眼睛，朦胧地笑笑，还在哼唱着。奥利弗三步并作两步冲下楼，跑向图书室。楼梯有些晃晃悠悠的，不过他的脑子很清醒。他要找一本破旧的老书，字里行间还有他念大学时的笔记。他不记得要寻找的段落在哪里，只能用大拇指飞快地翻动书页，运气不错，没几分钟他就找到了目标。他又飞快地跑回楼上，胃里有一种怪异的空虚感，因为有一件事他几乎可以确定了。

"克莱芙，"他坚定地说，"我记得这首歌。我知道它在哪一年是新歌。"

她缓缓睁开眼睛，透过欣快剂的迷雾望着奥利弗。奥利弗不确定她有没有听懂。她盯着他看了很久，伸出一只包裹在绒毛袖子中的手臂，向他摊开晒黑的五指。她从喉咙深处发出笑声。

"别再躲藏，吾爱，到我……"她说。

他慢慢穿过房间，握住她的手。她温暖的手也握住了他的手。她将他向下拉，他只好在她身旁跪下，她伸出另一只手臂。她又笑了，声音非常柔和，她闭上眼睛，脸凑向他。

这是个温暖而漫长的吻，呼吸中茶饮的香气将她那份欣快也传给了他。吻结束时，她忽然用手臂软软地抱住他的脖子，变得急促的呼吸吹拂着他的面颊，他为之震惊。她的脸上有泪水，她发出的声音是抽噎。

他松开她，惊讶地俯视着她。她又哭了一两声，深深地吸气："噢，奥利弗，奥利弗——"她摇摇头，松开手臂，转过去不让他看见自己的脸。"我……我很抱歉，"她呜咽着说，"请原谅。无所谓——我知道无所谓的，但是——"

"怎么了？什么无所谓？"

"没什么，没什么……请忘记吧。什么都没有。"她从桌上拿起手帕擤鼻子，透过泪水对他笑笑。

奥利弗突然非常生气。他听够了吞吞吐吐、遮遮掩掩的话。他恶狠狠地说："你觉得我疯了吗？我知道的已经足够多了——"

"奥利弗，别这样！"克莱芙举起冒出芬芳蒸汽的杯子，"求你别再问我了。来吧，欣快才是你需要的，奥利弗。欣快，而不是答案。"

"你在坎特伯雷听见那首歌是哪一年？"他推开杯子。

她诧异地看着他，泪水在睫毛上闪闪发亮："怎么……你以为是哪一年？"

"我知道，"奥利弗不依不饶地说，"我知道这首歌在哪一年流行。我知道你刚从坎特伯雷回来——霍菲亚的丈夫是这样说的。现在是5月，但坎特伯雷是秋天，你才从那儿来，你听见这首歌是最近的事情，因为歌还在你的脑子里。乔叟的赎罪券推销人在14世纪末唱了这首歌。你见到了乔叟吗，克莱芙？许多年前的英格兰什么样？"

克莱芙盯着他的眼睛，沉默了好一会儿。她的肩膀垂下去，整个身体在柔软的蓝色袍服下变得松弛。"我真笨，"她轻轻地说，"很容易上当。你真相信——你说的话吗？"

奥利弗点点头。

她用最低的声音说："极少有人相信。这是我们的优势——旅行时的优势。我们能避开许多怀疑，因为旅行成为现实前人们都不肯相信。"

奥利弗胃里的空洞忽然大了一倍。有一个瞬间，它甚至跌出了时间本身，宇宙随之颤抖。他觉得恶心，他觉得自己赤裸裸的，茫然无助。他的耳朵嗡嗡作响，眼前的房间变得模糊。

他本来并不真的相信——直到这个瞬间。他原先期待的是某些更合理的解释，能够让他狂野的想象和怀疑化作人类可以接受的东西。而不是这个。

克莱芙用淡蓝色的手帕擦拭眼睛，露出胆怯的笑容。

"我知道，"她说，"肯定很难接受。完全颠覆了你原本的观念——而我们从小就知道，但对你……拿着，奥利弗，欣快剂能让你好受一些。"

奥利弗接过杯子，淡淡的口红印还留在弯月形的开口上。他喝了一口，感觉到眩晕的甜美在脑海中盘旋升起，轻快的香气发挥作用，他的大脑在头颅中稍微转了个方向。随着大脑的转动，他的视角和整个世界观同时发生了改变。

他开始觉得好些了。血肉回到了骨架上，温暖衣物带来的暂时性的安心感回到了血肉之中，他不再赤裸裸地站在时间的旋涡里了。

"这故事其实很简单，真的很简单，"克莱芙说，"我们——旅行。我们那个时代距离你们的时代并不遥远。不行，我不能告诉你具体有多远。但我们依然记得你们的音乐、诗歌和部分伟大的演员。我们拥有更多的闲暇时光，因此利用艺术来愉悦身心。

"我们正在完成一次巡游——拜访一年中的各个时节，人间的好时节。坎特伯雷那年的秋天是我们研究人员能够找到的最迷人的秋天。我们把这当作朝觐圣地——了不起的经历，虽说有点难以掌握。

"现在这个即将结束的5月——是有史以来最迷人的5月。一个完美的5月，一个奇妙的时代。你肯定不知道自己生活在一个多么美妙、多么愉快的时代，奥利弗。城市中弥漫着的那种特别的气氛——举国上下都充满了信心和快乐，一切都顺畅得仿佛美梦。好天气的其他5月当然也有，但要么时值战争，要么饥馑肆虐，要么是出了什么其他问题。"她踌躇片刻，做了个鬼脸，飞快地说了下去，"过几天我们要去罗马观看加冕礼，记得年份是公元800年，圣诞季节。我们——"

"但为什么呢，"奥利弗打断她，"为什么一定要这幢房子？为什么其他人想从你们手里抢走？"

克莱芙望着他。他看见泪水逐渐在她的下眼睑处积成两个小小的明亮月牙，他看见固执的表情慢慢出现在她柔和、黝黑的脸庞上。她摇摇头。

"你不能问我。"她将冒着热气的杯子递给他，"拿着，喝几口，忘记我说过的话。我不会再告诉你其他事情了，一个字都不会说。"

醒来时，奥利弗一时间完全不知道自己在哪里。他不记得自己如何离开克莱芙的房间，也不记得怎么回到的自己房间。但此时此刻他不在乎，因为惊醒他的是一种摧枯拉朽的恐惧。

黑暗中充满了恐惧，一波波惧怕和痛楚震得大脑晃动不已。他一动不动地躺着，因为过于害怕而不敢动弹，遗传自远祖的种族记忆要他躺着别出声，直到分辨出危险究竟来自何方。无名的惊恐如潮水般将他吞灭，他的脑袋被这种暴虐的感觉折磨得疼痛不已，黑暗随着疼痛以同样的节奏脉动。

有人敲门。奥麦利低沉的声音说："威尔逊！威尔逊，你醒着吗？"

奥利弗试了两次才发出声音："在……在……怎么了？"

门砰然洞开。奥麦利模糊的身影摸到电灯开关，明亮的房间忽然跃入视野。奥麦利的面孔痛得变了样，他用一只手按住脑袋，大概和奥利弗一样感觉到了有节奏的剧痛。

就在此时，还没等奥麦利再次开口，奥利弗忽然想起了霍菲亚的警告。"搬出来，年轻人。今晚之前搬出来。"他疯狂地猜测在这黑暗的大宅里威胁众人的纯粹恐惧到底是什么。

奥麦利愤怒的声音回答了奥利弗没有问出口的问题。

"有人在房子里放置了一个次声仪，威尔逊。克莱芙认为你也许知道它在哪儿。"

"次——次声仪？"

"就说是个小装置好了，"奥麦利不耐烦地解释道，"应该是个小金属盒……"

奥利弗说："噢。"奥麦利从他肯定的语气里听懂了一切。

"哪儿？"他责问道，"快说。关掉它。"

"我也不知道。"奥利弗竭尽全力才控制住不停磕碰的牙齿，"你……你是说这……这些都来自那个小盒子？"

"当然。快告诉我该上哪儿找它，免得逼疯所有人。"

奥利弗颤抖着下床，用无力的双手抓起睡袍。"我估……估计是楼下什么地方，"他说，"她……她进去的时间不长。"

奥麦利只用几个简单的问题就明白了经过。他恼怒地咬得牙齿咯咯响。

"蠢货霍菲亚……"

"奥麦利！"克莱芙的哀鸣从楼上响起，"快点，奥麦利！我再也忍不住了！噢，奥麦利，快点！"

奥利弗突然起身。不可抵挡的痛楚再次加剧，随着他的动作在颅骨里爆炸，他抓住床柱，站都站不稳了。

"你自己去找吧，"他听见自己口齿不清地说，"我连走都不……"

奥麦利本人的神经也被房间中的压力绷到极点。他抓住奥利弗的肩膀用力摇晃，恶狠狠地叫道："你让它进了门……所以你也要帮我们找到，否则……"

"那是你们世界的装置，不是我的！"奥利弗狂怒地喊道。

他觉得房间里像是忽然变得冰冷和死寂，连痛苦和恐惧都消失了一瞬。奥麦利冰冷的浅色眼睛盯着他，奥利弗几乎能感觉到其中的寒意。

"你对我们的——世界都知道些什么？"奥麦利喝问道。

奥利弗一个字都没有说，他也不需要说。他的表情肯定出卖了他。在深夜突然袭来的恐惧之中，他丧失了保守秘密的能力。

奥麦利龇出满嘴白牙，说了三个他完全听不懂的词语。接着他走向门口，怒吼道："克莱芙！"

奥利弗看见两个女人搂抱着站在走廊里，在怪异的人造恐惧浪涛中不由自主地颤抖。科利亚身穿熠熠生辉的绿色长袍，她还能控制住僵硬的身体，但克莱芙甚至连抵抗的力气都没有了。她的绒毛睡袍今晚是淡金色的。她在睡袍里瑟瑟发抖，泪水不可遏止地淌过面颊。

"克莱芙，"奥麦利的声调听起来很危险，"你昨天又欣快了？"

克莱芙害怕地瞥了一眼奥利弗，愧疚地点点头。

"你说得太多了。"这一句话就构成了完全的指控，"你知道规则，克莱芙。如果有人向权威部门举报，你将被禁止旅行。"

克莱芙忽然皱起可爱的脸孔，表现出毫无悔意的坚定。

"我知道这不对，我非常抱歉——但如果森碧不同意，你是无法阻止我的。"

科利亚无可奈何而愤怒地摊开手。奥麦利耸耸肩。"就这次而言，算你走运，没有造成大的损害，"他说，向奥利弗投去难以理解的一瞥，"但也有可能很严重。下次你就不一定这么幸运了。我必须找森碧谈谈。"

"还是先找到次声仪再说吧，"科利亚颤抖着提醒他们，"要是克莱芙害怕得没法儿帮忙，她可以先出去一会儿。我必须承认自己现在很不愿意见到她。"

"我们可以放弃这幢房子！"克莱芙狂乱地大叫，"给霍菲亚好了！你们怎么能忍耐那么久，等找到——"

"放弃？"科利亚却不同意，"你疯了吗！我们的请帖都发出去了！"

"没必要，"奥麦利说，"大家一起找肯定能找到。你觉得自己能帮忙吗？"他望向奥利弗。

奥利弗努力在席卷房间的波浪中控制住恐惧。"当然，"他说，"但我要怎么办？你们打算怎么做？"

"答案很明显，"奥麦利说，黝黑脸庞上的淡色眼睛冷漠地盯着奥利弗，"在我们离开前留你待在房子里。我们不可能做得更少了，你明白。事实上也没有理由做得更多，沉默是我们签署旅行文件时的允诺。"

"但是——"奥利弗想找到这番道理中的谬误。毫无意义。他无法清醒地思考。恐惧从包围他的空气里狂暴地扑向他的意识。"随便你吧，"他说，"先找到东西再说。"

天快亮的时候他们才找到盒子，盒子被塞在一个沙发靠垫撕开的裂缝里。奥麦利拿着它上楼，什么也没说。五分钟后，无处不在的压力陡然消失，幸福的平静重新降临。

"他们不会放弃，"奥麦利在后卧室的门口对奥利弗说，"我们必须盯着点。至于你，我必须看着你，把你留在房子里，直到周五为止。为了你个人的舒适，给你一个忠告，要是霍菲亚再耍什么把戏，请首先让我知道。我承认我不知道该怎么强迫你不要出门，但我有办法可以让你非常不舒服，尽管我更愿意接受你的保证。"

奥利弗犹豫了。压力陡然去除让他既疲倦又迟钝，他不太确定该说什么。

"我们也有不对的地方，没有确保其他人无法得到这幢房子，"过了一会儿，奥麦利又说，"和我们住在一起，你很难不起疑心。我们可以想个办法报答你的承诺，我补足你不能卖掉房子造成的损失如何？"

奥利弗思考片刻。这倒是能够安抚苏，但也意味着他必须在房子里待整整两天。不过话说回来，跑出去又有什么好处？他对别人怎么说才能避免被直接送进精神病院？

"行啊，"他疲倦地说，"我保证。"

直到周五早上，依然没有霍菲亚的音信。中午时分，苏打来电话。克莱芙熟悉她声音里的暴躁，这份暴躁听上去已经接近歇斯底里。苏眼看大把钞票无望地从她贪婪的手指间漏了出去。

克莱芙的声音让人安心。"我很抱歉，"她在苏说话的间隙中重复了很多次，"我真的很抱歉。但请相信我，你会发现其实无所谓的。我知道……我很抱歉……"

苏终于放下了电话。"女孩说霍菲亚放弃了。"克莱芙告诉其他人。

"霍菲亚？不可能。"科利亚干巴巴地说。

奥麦利耸耸肩："剩下的时间不多了。要是她还有什么企图，那肯定就是今晚。我们必须提高警惕。"

"不，今晚不行！"克莱芙惊恐地说，"连霍菲亚也不能那样做！"

"霍菲亚，我亲爱的，她做事可不像我们这么讲规矩。"奥麦利笑着说。

"但是——她难道会仅仅因为不能待在这儿就破坏事情？"

"你觉得呢？"科利亚反问道。

奥利弗不再听下去了。他们的交谈让他摸不着头脑，但他知道无论那秘密是什么，到了今晚必定会揭晓。他愿意等待。

两天以来，兴奋在房子里逐渐累积，三个人也愿意和他分享。就连仆人都感觉到了，变得紧张和缺乏自信。奥利弗已经放弃了提问——问题只会令他的房客陷入尴尬——所以，就走着瞧吧。

房子里的椅子都被拿进了三个前卧室。家具被重新安排，为椅子腾出空间，托盘上放着几十个加盖的杯子。奥利弗在其余的杯子里认出了克莱芙的蔷薇石英杯。细细的弯月开口没有蒸汽升腾，但杯子是满的。奥利弗随便拿起一个，感觉里面有沉重的液体在流动，仿佛是某种半固态的黏稠东西。

这个布置显然是在等待客人，然而通常设在九点的晚餐时间来了又去，依然没有人抵达。晚餐结束，仆人已经回家。三个圣西斯可回各自的房间换衣服，紧张的气氛渐渐升起。

晚餐后，奥利弗站在门廊上，绞尽脑汁猜测房子里渐渐高涨的期待感究竟是怎么回事。地平线上的薄雾中，一轮新月若隐若现，然而平时点缀5月夜空的闪耀群星，今夜却异常暗淡。黄昏时云层开始聚集，接连一个月不曾阴沉的好天气似乎走到了尽头。

奥利弗背后的门开了又关。他还没转身就闻到了克莱芙的香气，还有她过于喜爱的欣快剂的一丝芬芳气味。她来到他身边，悄悄地握住他的手，在黑暗中望着他的脸。

"奥利弗，"她非常温柔地说，"答应我一件事。答应我今晚别离开房子。"

"我已经答应过了。"他有些光火。

"我知道。但今天夜里——我有特别的原因希望你待在房子里。"她的头在他肩膀上搁了几秒钟，他的怒火渐渐平息。自从那晚揭破身份后，他一直没有单独见过克莱芙。他以为他们不会允许自己和她单独待在一起超过几分钟。但他知道自己永远无法忘怀那两个狂野的夜晚。他也知道此刻她很脆弱很迟钝，但她依然是克莱芙，而他正搂着她，他这辈子恐怕都不会忘记这个瞬间。

"今晚出去，你可能会——受伤，"她用发闷的声音说，"我知道到最后其实都无所谓，但是——奥利弗，记住你答应过我。"

她又离开了，门在她身后关上，他没来得及徒劳地提出心里的问题。

快到午夜的时候，客人陆续到来。奥利弗站在楼梯口，看着他们三三两两进门，他诧异于过去几周内在此处聚集的人数。如今他能够清楚地分辨出他们和当代人有什么区别。首先注意到的肯定是外在的优雅：整洁的外表，谨慎的举止，精心控制的声音。

但另一方面，他们又都是游手好闲的家伙，从某种意义上说热衷于追求感官刺激，以致他们的声音里隐藏着某种放纵感。肆意和欲念在礼貌之下隐约可见。今晚还有某种无孔不入的兴奋感。

凌晨一点，所有人在前面的房间集合。茶杯开始冒出热气，似乎是自动的，深夜的房子里充满了淡淡的稀薄香气，它和茶的气味混合在一起，在所有房间里诱发了某种欣快的感觉。

它让奥利弗感觉轻飘飘地昏昏欲睡。他下定决心要像其他人一样保持清醒，却在自己的房间里打起了瞌睡。他坐在窗口，大腿上放着一本没打开的书。

因此，当事情发生时，他有好几分钟无法确定自己是不是在做梦。猛烈得难以置信的撞击比耳朵能听到的声音更加剧烈。他感觉到整幢房子都在脚下震颤，他感觉到而不是听见木料彼此碾磨，就像断裂的骨头，这时他还在梦乡的边缘。等奥利弗彻底清醒，他发现自己躺在满地的碎玻璃之间。

他不知道自己在地上躺了多久。整个世界还没从巨响中苏醒，也可能是他的耳朵被震聋了，因为没有任何声音从任何地方传来。

他顺着走廊走向前面的房间，走到一半，外面的声音逐渐能听到了。首先是无可名状的低沉轰隆声，夹杂着远方传来的无法尽数的尖叫。奥利弗的耳膜被巨大的撞击声震得疼痛难忍，然而随着麻木的过去，他先听见了声音，然后才看见遭受荼毒的城市。

克莱芙房间的门挡住了他几秒钟。刚才剧烈的——爆炸？——震得房子挪动了位置，门框因此偏离了正轨。等他终于打开门，他只能诧异地傻瞪着漆黑一片的室内。灯光全灭了，黑暗中有许多声音紧张地交头接耳。

椅子已经从宽大的窗子前搬开，所有人都能向外张望，空气中充满了欣快剂的香味。房间里还有足够的光线，足以让奥利弗看见还有几个观望者仍然捂着耳朵，但所有人都渴望地伸着脖子向外看。

透过噩梦般的尘霾，奥利弗可以无比清晰地看见窗外的城市。他很确定街对面有一排房子应该会挡住视线，然而此刻他却能毫无阻碍地俯瞰全城，从房屋到地平线之间仿佛一幅没有边界的全景画，其中的房屋已经消失殆尽。

远处天际线的火光成了凝固的实体，低垂的云层被染成一片猩红。城市上空的天际反射地狱烈火的光芒，他因此看清了一排又一排被夷为平地的房子，而火焰开始吞噬它们，他也看见了更远处无可名状的瓦砾堆，仅仅几分钟前还是鳞次栉比的建筑，现在一切都没有了。

城市逐渐化作声音的渊薮。火焰的嚣叫最为喧杂，然而你也能清晰地分辨出人类哭号彼此交织而成的隆隆巨响，它仿佛是从远方传来的怒涛，断断续续的嘶喊在声浪缠绕的罗网中翻腾。警笛的尖啸犹如线索，将所有声音编织成恐怖的交响乐，从某个角度说，这首交响乐也拥有某种非人类的怪异美感。

克莱芙播放过的另一场交响乐的记忆刺穿了奥利弗的震惊和不敢相信，那是用音乐和画面重述的末日劫难。

他用嘶哑的声音说："克莱芙……"

窗前的群体雕像忽然活了过来。所有人都转过头来，奥利弗看见陌生的面孔盯着自己，少数几张带着羞愧，躲避他的眼神，然而大多数却是贪婪和残忍的好奇，这种表情通常出现在围观事故的群众脸上。这些人出现在此时此地却绝非意外，他们是一场巨大浩劫的观众，惨剧就在他们抵达不久后发生。

　　克莱芙摇摇晃晃地起身，险些被天鹅绒礼服绊倒。她放下杯子，步履蹒跚地走向房门，用甜美而飘忽的声音说："奥利弗……奥利弗——"他看得出来她喝醉了，同时被目睹的大变故刺激得异常兴奋，她不是很清楚自己正在干什么。

　　奥利弗听见他用不属于自己的细弱声音说："那……那是什么，克莱芙？发生了什么？发生——"但"发生"这个字眼似乎无法用来形容眼前那难以想象的全景图，他必须按捺住歇斯底里的大笑，才能挣扎着提出心中的问题。他再也说不下去了，竭力控制忽然攫住身躯的震颤。

　　克莱芙晃晃悠悠地弯腰拿起一个热气腾腾的杯子。她走到奥利弗身旁，哆哆嗦嗦地伸出手，把杯子递给他，这是她解决所有麻烦的万应良药。

　　"来，喝一口，奥利弗——我们在这儿很安全，完全安全。"她把杯子塞到奥利弗嘴边，奥利弗不由自主地喝了一大口，香气立刻开始在他的脑海里缓缓地纠缠成团，他对此心怀感激。

　　"那是颗流星，"克莱芙说，"算是颗小流星。我们在这儿很安全，这幢房子完全没有被波及。"

　　奥利弗听见自己的潜意识语无伦次地说："苏？苏怎么——"他说不下去了。

　　克莱芙又把杯子递到他嘴边："我认为她应该是安全的——暂时。来，奥利弗——忘掉所有的事情，喝下去吧。"

　　"但你们知道！"他震惊的大脑直到此刻才想通这一点，"你们可以发出警告，或者——"

　　"我们怎么能改变历史？"克莱芙问，"我们知道——但是我们能阻挡流星的坠落吗？能警告这里的市民吗？出发前我们都要发誓绝不干涉——"

　　他们不由自主地提高了音量，因为下面传来的声音愈来愈响了。城市开始哀号，火焰、哭喊和建筑坍塌的声音震耳欲聋。房间里的光线变成血红色，红色的光线和被染上红色的黑暗在墙壁和天花板上跃动。

　　楼下有一扇门砰然关上。有人大笑。那笑声高亢、嘶哑而愤怒。人群中有人惊呼，愕然的叫声此起彼伏。奥利弗想集中精神望向窗外的恐怖景象，却发现自己做不到。

　　他花了几秒钟使劲眨眼，想确定是不是自己的视觉出了问题。克莱芙轻轻哀叫，贴近他的身体。他自然而然地搂住她，庆幸自己能抱住如此温暖而坚实的血肉之躯。总算还存在他能触摸和确认其存在的事物，而除此之外的一切都仿佛噩梦。她的香水和茶饮的醉人味道同时进入他的意识，有一个瞬间，尽管无疑这将是他和她的最后一个拥抱，然而他确实忘记了世界是否正在毁灭，也不在乎房间里的气氛出了什么恐怖的问题。

　　这是视觉的丧失——并不连续，而是一系列短暂但时间愈来愈久的黑暗，黑暗的片段之间，他能瞥见房间里的其他面容，在跃动的城市光线的映照下，每一张脸都紧张而惊恐。

　　黑暗的来临愈来愈快。彼此之间只剩下瞬息的光亮，而这个瞬间也变得愈来愈短暂，黑暗则愈来愈漫长。

　　笑声从楼下顺着楼梯飘上来，奥利弗觉得自己认出了这个声音。他正想说话，附近的一扇门在他找到语言前轰然打开，奥麦利朝着楼下大喊。

"霍菲亚？"他的咆哮压过了城市的喧嚣，"霍菲亚，是你吗？"

她再次得意地大笑。"我警告过你们！"她嘶哑而严厉的声音叫道，"假如你们还想看见其他东西，就到街上和我们会合吧！"

"霍菲亚！"奥麦利绝望地叫道，"你给我关掉，否则——"

她嘲讽地大笑："否则就怎样，奥麦利？这次我藏得更好了——要是你们还想看见其他东西就到街上来！"

愤怒的沉默笼罩了整幢房子。奥利弗能感觉到克莱芙快速而兴奋的呼吸吹拂着自己的面颊，能感觉到怀抱中她身体轻柔的动作。他想让这一刻持续下去，延长到永久。刚才发生的一切过于迅速，除了他能够触摸拥抱的东西，他的脑海里还没有任何深刻的印象。他尽量温柔地抱着她，然而实际上他想紧紧地、拼命地搂住她，因为他知道这将是两人的最后一次拥抱。

令人眩晕的明暗交错还在继续。底下燃烧的城市仍在哀号，周而复始的警笛将所有声音串成一首交响乐。

黑暗中，楼下的门厅里响起了另一个声音。一个男人的声音，非常低沉而富有韵味。他说：

"这是什么？你在这儿干什么？霍菲亚——是你？"

奥利弗觉得怀中的克莱芙忽然挺直了身体。她屏住呼吸，却没有开口。沉重的脚步声爬上楼梯，这个脚步声坚实而自信，每一步都足以撼动房屋。克莱芙陡然挣脱奥利弗的拥抱。他听见她用甜美、急切的声音喊道："森碧！森碧！"她奔向新来的男人，罔顾扫过震荡房屋的光影之波。

奥利弗跟跄两步，腿弯碰到了一把椅子。他跌坐进去，将握在手里的杯子凑向嘴唇。温暖的蒸汽在他脸上凝结，他花了好一会儿才找到杯缘的开口。

他双手捧杯，喝了起来。

他睁开眼睛，房间里很暗。除了几不可闻的微弱而优美的哼唱，万籁俱寂。奥利弗与一个怪诞的噩梦争斗良久，终于把它赶出脑海意识，勉强坐了起来，身体底下一张陌生的床嘎吱作响、左右晃动。

这里是克莱芙的房间。不，不再属于克莱芙了。房间里没有了她亮闪闪的幔帐、她弹性十足的脚垫、她挂在墙上的图画。房间和她来之前一模一样，只有一件东西除外。

房间远角有一张桌子——准确地说，是一整块半透明的东西——柔和的光线从中倾泻而出。一个男人坐在桌前的矮凳上，倾身向前，光线勾勒出他厚实的肩膀。他戴着耳机，时不时在膝头的本子上写写画画，身体随着奥利弗听不见的音乐轻轻摇摆。

窗帘是放下的，从窗外传来了遥远而发闷的轰然怪声，奥利弗记得他在噩梦中也听过这个声音。他抚摩面颊，觉得热得发烫，而房间在他眼前晃动。他头痛，四肢百骸从最深处感觉不适。

床刚发出嘎吱响声，屋角的男人就转过身来，他把耳机拉到脖子上。剪短的黑色胡须之上是一张强悍而敏感的脸。奥利弗没见过他，但奥利弗早已熟识他身上的气质，也知道时间如深渊般横亘于两人之间，因此变得冷漠。

他低沉的嗓音里透出淡漠的友善。

"你喝了太多的欣快剂，威尔逊，"连他的怜悯都那么遥不可及，"你睡了好一阵。"

"多久？"奥利弗说，他觉得喉咙发紧。

男人没有回答。奥利弗尝试着摇摇头。"克莱芙好像说过不会有宿醉——"另一个念头打断了这个念头，他问，"克莱芙在哪儿？"他困惑地望向房门。

"应该已经到罗马了。欣赏千年前圣诞节查理曼大帝在圣彼得大教堂的加冕礼。"

奥利弗无法立刻理解这个念头。他剧痛的脑袋难以理清思路，他发觉思考是一件极困难的事情。他望着男人，艰难地得出结论。

"所以，他们向前走了——但你留下了？为什么？你……你就是森碧？我听过你的——复合交响乐，克莱芙是这么叫它的。"

"你只听过一部分。还没有完成。我需要——这个。"森碧朝遮蔽了屋外声浪的窗帘摇摇脑袋。

"你需要——这颗流星？"记忆艰难地从麻木的大脑深处向外爬，直到触及某个尚未被疼痛占领、还能够推理演绎的区域。"这颗流星，但是——"

森碧举起手，这一动作中蕴含的权威仿佛把奥利弗压在了床上。他耐心地说："就目前而言，最可怕的时刻已经过去。尽量忘记吧。事情已经过去好几天了。我说过你睡了好一阵，是我让你安静休息的。我知道这幢房子会很安全——至少不会毁于烈火。"

"然后呢——还有其他事情要发生？"奥利弗只能嗫嚅地提出问题。他不知道自己是不是真的想听到答案。他已经好奇了那么久，现在答案终于触手可及，脑海里有个部分却拒绝听下去。也许是因为疲倦，因为发烧，因为欣快剂效力过后必将消失的眩晕感觉。

森碧平静的声音能够安抚人心，就好像森碧不希望奥利弗继续思考。还是躺下去听他说最为轻松。

"我是一名创作者，"森碧说，"我擅长用我的手法重新阐释特定形式的灾难。我留下就是为了这个。其他人只是看热闹而已，他们来是为了这个5月的天气和壮观的奇景。灾难过后——唔，那有什么值得期待的呢？但对我来说——我自认是个鉴赏家。我认为事后的尾声更加迷人。另外，我也需要它。我需要设身处地研究它，为了我个人的目的。"

他的视线落在奥利弗身上，有一个瞬间变得异常锐利，仿佛外科医生的眼神，客观而超然。他随手拿起笔和本子。随着他的手臂抬起，奥利弗在他结实而黝黑的手腕内侧也见到了熟悉的疤痕。

"克莱芙也有那道疤痕，"他听见自己轻声说，"还有其他人。"

森碧点点头："接种。在这种环境下必须要接种。我们不希望疾病在我们的世界——我们的时代传播。"

"疾病？"

森碧耸耸肩："你不会知道那个名字的。"

"但是，既然你能够接种——"奥利弗向他伸出疼痛的手臂。他有个半成形的念头，不想让它从指尖溜走。他努力让念头在愈来愈模糊的意识中浮现出来，他使出全身的力气撑下去。

"我开始明白了。"他说，"等一等，我一直在想这件事情。你们可以改变历史？是的，你们可以！我知道你们可以。克莱芙说她必须发誓绝不干涉。你们所有人都要发誓。这难道不意味着你们可以改变你们的过去——我们的现在吗？"

森碧再次放下本子。他若有所思地打量着奥利弗，浓厚眉毛下的眼神变得阴郁而坚决。"是的，"他说，"是的，过去可以被改变，但不太容易。而且改变历史必然会影响未来。或然性的链条会演变出新的景象——难度极大，而且从未得到过许可。时空之河倾向于返回原先的道路。因此很难施加任何改变。"他耸耸肩，"理论科学。我们绝不改变历史，威尔逊。改变了我们的过去，我们的现今也会随之改变。我们的时空是我们热爱的家园。心怀不满的人当然也存在，但我们不允许他们进行时间旅行。"

奥利弗提高声音，盖过窗外的轰鸣："但是你们有这个能力！你们可以改变历史，只要你们愿意，就可以解除所有的疼痛、苦难、悲剧——"

"但一切都过去很久了。"森碧说。

"对我却是现在！是当下！"

森碧高深莫测地盯着奥利弗看了一会儿，说："都一样。"

忽然，奥利弗明白了森碧隔着多么遥远的距离望着他。从时间的角度说，远得难以想象。森碧是创作者和天才，不可避免地拥有强烈的移情能力，然而他的精神内核却处于遥远的未来。外面垂死的城市，此时此刻的整个世界，在森碧眼里并不真实，真实感的缺失来自时间的区隔。它只是一块积木，在谜一般未知的可怖未来奠定地基，用来支撑诞生了森碧的那个文化。

此刻对奥利弗来说，这个未来异常可怖。那里的所有人，包括克莱芙，都带着一丝卑鄙的气质，这种气质让霍菲亚使出她恶毒的小伎俩，希望能在流星冲进地球大气层时占据一个靠窗的座位。克莱芙、奥麦利和其他人，他们都是浅薄之辈。他们在时间中观光，但只是为了看热闹而已。日常生活是不是让他们感到厌倦或者难以满足？

至少没有到期待改变的地步。他们的时空像个完美的子宫，能够满足他们的全部需求。他们不敢改变过去，因为他们不能拿自己的现在冒险。

厌恶震撼奥利弗的心灵。回想起克莱芙嘴唇的触感，他的舌头尝到了酸臭和恶心。她是那么迷人，他曾如此认为，但经过这场灾变——

他对来自未来的种族有了新的感觉。他先前也有过模糊的感觉，但克莱芙每次靠近都会让他分神，磨平他的感性。时间旅行仅仅是一种逃避机制，如此念头可鄙得近乎亵渎神灵。

克莱芙——拥有如此可怕力量的种族的成员——撇下他，去千年前的罗马观看野蛮而绚丽的加冕礼。她到底是怎么看待他的？恐怕不是一个活生生的、会呼吸的男人。他明白了，非常确定——克莱芙的种族是一群观光客。

但此刻他在森碧眼中看见的不止是一般性的兴趣，那里有贪婪，有赤裸裸的迷恋和窥伺。男人重新戴上耳机——他和其他人不一样。他是个鉴赏家。人间好时节之后来的是灾难和森碧。

森碧在观察和等待，光线在他面前半透明的方块里轻柔地跃动，他的手指放在本子上方。终极鉴赏家等着品尝只有内行才能欣赏的异味珍馐。

近乎音乐的微弱而遥远的声响重新变得明晰可辨，盖过了烈火的模糊轰鸣。奥利弗一边听一边回忆，发现他很难在复合交响乐里找到任何模式，所有声音都和变幻的面容还有目不暇接的死亡混杂在一起。

他躺下去，房间在他紧闭的疼痛眼帘后旋转成一片黑暗。疼痛存在于身体的每一个细胞之中，几乎成了第二个自我，正在占据身体，将原本的意识驱赶出去，只要他放手，这个强大而自信的自我就将接管身体。

为什么，他麻木地想，克莱芙为什么要撒谎？她说她给他的饮料不会有宿醉。不会有宿醉——但这种痛苦为什么如此强烈，甚至要把他从自己的身体里赶出去？

克莱芙没有骗他，这不是饮料带来的宿醉。他明白了，但他的认知不再能够触碰他的大脑或躯体。他静静地躺着，将它们献给了比最强劲的饮料能产生的宿醉更加严重的疾病。这种疾病没有名字——目前还没有。

森碧的新复合交响乐取得了空前成功。它首演于心宿二音乐厅，观众的掌声犹如雷鸣。历史本身就是演员。作品的开场是预示着14世纪大瘟疫的流星，结束的高潮来自森碧在摩登时代初期捕捉的片段。只有森碧才能用如此微妙的力量演绎这些素材。

评论家们提到他选择斯图亚特王的面孔作为情感、声音和画面蒙太奇的反复主题，盛赞这是大师手笔。然而还有其他面孔在作品的盛大尾声中淡入淡出，帮助构成了那无与伦比的高潮段落。特别是其中的一张面容，观众们贪婪地享用那个瞬间：一个男人的面容庞然浮现于画面中央，所有的细节纤毫必现。评论家一致赞同，森碧前所未有地捕捉到了情绪的剧变。你几乎能从男人的眼中读到一切。

森碧离开后，奥利弗一动不动地躺了很久。他狂热地思考着：

我必须找到办法告诉其他人。假如我能够提前知道，也许就可以做些什么。我们可以强迫他们说出改变可能性的方法，可以疏散城市的居民。

假如我能够留下一个信息——

也许不是为了现在，而是以后。他们穿梭时间，到处观光。如果某个时间、某个地点的人能够辨认出他们，捕获他们，从而改变命运——

站起来很困难，房间不停旋转。但奥利弗总算做到了。他找到铅笔和纸张，在晃动的阴影中尽量写下所见所闻。够了，足够警告世人了，足够拯救未来了。

他把手稿放在桌上一眼能看见的地方，用重物压住，之后跟跟跄跄地回到床上，黑暗正在迫近。

这幢房屋在六天后被炸毁，这是阻止蓝死病无情蔓延的徒然努力之一。

三十秒以后

朱中宜 / 著

雏城 / 译

朱中宜白天设计微型芯片，晚上写作。他的作品发表在《阿西莫夫科幻杂志》和Tor.com等平台。这里编选的是他公开发表的第一部作品，2011年首发于《波士顿评论》。

一秒以后，沙包将会砰然落入斯科特的左掌。

出于条件反射，他的手将先把沙包抓住，重新抛起。抛掷杂耍的难点不是接，而是抛。沙包还没有离开他的右手腾空，但斯科特现在就已经看见自己的左手变模糊。左手的幻影，出现在一秒后它可能处在的几个不同位置上，互相叠合。而他真正的左手还停在凉凉的瓷砖地面以上一英尺——他目前就坐在瓷砖地面上。那些沙包的幻影也是一样，它们互相重叠，结果看上去几乎接近实物，同样是立方形、红色，几乎真实地悬在空中，鲜明地映在单色墙壁背景上，跟斯科特右手里的那个沙包一样。

他这次的抛出动作完成得不错，会很容易接到。他的三只沙包此起彼落，让他觉得在别人看来，应该也跟他眼里的景象一样。好吧，如果他们也是近视眼，并且没戴眼镜的话。

如果他抛出的动作不好，透明的斯科特就会出现在房间各处。他们伸手到他两边的床上，扑向他自己的和室友的桌子，或者探身越过自己的床，手伸向壁柜方向。他们都在尽力去接那无数透明沙包，它们像雨点一样从拉毛水泥的房顶上掉落。沙包可能会砸倒台灯，掉到壁柜书架里的表演课本上，或者打到窗户挡板上。如果抛出的动作足够夸张，甚至可能有幻影沙包飞过门口，进入外面的走廊。

并不需要他时间感错位的感官，斯科特就知道自己早晚一定会抛错。尽管他一直努力让自己目光敏锐，确保生活可以预知，他还是会掉落沙包。所以，他才坐在地板上，这样容易把掉落的沙包捡起来。

五秒以后，会有人经过他宿舍开着的门前。斯科特没有认出这个人。他才刚到这所大学，几乎连自己的室友都认不出，只记得他是个长发、干瘦的男子，去地下咖啡厅吃早饭去了。这个即将经过门口的男生，大约跟斯科特房间对面的公告牌一样高。他粗壮的身体会挡住他在张贴的东西。他的黑头发会垂在脑后，像动物的鬃毛。看这个男生的背影，斯科特感觉他像一只圆滚滚的泰迪熊。但真正吸引斯科特的，是他的清晰程度。

斯科特能看清那人的T恤衫。上面罗列的，是刚刚过去的夏季某次艺术节期间媒体研究系放映过的片单。五根清晰的手指将会撑开，把他的海报按住，另外一只手会在软木公告牌上面摁图钉。他的举动完全没有旁人常见的不确定性和模糊感。斯科特已经有好几年没见过在他眼里如此清晰的人了。

未来就是很混乱。斯科特的感官会同时向他展现所有可能出现的未来。他已经学会了只向前走神儿几秒钟。这接近常人，但依然不能算正常。而这个人，却是对他感知力的一种解脱。他能让一切干净利落。斯科特想知道，自己有多少时间向他暗送秋波，或者他将来还会不会经过这个房间。他释放自己的感觉，未来汹涌而至。

三十秒以后，这个男生转身离开时，会看到正在练习抛掷杂要的斯科特。他会把自己刚贴在公告牌上的海报扯掉。他敲门时，宿舍的门会撞上壁柜墙，发出"砰"的一声巨响。那人会笑呵呵地看看房门。从前面看，斯科特会觉得他更像泰迪熊。

"嘿，我叫托尼。"他会耸耸肩，就像不知道自己力气有那么大，"你练习这个抛掷杂要多长时间了？"

没有其他可能的措辞，也没有完全不同的其他语句跟托尼的这句话重叠。斯科特清清楚楚听到托尼将来会说的这番话，就像他现在已经这样说了似的。

"五年了。"抛掷杂要让他学会了控制自己，面对当前，"为什么问这个？"

"我的毕业拍摄项目——"托尼将会两只手摆弄自己揉皱的海报，"我可以进来吗？"

托尼将会笑得很真诚，而斯科特向来就对这样的笑容没有抵抗力。斯科特会点头同意。

"我有个建议。"托尼会把他的海报丢进垃圾桶，"我想要成为下一位大导演费里尼。我的毕业拍摄计划需要一位抛掷杂要艺人，我想要你加入。"他会用一根手指重重点在斯科特肩上。幻影沙包将会掉落在斯科特周围。"有兴趣吗？"

"我对你的毕业拍摄计划还不够了解。"那沙包将会掉在斯科特左手左侧两英寸的地方。他的抛掷动作模糊，但他对托尼说的话，像托尼自己的措辞一样清晰明确。"而且，戏剧舞蹈系今天晚上要在艺术中心大厅举办联谊会，我应该去了解一下其他人的项目。你或许可以明天再来。"

"当然可以。"托尼退出房间时，会显得有些失望，"那就明天。"

大约九小时以后，室友会在楼下跟他的朋友一起开派对。他会提到酒味果冻和神风队鸡尾酒，斯科特会拒绝。门打开时，房间会显得又暗又空。会有一只手摸索电灯开关，那将是托尼的手。他的另外一只胳膊将会揽着斯科特，试图让他的呼吸平缓下来。

"那么，你到底是怎么了？"托尼会把他的钥匙放在最近处的桌子上，当斯科特想要脱离身体接触时，托尼放开了他。"前一个瞬间，你还独自站在大厅一角。可是刚一转眼，你就已经喘不上气了。"

斯科特将会已经拿到了自己的沙包。沙包就在桌子上，他的钥匙旁边。他坐在两张床之间的地板上，开始抛掷。

"我没想到联谊会人那么多。"斯科特将会说。

他不太能适应人多的场合。作为演员，这不是个好习惯。那么多不同的个体形象会充斥整个房间，他们嘈杂的谈话声组成混沌的交响，就像未来所有的谈话被同时听到一样。而且那声音又不是舞台上确定不变的台词，预定好的交锋。这正是他一直以来极力回避，且在跟托尼对话时不会遭遇的东西。

托尼会坐在斯科特的床上。他的视线会跟着沙包上上下下。

"现在好点吗？"托尼会探身向前，双手按在他的大腿上，"如果你愿意，我可以多待一会儿，确定你没事再走。"

"你不必那样做。"对斯科特来说，那些沙包几乎像托尼一样轮廓清晰，"我没事。"

"当然，我不需要那样做。"他会向斯科特摊开双手，"我什么都不需要做。"

"你甚至还不知道我的名字。"

"那么你的名字是……"托尼的脸会拉长，期待答案。

"斯科特。"现在，他在正视托尼。但大约九小时以后，他会盯着沙包，看它们在空中划过的轨迹。"暂时，我只想要一个人抛掷，好吗？"

"好的，斯科特。但我还会来找你哟。"托尼会用一根手指指着他，"我一定要让你加入我的影片拍摄。"

托尼将会再一次退出房间。

四天以后，斯科特会穿上外套，背包里放着抛掷杂耍装备，而这时会有人礼貌地敲响宿舍的门。来的人会是托尼。他的右手将会抓着一个纸袋，烤鸡和玉米饼的香味会从走廊里飘进来。

"嘿，斯科特。"托尼将会微笑，而整个世界的其他部分将变暗一点点，"今晚有安排吗？"

这将是托尼连续第三天登门，想要跟斯科特一起吃晚饭。现在，分析未来的斯科特会好奇，托尼为什么会这么坚持。也许他们在别处也谈过。他现在听不到那些对话，除非去那些地方听。或许托尼真的很需要一名抛掷杂耍艺人。

"我想到地下餐厅随便吃点东西，之后去杂耍俱乐部。"

托尼会带着不满打量斯科特，但他那副表情只能维持一秒钟，然后他将会微笑。托尼微笑的魔力让斯科特有点担心。

"你才不想那样做呢。"托尼会举起他的纸袋，"这才是真正的美食。地下餐厅都是些棕的、黄的、让人没食欲的烂东西，我看过了。另外，我还将跟你讲讲我的毕业拍摄计划。"

斯科特会回头看看房间，叹口气。他的室友将会把地板用作衣柜。四天后，他会知道室友丢在地板上的具体是些什么。现在，在斯科特跨越时光的视野里，只看出那是脏衣服，像一片灰地毯一样躺在地板瓷砖上。托尼的不同寻常之处在于：即便是四天以后，斯科特还是能清晰地预知他的形象。托尼的黄黑两色方格衬衫纽扣扣得严严实实，衣服本来很丑，但是穿在他身上，几乎还有点好看。

"斯科特，你知道自己这样做还是没办法把门挡住，对吧？"托尼在假装跳起来，往斯科特身后看，"我依然可以看见你的身后。你只要告诉我那些内裤都不是你的就好。"

斯科特会让开通道，他们会面对面坐在他床上乱糟糟的床单和毯子上，吃烤鸡、玉米饼和绿色蔬菜。肉汁会从他的下巴上滴落。甘甜、咸香又软嫩的鸡肉，一直是他特别想吃的美食。

"这部电影的主角是一位魅力超群、风流多情的导演。"托尼会用他的餐叉和玉米饼比画，"创作理念是：全世界就是一出大戏。我们会用黑白画面拍摄……"

斯科特会聚精会神地听，一开始面对着托尼。随着谈话的继续深入，他们会谈到海明威、费茨杰拉德和爵士乐时代。托尼会用视线邀请斯科特，而他也不会拒绝。他会发觉自己倚靠在托尼胸前，在托尼的怀抱里。抛掷杂耍俱乐部成员将会聚集又解散，但那天晚上，他都没有在那里出现。

两周以后，托尼将会跟斯科特的室友交换宿舍。托尼会提出，这样所有人都更方便。再也用不着在门把上系领带，以表明谁在房间里。

墙上将会覆满电影海报。斯科特现在还认不出它们中的大部分，也许两周后他会认得。现在，看看未来的墙壁，他只能认出《罗马风情画》《甜蜜的生活》和《八部半》。

托尼的东西会占据他们房间的大部分地盘。斯科特带到学校的，仅有他的衣物、一台笔记本电脑和他的抛掷杂耍用具。他也能清晰地看到托尼的东西，跟他本人一样实在。成箱的照明灯、摄像机和镜头会靠着各自的墙。一台冰箱将在他们的桌子之间嗡嗡响。参考书将会塞满托尼的壁柜，还有一排排熨烫完美的衣服。为了节省空间，他们会把床组合成上下铺，尽管两张床都用到的时候不多。

托尼搬进来之后，他们当时身上穿的衬衣会变得汗湿黏腻，那气味让斯科特难受。他们把东西都放好之后，托尼会脱掉他的衬衣，走到冰箱前。他会递给斯科特一瓶啤酒。斯科特会困惑地回望他。

"你以前都没喝过啤酒吗？"托尼会显出一脸的难以置信，"搬完好多沉重的箱子之后，这是最完美的饮料。相信我，你会爱上它的。"

斯科特将会口干舌燥，几乎没有察觉到任何苦味。刺激的酒水冲过他的味蕾，在他口中绽放出芳香，顺着喉咙流下。他的第二口会是一次长饮。

"嘿，你别一下子把它全喝光。"托尼会向他举起自己那瓶酒，"敬我的好兄弟，当然，你不止于此。"

斯科特会险些被啤酒呛到。托尼会帮他捶背。等斯科特不再咳嗽，会发觉托尼的左臂揽住了他的肩膀。

"怎么了，"托尼会挤挤斯科特的肩，"你以前没有过好兄弟吗？"

斯科特的确没有过。高中就像是一场表演训练——伪装。假装他从未听到过别人可能说过的话，假装他从未看到过他们可能会做的事，假装他只是别人预期的那副样子。

大约四周以后，斯科特会身穿睡衣坐在地板上练习抛掷，熬夜等托尼回来。房门会在门框里晃动几次，然后斯科特才会听到钥匙插入锁孔。斯科特喜欢让门锁着，托尼总是假设门是开的。在他们同住的两周里，斯科特透过他被时间偏移过的视线，已经见过几次托尼忘记门被锁上的情形。

"你去哪里了？"斯科特会忍住哈欠问，"我有事情要告诉你。"他会接住自己的几个沙包，揉揉惺忪睡眼。

"我正在开始制作自己的影片。"托尼会把背包放到桌上，"你没事吧？"

托尼会坐在地板上抱着斯科特，他的双唇将会触及斯科特的颈项。这情形的清晰程度远远超过托尼应该是的那种散乱、透明幻影，甚至连他手臂上的汗毛都那样明朗、真实。斯科特会跟托尼分享他从未跟任何人说过的秘密。

"有件关于我自己的事，我想让你知道。"斯科特的语速会很慢，既是因为恐惧，也是因为疲倦，"我在感知当下的同时，也能感觉到未来的影像、声音等。"

"你能预见未来？"托尼会笑，"麻烦告诉我，将来某天，我能搞定自己影片的所有拍摄地点。"

"我并不能预见未来。"斯科特会说，"就好像跟我的感官相比，我的身体有时差一样，所有可能出现的未来都会重叠到一起。"斯科特将会靠在托尼怀里，"不管我在什么地方，都会经历那里可能发生的一切事情。事件出现的可能性越大，就越清晰，存在感也越强。当我靠近你的时候，未来会变明朗。我从来不曾同时看到不同的你。"

"我也从来不会同时看到不同的你。"托尼的耳语会掠过斯科特的耳边，那份愉悦会冲淡他略带嘲讽的语气，"你累了，去睡吧。"托尼一面站起来，一面轻抚斯科特的肩。

大约五十天以后，斯科特会在梦中被惊醒，房门在门框里来回撞击。这将不是托尼第一次回来时忘带钥匙。托尼需要杂耍艺人在场的那些夜晚，这个不会是问题，但杂耍艺人并不是个重要角色。

斯科特会跌跌撞撞去开门。托尼会大步闯进来，迫使斯科特后退，直到他被挤上高低床。

"你什么毛病？"托尼会把背包扔到桌上。背包落下时，会有一沓纸散落，几支钢笔摔到地上。"我到底需要告诉你多少次？我不在的时候，不要锁门。"

"我不想在自己睡着的时候，有其他人偷偷溜进来。"斯科特的声音会很小。他们几周以来一直关系紧张，终于酿成这番对话。"我们本来就不应该总是开着门。"

"要是你真能看到未来，"托尼会两臂交叉在胸前说，"那么自己睡着的时候有人溜进来这种事，不是应该提前就知道的吗？"

斯科特会翻白眼。到时候，他会已经不记得自己解释过多少遍。

"我完全不想让自己的感知力关注未来，能不看就不看。而且我看到的从来都不是确定的未来，而是看到所有的可能性。好吧，你在我眼里总是很清晰——你与众不同。"

"你这个自作聪明的蠢货！这套词倒是编得很圆满，是不是？你要当个特殊人物，却又永远不需要证明自己的能力。"

有很短的一个瞬间，托尼会变得模糊、散乱。斯科特现在已经能感知到两个月以后，此前却从未见过托尼有这样的表现。现在的托尼，像其他普通人一样，也有了不同的几种未来。不过在此之前，斯科特还从未见过。

所有的透明托尼分散在房间各处，同时还有半透明的多个斯科特。其中一个托尼，把一个斯科特按在一面墙上，捶打他的腹部。另一个在他们站立的原处殴打斯科特。还有的退向壁柜，或桌子，或者托尼的拍摄器材，转身回避斯科特。其他一些托尼愣愣地瞪着斯科特。只有一个张开双臂抱住斯科特，温柔地抚摩他的后背。

斯科特，还有未来的那个他，同时感觉到所有这些可能的变化。他的内心极为痛苦，突如其来的心痛郁积在他的鼻子里。

一份带有金属气息的咸涩感觉沿着喉咙向下流，尽管那天夜里，他或许不会受伤流血。托尼对他躯体的可能打击令斯科特震惊，即便它们从未发生，也会在五十天以后让斯科特痛到难以呼吸。跟痛苦同时，幻影托尼的温柔臂膀又在抚慰着他。幻影发出的耳语，像树叶的沙沙声一样，也让他内心变得平静。

瞬间以后，托尼会回过神儿来。所有的幻影托尼会聚集成真实的那一个，而幻影中的斯科特也将合而为一。

托尼会目瞪口呆地盯着斯科特。他的视线会扫过斯科特的全身，看清那些痛苦面容、眼泪，还有因为剧痛造成的身体扭曲，这些都来自托尼不会选择的那些未来。

"很抱歉，之前我都没有相信你。"托尼将会爱抚斯科特，他的手缓缓滑过斯科特的后背，"我以后再也不会伤害你，我保证。我之前选的那帮演员是一群真正的混蛋，但我不应该对你发脾气。我很抱歉。"

那天晚上，托尼会显得有些过分殷勤。但当斯科特拒绝这份关切时，他倒也没有勉强。

三个半月之后，两个壁柜将会全空。托尼的东西将会被收进几个黑箱子里，几乎就在斯科特现在坐着的位置。未来的斯科特将会坐在下辅床位上，两臂并拢，折叠他的衬衣。他的裤子将会已经打包完毕，放入他自己桌子上的手提箱里。冰箱将会变空，拔掉了电源，它的门虚掩着。

宿舍房门将会被撞开，响亮地撞到墙上。托尼裹着他的冬季外衣，看上去会像一个五岁小孩堆成的雪人。从斯科特被时间感修正过的视觉来判断，托尼应该是信守了诺言。他将没有再伤害过斯科特。

托尼会伸手去拿一箱镜头，然后住了手："你是以我为耻吗？"

斯科特会抬头看他。"什么？"他会失手掉落那件T恤衫，T恤衫会落在自己膝盖上，那是戏剧舞蹈系秋季音乐剧的演出服。"你为什么会那样想？"

"你从来都没有带过你的朋友来这里。"托尼的视线会扫过他，就像一次期末考试那样凌厉，"你的确也有其他朋友，不是吗？"

斯科特会看向桌上他练习用的沙包、壁柜架子上他的演出台词本，还有壁柜底部他的登山装备："当然有。但在这个房间，我不必费力搞清自己的各种感觉。如果带我的朋友来这里，会把这儿变得跟其他地方一个样。"

托尼的脸会扭曲成一副苦相。他会把椅子从自己桌子下面拽出来，面朝椅背坐下，对着斯科特。托尼的双臂会搭在椅背上方。

"真是讽刺，我竟然不得不跟你谈未来。"他将会深呼吸，"你知道这会结束的，是吧？现在是冬季假期。"他将会耸肩，"春季学期之后，我就将离开，但你还将在这里。"

"你有其他人了吗？"

托尼会大笑："不，我只是想像费里尼一样当导演。再过六个月，我就将毕业。你应该让自己有更多选择。"

斯科特将会眉头紧皱。他会看着那几箱设备，它们整理好了准备被取走。"你是要搬走吗？"他会捡起自己的T恤衫，两只手拧它。

"不，当然不是，斯科特。而且你也不需要搬走。"托尼会坐在斯科特身旁，一只手放在他的大腿上，"如果你想继续做爱，我完全愿意。你要多久、多频繁都没有问题。但我们之间，还是会在六个月之后结束。你有很多可能的未来，它们很可能都跟我无关。我只是说……"

斯科特两眼酸涩。他的T恤衫会被自己拧得像椒盐卷饼一样。

"你能让我自己待一会儿吗？"

托尼将会点头。他会站起来，避开上层床，一脸的歉意。他的双手会搭在他装备箱的最上面一个。他会闷哼一声，把它拎出房间。

现在，沙包掉进斯科特的左手掌。他的两眼仍然刺痛，他仍然能感觉到自己到这个学期末将会感觉到的那份悲伤。一个幻影斯科特挪动身体，去关宿舍的门，如果他关上那扇门，他和托尼就不会见面。托尼就将不能学会伤害斯科特的那种方式——只有他才会受到那样的伤害。托尼将不能伤到他，遇到那种事，任何人都会受伤的。

斯科特叹口气。几年来，他一直在隐藏自己。他已然经历过那种伤害。他把一个沙包抛入空中，等着那个贴海报的男人到达。他已经看过自己生活的那部电影。现在，他将亲身经历那一切。

倒数四十

哈里·图特达夫 / 著

梁宇晗 / 译

....

哈里·图特达夫是美国作家,有时被称为"另类历史大师"。除了写小说,他还编辑了选集,其中包括一个关于时间旅行主题的选集。本篇于1999年首次在《阿西莫夫科幻杂志》上发表,是他在这套选集中的另一个故事《顺数二十一》的姊妹篇。这两个故事的主人公是同一个——贾斯汀·克洛斯特。

....

"嘿,贾斯汀!"肖恩·彼得斯的声音从超弦有限公司办公室隔间墙的上方飘了过来,"现在是六点二十分,下班时间已经过了一阵了。想跟我还有加斯一起喝上一两杯吗?"

"等一下,"贾斯汀·克洛斯特回答道,"让我先把工作保存起来。"他告诉他的电脑把他的工作保存,它停住了,生成了一份备份,并自行关闭。在贾斯汀年轻的时候,语音识别软件的可靠性还不高,因此他有等待并且确认电脑确实执行了指令的习惯。当然,它确实那样做了。在世纪之初的那几年,超弦公司正是由于让软件变成傻瓜式而得以声名鹊起。

贾斯汀站起来，伸了个懒腰，环视四周。没什么好看的：铺着灰棕色毛绒的隔间墙，桌面收拾得异常整洁，除了一台电脑、一张梅根和他的结婚照以及一台电话兼传真机，别无他物。他抿紧了嘴唇。他俩的婚姻持续了四年——准确地说是四年半。从那以后他再也没和别人建立过亲密关系。

脚步声宣告了彼得斯的到来。他看起来就像是个高中时期曾经担任过校队后卫球员、但从那之后就任由肌肉变得松弛的家伙。加斯·奥康奈尔跟在他身后。他俩像是一个模子里刻出来的，只不过加斯的头发变少了，而彼得斯的头发变灰了。"咱们去铁幕怎么样？"彼得斯问。

"当然，"贾斯汀说，"很近，而且你能听到自己的思维在说话——至少大部分时候是这样。"

他们一同走向停车场，从有空调的室内走到圣费尔南多谷8月的热浪中使得他们发起了牢骚。贾斯汀的眼睛也开始流泪。洛杉矶的空气质量比他年轻的时候好了些，但还是不够好。

当三位软件工程师走进"铁幕"时，里面正放着一首绿洲乐队的歌，空调的温度比办公室的还要低。这首歌让贾斯汀的思绪回到了他刚开始与梅根交往的那段日子，尽管他个人更喜欢模糊乐队。"小心，"肖恩·彼得斯说，"吧台后面那个酒保是新来的。"他和加斯呵呵地笑了起来。他们知道即将发生什么事。贾斯汀叹了口气，他也知道。

彼得斯要了一杯金汤力，奥康奈尔是苏格兰威士忌加冰，贾斯汀要了百威。果然不出所料。"你们两位没问题——"酒保朝贾斯汀的两位同事点了点头，"但是这位先生，我需要你出示身份证明。"

贾斯汀又叹了一口气，掏出他的驾照："给。"

酒保看了看贾斯汀，又看了看驾照上的照片，以及上面标着的出生日期。他皱起了眉："你是1978年出生的？不可能。"

"他的真名叫道林·格雷[1]。"加斯立即提供了富有建设性的信息。

"哦，闭嘴吧。"贾斯汀低声抱怨道，随后用更响亮的声音对酒保说，"没错，我今年春天已经满四十周岁了。"贾斯汀有点矮胖，但自从蹒跚学步时起他就是这种身材。而且他生下来就是金发碧眼。如果说他的金发之中已经混入了银丝，至少从外面是看不出来的。另外，他也尽可能避免晒太阳，稍微不注意的话就会晒伤。这样一来，与他的两位好友相比，他脸上的皱纹要少得多。其实他们两个都比贾斯汀还小两岁。

酒保摇着头，递给贾斯汀一杯啤酒。"你可能骗了我，"他说，"你会不会去钓那些高中女生啊？"他的手在空中比出一个沙漏的形状。

"不。"贾斯汀低头看着擦得锃亮的吧台上反射的顶灯。

"中学生。"加斯建议道。他的苏格兰威士忌已经喝完了，贾斯汀对着他露出不悦的神情。就连肖恩·彼得斯都注意到了，他拍了拍加斯的胳膊。神奇的是，加斯真的没有再继续说俏皮话了。

贾斯汀喝完了他的百威，把二十美金扔在吧台上，站起来准备离开。"不准备再来一杯了吗？"彼得斯有些吃惊地问。

---

[1] 英国作家奥斯卡·王尔德同名小说中的角色，为永葆青春容貌而向魔鬼出卖灵魂。本书脚注若无特殊说明均为译者注。

"不了，"贾斯汀摇摇头，"有点事要做。明天早上见。"他迅速离开了，他的朋友们都没来得及阻止他。

当贾斯汀家门锁中的微型芯片与他钥匙中的微型芯片完成握手的一瞬，他的整个公寓就活了。灯光自动打开，立体声音响开始播放今天早上他放在CD机里的果浆乐队的CD。烤箱开始预热，准备烹饪它知道已经放在冰箱里的牛排。卧室里传来电脑的声音："现在还是晚一点？"

"晚一点。"贾斯汀说。因此显示器屏幕并没有亮起来。

他走进厨房，将两份无用的邮件扔进蓝色垃圾筐以备回收。牛排已经进了烤箱，冷冻混合蔬菜则进了微波炉。八分钟后晚餐。

吃完晚餐之后，贾斯汀将盘子和银质刀叉略微冲洗了一下放入洗碗机。当他关上洗碗机的门时，上面有个指示灯亮了起来：根据机器的自行判断，它已经满了，因此它将在午夜时自动开始清洗碗碟。

和厨房一样，贾斯汀的起居室也像他在超弦公司的格子间那样整洁得缺乏生气。咖啡桌上只有一张梅根和他在蜜月旅行时的合影。他所有的书、DVD和CD都按照作者、标题又或者类型的字母顺序排得整整齐齐。每一件物品的位置绝不会有任何错乱。就好像没有他的允许，任何人都不敢挪动它们一样。

贾斯汀走进卧室："现在打开。"显示器屏幕亮了。

梳妆台上有一张梅根和他的合影，床头柜上还有一张。他每一次在书桌前坐下来，放在书桌上的梅根的大学毕业照就对他露出灿烂的微笑。即使已经过了这么多年，大多数时候，贾斯汀仍然会对她回以微笑。他就是忍不住。和梅根在一起的时候他总是很快乐。

　　但她在他身边不快乐，最后那段时间就是这样。而且早在婚姻走向末路之前的很长一段时间，她都不快乐。贾斯汀花了很长很长时间才意识到这一点。"太蠢了，"他现在没有在微笑了，尽管年轻的、笑靥如花的梅根正透过相框看着他，"我太蠢了。我知道的太少了。我不知道该怎么照顾她。"

　　他再没有与其他女人交往过，这并不奇怪。他不需要其他女人。他需要梅根——但他永远不可能再拥有她。

　　"电子邮件。"贾斯汀对电脑说道，并报出密码。他检查了一遍新邮件，回复需要回复的那些，其他的则删除掉。他说："银行账户。"电脑已经自行支付了每个月的网络服务费，以及有线电视费。"都好了。"他对电脑说。

　　立体声音响停了下来，CD已经播完。"是否循环播放？"电脑问。

　　"不了。"贾斯汀走向起居室，把播放器里的果浆乐队的CD取出来，放到盒子里，再把盒子放回CD架上属于它的那个位置。他在架子前站了一会儿，陷入难得一见的犹豫不决中。最后，他抽出一张CD，轻轻笑了起来。他怀疑肖恩和加斯可能从来就没听说过垃圾罐乐队，更不用说他们的任何一首歌了。他的同事喜欢听的是90年代末的格朗吉摇滚乐，而非英伦流行乐。

　　当《蛋糕》响起时，贾斯汀回到卧室重新坐在电脑前。这一次，他对着梅根的照片笑了。她也曾是垃圾罐乐队的狂热歌迷。

　　音乐使得他渴望投入工作之中。"超弦"他对电脑说道，然后报出密码，接下来是"虚拟现实"再报出另一个密码，最后是"次级虚拟"和密码。此后他不得不开始等待。若是在1999年，为了得到一台性能不及他家里这台四分之一的苹果电脑，他会乐意做任何事，但他的家用电脑与公司的相比又不值一提了。公司能够承担最高级电脑的费用。而他却不能，或者说要付出难以承受的代价。

他将手放在键盘上开始工作：对数字而言，键盘输入远比语音输入准确得多。而且他不得不一次又一次地等待电脑完成计算。其中一次，等待的时间长到足够他冲个澡。当他头发潮湿地返回电脑前时，电脑依然在计算。贾斯汀叹了口气。但是就算是办公室的那些电脑也不能瞬间解出这个问题。他对他的家用电脑提出的要求大概恰好处在它的能力边缘。

或者，也许这个问题已经超出了家用电脑的能力了。为了解决这种情况，这些天来贾斯汀在自己的格子间里度过的午休时间比过去的六个月加起来都要多。他完成了上司交给他的所有工作。他们以为他自觉加长了工作时间，以满足他们的要求。

"他们不知道的事情不会伤害他们，"贾斯汀低声自语道，"而且可能会对我有好处。"

他不认为会有其他人曾将超弦物理学、混沌理论和虚拟现实以这样的方式结合起来。即使真的有人这样做过，这人也没留下任何证据——操作日志上没有任何蛛丝马迹，网络上也没留下只言片语。如果有的话，贾斯汀会知道的。他拥有一些一刻不停地挖掘数据的爬虫。它们甚至没找到过任何有些接近的材料。这一切都只属于他自己……如果他不是在浪费时间的话。

在漫长的等待之后，场参数的计算结果终于出来了。贾斯汀仔细地看着这些数字。就像他的电脑一样，他也一点都不着急。他不想在一切完全确定之前就耗尽自己身体里的工作热情。在他迄今为止的生命的前半程，他也做过这件事，而那给他带来了什么？让他的生命从此失去光彩的离婚。他不会太早跳起来的，他不会再一次那样。他永远都不会那样。但一切看起来都很不错。

"没错！"贾斯汀轻声说道。从十几岁开始，他就一直用这种特殊的方式鼓励自己。这个用法是他从某个备受指摘的体育比赛解说员那里学来的。一旦心生焦虑，他就想不起那个解说员的名字。

贾斯汀将参数保存起来，退出应用程序，让电脑把他的工作成果备份。备份磁盘装进了他的公文箱。随后，他打着哈欠上床睡觉。

三天后，当贾斯汀走进办公室时，加斯·奥康奈尔第一个看到了他并且惊得目瞪口呆。"圆寸头！"加斯大声说道，同时用一只手抚摩着自己愈来愈稀少的头发。他大笑，开起了玩笑，就像过去的二十年根本未曾过去一样："喂，老兄，你的军靴哪儿去了？"

在我的衣柜里，贾斯汀想道。但他没有说出来。他只是说："我就是想做点跟平时不一样的事，没别的。"

"比如什么？"加斯问，"像那个酒保说的那样全面搜索高中女生吗？如今短发并不会在竞争中占得先机，你懂的。"

"咱能别提这个了吗？"贾斯汀气冲冲地说。

"好吧，好吧。"加斯摊开手，"但你得习惯这个，因为所有人都会说同样的话的。"

加斯很有可能说得没错，贾斯汀沮丧地想道。他从茶水间抓起一杯咖啡，一头钻进自己的小隔间开始工作。消息的传播速度因此而变慢了，但这无法阻挡人们发表评论。人们从他的小隔间旁边经过，从侧面看他一眼，过后才好像刚反应过来一样又吃惊地看他一眼，再开始大声议论。

没过半小时，贾斯汀的部门经理也来围观这件奇事了。她揉搓着自己的脸颊。"呃，我想这个发型并不会显得不专业。"她半信半疑地说道。

"谢谢，陈经理。"贾斯汀说，"我只是想——"

"让你的中年危机早点开始。"就像几天前的晚上那样，肖恩·彼得斯的声音从小隔间的隔墙上方飘了过来。

"谢谢你，肖恩。"贾斯汀咧嘴笑了一下。陈经理露出微笑，这说明他已经通过了测试。她又看了贾斯汀一眼，点了点头，情绪比她话语中表现出来的更愉快。她走回办公室去处理那些经理没在关注员工发型的时候需要处理的事。

从这之后直到午餐时间，肖恩一直未发一言。不过午休开始时，他将头伸到贾斯汀的小隔间里说："想不想去小美野家吃午餐？我对日本菜有'瘾[1]'。"他大笑起来。贾斯汀呻吟一声，这让彼得斯笑得更开心了。

贾斯汀摇了摇头。他指着自己的屏幕说："我今天带了便当。活儿太多了。"

"好吧。"彼得斯耸耸肩，"大伙儿都会以为你在这儿加班什么的。那待会儿见了。"

在十二点到一点半之间，超弦的办公楼里几乎空无一人。贾斯汀一边吃着香肠三明治和橙子，一边继续推进他自己的、私人

---

[1] 原文yen，既代表"日元"，又有"上瘾"的意思。

的研究项目。对做出可能性是否有机会真正实现的判断而言，办公室的电脑比他的家用电脑强多了。

"没错！"几分钟之后，贾斯汀再一次说道，接着他又说，"该去购物了。"

像他这样的人在购物前总会列好清单，贾斯汀当然也不例外。来自"食蚁兽怪饰衣售"的老旧服装——这家店无疑是整个洛杉矶最具放克风格的二手服装专卖店，或许是全世界最具放克风格的也说不定。跟他的圆寸发型一样，贾斯汀尽可能让自己看起来跟20世纪末的他非常相似。

相比之下，搞到旧钱币要容易得多。他只需额外付出一小笔钱，就在数家邮票钱币收藏店弄到了足够的旧版钞票。"如果你不在意品相的话，干吗要收集旧版钞票呢？"其中一名店主如此问道。

"也许我认为新版钞票太难看了。"贾斯汀回答道。店主耸耸肩，想必是把他当成了一个没有暴力倾向的疯子。凑足十五万美元的旧版钞票后，他检查了购物清单，把"钱"划去。

第二天早上，贾斯汀很早就到了办公室。他打开车门，保安看到他就笑了起来："老派的衣服，还有这些。你这是想搬进来住啊，老弟？"

"你有时候也像是这样，比尔。"贾斯汀把他的行李箱暂时放在地上，"不过，我是因为今天下午要到郊外去。我想把这些东西放在室内总比放在我的后备厢里晒着好。"

"哦，没错。"比尔点点头。他肯定有七十多岁了，但是头发并不很白，只是铁灰色而已。"我听过那首歌。"他能听出许多老歌，其中还有很大一部分是贾斯汀出生前的。他曾经在越南打过仗，后来当过警察，现在他又来做保安，因为缓慢增长的养老金与一飞冲天的物价之间差距愈来愈大。贾斯汀觉得自己若是到了这个年纪恐怕也只能走上这条路。

不过，现在的他在担忧的是另一件事。"谢谢。"比尔为他拉开门的时候，贾斯汀说。

他吃力地登上楼梯。由于行李箱里装着一堆旧版钞票（现在这些钱只能买一辆紧凑型轿车，就算加上他为了换到旧版钞票而额外付出的金钱也于事无补。但在世纪之交之前的那一年，这绝对是一大笔钱），一些从二手衣店淘到的旧衣服（就和他现在穿着的呆伯特T恤衫和宽松牛仔裤一样），行李箱变得非常重，而他的身体也不像年轻时那么强壮有力了。至于他的背包里则装着一台强力笔记本电脑和VR面具，理所当然也不会让他的脚步变得更轻盈。

当他到达二楼时，贾斯汀停下脚步，仔细聆听。"没错！"他说，因为他什么都没有听见。这也就是说，除了楼下的比尔，他是这栋楼里唯一的人。

贾斯汀走进男洗手间，将两个行李箱叠放在地上，坐在它们上面。他把笔记本电脑从背包里取出放在膝上，将VR面具插入相应的接口，打开电脑。电脑启动完成后，他戴上VR面具。世界变成了黑色，然后是纯灰色，然后是纯……无色。没有任何颜色，只有等待着变成现实的虚拟现实。

这一切花费了太长时间。贾斯汀真希望他可以在自己的办公桌前，利用工业级高速电脑完成这件事。但他不敢尝试着那样做。这栋楼十九年前就有了，这个男洗手间十九年前也已经有了。他已经尽自己的所能做好了背景调查，但是他仍旧无法确定十九年前办公室的格子间是如何划分的。

其实……男洗手间的隔间也是一样。他深吸了一口气。"运行程序：超弦—斜杠—虚拟现实—斜杠—次级虚拟。"他说。

强力笔记本电脑在他的膝上抖动起来，虽然只是很轻微的抖动，却让他的心脏开始狂跳。这是他证明自己的时刻。要么就是证明他的确像他自己所认为的那样聪明，要么就会是加斯或者肖恩或者别的什么人冲进洗手间并且问道："贾斯汀，你这是在干什么？"

时空中的一根弦连接着这个地方的现在和过去，也就是2018年和1999年。就贾斯汀所知，除了他，没有人想过利用VR技术顺着这根弦划过去。当对现实的模拟精确到一定程度，它就会成为现实——至少是暂时地成为现实。计算结果是这样说的。他认为自己在这里的计算完全是杰作。

而且，如果他……哦，算了吧，"如果"！他现在四十岁了，知道了许多东西，比他二十一岁的时候知道的多得多。如果现在的他可以代替年轻的他与梅根相处一小段时间，他就可以把事情更正过来。他可以让他们的婚姻延续，他知道自己能做到。而且他也必须做到，如果他还想要感受到快乐的话。

我会更正这个，他想道，我会更正一切错误的事。而且在我沿着弦回到现在的时候，我不会再有年轻的我留下的遗憾和空虚。所有的事情都会是它应该有的样子，它本来的样子。

从VR的空白之中开始出现图像。这图像与贾斯汀戴上面具之前所看到的毫无二致：白色灌浆、贴着蓝色瓷砖的墙壁，隔音天花板，每个洗手台上面都有一面镜子，左边是小便器，后面是马桶隔间。

"该死。"他用极低的声音说道。很明显的是，男洗手间没有任何变化。

"程序超弦—斜杠—虚拟现实—斜杠—次级虚拟已完成运行。"强力笔记本电脑告诉他。

贾斯汀取下面具。他坐在这里，在他的行李箱上，在他的办公楼的男厕所里。这是2018年，还是1999年？他无法确定，至少待在这儿的话不行。如果他的计算一切正确，即使回到了1999年，现在应该和他来的时候一样没到上班时间。而他所需要做的不过是走出大楼，并期望保安不在门口。

不。他真正的期望是，那个保安不是比尔。

他把笔记本电脑重新放回背包里，拿起行李箱准备走出男厕所。在门口，他不得不放下一个行李箱才能打开门。他的心脏从来没有这么用力地跳动过。成功了吗，还是没有？

贾斯汀沿着走廊朝楼梯走了两步，马上就低声说道："没错！"地面上铺着的地毯不再是灰绿色，而是一种难看的芥末黄色。当然，这并不能证明他身处1999年。但至少他肯定不在堪萨斯。

大楼里的办公室有一种暴风雨前的宁静之感，似乎正在等候着人们赶来工作。这与贾斯汀的计算结果相符。相比他原本——或者说未来——所在的时代，空调送气时发出的噪声似乎大了些。不过，走廊上的气温明显比他把他的东西拿到男洗手间里之前要低。90年代饱受石油过剩的困扰。石油被奢侈地燃烧掉以应付夏季的炎热。但在他的那个时代不可能这样做。

前面就是通向楼梯的门了。贾斯汀走了下去。楼梯间的墙壁也不一样了：是工业黄色，而不是战舰灰色。当他走进面积不大的前厅时，他发现这里的家具陈设都是他不熟识的。与他习惯的那些家具相比，这些东西谈不上更好或是更差，但就是不一样。

如果说这会儿有保安的话，他一定是巡逻去了。贾斯汀也没在原地候着他出现，而是直接打开了门。在那一瞬，他觉得自己说不定会触动警报，但实际上并没有。他走到户外清晨凉爽清新的风中，但是……现在究竟是什么时候？

他穿过空旷的停车场走到人行道上，四处张望起来。街道另一边，一个出来快走锻炼的女人朝他这边看了一眼，但是她没有停下来。她戴着一顶鸭舌帽，穿着一件T恤衫以及宽松短裤，这种穿衣风格当然无法证明任何事。但随后，贾斯汀看了一下停车场上停着的车子，不禁露出了近乎疯狂的笑容。大多数轿车都呈现如软糖般流线型的外形，在他看来，这是早已过时的风格。就算现在不是1999年，肯定也是在那前后不久。

随着一阵车轮与轨道的轰鸣声，一辆城铁驶入办公楼后面的小型车站。有两个人下车，四五个人上车。在他的那个时代，由于汽油供应不足，价格昂贵，乘坐这趟通勤列车的人比这要多得多。

贾斯汀站在人行道上，周围没人注意他，因此他向天挥了一拳。"我做到了！"贾斯汀说，"我真的做到了！"

虽然他真的成功了，但他现在还不能做太多的事情，至少暂时不行。没有什么商店会在早上五点半开门营业。但是这条街上有一间丹尼斯咖啡店，于是他提着行李箱费力地走了过去。一位看起来很疲倦的西班牙裔年轻女服务员面无表情地看了他一眼，请他就座。"你可以把你的东西放在车里。"她似有所指地说。

贾斯汀的答案几乎是下意识地说出来的："我没有车。"她的眉毛扬了起来。如果你人在洛杉矶却没有车，你就是个无足轻重的小人物。如果你没车却有行李箱，那你就是一个古怪的甚至可能是危险的小人物。他必须说些什么来解释。突然间他有了灵感："我刚下火车。本来有人来接我的，但看来我被放鸽子了。请帮我点一份吐司和咖啡。"

她显然放松了些："好的，就来。你要白面包、黑面包，还是全麦面包？"

"全麦。"贾斯汀朝四周看了看，这里只有他一个顾客，"你能帮我看着点箱子吗？我想去买一份时报。"他进门前就看到门口有个售报机，但他不想在走进这里之前停下来。女服务员点点头，于是贾斯汀去买了一份报纸。只要二十五美分，这让他吃了一惊：他平常买一份报纸要两美元，周末版则要五美元。

不过报纸上的日期更让他惊奇——1999年6月22日。就印在定价的上方。他返回咖啡店。他点的咖啡已经送上来了，正静静地冒着热气。随后吐司也送了上来。他把葡萄果酱抹到吐司上，同时斜眼看着时报，思索着年轻的他自己这时候正在做什么。

当然是睡觉了，呆瓜。他二十一岁的时候很喜欢睡懒觉，而加州州立大学北岭分校的期末考试刚刚结束。当然，他需要到美国电脑[1]去上班，不过那里十点钟才开门。

梅根这会儿大概也在睡觉。他想到了她穿着T恤衫在她父母家

---

[1] 即CompUSA，美国一家电子产品销售商。

说谎、汗流浃背的样子，还有她在床上扭来扭去的样子。也许她现在正梦到了他，并且露出微笑。她现在肯定在微笑。至于几年之后……嗯，他就是来更正这件事的。

他在这里消磨了四十五分钟。餐厅里的人慢慢多起来，服务员开始显得有些心烦意乱。贾斯汀又要了培根、煎蛋以及土豆煎饼，这使得他可以再占据这张桌子一小时。他试着不要去思考这些食物会对自己的冠状动脉造成什么样的影响。年轻的他肯定不会注意这些。年轻的他喜欢丹尼斯的食物。年轻时的我是个傻瓜，他想道。

贾斯汀付了钱，再一次感慨物价之便宜。当然，这时候人们挣的也不多。一年能赚十万美元就可以生活得非常不错。他试着想象在2018年年入十万美元的人该怎么生活，然后摇了摇头。这是做不到的，除非你不用吃饭。

他走出咖啡店，来到停车场上，在那里站了四十分钟，回头望着那座城铁站。这时已经快八点了。丹尼斯咖啡店门前有条支路，通往一个由公寓楼组成的街区，每栋公寓楼都有自己的名字，像是"蒂沃利""花园""帆船运动员"之类的。他沿着那条支路向前走。"帆船运动员"公寓打出了"有空房"的标志。

公寓经理似乎因为这么早就有人上门而有些不爽，但看到绿色的一百美元钞票，他立即就精神起来。贾斯汀从他那里租下了一个带家具的单间，价钱低得令人难以置信。"我到这里出差办事，"贾斯汀说，而且某种意义上他说的确实是真话，"我可以预付三个月的租金，但你得帮我弄到一台电视机和一套立体声音响。不需要太高级，但一定得能用。"

"这我得到周围找找，"经理说，"恐怕没那么容易找到。"他等待着。贾斯汀递给他两张五十美元的钞票。经理点了点头，贾斯汀也点点头。这也是一种生意。经理看了看他的行李箱。"你想马上搬进来，是吗？"

贾斯汀又点了点头："还有，我需要用你的电话来给我申请电话服务。"

"好的，"经理叹了口气，说道，"先到我的办公室来吧。我给你收拾房间去。"贾斯汀打给电话公司，做了些必要的安排，经理的妻子则一直用大而无神的眼睛一眨不眨地盯着他。经理拿着一台吸尘器出去了。在贾斯汀打完电话的同时，他也及时返回。"都准备好了，电视和音响都在里面。"

"谢谢。"贾斯汀上楼走进公寓房间。房间很小，地上没有铺地毯，家具也都相当旧了。电视机不是新的，立体声音响老得连CD都不能放，只能放录像带和磁带。好吧，他的笔记本电脑可以放CD。他拿到了房间钥匙以及公寓楼大门的钥匙，他将行李箱里的东西取出来。在安装好电话之前他什么都做不了，但至少他已经在这儿了。

贾斯汀使用付费电话叫了一辆出租车，直接开往一家二手汽车商店。除了电话，一辆车也是不可或缺的。当然，他完全能够证明他就是他自己：在离开他自己的时代之前，贾斯汀利用电脑伪造了驾照，使其过期日为2003年，和他1999年所拥有的驾照一模一样。他的证件号码也没有变化。防伪水印对1999年的家用电脑来说几乎无法破解，但对2018年的家用电脑来说就是小菜一碟了。年轻的他自己还不知道自己刚刚拥有了新的二手车：一辆生产于90年代初的银灰色丰田，跟他已经拥有的那辆非常相似。

"保险是一定要买的，"推销员说，"我这里有一套优惠方案……"贾斯汀任由他说下去，推销员甚至已经不再遮掩脸上的喜色。无疑，这相当于抢劫，特别是考虑到贾斯汀名义上只有二十一岁。他根据自己扮演的这一年龄穿上了T恤衫和牛仔裤。不过在他看来，1999年的任何价格都算不上昂贵。他付了现金，把车开走了。

另一方面，办理银行账户也不难。他选了一家年轻的他自己没有用过的银行。这时事先的研究又派上了用场：他只存了九千美元。如果银行收到单次超过一万美元的现钞存款，它就必须将这笔交易向政府报告。贾斯汀不想以这样的方式引起注意。事实上，他根本不想以任何方式引起注意。为他开户的助理经理递给他一本临时支票："很高兴为您服务，克洛斯特先生。我们会在一周之内提供为您私人定制的支票。"

"好的。"贾斯汀离开银行，准备去购买蔬菜。他烹饪的本领一般，但比年轻的他自己强得多。生活让他不得不学习烹饪，而他也学会了。

他把新鲜果蔬放在公寓房间的食品柜和冰箱里，再次离开公寓前往一家书店。他首先走向计算机相关书籍区，希望能通过阅读重新了解这门技术目前的发展状态。仅仅两分钟之后，他就微笑着摇起头来。他真的用这些玩意儿做过什么严肃的工作吗？他知道他确实做过，但他实在想不起来自己是怎么做到的了。在他出生之前，人们曾使用计算尺来完成计算工作，因为他们不仅没有电脑，连计算器都没有。当然，他也根本不知道那时候的人们究竟是怎么做到的。

但是这些书上并没有他迫切需要的内容，他走向杂志区。一本《苹果迷》摆在架子上，外表的塑封还没有撕掉。这本杂志附带的光盘将会允许他在两个电子邮件服务商处建立账号。等他有了账号，他就可以给年轻的他自己发电子邮件，从而真正地开始工作。

如果我——或者那时的我——还没有完全发疯的话，他想道，事情可能会变得相当疯狂。他已经到了这个时代，真正的事务马上就要开始，而他也真真正正地感受到了这究竟有多疯狂。他知道事情的两个方面，但年轻的他不知道。

从前的贾斯汀会听他的吗？他只能希望如此。现在回头来看，二十一岁的他相当愚蠢。不过，不管他有多蠢，当你把他的脸按在事实面前时，他也不得不注意到这一点。难道不是吗？

贾斯汀买下了那本《苹果迷》，将其带回公寓。很快他就连上了网络，一切都准备好了。

他选择在美国在线建立电子邮箱，而非地球连线。年轻的他用的是地球连线的电子邮箱，并且对美国在线十分鄙视。美国在线则以每月扣他的钱还以颜色。他现在拥有的信用卡显然都不能在1999年使用。他认为自己可以申请一张信用卡，但那要花费太多时间。他已经浪费相当多的时间了。他认为在他所操纵的那根时空弦把他强制带回2018年之前，他应该还有大约三个月的时间可用。有了运气、技能以及2018年的他知道而1999年的他不知道的知识，他希望自己再回去的时候会变得更加幸福。但他没有时间可以浪费了。

他的电脑不得不降低频率以适应56K的连接速度，它或许也觉得自己没有时间可以浪费。但是美国在线在本地并不支持更高的接入速度。"欢迎。"当他登录美国在线时，一个电子声音响起。他无视了这个声音，直接打开电子邮件服务。他很确定自己记得以前用的电子邮箱地址。如果我记错了，他想着，一边在键盘上打出地址，一边发出轻轻的笑声，现在使用这个邮箱的人肯定非常迷惑。

他曾经考虑过这封电子邮件应该如何措辞才能引起年轻的他的注意，在多种方案之中，他选择了最富有刺激性的方式。他写道：除了你自己，还有谁会知道你第一次自慰是在差一点到十五周岁生日的时候，看着1993年的三月小姐做的？没人知道，对不对？那是个漂亮的金发女郎，对不对？但我知道，唯一的可能是，我就是你。等你的回信。他签下名字：贾斯汀·克洛斯特，四十岁。点击发送。

然后，他只能等待。年轻的他现在一定还在工作，不过只要他回到家，立刻就会检查电子邮件。贾斯汀还记得自己像是执行宗教仪式一样每天按时查邮件。他不记得收到过这样的一封邮件，但这正是整件事的重点所在。

一直等到五点半不是件容易的事。贾斯汀真希望他可以利用时间旅行算法让下午的时间快点过去，但他不敢这么做。他利用的超弦数量过多的话，它们很可能会互相纠缠，而且就连2018年他办公室里的超级电脑也不能将复杂的纠缠效应完全解算出来。要是再过十年，这种计算对任何一台电脑大概都是小儿科，但他那时候就五十岁了，不可能再装成二十一岁的样子。就算有娃娃脸和淡金色头发的加持，年轻的容貌也不可能维持太久。实际上他觉得现在可能都有点不够用了。

五点三十一分，他再次登录美国在线。"欢迎！"电子声音告诉他，随后它又说，"您有新邮件！"

　　"新的垃圾邮件。"他低声自语道。收件箱中确实有一封垃圾邮件，他连眼睛都没眨一下就把它删掉了。不过，另一封邮件来自年轻的他，用的是地球连线的邮箱地址。

　　他的心脏怦怦跳着，他点开了这封邮件。这是什么玩笑？年轻的他自己写道，不管怎么样，这一点意思都没有。

　　贾斯汀叹了口气。他早知道不该指望二十一岁的他能立刻被说服。这件事本来就很难令人相信，即使是他自己都不太敢相信。但他可不是只有这一个证据。这不是玩笑，他写道，除了你自己，谁会知道你一年级在学校吃梨的时候掉了第一颗乳牙？谁会知道在你八岁或是九岁的那天你爸爸带你到他的公司给你吃罗洛斯？谁会知道你在失去处男身的时候绝大多数时间都在盯着琳赛·弗莱彻的脖子侧面的那颗痣？只有我知道，我是四十岁的你。他打出自己的名字，发送了电子邮件。

　　他的肚子开始叫了，但他并没有离开电脑去做晚餐，而只是坐在原地等待着。年轻的他一定还在线上。他一定会回复邮件的……难道不会吗？贾斯汀从没有想过如果二十一岁的他不想和他联系，他该怎么办。实际上他根本没想过有这种可能。或许他应该想一想。

　　"别犯傻，小子，"他轻声说道，"别把事情弄复杂了。这对你也一样没好处。"

　　他坐在电脑前等待着，慢慢变得忧心忡忡。他甚至感觉自己等不到回信了，但实际上时间只过了不到十分钟。美国在线的程序再次发出声音："您有新邮件！"

他打开新邮件。我没怎么看过《X档案》，年轻的他自己写道，但也许我该去看看。你怎么可能知道这么多我的事情？我从没和任何人说过琳赛·弗莱彻的脖子那件事。

贾斯汀知道自己直到2018年也从没和任何人说过这事，但这并不代表他忘记了。到了人们往他的棺材上覆土的那天他也不会忘记。

我怎么知道？他写道，我已经和你说过两次了——我知道这些是因为我就是你，2018年的你。这不是《X档案》那种迷信的东西，而是靠着良好的编程技巧做到的。这部剧还在一季接一季地播出，但他本人已经好些年没看过了。他继续写道：相信我，我有着充分的原因回来这里。然后点击发送。

他再次开始等待，这一次回信很快就来了。他想象着年轻的他盯着电脑屏幕，手指不自觉地挠着头皮。年轻的他一定挠得相当用力，因为回信上写着：但那不可能。

好吧，他写道，就算那不可能好了。但如果那不可能，我怎么能知道这么多你的私事呢？

又是一轮等待。真是该死，他想道。他本想制作烤羊排作为今晚的晚餐，但那样的话他就必须待在厨房里看火，否则羊排肯定会被烤成焦炭。他从冰箱里拿出一份晚餐，将它放到安装在炉灶上方的小型微波炉里。这样的话他只需要按下一个按键，就能做好一份差强人意的晚餐。他回到电脑前。

"您有新邮件！"电脑再次发声。我不知道，年轻的他写道，你怎么知道这么多我的私事？

因为这些也是我的私事，他回道，看来你还是没有严肃对待我说过的话。

微波炉发出哔哔声。贾斯汀站起来准备去吃东西，不过很快，笔记本电脑就提示他说有新邮件。他把新收到的邮件打开。如果你是我的话，二十一岁的他写道，那你长得一定和我很像，对吗？

贾斯汀大笑起来。年轻的他不相信他的话。他很可能认为这样就能让这个假冒者无言以对默默离去。但贾斯汀不是假冒者，所以他不需要闭嘴——相反，他会说得更多。没错，他写道，明天晚上六点三十分，到北岭市中心商圈的B.道尔顿书店来见我，我会请你吃晚饭。到时候你就可以看看了。他把邮件发送出去，从电脑旁边走开。

贾斯汀吃了些冷冻食品，这让他想起他之所以要学习烹饪的原因。他将托盘中剩余的食物倒进垃圾桶，再次返回卧室看看年轻的他有没有回复。只有简单的三个字：到时见。

这处商圈让贾斯汀小小地吃了一惊。在他那个时代，这里已经相当破败了。不过现在是1999年，在1994年大地震之后这里刚刚重建完没多久，一切看起来都是崭新的，似乎还在闪闪发光。贾斯汀提前到了。他的头发剪得很短，身穿Cow Pi牌T恤衫和牛仔裤，脚踩黑色长靴，看上去与来这里购物或是闲逛的年轻人相当相似。

很快他就知道了到底有多相似：他盯着一个三十来岁、穿着商务服装的棕发美女看了一会儿，她发现他在看着自己，立即显得有些惊慌失措，但很快，她就完全无视他了。一开始他觉得她的反应有些过度了，但随后他就意识到并非如此——你可能认为她很有吸引力，但她不这么看你。她认为你还乳臭未干。

不过这个女人的反应并没有让他感觉受到了侮辱，反而让他兴奋起来。也许我能办到这事。

他靠在二楼B.道尔顿书店的铝质栏杆上，好像没有什么更好的事情可以做了。一个穿着褐红色涤纶裤子的灰发男人从他身边走过，嘴里念叨着"如今的朋克青年"之类的话。贾斯汀咧嘴一笑，这让那老家伙更加不满地叨咕起来。

但很快，贾斯汀脸上的笑意消失了，取而代之的很可能是惊讶。年轻的他自己正从希尔斯百货那边走过来。

他能看得出年轻的他看到他了。二十一岁的他停下脚步，张开了嘴，脸色迅速变得苍白。他看起来简直像是马上就要转身逃跑了，但他没那么做，而是闭上了嘴，咽了一下唾沫，继续向前走。

贾斯汀的心脏也重重地跳了起来。他从来没想到看到自己会是一种这么奇怪的感觉。他早就知道会发生这样的事，而对年轻的他来说，这无异于晴天霹雳。这也就意味着他需要在会面过程中占据主导地位。他伸出手。"嘿，"他说，"谢谢你能来。"

年轻的他伸出手与他相握，两人不约而同地低头看了一下，两只右手完全一样。嗯，本该如此，不是吗？贾斯汀想。年轻的他依旧一副目瞪口呆的样子，开口说道："也许我没疯。也许你也没疯。你看起来真的和我一模一样。"

"很有趣，不是吗？"贾斯汀说。看到年轻的自己与看到镜子中的自己并不一样。那不是因为二十一岁的他看起来年轻得多——两人差距没那么大。那甚至也不是因为年轻的他和他本身的动作不同。过了一会儿他才明白过来：和镜中的倒影不一样，年轻的他不是左右颠倒的。这才是年轻的他与镜中的他看起来不一样的真正原因。

年轻的他把手放在腰上。"我要求你证明你是来自未来的。"他说。

贾斯汀早想过他会这样。他从口袋里拿出一个塑料零钱包，可以挂在钥匙链上的那种，并且把它拉开。"给，"他说，"这是给你的。"他把一枚二十五美分的硬币递给二十一岁的他。

这枚硬币与其他硬币并没有什么不同，唯一的不同在于日期。"这是2012年的，"年轻的他低声说道，"老天，你不是在开玩笑。"他的眼睛再一次瞪大。

"这个我早说过了，"贾斯汀很有耐心地说，"咱们走。那家韩国烤肉店叫什么名字来着……浅绿？"他依稀记得是这个名字。那家店在跨世纪之后不久就倒闭了。

年轻的他没有注意到他话语中的犹豫："绿松？"

"没错。"贾斯汀听到这个名字立刻就记起来了，"我们到那里去吧。我请你吃晚餐，就像我在电子邮件里说的那样，而且我们可以好好谈谈。"

"谈你为什么要到这里来吗？"年轻的他问道。

他点点头："对，谈我为什么要到这里来。"

绿松餐厅的女服务员都不太会说英语。这也是贾斯汀选择这个地方的原因之一：他不希望有人偶然间听到他们的谈话。但他确实喜欢大蒜，喜欢各种古怪的蔬菜，也喜欢在桌子中间的天然气烤架上烧烤牛肉、鸡肉、猪肉或是鱼肉。

他为他们两人点了菜。女服务员用古怪的韩文字母在点菜单上记了下来，看看这个，又看看那个。"双胞胎。"她吐出了一个她懂得的单词。

"对。"贾斯汀说。可以说是吧，他想。女服务员离开了。

年轻的他指着他。"告诉我一件事。"他说。

"什么？"贾斯汀问。他觉得他可能会问各种各样的问题，从"你在这里做什么？"到"什么是生命的意义？"等。

但年轻的他还是让他吃了一惊："在你——呃，我——四十岁的时候，滚石乐队还在搞巡回演出吗？"

"嗯，没有。"贾斯汀说。仔细想想这个念头还挺吓人的。他和年轻的他大笑起来，他们的笑声听起来很相似。本该如此，他想。

女服务员带着两瓶OB啤酒回来了，这种啤酒的瓶子比一般的要高些。她没有要求他们出示身份证明，贾斯汀在心中暗暗感谢她。当她在他们旁边时，年轻的他有意保持沉默。服务员离开后，二十一岁的他说："好的，我相信你了。我没想过我会相信，但我真的相信。你知道得太多了——而你的硬币也不可能是从耳朵里掏出来的。"他喝了一口韩国啤酒。看起来他好像很快就会喝醉了。

"没错。"贾斯汀表示赞同。控制住局面。你的声音和话语要给人信心，让他相信你知道自己在做什么。而他必须相信，否则这件事就成不了。

年轻的他喝啤酒的速度比他更快，很快就喝完了第一瓶，挥手叫服务员再来一瓶。贾斯汀眉头皱起。他知道他年轻时的酒量比四十岁时大些，这个事实却让他感到不舒服。喝完这么大的两瓶啤酒，他肯定是不敢开车了，但年轻的他似乎并不在意。

服务员来到他们身边，不仅带来了年轻的他要的啤酒，还带来了准备烧烤的生肉和蔬菜。她用铝质钳子把猪肉和用卤汁腌过的牛肉放在烧烤架上。二十一岁的他低头看着串在签子上、不断卷曲着缩小的肉块，大声说道："我的天啊！肯尼[1]他被挂掉了！"

"哈？"随后贾斯汀马上又说，"哦。"他干笑了两声。他已经很长时间没有想起过《南方公园》了。

年轻的他盯着他。"如果这话是你对我说的，我肯定笑得比这开心多了。不过对你来说这部剧已经不火了，对不对？"贾斯汀还没来得及回答，他就自问自答了，"是啊，当然了。2018年？老天！"他又喝了一大口啤酒。

贾斯汀用钳子夹了一些牛肉到餐盘里。他没有用刀叉，而是用筷子将肉送入口中。年轻的他也是这样做的。不过他用筷子的技术比二十一岁的他好些，因为他的实践经验更丰富。肉挺好吃的，他记得这家店味道不错。

过了一会儿，年轻的他说道："好吧，你能告诉我这都是因为什么吗？"

"现在你的生命中最重要的是什么？"贾斯汀反问道。

"你是说，除了搞清楚我为什么要穿越时光回来见我吗？"年轻的他回道。他点点头，努力控制着不露出笑容。他二十一岁的时候肯定比他现在更散漫、更好骗些。当然，那时的他有很多事情还没走上歧途。"那只能是梅根了，对吗？"年轻的他继续道。

"很好，我们的思路走在同一条轨道上，"贾斯汀说，"那

---

[1] 动画片《南方公园》中的主角之一。

就是我来这里的原因，我要处理好与梅根的关系。"

"与梅根的关系还有什么好处理的？"二十一岁的他话语中有种得意扬扬的味道，"我和梅根的关系好极了。我是说，我没有很着急做什么，但是我们真的很好，而且会一直这样保持下去。我们现在有几个小孩了？"

"一个也没有。"贾斯汀的声音变得粗粝。他下巴上有一条筋不停地突突跳着。他摸了摸下巴，试着让它冷静下来。

"一个也没有？"年轻的他看来领悟力并不强。他需要有人给他指引才能看清事实。他看了看贾斯汀的左手。"你没有戴结婚戒指。"他说。他刚刚注意到这个。贾斯汀表情阴郁地点了点头。"这是否表示我们没有结婚？"年轻的他问道。

告诉他不是这样。贾斯汀也确实这么做了："好吧，我们结婚了。后来我们又离婚了。"

年轻的他脸色变得苍白，就和他第一次看到贾斯汀的时候一样。虽然只有二十一岁，但离婚这事对他并不陌生。就在此时此刻，他父亲正和一个比他大不了几岁的女人同居，而他母亲也正和一个比他大不了几岁的女人同居。这就是他拥有自己的公寓的原因：出钱给他租公寓对他的父母而言比对他付出真正的关心容易多了。

但话说回来，无论二十一岁的他对离婚这事有多了解，那仍然是不够的。他一直都只是一个旁观者。他从来都不是婚姻破裂的当事人。他不理解离婚之后人内心的痛苦、空虚，以及无尽的"如果当时那样就好了"的悔恨。

自从贾斯汀和梅根分开之后，他的脑子里就一直充斥着那种悔恨之情。但现在这个坐在绿松烤肉店吃着韩国泡菜的他处于一个绝对超然的地位。他可以做一些事情来实现那些"如果"。

他可以做到，如果年轻的他允许他这样做的话。年轻的他粗鲁地说道："这不可能！"

"不但可能，而且已经，或者说将要如此。"贾斯汀说。那条筋再次开始跳动。

"但——怎么会呢？"二十一岁的他似乎有些慌乱，又有些震惊，"我们和我爸妈不一样——我们从来不会整天吵架，也不会因为钱发愁。"就算是只有二十一岁，他提起自己的父母时还是随意的蔑视语气。2018年的贾斯汀对他们也是同样的观感。

"你们会因为房事吵架，你们会因为钱吵架，你们会因为各自的亲戚吵架。我们最后为这三件事情同时吵架，所以……"他放下筷子，摊开双手，"我们最终分开了——或者说将要分开——如果我们不做些什么的话。那就是我之所以想办法回来的原因：我得做些什么。"

年轻的他喝完了第二瓶OB啤酒。"你肯定很想那么做。"他说。

"可以这么说。"贾斯汀费力地说出这句话，"是的，你可以这么说。自从我们分开之后，我再也没有遇到过另一个让我有像梅根那种感觉的人。如果没有她，我宁愿孤身一人。无论如何，从我的角度来看就是这样。我想让我们两个的未来变得更好。"

"未来本来就会很好。"看来他并没有说服年轻的他。贾斯汀坐在座位上等待着。他现在的耐心远比半生之前的他好得多。"你要做什么？"最终，二十一岁的他开口问道。

他没有问"你想做什么"。他似乎将贾斯汀当作了某种不可抗力。也许这是因为他还年轻，不懂得讨价还价。但也许只是因为他喝了啤酒。不管怎么说，贾斯汀还是准备告诉他自己想要怎么做，而不是他将要怎么做："在未来的两个月内，我准备暂时接管你的生活。我将会成为你。我会去和梅根约会，让未来的一切变得更加可靠。两个月后，把我送到这里来的那根超弦就会断裂。此后的你将会活得比以前更加开心：我会告诉你该怎样做才不会把我做好的事情搞砸。而等我回到2018年的时候，我就将会'已经度过了'一段美好的人生。这个计划听起来怎么样？"

"我不知道，"年轻的他说，"你会去和梅根约会？"

贾斯汀点点头："是的。"

"你准备……把梅根带到那间公寓？"

"是的，"贾斯汀说，"但她会认为那就是你，而且很快，那就会变成真的你。当你变成我的时候，事情仍然会走在正确的轨道上，如果你明白我的意思的话。"

"我明白你的意思，"年轻的他说，"但是……"他皱眉，"我不知道。我就是不喜欢这个想法。"

"你有什么更好的办法吗？"贾斯汀双手抱在胸前等待着，尽可能摆出无可回避的姿态。实际上他的胃都快打结了。他一直都是个技术人员，不太擅长推销自己的想法。

"这不公平，"二十一岁的他说，"你知道所有的事情，而我只能靠猜。"

贾斯汀耸耸肩："如果你觉得我费了这么大力气回来只是为了对你说谎，那随便你。我无所谓。"当然，其实他并非无所谓。但他不能让年轻的他看出来。"你会知道最后发生了什么事，之后我们两个都会后悔的。"

"我不知道。"年轻的他一次又一次地摇着头。他眼里有一

117

种像是被困在陷阱里的动物一样的神色。"我就是不知道。你说的这些听起来都挺有逻辑，但你也完全有可能是在胡扯。"

"是的，没错。"贾斯汀不记得他上次使用这个词语是什么时候的事了，但用在这儿还挺合适的。

年轻的他站了起来："我不会说我同意，也不会说我不同意。现在我不会表态。我有你的电子邮箱地址，到时候我会给你发邮件的。"他走了出去，脚步有些虚浮。

贾斯汀盯着他的背影。他付了两份晚餐的钱——对他来说完全是小意思——独自返回住处。年轻的他肯定需要些时间来把事情想清楚，他能看得出来。你明白一件事是必要的，不代表你喜欢它。但是二十一岁的他浪费的每一分钟都是他无法再得回的了。他等待着，等待着，愈来愈恼火。可他还有什么别的办法呢？

你可以废了那小子直接代替他。但他浑身一哆嗦，压下了这个想法。他不是一个杀人犯。他只是想要得到一点欢乐。难道这样的要求也太过奢侈了吗？他不这么认为，特别是在梅根让他搬出他们的家，他失去了所有的欢乐之后。他每隔一小时就会检查电子邮件。

时间足足过了两天半。贾斯汀觉得自己快疯了。他做梦都没想过年轻的他会让自己等这么久。最终，他的电脑告诉他："您有新邮件！"

好吧，该死，二十一岁的他写道，我还是不知道该怎么办才好，但我想自己没有别的选择。如果我和梅根最终会分手，那我不能接受。你最好能保证这种事情不会发生。

"哦，感谢上帝。"贾斯汀长出了一口气。他回复道：你不会后悔的。

随便吧。年轻的他写道，已经有一半的我开始后悔了。不止一半。

不用后悔，贾斯汀告诉他，一切都会好的。

最好是这样，年轻的他威胁般地写道，你想怎么交换身份？

再到B.道尔顿书店来见我，贾斯汀写道，把车停在希尔斯百货旁边。我也会把车停在那里。把你需要带的东西都放在车里。你可以把它们放到我开的那辆车上，我也会这么做的。两小时后见，怎么样？

随便。年轻的他回复道。贾斯汀记得自己年轻时确实经常这么说。他希望现在这个词的意思是"好的"。这间公寓里没有什么不能让年轻的他拿走的东西，除了他的笔记本电脑（尽管这恐怕是唯一能让他不再担心失去梅根的东西了，但也许连它也不行）以及一部分现金。他把电视机、立体声音响和旧衣服都留下了，另外还把一部分不准备带的现金塞在内裤和袜子下面。这样一来，年轻的他就可以有钱吃饭、玩乐，只要别到梅根可能会遇到他的场合去就行。

这一次，年轻的他比他先到。二十一岁的他挂着非常阴沉的表情说："我们开始吧。"

"别苦着脸了，又不是要给你做根管治疗。"贾斯汀说。现在年轻的他显得很茫然——他不知道什么叫根管治疗。贾斯汀希望他用不着知道。除了失去了梅根，这也是另一个让他的生活减少了乐趣的原因。"好吧，这就开始。首先我们得交换钥匙，你懂的。"他继续道。

"对。"二十一岁的他点点头，"我已经另外配了钥匙，你呢？"

"我也是。"贾斯汀一边的嘴角弯了弯，"我们的想法很相似。很奇妙，不是吗？"

"很奇妙，是的。"年轻的他回头望着希尔斯百货，"这最好能成功。"

"会成功的。"贾斯汀说。该死的，一定得成功。

他们的停车位只相差两排。年轻的他带了两个相当大的包。他把包放在贾斯汀的车上，而贾斯汀则把他的东西拿到二十一岁的他驾驶的车上。"你知道我住在哪里，"两人交换钥匙后，年轻的他说，"我的新住址在哪儿？"

"哦。"贾斯汀告诉了他，"车已经上保险了，你可以在内衣抽屉里找到足够的现金。"他将一只手放在年轻的他的肩膀上，"没问题的。我说的是实话。你就当作是休了两个月的假期好了。"

"从我自己的生活中休假。"二十一岁的他再次露出阴郁的表情。人在二十一岁的时候做什么都很着急。"别搞砸了，就这个。"

"记住，这也是我的生活。"贾斯汀钻进年轻的他开到这里来的车。他摸索了一下才找到正确的钥匙。车启动之后，收音机里传出了KROQ广播电台的音乐。他笑了。绿日乐队是现在最流行的，尽管不符合他的品味。正步入中年，并对自己的人生感到遗憾的人是不会喜欢听这种音乐的。他把收音机声音调大，驱车返回了年轻的他所住的那栋公寓。

阿卡普尔科。他开车接近这幢公寓楼，不禁点了点头。看起来相当熟悉，这让他再一次笑了起来。它没有变化。他却变了。

开车穿过大门，他的手和眼立即指引他找到了他以前用过的车位，而这时他的大脑还没完全反应过来。他不记得门牌号了，因此他不得不走进大厅，看看哪个邮箱上贴着写有"克洛斯特"的标签纸。他绕过游泳池，穿过少有人使用的娱乐室，就到达了他从前住过的地方。但现在这里并不是很旧。这里就是年轻的他曾经住过，也将继续住下去的地方，也是他现在即将要居住的地方。

他打开门的时候不由得哆嗦了一下。他不记得他曾经用过这种红黑色的地毯，但记忆很快就回来了。他四下看了看，都在这里——他曾经用过的各种物品，有很多都已经很久没见过了。平装书、CD，还有那个小雕像（一个虫型人物用后腿站着，似乎正在发表演说）——这东西是在哪一次搬家的时候丢失的？他耸了耸肩。他搬过很多次家。他充满喜爱之情地摸了摸这只虫子的一个触角，同时从书架旁边走过，穿过一条狭窄的走廊，进入卧室。

"我的老iMac！"他大声说道。但它实际上并不老，这一款才推出不到一年。冰蓝色的外壳——以2018年的品味来看，这个颜色不仅过时还极俗气，但刚推出的时候他觉得这个颜色真的非常不错。

年轻的他在键盘旁边留了一张字条。假如你不记得的话，这里是梅根的电话号码和电子邮箱地址。别搞砸了，我要告诉你的就只有这个。

他记得她的电子邮箱地址，但电话号码确实忘了。"谢谢，小子。"他对二十一岁的他说道。电话机放在床头柜上，旁边就是年轻的他的电话记录本，但先写下来就免得他去翻了。

不过，他没有立即给她打电话，而是先进了浴室。当他打开灯的时候，他的手开始颤抖。他死死盯着镜子里的自己。我能做到吗？他用一只手抚过自己的脸颊，是的，我看起来很年轻。可是有那么年轻吗？当我打开门时，梅根会怎么想？她的家人又会怎么想？我只比她的父母小两岁而已，老天在上。

　　不过，如果我走到门前，穿着他的——不，我的——衣服，说话的声音和我一样，知道只有我才知道的事情，那我不就是贾斯汀·克洛斯特吗？她会认为我就是我，因为我不可能是别的什么人。而且我也确实不是别人——我只是我自己。

　　他在镜子前皱着眉头寻找细微的皱纹，这时电话响了。他连忙赶回卧室，心里还有点希望那会是推销电话。我还没准备好，我还没准备好，我还没……"喂？"

　　"嘿！你最近怎么了？"好吧，是梅根。他大约有十年没和她联系过了，但他还是记得这个声音。而且他已经很多年没有听过她这么快活、奔放、乐意和他交流的声音了，远远不止十年。在他能够答话之前，她继续说道："你生我的气了吗？你两天没给我打电话了。"

　　听梅根说话的语气，好像是在说他两年没给她打电话了。"我没生气，"贾斯汀下意识地回答道，"只是——有点忙。"

　　"忙得连理我的时间都没有？"她的语气听起来好像不敢相信会发生这样的事。看来年轻的贾斯汀一定对除梅根以外的其他事情也非常关注。至少他没有泄露贾斯汀返回1999年一事的秘密。"你在做什么？你和谁在一起？"

　　她咯咯地笑了起来。贾斯汀记得后来她也问过同样的问题，只不过语气完全不一样。当然，现在不是如此。她还不知道自己会做出那样的事。如果他在这里改变了事情的走向，她自然也就不会那样做。"没事，"他说，"也没谁。就是公司里的事情有点忙，没别的。"

"继续编故事啊。"话虽这么说，但是梅根还在笑。他记得她会这样。他也记得她会很快停下来。"好吧，你现在没在工作，对吗？我去你那里一趟怎么样？"

"好的。"他说。看来最严峻的考验马上就要到来了。或者他能过关，或者整件事情被踢爆。如果真的被踢爆了我该怎么办？也只能夹着尾巴逃回2018年了。

但是梅根没给他留下恐慌的时间。"好的？"她装出凶狠的语气说道，"好的？我会让你看看什么叫好的，走着瞧吧。十分钟后到。"她挂了电话。

贾斯汀发疯般地来回奔跑，把东西摆在它们应该在的位置，并稍微打扫了一下房间。他不记得年轻时的自己是个如此邋遢的人。他打开冰箱看了一下。微波炉食品、啤酒、可乐——和他想象的差不多。

他等待着楼门对讲机响起——梅根进大门时应该会用到它。但他忘了自己给过她一把钥匙。直到敲门声响起之前，他都不知道她已经到了。他打开门。"嘿。"他的声音紧张地颤抖起来，就好像他真的只有二十一岁，或者也许是十六岁。

"嘿！"梅根弹了弹舌头，"你看起来真的挺累的。可怜的孩子。"

他也在看着她，同时极力控制住自己不要发抖。她的样子和他保留的那些照片一模一样：棕色头发，皮肤黝黑，一双闪着光的黑色眼睛，或许有些瘦削，却不是完全没有肉。她总是笑得像是知道了什么秘密。他记得这些。凝结的记忆与眼前生动鲜活的肉体相比却有如此之大的不同。他从未想到过这种差异会如此巨大。

"你究竟有多累？"梅根说，"我希望你不是太累。"她向前迈出一步，用双臂环抱住他，脸庞仰了起来。

他下意识地伸出双臂抱住她，他下意识地低下头吻了她的唇。当他们俩的嘴唇相触时，她喉咙深处发出微弱的嘤咛声。

贾斯汀的心脏强有力地跳动着，他甚至为梅根无法感受到它的跳动而惊奇。他差一点就热泪盈眶了。他在这里，拥抱着他今生唯一真正爱过的女人，而这个女人断然地停止了对他付出的爱——只是现在他回到了她还爱着他的时候。如果这不算是奇迹，他真的不知道什么算。

她的怀抱感觉光滑而温暖，柔软却坚定。非常坚定，他注意到这一点——比其他他约会过的女人要坚定得多，不管那些女人有多经常去健身房。这让他又意识到了另一件事，他之前几乎都没往这个方面去想：他，贾斯汀，与她，梅根正在单独相处；他，一个四十岁的男人，与她，一个二十岁的姑娘正在单独相处。

那个酒保说什么来着，去钓那些高中女生？但这不是那么回事，该死。梅根不知道他已经四十岁了。她以为他是即将上大学四年级的那个他。他也必须时刻记住这一点。

然而他并不能做到，或者说不能做得非常好。他比那个他多活了差不多二十年。他试着不要去记起那些事情，但这根本无法控制。"哇哦！"当这个吻终于结束的时候，他喘息着说道。

"嗯。"梅根则将这样的热吻视作理所当然。她只有二十岁。她的脑海里从来就没有疑虑。"对初学者来说还算不错。"

她没等着他答话，直接走向卧室。

贾斯汀心脏跳得更厉害了，脚步不由自主地跟了过去。在现在这个时候，他们成为情侣还没多久，而且两人在此之前都没有太多的性经验。这就是发生了错误的地方，贾斯汀确定是这样。他们彼此之间失去了新鲜感，但还没来得及学会修复关系。贾斯汀现在知道的事情比二十一岁的他多得多。而他现在已经来到了这里，拥有了一个利用他的知识改变事态走向的机会。

但在下一个瞬间，他几乎把一切都忘记了，因为梅根脱掉了衣服并且躺在床上，嘲笑着他缓慢的动作。他加快了速度。当他在她身边躺下时，他感谢了上帝和超弦公司，或许超弦公司应该排在前面。

他的手在她的身上游走。她喘息着，身子向他倾斜，再一次深深地吻了他。别着急，他想道，别太粗鲁了。从某种角度来说，这很简单。他想要抚摩她，爱抚她，品尝她，直到永远。从另一个角度来说……他也想要做得更多。

他放慢了自己的速度，这样做是值得的。"哦，贾斯汀。"过了一段时间，梅根又说，"哦……贾斯汀。"他不记得他曾听到过她发出这样的声音，自从他们第一次做爱以来。几分钟之后，她又说话了，虽然没有一个成形的词，但显然，那并不代表失望。

接下来就该轮到他了。他心里一直有一个念头在啮噬着他：他正在占一个年龄是他一半的女孩的便宜，而且她并不完全知道他是谁。但随后，当她用双臂和双腿紧紧夹住他的时候，那个念头消失了。而且正如他所希望的那样，这种感觉真的非常棒。

在那之后，他们并排躺着，满身是汗，脸上露出愚蠢的微笑。贾斯汀一直在爱抚她。她发出小猫一样的呜咽声，并且开始充满期待地抚摩他。但她所期待的事情并没有发生，于是她露出了同情的表情。"你肯定是累坏了。"梅根说。

莫非她觉得他已经准备好再来一次了？他们才刚完事啊！但是他刚刚寻回的记忆告诉他，确实如此。他用舌头叩了叩牙关。或许四十岁的他看起来和二十一岁的他没什么不同，在那方面的表现却不可能一样。话说回来，谁能做到呢？

要是他事先能想到这点，他就会带上伟哥。在他的时代，伟哥已经成了非处方药。不过在1999年，他不确定这东西有没有发明出来。在他二十一岁的时候，他从来都没有这方面的需求。

但是梅根已经给了他一个完美的借口，至少这一次是这样。"是啊，真是地狱般的一天，"他说，"不过那可不代表我不能让你满足。"他继续爱抚她，尽他所能地挑逗她。

当他结束对她的爱抚之后，她瞪大了眼睛望着他。"哦，亲爱的，为什么你之前没这么做过？"梅根问道。这个问题一下子就让他确认了他所做的事情是对的。同时他也确定他在通过超弦返回2018年之前需要和年轻的他自己好好谈一谈。但是梅根又提了一个问题："你是在哪儿学到这一手的？"

她是不是认为他有了另一个女朋友？她是不是很好奇为什么他只有这一次对她这样做？或者，她是不是在开玩笑？他希望她是在开玩笑。年轻的他自己会怎样回答呢？他满怀自豪地大声宣告："我天生就是这么下流。"

梅根咯咯地笑了起来："很好。"

确实很好。一小会儿之后，他用"懒人"体位勉力又做了一次。的确非常好，梅根也这么想。在那之后，他忍不住开始打哈欠，但他早就说过他已经累坏了。"看到没？"他对她说，"你真的把我榨干了。"他没在开玩笑。但是梅根并不真的知道他没在开玩笑。

她的话语果然证实了这一点。"我本来在想我们今晚一起去俱乐部玩玩，但你还是好好歇着吧。我们可以明天再去。"她去了浴室，出来后就开始穿衣服，"明天我们可以一起做各种事情。"她脸上的微笑不仅仅是饥渴，甚至可以说完全就是色眯眯的。

基督啊，他想，她会期待我能像今晚这么"能干"。不过年轻的他自己确实能做到。至于他本人，却没有期待的感觉，反而感到似乎耗尽了全身的力气。睡觉，我要睡觉。

梅根弯下腰来，在他的鼻尖亲了一口："明晚七点左右来接我，好吗？我们去探针俱乐部玩玩，然后……谁知道呢。"

"好的，"他一边打着哈欠一边回答道，"随便吧。"梅根笑着离开了。贾斯汀认为自己似乎听到了她关上门的声音，但他不是很确定。

他甚至都不能睡懒觉。他得去做年轻的他自己在美国电脑的那份工作，而且二十一岁的他自然也不会在公寓里准备咖啡。他喝了些可乐代替，但可乐显然不像法式烘焙咖啡那样能让他打起精神。

工作于他而言就像是一座地狱。所有的电脑全是过时的垃圾。他早就忘记了这些半辈子之前的电脑究竟规格如何。它们都已经过时了，还记它们干什么呢？还有他那也不过不到三十的上司，总是像对待小孩子一样对待他。他考虑过让二十一岁的他来

127

继续上班。但是梅根经常会路过这里并且进来探望他，还有他认识的其他人也会这么做。他最终决定让二十一岁的他彻底远离人们的视线和脑海。

或许年轻的他自己这会儿正在远离他的脑海。他想知道那孩子现在在做什么，在想什么。或许是担忧吧，他猜测着，并且很快地将二十一岁的他抛之脑后，就像他的上司相信他就是二十一岁的他并将其抛之脑后那样随意。

五点十五分，他下了班立即开车回家，迅速吃完晚餐，冲了澡，换上年轻的他自己去俱乐部时穿的衣服：黑色裤子和靴子、黑色夹克以及白色衬衫。这套衣服全无修饰，让他颇感震惊。要想把这套衣服穿得好看，你得非常瘦削才行，但他从来就没有过那么瘦削的身材。他耸耸肩。无论如何，要去俱乐部就只能穿成这样。

敲响梅根父母家的门意味着更加严重的陌生感。贾斯汀强迫自己忘掉在他和梅根的关系破裂之后他们说的那些话。而且，当梅根的母亲打开门时，他很是吃了一惊：她看起来很漂亮。他一直以为她就是个老太太。"你——你好，特里库皮斯太太。"他结结巴巴地说道。

"你好，贾斯汀。"她向旁边让了一下。不，她一点都不老——倒是和他的年龄很接近，这是不会有错的。"梅根说你的工作很忙。"

"确实是这样。"贾斯汀迅速点头。

"我信了，"特里库皮斯太太说，"你看起来很疲倦。"梅根也说过一样的话。她们就差没说"你看起来有四十岁"了。她母亲却好奇地看着他。他过了好一会儿才想明白是因为什么：

他与她交流的态度是平等的，而没有把她当作是自己女朋友的母亲。这得注意着点，这不太容易，他见过的太多了。即使别人都不知道，至少他自己知道自己有多老。

他扬起眉毛，还没来得及说什么话，梅根出来了。她朝母亲摆摆手："等会儿见，妈妈。"

"好吧，"她妈妈说，"开车注意安全，贾斯汀。"

"嗯。"他说。好久没人对他说过这句话了。"探针俱乐部。"他朝梅根咧嘴一笑。

在此之前，他不得不查阅了二十一岁的他留在车里的地图，他早就忘了那地方怎么去了。它远在梅尔罗斯，亦即90年代的年轻人和时尚界的中心——并且正如1999年的海特和奥什伯里街[1]那样，在2018年它也早就过时了。

路上，梅根说："我听说在我们两周前去的那地方又准备搞一场大狂欢了。想去看看吗？"

"行啊。"贾斯汀希望自己的语气听起来像是感兴趣，而不是受到了惊吓。业余时间的非法狂欢对他的吸引力远没有以前那么强了，而且他根本不知道他们那时候去了哪里。年轻的他知道，但他不知道。

正如婴儿潮一代对扎染衣物和带流苏的羊羔皮夹克的看法一样，他对于去俱乐部的年轻人所推崇的时尚也很难不嗤之以鼻。文身、在身体上打孔……这些所谓的时尚已经褪去了当初的光泽。他本人仅仅在左耳打了一个耳洞。

当梅根和他走进俱乐部时，有人朝他们挥了挥手。他也挥手

---

[1] 嬉皮士游荡区。

回应。年轻的他自己应该认得这个人，不过他早就忘记了。因此他也没有进一步与那人打招呼。当他要求来一杯啤酒的时候再一次被要求出示身份证，这让他大笑起来。他返回吧台又买了另一杯啤酒给梅根，因为她还没到合法饮酒的年龄。

梅根用手指着灯光聚焦的小舞台："看，今天的DJ是海伦。她很棒！"

"没错。"贾斯汀咧嘴笑着。梅根看起来非常兴奋。他自己也曾这么激情地关注过是谁在打碟吗？也许他确实曾经如此。他想知道那是为什么，每个DJ之间似乎并没有太大的不同。

当音乐响起时，他差点儿以为自己的头盖骨要被掀开了。带着一对嗡嗡作响的耳朵回家意味着刚刚度过的一段欢乐时光——同时也是神经受损的迹象。可哪个二十一岁的年轻人会在意这个？现在的他却十分在意。

"怎么了，"梅根问，"你不想跳舞吗？"或者说他认为她说的是这样一句话。他是从她的嘴唇动作看出来的，因为他根本听不到她的声音。

"呃，当然。"即使是在二十一岁的时候，他也不怎么擅长跳舞，而在那之后的许多年，他根本就没再跳过舞了。但是梅根并没有批评他。她一直都喜欢大胆地舞动，让音乐去接管她的身体。探针俱乐部并没有狂舞区，贾斯汀对此暗自感激。回想起来，他觉得在狂舞区原地摇摆不像是跳舞，倒更像是在超级碗比赛中打一次进攻。

另一方面，他的身体也不像二十一岁时的那么健康了。在办公桌前工作二十年对于身体健康毫无益处。第一次休息时间开始时，他已经气喘吁吁。梅根的脸上也流着汗，但她显然充分地享受着每一分钟。她甚至都没怎么喘息。"这真是太酷了！"她说。

她说得没错。贾斯汀早就已经不再关注自己是不是够"酷"了。在三十岁之前你可以保留这个念头——要是你够拼的话，这个限制可以延长到三十五。在那之后，你要么就成了个老古板，要么就是个怪人。他几年前就确定自己成了老古板。现在他又要再一次成为弄潮儿了。他怀疑这一切是否值得。

海伦再次开始打碟，贾斯汀一直跳到凌晨一点。还好第二天是他的休息日。即使如此，他仍然希望自己是在家里的床上——不是和梅根在一起，而是独自一人陷入安稳的睡眠。然而他并没有这样的运气。某个耳朵上的耳环多到能触发机场的金属探测器的家伙开始分发复印的传单，指引他们前往狂欢派对。贾斯汀并不想去，但是梅根想。"你和我在一起还会累？"她问。于是他们去了。

他想知道这座仓库——有点像是用大型乐高积木搭建的一座建筑——的所有者是谁，还有他是否知道这座仓库里正在发生什么事情。他对此表示怀疑。这地方对一场大型派对来说实在有些危险：地板是水泥的，天花板上有电线和金属脚手架垂下来，声学效果也非常差。但是梅根的眼睛开始发光。这种轻微违法的感觉才是最爽的。条子们随时有可能冲进来并且把所有人全都扔出去。

他知道条子们不会出现，至少今晚不会，因为他知道他们没有出现过。而且作为一个四十岁的人，那种轻微违法的感觉对他已经完全无效了。一个满脸堆笑的家伙手里拿着几瓶装着绿色液体的塑料瓶向他们靠过来。"瞬间的爱情！"他说，"每瓶五美元。"

梅根立即抓了两瓶。贾斯汀知道这时候他应该掏钱。"里面是什么？"他疲惫地问道。

"试试看。你会喜欢的，"那人说道，"百分百天然原料。"

梅根这时候已经把她那瓶大口喝下了。她充满期待地注视着贾斯汀。他记得他曾经在这类狂欢派对上吃喝过许多奇怪的玩意儿，但那是很久之前的事了——不过显然现在那并不是。他并没有因此而死掉，所以这个东西应该也不会让他丧命。

他果然没有死掉，不过要是多试几次的话恐怕就不一定了。尽管加了糖，这东西的味道还是令人作呕。至于效果……这玩意儿刚一进肚，贾斯汀立刻就不想喝咖啡了。他觉得自己就像刚喝了十七杯最强力的咖啡。他的心跳速度达到了每分钟四百次，他的双手开始发抖。他能感觉到每当他眨眼的时候眼球上的血管都像是要跳出眼皮似的。

"真是太棒了，不是吗？"梅根的眼球都突出来了。

"随便吧。"贾斯汀二十一岁的时候大概也会觉得这种刺激很棒。至于现在，他只是在思索自己会不会当场冠心病发作。不过他确实精力十足地再次跳起舞来。

而且，在他载着梅根回到他的公寓之后，他设法又做了一些事。在心跳如此剧烈的情况下，要记住有关前戏的细节绝非易事，但他做到了。要是他还是二十一岁的话，他这会儿肯定是光顾着自己爽了就完事。梅根看起来也还挺受用的，也许那个所谓的"瞬间的爱情"并不算是什么强力的兴奋剂。

但他的真实年龄这时就体现出来了。尽管有爱侣相伴，并且他还用了兴奋剂——不管那究竟是什么——他仍然没法儿再来一轮。如果说这让梅根感到不快的话，至少她并没有表现出来。

虽然再来一轮的努力失败了，他还是没有像前一个晚上那样翻过身去睡觉。他怀疑自己恐怕下个星期都睡不着觉了。时间已经是凌晨四点多。"我是不是该把你送回家去？"他问，"你爸妈不会担心吗？"

　　梅根赤裸着身子在床上坐起来，摇摇头。当她这样做的时候，上上下下都跟着动了起来，景象颇为壮观。"他们不像有些父母那样二十四乘七地看着我。你别想把我扔出去，我想在这儿再待一会儿。"她的眼睛睁得很大，显然她也全无睡意。

　　"好，太好了。"贾斯汀伸出手来，用手指的背面蹭了蹭她的左乳。"我喜欢你在我身边，你知道吗？"梅根根本不知道他有多希望她能在他身边。如果运气好的话，她可能永远都不会知道。

　　"我喜欢在你身边。"她向一侧歪了歪头，"你这两天有点搞笑，你知道吗？"

　　为了掩饰自己的不安——不，见鬼，应该说是恐慌——贾斯汀做了个愚蠢的鬼脸。"这样够搞笑吗？"他问。

　　"不是这种搞笑。"梅根说。他做了另外一个更加愚蠢的鬼脸，这使得她咯咯地笑起来。"不是这种搞笑，我说过了。是另外一种方式的搞笑。"但她仍然坚持道。

　　"比如说呢？"尽管完全知道答案，他还是问了出来。

　　梅根不知道答案，但她正在逐步地接近那个答案。"很多细节。比如说你抚摩我的方式，你以前不会那样摸我。"她低头看着床单。"我喜欢你那么做，相信我，是真的喜欢，但上周你不是这么做的。你是怎么……突然间找到这个方法的？就像我刚才说的，那很棒，可是……"她耸耸肩，"我不该抱怨，我也不是在抱怨。但是……"她再次停了下来，似乎无话可说。

如果我那时就知道——每个人都唱过那首歌。但他不仅是唱了那首歌，他真的做到了。而这就是他得到的感谢？至少她还没直截了当地问他是否有了另一个女朋友。

他试着让话题变得轻松："我在这儿躺着，整晚都睡不着，一直在想你可能会喜欢怎么做，然后——"

"我喜欢。"梅根迅速说道。她没在说谎，否则全世界都欠她一座奥斯卡。"今晚你在探针显得很厌倦，以前你到俱乐部的时候从不会那样。"但她继续说道。

该死。他甚至不知道他的厌倦情绪已经表露出来了。二十一岁时的时尚自然不会让四十岁的他动心。去了某处，做了某事。90年代的人就是这么说的。但他绝不能承认这一点。"有点累了。"他又一次拿出了这个借口。

梅根紧紧咬住不放："你以前从来没这么说过，直到昨天——应该说是前天。"毫无必要地精确。

"抱歉，"贾斯汀回答道，"我就是我啊。除此之外，我还能是什么人呢？"再一次地，他意识到自己正在利用她不知实情的弱点，而且他在阻止她得知实情。这让他感到非常无耻，仿佛他在参加一场考试，而考场中的所有人只有他的课本是翻开的。但除此之外，他还能怎么做呢？

梅根开始穿衣服。"也许你应该把我送回家去。"但在说完之后，她或许觉得自己的语气太过冷酷，又补充道，"我可不想吃你做的早餐。"

他绝对可以给她做一份超级美妙的早餐，他本来想要这样告诉她。但年轻的他自己无法做到这一点，即便那是为了拯救他的生活。他闭上了嘴，同样穿上衣服。他此时绝对不想再暴露更多的不同点。

当他在她父母的房子门前停下车时，东方的天空已经开始变成灰色和粉色。在她解开安全带之前，他用右臂环抱住她，说道："我爱你，你知道吗？"

年轻的他自己要到一年之后才会说出这句话。我不想让关系发展得那么快，那个不善交际的傻瓜是这么说的。对已经四十岁的贾斯汀来说，这句话不仅仅是一个真理，更是定义了他整个生命的真理——最初的欢欣喜悦和随后的悲叹痛惜。他说出这句话毫不费力。

梅根呆呆地盯着他。也许她也没想到他会这么快就说出这句话。在一次心跳之后，她点了点头。她倾身过来，吻了他的脸颊和半边嘴唇。接着她下了车，走向她父母家的前门。她转过身来向他挥手，贾斯汀也向她挥手。当她卸下门闩时，他便驱车离开。

"瞬间的爱情"效力一直持续，直到中午贾斯汀才勉强睡着。到了两点三十分的时候，电话响了。他从床上跳了起来，胡乱摸索着，就像是一颗炸弹在他脑子里爆炸了。他抓起话筒，觉得自己像是死了一样。"喂？"他用嘶哑的声音说道。

"嘿，情况怎么样了？"

不是梅根，是一个男人的声音。在那一瞬，他觉得这代表这个电话完全不重要，可以直接挂断。但随后他立刻认出了这个声音：他在答录机上留下的声音就是这样的。但这不是录音，这是一个正在通话中的电话，而从电话听筒里传出的声音显然不是他说的。那是年轻的他自己。

那也就是说他必须得接这个电话，该死。"好得很，"他说，"或者至少在你打来电话之前是这样。我正睡觉呢。"

"现在还在睡？"从二十一岁的他的声音听来，这属于严重的反常现象，"我这个时候打电话就是因为觉得你肯定没在睡觉。"

"别介意。"贾斯汀说。睡意逐渐消退了，但他知道这只是暂时的。"没错，情况挺不错。我们昨晚去了探针俱乐部，然后——""你们真去了？"年轻的他自己听起来似乎——不，不是怀疑。是嫉妒。没错，就是嫉妒。"你们还做了什么？"

"那个深夜俱乐部。有人带了传单过来，所以我就知道了那地方该怎么去。"

"你可真幸运。你们还做了什么？"对，就是嫉妒。无比的嫉妒。

贾斯汀想知道这个问题究竟有多严重。"和你想的差不多，"他有意避免透露太多讯息，"我就是你，记住了。你会做什么呢？"

电话另一头传来叹气声，这说明年轻的他自己完全知道他会做什么，并且希望那样做的是他。但我比你做得更好，你这小怪咖。

在年轻的他自己还没来得及说别的之前，贾斯汀又补充道："还有，在我送梅根回家的时候，我告诉她说我爱她。"

"老天！"二十一岁的他大声说道，"你为什么要那样做？"

"那是真的，不是吗？"

"看在老天的分儿上，就算是真的，也不代表你一定要说出来呀！"年轻的他自己对他说道，"等你离开之后我该怎么办？"

"和她结婚，蠢材，"贾斯汀说，"幸福地生活下去，这样我也能一直幸福地生活下去。你觉得我回来这里是为了什么？"

"为了享受一段欢乐时光，老兄。跟我没关系。我告诉你，我的感觉很不好。"

我以前真的这么蠢吗？贾斯汀想道。但这个疑问有点不太对头。或许该问，我的事件视界这么短吗？他很有耐心地用双手握住话筒并且说道："听着，冷静一下，好吗？我干得很不错。"

"那是当然。"年轻的他自己听起来很激动，"你肯定干得不错！那我呢？"

不，根本就没有什么事件视界。贾斯汀说："你很好。冷静，你在休假。继续休息，放松，随意花我的钱。那些钱就是给你花的。"

这让年轻的他自己转移了注意力："你是从哪儿弄到这么多钱的，难道你抢了银行？"

"现在的钱比以后的钱值钱得多，"贾斯汀回答道，"通货膨胀。去找点乐子吧，只是别太张扬了，好吗？"

"你是说，让我离你远一点。"年轻的他自己没有偏离轨道太久。

"简单地说，是的。"

"而你却和梅根在一起。"二十一岁的他恼怒地长出了一口气，"我不知道，老兄。"

"这是为了你，"贾斯汀意识到自己在恳求，"这是为了她，也是为了你。"

年轻的他再次恼怒地叹了口气："是的。"他挂了电话。

一切都非常顺利，直到两周之后的那个周末，他带着梅根去看了广受吹捧的暑期大片。她完全沉浸在了剧情之中，而且她认为扮演男主角的那个演员很帅，在贾斯汀看来，他完全就是个孩子。不过从另一个方面来说，贾斯汀自己也像是一个孩子，否则他的整个计划根本就无从执行。

但这并不是最糟糕的问题。他和她不一样，他早就看过这部电影了。他记得自己曾经挺喜欢它的，但不得不说它的剧情有些单薄。以四十岁的眼光来看，这部片子根本没有剧情。对于这种充斥着噪声和每八分半钟就有什么东西爆炸的电影，他已经不像年轻的他自己那么能忍了。而相比于二十年后电脑生成的各种特效，这个年代最特别的特效看起来也稀松平常。

当演职员表终于开始滚动的时候，他想：怪不得我后来都不怎么看电影了。

不过，在梅根转头望向他的时候，她的眼睛在发光。"这部电影实在太棒了，难道不是吗？"当他们向影院出口走去时，她说。

"是啊，"他说，"很棒。"

这时候要是用另外一种语气他就得救了。这几个字刚从他的嘴里说出来他就意识到了这一点，但已经太晚了。他刚才所使用的语气根本不能理解为其他任何意思，除了讽刺。而梅根也注意到了。她很善于捕捉这种细节——当然，他在这方面从来都比不上她。"怎么了，"她质问道，"你为什么不喜欢？"

她强硬的语气使得贾斯汀想起了他们离婚之前的那段时间，

她与他争吵时就是这样。她当然不可能知道这一点。年轻的他自己也不可能知道——他没有经历过。但是贾斯汀经历过，因此他用自己的强硬方式回答道："为什么？因为它真的很蠢。"

这是一个晴朗的夏夜，白天的热度正在慢慢消退，天空中能看到几颗星星——圣费尔南多谷的光污染很厉害，最多也就只能看到几颗星星。但这些似乎都影响不了梅根。她停下了向他的汽车走去的脚步："你怎么能这么说？"

从她的眼睛里，贾斯汀看到了像电影特效一样的点点星尘，还有那位尽管帅气却像个孩子的领衔主演——在贾斯汀那已经产生了偏见的眼光里，或许"俊俏"是更合适的形容词——的无数特写镜头。他本应该闭上嘴，让这件事慢慢淡去。但梅根语气里的某种东西深深地刺激了他。他把他认为这部电影很蠢的原因原原本本地告诉了她。

在他们来到他的丰田车旁边时，他刚好说完。但她根本就没有听进去一个字。当他停下来的时候，她像不认识他一样地盯着他："你为什么这么刻薄？你以前从来都不是这样的。"

"你问了，我就告诉你。"他回答道，仍然有些激动。但当他看到她在系上安全带的同时强忍住泪水，他意识到自己的回击太猛烈了。这不完全像是踢了一只小狗一脚，但已经很接近——太接近了。他有了足以对抗成年女人的、属于成年男人的盔甲和武器——那是他的经历带来的糟糕的副产品——而他却用它们来攻击一个孩子。太晚了，他觉得自己像一个混蛋。"我很抱歉。"他喃喃道。

"随便吧。"梅根转头望向窗外的影院大楼，而没有看他，"也许你应该直接把我送回家。"

警报讯号迅速传遍他的全身："亲爱的，我说了我很抱歉，是真心的。"

"我听到了。"梅根仍然不肯看他，"不管怎样，你该送我回家了。"

有些时候你越是争辩，事情就会越糟糕。眼下似乎就是这样的情况。贾斯汀现在意识到了这一点。或许几分钟之后事情会简单一些。"好吧。"说着，他发动了汽车。

返回她父母家的路上他们几乎一句话都没说。当他靠边准备停车时，梅根没等车子停稳就打开了车门。"晚安。"她说，并且快速走向她的家门，几乎像是在奔跑。

"等一下！"贾斯汀喊道。即使他的声音中没有显露出他的恐慌，效果也已经足够了。梅根也同样听出了他的恐慌，于是她停下来，警惕地回头望向他，模样活像一只被吓坏了的小动物，只要稍有不对劲就会立刻加速逃走。"我不会再那么做了，我发誓。"为了显示他有多真心，他甚至在胸前画了个十字。他从三年级之后就没再这么做过了。

梅根急促地点了点头。"好吧，"她说，"但不管怎样，这段时间不要给我打电话了。我们都需要冷静一下，你觉得怎么样？"

太可怕了。贾斯汀不想浪费他能在这儿度过的宝贵时间，但他知道自己无法反驳。他真心希望自己能早点发现这一点。他强迫自己点头，露出微笑，并且说道："好的。"

门廊上的灯光映出梅根脸上放松的表情，她因为一段时间不需要和他说话而感到轻松。贾斯汀回家的整段路上都想着这事。

他很希望自己可以不用做年轻的他自己在美国电脑的那份工作，但那感觉似乎不是很好。贾斯汀花了几天时间才完全回忆起来90年代末的电脑是怎么工作的，而当他回忆起来之后，他很快就成了众所周知的技术高手。他的上司把他的时薪提高了一美元——并且给他安排了更多的工时。他尽自己最大的努力抗拒加班，但他又不可能每一次都拒绝。

在与梅根那次争吵之后的第三天，贾斯汀下班后走进他的——不，年轻的他自己的——公寓时，电话响了。他赶在电话转入答录机之前接起了它。"喂？"他喘息着说道。如果这个电话是二十一岁的他打来的，他恐怕会忍不住犯下谋杀罪——或者也许应该算是自杀？

但打来电话的是梅根。"嘿，"她说，"我不是和你说过短时间内不要再和我联系了吗？我知道我说过。"

"是的，你说过。可我——"贾斯汀突然停了下来。他并没有给她打过电话。难道是年轻的他自己打的？*也许我应该把他干掉，要不然他会继续把事情搞砸的。*但这个念头很快消失了。如果她想和他谈话，他当然不能拒绝。"我只是喜欢和你说话，没别的。"

梅根发出一阵笑声，在他听来犹如天籁。"你可真好笑，"她说，"好像我们根本没吵过架。我没法儿继续对你生气。相信我，我一直试着那样做。"

"很高兴你没在生气了。"贾斯汀说。*而我真的需要和年轻的我自己好好谈谈。*"你这个周末想出去玩吗？"

"当然，"梅根回答道，"但我们最好不要再去看电影了。你觉得呢？"

"随便，"他说，"我怎么都行。"

"好。"她又松了一口气，"我们还有很多其他事情可以做。也许我应该直接到你那里去。"

如果是年轻的他自己，听了这话肯定垂涎欲滴了。他自己也很喜欢这个主意。但是，作为一个四十岁而非二十一岁的男人，他听出了梅根没有说出口的潜台词。她真正想表达的，或者至少是她潜意识中的想法是：你在床上很棒。但我们不在床上时，你就变得很古怪。

"当然。"为了证实自己并不是仅仅对她的身体感兴趣，他继续道，"我们去塞拉斯吃墨西哥菜吧，怎么样？"

"好啊。"梅根说。

贾斯汀也觉得这个方案不错。塞拉斯是谷地里的一家知名餐厅。早在贾斯汀出生之前，它就已运营了二十年之久，而且即使到了2018年，它的生意仍然很不错。但在那个时代，他并不怎么经常去那里：那会勾起他与梅根一起吃饭的回忆。不过现在，那些回忆将不再充满痛苦，而是又一次变得欢乐。那就是他来到这里的原因。"那就周六见。"他微笑着说道。

"好。"梅根说。贾斯汀笑得更开心了。

丁零——丁零——丁零。"喂？"年轻的他自己说。

"哦，太好了，"贾斯汀冷漠地说，"你回家了。"

"是你啊。"二十一岁的他似乎同样不怎么高兴听到他的声音，"不，你才回家了，而我则成了一个孤魂野鬼。"

"我难道没有告诉过你吗？我在这里的时候你最好不要频繁出现。"贾斯汀道，"该死的，你最好听我的话。刚才梅根打来

142

电话的时候我不得不装作知道她在说什么。"

"她也是我的女朋友，"年轻的他自己说道，"她首先是我的女朋友，你知道的。我有权利和她说话。"

"假如还想让她继续做你的女朋友，你就不要和她说话，"贾斯汀说，"你才是那个把一切搞砸的人，还记得吗？"

"那只是你的一面之词，"年轻的他自己回答道，"但你猜怎么着？我不确定是否该继续相信你。我给梅根打电话的时候，她似乎对我相当恼火——我是说，对你相当恼火。所以，看起来你也并没有解决问题的答案。"

"没有人能拥有所有的答案。"贾斯汀尽可能耐心地说。他同样不认为二十一岁的自己能相信他所说的一切：在他四十岁的时候，他已经确信这是真实的了。"如果你觉得你的答案比我的更多，你就是最大的蠢材。"同样地，他也确信另外一件事情是真实的。

"我建议你和我说话的时候小心一点，"二十一岁的他说，"很多时候我仍然觉得你的一切计划都是伪造的。如果我确信这一点，我就能破坏你的计划。你百分之百清楚我能做到。"

贾斯汀比他想象的更清楚，他简直要被吓得大便失禁了。但他不敢在年轻的他自己面前透露出自己的恐惧。他极尽讥讽地说道："好啊，你去破坏好了。你去毁掉你自己的生活好了。继续这样做下去，你就一定可以做到。"

"听起来你现在的生活已经够糟糕了，"年轻的他自己说，"我还有什么可失去的呢？"

"我曾有过美好的经历，但我失去了它，"贾斯汀说，"这足以让任何人的生活被完全毁掉。如果你现在破坏了我的计划，你就连这段美好的经历都无法拥有了。你想要这样？那就继续把你的鼻子伸到它不应该出现的地方吧。你到底还想不想和梅根共度一生？"

虽然别的话似乎都没有作用，但最后一句话还是有效果的。"好吧，"年轻的他自己阴郁地说道，"我会躲起来的——但只是暂时。"他挂断了电话。贾斯汀注视着话筒，骂了一句脏话，重重地将它挂在话机上。

梅根瞪大眼睛看着空空如也的盘子，就好像她根本无法想象它是如何变成这样的。随后，她转而望向贾斯汀。"我真的把那么多食物都吃了？"她说，"告诉我我没有真的吃下那么多。"

"我做不到。"他故作严肃地说。

"哦，上帝啊！"梅根说。那并不是谷地女孩的口头禅，而是真正地感到惊奇。"那么多的油炸豆子！它们会让我的腿像吹气球一样发胖的。"

"不会的。"贾斯汀十分确定地说。据他所知，梅根的体重始终在上下五磅的范围内波动。即使在他们分手之后，他也从没听说过她变成了一个大胖子。他压低声音："我喜欢你的腿。"

她扬起一边的黑色眉毛，就好像在说，你是个男的，要是我允许你进入我的两条腿之间，你当然会喜欢它们。但那条眉毛很快又放下了。"你的嘴倒是挺甜的。也许你有机会证实自己的话，也许。"

"好吧。"贾斯汀的盘子也和她的一样空空荡荡。在他二十一岁的时候，油腻重口的墨西哥菜从不会成为他的负担，但现在，它们在他的胃里坠着，像一个保龄球。不过，他觉得自己能扛过去。与此同时，他在桌上留下了比平时更多的小费。

侍者将小费收了起来。"谢谢您，先生。"他用西班牙语说道，语气比平时真诚多了。

贾斯汀沿卡诺加大道向北，开车奔向自己的公寓。在路上，他设法将"等我们结婚之后"这个词组加入一句话里。

梅根原本正在看着道路另一边的一家二手车商店，她的头立刻飞快地转了过来。"等我们什么之后？"她说，"别那么快。"

贾斯汀第一次想到一个问题：年轻的他直到整整一年之后才告诉梅根说他爱她，或许这确实有其原因。现在的他有着了解事态未来走向的优势：他知道梅根会与他结婚，但是梅根不知道。从她刚刚的表现来看，她对此甚至并不开心。

更糟糕的是，贾斯汀甚至无法向她解释他知道些什么，或者他是怎么知道的。"我只是想——"他开口说道。

梅根摇摇头，她黑色的头发来回摆动。她说："不，你没想过。你今年秋天才上大四，而我秋天才上大三。我们根本没准备好去想结婚的事情，即使……"她再次摇摇头，"我们没准备好。我们靠什么生活呢？"

"会有办法的。"贾斯汀不想去思考她那个"即使"后面是什么。那想必是类似"即使我愿意与你结婚"这样的话。但是梅根没有把它全部说出来。贾斯汀紧紧抓着这一点。除此之外，他再也没有什么可以依靠的了。

"会有办法的？"梅根说，"是啊，没错。我们会深陷巨债，永远无法摆脱。我不想那样，我的人生才刚刚开始。我也不认为你想那样。"

他继续开车。常言道，女人热衷于得到承诺，而男人惧怕给出承诺，他们会像在野餐时遇到臭鼬那样飞快逃走。贾斯汀已经给出承诺了，梅根的表现却好像他才是应该得到承诺的那一方。对于这种现象，常言是怎么说的？最好还是不要对那些陈词滥调太过关心。

"嘿。"梅根碰了碰他的手臂，"我没生气，我不会为了这种事生气的。但我还没准备好。别逼得太紧，好吗？"

"好。"但是贾斯汀必须步步紧逼。他知道得太清楚了，他无法在1999年待太长时间。在他离开这个场景、年轻的他重新接管之前，梅根和他之间的关系必须得确定下来。他十分确信年轻的他将会打破春梦，并且已经打破了原本应该是完美的、持续终生的一段婚恋关系。

他打开车窗，将安全钥匙插进锁孔里。沉重的铁门向两边滑开。他将车开进门停好，两人都从车里走出来。他们走进公寓之前没有说太多的话。

不久之后，在黑暗而安静的卧室里，梅根用双手抓住他脑后的头发并且喊道："哦，贾斯汀！"音量足以让他在邻居们面前羞于露面——又或者成为他们之间的一个平民英雄，这要看情况。她向后躺在床上，开口说道："你这么做的时候我简直都要疯掉了。"

"我们的目标是令人满意。"这话是否有些自鸣得意？就算是吧，难道他没有得到的资格吗？

梅根大笑："说得太好了！"她的声音仍然有些颤抖。

他轻轻地在她身边躺下来，双手始终一刻不停地抚摩着她。趁热打铁吧，他想道。他自己也感到很热。他说："你真的不想谈关于结婚的事？"

"我现在什么都不想谈，"梅根说，"我想做的是……"她直接做了她想做的事。如果贾斯汀不是一个成年人的话，这可就构成性犯罪了。不过，贾斯汀想不起来他有哪一段时间比现在更快活。

"上帝啊，我爱你。"当他能够说出连贯的话时，他说道。

梅根继续跨坐在他身上——是以他最喜欢的那种方式。她的脸在他的上方，距离不过几英寸。现在她俯身亲吻了他的鼻尖。"我爱这个感觉。"她说，这实际上与他说的完全是两回事。

他的一只手从她光滑汗湿的背部曲线上滑下来。"好吧。"他说，就好像他们说的其实是一回事那样。

她大笑起来，然后摇摇头。她的头发在他面前晃来晃去，充满了她的气息。就在她再次俯身亲吻他的同时，她说道："但我们不能一直做这样的事。"就在这个瞬间，他软了下来并且从她的身体里滑出来了。她点点头，就好像他刚刚证明了她的论点。"明白我说的了吧？"

贾斯汀希望能拥有年轻的他的躯体。如果现在是二十一岁的他在这儿，他就能保持他的硬度，而不会在有史以来最不合适的时机突然缴了枪。但他现在的唯一选择就是继续把手上的牌打下去，不管它有多烂。他说道："我知道这不是结婚的唯一原因，但难道它不是一个很好的原因吗？"为了证明这个原因有多好，他将手伸向她的双腿之间。

梅根让他的手在那里待了两秒钟，但随后她就扭开了身子。"我已经和你说过了，不要这样逼我，贾斯汀。"她说，而且她的语气中已经失去了那种良好的幽默感。

"呃，是的，但是——"

"你没在听我说，"她打断了他，"结了婚的人也必须得要，我是说，仔细听对方在说什么，你知道吗？你不能一直做爱，真的不能。这方面你应该看看我的父母。"

"我的父母就一直都在做爱呀。"贾斯汀说。

"是的，但他们有各自的不同对象。"梅根犹豫了一下，说道，"抱歉。"

"为什么抱歉？你说的是实话。"年轻时的贾斯汀被他父母的怪异行径吓得够呛。如果说现在有什么变化的话，或许应该说四十岁的他的恐惧更深了。到了2018年的时候，他已经好几年没有与自己的父亲或是母亲说过话了，而且他一点也不想念他们。

随后他想到，爸爸不就是追追年轻姑娘吗？妈妈不就是发现自己是同性恋吗？你在这儿做的事情比他们怪异得多。但这是真的吗？他只不过是想要一段幸福的婚姻，就像梅根的父母拥有的那样，一段外人看来或许无趣、夫妻两人却乐在其中的婚姻。

难道这样的要求也还是太高了吗？从事态的走向来看，或许确实如此。

梅根说："别领会错了我的意思，贾斯汀。我很喜欢你，如果不是这样的话我就不会和你上床。如果你一定要我说的话，也许我可以说我爱你。但我不知道自己是否愿意尝试着与你一起度过我的一生。而且如果你继续这样逼迫我的话，我的决定会是不愿意。你现在明白了吗？"

贾斯汀摇摇头。他的耳朵里只能听到代表希望的钟表在嘀嘀嗒嗒地走向尽头。"如果我们遇见了一件好事情，我们就应该让它尽可能久地维持下去，"他说，"我们能在哪里遇到更好的事情呢？"在他已经度过的生命里根本没有再发生一件可以称之为好的事情。他从来都没有遇到过。

"该死，如果你不仔细听我的话，那就不是一件好事情。你只是不想要注意到这一点。"梅根起身走进浴室，她从浴室出来后就开始穿衣服。"请把我送回家。"

"我们难道不应该再聊聊吗？"贾斯汀能听到自己声音中的恐惧。

"不。送我回家。"梅根听起来非常坚定，"最近每一次我们交谈的时候，你都会给你自己把坑挖得愈来愈深。就像我刚才所说的那样，我喜欢你，但我觉得我们近期最好不要再交谈了。你给我的感觉是，你从来都没有听我在说什么，你也不觉得有必要听听我在说什么。就像你是一个大人，而我只是一个小孩那样，我不喜欢这种感觉。"

一个四十岁的人与二十岁的人说话时需要多严肃？贾斯汀一定是在潜意识中觉得用不着太严肃。看来这是错误的。"亲爱的，请等一下。"他说。

"即使我等了，事情也只会变得更糟糕，"梅根回答道，"你要不要送我回家？不然我打电话给我爸爸了。"

他与她的关系已经陷入僵局，他不想让自己与她父母的关系同样陷入僵局。"我送你回去。"贾斯汀没精打采地说道。

这段路比他们从电影院回家的那次更充满了紧张的气息，两人都保持沉默。直到贾斯汀转入梅根家的那条街时，她才开口说道："我们的整个生命才刚刚开始，明白吗？你最近的表现就好像你想把你的一生在明天就全部确定下来，那是不可能的。我们两个都还没准备好。"

"我准备好了。"贾斯汀说。

"好吧，我没有。"梅根说。车停在她家的房子前面。"而且如果你一直不停地找碴儿，我就永远都不会准备好。事实上……"

"什么？"

"别管它了，"梅根说，"随便吧。"在他能够开口再次询问她之前，她下了车，快速朝着自己家走去。他向她挥手，给她一个飞吻。但她根本没有回头，所以这些她都没看见。她只是打开门走了进去。贾斯汀呆坐了两分钟，注视着她家的房子。之后，他咬住下唇，开车回了自己家。

在接下来的三天里，他给梅根打了十多次电话。每一次接电话的都是答录机又或者是她父母中的一位。他们一直都告诉他说梅根不在家。最终，受够了的贾斯汀爆发了："她不想和我说话！"

她父亲即使去当白宫的新闻秘书都不称职。他只是说道："嗯，如果她不想和你说话，你也没办法强迫她，你知道的——"连否认都算不上。

但那就是我回来的原因！贾斯汀想把这句话喊出来，但那没有任何益处。他清楚这一点，但他仍然想要喊出来。他回来是为了让一切变得更好，但他做了什么？事情变得更糟糕了。

第四天晚上，当他从美国电脑下班，刚刚走进公寓时，电话就响了。他忙冲进卧室，与此同时，他的心不断地往下沉。如果年轻的他试着给梅根打电话并且发现她不再与他说话了，他一定会发疯的。他已经告诉过年轻的他不要那样做，但二十一岁的他又能有多靠得住？显然是靠不住的。"喂？"

"你好，贾斯汀。"那不是年轻的他，是梅根。

"嘿！"他不知道是该兴奋还是该恐慌。既然如此，他就同时中止了这两种情绪。"你好吗？"

"挺好的。"她停了下来。恐慌瞬间压倒了兴奋。当她再次开口的时候，她说："我这几天与我的父母好好谈了谈。"

这听起来不太妙。贾斯汀试图假装自己不知道这句话代表的意义有多么糟糕。他问道："然后呢？"他的声音似乎悬停在空气里。

梅根再次停顿。最终，她说："我们——我——决定不再与你见面了。很抱歉，贾斯汀，但事情就是这样。"

"是他们让你这么说的！"如果贾斯汀将责任归咎于她的父母，他就不需要再责备其他人，比如说他自己。

但她说："不，他们没有。特别是我妈妈认为我应该再给你一次机会。但我已经给过你两次机会了，而你仍然不知道该怎么做。突然之间，一切都变得太紧张、太迅速，而我还没准备好接受这些。我不想处理这些问题，我也没有必要去处理这些问题，而且我也不准备去处理这些问题，就是这么回事。就像我说过的，我很抱歉，非常抱歉，但我做不到。"

"我不能相信。"他用力挤出这几个字。拒绝相信事实总比自责要容易。"那我们的性生活怎么样？"

"很棒，"梅根立刻回道，"在这个问题上我不会对你说谎。如果你能让别的女孩得到我曾经得到的那种感觉，你再找一个女朋友肯定会很容易。希望你早日找到。"

老天，贾斯汀想，她在试着安慰我。至少她在试着这么做，但她只有二十岁，所以并不精于此道。他不想被安慰，因为他根本不想被拒绝。"那你怎么办？"他说。

"我会继续找的。如果你能让我有那种感觉，也许其他男人也可以。"梅根用不容置疑的语气道，"也许我应该和年纪大一些的男人约会，如果我能找到不那么爱发号施令的人的话。"她又补充了一句，但更像是自言自语。

如果这不是他本人的命运的话，他会觉得这实在有些可笑。贾斯汀低语着："但是，我爱你。我一直都爱着你。"他爱了她二十多年，比1999年的她的整个生命都长。他有什么证据吗？他被打垮了，不是一次，而是两次。

"请不要让这件事变得更加不可收拾，好吗？"梅根说，"还有，请不要再给我打电话了。我的想法是不会轻易改变的。如果我最终发现是自己错了，我会给你打电话的，好吗？再见，贾斯汀。"她没等他回答就挂上了电话。

别给我们打电话。我们会联系你的。每个人都知道这意味着什么。这意味着她已经和他说过的话：再见。他不想挂上电话。最终，在拨号音响了一分多钟之后，他还是挂上了。

"我现在该做什么呢？"他问自己，或者也许是在问上帝。上帝或许知道，但是贾斯汀毫无头绪。

他有想过给年轻的他打电话，让他知道事情出了问题：他大约想了三秒钟，随后就把这个想法丢得远远的，就好像那是一颗手雷。二十一岁的他会想要杀了他。尽管他现在心碎欲死，但他还不想真的死。

为什么不去死呢？他思索着，当你回到你自己的时代，你会是什么样子呢？你想要改变过去。好啊，你做到了。你毁了你曾拥有过的快乐时光。当你返回2018年的那个男厕所时，你会有怎样

152

的记忆？没有了与梅根结婚、事情又慢慢变糟糕的苦涩记忆。那是肯定的。因为你根本就没能与她结婚。过去的十九年将会是一无所有——那将是一段又长又孤寂又空虚的时间。

贾斯汀躺在床上开始哭泣。自从梅根告诉他她准备离开他以来，这是他第一次这样做。自从梅根上一次告诉他她准备离开他以来，他想。在不知不觉中，他哭着哭着睡着了。

大概两小时之后，电话响起的那个瞬间，贾斯汀几乎记不起自己身处于什么时代，又或者自己应该是多少岁。书桌上的老式电脑告诉了他所有他需要知道的事情。他皱着眉头接起电话："喂？"

"你这个婊子养的，"年轻的他没有显得非常愤怒，相反，他的声音极为冷酷，"你这个该死的假装自己什么都知道的蠢货！"

由于贾斯汀也在如此咒骂自己，年轻的他的这些话并没有让他感到恼火。"我很抱歉，"他说，"我试着……"

或许他保持沉默才是更好的选择。年轻的他打断了他的话："我刚才试着给梅根打电话，她说她不想和我说话。她说她永远都不想和我说话了。她说她已经告诉我她永远都不想和我说话了，所以我为什么要在她刚刚告诉我之后就又给她打电话？随后她就把电话挂断了。"

"我很抱歉，"贾斯汀重复道，"我……"

"抱歉？"这次，年轻的他开始怒吼，"你现在知道你很抱歉了？你根本不明白什么叫抱歉，不过你很快就会知道了。我会把你的屎打出来，伙计。你毁了我的生活！你以为你能逃得掉吗，你这个……"他重重地挂断了电话。

贾斯汀向来不擅长打架，二十一岁的时候不擅长，四十岁的时候也不擅长。但年轻的他现在怒火正旺，谁知道他能做出什么事来？怒火加上睾丸酮大爆发使得他说出的话显得异常可信。贾斯汀知道自己把自己的生命毁掉了多少年。

他同样知道年轻的他拥有这间公寓的钥匙。如果二十一岁的他在十五分钟之后出现在这里，他会想要见到他吗？

这引发了另外一个问题：他还想继续待在1999年吗？他所做的一切与他想要做的恰好相反。那么，还留在这里干什么？相比于在这里再待几周，等待超弦将他送回2018年，更好的方案难道不正是切断超弦，立刻返回他自己的时代，并且看一看他在这里把事情搞砸之后，那个时代的他的生活还有什么东西可以留存下来吗？

贾斯汀开启了从他的时代带来的强力笔记本电脑。他带到1999年的行李箱还在另一间公寓里，他的大部分现金也在那里。他撇了撇嘴，他不认为他能让年轻的他把那些东西还给自己。

当他把VR面具戴到头上时，他暗自期望自己的计算无误，他可以直接返回2018年的那间男厕所。此前的计算得出的结果是如此，但这结果可靠吗？只有真实体验才能证实了。如果这座公寓楼在2018年仍然存在，而且他出现在某人的卧室里，他就得做出一些既没有必要、也不想做的解释了。

同时他也在思索，当他回到他的时间线原来的位置时，他的记忆会是怎样的。是和原来一样，就好像他从来没进行过这次时间旅行那样吗？又或者是原来的记忆加上这次在四十岁的时候重新经历1999年的记忆？又或者是关于被改变了的人生的全新记忆？又或者每种各一部分？他会找出答案的。

　　程序初始化的纯无色之后，VR面具开始显示出他现在端坐其中的房间的景象，还有放在他膝上的强力笔记本电脑。"运行程序：超弦—斜杠—虚拟现实—斜杠—次级虚拟—斜杠—反向。"他说。VR面具的显示开始发生变化。这个程序其中的一部分是老式的插值渲染程序，因此面具后面的他看到的景象愈来愈不像是公寓的卧室，反而愈来愈像他的目的地——那间男厕所。另外一部分则是超弦程序，将他从弦上的一个点拉到另一个点。或者说他期望中的超弦程序能起到这种作用。如果程序没能成功起效，他就得去对抗处于怒火中的年轻的他，而他无论是精神上还是身体上都完全没有做好准备。

　　在VR显示屏上，超弦公司办公楼的男厕终于完全取代了年轻的他居住的公寓中的卧室。"程序超弦—斜杠—虚拟现实—斜杠—次级虚拟—斜杠—反向已完成运行。"强力笔记本电脑说道。贾斯汀继续等待着。如果他摘下面具，却发现自己仍然在那间卧室里……

　　当贾斯汀终于鼓起勇气摘下面具时，他立刻放松地长叹一声：他见到的景象与他在VR面具里见到的完全一样。但接下来他立刻就想到了另一重隐忧：虽然他回到了超弦公司的大楼，但现在仍然是1999年而非2018年。

　　他走出男厕之后立刻就解除了这一忧虑。地毯是他熟悉的颜色，而不是1999年那种难看的颜色。他看了看自己提着的VR面具和强力笔记本电脑。他今天用不着它们了，而且他也不想向肖恩、加斯以及其他所有看到的人解释自己为什么要拿着这些东西。因此，他沿着楼梯下楼并向停车场走去，准备把这些东西都放在车里。

当他穿过大堂向大门走去时，保安替他打开了门。"忘带什么东西了吗，先生？"这个生于婴儿潮时代的老人问道。

"只是想把这些东西放回车里，比尔。"贾斯汀举起手上的笔记本电脑和面具。保安点点头退到一旁。

贾斯汀穿过停车场走向他的车，但在途中，他突然停了下来，因为他意识到自己走向的那辆车并不是他在去往1999年之前停在这个停车场的那辆。车停在他停车的那个车位，但那并不是同一辆。他开到这里来的是一辆老旧的福特，而不是顶配的沃尔沃。

他扫视了一下整个停车场，没有一辆福特车。实际上，整个停车场上只有两辆车，一辆是沃尔沃，另一辆是比尔的那辆比他的福特更老的现代。如果他不是开这辆沃尔沃来的，那他是怎么来的？他的手下意识地伸到裤袋里，摸出了一个钥匙串。旧铁环和磨损了的皮链都让他感到十分熟悉，是他已经用了很久的东西。至于所有的钥匙……

其中一把钥匙正是带有沃尔沃标志的，他试着用它打开后备厢。轻轻一转，几乎没有声音，后备厢就打开了。贾斯汀把笔记本电脑和VR面具放进后备厢，再把后备厢关上，将钥匙串放回裤袋。

他的裤子也不是那天早上他穿着出门的90年代风格的宽松牛仔裤了，取而代之的是一条羊毛混纺休闲裤。鞋子也不一样了。上身是一件短袖马球衫，而非呆伯特T恤衫。

他用左手摸了摸自己的头顶。他的头发有些长，并不是他之前理好的圆寸头。他开始思索自己是不是真的自己。他那些关于他的过去的记忆不断地与新的现实所触发的记忆交战。他摇摇头，感觉自己的脑子似乎有些过于拥挤。

他朝着超弦公司大楼走去，但他其实还没有完全准备好再次回到自己的工作之中。他需要找个安静的地方坐一会儿，把脑子里的东西理理清楚。

当他朝街上望去时，他咧嘴笑了起来。他回到1999年的第一个早晨曾经吃过饭的那家丹尼斯咖啡店还在那里。这么多年来，它并没有太大的变化。他慢悠悠地踱过去。他仍然是在自己的时代之中。

"吐司和咖啡。"他对看起来很疲倦的中年西班牙裔女服务员说道。

"白面包、黑面包，还是全麦面包？"

"全麦。"他回答道。

"就来，先生。"她说。她以惊人的迅速为他送来了早点。他把葡萄果酱抹到吐司上，让服务员给自己续了两三次咖啡，随后，尽管仍然有些困惑，但至少摄入的咖啡因已经足以让他头脑清醒了，于是他步行返回超弦有限公司。

现在停车场上有相当多的车了，而当他走近时，更多的车正在进来。贾斯汀看到了加斯·奥康奈尔那辆显眼的绿色雪佛兰，于是向他招了招手："早安，加斯。你好吗？"

奥康奈尔露出微笑："还不错。您呢，克洛斯特先生？"

"也还好。"贾斯汀说。他的一部分似乎记得加斯和他是一种互称名字的朋友关系。但另一部分，愈来愈处于支配地位的那一部分，坚持认为从来没有过这样的事。

他们一起走进办公楼，一起上楼，互相讨论着工作。加斯走向占据二楼绝大部分的格子间迷宫。贾斯汀想要跟着他一起走，但他的双脚拒绝走向那个方向。他任由它们自行走向它们想去的地方。眼下，潜意识似乎比他的显意识更清楚他的工作地点究竟在哪里。

他的秘书已经在他办公室的前厅里，对着电脑在工作了。她朝他点点头："早安，克洛斯特先生。"

"早安，布列塔妮。"他说。他以前见过她吗？如果他没有见过她的话，他怎么会知道她的名字？他怎么会知道她在过去三年之中一直为自己工作？

他走进办公室——他的办公室——并且关上门。他再一次感到不知所措，就好像他从来没有来过这里一样。但他当然曾经来过。作为超弦有限公司的创始人和总裁，如果不是他占据这座大楼里最好的办公室，那谁有这个资格？

曾经穿越时空的那一部分的他仍然感到十分困惑。而另外一部分，受到他前往1999年的旅程影响的他则没有这种感觉。他知道这样的事情是可能的——而且他还有他经过时间旅行带去的金钱作为启动资金——那么他选择尽可能迅速地专注于这一领域，难道不是很自然的吗？当然是的——而且他也确实这样做了。在他办公室的墙上，挂着一枚被镶在镜框里的硬币，那不是他赚到的第一美元，而是一枚铸造于2012年的二十五美分硬币。他已经拥有这枚硬币十九年了。

他在办公桌后面的椅子上坐下来。窗外的景色并不如何迷人，但总比格子间那灰棕色的毛绒墙壁好看得多。办公桌上立着一个相框，里面的照片上，一个金发碧眼的女人正在微笑，此外还有两个他从没见过的男孩——那是他的两个儿子，索尔和利杰。当他停下来思索的时候，所有的记忆都回来了，就好像他真的经历过那一切一样。事实上，他确实经历过那一切。四十岁的他始终都没能迈过梅根这个坎儿。而年轻的他从未与梅根结过婚，因此活出了不一样的人生——从目前的情况来看，也是一个更好的人生。

嘿，他甚至知道这张照片哪个位置做过什么样的精修。她总是在那些最微不足道的事情上小题大做。电话响了，他接起来："喂，布列塔妮？"

"您夫人打来电话了，克洛斯特先生，"他的秘书说道，"是关于她想让您在下班时买的一些东西。"

"当然，接进来吧。"当妻子的电话被接进来时，贾斯汀仍然轻声笑着，"好吧，你想让我到店里买什么东西，琳赛？"

最后的日子

大卫·朗福德 / 著

梁宇晗 / 译

....

大卫·朗福德，英国作家、编辑、评论家，在科幻领域享有盛誉。他是科幻同好杂志及时事通信《安塞波》的出版者。除了数部长篇小说外，他创作了大量的短篇小说，包括模仿作品以及其他充满黑色幽默的故事。他赢得了至少二十五次雨果奖，证明了他在编辑、写作和发言人方面的工作殊荣。本篇最初发表于1981年由弗雷德·萨博哈根所编的选集《满满一铲子的时空》。

在聚光灯下，哈曼总是觉得自己充满了力量。空气在眩光和热度中跃动、歌唱，对手们——费里斯只是其中最新的一个——往往会萎靡不振、畏畏缩缩。但哈曼能从摄影机中吸取自信，他乐于将自己的一面展示给整个国家的观众，甚至不止一个国家。刚才，那个典型的油滑采访者已经转向了费里斯，但即使如此，哈曼仍然知道不能去偷瞄现场屏幕中自己的形象：金发、身材结实、脸上露出淡淡的微笑。控制是很重要的，哈曼的形象非常冷静：他的左手放在椅子扶手上，右手则放在自己的大腿上，姿势放松，同时又一动不动；双手的静止正是许多小的负面习惯之一，从侧面进一步强化了哈曼坚强可靠的外在形象。

尽管费里斯的智力和真诚对于他处理一些最为简单的假设性问题并不应该造成什么不利的影响，但是焦点正缓慢地从他身上移开。

"您若能当选总统，第一个通过的法案会是什么，费里斯先生？"

"嗯，呃……这要看……"

接下来，显示器将毫不留情地切回哈曼身上，对微笑着的他进行近景拍摄。小技巧之一就是永远保持同样的姿态。费里斯则一会儿显得紧张僵硬，一会儿显得虚弱无力，看起来他在摄影机前接受的训练远远不够。为什么？费里斯既没有自然地对着采访机说话，也没有对着推得离他很近的闪烁着红色状态灯的摄影机展示自己的雄辩才能。当他将自由主义的陈词滥调组合起来时，他的目光闪烁不定，他的注意力不由自主地从炽热的舞台被吸引到某种困扰着他的东西上去。哈曼则轻松写意地环视整个演播厅，随着费里斯令人恶心的注视，他转而注意到自己的护身符，那个追踪着命运丝线的魔盒。（时刻准备好一个夸张的短语，这是另一个技巧。）

他简直要笑出声了。费里斯本应是一个久经考验的演员、一个危险的对手，然而他却不能适应这种新奇事物。活动还有四天才结束，但他的技能已经在放大了的舞台带来的放大了的恐惧冲击之下崩塌了。后代们给他的压力过于巨大。

当哈曼从魔盒上抬起头时，一位技术员拦截了他那既紧迫又放松的目光，举起五个指头，接下来又是五个，最后是四个。哈曼的自信几乎无法燃烧得更炽烈了。十四个观察者。尽管比其他候选人都更受青睐，但以前他的观察者数量从没有超过十个。如此一来，轮子仍然在朝他的方向转动。看这个人——时代之人，命运之人。这些陈腐的言语让他微微一笑，但绝不能过度。

采访者将他的椅子转向哈曼，把费里斯留在一摊汗水里。他的最后几个问题可以说是非常柔和的，简直带着一种怜悯。而费里斯则翻着白眼答错了几乎所有的问题。

"费里斯先生已经陈述了他的立场，哈曼先生，而我确定您想要在我提问之前先陈述您的观点。"

哈曼容许自己训练了许久的声音立刻开始回答，而与此同时，他的思想则吟唱着：十四个……十四个。

"正如我之前说过的那样，我支持坦率的讨论和诚实的行为。我反对那些无底线的妥协，这损害了我们的经济。我想让每个人都得到公平，而且我已经准备好了为他们的公平而战。"

这些词句非常奢侈。哈曼的追随者们收到了信号。

"我要告诉你们一个故事，这是一段时间之前，发生在我身上的一件事。那是一个晚上，我正步行回家，走到一条路灯有一半都被流氓打破了的街道上，一个抢劫者朝我走了过来。就是那种等我们的警务改革行动启动之后，马上就会被从街道上驱逐的那种人。"

（他感觉到费里斯厌恶地扭动了一下，但是费里斯现在已经不在摄影机里了。）

"他拿出刀子比画着，要我交出钱包，老生常谈的台词。其实我不是一个特别勇敢的人，但这正是我所陈述的政治原则。你不能向这样的威胁妥协。所以我说，去死吧，想抢劫就过来试试。然后你猜怎样，他直接崩溃了。在这个故事里有一种值得我们国家去学习的精神，当你开始思考眼下谁正在威胁我们，你就会看到这种精神——"

这是个真实的故事。在它发生的时候，跟在哈曼后面的保安人员掏出枪来，当抢劫者退缩时，他们射击了他。

"那么，我想提几个问题，"采访者说，"我想我们都在等待着更多关于本次总统竞选活动中最奇怪的噱头的消息。您知道，很多人对于那些科学家的说法持怀疑态度。也许您可以告诉观众您对于这些眼睛、这些观察者的看法？"

在你的行情看好时，你就会一路上涨。哈曼变得更健谈了。

"这不是什么噱头，我觉得它也不是我竞选活动中的一部分。引力研究基金会的一些人发现我们——或者我们之中的一部分——正在被观察。观察者则是，嗯，我们的后代。正如你从报纸上了解到的那样，他们正在实验一种接收引力波的新方法，这是像我这样的普通人丝毫不了解的事。但他们的装置没有发现引力波，反而发现了这些（他们怎么称呼它？）空间凝结的节点。这些节点，他们后来给它们取了新的名字，叫作'窥孔'。一旦后代们开始观察，那些装置就会告诉你，你也能知道有多少人在观察你。最后他们发现，那些——"他压下使用"像你和我这样的"这个习惯性用语的冲动，"普通人根本不会被观察。重要人物则会有一两双，最多五六双眼睛在观察……"

采访者打了个手势，一架先前处于休眠状态的摄影机活动起来，对准了那位技术员和那个看起来相当不引人注目的盒子。"你能告诉大家现在有多少双——眼睛——在这个演播室里吗，先生？"

技术员并没有第一时间回答，而是做了些小调整，毫无疑问他是在饥渴地等待着自己这一份小小的荣耀。几秒钟之后，他抬起头，说道：

"十五双。"

费里斯极轻微地哆嗦了一下。

"当然，"哈曼圆滑地说，"这其中有一些会是注视着费里斯先生的。"他知道有两个观察者在断断续续地观察着费里斯，而费里斯似乎对此深恶痛绝。采访者在他小小的演播室里是毫无疑问的巨人，但当他独处时从不会有任何一双眼睛在观察他。眼下他正在拖延时间，给观众们讲述萨宾宁的故事。萨宾宁是一位在探测装置实验早期被标注为重要人物的画家，那时他毫无名气。可是当人们确定有八位观察者在关注他时，事情就发生了变化。他的作品得以曝光，而这不正说明了，未来人在关注着未来会变得有名的人物吗？

哈曼沉醉于那些沉默的眼睛如此长情的注视。这让他回忆起他的住宅和办公室第一次被破门而入时那种奇特的欣喜。这种微妙的奉承可能让其他人感到沮丧，但是哈曼没有什么需要隐藏的。

"但我必须强调这只是一种提示，"他说，从而介入这个关键时刻，"对于胜利者会是哪一方，人民得到了这种提示，正如他们从报纸的预测和民意调查中得到的提示一样——但选择权仍然在他们那里。作为政客，我们必须谦卑地接受他们的决定。当然，我很高兴不仅是今天的投票者对我有信心——"他充满了力量。他的话语既流利，又令人信服，从而占据了最后几分钟时间，而此时，费里斯先是闷闷不乐地盯着自己的鞋尖，接着则苦涩地注视着哈曼。至于采访者则暂时地忘记了要给予双方同样的时间，无疑，他也并不愿意给已经日暮途穷的费里斯设下更多的圈套。他只是仔细聆听着哈曼的讲演，那种神情清晰地显露出："四天之后，你将会是总统。"

电视辩论结束了，哈曼穿过热情的记者，穿过温和的致意以及有关胜选的预测，一次又一次地被闪光灯洗礼，以至于他的视网膜上留下了绿色和紫色的烧灼痕迹。随后他来到又大又安静的轿车上，随着前后的摩托车护卫队一起驶向未知的夜。他无聊地思索着，是否会有哪位记者能够善意地向费里斯提出一两个问题。

当然，他拒绝放下车内的窗帘，因为他更希望自己的形象隔着防弹玻璃展现在其他人的面前。这样会使遭遇暗杀的风险上升，但上升了的风险也是非常小的。（有多少眼睛曾在约翰·菲兹杰拉德·肯尼迪的身边盘旋，正如一团饥渴的苍蝇。但没有人会想要刺杀哈曼……确实如此。）他安坐于轿车的后座，一只手放松地放在真皮座椅上，另一只手仍然冷静地放在自己的大腿上。驾驶员头部的轮廓在更加不可穿透的玻璃后面隐约可见……四天之后，他将赢得前后各六名的摩托车手护卫，而现在，只有两名护卫在保护着装有眼睛探测器的厢式货车以及这辆发出低沉嗡鸣的轿车，他感觉到自己几乎是独自一人了。不过，他还记得那十七位观察者（这个数字一直在攀升，正如命运的阿尔戈斯之眼将他单独标记出来），以及摄像机的眼睛，那其中有上亿观察者在关注着他，就在此时此地。表演很成功。他感觉即使没有那些沉默的眼睛，没有那些诞生于不确定法则的干涉节点，他也同样能取得成功。它们在将信息虹吸到未知的未来。那是多久之后的未来？没有人知道，而且那也无关紧要。哈曼非常自信，他知道自己的信念是真挚的，即使没有这来自天堂的信号告知他是全人类最受祝福的一个人也是一样。

而古怪的是，他知道那是真的。全世界的王公和权力者都已经接受了扫描，以确定他们未来的名声；政客们——哈曼露出微笑——经常会得到高分，但是最高也不过八到九个。十七个：这个数字证明了未来的历史学家对他怀有无穷无尽的兴趣，简直令他受宠若惊，那些未来的、杰出的、眼力超卓的历史学家。

这是我应得的，当他的住宅进入视野时，哈曼告诉自己。探照灯照亮这所住宅那苍白的砖墙，使它显得特别引人注目。在警卫们短暂的簇拥之后，他进入了理论上属于他隐私的个人房间。他的思想是诚挚的，而且他也再一次认识到自己的思想确实是诚挚的。他会正直而毫不妥协地完成他的承诺，即使会使自己的名声遭受损失，他也会保障民主的真正意义。他在色调严肃的卧室里（仅使用黑色、白色、灰色以及铬色）来回走动，用手指抚摸已被各类期刊曝光于全国人民眼前的国际象棋和围棋的棋盘。录音机静静地转着，提供仅有的陪伴。他的衣服因吸收了太多汗水而变得沉重，在炽热的聚光灯照射下这是无法避免的。技巧在于不要显露出炎热给你带来的影响，绝不能像可怜的费里斯那样不停地退缩和擦汗。

这个房间没有窗子，理由也相当充分。但是哈曼知道这里至少有六个光学探头。在相邻的淋浴间里，他给自己赤裸的全身打上肥皂，脸上露出笑容。十七个观察者——又或许是十九个或者二十个，因为他感觉到自己体内的力量还在不断地增强——无论探头还是观察者都不能让他感到丝毫困扰。对于未来他没有什么需要掩饰的，对于现在也一样是如此。在他的一生之中，他认为绝不会有任何一个情节会给他的履历带来污点。让那些眼睛窥视吧！声名狼藉的费里斯或许会容许酒精和女人削弱他的意志，但是哈曼的能量冷静而又强健地在唯一的渠道中流淌着，为方便起见，他称这条渠道为"国家的利益"。

他随意地套上睡衣裤，勃起的阴茎让他略感不适。最后四天。只需要最后四天，就不会再有妥协。强硬的立场，直截了当的对话，一个国家接着一个国家。他会让他们有足够好的理由继续观察他。哈曼，终极的政治家。他似乎感觉到历任总统传下来的红色电话和红色按钮就在他的手指下方。

时间之眼正注视着他。他知道自己不会让它们失望。

烈火长空

康妮·威利斯 / 著

敬雁飞 / 译

....

康妮·威利斯，美国作家，曾十一次获得雨果奖，八次获得星云奖，获奖之多科幻史上无人可与之比肩。2009年进入科幻名人堂，2011年被美国科幻作家协会评为第二十八届"科幻大师"。本故事最初于1982年发表在《阿西莫夫科幻杂志》，后来摘取了雨果奖与星云奖。

❀

历史战胜了时间。此外胜者唯有永恒。

——沃尔特·雷利爵士《世界史》

9月20日 我第一件去找的东西，自然是那块大火碑。当然了，它还不在那儿。要等到1951年，人们才会把它建起来，非常可敬的沃尔特·马修斯主教还会发表一段致辞。而现在还是1940年。我知道。我昨天才去看过大火碑，因为我心里有种错觉，仿佛看一看那犯罪现场能有点用处。可它并没有。

本来，唯一对我有用处的，就是恶补一堂关于伦敦大轰炸的课，还有再多给我点时间。然而这两样都办不到。

"时间旅行可不是搭地铁，巴塞洛缪先生。"可敬的邓沃尔西如是说，同时透过古董般的眼镜对我眨着眼睛，"你要么22日去报道，要么就干脆别去了。"

"可我没准备好。"我这么说，"您瞧，我花了四年的时间，准备去和圣保罗[1]一起游历四方。是圣保罗，不是圣保罗大教堂。您不能指望我在两天时间内，就准备好去大轰炸期间的伦敦。"

"不，"邓沃尔西说，"我们能。"话题结束。

"两天！"我对着室友基芙琳大喊道，"就因为一台白痴电脑自动给圣保罗后面加了个s！[2]当我把这一点告诉可敬的邓沃尔西的时候，他连眼睛都没眨一下。他说，'时间旅行可不是搭地铁，年轻人。我建议你好好准备。后天你就要出发了。'这人是个彻头彻尾的废物。"

"不，"她说，"他不是废物。他是那个领域最厉害的人了。关于圣保罗教堂的那本书就是他写的。也许你应该多听听他的话。"

我原本还指望基芙琳至少能对我的遭遇有点同情。她之前的实习项目被从15世纪的英格兰换成了14世纪的英格兰，那时候她可是气得歇斯底里。而且不管14世纪还是15世纪，哪儿够资格充当实习项目？哪怕算上当时的传染病，它们的危险系数也不会超

---

[1] 基督教圣徒，一生中至少进行了三次宣教之旅，足迹遍布小亚细亚、希腊、意大利各地。

[2] 在英文中，圣保罗大教堂为St Paul's Cathedral。

过五。伦敦大轰炸的系数是八，而圣保罗大教堂的系数——我真走运——是十。

"你认为，我应该再去找邓沃尔西一次？"我问。

"是的。"

"可那又能怎样？我只有两天时间。我不了解那个时代的货币、语言，还有历史。我什么都不知道。"

"他是个好人。"基芙琳说，"我认为你最好听听他的建议，趁你还能听。"好人基芙琳，她总是那么善于倾听。

而此刻，我站在敞开的教堂西门内侧，傻乎乎地寻找着一块尚未出现的石碑，活像个乡下男孩——我的角色正是个乡下男孩——这都要归咎于那个"好人"。多亏了他，对于这回的实习项目我能有多措手不及，就有多措手不及。

教堂门以内，我只能看清几英尺远的地方。我瞧见一段长长的距离之外，有烛光在微弱地闪烁，同时一团白色的东西在朝我靠近。是一名教堂司事，抑或就是非常可敬的主教本人。我掏出了远在威尔士的牧师叔叔写给主教的介绍信，又拍了拍背后的口袋，确保我从牛津大学图书馆偷出来的《牛津英语词典修订版（增补历史卷）》的微缩胶片还在。我不能在对话中途把它拿出来瞧，但如果运气还行，第一次跟人对话时，我应该能根据语境蒙混过关，事后再去查那些没听懂的词。

"你是诶亚皮的人吗？"他问。他年纪不比我大，比我矮一头，还更瘦些，看起来几乎像个苦行僧。他让我想起了基芙琳。他身上那团白色的东西并不是衣服，而是紧紧攥在胸前的一个物件，换作其他场合，我可能会觉得那是一只枕头。换作其他场合，我也听不懂他刚刚说的是什么。不过，我没机会把以前用来学习南地中海拉丁语和犹太法典的时间，拿去学习伦敦腔以及空袭时该怎么做了。我只有两天时间，而比起告诉我诶亚皮是什么东西，可敬的邓沃尔西更愿意跟我谈谈历史学者肩负的神圣责任云云。

"你是不是？"他又问了我一遍。

我考虑了下要不要干脆还是把《牛津英语词典修订版（增补历史卷）》掏出来，反正当时的威尔士是外国。可我不认为1940年就有微缩胶片了。诶亚皮，它可能是任何东西，包括消防队的绰号。在这种情况下，贸然否认是很不安全的。"不是。"我说。

他突然向前一冲，经过我身边，探头朝门外看去。"该死。"他回到我这边，"那他们人在哪儿？一群懒惰的布尔乔亚塔特！"看来，根据语境蒙混过关是行不通了。

他仔细打量着我，目光中透出怀疑，仿佛他觉得，我只不过是在假装自己不是诶亚皮的人。"教堂关门了。"他最后说道。

我举起信封，说："我叫巴塞洛缪。马修斯主教在吗？"

他又朝门外望了一会儿，仿佛仍然觉得那群懒惰的布尔乔亚塔特随时会出现，并且做好了用白枕头攻击他们的准备。他转过身，像个导游似的对我说："这边请。"

他领着我朝右走，经过中殿以南的过道。谢天谢地，我之前把教堂的布局图给背了下来，否则像此时此刻这样，跟着一个骂骂咧咧的教堂司事走进彻底的黑暗，这种局面的古怪意味恐怕足以吓得我冲出西门，回到圣约翰伍德[1]。知道自己在什么位置，

---

[1] 伦敦西北部的地名，历史上为圣约翰骑士团的领地。

还是有一点帮助的。我们应该正在经过第二十六号地点：霍尔曼·亨特的名画《世界之光》前，画上是手提灯盏的耶稣——不过这里太黑，什么也看不见。那盏灯真该给我们用用。

他在我前面猛地一停，口中仍在怒骂。"我们又没要求住萨沃伊酒店，不过是要几张简易床而已。纳尔逊[1]的情况都比我们强，至少他还有枕头可以用。"黑暗之中，他像挥舞火炬一样，气势汹汹地挥了挥手里那团白色玩意儿。原来那真是枕头。"我们两星期前就向他们申请了，可现在还是这样子，睡在特拉法加战役阵亡将军的坟头，因为那些贱货想和维多利亚的汤米们玩茶和松饼，让我们自己去玩儿命！"

他似乎也没指望我对这番怒骂做出什么回应。很好，因为他的话我只能听懂大概三分之一的关键词。他踏着重重的步子继续向前，离开了那只圣坛蜡烛可怜的照明范围，再次进入黑洞中。现在是二十五号地点：通往回廊、穹顶和图书馆（不对公众开放）的楼梯。我们上了楼梯，走向一间大厅，再次停留在一堵中世纪的大门前，他敲了敲。"我还得过去候着他们。"他说，"如果我不在那儿，他们很可能会把床搬到教堂里头去。让主教再给他们打个电话，知道了吗？"他转身朝石梯走去，仍然抱着他的枕头，就像抱着个盾牌似的。

他已经敲过门，可这扇门是用至少一英尺厚的栎木做的，非常可敬的主教显然没有听见，所以我得再敲一次。是的，这么说吧，手持炸弹准备自爆的人总得下手，可即便知道一切很快就会

---

[1] 霍雷肖·纳尔逊，英国著名海军将领，于1805年在对抗法国和西班牙联军的特拉法加战役中殉职，遗体长眠在圣保罗大教堂地下的一座石棺里。

结束，自己甚至来不及产生任何感觉，但要喊出"就是现在！"仍不是一件容易的事。所以，此刻我站在门前，诅咒着历史系与可敬的邓沃尔西，诅咒着那台弄错了我的实习项目的电脑——都怪它把我送到了这堵黑暗的门前，手里只有一封来自捏造出来的叔叔的介绍信，而我不信任那个假叔叔，正如我不信任其他那些人。

就连向来可靠的牛津大学图书馆这回也让我失望了。我通过贝利奥尔学院和主终端跨馆订阅的那批研究资料，很可能现在才抵达我的房间，和我相隔了一个世纪之遥。还有基芙琳，她明明已经完成了自己的实习项目，本该有很多建议可以给我，然而直到我开口求助，她都像个圣徒似的只是一言不发地旁观。

"你去见过邓沃尔西了吗？"她说。

"见过了。你想知道他给了我一些什么样的宝贵信息吗？沉默与谦逊是历史学者的神圣负担。他还告诉我，我会爱上圣保罗大教堂的。不愧是大师的教导，字字珠玑啊。不幸的是，我需要知道的是在什么时间、什么地点会有炸弹落下来，这样我才不至于被砸中。"我重重地摔在床上，"你有任何的建议吗？"

"你擅长检索记忆吗？"她问。

我坐起来："挺擅长的。你认为我应该吸收些资料？"

"现在没时间了。"她说，"我觉得你应该把所有东西直接放进长期记忆。"

"你是说，用内啡肽？"我问。

使用记忆辅助药物帮你把信息放进长期记忆，这么做的最大问题在于，那些信息不会在你的短期记忆中停留哪怕一微秒，因此检索起来格外困难，更别提它会令人精神不安了。你会突然发现自己了解某件事物，尽管这件事物你过去见所未见、闻所未闻，这会给你一种最让人心慌的记忆错乱感。

　　然而，最主要的问题还是在于检索本身，而非它带给你的古怪感觉。没有人确切地知道大脑到底是怎么提取其存储物的，但短期记忆肯定参与其中。信息在短期记忆中停留的短暂的，有时甚至是极微不足道的时间，除了让你话到嘴边能说出口，显然还发挥着其他作用。检索是一个包括了分类、整理在内的复杂过程，而短期记忆显然在此过程中扮演着核心角色。如果没有短期记忆，又不使用之前帮你把信息放进长期记忆的药物或人工辅助品，就不可能做到检索信息。我曾为应付考试用过内啡肽，检索信息时并没有遇到任何麻烦。而且看样子，我的时间所剩无几，想将所需的信息全部存进脑子，这是唯一的方法。但这也意味着，信息存储完毕后，我也不会知道自己需要知道的任何信息，就连先知道然后瞬间忘记的机会都没有。如果我要检索什么，那么只有在检索成功的那一刻，我才会知道它是什么。在此之前，我会对它一无所知，好比它根本没有存放在我的记忆迷宫的某个角落里。

　　"没有人工辅助品你也能检索，对吧？"基芙琳一脸怀疑地问。

　　"我想，不行也得行了。"

　　"在压力环境下呢？睡眠不足的情况下？体内的内啡肽水平很低的情况下也行？"

　　她到底是经历了什么样的实习项目啊？对此她从未提过只言片语，而本科生按规矩也不该提问。中世纪的压力因素？我还以为中世纪的人都睡得可好了呢。

"但愿能。"我说，"不管怎样，如果你觉得这个法子能帮上忙的话，我愿意试一试。"

她看着我，脸上还是那副殉道者般的表情，说："没什么法子能帮上忙。"谢谢你啊，贝尔奥尔的圣基芙琳。

但无论如何，我还是尝试了。这总比坐在邓沃尔西的办公室里，看着他透过老古董眼镜冲我眨眼，告诉我我会爱上圣保罗大教堂要强。因为向牛津大学图书馆申请的资料没有到，我刷爆了信用卡，在布莱克威尔书店[1]大买一通："二战"时期的磁带、凯尔特文学、公共交通工具的历史、旅游指南，总之包括我能想到的每一样东西。我租了一台高速录音机，又注射了药物。结束之后，我并不觉得自己的知识比之前更丰富了，因此非常恐慌，以至于赶紧搭地铁去了趟伦敦，跑去路德门山瞧那块大火纪念碑，想看看它能否唤起任何记忆。它没有。

"你的内啡肽水平还没有恢复正常。"我这么告诉自己，尽量放松心情，但一想到实习项目迫在眉睫，放松心情是不可能的。孩子，那可是真枪实弹啊。就算你只是个去实习的历史专业的学生，也不代表你不会死在那里。搭地铁打道回府的路上，我在读历史书，一直读到今天早上，邓沃尔西的跟班来带我前去圣约翰伍德。

我把《牛津英语词典修订版（增补历史卷）》的微缩胶片塞进了后面的口袋，之后就出发了，觉得自己这回似乎只能凭借聪颖的天资生存了，也希望能在20世纪40年代搞到人工辅助品。当然了，在那里的第一天，我肯定能平安无事地混过去——我是这

---

[1] 英国以学术类书籍闻名的百年书店，就位于牛津大学圆形大厅的对面。

么以为的。而现在，来这儿以后，别人几乎才对我开口，我就手足无措了。

不过呢，倒也不是完全手足无措。尽管基芙琳建议不要放任何东西进短期记忆，但我还是把英国的货币、地铁系统的地图，还有自己就读的牛津的地图给背了下来。我当然能成功应付主教了。

我刚刚鼓起勇气要再敲时，主教开了门。果然就和自爆一样，来得快去得快，毫无痛苦。我把介绍信递给他，他握了握我的手，说了些我能听懂的话，大意是很高兴我们又多了一名同伴，巴塞洛缪。他看上去紧张而疲惫，仿佛假如我告知他伦敦大轰炸刚刚爆发了，他就会晕倒似的。我知道，我知道：要闭上你的嘴。所谓的"神圣的沉默"，云云。

他说："咱们应该让朗比带你四处参观一下。"我猜，朗比就是自己之前遇见的抱枕头的教士。不出我所料。他在楼梯底端和我们碰了头，略微有点气喘吁吁，但兴高采烈。

"床到啦。"他对马修斯主教说，"她们简直像是在赏赐咱们似的，一个个穿着高跟鞋，装腔作势的。其中一个对我说：'亲爱的，为了你们，都耽搁我们喝下午茶啦。'我回她：'这样啊，也挺好。你看起来瘦个一二石[1]比较合适。'"

看样子，就连马修斯也没完全听懂他在说什么。马修斯问："你把床安到地下墓室里了吗？"然后，他给我们彼此做了介绍。"巴塞洛缪先生才从威尔士过来。"他说，"他要加入我们的志愿者。"志愿者，不是消防队。

---

[1] 原文stone为"英石"的意思，重量单位，一英石相当于十四磅。

朗比带我四处转了转，在一大片黑暗中，他指着各种各样的昏暗地点给我介绍着，然后把我拉到了地下墓室，参观铺设在这些坟墓之间的十张折叠式帆布床。顺便我还看了纳尔逊将军那口黑色大理石制成的棺椁。他告诉我，头一晚不用守夜，建议我上床睡觉，因为在空袭期间，睡眠是最宝贵的东西。对此我深以为然。否则，他也不会一直把那只可笑的枕头紧紧扣在胸前，仿佛那是他的挚爱了。

"在这底下还听得见警报吗？"我问，好奇他会不会把脑袋都埋在枕头里。

他环视着低矮的石头天花板。"有时候听得见，有时候听不见。布里顿得喝杯好利克[1]才睡着得，本斯-琼斯就算屋顶垮了也吵不醒，我必须有枕头。最重要的是，无论如何也要睡够八小时，否则，你就会变得跟行尸走肉一样，然后丢掉小命。"

做完这番令人愉快的交代之后，他就去部署今晚的值夜了，并把枕头放在一张简易帆布床上，嘱咐我别让任何人碰它。于是我就坐在这里，等待到这里之后的第一声空袭警报响起，同时试着把今天经历的一切都记下来，趁自己还没有变成行尸走肉，或者根本走不动的死肉。

我用偷来的《牛津英语词典修订版（增补历史卷）》稍稍破解了下朗比说的话，成果尚可吧。"塔特"要么是指甜点，要么是指妓女（我猜他是指后者，尽管我没能猜出那个枕头是什么）。"布尔乔亚"是个用来概括中产阶级的一切缺陷的笼统词汇。"汤米"是士兵的意思。"诶亚皮"我试遍了所有的拼法都

---

[1] 一种当时流行在睡前喝的饮料。

没有查到，正要放弃时，长期记忆里蹦出了战时节略语与缩写的用法（上帝保佑你，圣基芙琳），于是我意识到，这个词一定是某种缩写。诶亚皮。空袭防御组织[1]。不然，你还能管谁要那些该死的简易床呢？

9月21日 现在，我已经度过刚刚抵达这里之后的恐慌期了。我意识到，历史系忘了告诉我，在这三个多月的实习期间我该做些什么。他们只给了我这本日志、一封舅舅写的介绍信、十英镑的战前货币，就把我送回了过去。光是搭火车和地铁，那十英镑就已经花得差不多了，而它原本是该支撑到12月底的，届时我会收到第二封信，内容是威尔士的叔叔生病了叫我回去，于是我要靠那钱返回圣约翰伍德。到那时为止，我都得在地下墓室里和纳尔逊住在一起，朗比还告诉我，棺椁中的纳尔逊是被泡在酒精里的。我很好奇，如果我们哪天被炮弹砸中，他是会像根火把似的烧起来，还是仅仅化成一摊腐水，缓缓淌到地下墓室的地板上。这儿的伙食全靠一台小煤气炉，可供应极糟糕的茶和难以描述的腌鲱鱼。而我为如此豪华大餐付出的代价，就是得站在圣保罗教堂的屋顶上灭火。

我还必须完成此次实习的目标，不论它是什么。目前，我唯一关心的，就是在收到叔叔的第二封信、召我回家之前，保住这条小命。

在朗比有空"给我看看绳索[2]"之前，我只是干着让新人打

---

[1] 原文为Air Raid Precautions，"诶亚皮"为其首字母的读音。

[2] 俚语，意思是"教我一手"。

发时间的闲活儿。我把他们用来煎那些恶心小鱼的长柄平底煎锅给刷干净了，把木质折叠椅堆放在了地下墓室里圣坛所在的那一头（得平着放，而不是竖着，因为这玩意儿在半夜容易像炸弹一样轰然倒塌），然后尽量睡觉。

我显然不是那种在空袭期间也能一觉睡到天亮的幸运儿。大半个夜里，我都在思考圣保罗大教堂的危险系数是几。实习项目的最低要求是六。昨天我已经坚信这儿的系数是十，因为地下墓室简直是轰炸的靶心。早知如此，我还不如申请去美国丹佛呢。

迄今为止我遇到过最有趣的事，就是看到了一只猫。我很惊喜，但尽可能没表现出来，因为这儿的人对它们似乎见怪不怪了。

9月22日 还是在地下墓室里。朗比时不时地匆匆来一趟，嘴里咒骂着各种政府部门（全都是简称），并且许诺会带我上屋顶瞧瞧。与此同时，我把闲活儿都干完了，开始自学使用手摇式灭火泵。基芙琳之前担心我的记忆检索能力是操心过头了。迄今为止，我都没遇上这方面的麻烦。事实正好相反。我提取出关于消防的信息，想起了一整本带图片的手册，其中就包括手摇式灭火泵的使用教程。如果腌鲱鱼不慎把纳尔逊将军点着了，我应该能成为英雄。

昨天夜里真够刺激的。警报响得早，一些负责打扫城里的办公设施的打杂女工就和我们一起歇在了地下墓室里。其中一人把我从沉睡中吵醒了，因为她发出了空袭警报般的尖叫。她似乎是看到了一只老鼠。我们不得不拿着橡胶靴对着坟墓和床底下一阵乱拍，才说服她老鼠已经跑了。历史系的用意显然就是这个了：让我杀老鼠。

9月24日 朗比带我四处参观。进队之后，我又得从头学一遍手摇式消防泵的用法，他们还给我发了橡胶靴子和金属头盔。朗比说，艾伦指挥官正在给我们准备防火布制的消防外套，但还没有搞到手。所以现在，我站在屋顶上，身上只裹着自己的羊毛外衣和围巾，尽管才9月，这上面却冷得不行。感觉就像已经到了11月，看起来也像，因为没出太阳，天色荒凉阴郁。我们攀上教堂穹顶，上了房顶，这里本该是一片平坦，实际上却布满了塔楼、尖顶、檐槽和雕像，简直像是为了捕捉到原本碰不到的燃烧物而特意打造的。他们给我示范了如何在燃烧物把屋顶烧穿、继而把教堂点着之前，用沙子把火扑灭。还给我看了绳索（真是字面上的意思），它们就堆放在穹顶底下，以供有人需要爬上西侧的塔楼或者穹顶之上的时候使用。然后我们下了屋顶，回到耳语回廊。

朗比一路都在不停地解说，部分是给我一些实用的指示，部分是讲解教堂的历史。进入回廊之前，他把我拉到南面的门前，告诉我克里斯托弗·雷恩[1]是如何站在原先的圣保罗教堂烟熏火燎的废墟中，吩咐一名工人去墓地里捡一块石头，好拿来当奠基石的。工人捡来的墓石上用拉丁文写着"我将死而复生"，像个冷幽默，令雷恩印象深刻，于是他把这话刻在了新教堂大门的上方。朗比介绍的时候一脸沾沾自喜，仿佛他说的这些不是随便哪个历史系的大一学生都知道的东西。但我想，要不是大火碑的强

---

[1]　英国著名设计大师、建筑师，原先的圣保罗大教堂于1666年毁于大火，在他的主持下设计并重建。

烈冲击，这其实还算是段佳话。

朗比加快脚步，带我走上台阶，来到环绕着耳语回廊的狭长阳台之上。他已经朝阳台的另一头绕去，同时对我大喊着一些尺寸和声学之类的东西。他在对面的墙壁前停了下来，面壁低声说："你现在之所以能听见我的悄悄话，是因为这座穹顶的形状。声波在穹顶的边缘得到了加强。发生空袭的时候，这地方听起来真跟世界末日一个样。穹顶有一百七十英尺宽，比正厅高八十英尺。"

我朝下看去。栏杆在我的下方消失了，黑白相间的大理石地板以令人眩晕的速度朝我扑来。我紧紧抓住了跟前的某个东西，脚下不稳，心中作呕，一下子跪倒在地。太阳已经出来了，整个圣保罗大教堂仿佛沐浴在金光之中。就连木雕的唱诗席、白色的石柱子、铅灰的管风琴管子，全都镀上了一层金色。

朗比来到我身边，试图把我拉开，让我松手。"巴塞洛缪，"他吼道，"你哪里不对劲？看在上帝的分儿上啊，老兄。"

我知道自己必须告诉他，如果我松手，圣保罗大教堂和全部的过往就会统统砸到我头上来，而我不能让那种事发生，因为我是一名历史学者。我说了些什么，但肯定不是我原本想说的话，因为朗比的手只是抓得更紧了。他拼命把我从栏杆上拖开，拽回到楼梯上，任我四肢无力地瘫倒在地，他从我身边退开一步，没有说话。

"我不知道刚才是怎么了。"我说，"我以前从来没有恐过高。"

"你在发抖。"他尖声说，"你最好上床躺下。"他领着我回了地下墓室。

9月25日 记忆检索：空袭预警组织手册。轰炸受害者的症状。第一阶段：休克，意识麻木，感知不到自己受了伤，说出旁人听不懂的话。第二阶段：发抖，噩梦，恶心反胃，感到受伤，出现丧失感，回到现实。第三阶段：控制不住地话多，渴望向救援人员解释自己的休克表现。

朗比必然认出了这些反应，但他怎么解释，我们这里并没有遭到轰炸这一事实呢？我几乎无法向他解释自己为什么会出现休克，而且阻止我开口的，并不仅仅是历史学者的神圣的沉默。

他至今什么都没说，事实上还安排了我明天晚上第一次去值夜，就像什么都没发生过，而他看起来也不比其他人更心事重重。迄今为止，我在这里遇到的每一个人都紧张不安（但之前我放进短期记忆的信息是：空袭期间所有人都非常冷静），而自我到来后，这周围还没有遭受过轰炸。炸弹主要是落在了伦敦东区和码头区。

今晚，我脑子里冒出了"UXB[1]"这个条目，而我一直在回想主教的举止，以及教堂现在关着门的事实——我明明基本可以肯定，自己在书上读到的是教堂在整个大轰炸期间都不曾关闭。一有机会，我就会尝试检索整个9月发生的事件。至于其他，在我弄清楚自己究竟该完成什么目标（如果有目标的话）之前，实在不知道如何回想起正确的信息。

历史学者并没有什么行动指南，也不受规则限制。我可以告诉所有人自己来自未来，只要我觉得他们会相信。我可以杀掉

---

[1] 即哑弹的英文缩写。

希特勒，只要我能去德国。不过，真的可以吗？历史系内部有诸多关于时间悖论的说法，那些实习归来的毕业生也从不透露一个字。过去是牢固而不可更改的吗，还是说，每一天都有新的过去产生，而始作俑者就是我们这些历史学者？如果我们的行为会产生后果，那是什么样的后果呢？连会产生什么后果都不知道，我们又怎么敢轻举妄动？我们是必须大胆地干预历史，同时希望这么做不会导致灾难，还是必须袖手旁观，不采取任何行动，眼看着圣保罗教堂被烧成平地，如果这么做才不会改变未来的话？

以上这些，都是适合深夜研究的好课题。不过放在这里，它们就无关紧要了。我不能让圣保罗教堂被烧成平地，就像我不能杀掉希特勒一样。不，也不尽然。昨天在耳语回廊里，我发现了这一点。如果希特勒在圣保罗教堂放火时被我逮到，我的确可以杀了他。

9月26日 今天我见到了一个年轻女孩。马修斯主教让教堂开了门，于是消防队干起了打扫清洁的杂活儿，人们也开始再次拥入。那个年轻女孩令我想起基芙琳，尽管基芙琳比她个头儿高得多，也绝对不会把头发卷成那样。她看起来仿佛哭过。基芙琳自打实习归来以后，就是这副模样了。中世纪对她来说太难以承受了。我不禁好奇，她如果在这里又会怎么做。毫无疑问，她会向这儿的神职人员倾诉她的满腔恐惧，而我衷心希望眼前这个神似她的人不会这么做。

"需要帮助吗？"我问道，心里其实一丁点儿忙也不想帮，"我是这儿的志愿者。"

她看上去一脸疲惫。"你没有工钱？"她问，用手绢擦了擦发红的鼻子，"我看到了一些关于圣保罗教堂还有消防队的消息，想着也许能在这儿找份工作。比如，在食堂干活儿，或者别的什么。一份能付钱的工作。"她眼眶泛红，眼里含着泪水。

"抱歉我们没有食堂。"我已经是尽可能和善地说出这句话了，考虑到在基芙琳面前我总是表现得多不耐烦，"而且这地方也算不上真正的避难所。消防队的一些人睡在地下墓室里。但是，恐怕我们的人都是志愿者。"

"那没办法了。"说着，她用手绢轻轻擦拭双眼，"我很喜欢圣保罗大教堂，但没法儿做志愿者，因为我弟弟汤姆从乡下回来了。"我搞不太懂眼前的状况。尽管表面看起来挺悲伤，她的声音听着还算欢快，进行后也没有越哭越厉害的迹象。"我得给我们俩找个合适的住处。汤姆回来了，我们就不能继续睡在地铁里了。"

我突然感到一阵恐惧。当你不由自主地检索到记忆，有时就会产生这种感觉。"地铁？"我问道，想抓住那点记忆。

"一般是在大理石拱门地铁站。"她接着说，"我弟弟汤姆早前在那儿给我们占了位置，我……"她顿住了，把手绢捂向鼻子，擤了一通。"很抱歉。"她说，"这感冒太糟心了！"

红色的鼻头，泪汪汪的眼睛，流鼻涕，呼吸道感染。我刚才居然没开口劝她别哭，也是很难得了。我至今为止没犯什么不可原谅的错误，真是全凭运气。这并不是因为我无法检索长期记忆，而是因为有一半必需的知识，我甚至都没存进长期记忆里去：比如猫、感冒，还有强烈阳光照射下的圣保罗大教堂的模样。或早或晚，我一定会被某件自己一无所知的事情打个措手不及。不管怎么说，今晚值完夜以后，我要尝试检索记忆。至少，我要弄清楚接下来会不会有什么东西砸到我的头上来，以及什么时候会砸来。

我见过那只猫一两次了。它浑身炭黑，喉咙前面有一块白斑，简直像是为了灯火管制的时候方便辨认才画上去的。

9月27日 我刚刚从房顶上下来，仍然在发抖。空袭刚开始的时候，轰炸主要集中在伦敦东区。那场面叫人难以置信：到处都是探照灯，天空被火光映成一片粉红，倒映在泰晤士河里，爆炸开来的弹壳像烟花一样火光四溅。空气中持续回荡着一股震耳欲聋的轰隆声，间或被飞机从头顶掠过的嗡鸣声打断，接着便是高射炮突突射击的声音重复响起。

午夜时分，炸弹开始落在离教堂很近的地方，发出了恐怖的声响，宛如火车从头顶上碾过。我用上了全部的意志力，才没有猛地趴倒在房顶上，毕竟朗比还在一边看着呢。我不想再给他机会看我出洋相了，就像之前在穹顶时那样。我昂着头，手里牢牢攥着防火沙桶，不禁感到自豪。

凌晨三点过后，轰炸的咆哮声停止了，接下来是将近半小时的间歇，燃烧弹如冰雹一般哗啦啦砸在各处的房顶上。除了朗比，所有人都立即扑向了铲子和消防泵，朗比在盯着我。而我在盯着燃烧弹。

它落在了钟楼的后头，离我只有几米远。它比我想象中的小得多，只有三十多厘米，正急剧地喷发着，朝我的方向喷射出青白色火焰。不消一分钟，它就会熔成一团，烧穿屋顶。火焰，消防员的呼喊，然后是绵延数里的白色碎石，之后便什么都没了，什么也不剩，哪怕是那块大火纪念碑。

耳语回廊的那种感觉又回来了。我觉得自己好像说了些什么，朗比脸上浮起一丝不自然的微笑。

"圣保罗大教堂会被烧毁的，"我说，"烧得片瓦不留。"

"是的。"朗比说，"他们就是这么想的，不是吗？把圣保罗大教堂烧成平地，不就是他们的计划？"

"谁的计划？"我傻乎乎地问。

"当然是希特勒了。"朗比说，"不然你以为我在说谁？"他看似随意地捡起他的手摇式消防泵。

空袭预警手册里的页面突然在我眼前一闪而过。我把一桶沙子倒在了仍在喷火的燃烧弹上，飞快地又抓起一桶，继续倒上去。黑烟滚滚翻腾，令我险些找不到自己的铲子在哪儿。我用铁铲的尖端轻轻刨到了被扑灭的燃烧弹，挖起来放进空桶里，又挖了几铲沙子撒在上头。刺鼻的烟熏得我眼泪直流。我抬手用袖子擦了擦泪，看见了朗比。

他压根儿没有过来搭把手的意思。他微微一笑："那个计划其实不坏。不过，当然了，咱们不会让他们得逞的。消防队就是干这个的，阻止他们。对吧，巴塞洛缪？"

现在，我明白自己实习的目标是什么了。我必须阻止朗比烧掉圣保罗大教堂。

9月28日 我试着告诉自己，昨晚是我搞错了朗比的意思，是我误解了他的话。他干吗要烧掉圣保罗大教堂呢？他又不是纳粹间谍。纳粹间谍怎么可能混进消防队来？想到自己那封伪造的介绍信，我不禁打了个寒战。

我要怎样才能确认他的身份？如果我设个套来试探他，问他一些只有生活在1940年的忠诚的英格兰人才会知道的东西，恐怕我自己才是会暴露的那一个。我必须好好地检索一番记忆才行。

在那之前，我应该盯着朗比。至少目前来说，这很容易办到。朗比刚才安排好了接下来两周的值班表，每趟班我俩都是一起的。

9月30日 我知道9月里发生过什么了，朗比告诉我的。

昨晚，我们在唱诗席里穿外套和靴子的时候，他说："你知道吗，他们已经试过一次了。"

我完全不知道他在说什么。我感到茫然无措，就跟我初到这里的那天，他问我是不是诶亚皮的人时一个样。

"我是说摧毁圣保罗大教堂，他们已经试过一次了。9月10日的时候，用了一枚高爆弹。你当然不知道了，你在威尔士嘛。"

我甚至都没听进去他的话。他提到"高爆弹"的那一刻，我瞬间记起了全部。有人把炸弹埋到路面下方，安在了路基上。拆弹小队试过拆除它，但那地方还有一条输气管漏了气。他们决定疏散整个教堂，但马修斯主教拒绝离开。他们终究成功拆除了炸弹，在巴金沼泽将其引爆。我一下子检索出了所有的来龙去脉。

"上次是拆弹小队救了它一命。"朗比这么说，"这附近好像总是有人。"

"是的，"我说，"总是有的。"我从他身边走开了。

10月1日 我本以为，昨晚自己突然从记忆中检索出了9月10日的事件，这意味着我取得了某种突破。可是，接下来的大半夜里我只是躺在自己的小床上，拼命想检索出关于"圣保罗大教堂纳粹间谍"的信息，却一无所获。我是不是必须知道自己想查询什么，才能记起它来？若真如此，检索记忆对我又有什么用处呢？

也许朗比不是纳粹间谍。那他是什么人？纵火犯？疯子？地下墓室真不是适合思考的地方，这里压根儿就不安静，没有点墓地的样子。打杂女工聊了大半个夜晚，而地下墓室里的声音是被困在墙内的，反而更响亮。我发现她们的说话声令我难以忍受。到今天早晨，我总算睡着了一会儿，就梦见了被炮火击中的地铁避难所、破损的水管、快要溺死的人们。

10月4日 我今天尝试了抓猫。我有了个主意：可以让这猫来赶走吓到了女工们的那只老鼠。另外，我也很想近距离地看看猫。我带了水桶——前一晚我还用这桶和手摇式消防泵扑灭了一些燃烧的高射炮流弹，里头还剩一些水，但不足以溺死一只猫。我的计划是，把桶扣在它的上方，从底下伸手，逮住它，带到地下墓室去，把老鼠指给它看。我甚至都没能靠近它。

我晃悠着水桶这么做的时候，甩出了大概一英寸深的水。我记得猫是一种家养动物，但看来一定是我记错了。它那张趾高气扬的大脸向后一拉，就变成一副十分吓人的骷髅般的面具，我原本以为温柔无害的猫爪也伸出了杀气腾腾的尖钩，它还发出了一声音量远超打杂女工的叫声。

我惊得把水桶扔到了地上，它滚到了一根柱子前。猫消失了。在我的身后，朗比的声音响起："猫可不是这么抓的。"

"显然是的。"说着，我弯腰去捡水桶。

"猫讨厌水。"他说，声音还是那么毫无情绪起伏。

"噢。"说着，我走到了他的前面，准备把桶放回唱诗席，

"我真不知道呢。"

"谁都知道这个，就连愚蠢的威尔士人都知道。"

10月8日 我们这个星期值双倍的班，因为最近都是满月，适合轰炸。朗比没有来房顶，所以我便去教堂找他。我发现他正站在西门那里，和一个老人说话。那人胳膊底下夹着一张报纸，抽出来递给朗比，可朗比又还给了他。那人一瞧见我，便退了出去。"是游客，"他说，"想问风车剧院怎么走。他看到报纸上说那儿的姑娘都裸体表演。"

我知道自己露出了一脸不大相信的样子，因为他说："老兄，你看上去糟透了。没怎么睡觉，对吧？今晚的第一轮班，我找个人替你值吧。"

"不，"我冷冷地说，"我自己值。我喜欢待在屋顶上。"我又默默在心底补充了一句：在这儿我才能逮到你啊。

他耸耸肩，说："我觉得总比待在地下墓室强。至少炸弹飞过来的时候，你能听见。"

10月10日 我觉得，值双倍的班也许对我有好处，能让我暂时不去想检索记忆失败这件事。就好比如果你一直盯着一壶水，它就仿佛永远烧不开一样。有时候，放一放真的有用。你只要花几小时的心思在别的事情上，或者睡几晚的好觉，不必费劲，也不用服人工辅助品，需要的信息就会自己冒出来。

睡好觉是不可能了。不仅女工们老是不停地讲话，连那只猫也搬进了地下墓室，悄无声息地走到每个人跟前，发出勾人的叫声讨要腌鱼。出去值班之前，我要把自己的小床搬出耳堂，挪到纳尔逊的旁边。他是被酒精腌着没错,可起码他不吵啊。

10月11日 我梦见了特拉法加,梦见了船炮、烟雾和坠下的灰泥,以及朗比大喊我的名字。我醒来的头一个念头就是,那些叠成一堆的椅子垮了。眼前全是烟,我什么也看不清。

"我来了。"说着,我一边跛着脚朝朗比的方向走去,一边努力套上靴子。耳堂里有一大堆灰泥,折叠椅乱糟糟的。朗比正在那堆东西里挖着什么。"巴塞洛缪!"他大声吼着,把一大块石膏扔向一旁,"巴塞洛缪!"

我仍然以为眼前雾蒙蒙的东西是烟。我往回跑,取来手摇泵,在他旁边跪下,把一只破裂的椅子朝后拉。拉不动,我突然反应过来:这底下有具尸体。也许我伸手去捡一块从天花板上掉下来的灰泥,结果却发现它其实是一只手。我往后一倒,坐在了脚踝上,下定决心不要呕吐,继续对着那堆东西挖起来。

朗比动作太快了,他正拿着一条椅子腿对着那堆废墟猛戳。我抓住他的手,想要制止他,却被他用力挣开了,仿佛我也是一块应该丢到一旁的废料。他捡起一大块灰泥板,却发现底下就是地面了。我回头望向身后。两名女工都蜷缩在圣坛旁边的凹陷处。"你在找谁?"我问,同时抓住了朗比的胳膊。

"巴塞洛缪。"说着,他将那些残骸扫开。他的双手沾了厚厚一层灰,上面正渗出血来。

"我在这儿,"我说,"我还好好的。"白色的烟尘呛住了我,"我把我的床从耳堂搬出去了。"

他猛然转身朝向那两名女工,语气颇为冷静地问:"这底下有什么?"

"只有煤气炉。"缩在阴影笼罩的凹处的女工怯生生地答道，"还有加尔布雷斯太太的钱包。"他继续在那堆东西里挖着，直到把这两样东西都找了出来。煤气炉正在迅速地漏气，尽管上面的火已经熄灭了。

"不管怎么说，你还是救了圣保罗大教堂和我。"我站在那里，只穿着内衣和靴子，手里拿着没派上用场的手摇泵，"不然我们可能都窒息而死了。"

他站起来。"我不该救你的。"他说。

第一阶段：休克，意识麻木，意识不到自己受了伤，说的话除了自己旁人都听不懂。他还不知道自己的手在流血。过后他也想不起自己说了什么话。他说的是，他不该救我的。

"我不该救你的，"他又重复了一遍，"我有职责在身。"

"你在流血，"我语气尖刻地说，"你最好躺下来。"我的语气就跟当时耳语回廊里的朗比一个样。

10月13日 击中我们的是一枚高爆弹。它在唱诗席上炸出了一个大洞，把大理石雕塑炸坏了一些，但地下墓室的天花板并没有坍塌，我一开始也是这么猜想的。只是震落了一些灰泥。

我想，朗比并不知道自己说过些什么。这能让我占得些先机，因为现在我知道危险潜伏在何处，确定它不会从其他方向迎面扑来了。可仅仅知道这些，却不知道他究竟会在什么时候做什么事，又有何用？

可以肯定的是，昨天教堂被炸弹击中的史实一定早就保存在我的长期记忆里了，可就连瞧见灰泥被震落都没能让我想起它来。现在，我甚至都懒得去尝试检索记忆了。我只是躺在黑暗里，等待房顶在我的头顶垮塌。我还回想着朗比是如何救了我的命。

10月15日 那个女孩今天又来了。她感冒仍然没好，但找到了能付薪水的工作。见到她我很开心。她穿着一身漂亮的制服和露趾的鞋子，头发精心烫过。我们仍然在清理地下墓室的烂摊子，朗比和艾伦一起出门了，去找木板来盖住唱诗席。于是，我一边扫地，一边任由女孩对着我说话。灰尘令她打起喷嚏来，但至少这回我知道她是怎么回事了。

她告诉我，她叫埃诺拉，目前在妇女志愿服务队工作，负责一个派往一线的移动食堂。她这回过来，主要是为了感谢我让她有了这份工作。她说，她告诉妇女志愿服务队，圣保罗大教堂没有像样的带食堂的避难所，于是她们就派她来负责城里这一块了。"所以，以后我如果在附近，就过来看你，讲讲我们的近况，怎么样？"

她和弟弟汤姆仍然睡在地铁站里。我问那地方安不安全，她说大概不安全，但至少炸弹飞过来的时候你听不见，那也是一种福气。

10月18日 我太累了，几乎连写字的力气都没了。今晚我们遭遇了九枚燃烧弹，还有一枚空投雷——它眼看着就要落在圆顶上，结果一阵风吹来，它飘离了教堂。我扑灭了其中两枚。到这儿以后，这种事我已经做过至少二十回了，还帮忙应付了其他几十枚炸弹，但这仍然不够。只要一枚燃烧弹烧起来，只要我有一瞬没看住朗比，就会前功尽弃。

我知道，这只是我为什么这么累的一部分原因。每天夜里我都精疲力竭，一来是要完成自己的分内事，二来是要盯住朗比，确保自己没有漏掉一枚燃烧弹而让它落地。然后我要回到地下墓室，竭尽全力地尝试检索信息，任何一点关于1940年秋天的间谍、火灾、圣保罗大教堂的信息，任何东西都行。我坐立难安，始终觉得自己做得不够，却又不知道还能做些什么。如果无法检索记忆，我就和出生在这个时代的可怜人毫无区别，对明天将要发生的事一无所知。

如果有必要，我将继续这么做下去，直到被召回的那天。只要我一天在这里负责扑灭燃烧弹，他就一天不能烧垮圣保罗大教堂。"我有职责在身。"在地下墓室里，朗比是这么说的。

我也有我的职责。

10月21日 上一次被轰炸是两周前的事了，而我这才意识到，自那以来就没人见过那只猫了。它不在地下墓室的那堆废墟里。我和朗比已经很确定那堆东西里没有任何人，却还是又筛查了两遍。不过，它也可能是在唱诗席里。

老本斯·琼斯说不必担心。"它会没事的。"他说，"就算德国佬把伦敦炸成了平地，这些猫也会大摇大摆地出来迎接他们的。你知道为啥吗？猫谁也不爱。咱们当中有一半的人就是因为这个死掉的。前几天，斯特普尼区[1]有个老太太为了救她的猫丧了命。那该死的猫躲在家庭防空洞里呢。"

"那咱们的猫现在在哪儿呢？"

---

[1] 伦敦东部旧区，现为陶尔哈姆莱茨的一部分。

"某个安全的地方，这点可以保证。如果它不在圣保罗大教堂混了，就说明我们快完了。老话说耗子会抛弃沉船。其实说错了，会抛弃沉船的不是耗子，是猫。"

10月25日 跟朗比问过路的那名游客又出现了。他总不可能还在找风车剧院吧。今天他仍然在胳膊底下夹了张报纸，并且想找朗比，然而朗比和艾伦一起去了城的另一头，想给我们搞到防火布制的外套呢。我瞧见了那报纸的名字：《工人报》。那是一份纳粹报纸？

11月2日 我已经连续在房顶上待了一个星期了，要帮几个不靠谱儿的工人修补炸弹炸出的破洞。他们活儿干得极糟糕。房顶上仍然有一道大大的裂口，足以让一个成年人掉进去。可他们坚持说这没关系，毕竟你最多只会落到天花板的上方，这么点距离摔不死人。他们似乎理解不了，这地方对燃烧弹来说简直是完美的藏身之所。

只需掉进去一枚燃烧弹，朗比的目的就达到了。他甚至都不必亲自向圣保罗大教堂放火。他所需要的，只是放任一枚炸弹燃烧，直到为时已晚。

跟工人们交涉无果，我爬下房顶进入教堂，去找马修斯反映问题，却看见朗比和那名游客正一起待在柱子后面靠近窗口的位置。朗比拿着报纸，正和那人说着什么。一小时后，我从图书馆下来的时候，他们仍然在原处。房顶上的裂口也一样。马修斯说，咱们只能放些木板在上头，祈祷好运了。

11月5日 我已经放弃检索记忆了。我的睡眠严重不足，就连针对已经知道名字的报纸，也检索不出上面的信息。如今，值双倍的班成了常态。那些打杂女工已经弃我们而去（和那只猫一样），所以地下墓室里是静悄悄的，可我仍然睡不着。

当我成功打起瞌睡时，便会做梦。昨天我梦到了基芙琳，她站在房顶上，穿得像名圣人。"你实习期间到底有什么秘密经历？"我问，"你的任务是要发现些什么？"

她用一块手绢擤了鼻子。"两件事。第一，沉默与谦逊是历史学者肩负的神圣责任。第二，"她停顿一下，再次用手绢擤鼻涕，"别睡在地铁里。"

我唯一的希望，就是搞到人工辅助品，让自己进入入定的状态。这就遇上了一个问题。我很肯定的是，这个时代离化学合成的内啡肽问世还早得很，致幻剂多半也是。酒精倒是必定能弄到手，可我需要比麦芽酒浓度更高的东西——这是我唯一叫得出名字的酒了。我不敢去问消防队的人。朗比已经够怀疑我的了。还是得去翻《牛津英语词典》，查找一个我不知道的酒名。

11月11日 那只猫回来了。朗比又和艾伦一起出门去找防火布质的外套了，所以，我认为这时离开圣保罗大教堂是安全的。我去杂货店购买食材，希望也能买到人工合成物。天色已晚，我还没走到齐普赛街，警报声便响了。不过，空袭一般不会在天黑之前来临。我花了一番功夫才找齐要买的日用品，最后鼓足勇气，问店员有没有酒卖。他叫我去酒吧，于是我走出杂货店，就在这时，我感觉自己仿佛突然一头栽进了黑洞里。

我一下子不知道圣保罗大教堂在哪个方向或者街道，还有我刚才走出来的商店在哪里了，脚下也不再是人行道，我只能紧紧攥着棕色纸袋包裹的腌鲱鱼和面包。此时，即使我把手伸到脸前，也看不见它。我将围巾收紧了些，祈祷自己的双眼能逐渐适应，眼前却没一丝微弱的光线来让我适应。要是此时有月亮，我会很开心，尽管圣保罗大教堂消防队的队员都咒骂它，管它叫内奸。或者有公共汽车也好，被遮挡的车头灯露出一点点光，就足以让我找到方向。或者探照灯也好，哪怕高射炮发射时反冲的火焰也行。任何东西都行。

然后，我就真的看到了一辆公共汽车：远处两盏黄色的细缝似的灯。我开始朝它走去，险些从路缘上滑倒。这意味着，那辆公共汽车其实是在人行道上，这又意味着，它其实不是公共汽车。离我很近的地方，一只猫喵喵叫着，上来蹭我的腿。我低头看向那两团被自己误以为是车灯的黄色光芒。那是它的眼睛，映射着不知来自哪里的光——尽管我敢肯定，这方圆几英里内都没有一点光源——直直地朝我照来。

"你眼睛这样放光，是会被民防队员抓到的，老汤姆。"我说，听见一架飞机轰鸣着掠过头顶，"或者被哪个德国佬抓到。"

突然，世界爆发出光线，探照灯以及泰晤士沿岸的光源似乎在同一时间都亮了起来，照亮了我回家的路。

"你是来接我的，对吧，老汤姆？"我欢快地说，"你之前去哪儿啦？知道我们的腌鲱鱼吃完了，是不是？你还真是讲义气啊。"我一路跟它说着话，回到家给了它半罐腌鲱鱼，以报答它救了我的命。本斯·琼斯说，它是闻到杂货店的牛奶味了。

11月13日 我梦见自己在灯火管制中迷了路。四周很黑，伸手不见五指，而邓沃尔西走过来，用一支手电筒照着我，我只知道自己是从哪儿来的，却不知要往哪儿去。

"这么做又有什么好处？"我说，"人们总归是需要光，才知道该往哪儿走的。"

"泰晤士河反射的光也行？火光和高射炮的光也行？"邓沃尔西问。

"对，什么都比乌黑一片要强。"他凑近，把手电筒递给了我。不过，它其实不是手电筒，而是中殿以南亨特那幅画里的耶稣手提的灯。我用它照着前方的路，想找到回家的方向，它照亮的却是那块大火碑。我连忙将灯扑灭。

11月20日 今天我试着找朗比谈了谈。"我瞧见你和一个老人家说话。"我说，语气听起来如同质问。我是故意的。我就想让他觉得我在质问他，从而中止他的计划，不管他在盘算些什么。

"是在读报，"朗比说，"不是说话。"他正在整理唱诗席上的东西，把沙袋堆叠起来。

"那就是我看到你们在读报了。"我咄咄逼人地说。他放下手中的沙袋，站直了。

"那又怎么样？"他说，"这是一个自由的国度，我想给一个老人家读报，就给一个老人家读报。就像你可以跟那个妇女志愿服务队的小婊子聊天儿一样。"

"你们读些什么？"我问。

"他想听什么就读什么。他年纪大了，本来是一下班就回家，喝点白兰地，听他老婆给他读报的。一次空袭他老婆死了。所以，现在我给他读。这好像不关你的事。"听起来不像撒谎，没有随口胡编的感觉，我几乎都要相信他了，可惜我之前已经听到了他的真心话。在地下墓室里，那次轰炸之后。

"我记得他是在找风车剧院的游客来着。"我说。

朗比露出了一瞬的茫然，开了口："噢，对，那个啊。他当时拿着报纸进来，问我风车剧院怎么走。我在报纸上找到了地址。还真是机灵啊，我都没想到他自己不能读。"不过多说无益。我知道他在撒谎。

他几乎把一个沙袋扔到了我的脚上："当然，你是不会理解这种事的，对吧？一桩表达人性善意的举手之劳而已。"

"不理解，"我冷冷回答，"我不会理解的。"

这些话什么都不能证明。他什么信息也没透露，除了一种人造辅助品的名字。我又不能因为他大声读报，就跑到马修斯主教跟前告状。

我等着，直到他收拾完唱诗席，去了地下墓室。然后我拖着一只沙袋上了屋顶，去到那道裂口前。盖在上头的木板至今为止还算管用，但每个人路过时都会小心翼翼地绕开它，仿佛它是个坟墓。我切开沙袋，把沙子撒进了裂口。如果朗比已经想到这地方很容易掉进燃烧弹，那填些沙子也许能防患于未然。

11月21日 今天我拿出"叔叔"给的一些钱，给了埃诺拉，请她帮我买些白兰地。结果她比我想象中的要不情愿，所以这里面肯定牵涉了什么我不知道的社会观念问题。但她好歹答应了。

我不知道她过来究竟是干吗的。她开始给我讲她弟弟的事，他如何在地铁站搞了些恶作剧，惹怒了守卫。不过，我请她帮忙买白兰地之后，她没讲完就离开了。

11月25日 埃诺拉今天来了，但没带白兰地。过节期间她要去趟巴斯，看望她的阿姨。至少，那样一来她可以躲避一阵空袭了。我没必要担心她。她讲完了弟弟的事情，告诉我她希望能说服阿姨在伦敦空袭期间收留汤姆，但完全不确定她是否乐意。

　　小汤姆显然不是什么迷人的捣蛋鬼，他差不多是个犯罪分子。他在银行站避难所扒窃被抓住过两次，他们不得不返回大理石拱门站。我尽量安慰她，告诉她所有男孩在某个阶段都是这样坏的。我真正想说的其实是，她根本不需要担心，小汤姆这样的人才是求生能力强大的类型，就像那只猫，就像朗比，除了自己根本不关心任何人，这才是在伦敦空袭中存活下来、在未来出人头地必备的本事。我问她，有没有给我带白兰地。

　　她低头盯着自己的露趾鞋，不悦地喃喃道："我以为你已经把这事忘了呢。"

　　我编了个理由，说消防队的人会轮流给大家买酒。她看起来没那么不高兴了，可我依然不确定她会不会借口回巴斯就不帮我买东西了。那样一来我就得自己去买酒，可我不敢把朗比独自留在教堂。在她离开前，我让她保证今天之内会把酒给我带来。可她没有回来，而空袭警报已经拉响了。

　　11月26日 还是不见埃诺拉，而她说过，他们的火车中午就出发。我想，至少她能安全地离开伦敦，对此我应该感到高兴。也许到巴斯后，她的感冒能好起来。

　　今晚有个妇女志愿服务队的姑娘来教堂借走了我们一半的简易床，说是伦敦东区有个避难所被炸了，目前情况一团糟。死了四个，伤了十二个。"至少被炸的不是哪个地铁避难所！"她说，"不然那情况才真的惨不忍睹呢，不是吗？"

11月30日 我梦见自己把那只猫带去了圣约翰伍德。

"这是一次救援行动？"邓沃尔西问。

"不是，先生。"我自豪地说，"我知道这回的实习项目的目标是什么了。我该找到一个完美的幸存者：顽强、机智、自私。这是我能找到的唯一选择了。我不得不杀了朗比，你知道，为了不让他烧掉圣保罗大教堂。埃诺拉的弟弟已经去了巴斯，可其他人没机会活下去了。埃诺拉大冬天的还穿着露脚趾的鞋子，睡在地铁站却还要用别针来做鬈发。她是不可能在伦敦大轰炸里活下来的。"

邓沃尔西说："也许你本该救她的。她叫什么名字来着？"

"基芙琳。"说完，我在寒意中醒来，瑟瑟发抖。

12月5日 我梦见朗比拿到了一枚微型炸弹。他把它夹在胳膊下，仿佛它只是一个棕色的包装纸袋。他从圣保罗大教堂车站走出来，绕过路德门山，去往西门。

"这不公平。"说着，我张开双臂拦住他，"现在没有消防队执勤。"

他把炸弹扣在胸前，就和枕头一样。"那是你的错。"他说。不等我够到手摇泵，他便将炸弹扔进了大门。

微型炸弹这时甚至都不存在，要到20世纪末才会被发明出来。且要再过十年，走投无路的某些人才会拿到这种炸弹，将它改造成适合夹在胳膊底下的样式。它看起来就是一个包裹，却可以将方圆四分之一英里内的城市建筑夷为平地。感谢上帝，这个

200

梦不可能成真。

在梦里，那是一个洒满阳光的早晨，而这个早晨，还是几周以来第一次我在值完班时看见灿烂的阳光。我走到地下墓室，然后又上了楼，在屋顶多转了两圈，接着去了台阶、一楼，还有所有那些危险可疑的走廊，一切可能容得下一枚燃烧弹的地方。这么做过之后，我心里踏实了些，可一回去睡觉，又立即做起梦来。这一回，我梦见了大火，以及注视着大火微笑的朗比。

12月15日 今天早晨我发现了那只猫。昨夜的轰炸来得凶猛，可主要目标是坎宁镇那边，教堂的屋顶没有什么损伤。然而，这只猫还是死了。早晨我进行自己私下的巡逻时，发现它躺在台阶上，受到了爆炸的冲击。它身上没有伤痕，唯有脖子上那块在大停电中格外显眼的白斑。可当我捡起它时，它毛皮底下的身子软绵绵的。

我想不出该拿它怎么办。有那么疯狂的一瞬，我想问马修斯能否把它埋在地下墓室里，它也算是在战场上光荣捐躯了。特拉法加、滑铁卢、伦敦，都死于战争。最后，我只是用围巾把它包裹起来，沿着路德门街朝一栋被炸毁的大楼走去，把它埋在了瓦砾堆里。这么做毫无益处。瓦砾堆不能保护它免受狗和老鼠啃食，而我再也搞不到另一条围巾了。我几乎把"叔叔"给的钱花光了。

我不该坐在这儿。我还没检查走廊和剩下的台阶呢，那些地方可能藏着哑弹，或者延时的燃烧弹，又或者别的什么我漏掉的东西。

我刚来这里的时候，自视为高尚的拯救者、过去的救世主。这份活儿我没有做好。但至少埃诺拉离开了。我真希望自己能把圣保罗大教堂也送去巴斯，保它周全。昨夜这里基本没有轰炸。本斯·琼斯说过，猫可以在几乎任何情况下保命。万一它是来接我，带我回家的呢？所有的炸弹都落在坎宁镇。

12月16日 埃诺拉已经回来有一周了。她站在西侧的台阶上，我发现死猫的地方，得知她就睡在大理石拱门地铁站毫无安全可言时，我简直无法理解。"我以为你在巴斯。"我傻乎乎地说。

"我阿姨说，她可以收留汤姆，但那样就不能收留我了。她家已经收了一屋子逃难的小孩，可真是吵得很啊。你的围巾呢？"她问，"这山上冷得要命。"

"我……"我没法儿把答案说出口，"我弄丢了。"

"你没法儿再买到一条了。"她说，"衣物要开始定量供给了，羊毛也是。你再也弄不到和原来那条一样的了。"

"我知道。"说着，我朝她眨了眨眼睛。

"好端端的东西就这么丢了，"她说，"这绝对是犯罪，就是犯罪。"

我记得自己没做回应，只是扭身低着头走开了，一路搜寻着炸弹和死掉的动物。

12月22日 又是值双班。我一直没怎么睡觉，现在连走路都不稳当了。今天早上，我险些一头栽进那道裂缝里，幸亏膝盖一软跪下了，才逃过一劫。我的内啡呔水平在疯狂地波动。我知道自己必须赶紧睡一觉，否则就要变成朗比所谓的"行尸走肉"了，可我不敢把他一个人留在屋顶上，或是任他在教堂里和他的上级待在一块儿，或是任他独自待在任何地方。就连他睡觉的时候，我也盯着他。

我觉得，虽然自己目前状态很差，但只要能搞到人工辅助品，应该就能进入入定状态。可我甚至不能去酒吧。朗比一直都在屋顶上，伺机而动。埃诺拉再来的时候，我一定要说服她替我买白兰地。我只剩几天时间了。

12月28日 今天早上，我正在西侧门廊那边扶起圣诞树的时候，埃诺拉来了。树已经连续三夜被震倒了。我把树身扶正，俯身去捡散落一地的金属箔时，埃诺拉突然从雾气里冒了出来，宛如某个充满欢欣的圣人。她飞快地往前一倾，吻了我的脸颊。接着她重新站直。因为感冒经久不愈，她的鼻子仍是红红的。她递给我一个裹着彩色包装纸的盒子。

"圣诞快乐！"她说，"快，打开呀，给你的礼物。"

我的思维已经混乱了。我明知这个盒子太浅，不可能装得下一瓶白兰地。然而，我还是相信她仍记得我的请求，给我把救星带来了。"你真好。"说着，我拆开了包装。

是条围巾，灰色羊毛。我盯着看了整整半分钟，才反应过来它是什么。"白兰地在哪儿？"我问。

埃诺拉看似吃了一惊。她的鼻子更红了，眼睛里开始涌起雾气："你更需要这个。你没有布票，又整天都得待在外头。现在天冷得要命。"

"我需要白兰地。"我愤怒地说。

"我只想对你好一点……"她刚开口，就被我打断了。

"对我好？我要你帮我买的是白兰地。我不记得什么时候说过自己需要围巾。"我把围巾塞回给她，去解圣诞树上的一串彩灯。树倒下的时候，这些灯砸坏了。

埃诺拉露出基芙琳常常露出的殉难圣人般的表情。"你一直待在房顶上，我很担心。"她一口气说了出来，"他们想炸掉圣保罗大教堂，你知道的。而且这里离河边很近，我觉得你不应该喝酒。我——你明知道那些人费尽心思要杀掉我们，却不好好照顾自己，这简直是犯罪。你就像是他们的共犯。我担心哪天我到圣保罗大教堂来的时候，你已经不在了。"

"好吧，那我拿着一条围巾又能怎么样呢？他们投炸弹的时候，举在头顶挡着？"

她转身跑开了，还没跑下两级台阶，就消失在了灰色的浓雾里。我想追上去，可手里还抓着那串坏掉的彩灯，结果绊了一跤，顺着台阶差点儿一路滚到底。

朗比把我扶了起来。"你不用执勤了。"他严厉地说。

"你不能这么做。"

"我当然能。我可不想要一个行尸走肉跟自己一起上屋顶。"

我任由他把我领回了地下墓室，他给我倒了杯茶，让我上床躺下，表现得很关切。没有迹象表明，他一直在盼望这种时机。我准备在这儿躺到警报响起为止。等我上了屋顶，他就没法儿不惹人怀疑地把我赶回这里了。你知道他——这个穿着消防服和橡胶靴子、乐于奉献的消防员——离开之前对我说了什么吗？"我希望你能睡一会儿。"好像他在屋顶上，我还能睡着似的。我会被活活烧死的。

12月30日 警报声惊醒了我。老本斯·琼斯说："这下你应该好些了，你已经睡了整整一天。"

"今天是几号？"我一边说，一边穿靴子。

"29号。"他说，与此同时我朝门口冲去，"没必要这么着急。他们今晚迟迟没来，也许压根儿就不会来了。那倒是万幸了。潮水已经退了。"

在通往楼梯的门口，我停下脚步，抓住了冰凉的石墙："圣保罗大教堂还好吗？"

"还屹立不倒呢。"他说，"你做噩梦了？"

"是的。"我回想起了过去几周以来的所有噩梦：我在圣约翰伍德怀抱着那只死猫，朗比在胳膊底下夹着炸弹和《工人报》，还有耶稣手中的灯盏明晃晃地照亮了那块大火纪念碑。我记起了自己根本不是在做梦，而是进入了睡眠状态，那种我之前求之不得的有助于记忆的睡眠状态。

我想起来了，那则新闻霸占了各种日报的头条。遇袭的是大理石拱门车站，并不是圣保罗大教堂。我记不清具体日期，只知道它发生的年份。1940年。1940年只剩下两天了。我一把抓起外套和围巾，沿着楼梯朝上跑去，穿过大理石地板。"你要去哪儿？"朗比的吼声传来。我没看见他在哪儿。

"我必须救埃诺拉。"我说，声音在黑暗的教堂里回荡，"他们要炸掉大理石拱门车站。"

"你现在不能离开。"他在我身后吼道，他所站的位置，正是日后大火碑会出现的地方，"潮水退了。你个肮脏的……"

我没听见他之后的话。我已经冲下楼梯，钻进一辆出租车。打车几乎花掉了我全部的钱，那本来是我小心翼翼存起来，准备用作返回圣约翰伍德的路费。轰炸开始时，我们还在牛津街，但司机不肯再往前走了。他让我在伸手不见五指的黑暗里下了车，而我意识到，自己绝对无法及时赶到了。

爆炸。埃诺拉倒在通往地铁的台阶上，脚上还穿着那双露趾的鞋子，身上没有伤痕。等我试着抱起她，就会发现她全身绵软如泥。到时我只好用她送我的围巾把她裹起来。因为我去迟了。我回溯了一百年，居然还是太迟，救不了她。

我认出了海德公园里的炮台——绝对错不了——凭着这点线索我跑过最后几个街区，飞快地跳下通往大理石拱门站的台阶。售票亭的女人收下我仅剩的一点钱，给了我一张前往圣保罗大教堂的票。我把票塞进口袋，就朝着楼梯冲去。

"禁止奔跑。"她漠然地说，"请朝左走。"通往右侧的门前挡着木栅栏，金属门扉还上了锁链。写着站名的牌子被胶带遮住了，另有一个写着"所有列车"的新标志被钉在栅栏上，指向左边。

埃诺拉没有在停运的电梯里，也没有靠坐在走廊墙边。我来到第一处楼梯前，却没法儿通过：我需要下脚的地方，有一家子正在操办公共茶会，他们在一张四角绣了花的桌布上摆满了东西：面包和黄油，一小罐用蜡纸密封的果酱，一只放在煤气炉上的水壶，煤气炉就跟我和朗比从瓦砾堆中抢救出来的那台一样。我站在那里朝下看，发现分层摆放的茶会用品像瀑布一样向下延伸。

"我……大理石拱门……"另有二十人死于被炸飞的砖瓦。"你们不该待在这儿。"

"别人有权待在这儿，我们也有。"这家的男人没好气地说，"你又是谁，有什么资格叫我们走开？"

一个女人正从纸箱子里掏出碟子摆放，闻声抬头看向我，似乎受到了惊吓。水壶开始尖啸。

"该走开的人是你。"那个男人说，"走啊。"他往旁边一站，让我有地方通过。我满怀歉意地沿着绣花桌布的边缘走了过去。

"对不起，"我说，"我在找人。她在站台上。"

"在那里头你绝对找不到她的，老兄。"说着，男人拇指冲着那个方向比画了一下。我迅速从他身边走过，险些踩到桌布，然后拐过墙角，朝地狱奔去。

这里并不是地狱。商店的售货员姑娘叠起了外套，倚靠在上头，看起来有的挺愉快，有的挺沮丧，有的挺难相处，但至少都毫发无伤。两个男孩正为一先令扭打着，结果钱掉到了铁轨上。他们趴在站台边缘探头望，争论要不要下去捡，车站的保安过来，吼叫着让他们退回去。一辆列车咆哮而过，上头载满了人。一只蚊子停在了保安的手上，他一下拍上去，它却飞走了，惹得两个男孩大笑。他们的前前后后、四面八方，在铺满了可以夺人性命的砖瓦、仿佛显示着伤亡人数的弯曲地道、各个入口、楼梯之上，都是人，成千上万的人。

我跌跌撞撞地走回楼梯，踢翻了一只茶杯。茶水像洪水般泼了一桌布。

"我告诉过你了，老兄。"那个男人乐呵呵地说，"里头简直是地狱，对吧？往下走更糟糕。"

"地狱。"我说，"没错。"我永远救不了她了。我看着那女人擦拭着泼出来的茶，突然意识到，自己也救不了她。救不了埃诺拉、那只猫或者任何人。他们都已失落在了这些看不到尽头的楼梯里，在历史的死胡同里。他们早在百年前就已死去，覆水难收。过去之事谁也无法挽回。历史系大费周章地把我送来这里，要学的可不就是这个道理嘛。好吧，我学到了。现在我可以回家了吗？

当然不行了，可爱的孩子。你已经傻乎乎地花掉了所有的钱，花在了打车和买白兰地上头，而今夜，正是德国人烧掉这座城市的夜晚。（现在我想起了一切，然而太迟了。会有二十八枚燃烧弹落到教堂的房顶上。）朗比必定会等到机会，而你也必须学到一个毕生难忘的道理，一个你从一开始就该知晓的道理——你救不了圣保罗大教堂。

我回到站台上，站在黄线后头等候，直到一辆列车驶进站来。我掏出车票，一路紧攥在手里，直到抵达圣保罗大教堂站。到站后，浓烟像滚滚洪水般朝我涌来。我看不见圣保罗大教堂了。

"潮水退了。"一个女人说，声音无比绝望。我摔倒了，倒在了一团绵软无力的胶布水管里。我的双手沾满了恶臭的烂泥。我终于理解了潮水的重大意义，我们没水灭火了。

一个警察挡住了我的路，我无奈地站在他面前，不知该说什么。"普通市民不准入内。"他说，"圣保罗大教堂现在很危险。"浓烟像雷雨云一般翻滚，迸出火花，教堂的金色穹顶从它上方露出头来。

"我是消防队的。"我说。他放下了胳膊，我就到了屋顶上。

我的内腓肽水平一定是像空袭警报一样上下波动着。从那时起，我就不再有任何的短期记忆，脑中只有一个个连缀不起来的瞬间：我们把朗比带下来时，聚在教堂角落里打扑克的那些人；一边燃烧、一边打着旋儿下坠的穹顶的木头碎片；像埃诺拉一样穿着露趾鞋的救护车司机，她还给我受伤的双手涂了软膏。位于这一切的中心的，是瞬间的清晰记忆：我顺着一条绳子爬下去找朗比，救了他一命。

我站在穹顶旁边，被浓烟呛得直眨眼睛。伦敦陷入了火海，仿佛光是热气就能将圣保罗大教堂点燃，光是噪声就能将它轰塌。本斯·琼斯在西北的塔上，正用铲子拍打一枚燃烧弹。朗比所在的位置太靠近我之前用木板打补丁的地方了，有枚炸弹刚刚落了进去，他正看向我。一枚燃烧弹落在了他的身后。我转身去拿铲子，回过头时，他已经不见了。

"朗比！"我大叫，却听不见自己的声音。他掉进那道裂缝了，没人看见他，也没人看见那枚燃烧弹。除了我。我不记得自己是怎么穿过屋顶的了。我想自己应该是四处叫人找绳子了，然后我拿到了绳子。我把绳子拴在腰上，把另一头交给消防队的其他人，接着来到裂缝的边缘。火光照亮了下头的几面墙壁，几乎能见底。我看见下方有一堆发白的瓦砾。他就在那底下，我想着，纵身跳了下去。下面太狭窄了，瓦砾几乎没有地方可扔。我生怕自己不小心砸到他，只好尽量将木板和灰泥板抛在身后，可这地方连转个身都困难。有那么可怕的一瞬，我怀疑他也许根本不在这里。这堆碎木片的底下可能只有空荡荡的地面，就和地下墓室里那回一样。

一想到自己正在他的上方爬，我就感到莫大的耻辱。假如他已经死了，而我正踩在他无助的尸体之上，这样的事情我可承受不了，太可耻了。接着，他像鬼魂般伸出一只手，抓住了我的脚踝。几秒之内，我就转过身去，把他的脑袋从瓦砾中刨了出来。

他的脸色苍白可怖，但再也吓不到我了。"我把炸弹扑灭了。"他说。我盯着他，因为狠狠松了口气，一时反而说不出话。有那么歇斯底里的一瞬，我觉得自己几乎要笑出来，因为看见他实在太高兴了。我终于意识到自己应该说什么。

"你没事吧？"我问。

"没事。"说着，他试图靠一只手肘撑起身子，"这样对你更糟糕。"

他没能爬起来。他试着把重心向右转、躺平身子，结果身下不平坦的瓦砾堆发出崩裂声，他吃痛得一哼。我试着轻轻扶起他，好看看他哪里受了伤。他之前一定是摔在什么东西上头了。

"没用的。"朗比气喘吁吁地说，"我把它扑灭了。"

我惊讶地瞥了他一眼，担心他是精神错乱了，接着重新给他翻了个身。

"我知道你还指望这一回能成呢。"他继续说，丝毫没有反抗的意思，"这屋顶迟早都会这样被烧掉的，只不过这回被我解决了。你要怎么跟你的朋友说？"

他的消防外套背后有一条长长的裂口，露出了脊背，上面全是烧伤和烟熏的痕迹。他掉在了那枚燃烧弹的上头。"我的天。"说着，我手忙脚乱地想要检查他的烧伤有多严重，却又不敢触碰他。我不知道这些伤口有多深，但似乎只有外套裂了口的那一小块地方有伤。我试图将他身下的那枚炸弹拔出来，可弹壳就跟火炉一样烫。好在它没有融化。我之前铺的沙子和朗比的身体一起扑灭了它。但我不知道，一旦接触空气，它会不会再次燃烧起来。我慌乱地环顾四周，搜寻桶和手摇泵。朗比下来的时候，一定把它们也带下来了。

"你在找武器吗？"朗比吐字如此清晰，让人很难相信他此刻受了伤，"干吗不干脆把我扔在这儿呢？让我晾在外面，不到明早我就死透了。还是说，你更想偷偷干你的肮脏勾当？"

我站起来，抬头冲着屋顶上的人大喊。其中一人将手电筒朝下晃了晃，但光柱没够着我们。

"他死了吗？"有人向下面喊道。

"叫救护车，"我说，"他烧伤了。"

我扶着朗比站起来，尽量避开伤口撑起他的背。他跟踉几下，靠在了墙壁上，看着我把一块木板当铲子掩埋那枚燃烧弹。一根绳子被放了下来，我将绳端绑在朗比身上。自从我扶起他后，他就再没开口说话。他任凭我在他的腰间绑上绳子，只是眼都不眨地盯着我看。"我真该让你憋死在地下墓室里。"他说。

他倚墙站着，身体几乎完全压在木板上，只有双手还撑着。我知道他没有力气握住绳子，便把他的双手放到了松垮垮的绳子上，又缠了一圈。"在耳语回廊的那天，我就盯上你了。我知道你不恐高。你一觉得我会破坏你的宝贵计划，就跳了下来，能这么做可不恐高。你干吗要这么做，良心发现了？跪在这里跟个小孩似的，哼哼叽叽地说'瞧我们都干了些什么，干了些什么啊'？你真叫我恶心。但你知不知道自己一开始是怎么暴露的？是那只猫。谁都知道猫讨厌水，除了该死的纳粹间谍。"

有人拉了拉绳子。"继续拉。"我叫道，于是绳子被拉紧了。

"那个妇女志愿服务队的婊子呢，她也是间谍？本来要在大理石拱门站跟你碰头？还告诉我那地方要被炸了。你这间谍真糟透了，巴塞洛缪。你的同伙早在9月就炸过那地方了，只不过现在又开放了。"

绳子猛地往上一拉，开始带着朗比上升。他扭动双手，好抓得更紧。他右边的肩膀蹭到了墙壁，于是我伸手轻轻将他转了转，好让他换成左肩挨墙。"你现在犯了大错，你知道吧。"他说，"你该杀了我的，我要揭发你。"

我站在黑暗中，等待绳子再次放下来。朗比抵达屋顶的时候，已经失去了意识。我穿过消防队的人群，走向穹顶，之后去了地下墓室。

这天清晨，我"叔叔"的那封信到了，随信附有一张五英镑的纸币。

12月31日 邓沃尔西的两名跟班在圣约翰伍德接我，告诉我，我测验迟到了。我甚至懒得抗议。我拖着步子顺从地跟在他们后头，都没有去想他们这样让一具行尸走肉去测验有多不公道。我有多久没睡觉了？从昨天去找埃诺拉开始，我已经有一百年没睡过觉了。

邓沃尔西在测验大楼里，冲我眨着眼。两名跟班中的一人递给我一张试卷，另一人负责计时。我把试卷翻了翻，纸面蹭上了伤口涂抹的烧伤膏的油痕。我茫然又困惑地瞪着伤口。之前给朗比翻身的时候，我徒手抓住了那枚燃烧弹。可现在，我的伤口都在手背上。突然间，朗比不依不饶的声音告诉了我答案："这是绳子擦伤的，你个白痴。纳粹间谍都没学过该怎么好好顺着绳子往上爬吗？"

我低头看向试卷。上面写着：落在圣保罗大教堂上的燃烧弹的数量____空投雷的数量____高爆弹的数量____最常用的扑灭燃烧弹的方法____消灭空投弹的方法____消灭高爆弹的方法____消防队一队志愿者数量____二队的人数____伤亡人数____死者人数____这些问题都没道理啊。每个问题后面都只留了一小格空栏，只够填个数字。扑灭燃烧弹的最常用方法，我所知道的一切，怎么塞得进这么一个小小的空格里？怎么没有关于埃诺拉、朗比，还有那只猫的问题呢？

我走到了邓沃尔西的桌前。"圣保罗大教堂昨夜险些就烧没了。"我说，"你这问的都是些什么问题？"

"你是来答题的，巴塞洛缪先生，不是提问。"

"试卷上没有任何关于人的问题。"我说，感觉包裹住自己怒火的弹壳正在熔化。

"当然有了。"说着，邓沃尔西翻到了试卷的第二页，"伤亡人数，一千九百四十。伤于轰炸、弹片，还有其他原因。"

"其他？"我问。我头上的屋顶随时都会垮下来，化作一团狂暴的灰泥之雨。"其他？朗比用自己的身体扑灭了一枚燃烧弹。埃诺拉得了感冒，日益严重。那只猫……"我从他面前一把抢回了试卷，在"轰炸"二字后头的小格空栏里张牙舞爪地写下"一只猫"。"你一点也不在意他们？"

"从统计学角度来讲，他们都很重要。"邓沃尔西说，"但作为个体，他们对历史的进程没有什么意义。"

我条件反射式地爆发了。令我惊讶的是，邓沃尔西也几乎没反应过来发生了什么。我擦过他的半边脸，打掉了他的眼镜。"他们当然有意义了！"我吼道，"他们就是历史，不是这些该死的数字！"

他那两名跟班的反应倒是很快，没等我再次动手，他们就按住我的两只胳膊，把我拖出了房间。

"他们被扔在过去，没人去救他们。他们伸手都看不见自己的手指，还有炸弹砸在身边，而你说他们不重要？这就是你所谓的历史学者的态度？"两名跟班将我拽出门，拖过走廊。"朗比拯救了圣保罗大教堂。什么人还能比这更重要？你不是历史学者！你只不过是个……"我想用最恶毒的话骂他，一时之间却只能想起朗比常用的词。"你只不过是个纳粹间谍！"我咆哮道，"你只不过是个懒惰的布尔乔亚婊子！"

他们将我四脚朝天地扔了出去，重重地关上了门。"就算给我钱，我也不当什么历史学者了！"我吼道，动身去看那块大火纪念碑。

12月31日 我只能一点一点地写下这些。我手上的伤很重，邓沃尔西的跟班又让情况更严重了。基芙琳每隔一阵就会过来，仍是一脸圣女贞德式的表情。她给我的双手涂了药膏，涂得太多，我连笔都握不稳了。

圣保罗大教堂站当然已经不在了，于是我在霍尔本下了车，步行前往目的地，一路回想着伦敦大火的第二天早上，我最后一次和马修斯主教见面时的场景。

"我了解到，今天早上你救了朗比一命。"他说，"我还了解到，昨晚是你们联手拯救了圣保罗大教堂。"

我把那封"叔叔"寄来的信给他看，他盯着它，仿佛不明白它是什么。"没有什么东西是拯救一次就能直到永远的。"他说。有那么可怕的一瞬，我以为他要告诉我朗比死了。"我们应该继续拯救圣保罗，直到希特勒把轰炸目标转移到别处。"

伦敦空袭很快就会结束了，我想告诉他。后面会接连几周继续轰炸周边的乡村。坎特伯里、巴斯，轰炸目标主要是教堂。你和圣保罗大教堂都会幸存到战后，见证大火纪念碑的落成式。

"不过我挺有信心，"他说，"相信最糟糕的时候已经过去了。"

"是的，先生。"我想起了大火碑，历时虽长久，上面的字迹仍然清晰可辨。不，先生，最糟糕的时候还没有过去。

快登上路德门山的顶部之前，我还有方向感。之后，我却完全迷了路，像个在墓地里瞎走的人一样四处游荡。我没想起来，那团废墟竟和朗比想要挖我出来的那堆灰泥如此相像。我到处都找不到那块石头。最后，我险些跌倒在了它上头，于是猛地往后一跳，仿佛踩到了尸体。

它是唯一剩下来的。广岛核爆遗址上应该有几棵幸存下来的树。丹佛则有议会大厦的台阶。但它们都没刻着："铭记圣保罗大教堂消防队的男男女女，是他们在上帝恩典的照耀之下，拯救了大教堂。"上帝的恩典。

石碑的一部分被削掉了。有历史学者称，上面原本还有一行字："直到永远。"可我不相信，只要马修斯主教也参与了，我就不信。而且，石碑要纪念的那些消防员也不会相信这句话，哪怕一分钟。我们每扑灭一枚燃烧弹，就是救了圣保罗大教堂一次，但也只能救到下一枚燃烧弹落下来为止。我们一直盯着那些高风险的地方，用沙子和手摇泵扑灭小火，用自己的身体扑灭大火，只是为了让这座错综复杂的巨大建筑不被烧毁。这在我听来，简直就像"历史学实习项目401"的课程简介。现在发现做一名历史学者到底有何意义可真是个好时机，毕竟我刚刚主动抛弃了成为历史学者的机会，就和那些人抛掷燃烧弹一样轻而易举！不，先生，最糟糕的时候还没有过去。

石碑上还有些烧灼的痕迹，传说中那是一枚炸弹爆炸时圣保罗大教堂的主教曾跪过的位置。当然，这一听就很假，毕竟谁会在大门前祈祷呢。那痕迹更可能是某个路人的身影，他正在那里打听风车剧院怎么走。或是某个女孩，她正给一个消防队志愿者送去围巾。又或者是一只猫。

没有什么是拯救一次就能直到永远的，马修斯主教，我从头一天走进教堂的西门，在一片黑暗中眨眼睛的时候起，就已经明白这个道理。可我还是感觉糟糕透了。站在这齐膝深的瓦砾中，知道自己无法从这堆东西里挖出一张椅子或是一位朋友，知道朗比到死都以为我是纳粹间谍，知道埃诺拉有一天来找我，我却不在了，这感觉真是糟糕透了。

但这还不算最糟糕的。朗比和埃诺拉如今都去世了，马修斯主教亦然，他们至死也不知道我一直以来都知道的那件事。正是那件事，令我在耳语回廊里双膝跪地，因悲痛与内疚几欲呕吐：到头来，我们谁也拯救不了圣保罗大教堂。

我回到房间，任由基芙琳给我的双手上药。她想让我睡上一觉。我知道自己应该收拾行李走人了。如果等他们来赶我走，就太丢脸了。可我没有力气违抗她。她看上去太像埃诺拉了。

1月1日 我显然不仅睡了整整一夜，连早晨邮差送件的时间也错过了。刚一醒来，我便瞧见基芙琳正坐在床尾，手里拿着一个信封。"你的成绩到了。"她说。

我抬起胳膊遮住眼睛："他们想要效率的时候，还是非常有效率的，不是吗？"

"是的。"基芙琳说。

"那，咱们看看吧。"说着，我坐起来，"他们赶我走之前，我还有多长时间可以收拾东西？"

她将薄薄的电脑打印的信封递给了我。我沿着打孔线将它撕开。"等等。"她说，"在你打开之前，我有话对你说。"她轻轻将手放在了我的伤口上，"你误解了历史系的人，他们其实是好人。"

我没料到她会这么说。"我可不会形容邓沃尔西是好人。"说着，我一把扯出了信封中的纸片。

基芙琳的表情毫无变化，即便她肯定看到了我放在膝头的那张成绩单。

"好吧。"我说。

成绩单由可敬的邓沃尔西亲自签发。我得了一等，成绩优异。

1月2日 今天早上，邮箱里收到了两样东西，其中一个是基芙琳的任务指令。历史系早就算好了一切，包括让她在这里停留足够长的时间来照料我，甚至包括为历史专业的学生刻意炮制一场烈火的考验。

我想，我宁肯相信这是真的，一切都是他们的安排，埃诺拉和朗比只是雇来的演员，那只猫只是智能机器人，内部都是机械装置。不是因为我不愿相信邓沃尔西是好人，而是因为这样一来，我才能免受那噬骨的痛苦——无法得知他们后来的遭遇的痛苦。

"你说过，你是在1400年的英格兰实习的？"我问，用怀疑的目光打量着她，就像当初打量朗比时那样。

"是1349年，"她说，表情因为陷入回忆而放松下来，"瘟疫爆发的那年。"

"天啊。"我说，"他们怎么能那样做？瘟疫的系数是十。""我自带免疫力。"说着，她看向自己的双手。

由于不知该说什么才好，我拆开了另一封邮件。这是一份关于埃诺拉的报告。电脑打印，全是事件、日期和统计数据——历史系最心爱的数字。但它告诉了我一件事，一件我本以为再也无缘得知的事：埃诺拉后来感冒好了，并在伦敦大轰炸中幸存了下来。年轻的汤姆死于德国人针对巴斯的空袭——但埃诺拉一直活到了2006年——即圣保罗大教堂被炸毁的前一年。

我不知该不该相信这份报告，但那已经不重要了。它的到来，就跟朗比替老人念报纸的行为一样，只是一桩充满人性的善举。他们算好了一切。

也不是一切。他们并没有告诉我朗比后来如何了。可当我写下这些文字的时候，我发现自己已经知道结果：我救了他的命。或许第二天，他就死在了医院里，但那也无妨。我还发现，尽管历史系煞费苦心想让我学会一个道理——没有什么东西是拯救一次就能直到永远的——可我并不太认同。也许朗比就能。

1月3日 今天我去见邓沃尔西了。我不知自己该说些什么——一堆浮夸的胡言乱语，表示自己很乐意做历史的守望者，以沉默而神圣的姿态保卫人类的心灵，不让燃烧弹破坏它。

可他只是隔着桌子，冲我眨了眨那双近视的眼睛。我觉得，他眨眼的对象，可能其实是圣保罗大教堂永远消失前留在阳光下的最后一抹明亮身影。他比任何人都清楚，过去是无法拯救的。于是，我只是说："打坏了您的眼镜，我很抱歉。"

"你喜欢圣保罗大教堂吗？"他问。我怀疑自己误读了他的表情，就像第一次遇到埃诺拉时那样。他可能并不是在哀悼伤感，事实跟这毫不相干。

“我爱它，先生。”我说。

“是啊。”他说，“我也爱它。”

马修斯主教错了。整个实习期间，我都在与记忆作斗争，到头来却发现它并不是我的敌人，身为一名历史学者也根本不是什么神圣的负担。因为邓沃尔西并非在对着最后那个早晨的致命阳光眨眼，而是透过第一个下午的明亮天光，望向圣保罗大教堂宏伟的西门，就像朗比，就像它的一切，每一个瞬间，都留存在了我们心里，直到永远。

上等霉菌

凯奇·贝克 / 著

仇俊雄 / 译

凯奇·贝克是一名荣膺大奖的美国小说家。她的长篇小说已经被翻译成了西班牙语、法语、意大利语、希伯来语和德语。成为一名职业作家之前，她在剧院待过很长一段时间。她广受欢迎的"公司"系列小说以两名为某家神秘公司工作，而且还能穿越时间的职员为主角。《上等霉菌》是这个系列中的第一个故事，也是她第一次读给自己母亲听的故事。

这是第一篇刊印出的"公司"系列故事，《在艾登的花园里》此时仍在寻找出版商。这也是我的母亲听过的唯一的故事。

我的母亲有着传奇般的个性和风格，更像是后来伟大的詹妮弗·帕特森[1]在"胖妞大厨二人组"里闻名的性格，她有点蛮横，却有艺术气息，而且不断地照顾着我。我这一生有大半的时间都在拒绝她试图强加在我身上的种种想法，尽管她也爱科幻小说，

---

[1] 英国著名厨师。

但我从来没有让她读过我写的任何东西。

可她突然就被诊断出患上了某种可怕的疾病，生命只剩下一个月时间。我每天下班后都会去医院看她，这件事就像一台从窗口掉下的三角钢琴一样重重地击中了我的心：我开始迫切希望她能读一读我写的故事。可是她那时连书都拿不稳了，把自己的双眼聚焦在书页上更是难上加难。命运像一列匆匆驶离车站的火车，而我就像个傻瓜那样站在月台上，甚至都来不及向她道歉。

但我在她的病榻边走来走去的时候，向她解释了整个"公司"系列的种种点子，还写了一个短篇故事来演示那个世界是如何运作的，剧情就是门多萨和约瑟夫如何试着去偷一棵珍稀的植物。为了吸引她的注意力，让她明白故事的意思，我连说带演，还模仿了种种声音。谢天谢地，她喜欢这个故事。于是我在她去世之后把它写了下来。

但这是我的错，是我的错，我最大的错。

这段介绍2002年首次出现在金色狮鹫出版社出版的《黑色计划，白色骑士》中作为《上等霉菌》的简介，而该故事是"公司"系列中第一个出版的，当然，它也是凯奇·贝克出版的第一个故事。

我有一段时间住在这个海边的小镇上。嘿，这是个闲差。圣巴巴拉那时候已经被开发了出来：不再有印第安人发生叛乱，也不再有海盗蜂拥登上海滩，灰熊也差不多被消灭殆尽了。虽然墨西哥城的某些官员会时不时地过来和我们大吵大闹，但总的说来，过去的那些布道工作日渐衰微，成了被遗弃的阴影，我们能做的只是等着北方佬过来。

公司让我操作一台接受—储存—运输终端，这东西就摆在我的房间里，看起来像个橡木箱子。我有个凡人的身份，是个警惕心很强的神父，负责行政工作，所以教堂总是让我用羽毛笔不断地写啊写。而我在公司的工作相比之下好像更不值一提：我为身处现场的职员登记货物，然后转寄公报。

这有点像是一场为期四十年的度假。在印第安人的村落那儿，有着圣日祭典和方丹戈[1]舞会，围着环礁湖的岸边还有赛马会。在德·拉·戈拉地区[2]的居民心中，我的社会地位很高，所以他们总是请我与他们共进晚餐。夜幕降临，主教睡着了，几个可怜的印第安人也准备就寝，这时我会偷偷拿上一小杯圣餐酒，在教堂前阶处放空自己。我一般是坐在那儿，听着夜晚的声音，看着面前长长的斜坡通向夜色中的海。有些时候我会在那里一直坐到东边的天色泛出粉白，晨祷的钟声在霞光中鸣响。像我们这样的老头子可不用睡太久。

在8月的一个晚上，我像往常那样坐在这儿，看着月亮慢慢坠入太平洋的海面，这时我接到一个信号，告诉我在夜色中还有一名和我一样的永生者，她就在附近。我看着她沿海岸线一直向下，穿过了代表戈利塔的那个小点。随后她越过皇家大道，直直地向我走来。公司事务。我叹了口气，用西班牙语发出广播：你往何处去？

你好，她也用西班牙语回复了我。虽然我已经知道她是谁，

---

[1]　一种西班牙传统舞蹈。

[2]　圣巴巴拉地名。

但我还是扫描了一下。嘿，门多萨。我回复了她，用胳膊肘撑着身子等她过来。很快我就看到她从小溪边的迷雾中走了出来：首先映入眼帘的是她头上的宽沿帽，然后是在背包的重压下向前倾斜的双肩、一身风尘仆仆的衬衫，以及在没有交通工具的情况下仍然决意执行任务的坚定步伐。

门多萨是一名植物学家，已经在野外工作太久了。到目前为止，她在加利福尼亚的北部浪迹了差不多一百二十年。天知道公司让她在那块穷乡僻壤做什么。如果我好管闲事，看看时不时向她转达的公司指示，那我就能明白她到底在干吗。不过我现在已经不再是她的事务员了，所以也就没有过问。

她用急迫的眼神看着我，我的心一沉。看来她在执行任务，不是刷刷拱顶、砌砌屋瓦的那种。门多萨对任务的态度要认真得多。"孩子，事情进展如何？"当她走近点后，我用稍响的低语问她。

"还行。"她把背包放在我身边的台阶上，抓起我的酒一饮而尽，把空杯子还给我，坐了下来。

"我还以为你这几天要回蒙特利尔去呢。"我试探性地说。

"不。我要去本塔纳。"她答道。当天色渐渐转亮时，我们的对话稍微有些沉寂。远处，雄鸡开始啼鸣，我又想了想该怎么回答她。

"那么我能为你做什么，诸如此类的？"我引她继续说下去。

她狠狠地看了我一眼。"公司指令080444-C。"她说，尽管她来的目的很明显。

我不加扫描就直接将绿色指令储存进自己的第三意识中，这是个可怕的习惯。我猜这大概就是闲适的生活造成的吧。我匆匆读取了这份指令，立刻喊了出来："他们派你去找葡萄？"

"不是普通的葡萄，"她向前探，直直地盯着我的眼睛，"是任务要求的葡萄。这里所有的品种都会被北方佬引进的新品种取代。我需要负责收集这幢建筑半径二十五英里内所有葡萄的遗传材料。"她鄙夷地看了周围一圈，"不过我没指望能找到多少。这地方真是一团糟，看来教堂真的是把周围的农业生产搞得糟透了，对吧？"

"现在很难找到奴隶做劳工了。"我耸了耸肩，"没有脚镣，就没法儿把他们留在农场里。那些真正皈依宗教的人稍微帮了点忙，但也就仅限于此了。"

"就连信理部[1]也没法儿影响他们，"门多萨摇了摇头，"真是没想到我还能见到这一天。"

"嘿，世道在变嘛。"我伸了个懒腰，把穿着凉鞋的双脚摞在一起，"不管怎么样，这群墨西哥人真是恨死我们那个可怜的主教了，都在努力把他逼疯。教堂关门后一片混乱，许多东西都被偷了。他们趁着夜晚把植物挖走，移栽到自己的花园里。有些峡谷里还住着几户印第安人，他们都有自己的小农场。或许那里有很多样本，但你要找到它们可真的得花点功夫了。"

她点了点头，所有的动作都做得很干脆："我需要一个数据处理柜、食宿，还有一个假身份。你要干的活儿就这些。0600点前能安排好吗？"

"天啊，还是原来的那套程序。"我的回应一点也不热切，她又剜了我一眼。

---

[1] 成立于1542年，负责处理与信仰和道德有关的事务，并兼任宗教法庭。

"我有活儿要干，"她努力保持耐心向我解释，"这很重要。我是台虽小但好用的机器，我爱自己的工作，没有什么比它更重要了。这是你教我的，记得吗？"

她说的倒是真的，所以我只是很真诚地笑了一下，把手搭在她的肩上："你是一台非常好的机器，门多萨，我知道你会做得很出色。不过我觉得如果你不是那么赶着去做手上的工作，你的效率会进一步提高。花点时间把事情做好，你也知道这个道理吧？在你的日程表里安插一些休息和娱乐。不管怎么样，像你这样努力工作的实干家配得上给自己好好放个假。你可以去我们这里的蛋壳彩球舞厅跳上一晚，你之前还挺喜欢跳舞的。"

我真不该说这话。她缓缓站起来，就像一条慢慢立起来的眼镜蛇。

"我从1703年起就没有在舞会上穿的裙子了，从1555年起就没有参加过凡人的派对。如果你选择忘掉那个可悲的圣诞节——不过我猜你还记得——既然你这么喜欢他们，那你倒是去和这群受诅咒的猴子打成一片啊。"她深吸一口气，"我自己呢，有更好的事可做。"她踩着楼梯走开了，不过我喊住了她。

"你还在为那个英国男人伤心吗？"

她不肯屈尊回应我，而是从教堂的门缝里挤了进去，我猜她是打算在圣坛屏的后面睡一觉，在那里肯定没人会打扰她。

但她的确还在为那个英国男人伤心。

或许我对自己工作的态度比起其他人来要稍微放松一些，但我依然是最出色的那个。等门多萨在晨光中眯着眼睛漫步的时候，我已经在一间教堂客房里把她要用的基站设置好了，硬件设备也配得一应俱全。为了我那个修士同伴的心理健康，我谎称她是我的堂姐，从瓜达拉哈拉[1]来，在等她丈夫从墨西哥城与她会合时顺道来这里看望我。她生于一个历史久远的基督教家庭，天性稳重好学，从画花朵和博物学的其他分类中寻找乐趣。

门多萨一点时间都没浪费。她直接去了任务园圃，着手开始工作，采集葡萄的种类，收集土壤样本，把那些痴迷工作的专家才会做的事都做了一遍。第一天晚上她一直在自己的数据处理柜前努力工作，把数据都处理完了。

当要收集那些西班牙化的人的私家花园时，我给她搞来了几件得体的衣服，让她拜访别人时穿，于是引见她的过程也挺顺利。我们拜访奥特塞加、卡里略，还有其他家族时，大部分时间都是我在说话，事实上，她不仅在接过别人递给她的葡萄白兰地时动作有点僵硬，而且一句话也不说，不过好在她的皮肤很白，还能看到浅蓝色的血管，所以我打起圆场来也不是太费力。因为那时如果你有西班牙血统，对这个地方多少会有点歧视。[2]

但不管怎么样，她在印第安人村庄里的任务完成了之后，所有人都松了口气。她转而在峡谷里爬上爬下，看到没有采摘过的葡萄藤就猛扑上去。在山的另一边有几个印第安人的定居点，而那些之前引进的植物就在两个世界间的夹缝中生存，在那片没人要的地方茂盛地生长。这个女人白得就像他们最可怕的梦魇，有

---

[1] 墨西哥第二大城市，哈利斯科州首府。

[2] 参考blue-blooded，意指贵族，该词源于摩尔人入侵时期，为了与肤色为褐色的摩尔人加以区分，肤白以致能看见浅蓝色血管的西班牙人被认为是血统纯正的象征。

着完美的丘马什[1]巴巴里诺语[2]口音，用傲慢的语气和他们说话，至于他们怎么看待她，我也只能靠想象了。但不管怎么样，她说服了他们，也拿到了他们葡萄藤的样本。我在想她肯定很快就要回到内陆地区去了，就多喝了一杯圣餐酒来庆祝一下，谁承想这还为时过早！

我那时还在听取他人的忏悔，她的尖叫声穿过缄言的能媒[3]，紧跟着的是几句兴高采烈的16世纪加利西亚语脏话。我的教区居民继续说道：

"……神父，您还需要知道的是，我对朱安娜新买的平底锅垂涎已久。因为它们不是普通的铁锅，而是白色搪瓷的，上面还有一道蓝色条纹，非常漂亮，它们来自北方佬的贸易船。这样的东西居然会让我的灵魂受损，这让我非常困扰。"

约瑟夫！约瑟夫！约瑟夫！

"你能注意到这点非常好，我的孩子。"我关掉了门多萨传输过来的缄言，这样才能让自己专心听着忏悔室另一侧的这位凡人妇女说话。"贪恋世俗之物是非常罪恶的，特别是对穷人来说更是如此。你或许可以肯定，这些平底锅是恶魔亲自送给北方佬的。"但是门多萨已经离开了处理柜，沿着拱廊来找我，十米，二十米，二十五……"为此，也为了你那些罪孽的梦，你必须诵三十遍主祷文，六十遍圣母颂……"门多萨现在已经沿着教堂阶

---

[1]　定居于加利福尼亚圣巴巴拉海岸地区的印第安人。

[2]　丘马什语的分支。

[3]　缄言是公司雇员的一种能力，他们可以不发出声音，通过能媒这种介质互相沟通。

梯向上走了……"现在，和我一起背诵忏悔经——"

"嘿！"门多萨拉开忏悔室的门，她的眼里闪着快乐的光芒。我严厉地瞪了她一眼，继续和那位受到惊吓的忏悔者一起背忏悔经。门多萨乖乖退了出去，在教堂前不耐烦地走来走去。

"在我处理圣事的时候你除了打断我，还能做些别的事吗？"等我终于能出来和她见面时，我怒气冲冲地对她说，"你还真是个典型的西班牙人啊！"

"那就把我报告给信理部啊。约瑟夫，这事很重要，我采的一份样本拿到了F-M的一级认定。"

"然后呢？"我把手放进袖子里，向她皱着眉，继续扮演着被冒犯的男修士，不愿从这个角色里出来。

"就是有利突变，约瑟夫，你不知道这个的意思？这次任务要求我收集的葡萄有点与众不同。它不但有着酵母的特性，外面的粉霜上还附着贵腐菌[1]，你知道当田野调查员发现了一株F-M的植物会发生什么吗？"

"能得个奖。"我猜。

"没错，先生！"她沿着楼梯一路边走边跳舞，喜悦地抬头盯着我。我从1554年起就没见过她这么开心的样子了。"我得到了一笔探索奖金！外加六个月供我进行个人研究项目的实验室使用权限，配有最好的设备！噢，我真是太开心了，太好了。所以我还需要你帮我个忙。"

"你要什么？"

"公司想要我采集样本的亲本植株，从根到枝条，一整棵都

---

[1] 贵腐菌是从葡萄表面入侵葡萄本身的，所以这里的bloom是指水果表面的粉霜。

要。这棵葡萄很大，肯定种了很多年了，所以我需要你帮我找几个印第安人把它挖出来，装上牛车[1]。我可以在科学基地待上整整六个月，你能想象吗？"

"这样本是从哪儿采来的？"我问她。

她好像没怎么想过这个问题："南方，偏东南两公里处。那儿的山后有几户印第安人，约瑟夫，他们每家都有一块空地，上面盖了幢小屋，还有个花园。他们说自己叫卡斯马利。你认识他们吗？我想我们应该付给他们点钱才行。你帮我安排好这些事，行吗？"

我叹了口气。这位和蔼的神父又要向印第安人解释为什么他们要送出另一件属于自己的东西了。总的来说，这不是我最喜欢的角色。

我们到那里时已经是当天下午了，一个快乐的修士和他高傲的堂姐，前来拜访卡斯马利一家。

他们都是我的好教友，他家的老祖母每天都会来做弥撒，风雨无阻，而其他家庭成员则会在每周的礼拜日过来。在这个时代，这对印第安人来说已经是很高的要求了。而且他们在印第安人中还算是富裕的：三面墙是真的用土砖砌起来的，而剩下的那面是用树枝编织起来的。他们把自己山坡上的小花园改造成了梯田，在不适宜放牧的地面种着各种各样的蔬菜，还养了几只鸡，有几个褐色皮肤的孩子在追着它们跑。灌木上晾着几件棉布衣服，离房子不远的山坡顶上是个葡萄园，里头种了四棵老葡萄，

---

[1] carreta是西班牙语，等于英语中的oxcart，即牛车。

大得像树一样，枝叶伸展，遮蔽了差不多一英亩地。

孩子们看到我们过来，全都悄无声息地躲回了房子里。等我们走到蜿蜒曲折的石子路上方时，他们一家人从屋子里走出来盯着我们：每天都参加弥撒的没牙老太太，一个没牙老头子，我不认识他，还有他们同样年长的儿子、两个成年的孙子以及他们的妻子，再加上几个年纪差不多大的孩子。孙子中稍年长的那个走上前来向我们问好。

"晚上好，神父。"他不拘谨地看着门多萨，"晚上好，夫人。"

"晚上好，埃米迪奥。"我停顿了一下，假装是在爬山之后平稳自己的呼吸，趁机打量他。埃米迪奥身材矮小，但是很结实，身形宽阔，肤色黝黑，长着又黑又硬的胡须。他用那双大眼睛又看了门多萨一眼，转向我。"我记得我介绍过我堂姐了。"

"是的，神父。"他向门多萨的方向稍稍鞠了一躬，"这位夫人昨天来过，剪了一些我们家的葡萄藤。当然，我们不介意。"

"你们能允许她收集这些东西真是太好了。"我看了一眼门多萨，希望她和他们相处时能够更变通些。

"您客气了，这位夫人说我们的语言说得非常好。"

"这只是该有的礼貌而已，我的孩子。现在我必须要告诉你，你们的一棵葡萄引起了她的注意，因为它结的果很特别，叶片也有些特质。所以，我们今天过来想问问你，那棵靠近梯田底部的葡萄开价多少？"

这户人家剩下的几个人就像雕像一样站在那里，就连孩子也是这样。埃米迪奥挥舞双手，做个了无助的手势，说道："这位夫人必须接受我们的礼物。"

"不不，"门多萨说，"我们会给你钱的。你想要多少呢？"我不由得皱眉。

"她当然会给，"我赞同道，"另外，埃米迪奥，我从圣胡安那场宴会以来就一直想送你一件礼物。我想给你两头小猪，一头公的一头母的，这样它们或许就会自行繁衍。等你为我们把葡萄藤移栽下来之后就能把它们带回去。"

妻子们听见了我的话都抬起头来，这是笔好买卖。埃米迪奥又向我伸出手："当然可以，神父，明天就行。"

我们走下山丘穿过灌木丛时，门多萨说："这还挺容易的嘛，你很擅长和凡人相处啊，约瑟夫。我猜你只要像对待孩子一样对待那些印第安人就行了。"

"不是这样，"我叹了口气，"但他们希望你能这样，所以我也就对此假意附和了。"当然了，事情远没有这么简单，不过还有别的事在困扰着我。在我提出要求时，我感受到他们带着一种反常的愤恨，只是被压抑住了：家中的几个人有那么一会儿肯定被吓坏了。可为什么呢？"门多萨，你上次去那里的时候是不是做过那种让他们害怕的事，比如威胁他们之类的？"

"老天啊，我没有。"她停下脚步，端详起一株杂草来，"我很有礼貌，事实上，他们在我周围的时候应该不是很舒服，凡人和我在一起时就没人会觉得自在。看这个！我从来没在一年这么晚的时候见过它开花，你见过吗？"

我看了那朵花一眼："棒极了。"我对植物一窍不通，但对凡人了如指掌。

翌日，埃米迪奥和他的兄弟出现在教堂门口，把一辆板车推到了喷泉边的空地上，上面满是摇摇晃晃的枝叶。我见了甚是惊讶。而门多萨就像影子一样跟在我后面。她肯定一直在自己的房间里徘徊，竖起耳朵听车轮的吱吱声。

"这非常棒，我的孩子，我为你骄傲——"我真心实意地说，而门多萨则把她的愤怒通过缄言传给了我。

约瑟夫，我要的不是这个！这只是剪下来的枝条，他们没有把整棵葡萄带过来！

"但我想这当中肯定有什么误会，"我继续说，"我的堂姐要求的是一整棵葡萄，连带着根，这样她或许就能移栽它了。可你们显然只把剪下来的枝叶带了过来。"两个印第安人交换了一下眼色。

"请原谅我们，神父。我们没有理解。"他们放下缰绳，埃米迪奥把手伸向后面，"我们确实是把所有成熟的葡萄都带来了，或许这些就是这位夫人想要的？"他递给我一个编织篮，里面装满了葡萄。我仔细看了看，发现这些葡萄的确挺有意思的，表皮上的白霜很厚，几乎算得上……毛茸茸的？

"不，"门多萨用最清晰的丘马什语说，"不单单是葡萄。我要一整棵葡萄。你们需要把它挖出来，连着根一起，一点也不能少，然后把它带到这里。你们现在明白了吗？"

"噢，"埃米迪奥说，"我们很抱歉。我们之前没理解这话的意思。"

"但是你们现在理解了？"她质问道。

"我肯定他们知道了，"我圆滑地说，"这些葡萄真是与众不同，我的孩子们，还有这个篮子，多美啊！来阴影里休息一会儿吧，我的孩子们，喝杯凉饮料。然后我们就去抓一头之前向你们承诺过的小猪。"

等我们回来的时候，门多萨不见了，葡萄和砍下来的葡萄藤也没有了。他们兄弟俩推着手推车艰难地向山上走去，车上装着一头吱吱叫的小猪崽，它的腿上缠着麻绳。第二头猪还留在教堂的猪圈里，作为他们交付一整棵葡萄时的回报。我在想，如果他们的妻子得到了这个消息，她们一定会留心把这事给做好的。

等他们走后，门多萨出现了。她看起来比往常要苍白。她递给我一张纸，那是从她的数据处理柜里传来的。"这是优先指示，"她告诉我，"我把葡萄和枝条上的遗传编码传给了他们，但这还不够。"

我读了那份备忘录。她没在开玩笑。这是一份传输部门的一级指令，金色优先级，它让我运用自己手头的一切权限，用以促进和加快任务的进度等。"我们究竟能从这些葡萄里得到什么，治疗癌症的方法？"我问。

"你不用知道，我也不用，"门多萨直截了当地说，"但公司的态度是认真的，约瑟夫，我们必须拿到那棵葡萄。"

"我们明天会拿到的，"我告诉她，"相信我。"

第二天，还是同样的时间，兄弟俩带着同样的微笑，从板车上拖下一大棵沾满泥土的葡萄藤。终于轻松了！作为和蔼的男修士，我要以基督的名义，为他顺从的孩子们献上最衷心的感谢和赞美！门多萨听见他们来了，也急忙冲向院子，却中途突然停住，脸上带着困惑和愤怒。

这不是我要的那棵！她向我传输了缄言，听得出她很着急，有那么一会儿我还以为发生地震了。

"……但是，我的孩子们，我不得不抱歉地说，我们这次又没有互相理解对方的意思，"我的话里带着疲惫，"事情似乎是这样，你们虽然给我们带来了一整棵葡萄，却不是我堂姐所要求的那棵。"

"我们很抱歉，"埃米迪奥答道，把目光从门多萨身上移开，"我们多蠢啊！但是神父，这是一棵非常好的葡萄。它比另一棵更好，结的葡萄也更漂亮。另外，把它整棵挖出来很困难，而且我们走了很长的路才把它带来这里。或许这位夫人也会对这棵葡萄感到满意。"

门多萨摇了摇头，她简直不相信自己还会说话，周围的空气微微扭曲着，就像海市蜃楼一样。于是我匆匆说道：

"我最亲爱的孩子们，我相信这是一棵非常棒的葡萄，但我们不会把它从你们家里带走。你们必须明白，我们要的是另一棵，就是昨天剪下了枝条和果实的那棵。除此之外别无其他，我们只要那棵。你们的确工作得很努力，而且信仰坚定，所以我会让你们再带一头猪回家，但你们明天来的时候，必须要带来那棵我们要的葡萄。"

兄弟俩互相看了一眼，我从他们脸上察觉到了一闪而过的失望，还有一些奇怪的恐惧。"好的，神父。"他们答道。

但第二天，他们根本没出现。

门多萨在拱廊里走来走去，一直走到晚上九点，其他修士都担惊受怕的。最后，我走到她面前，准备迎接她的怒火。

"你知道吗，你白白送走了两头非常健康的猪崽，"她从牙

234

缝里挤出话来提醒我，"这群爱撒谎的印第安人！"

我摇了摇头："门多萨，这里有点不对劲。"

"你最好能找出哪里不对劲！这是个金色优先级的任务，而你已经拖了三天了！"

"但肯定有什么我们还没理解的原因。这个拼图肯定缺了一块……"

"你知道吗，我们从来就不该和他们讨价还价！他们一开始把这个当作礼物，我们就应该直接收下。现在他们知道了，这玩意儿真的值几个钱！如果有必要，我就自己带把铲子去那里，把那棵葡萄给挖出来。"

"不！你不能这么做，现在不行。这样他们就知道是谁拿走的了，这你还不明白吗？"

"那不又是一起针对无助印第安人的犯罪嘛，而且还会归在西班牙名下。而且你这样子，好像真有人在意这事！"门多萨转身盯着我。我的一个修士兄弟在拱廊的另一侧探出头来，谨慎地打探着情况。

的确有人在意！我用缄言告诉门多萨，他们在意，我也一样！我称他们为我亲爱的孩子，但是他们明白，我有权利去他们那儿拿走他们的任何东西，随便编个借口就行，因为那些人以前一直就是这样的！但只有我不是。他们知道卢比奥神父不会这么对他们。我在这里建立起了一个和蔼、受人尊敬的形象，因为我还得和他们一同生活三十年！你拿到那株样本之后拍拍屁股就走了，重新钻进灌木蒿丛里，而我还要继续维系我扮演的角色！

我的天，她冷笑，他居然让那群卑鄙的印第安人敬爱他。

亲爱的，这是公司政策。当凡人相信你时，事情就简单多

235

了。你之前还理解这一点。所以，你要是敢把我的身份给搞砸了，你要是敢，我就会让你知道后果如何！

她瞪大眼睛，愤怒得一句话也说不出，我看见她的指关节都发白了，墙面上起皮的白灰开始往下掉。我们都看着它，冷静下来。

对不起。不过我这只是就事论事，门多萨。就用我的方法来解决这事吧。

她把双手挥向空中：那你这个聪明人要做些什么呢，嗯？你总得拿出点行动来吧？

在金色优先级的任务发布以后的第四天，公司发出了081244-A号指令，着急地询问为什么之前传输部门的进度加速指令始终没有进展？

"状况报告如下，"我回复道，"请支持。"随后我穿上凉鞋，独自起程前往峡谷。

不过还没走到一半，我就碰上了走来的埃米迪奥。他没有试图躲开我，但当他走近时，他朝我身后的峡谷望了一眼，那是教堂的方向。"早上好，神父。"他喊道。

"早上好，我的孩子。"

"您的堂姐和您一起吗？"他走近我，放低了说话的声音。

"没有，我的孩子，只有我和你。"

"我需要和您谈谈，神父，谈谈葡萄的事。"他清了清嗓子，"我知道那位夫人肯定很生气，我很抱歉。我不是故意惹您生气的，神父，因为我知道她是您的堂姐——"

"我明白，我的孩子，相信我。我没有生气。"

"那好。"他深吸了一口气，"问题就是，这些葡萄不属于我，也不属于我的父亲。他们属于我们的爷爷迭戈，他不同意我们把那位夫人要的葡萄挖出来。"

"为什么他不同意呢？"

"他不告诉我们，但他就是不同意。我们跟他说过，让他不要犯傻了。我们和他说过，卢比奥神父对我们很好，待我们不薄，看看他给我们的几头猪就知道了。但他仅仅只是坐在太阳底下，晃着自己的摇椅，根本不理睬我们。我们的奶奶走过来，抚摩着他的腿，大声哭着，尽管她什么都没说，但他甚至连看都没看她一眼。"

"我明白了。"

"我们把一切能说的都和他说了，但他就是不让我们挖出那棵葡萄。我们只能两次靠假装犯错来试图蒙骗那位夫人，这是一种罪孽，神父，我很抱歉，但还是行不通。她不知怎么识破了我们的伎俩。然后我们的爷爷——"他停顿下来，带着显而易见的尴尬神色，"我不知道应该怎么说，神父，您也知道，老一辈人都很迷信，依然相信那些愚蠢的东西。我觉得他可能认为您的那位堂姐是来自另一个世界的生物。请不要误会了……"

"没事，没事，继续说……"

"我们有一个古老的故事，说的是一个在山里游荡的鬼魂，戴着和她一样的帽子，您明白吗，它投下的阴影就和死亡一样寒冷。我知道这个故事听起来很蠢。但就算这样，我爷爷也不会让我们挖出那棵葡萄。您或许会说，我们的爷爷只是个上了年纪的人，现在还有点疯癫，而我们身强力壮，完全可以把他搬到一边，就像他是个小孩子。但如果这么做，我们就打破了尊敬老者的戒律。这对我们来说是比让那位白人夫人空手而归更大的罪孽。您怎么想呢，神父？"

孩子啊，噢，孩子。"这是个很困难的问题，我的孩子，"但我随后又道，"但你们的做法是对的。"

埃米迪奥安静地打量了我一会儿，眯起了眼睛。"谢谢您，"他最后说，顿了顿，又补充道，"我们能做些什么让那位夫人开心呢？现在她肯定对您很生气。"

我发现自己笑了起来。"我告诉你吧，她会让我之后的日子像炼狱般痛苦。"我说，"但是我会献上它，来抵销我所犯下的罪过。现在回家去吧，埃米迪奥，不用担心。或许上帝会给你送来奇迹的。"

我回到教堂的时候并没有笑，而门多萨看到我，立刻就明白我失败了。

"不行，嗯？"她邪恶地眯起眼睛，"现在这已经不单单是我和我那笔可怜奖金的事了，约瑟夫。公司想要那棵葡萄。我建议你快点想个办法，不然这里肯定很快就要有印第安人死掉了，请原谅我无礼的用词。"

"我在想办法。"我告诉她。

我可不单单是说说而已。我走到那些真皮装帧的书面前，里面都是任务记录。我在缮写室的一角坐了下来，仔细地看着里面的内容。

1789年，迭戈·卡斯马利受洗，年龄授予为三十岁。1790年，他与玛利亚·康塞普逊结婚，后者未被授予年龄。1791年至1810年，卡斯马利家族的一系列孩子受洗，分别是：奥古斯丁，泽维尔，巴勃罗，胡安·包蒂斯塔，玛利亚，多洛雷斯，瓜达卢佩，迪吉托，玛塔，托马斯，路易莎，巴托洛梅奥。1796年，泽维尔第一次用圣餐。之后是一个接一个的葬礼：奥古斯丁出生两天后夭折，巴勃罗出生三个月零六天后夭折，胡安·包蒂斯塔出生六天后夭折，玛利亚两岁时夭折……这份名单读下去实在是令人难过，但这样的情况并不罕见。1802年，泽维尔·卡斯马利受坚信礼[1]。1812年，泽维尔·卡斯马利与双镇村落的胡安娜·卡特琳娜成婚。1813年，埃米迪奥·卡斯马利受洗。1814年，萨尔瓦多·卡斯马利受洗。1814年，胡安娜·卡特琳娜葬礼。第一次用圣餐，受坚信礼，结婚，受洗，对宗教满怀热忱……他们一家没有错过任何一场圣礼，真的是非常好的天主教徒。

为什么这位老人，这位老太太一年中的每天都要参加弥撒，风雨无阻，尽管她就像一根棍子一样，撑着立在教堂后面的阴影里。她是玛利亚·康塞普逊，迭戈·卡斯马利的妻子。但迭戈却从来，从来没有参加过弥撒。为什么？我带着绝望的预感走向我的信号发射器，输入了一个不寻常的请求。

给我的回答是：质疑：请先完成金色优先级的任务？

该请求与优先级任务相关。我回复道，正在解决。请求识别超自然现象的回复：优先级完成？

这让他们停顿了一下。他们开始反复验证我的权限，重新扫描最初的指令，并反复思考它们所牵涉的后果。蓝色的屏幕闪烁着，至少，我猜他们是在做这些事。我感觉自己让他们忙了起来，于是又给他们多加了一点点压力，但这只是为了让自己高兴

---

[1] 天主教受洗者在十三岁时举行的仪式，代表受洗者成为正式教徒。

些：帮助优先级详细描述变异。是什么？为什么？

他们又停顿了一会儿，再次验证我的信息，明亮的字母慢吞吞地出现在屏幕上：

专利黑色乐土

虽然这一点也不好笑，可我还是笑了，剩下的信息飞快地显示在屏幕上：S-P请求批准。特别的技术支持？

我告诉了他们我的要求。

预计何时解决金色优先级任务？

我告诉了他们要花多久。

等待植株运送&报告，他们这么回复我，下了线。

"为什么他们从来不在这上面装个把手？"门多萨嘟哝着。她提着周转箱的一边，手里拿着一把铲子；我则提着箱子的另一边，也拿了一把铲子。距离午夜过去已经很久，我们挣扎着爬上通向卡斯马利住处的山间小径。

"会有过大的T-区拖拽力。"我解释道。

"那么你觉得集结了一群全能的科学家和商人，还有着历史上每个领域的先进知识和无限时间，足以在上述所说的所有领域里取得任何可能的优势，更毋论他们还能调动任何可能的科技资源，以及无尽的财富——"门多萨换了一只手提箱子，谈话继续，"你觉得他们能设计出像内嵌式把手那么简单的东西吗？"

"他们早就试过了。内嵌把手占用了箱子内部可用的运输空间。"我告诉她。

"你在逗我吧。"

"不，我曾经是测试运输部门的一员，直到我的第三节颈椎骨发生了些可怕的事。"

"我好像知道这事有个理由。"

"不论什么事，公司都能找到理由的，门多萨。"

我们走近了房子，谈话的声音可能会被他们听见，所以对话就此终止。在门前的院子里有三只大狗，一只沉沉地睡着，另两只却抬起头来嗥叫。我们放下箱子：我打开它，试图从塞得满满当当的箱子里撬出噤声设备。那只体形较大的狗站了起来，准备狂吠。

我打开设备。好狗狗，真是一只睡着的乖狗狗，它呜咽一声摔倒在地，不再动弹。另一只狗把脑袋放在了它的爪子上，而第三只狗则根本没有醒来，在噤声设备起作用之前，屋子里的人们也没有动静。

我带着这个设备走向屋子，把它留在狗的边上，门多萨跟在我身后拖着周转箱。我们拿出装着一盒金质圣餐盘的箱子，带着它朝山上出发。

这棵神奇的变异葡萄的样子看起来很可怜，它的大部分枝干都为了安抚门多萨而被剪掉了。我祈祷这些善意的行为没有把它弄死。门多萨肯定也在想着同样的事，但她只是冷冷地耸了耸肩。我们开始挖了起来。

我们在树干后面挖了一个整齐的洞口，虽然很小，却很深，洞的下方稍稍呈现出一个偏离的角度。我们对地面的扰动没法儿遮掩，但幸运的是，地表已经被挖得乱七八糟，我们做的事应该不会那么明显。

"这个洞到底要挖多深？"我气喘吁吁地问。我们大约已经向下挖了六英尺，此刻我身处洞底，把满满一铲土传给门多萨。

"差不多了，我想把它正好埋在根球下面。"她凑过来，向洞底打探着。

"根球下面是多深？"但她还没来得及回答我，我的铲子就"砰"地撞上了什么东西，像是金属碰撞的声音。我们停了下来。

门多萨紧张地咯咯笑："天啊，别告诉我这下面已经埋着宝藏了！"

我用铲子稍稍刮擦了一下。"有个钩子一样的东西，"我说，"还有别的。"我把铲子伸进它底下，用力一拉，把它从洞里铲了出来。整个东西落在了土堆的另一边，恰好在我的视线之外。"它看起来是个圆的。"我说。

"看上去像一顶帽子……"门多萨小心翼翼地对我说，弯下腰把它转过来。随后她突然大喊一声，向后跳去。我从洞里爬出来，想瞧瞧发生了什么。

这的确是一顶帽子，或者说是帽子剩下的残骸：那是一顶经过硬化加工后的皮帽，就是上世纪后半叶西班牙发放给士兵的那种。我记得自己在西班牙的要塞中看见里面的人员戴过。它边上是曾经戴着帽子的脑袋，我的铲子把它丢出去时，这颗脑袋就和帽子分开了。现在它已经变成了棕色的头骨，眼窝里填着黑色的土，像是被弄瞎了。在头骨边上是一把剑柄，这就是我之前击中的金属物件。

"噢，真恶心！"门多萨绞着双手。

"唉，可怜的尤里克[1]。"我只能想到这句话。

---

[1] 《哈姆雷特》中的一名宫廷小丑。在第五幕场景一中，他的颅骨被掘墓人挖出，并引发了哈姆雷特对于死亡的阴暗性质的独白。

"天啊，我要吐了。他剩下的部分还埋在下面吗？"

我往洞里看了看，看到一块下颌骨，还有几块碎片，可能曾经是双骑兵靴："恐怕是的。"

"你觉得他在下面干什么？"门多萨变得烦躁不安，用手帕捂住了自己的口鼻。

"反正现在看来不是什么大事，"我猜，快速检查了一遍骨头，"放松点，没有病原体了。这家伙已经死了很长一段时间。"

"可能死了六十年了？"门多萨的声音变得尖锐。

"他们肯定把他和葡萄一起种了下去，"我同意她的看法。接着是一阵思索带来的沉默，可我随后开始偷笑。我就是忍不住。于是我向后靠去，放声大笑。

"我不知道哪里好笑。"门多萨说。

"抱歉，抱歉。我只是在想：是不是可以假设，如果你把一个死掉的西班牙人埋在什么植物下面，就会产生有益的变异？"

"当然不会，你这个白痴，除非他的剑有放射性或是别的什么原因。"

"不，当然不会，那么这些小小的野生酵母孢子呢，就是那些附在葡萄表皮白霜中的东西，它们是哪儿来的？你觉得这有没有可能是拜那个来自卡斯蒂利亚[1]的先生所赐？"

"你在说什么？"门多萨走近了一步。

"你知道吗，这不是什么可以治疗癌症的方子。"我伸手指向葡萄，这棵植物兀自立在漫天星斗下，"我终于明白了为什么公司那么迫切地想要你发现这个有利突变了，就是这种葡萄酿造

---

[1] 西班牙地名，意为"城堡众多之地"。

出了黑色乐土。"

"那种甜酒？"门多萨喊道。

"正是那种昂贵的甜酒，有着可控的致幻成分。24世纪的苦艾酒。公司拥有它的专利，没错，就是它。"

我那位永生的同伴愣住了。

"我只是在想，你知道吗，所有这些颓废的技术主义者坐在未来，通过一个可以让人长生不老的产品赚取极大的利润……"我继续说道。

"所以他们就是在这里发现了这个东西，在1844年，"门多萨终于开口了，"这根本不是什么基因改造过的作物。这个野生的孢子则来自……"

"但没人会知道真相，因为我们把这棵葡萄留下的一切痕迹都从凡人的认知中抹去了，明白了吗？"我解释道，"不论是它的根还是枝干，所有的一切都被抹去了。"

"我最好能拿到那笔奖金。"门多萨想了一会儿后说。

"别得寸进尺了，这些东西本来不该让你知道的。"我拿起铲子，费力地爬回洞里，"快点，让我们把它剩下的部分挖出来。这场戏还要继续嘛。"

两小时后，棕色骨头和锈迹斑斑的钢铁堆成了整整齐齐的一堆，任由它们在新的藏身处腐烂，一大只黄金餐盘和一只圣餐杯占据了原来埋葬尸骨的地方。我们填上洞，架设好带来的剩下几件设备，测试了一下，然后伪装好，把它打开，急匆匆地穿过峡谷，走向教堂，随身还带着噤声设备。我恰好可以把这东西给晨祷的钟声用一下。

新闻在小镇子里散播得很快。等到九点的时候，印第安人，还有一些被西班牙同化了的人从四面八方跑过来告诉我们，圣母玛利亚出现在了卡斯马利家的花园里。但就算我之前不知道这个消息，我也会因为玛利亚·康塞普逊老太太没来参加晨间弥撒而得知的。

等我们到达那里的时候，主教、我、所有的修士弟兄以及门多萨，看见了四处赶来的人们，他们在泥地上方腾起了一阵尘埃的云。卡斯马利家的番茄和玉米早就被成群的人给踩烂了。人们到处跑着，挥舞着葡萄的枝条。其他植物也像那棵特别的植物一样被薅得光秃秃的。牧场主们骑在马背上看着，或者催促他们的坐骑穿过精心种植着辣椒和豆子的园圃，走近些看。

一家人紧紧地围着那棵葡萄藤。有些人看着埃米迪奥和萨尔瓦多，他们正发疯似的挖土，已经挖到地下五英尺深了。其他人则盯着浮在空中的瓜达卢佩圣母像[1]，眼睛一眨也不眨。她看起来真是纤毫毕现，完美的三维图像，还伴随着天堂才应有的音乐。不过事实上，这是拉尔夫·沃恩·威廉斯[2]所作的托马斯·塔里斯[3]主题变奏曲，但现在没人能认出它来，因为在这个时代，这首曲子压根儿还没谱出来呢。

"神父，"一个卡斯马利家的妻子过来抓住了我的长袍，"是圣母！是她让我们向下挖掘葡萄，说这下面埋着宝藏！"

"她还对你说了别的话吗？"我问，画了个十字架。我的修士

---

[1] 瓜达卢佩圣母象征着墨西哥的诞生，每年12月12日为瓜达卢佩圣母节。

[2] 英国19世纪至20世纪著名作曲家。

[3] 英国16世纪著名作曲家。

弟兄都兴奋地跪了下来，开始颂唱万福玛利亚。主教则在抽泣。

"没有了，直到今早都没说，"她告诉我，"只有美妙的音乐不断地回荡着。"

埃米迪奥抬起头，一下子就注意到了我。他停下手里的铲子，盯着我看了一会儿，脸上掠过一丝沉思的神色，又动起了铲子，挖出泥土，一锹又一锹，一铲又一铲。

在我身边的门多萨厌恶地转过身去。我却在看着那对老夫妇，他们站在离其他家庭成员稍远的地方，惊恐地紧紧抱在一起，一声不吭，没有看那位面带微笑的圣母，而是看着那个愈来愈深的洞，就像鸟儿观察着一条蛇。

我看着他们，老迭戈现在已经弯腰驼背，牙也掉光了，但是六十年前他还有一口好牙。六十年前，他的族人还没有学会向入侵者低头。而玛利亚·康塞普逊，六十年前她种下这些葡萄时是什么样子？那时的她不会是一个干瘪的、拖着脚步走路的老东西。或许她年轻时是个美人，可能还是个粗心大意的美人。

陈旧的骨头和锈蚀的金属可以告诉你，这些是六十年前的东西。他是一名英俊潇洒、处事圆滑的年轻上尉，还是一名掠夺成性的士兵？不管他是谁，不管他做过什么，他最终都被埋在了那棵葡萄下，只有迭戈和玛利亚知道他躺在那里。过了这么多年，卡斯马利一家有了孩子，有了孙子，有了曾孙，而他却依然躺在那里。迭戈从来没有做过弥撒，因为这是他不可坦白的罪孽。玛利亚则从未错过一场弥撒，因为那是为某人的祈祷。

或许曾经发生的事就是这样。我很肯定，没人会讲述这个故事。但在所有观看的人中，显然只有迭戈和玛利亚不希望看见人们从地上的这个洞中挖出财宝来。

因此，当第一道金光出现的时候，当圣餐杯和圣餐盘被带到地面的时候，他们衰老的脸上带着疑惑的神色，看着那两个东西。

"看啊，"萨尔瓦多喊道，"宝藏！"

牧场主们策马穿过人群，赶开挡在前面的印第安人，想看得更清楚些。但是我按了按藏在袖子里的远程遥控器，圣母就用一种像合成声音一样甜美而又不朽的声音说：

"我亲爱的孩子们，这就是很久以前因为海盗的劫掠而从圣卡洛斯·波罗密欧教堂[1]失窃的圣餐盘和圣餐杯。我的爱子在此地发现了它，这正是你们所有罪孽都被赦免的迹象！"

我又按了一下遥控器，那个神圣的幻象就像肥皂泡一样消失了，美妙的音乐也停了下来。

老迭戈拨开人群，走向洞口，朝里望去。现在里面什么都没有了。玛利亚胆怯地走到他身边，也朝里看了看。他们就这样在洞口看了很久，周围的人没有注意到他们，新发现的金器一出现就引发了大家的争论，人们都在看着这场闹剧。

主教看见圣餐盘和圣餐杯后，就像鸭子扑向6月的虫子一样扑了上去，按照他们的说法，他是在维护圣母教堂的权利，因为这是它丢失的财产。埃米迪奥和萨尔瓦多带着坚忍的微笑，任由他们把圣餐盘和圣餐杯抢走。一名被西班牙同化的人还下马对主教说，这些物品真正的所有权应当由墨西哥城的当局决定，直到我们能够联系到当局的人之前，这些东西最好锁在治安官[2]的家里。圣母玛利亚？看起来的确是有这么个形象，但或许是光影的

---

[1] 始建于1797年，位于加州的滨海卡梅尔小镇。

[2] 原文为alcalde，特指西班牙殖民美国时期的治安官。

把戏呢。

他们走下山坡时争论还在继续——主教牢牢地抓着金盘和圣餐杯，寸步不离，所以几乎所有人都跟着他。我走过去，站在迭戈和玛利亚身边，身处荒芜的花园里。

"她原谅我们了。"迭戈轻声说。

"我的孩子，今天有一份沉重的罪孽从你们身上消除了，"我告诉他们，"欢欣吧，因为基督爱你们。现在和我一起去教堂，我会为你们所得的荣光献上一场特别的弥撒。"

我伸出两只胳膊，分别挽着他们。在我们身后，门多萨扛着那棵被连根掘起又被遗忘在地上的葡萄，脸上是一只紧盯猎物的猎人的神情。

不管怎么说，这对老夫妇最后的结局还是挺不错的。我确保他们拿到新的葡萄和教会提供的食物，帮助他们渡过难关，直到他们的花园恢复原来的茂盛。几年之后他们相继去世，葬在了教堂公墓神圣的土地中，两人的墓穴挨得很近，合乎情理，从这方面来看，他们比那位来自卡斯蒂利亚抑或别处的无名上尉要幸运得多。

他们从来都没能拿到金色的宝藏，但作为印第安人，他们对此也从来没有任何疑问。他们的后代在这片土地上繁衍生息，在北方佬过来之前生活得都很好。那些美国佬不能把印第安人和西班牙墨西哥人区分开（这对那些被西班牙同化的人来说无疑是个耻辱），所以就把他们都安排进润滑油厂工作，统统歧视对待，谁也不比谁好到哪里去。

事实上，我从来没有留意过黄金的下落。关于它最终应该归谁所有的争论持续了好几年。我想，多年来修士们发誓说，曾经有一场奇迹显现，而牧场主们则发誓说从来没有。黄金可能回到了卡梅尔，也可能回到了墨西哥城，还有可能藏在治安官床下的木箱里。我不在乎，这就是个公司制造的赝品罢了。主教去世了，北方佬过来成了新的征服者，或许什么事情都没有解决。

但是门多萨拿到了那棵该死的葡萄和属于她的奖金，所以她又变得和以前一样快乐。公司则保证了自己黑色乐土甜酒专利的安全。我在教堂里继续住了好几年，然后在体弱多病的年迈时去世，他们把我葬在了迭戈与玛利亚安息的墓园里。我猜上帝已经宽恕了我们，于是就继续前行，奔赴下一个没那么舒适的工作。

有时恰好身处世界的那个角落，我会像个游客那样驻足，仔细端详自己的坟墓。在拥有过的众多坟墓中，这是我最爱的一座，或许在好莱坞的那座教堂底下的墓穴除外。好吧，好吧，生命还在继续。

至少我的是这样。

兵临城下

乔治·R.R. 马丁 / 著

胡绍晏 / 译

··

乔治·R.R.马丁是一位美国奇幻和科幻作家，以其"冰与火之歌"史诗幻想系列而闻名，该系列已被美国HBO电视台改编为电视剧《权力的游戏》。他将自己创作的怪物故事以低廉的价格贩卖给邻居家的孩子，以此开始了自己的职业生涯。随后他赢得了许多奖项，包括雨果奖和世界奇幻奖。本篇于1985年首次在《万象》杂志上发表。在这个故事中，一个来自未来世界的爱说俏皮话的变种人将拯救世界，使世界免受毁灭性战争的影响。

❋

班特·安托宁上校独自站在瓦根堡高耸的城墙上，看着冰面上晃动的幻影。

冬天的世界满是风雪和苦涩刺骨的寒气。赫尔辛基周围的海水被冻得结结实实，夹裹着六座建有要塞的岛屿，它们合称为斯韦堡。寒风仿佛是从冰冻的刀鞘里亮出的匕首，穿透安托宁的制服，刺痛他的脸颊，令他的双眼渗出泪水，而当泪水顺着他的脸流淌下来时，却结成了冰。风在灰色花岗岩筑成的城头呼啸，使劲钻入门缝、裂隙和炮台，渗透至各处。远处冰冻的海面上，大风也尖啸撕咬着俄国人的火炮阵地，并刮起一阵阵积雪，在冰面上旋转飞舞，仿佛是幽灵般的白色怪兽，晶莹闪光，一边疾驰，一边不停地变换形态。

雪与风孕育出这些行动迅捷的迷雾之子，安托宁的思绪也像它们一样多变。他不断猜测着它们下一刻将变成什么样，猜测着它们要往何处去。也许可以训练它们攻击俄国人。他想象着冰雪怪兽袭向敌人的场面，脸上露出微笑。这是个古怪而荒诞的想法。班特·安托宁上校从来不是想象力丰富的人，但最近，他常常有这种异想天开的念头。

安托宁再次转过头，直面寒风，体会那冰冻麻木的感觉。他希望这样能平息灼烈的怒气，希望寒气能侵入内心，遏制住激烈翻腾的情绪。他想变得麻木。既然寒冷能让汹涌的海面静止下来，那就让它来制伏班特·安托宁心中的湍流吧。他张开嘴，一长串蒸汽从他泛红的脸颊边升起，他又吸入一口冰冻的空气，那感觉就像吞下了液氧。

然而这个念头让他产生一种恐慌。又来了。液氧是什么东西？但不知为什么，他知道：它很冷，比冰还冷，比眼前的风还冷。液氧是白色的，带有苦味，会冒出蒸汽，也会像液体一样流淌。他很确定，就像自己的名字一样确凿无疑。然而他是怎么知道的？

安托宁转身离开城墙垛。他大步流星地往前走，手搭在剑柄上，仿佛这就能提供某种保护，以对抗侵入头脑的恶魔。其他军官说得没错，他一定是疯了。下午的参谋会议已经证明了这一点。

会议很不顺利，最近一直都是如此。与往常一样，安托宁再次对着众人大喊大叫，愚蠢得无可救药。他相信自己是对的。但他也知道，他无法劝服大家，每多说一句，都只能让他的权位受损，只能继续破坏他的职业生涯。

雅格霍恩再次提出同样的观点。F.A.雅格霍恩上校与安托宁完全不同。他英俊沉静，气质优雅，为人精明圆滑。他是贵族，也具有贵族的自制力。雅格霍恩认识许多头面人物，也有一批权尊位重的亲戚，他的职业生涯十分成功。最重要的是，他深得斯韦堡司令官——卡尔·欧洛夫·克隆斯特海军中将的信任。

在会议上，雅格霍恩带来一纸报告。

"这报告是错的，"安托宁坚持道，"俄国人并不比我们多，而且只有不到四十门炮。斯韦堡城头架设的火炮是他们的十倍。"

安托宁确凿坚定的语气让克隆斯特很诧异。雅格霍恩只是微微一笑："请问，你是怎么得到这一情报的呢，安托宁上校？"

这问题班特·安托宁完全无法回答。"我就是知道。"他固执地说。

雅格霍恩抖了抖手中的文件。"我的情报来自克里克中尉，他就在赫尔辛基。关于敌人的计划、动向和数量，他有直接获取信息的渠道。"他望向克隆斯特中将，"长官，我认为，这些信息比安托宁上校的神秘自信要可靠得多。克里克说，俄国人的数量已经超过我们，而叙赫特伦将军很快就会得到增援，足够发起大规模进攻。另外，他们手上的火炮也多得可怕。安托宁上校要我们相信只有四十门炮，但实际装备肯定比这多。"

克隆斯特点头表示赞同。安托宁无法保持沉默。"长官，"

他坚持道，"不要理会克里克的报告，此人不值得信任。他不是收了敌方的钱，就是受到了蛊惑。"

克隆斯特皱起眉头："这是严重的指控，上校。"

"克里克是个笨蛋，是个该死的安雅拉叛徒！"

这句话让雅格霍恩满脸怒容，而克隆斯特和一些低级军官显然都惊呆了。"上校，"司令官说道，"众所周知，雅格霍恩上校在安雅拉联盟里有亲戚。你的话很失礼。局势本来就很严峻，而我的军官竟然还要因为毫无意义的政治分歧而内斗。你必须马上道歉。"

安托宁别无选择，只能窘迫地表示歉意。雅格霍恩大度地点点头，接受了道歉。

克隆斯特又将话题拉回到那份文件。"非常有说服力，"他说，"也非常令人不安。这正是我所担心的。我们的处境很艰难。"他显然已经做出决断，进一步争辩毫无用处。在这种情况下，班特·安托宁往往会怀疑，自己究竟着了什么魔。参加参谋会议前，他决心要保持慎重与圆滑，然而一旦入座，便会产生一种古怪的自负感。他的争辩完全欠缺智慧；他拒绝承认书面报告已经证实的事实，哪怕那是出自可靠的消息来源；他不合时宜地插嘴，令自己四面树敌。

"不，长官，"他说道，"我请求您忽略克里克的情报。斯韦堡对春季反攻至关重要。假如能坚守到冰雪融化，我们就没什么可害怕的了。一旦海上航道畅通无阻，瑞典就能派来援助。"

克隆斯特中将脸色阴沉而疲惫，那是一张老年人的脸："这事我们还得讨论多少次？我已经厌倦了你这种好辩的态度，斯韦堡对于春季攻势的重要性我也很清楚。事实很明显，我们的防御

253

存在缺陷，冰雪使得我们的城墙从外侧也可以攀爬。瑞典军队被调往——"

"这些都是报纸上说的，俄国人允许我们看的报纸，长官。"安托宁脱口而出，"法国和俄国的报纸，这种新闻并不可靠。"

克隆斯特的耐心被耗尽了。"住嘴！"他拍着桌子说道，"我已经受够了你的固执，安托宁上校。我尊重你的爱国热情，但不同意你的判断。从今往后，如果我需要你的意见，我会先问你，明白了吗？"

"是，长官。"安托宁说道。

雅格霍恩露出微笑："我可以继续吗？"

克隆斯特的斥责就像冬天的寒风一样令人刺痛，难怪安托宁事后会想要独自来到冰冷的城墙上。

班特·安托宁回到住处，情绪阴郁而迷茫。他知道，黑暗已经来临，笼罩着冰冻的海面，笼罩着斯韦堡，笼罩着瑞典和芬兰，也笼罩着美利坚。然而这个念头让他感到恶心眩晕。他沉重地坐到床上，双手托着头。美利坚，美利坚，这是什么疯狂的想法？瑞典和俄罗斯之间的纠缠对这个遥远的新生国家会有什么影响？

他站起来，点亮一盏灯，仿佛光亮能驱走疑惑的思绪。朴素的梳妆台上放着个水盆，他用盆里已经用过的水泼了下脸。水盆后面的镜子是他用来刮胡子的，因为锈蚀而稍稍有点扭曲暗淡，但依然适用。他擦干瘦骨嶙峋的大手，却发现自己正盯着镜子里的脸，这张脸仿佛既熟悉又陌生，令他感到惊恐。他有着乱蓬蓬的灰发、深灰色的眼睛和窄长的鼻子，脸颊略有点凹陷，下颌轮廓分明。他太瘦了，近乎憔悴。这是一张固执而普通的脸，已经跟了他一辈子。班特·安托宁很久以前就接受了这样的长相，他对自己的外表几乎从不多加思考。然而此刻，他眼睛一眨不眨地看着自己，心中涌起一股令人不安的好奇，镜中的影像似乎陌生而古怪，却让他感觉很满意、很愉快。

这样的虚荣意味着怯懦与病态，是心智失常的又一个征兆。安托宁努力将目光从镜子移开，强迫自己躺下。

他久久难以入睡。各种奇特的幻象在他紧闭的眼睑下掠过，仿佛风中舞动的幻兽：陌生的旗帜，闪亮的金属墙，猛烈的火焰，如恶魔般丑陋的男男女女睡在燃烧的液体里。那些念头忽然消失了，就像烫伤的皮肤彻底剥落。班特·安托宁不安地叹一口气，在睡梦中翻了个身……

……恢复知觉之前总是很痛苦，在空白与平静之中，疼痛是唯一的现实。我不知道自己在哪里，心中充满恐惧，这样的时刻也许只有一瞬，也许持续了一小时。我开始明白：我回来了，回来的时候总是伴随着疼痛，我不想回来，但又无法避免。我想要留在那纯净甜美的冰雪世界，留在冬季的寒风中，我想要班特那张健康的脸。我尖叫呼喊，企图滞留，但一切都渐渐地愈来愈模糊，愈来愈远，最后消失了。

我感觉到周围的浸润液在扰动中渐渐消退，我的脸最先露出来。我用宽阔的鼻孔吸入空气，并将导管从淌血的嘴里吐出。当水位降到耳朵以下，我听到一阵贪婪的嗞嗞吮吸声。那机器就像吸血鬼一样，从容器里抽走我赖以生存的黑色血液，我的第二生命。冰冷的空气刺痛我的皮肤，我尽力抑制尖叫，只发出低声的呜咽。

我的容器顶上结了一层黑色的薄膜，覆盖在抛光的金属表面。我能看见自己的倒影。我的模样令人不安，鼻毛在没有鼻子的脸上颤动，右边脸颊上鼓起一颗呈黄绿色的肿瘤。多么英俊的恶魔。我微微一笑，露出三排烂牙，新生的门牙还在冒出来，就像一片黄色菌菇中间竖着的尖木桩。我等着被释放，这匣子太小了，就像一口棺材。我被活埋了。恐惧沉甸甸地压在我身上。他们不喜欢我。他们会不会就让我在这里窒息而死？"我要出去！"我低语道，但没人听见。

盖子终于被掀开，护理员来了：拉斐尔和斯利姆。两个模糊而魁梧的白色身影，制服口袋上方缝有旗标。我无法看清他们的脸。我的视力平时就不太好，而刚回来的时候尤其糟糕。但我知道黑皮肤的是拉斐尔，他把手探下来，摘掉导管和测量线，与此同时，斯利姆给我打了一针。啊——不错。疼痛减轻了。我奋力用双手抓住容器边缘。那金属摸上去怪怪的，我的动作笨拙而谨慎，身体反应也很迟钝。"你们怎么才来？"我问道。

"紧急状况，"斯利姆说道，"罗林斯。"他脾气暴躁，言简意赅，而且不喜欢我。我如果想知道更多，就得不断提问。我没这个力气，只能集中精力，让自己坐起来。屋子里充斥着蓝白色荧光。由于在黑暗中待得太久，我的眼睛里渗出泪水。护理员也许会以为我是回来之后高兴得哭了出来吧。他们身材高大，但不太聪明。空气中有股刺鼻的消毒水气味，空调也感觉冷冰冰的。拉斐尔扶着我从第五个寝箱里爬出来。这里一共摆放着六个容器，连接着四周高耸的电脑机架。其他寝箱现在都空了。我是今晚最后一个醒来的吸血鬼，我心想。然后，我想起来，另外四个很久以前就死了，只剩下我和罗林斯，然而现在罗林斯也出了事。

他们让我坐进轮椅，斯利姆绕到我背后，推着我经过空空的容器和一段段斜坡，前去进行汇报。"罗林斯怎么了？"我问他。

"他不在了。"

我并不喜欢罗林斯。他比我还丑，是个干瘪的侏儒，长着硕大的脑袋，身体扭曲变形，没有胳膊和腿。他的眼睛特别大，而且没有眼睑，所以眼睛永远无法闭上。

即使在睡眠中，他也像是瞪视着你。他没有幽默感，完全没有幽默感。如果你是个畸客，必须得有点幽默感才行。但无论罗林斯有什么缺点，他是我唯一剩下的同伴。现在他也死了。我并没觉得悲哀，只有麻木。

会议室里很凌乱，但似乎不太有人情味。他们在桌子另一侧等我。护理员将我推到他们对面，离开了。一张贴面长桌挡在我和长官们之间，就像是某种隔离带。毕竟，他们不能靠得太近，我也许带有传染病毒。他们是正常人，而我……我是什么呢？他们征召我时，我被归类为HM3。三型变异人，通称三型人。一型人无法存活，不是死产，就是夭折，或者变成植物人。他们的数量以百万计。二型人可以存活，但毫无用处，这些家伙长着多余的脚趾、带蹼的手掌、奇怪的眼睛。他们有数千人。然而三型人是真正的精华，至少他们是这么说的。他们征召我们入伍。就是在这里，在格拉汉姆计划的掩体内，我们获得了新的名号。老查理·格拉汉姆活着的时候，称我们为"时间骑士"，但萨拉查少校认为这太过浪漫。萨拉查更喜欢官方术语：GC——"格拉汉姆时航员"的缩写。当然，护理员和大兵把GC说成了畸客，而我们也反唇相讥。我和奶妈，还有爬虫，那是他们还在的时候。他们的幽默感简直太惊人了。我们自称为"畸客杀手"。六个不起眼的畸客杀手顺着时间之河漂流，捕捉概率肉鸡，咬掉它们硕大的脑袋。嗨嚯。

然而现在，就只剩我一个了。

萨拉查在桌面上整理文件。他看起来病恹恹的。从他黝黑的脸上，我能看出一种不太健康的黄绿色调，而他鼻子上的皮下血管也都裂开了。在掩体底下，大家的状态都不太好，但萨拉查似乎比大多数人更糟糕。他的体重一直在增加，效果很难看。他的制服都已经太紧，也不可能有新制服。他们已经关闭物资供应站和工厂，用不了几年，我们都得穿破烂衣服。我告诉萨拉查，他应该减肥，但除了有关肉鸡的事，没人会听畸客的。萨拉查突兀地说："好吧。"以这种方式开始会议也太随意了。三年前，行动刚开始的时候，他精力充沛，严格遵从军事标准，但现在，就连这位少校也没工夫关注礼仪了。

"罗林斯出了什么事？"我问道。

维罗妮卡·雅各比坐在萨拉查边上。她原本是这里的首席心理医师，但自从疯老头儿格拉汉姆死后，她便负责整个科学团队的运作。"死亡创伤，"她专业地说道，"很可能是他的宿主在行动中被杀死了。"

我点点头。不是什么新鲜事。有时候，肉鸡也会反咬一口。"他有干成什么事吗？"

"我们没注意到什么变化。"萨拉查阴郁地说。

跟我预期的一样。罗林斯跟查理十二军队里一名不知情的步兵建立起通感。我能想象那可笑的场景：他让那家伙走到十多岁的国王跟前，试图告诉这个愚蠢的年轻人，不要接近波尔塔瓦。

仔细想来，查理十二可能当场就把他绞死了，一定是发生得太快，快到罗斯林来不及脱离。

"你的汇报。"萨拉查提醒道。

"好的，头儿。"我懒洋洋地说。他讨厌我称他为"头儿"，但更讨厌"老萨"，爬虫以前就是这么叫他的。咱们杀手畸客是一群狂妄的粗人。"没有用，"我告诉他们，"克隆斯特准备跟叙赫特伦将军议和投降，班特完全无法动摇他的决定。我已经施加太多压力。班特以为自己疯了，我担心他会崩溃。"

"所有时间骑士都得冒这种风险。"雅各比说道，"通感的时间越长，对宿主的影响就越大，也越容易被宿主感知。大多数宿主都无法应付这一状况。"罗妮[1]的声音很好听，对我也一直很客气。她打扮得干干净净，身材高挑，态度沉稳，甚至还很友善，最重要的是，她礼貌得难以形容。我在想，假如她知道，自从来到这里之后，我自慰的时候多半都想着她，那她还会不会这么有礼貌？他们在这个疯人地窖里只塞进五个女人，剩下的是三十二个男人和六个畸客，而她是最好看的一个。

爬虫也喜欢她，甚至偷偷在她的卧室里装了摄像头。她一直都不知道。爬虫对这些东西很有天赋，他在工作台上装配微型音频视频摄录器，放置在各处。他说，就算不能真正地活着，至少他可以看。有一天晚上，他邀请我去他的房间。罗妮正在跟红头发、身材高大的哈利伯顿上尉享乐。他是基地的保安总管，也是她当时的男友。是的，我看了。必须承认，我看了。但后来我很生气，我对爬虫说，他无权偷窥罗妮，也无权偷窥任何人。"他

_____

[1] 维罗妮卡的简称。

们让咱们畸客去偷窥宿主，"爬虫说道，"就躲在这些人的脑袋里。以其人之道还治其人之身，这很公平。"我告诉他说那不一样，但我当时太恼火，无法说清原因。

这是我跟爬虫唯一的争执。但从长远来看，并没多大影响。他继续看他的，我不参与。他们一直没逮到这鬼鬼祟祟的家伙，但那也没什么区别，有一天，他去时间旅行，然后再也没回来。魁梧强壮的哈利伯顿上尉也死了，我猜是因为在一次次保安巡查中受到太多辐射。据我所知，爬虫的设备仍在原处。我有时会想去偷偷看一眼，看看罗妮是否有了新情人。但我没有去，我并不想知道。反正我的幻想和绮梦要比这强得多。

萨拉查用肥胖的手指敲了敲桌子。"完整地汇报一下你的行动。"他生硬地说。

我叹了口气，按照他们的意愿，将每个无聊的细节都讲了一遍。汇报完之后，我说道："雅格霍恩是问题的关键。克隆斯特听他的，不听安托宁的。"

萨拉查皱起眉头。"你要是能跟雅格霍恩建立通感就好了。"他咕哝着说。太唧唧歪歪了，他知道这是不可能的。

"只能将就一下了，"我告诉他，"如果能实现这种不切实际的愿望，为什么要止于雅格霍恩呢？为什么不找克隆斯特？见鬼，为什么不干脆去找沙皇？"

"他说得没错，少校，"维罗妮卡说道，"能跟安托宁建立联系，我们应该感到庆幸，至少他是一名上校。这已经比其他年代的情况好多了。"

萨拉查仍然不太高兴。他的职业是军事历史学家。他是从西点军校被调出来的，或者说从残存的西点军校。刚开始的时候，他以为这很容易。"安托宁只是外围人物，"他断言道，"我们必须找到关键人物。你的时航员总是给我找些无关紧要的旁观者，错误的时间，错误的地点，错误的人。这任务没法儿完成。"

"接受任务的时候，你就知道有危险。"我说道。畸客杀手引用超级肉鸡的话，要是被他们知道，我会被踢出圈子。"我们没得选。"

少校皱起眉头看着我。我打了个哈欠。"我有点烦了，"我说道，"我想吃点东西。冰激凌，我想吃石板街巧克力口味的冰激凌。听起来很奇怪，对吗？到处都是该死的冰雪，回来之后却还想要冰激凌。"当然，我们没有冰激凌。这世界已经变得一片荒瘠，半个世代之前就没有冰激凌了。然而奶妈跟我描述过。奶妈是最老的畸客，只有她是出生在大崩溃之前的，她会讲许多从前的故事。我最喜欢听她说冰激凌。"甜甜的、凉凉的、柔和醇美。"她说，"在你的舌头上融化，让你嘴里充满甜美清凉的汁液。"有时候，她会念各种口味给我们听，就像托德牧师读《圣经》那样庄严肃穆：香草、草莓、巧克力、旋涡软糖、果仁糖、朗姆葡萄干、天堂杂果、香蕉、橙果冰、薄荷巧克力、开心果、奶油黄糖、咖啡、肉桂、奶油山核桃。爬虫用胡乱编造的口味取笑奶妈，但那没有用，她只是把他的新发明加入列表，继续深情地念诵。鳗鱼杏仁、肝条、放射波，到最后，我都无法区分哪些是真实的口味，哪些是编造的，不过我也不在乎。

奶妈是第一个死亡的。1917年的圣彼得堡有冰激凌吗？但愿是有的。希望她死前能吃到一两杯。

我意识到，萨拉查一直在讲话。"……这是我们最后的机会。"他说道。他开始不停地唠叨，说斯韦堡，说我们的工作有多重要，说我们的当务之急是要设法改变史实，以避免那场让全世界变成废墟的战争。这番话我以前也听过，早已了然于胸。少校的嘴就像拉肚子一样，完全停不下来，但我并不像外表看上去的那么笨。

这是疯子格拉汉姆的主意，也是赢得战争的最后机会，或者至少能让我们免受瘟疫、炸弹和有毒气体的侵害。然而少校是历史学家，因此，等电脑分析完概率之后，所有目标都要由他来挑选。他有六个畸客，可以做六次尝试。他称它们为"核心点"，亦即历史上的关键时刻。当然，这些点的重要程度也不相同。罗林斯去了大北方战争，奶妈去大革命时代，爬虫则一直回到恐怖伊凡的年代，而我分到的是斯韦堡。固若金汤，不可征服的斯韦堡，北方的直布罗陀。

"斯韦堡没理由投降。"少校说道。他总是重复这番话，就像奶妈念诵冰激凌口味。历史与策略对他来说，正像是奶油冰激凌之于奶妈，能够起到安抚作用。"守军有七千之众，比围城的俄国人多得多。城堡内的火炮也更强力，弹药和食物都很充足。只要斯韦堡坚守到海路畅通，瑞典方面就能发起反攻，轻易地瓦解围城，整个战争的走向将被改写！你必须让克隆斯特听取理智的分析。"

"我只需带回去一本历史课本，让他看看后人是怎么评论他的，我敢肯定，就算要他跳火圈他都干。"我说道。我已经受够了。"我很累，"我宣布道，"想要吃点东西。"突然间，不知出于何种原因，我很想哭。"我要吃点东西，真见鬼，我不想再讲了，明白吗，我要吃东西。"

萨拉查瞪视着我，但维罗妮卡听出了我语气中紧绷的压力，她站起来，绕过桌子。"这很容易安排，"她对我说道，之后又对少校说，"我们暂时可以告一段落。我给他弄点吃的。"萨拉查"哼"了一声，但没有反对。维罗妮卡推着我离开了，前往食堂。

　　我的面前是一杯走了味的咖啡，以及一盘来源不明的肉和煮过了头的蔬菜。她试图安慰我。她还挺不赖，毕竟是专业的。也许搁在以前，她不算是特别漂亮——旧杂志我还是见过的。就算是在掩体里，我们也有《花花公子》过刊，也有旧录影带、旧小说、旧唱片、旧笑话书。当然不是新的，不是最近的，只有成堆成堆从前的垃圾。我明白，我近乎沉迷于这些东西。只要不在班特的脑袋里瞎扑腾，我就会坐定在电视机前，播放从前的节目或者电影，或许同时还会翻阅着一本书，然后试图想象，在他们毁掉一切之前，生活是什么样的。所以，我很清楚以前的标准，也许罗妮确实不如波·德瑞克和玛丽莲·梦露，不如碧姬·芭铎和葛丽泰·嘉宝。

　　然而，在这该死的破地窖里，她比谁都好看。况且，我们其他人也不太符合标准。爬虫再怎么努力，也装不成格劳乔，我有点像吉米·卡格尼，但那颗绿油油的瘤、满嘴多余的黄牙，再加上缺个鼻子，让效果打了点折扣。嗯，就一点。

　　我推开叉子和剩了一半的食物："一点滋味都没有，以前的食物是有味道的。"

　　维罗妮卡笑出声："你很幸运，有机会尝一尝。我们其他人就只能吃这些。"

　　"幸运？哈哈，我知道其中的差别，罗妮。但你不知道。你会想念从没尝过的滋味吗？"但我很厌烦说这些事，我对这一切烦透了，"你想下棋吗？"

她微笑着站起来，寻找我们的那副象棋。一小时后，她赢了第一盘，我们开始下第二盘。在这个疯人地窖里，有十来个会下棋的。现在格拉汉姆和爬虫都死了，我能赢罗妮之外的所有人。有趣的是，回到1808年，我大概可以成为世界冠军。两百年来，象棋经历了许多发展，我记住的开局走法，以前的人连做梦都没想到过。

"下棋不仅仅是记住开局。"维罗妮卡说。我意识到自己一直在大声说话。

"我还是会赢，"我坚持道，"见鬼，那些家伙已经死了几百年，还能怎么抵抗？"

她微笑着移动一个马。"将军。"她说道。

我意识到自己又输了。"哪天我得学学怎么下棋，"我说道，"好成为世界冠军。"

维罗妮卡把棋子收回盒子里。"斯韦堡的事也像是棋局，"她用悠闲的口吻说道，"一盘跨越时间的棋，一边是我们和瑞典人，另一边是俄国人和芬兰立国派。你认为我们应该怎样对付克隆斯特？"

"为什么我就猜到会回到这个话题上来？"我说，"我要是知道就好了。少校大概有些想法。"

维罗妮卡点点头："绝望的想法，如今是绝望的时代。"她的脸变得很严肃，黑发从苍白柔和的面庞两侧垂下。

我心想，假如我成功了会怎样？假如我真的改变了历史呢？维罗妮卡、少校、拉斐尔、斯利姆，以及其他人会怎样？还有那躺在漆黑寝箱里的我会怎样？当然，理论猜测是有的，只是没人真正知道。"我是个绝望的人，长官，"我对她说，"已经准备好采取任何绝望的行动。迂回的策略显然一丁点儿用都没有。你说说看，我应该让班特怎么办？发明机枪？投奔俄国佬？在城头上站着？怎么办？"

她告诉了我。

我心存疑虑。"这办法也许能奏效，"我说，"但更有可能让班特被扔进那地方最深的地牢里。他们真会觉得他疯了。雅格霍恩也许当场就开枪崩了他。"

"不，"她说道，"从某种角度来说，雅格霍恩是理想主义者，一个有原则的人。我同意，这是个冒险的举动。但不冒险，你就赢不了。你愿意去做吗？"

她的微笑如此可人，我觉得她喜欢我。我耸耸肩。"不如试试看，"我说，"反正也没别的办法。"

"……允许两名信使前去觐见国王，分别取道北方和南方。他们应配备护照、护卫，以及一切其他措施，以确保能够完成旅程。1808年4月6日，于洛南岛。"

读协议的军官忽然停止了单调的念诵，参谋会议上死一般的寂静。几名瑞典军官在座椅里不安地挪动，但没人开口。

克隆斯特中将缓缓地站了起来。"这就是协议，"他说道，"鉴于我们的危险处境，这比预期的要强。我们已经用掉了三分之一的弹药。由于冰雪，防御工事面临各个方向的进攻。我们的人数处于劣势，还必须养活大量难民，粮食消耗得很快。叙赫特伦将军可以要求我们立即投降。感谢上帝，他没那么做，而是允许我们保留斯韦堡六座岛屿中的三座。假如协助我方的五艘瑞典主力战舰能在5月3日之前抵达，我们还能要回其中两座岛。假如瑞典战舰无法到达，我们必须投降。但战争结束后，舰队需返回瑞典。这一协议的立即生效，可以防止进一步损失人命。"

克隆斯特坐了下去。他身边的雅格霍恩上校霍地站立起来。"如果瑞典战舰没有按时到达，我们必须制订计划，有秩序地交出驻守地。"他开始讨论细节问题。

班特·安托宁静静地坐着。他已经预料到这一消息，不知为何，他早就知道结果会是如此，但那并不能减轻他的沮丧。克隆斯特和雅格霍恩得到的谈判结果是个彻底的失败。这很愚蠢，也很懦弱，完全无可救药。立刻交出西斯瓦托岛、兰贡岛和小东斯瓦托岛，其余部分稍稍延后，这延期的一个月并没有什么意义。他们将承受历史的责难，连学校里的孩子都将咒骂他们的名字。然而他毫无办法。

会议终于结束了，人们纷纷起身离开。安托宁跟他们一起站起来，这一次他决定保持沉默，悄悄地离开会议室。就让他们用三十枚银币卖掉斯韦堡吧。但他刚要转身，心中又鼓起了冲动，竟然朝着克隆斯特和雅格霍恩走去。他们看着他逐渐走近，安托宁似乎从他俩眼中看到一种厌倦的无奈。

"不能这么干。"他严肃地说。

"这件事已经结束了，"克隆斯特答道，"不再作进一步的讨论，上校。这是一次警告。去履行你自己的职责吧。"他站起来，转身要走。

"俄国人在骗你。"安托宁脱口而出。

克隆斯特停下来看着他。

"将军，请一定要听我说。协议条款说，假如五艘主力战舰在5月3日前抵达，我们就能保住城堡，这是个骗局。5月3日之前冰面不可能融化，没有船只能够到达。停战协议规定，战舰必须在5月3日正午之前进入斯韦堡的码头。叙赫特伦将军会利用和谈所争取到的时间调动火炮，以获得海路的控制权。任何船只企图靠近斯韦堡，都会受到猛烈攻击。不仅如此，长官，你派去给国王送信的使者——"克隆斯特的脸就像是冰冷的岩石，他举起一只手："我听够了。雅格霍恩上校，逮捕这个疯子。"他收拾起文件，拒绝看安托宁的脸，怒气冲冲地大踏步走出屋子。

"安托宁上校，你被捕了。"雅格霍恩说道，语气却温和得令人惊讶，"我警告你，不要抗拒，那样只会更难堪。"

安托宁转身面对雅格霍恩上校。他心中充满抑郁："你们都不肯听，没一个人肯听。你明白这是什么样的决定吗？"

"我想我是明白的。"雅格霍恩说道。

安托宁伸手扯住他制服的前襟："你不明白。你以为我不知道你的身份吗，雅格霍恩？你是个该死的立国派。这是国家主义大行其道的时代。真要命，你和你的安雅拉联盟，你们全都是芬兰立国派。你们憎恨瑞典的统治。沙皇答应你们，芬兰将成为他保护下的自治国，于是你们就抛弃了对瑞典王室的忠诚。"

F·A·雅格霍恩上校眨了眨眼，脸上掠过古怪的表情，然后才恢复镇静。"你不可能知道，"他说道，"没人知道那些条件……我……"

安托宁摇晃着他的身体："历史将会耻笑你，雅格霍恩。因为你，因为斯韦堡的投降，瑞典会输掉这场战争。你将如愿以偿，芬兰会成为沙皇羽翼下的自治国。然而跟在瑞典统治时期相比，并没有更多自由。你们对待国王，就像在跳蚤市场里卖掉一把旧椅子，然后却换来'大天谴'时代的刽子手，这交易没有任何好处。"

"像……跳蚤市场，那是什么？"

安托宁皱起眉头。"跳蚤市场，跳蚤……我不知道啊。"他说道。他放开雅格霍恩，转过身去。"老天，我真的知道。那是……那是买卖交易的地方，某种集市。跟跳蚤没关系，但充斥着奇怪的机器和奇怪的气味。"他用手捋了一把头发，竭力遏制住尖叫。"雅格霍恩，我满脑子都是恶魔。上帝啊，必须承认，我每天每夜都听到声音，就像那个法国姑娘，圣女贞德。我知道将来的事。"他凝视着雅格霍恩的眼睛，看到其中的恐惧，"你必须相信，这不是我的选择。我祈祷获得安宁与豁免，但那低语声仍在继续，而且还会让我做出奇怪的举动。那不是我的本意，但一定是有原因的，一定是真实的，不然上帝为什么要这样折磨我呢？求你了，雅格霍恩。求你了，听我一句！"他举起双手，恳求道。

雅格霍恩上校望向安托宁身后，以图寻求帮助，但他们周围没其他人。"好吧，"他说，"低语声，就像那法国姑娘。我不明白。"

安托宁摇摇头："你就算听了也不会相信。你是个爱国者，梦想成为英雄。但你根本成不了英雄。芬兰的普通百姓没有你的这种梦想。他们记得'大天谴'。他们痛恨俄国人，把俄国人看作自古以来的敌人。他们也会恨你，还有克隆斯特。啊，可怜的克隆斯特将军。在往后的世代中，他将被每一个芬兰人和瑞典人唾骂。他将在新成立的芬兰大公国度过余生，领取俄国人的薪俸。他将在落魄中死于1820年4月7日，也就是他在洛南岛与叙赫特伦会面，并把斯韦堡奉送给俄国之后的十二年零一天。后来，许多年以后，有个名叫鲁纳伯格的人写了一系列关于这场战争的诗。你知道他是怎么说克隆斯特的吗？"

"不知道，"雅格霍恩说道，他的笑容很不安，"那声音告诉你了？"

"它让我把这些字句默记在心。"班特·安托宁说。

他背诵道：

> 他是我们信任的臂膀，
> 却在危急时刻退缩，
> 他带来苦难、耻辱、罪恶、死亡与辛酸，
> 但切勿称呼他的本名，
> 以免同名者羞愧难当。

"这就是你和克隆斯特赢得的荣耀，雅格霍恩，"安托宁苦涩地说，"这就是你们在历史上的地位。你满意吗？"

雅格霍恩上校一直在小心翼翼地往安托宁侧面挪动，他和门之间已无阻挡。但现在他犹豫了。"你说的这些太疯狂了，"他说道，"然而……然而……你怎么知道沙皇的承诺？你差一点就说服我了。低语声？就像那法国姑娘？你是说，上帝的声音？"

安托宁叹了口气："上帝？我不知道。我只是听到低语声，雅格霍恩。也许我真的疯了。"

雅格霍恩皱起眉头："你说他们会唾骂我们，称我们为叛徒，在诗歌里谴责我们？"

安托宁闭口不言。疯狂已经消退，他充满无助的绝望。

"不，"雅格霍恩强调说，"太晚了，协议已经签了。我们已经押上自己的名誉。至于克隆斯特中将，他非常犹豫。他的家人在这里，他很担心。叙赫特伦巧妙地操控了他，而我们也已经尽责。这事不可能逆转。我不相信你的疯话，但就算我相信，也毫无办法，根本没有希望。那些船来不及赶到。斯韦堡必须投降，战争只能以瑞典的失败而告终。还能怎么样呢？沙皇与波拿巴是盟友，我们无法抵御！"

"联盟不会持久，"安托宁带着悲哀的笑容说道，"法国人将进军莫斯科，然后被摧毁，就像查理十二那样。冬季的到来将让他们遭遇自己的波尔塔瓦战役。而这一切对芬兰和斯韦堡来说都太晚了。"

"现在就已经太晚了，"雅格霍恩说道，"局势不可能改变。"

班特·安托宁终于看到一丝微小的希望："还不算太晚。"

"那你说我们该怎么办呢？克隆斯特已经下定决心。我们要发动兵变吗？"

"无论我们是否参与，斯韦堡都将发生兵变。失败的兵变。"

"然后呢？"

班特·安托宁抬起头，凝视着雅格霍恩的眼睛："协议规定，我们可以派两名信使觐见国王，告知他停战条件，好让瑞典的船只及时出发。"

"对。克隆斯特今晚就会选定信使，让他们明天起程，叙赫特伦会准备文件，给予他们通行保障。"

"克隆斯特听你的，你得确保我被选为信使之一。"

"你，"雅格霍恩面带怀疑，"那有什么用？"他皱起眉头，"也许你听到的声音是自己的恐惧。也许是围城太久让你精神崩溃，想要临阵脱逃。"

"我可以证明那声音所说的都是真的。"安托宁说道。

"怎么证明？"雅格霍恩抢白道。

"明天黎明时分，我在艾伦斯瓦德的墓前等你。我会告诉你克隆斯特选定的信使的名字。假如我说对了，你就去说服他，让我替代两名信使之一。他会乐意的，因为他急于摆脱我的纠缠。"

雅格霍恩上校一边思考，一边揉着下巴。"除了克隆斯特，没人知道他会选谁。公平的测试，"他伸出手，"成交。"

他们握了握手。雅格霍恩转身离开，但到了门口，他又转回身。"安托宁上校，"他说道，"我忘了自己的职责。你是我的囚犯。你得回住处去，一直在那儿待到黎明。"

"我很乐意。"安托宁说道，"等到天亮，你会发现我是对的。"

"也许吧，"雅格霍恩说，"但为我们大家着想，真希望你是错的。"

……机器抽走了环抱着我的漆黑液体，我发出声嘶力竭的尖叫，斯利姆甚至往后退开，一脸警惕的神情。我咧开嘴，露出一排排腐烂的黄牙，那是属于畸客的笑容。"把我弄出去，笨蛋。"我喊道。疼痛像一张网，笼罩着我，但这一次似乎没那么严重，几乎可以忍耐，这一次，疼痛有了意义。

他们给我注射针剂，把我抬到轮椅上，但这一回，我急切地渴望去汇报。我抓住轮子，使劲一推，挣脱了拉斐尔，顺着走廊前进，就像以前跟爬虫比赛一样。有个斜坡不太好上，那两个穿着冰激凌裤子（反正奶妈是这么叫的）的家伙赶了上来，他们身强力壮，但我大声嘶喊，要他们放手。他们真的放手了，我非常惊讶。

当我独自一人推门进入房间时，少校有点吃惊。他准备站起来："你……"

"坐下，老萨，"我说道，"有好消息。班特唬住了雅格霍恩，那家伙大概都要尿裤子了，相信我。我想我们应该可以成功。明天一早我要跟雅格霍恩会面，把这件事敲定。"我听着自己的声音，绽放出笑容。嘿，明天，我说的是1808年，但那感觉真的就像是明天。"现在有个难题，我需要知道克隆斯特打算派去给瑞典国王送信的那两个人叫什么名字。作为证据，明白吗？

"雅格霍恩说，假如我能让他确信，他就想办法让我去送信。所以，你得把他们的名字找出来，少校。那魔咒一旦说出口，斯韦堡就是我们的啦。"

"这是很难查证的信息，"萨拉查抱怨道，"信使被扣留了好几个星期，直到投降之后才抵达斯德哥尔摩。他们的名字可能已经遗失在历史中。"那么爱抱怨，我心想，这人从不知道满足。

但罗妮帮我说话。"萨拉查少校，但愿这些名字没有遗失，能让我们找到。你是我们的军事历史学家，彻底研究每个目标时代是你的职责。"看她说话的方式，你都猜不到他才是领头的。"格拉汉姆项目拥有最高优先权。你有电脑文件，有斯韦堡的人员档案，也有连接新西点军校的权限，你甚至可以联络残存的瑞典人。不管你怎么做，这件事一定要办。整个计划都依赖这一信息。整个世界，包括我们的过去与未来。这不需要我来告诉你吧。"她转过头，面对着我。我拍手喝彩，她露出微笑。"你干得很好，"她说道，"能给我们讲讲细节吗？"

"当然，"我说道，"小菜一碟，就像蛋糕上加冰激凌，以前叫什么来着？"

"爱拉蒙。"

"斯韦堡爱拉蒙。"我开始向他们描述。我滔滔不绝地讲了很久，等说完之后，就连少校都勉强露出满意的神情。

这对畸客来说，还算是不错的结果，我心想。"好吧，"汇报完之后，我说道，"接下来怎么办？班特成了信使，是吧？然后我设法把消息传递出去。躲开叙赫特伦，避免被扣留，然后瑞典人派出一队骑士。"

"骑士？"老萨似乎很困惑。

"就是打个比方，"我异乎寻常地耐心说道。少校点点头。"不，"他说道，"关于信使——没错，叙赫特伦将军撒了谎。他把他们扣留下来，作为额外的保险措施。毕竟冰面有可能融化，船只有可能及时赶到。但这并没有必要。那一年，赫尔辛基附近的冰要到限期过后很久才融化。"他严肃地注视着我。他的健康看上去比以前更糟糕，菜皮似的肤色削弱了他试图表达的效果。"我们必须采取大胆的行动。根据停战条款，你将作为信使出行。你和另一名信使将被带到叙赫特伦将军面前，以领取安全通过俄军防线的证件。到时候你得袭击他。战事已经结束，在那个年代，战争是讲究荣誉的。没人会想到诡计。"

"诡计？"我说道。我不太喜欢这个词。

短暂的瞬间，少校的笑容似乎发自内心。他终于发现了值得高兴的事。"杀死叙赫特伦。"他说道。

"杀死叙赫特伦？"我重复道。

"利用安托宁。点燃他的怒火，让他拔出武器，杀死叙赫特伦。"

　　我明白了。在跨越时间的棋局中，这是一步新着。畸客战术。

　　"他们会杀了班特。"我说。

　　"你可以脱离。"萨拉查说。

　　"要知道，他们可能会立刻杀了他，"我指出，"当场处决。"

　　"你得冒这个险。其他人已经为国家献出生命。这是战争。"少校皱起眉头，"你的成功可能会抹掉我们所有人。当你改变过去，如今的现实或许就不复存在，包括我们。但我们的国家将生存下来，数以百万计的死者将重获新生。另一个版本的我们将会更健康、更快乐，过着现在难以享受的美妙生活。你自己也会重新出生，拥有完整的身体，没有病变与畸形。"

　　"也没有天赋，"我说道，"于是我无法回到过去执行任务，于是过去不会被改变。"

　　"这悖论不成立，你听过介绍。过去、现在和将来并非互相关联。而且造成改变的是安托宁，不是你本人。他是那个时代的人。"少校很不耐烦，他用黑色的粗手指敲击着桌面，"你是个懦夫吗？"

　　"哼！"我对他说道，"你没明白。我才不在乎自己，也许还是死了的好。但他们会杀死班特。"

　　他皱起眉头："那又怎么样？"

　　维罗妮卡一直在注意听。此刻，她倚着桌子轻触我的手："我明白。你同情他，对吗？"

　　"他是个好人。"我说道。我听起来是不是在辩解？那么好，我就是在辩解。"逼得他精神错乱，我已经感觉很不安，我不想让他被杀。我是个畸形怪胎，一生都被困在这地方，而且也会死在这里。但班特有爱他的人，有自己的未来。一旦走出斯韦堡，等着他的将是整个世界。"

"他已经死了将近两个世纪。"萨拉查说道。

"我今天下午还在他脑袋里。"我厉声说。

"他将成为战争的牺牲品，"少校说道，"在战争中，总有军人死亡。无论过去还是现在，这都是不争的事实。"

还有一件事让我困扰："没错，他是一名军人，我同意。他加入时就知道这个职业很危险。但他关心荣誉，老萨。我们忘记了这个小细节。战死沙场，没问题，但你要我把他变成刺客，让他违背停战协议。他是个光明正大的人。人们会唾骂他。"

"手段是为目的而服务的，"萨拉查说道，"杀死叙赫特伦，在和谈的旗帜下将他杀死，没错，这会破坏合约。叙赫特伦的副手远没有他精明，更容易被激怒，更渴望引人注目的胜利。你告诉他，克隆斯特命令你干掉叙赫特伦。他会撕毁停火协议，对城堡发起疯狂的进攻。斯韦堡固若金汤，很容易击退他们。俄军将会伤亡惨重。而在瑞典人看来，俄国人背信弃义，这将激起他们的决心。雅格霍恩也会看到眼前的证据，明白俄国人的承诺毫无意义，他会改变阵营。克隆斯特这位罗辛萨尔米海战的英雄，也将成为斯韦堡的英雄。他们可以守住要塞。到了春天，瑞典舰队就会运送一支部队到斯韦堡，与此同时，另一支瑞典军队从北方奔袭而来。整个战争的走向将会改变。等拿破仑向莫斯科进发，瑞典军队已经占领了圣彼得堡。沙皇将在莫斯科被俘，然后遭到废黜和处决。拿破仑将设置一个傀儡政府，而等到他撤退时，会去往北方，跟圣彼得堡的瑞典同盟军会合。波拿巴覆灭之后，俄国新政府不可能维持下去，但沙皇的复辟就跟法王复辟一样难以长久，俄国将演变出自由民主议会。苏联将永远不会出现，也不会跟美国发生战争。"说到最后，他用拳头锤打着会议桌，以示强调。

"只是你的假说而已。"我平和地说道。

萨拉查涨红了脸。"这是电脑的预测。"他强调说。然而他移开了视线，虽然只是短暂地躲避，却被我逮到了。有意思，他竟无法直视我的眼睛。

维罗妮卡捏了捏我的手。"预测或许有误差，"她承认道，"可能是一点点，也可能是很多。但我们别无选择，这是最后的机会。我理解你对安托宁的担心，真的。这很自然。这几个月来，你一直在他头脑里，共享他的生活，共享思维和感受。你的疑虑说明你是个值得信赖的人。但现在，相对于他这样一个已经死去的人，还有数百万人的生命悬而未决。你必须做出决定。这也许是人类历史上最重要的决定，只有你一个人能承担。"她露出微笑，"至少，仔细想一想吧。"她的这番话，再加上她一直握住我畸形的小手，令我完全无力抵抗。啊，班特。我叹了口气，移开视线。"今晚开几瓶酒吧，"我疲惫地对萨拉查说道，"就是你留着的那些战前存货。"

少校似乎吃了一惊，显得很狼狈。这蠢货偷偷藏起战前的格兰威特威士忌、爱尔兰甜酒和人头马白兰地，他以为那是没人知道的秘密。

这原本的确是秘密，直到爬虫放置了微型监控头，嗨嚯。"我觉得醉酒狂欢不太合适。"老萨说道，为了护住他的宝藏。

他相貌丑陋，器量狭小，也没人说他不自私。"闭嘴，把货拿出来。"我说道。今晚他不能拒绝我。我放弃了班特，少校也可以放弃他的酒。"我要喝个烂醉。"我对他们说，"我要喝到半死，我要为生者干杯，无论现在还是过去的。这可是规矩，你个混蛋。在去见肉鸡之前，畸客有权利喝上一杯。"

瓦根堡的中庭里，班特·安托宁在黎明前的寒意中等待着。他身后矗立着艾伦斯瓦德的墓碑，作为斯韦堡的建造者，这里是他最后长眠的地方。此刻，他安稳地沉睡在自己创造的建筑中央，四周是火炮和花岗岩城墙，威武雄壮的城堡守护着他的遗骨。他当初建造了一座固若金汤的城堡，而这座城堡如今依然固若金汤。因此，没人能够打扰他的长眠。但现在，他们要将城堡拱手奉上。

起风了。庭院里空荡荡的，风从空旷黑暗的天空中呼啸而下，晃动着树上的枯枝，也刺入安托宁最保暖的大衣。又或者，他感受到的是另一种寒冷：因惧怕而产生的凉意。黎明即将到来，头顶上的群星逐渐暗淡。他空空的头脑中仿佛回荡着嘲笑声。曙光很快便会突破地平线，随之而来的将是雅格霍恩上校，他严峻倨傲，咄咄逼人，但安托宁没什么可告诉他的。

他听到脚步声，雅格霍恩的靴子在石头上咚咚作响。安托宁转过身，看着他登上艾伦斯瓦德墓碑前那几格窄小的阶梯。他们相距一英尺，相向而立，两个密谋者在寒冷的黑暗中聚首。雅格霍恩朝他略一点头："我见过克隆斯特了。"

安托宁张开嘴，呼吸在冰冷的空气中凝结。正当他准备屈从于空荡荡的头脑，承认脑袋里的声音未能给出答案，他听到体内的某种存在轻声低语。他报出两个名字。

沉默如此之久，安托宁又开始害怕。难道这终究还是精神错乱，而不是上帝的声音？他说错了吗？但雅格霍恩低下头，眉头紧锁，戴着手套的手扣到一起，做出一个具有决断意味的手势。"上帝保佑，"他说，"但我相信你。"

"我将成为信使？"

"我已经向克隆斯特中将提议，"雅格霍恩说道，"我提醒他你的多年从军经验和出色履历。你是个注重荣誉的优秀军人，只是由于自身的爱国心和围城导致的压力才失去理智。你是那种难以忍受闲息无为的战士，时刻都盼望着采取行动。我据理力争，你不该遭受拘禁之辱。作为信使，你可以恢复名誉。把你调离斯韦堡，也能消除焦虑与异议的源头，以免发展成哗变。中将心里很清楚，许多人都不愿履行与叙赫特伦的协议。他被我说服了。"雅格霍恩露出无力的笑容，"我最擅长游说，安托宁。我跟人辩论，就像波拿巴指挥军队一样熟练。所以，我们势在必得。你已被指派为信使。"

"很好。"安托宁说道。为什么他感觉如此难受？应该欢欣鼓舞才对。

"你打算怎么办？"雅格霍恩问道，"你我合谋的目标是什么？"

"这我就不说了，以免给你增添负担。"安托宁答道。他自己也不知该怎么办。从昨天起，他就确信，自己必须成为信使，但原因依然不太明白，未来就像艾伦斯瓦德的墓石一样冰冷，像雅格霍恩的呼吸一样模糊。他心中充满奇怪的预感，仿佛末日即将来临。

"好吧，"雅格霍恩说道，"但愿这件事我做对了。"他摘下手套，伸出手，"那我就指望你了，指望你的智慧与荣誉。"

"我的荣誉。"班特重复道。他磨磨蹭蹭，缓慢地脱下自己的手套，跟眼前的死人握手。死人？他不是死人。他还活着，有温热的血肉。然而在那光秃秃的树下，空气寒冷凛冽，当安托宁握住雅格霍恩的手，对方的皮肤感觉冷冰冰的。

"我们有过分歧，"雅格霍恩说，"但我们毕竟都是芬兰人，是爱国者，是有荣誉的人，而现在，我们也是朋友。"

"朋友。"安托宁重复道。他的头脑中出现一个声音，比以往更大声、更清晰有力，几乎像是有人站在他身后讲话，并且带着悲哀与苦涩。来吧，小肉鸡，那声音说道，跟你的畸客朋友握个手。

蔷薇盛开直须撷，因时光依然飞逝，今日畸客笑颜，明日或已逝去。嗨嚯，我又醉了，已经连续两晚，咕嘟灌下少校的佳酿，但又有什么关系呢，反正他也用不到。等我下次去时间旅行之后，他甚至都不会存在，至少他们是这样告诉我的。事实上，他从来都不存在，这实在是个古怪的念头。萨拉查，老萨少校，粗壮的手指，泛着菜色的皮肤，满嘴唠唠叨叨的牢骚，多么熟悉。今天下午最后一次开会时，他绝对是真实的，但原来这个人竟完全不存在。爬虫、拉斐尔、斯利姆，全都不存在，奶妈也从没把各式各样口味的冰激凌念给我们听，奶油山核桃、朗姆葡萄干，嗨嚯。不，这一切从没发生过，我再次灌下一杯酒。我在自己狭窄的卧室里独饮，救世主正在享用最后的液体晚餐，见鬼，我的使徒们都在哪儿？啊，在喝酒，都在喝酒，只是没跟我一起。

按理说，他们不该知道，除了我、少校和罗妮，没人知道。但消息总是会传出去，是的，他们在走廊里狂欢，喝酒唱歌，兴高采烈，少数有伴的幸运儿还能来一发，可惜我并不属于那样的人。我也想出去加入狂欢，跟小伙子们一起干两杯，但不行，少校说不行。这群乌合之众当中万一有人觉得现在这种生活比从不存在要强，准备干掉畸客，那大家的计划就全都泡汤了。于是我就只能坐在自己的小屋里独自喝酒，周围是五间同样狭小的屋子——畸客住宿区。走廊尽头的警卫闷闷不乐，因为他没机会参与最后的狂欢，他必须确保我待在里面，而其他人都在外面。

　　要知道，我有点想罗妮过来一趟，再一起喝上一杯，再赢我一局棋，或许还能亲我一口什么的，这似乎是个荒谬的幻想，但我不想到死仍是处男，然而我并不是真的要死，因为一旦计划成功，我甚至都不曾存在过。假如你要问我的看法，说起来，这还真是高尚。你一定得问问我，因为周围根本没别人。我又喝了一杯，但酒瓶差不多空了，我得给少校打个电话，再问他要一瓶。为什么罗妮不来呢？明天过后，我再也见不到她了。明天的明天，两百年前的明天。我可以拒绝回到过去，让这个小家庭继续欢乐地存活下去。但她可能不愿意，她的决心比我强得多。今天下午我问她，老萨的预测能不能看到副作用。我的意思是，我们要改变这场战争，我们要守住斯韦堡，（希望）消除沙皇和苏联，（绝对希望）消除那场大规模战争，消除所有的炸弹、辐射和瘟疫，甚至包括爬虫最喜欢的辐射波口味冰激凌，但我们是否也会失去其他东西？俄国改变了那么多，我们是不是也会失去阿拉斯加？失去伏特加？失去乔治·奥威尔？失去卡尔·马克思？实际上，我们的确想除去卡尔·马克思，另一名畸客，"盲眼"

杰弗里，就曾回去对付老卡尔，但没能成功。也许视力对他来说是太强的刺激。昨晚，我射杀了一个畸客，他穿着我的睡衣，他是怎么穿进去的我永远没法儿知道，但谁又知道我们这些畸客为什么要到处跑呢，就像东倒西歪的多米诺骨牌，撞倒周围其他骨牌，我从不玩骨牌，我是棋手，是暂时处于流放中的象棋世界冠军，骨牌游戏真是太蠢了。我问罗妮，如果我们除掉俄国，然后希特勒赢了"二战"，于是我们得跟纳粹德国互射导弹、病菌和生物毒素，那要怎么办？或者跟英格兰？或者跟该死的奥匈帝国？谁知道呢。超级强大的奥匈帝国，多么惊人的想法，昨晚我射杀了一个穿着我睡衣的哈布斯堡王室成员，是畸客们给安排的，嗨嘿。

说起来，罗妮并没有做出任何保证。她只是耸耸肩，给我讲了个关于马的故事。从前有个人，国王要砍他的头，于是他扯着嗓子对国王说，如果给他一年时间，他就能教会国王的马说话。国王喜欢这个想法，也许他是《艾德老爷》的粉丝吧，谁知道呢，但他给了那家伙一年时间。后来，那人的朋友说，嘿，这是干什么，你不可能教会马说话啊。那家伙说，我现在有了一年时间，这是很长一段时间，什么事都可能发生。或许国王会死，或许我会死，或许马会死。又或许，马会开口说话。

我喝得烂醉，是的，是的，我的脑袋里充斥着畸客、会说话的马、倾倒的多米诺骨牌和无回报的爱。突然间，我想要见她。我小心翼翼地放下酒瓶，因为不想畸客住宿区里有玻璃碴儿，我推着轮椅来到外面的走廊上，缓缓前进。此刻，我的协调性不是太好。警卫就在走廊尽头，看上去愁眉苦脸的。我跟他有点认识。大个子黑人警卫，名叫德克斯。"嘿，德克斯，"我一边推轮椅一边说，"管他什么规定，我们去参加聚会吧，我想见见小罗妮。"他只是看着我，摇了摇头。"拜托。"我说道。我朝着他眨了眨蓝色的眼睛。他会放我过去吗？见鬼，当然不可能。德克斯说："我有命令，你得待在这儿。"忽然间，我忍无可忍，这不公平，我要见罗妮。我鼓起全身的力量，试图从他身边冲过去。可惜德克斯转过身，堵住了去路，他抓住我的轮椅，使劲一推。我快速地倒退回去，一只轮子被卡住了，轮椅开始打转，我从椅子里翻了出来。好痛。真痛。我要是有鼻子，一定会撞出血。"该死的怪胎，你老老实实待在这儿。"我开始哭着咒骂他，而他看着我扶起轮椅，重新坐回去。我坐在轮椅上，瞪视着他。他也站在那里瞪视着我。"求你了。"我最后说道。他摇摇头。"那就把她叫来，"我说，"告诉她我要见她。"德克斯咧嘴一笑。"她很忙，"他告诉我，"她和萨拉查少校在一起。她不想见你。"

我继续瞪视着他，充满恫吓威胁的意味。他似乎并没有被吓到。这不可能吧，她和少校？她和脸色泛黄的老萨？不可能，他不是她喜欢的类型，我相信她的品味没那么差。快说这不是真的，伙计。我掉头前往自己的房间，德克斯移开视线。嗨嗖，我骗过了他。

爬虫的房间就在我隔壁，位于走廊的最顶端。一切就跟他走之前一模一样。我打开监视屏，拨弄着按钮，试图搞明白如何操作。此刻，我的头脑不是特别清醒，因此花了一点时间，但我最后还是成功了。我不断切换画面，调出疯人地窖里的一个个场景，欣赏着美利坚合众国的零碎生活片段，而这一切都拜爬虫聪明的幽灵所赐。每一个场景都有其独到的魅力。一群人在餐厅里敲击着桌子，就是我和罗妮下棋的那一张。两名身材魁梧的警卫在空气闸附近打斗，他们已经打了有一阵，脸上鲜血淋漓，我甚至看不清究竟是谁，但他们仍在继续，步履蹒跚，挥舞起巨大笨拙的拳头，盲目地袭向对方，嘴里发出阵阵闷哼，而周围还有其他人怂恿催促。斯利姆和拉斐尔倚在我的寝箱上，合抽一支大麻烟。斯利姆认为他们应该扯断所有电线，把一切搞乱，这样我就不能去时间旅行了。拉斐尔认为还是砸碎我的脑袋比较容易。所以，我觉得他并不喜欢我。也许我该把他从圣诞礼单上划掉。好在他俩都已经抽得太多，精神恍惚，根本干不成什么事，这对畸客来说倒是很幸运。又看过五六个场景之后，我终于不情不愿地切换到罗妮的房间，看她和萨拉查少校。

嗨喔，就像爬虫说的，其实你还能指望什么呢？

若我不对荣耀更爱惜，便不会如此深爱你。她步态优美，风情万种。但她并不是多么漂亮，1808年有更动人的女性，而班特正是那种能吸引她们的人，尽管雅格霍恩也许更在行。我的维罗妮卡只不过是遭到侵蚀与毒害的蜂巢里的一只女王蜂。他们已经完事了，正在交谈。或者说是少校在独白，上帝保佑他的灵魂，他又开始老生常谈，就像念诵冰激凌的口味。他躺在床上谈论斯韦堡，这个混蛋。"……只有百分之三十的概率会发生大屠杀，"他说道，"城堡很牢固，牢不可破，但俄国人数量占优，如果他们真的调来足够多的援军，克隆斯特的担忧或许会成为现实。但即便如此也没关系。由于刺杀行动，呃，规则将不起作用，他们会杀死城里的所有人，但斯韦堡将成为瑞典的阿拉莫，历史的分支应能再次汇合，有很大概率最终结果是相同的。"然而罗妮没有在听，她脸上露出一种我从未见过的表情，包含了醉酒、饥渴与恐惧，她开始往他下身移动，这种事只存在于我的幻想中，因此我不想再看，不，哦不，不，哦不。

叙赫特伦将军把指挥部设在赫尔辛基外围，这又是一个聪明的策略。当斯韦堡的加农炮射向他的所在，三分之一的炮弹落到了要塞理应保护的城市里，最后，克隆斯特只得下令停止射击。叙赫特伦利用这一机会得到完善的休整。他的住所宽敞舒适，从窗口望出去，越过一片白色冰雪，可以看到斯韦堡灰色的影子高高耸立。班特·安托宁上校忧郁地凝视着城堡，他和另一名克隆斯特的信使，以及护送他们的俄国人一起在前厅里等待叙赫特伦接见。最后，内侧的门打开了，一名神情肃穆的俄罗斯上尉走了出来。"将军现在就要见你们。"他说道。

叙赫特伦将军坐在一张宽大的木书桌后面，右手边站着一名助手。门口有一名警卫，上尉跟瑞典信使一起走进屋子。宽阔的桌面上有一个墨水瓶、一个吸墨器，还有两份签过名的通行证，能让他们通过俄军的防线，分别经由南北两条路前往斯德哥尔摩，觐见瑞典国王。叙赫特伦用俄语讲话，助手则提供翻译。命令已经传下去，他们将提供马匹，沿途也有健康的坐骑可以换乘。安托宁一边听着讨论，一边感觉到一种奇怪的空虚感和轻微的迷失感。叙赫特伦打算放他们走。他为什么要感到惊讶？毕竟这是协议的条款，是停战条件。随着翻译员单调的语声，安托宁愈来愈迷惑，愈来愈不安。在头脑中那声音的驱使下，他利用计谋来到这里，然而如今身处此地，他却不知道原因，也不知该怎么办。

他们将一份通行证交到他伸出的手中。也许是因为纸张的触碰，也许是别的原因，他忽然感到一阵压倒一切的强烈怒气，瞬间，周围的世界消失了，他看到别处的景象，看到另一间屋子，里面有裸露的身体互相纠缠，而屋子的墙壁则由浅绿色砖块构成。接着，他回来了，心中依然燃烧着怒火，但已迅速平静下来。所有人都瞪视着他。安托宁忽然惊愕地发现，他让通行证落到了地上，而他的手却握着剑柄，剑已有一半出鞘，从叙赫特伦的窗口射进来的阳光在金属剑身上泛出暗淡的光泽。假如他们反应够快，或许能阻止他，但他让众人措手不及。叙赫特伦开始从座椅上站起来，仿佛慢镜头。慢镜头，班特短暂地想道，那是什么？然而他知道，他知道。剑身已经完全出鞘，他听见上尉在身后喊叫，助手开始拔枪，但他不是快枪手麦格罗，班特先发制人占了上风，嗨嚯。他咧嘴一笑，将手里的剑掉了个头，剑柄朝向叙赫特伦。

"请接受我的剑，以及雅格霍恩上校的致意，长官，"班特·安托宁近乎惊畏地听见自己说道，"要塞已在你的掌握之中。雅格霍恩上校建议你扣留我们一个月，我完全同意。把我们留下，你可以确保胜利。放我们走的话，谁知道会出现什么意外，让瑞典舰队按时抵达。距离5月3日还有很长一段时间。在此期间，也许国王会死，也许马会死，也许你我会死。又或者，马会开口说话。"

译员收起手枪，开始翻译。另一名信使徒劳地提出抗议。班特·安托宁发现自己拥有雄辩的口才，或许连他的好友都会羡慕。他滔滔不绝地说着。有那么奇怪的一瞬，他感觉有点虚弱，肠胃一阵痉挛，脑袋晕乎乎的，但他知道这没什么可担心的，只是药物的作用而已，在遥远的彼方，一个黑漆漆的金属盒子里，有个怪物即将死去。虚弱感消失了，嗨嗬，这里的围城结束了，而另一边的围城将永远永远持续下去，但对班特来说又有什么关系呢，这世界就像一枚冰凉鲜嫩的珍珠大牡蛎。他相信这是一段美好友谊的开始，假如他愿意，也许真的能救那群家伙，不过得按照他自己的方法来做。

片刻之后，叙赫特伦将军点点头，伸手接过递上的剑。

班特·安托宁上校于公元1808年5月3日抵达斯德哥尔摩，向瑞典国王古斯塔夫四世·阿道夫递交了信件。同日，斯韦堡，固若金汤的斯韦堡，北方的直布罗陀，向处于弱势的俄罗斯军队投降了。

随着战争的结束，安托宁上校辞去了瑞典军职，移居国外，他先是去了英国，然后又到美国。他在纽约定居结婚，生了九个孩子，并成为一名具有影响力的知名记者，由于对未来趋势有着奇特的预知力，他广受尊重。事件的发展偶尔也会与安托宁的预测相左，每当这种时候，他总是很惊讶。他是共和党的创始人之一，他的文章帮助约翰·查尔斯·弗里蒙特于1856年当选总统。

1857年，亦即安托宁去世前一年，他在纽约象棋锦标赛中与保罗·摩菲对弈，他输掉了这盘著名的对局。赛后，安托宁只有一句评语："我能在骨牌游戏中击败他。"摩菲的传记作者们都很喜欢引用这句话。

何地何时

斯蒂芬·厄特利 / 著

袁枫 / 译

....

　　斯蒂芬·厄特利是位美国作家，德克萨斯火鸡城作家工作坊的创建人之一，该工作坊成员还包括布鲁斯·斯特林、霍华德·沃尔德罗普以及许多其他优秀作家。厄特利出版过五部短篇小说集，包括《魔鬼海》《野兽之爱》《何地何时》等。他的"志留纪"系列故事曾刊登于《阿西莫夫科幻杂志》《奇幻与科学杂志》《模拟科幻小说与事实杂志》以及许多其他载体。他编选的作品集包括《孤星宇宙——德克萨斯州科幻小说选集》（与乔治·W·普罗克托合作，1976年出版）以及《误以为人》（与迈克尔·毕晓普合作，2009年出版），还创作诗歌、幽默杂文以及其他非小说文类。2013年年初，厄特利去世，至今备受怀念。这篇小说最早于1991年刊登在《阿西莫夫科幻杂志》上。

—————— ⚙ ——————

　　"嗖"一下，我们消失了。突然之间，完全出乎意料之外，我跌跌撞撞地穿过缠结的茂密灌木丛，重重地摔进匍匐植物的捕

287

虫网里，呈现出半躺半挂的姿势，气喘吁吁，全身酸痛，瞠目结舌。头顶是网状的藤蔓以及枝杈交缠的矮松，缝隙之中瞧得见几块湛蓝的天空。周遭的环境幽暗静谧。接着，从远处传来源源不绝的噪声，嘭，噗——噗——噗，嘭。

那声音尚未完全消失，第二阵噪声响了起来，比前者更加刺耳，持续时间也更长，噗——噗——嘭，停住，噗——噗——噗，停住，嘭——嘭——噗。那声音持续了差不多有半分钟之久，甚至更长，在此期间，我心里产生了一丝令人不悦的怀疑。噪声刚刚停息，我充满希冀地将双手拢在嘴边，高声喊道："约翰！"

没人回应，只有又一阵绵延不绝的噪声。

经过几分钟的搜寻，我好歹找到立足之处，站了起来，远离那丛匍匐植物。我发现自己正站在斜坡上，周围矮松环绕，大概到我的腰那么高。我的手杖和水獭皮帽子都弄丢了，长长的络腮胡子上缀满了嫩枝、芒刺以及叶片。衣服不仅被扯破，还搞得脏兮兮的。在这个风和日丽的日子，我已经汗流浃背，全身黏糊糊的。我抬手抹了一把前额，抽回手的时候，掌心沾了一层泥。一阵自怜自哀的情绪涌上心头，我这辈子从未陷入过如此糟糕的境地。

我再次呼喊约翰的名字。这次有人回应，居然是"救命"。我尚未断定喊声究竟来自哪个方向，耳边传来其他嘈杂的声音：腿脚挥动的声音、烂木头断裂的声音、织物撕扯的声音，还有滔滔不绝的咒骂声。一女子径直冲过树丛，那树丛离我所站之处几码远。我并没有立即认出她，尽管不到一小时前，曾有人将我介绍给她，时间并不确切，只是出于我的主观判断。她跟我一样，也参加了约翰的派对，按说她应该还没离开才对。如今，她不但搞丢了无檐帽和阳伞，甚至发型也乱了，那可是她为这次旅程精心打理的发型呀，在枝丫、荆棘以及单纯重力的作用下，它早已变得不成样子。沿着她一侧精致颧骨的弧度，甚至还出现了一条颇长的血痕，只看她那副近乎疯狂的模样，恐怕眼前有只活獾，她也能生吞下肚。

"别傻站在那儿！"她厉声道，"我被困住了！倒挂在这该死的愚蠢灌木上了！"

我朝她走过去，但路十分难走。我穿着一双黑色惠灵顿长靴，裤腿耷拉到靴子遮住的小腿部分，跟长靴之间形成环状。我每走一步，裤管都会刮到一根树枝。我终于忍无可忍，停下脚步，拿出小刀。那把小刀是精致的19世纪仿品，锋利异常。我干脆用它把裤管割短，厌恶地将截下的部分丢进树丛里。

我刚刚走近，那女人一把抓住了我。我总要先喘匀气，就任由她在我身上靠了一会儿，然后才试着把她推出灌木，可无济于事。

我说："你难道就不能试试自己退出去吗？"

"要不是穿着这身行头，我准能做到。可现在，我连动都动不了。我这身衣服可以说代表着19世纪时尚的巅峰，简直就像将圆形马戏帐篷穿在身上，连气都喘不上来。他们还逼我穿了装有铁板的内衣。"

"他们总是搞不清某个时代的具体特征。"

"19世纪50年代的人，谁会去看我裙子下面究竟穿了什么？"

"好吧，你怎么也搞不懂，是吧？"我抱歉地朝她笑笑，但笑容中也夹杂着挖苦，这笑容绝对无法让她青睐我。我再次拿出那把值得信赖的小刀，走到她身后。从这个角度看，她更像是一朵硕大的花。套在蕾丝边长衬裤里的双腿，就是花的雄蕊。而数量众多且五花八门的衬裙，则是花瓣。

我说："我的天，你穿了多少条衬裙呀？"

"八九十条吧。"

"这些丝绸足够整个伞兵营用了。"

"才不是丝绸呢，是平纹细布。"

"管它呢。"

"放手割吧，割吧！上帝啊！"

我瞧着她衣服的材质，她则骂起来了，先是某个叫乔治的家伙，主意显然是他出的。然后是约翰，一切都是他的错。她正骂得起劲，接连不断的噗噗声再次响起。

"那是什么声音？"她问。

"哦，我可不想吓唬你，可——"

"吓唬我？"她煞有介事地瞪着我，"哎哟，你是说，发生了什么异常状况吗？你是想告诉我，这不是该死的水晶宫[1]？天哪，我怎么没想到呢！"

她倒挂在灌木上，极有可能还在时空穿梭中迷了路，心烦意乱倒也可以理解。不过，她话语中的讽刺还是让人有些不爽。我尽量不让她的恼怒影响到我，继续用小刀割她那一层又一层的衬裙。"依我看，咱们落脚的地点附近正进行着一场战斗，"我对她说，"我想那听起来像是爆米花的声音，其实是枪械正在开火，而且枪的数量很多。"

---

[1] 指水晶宫博览会，也就是1851年在伦敦海德公园举办的首届国际工业博览会。

"噢，太棒了，真是太棒了。听我说，既然已经被你占尽便宜，干脆再往上点，把这件紧身胸衣割穿吧。"

　　"你得先把你那边的扣子还是什么的解开，我才能把小刀伸进你的外套和衬衫里。"

　　我们又忙乱了几分钟。最后，她总算能够顺畅地向前移动，摆脱那棵灌木的同时，也脱掉绝大多数累赘的衣服。当然，她还穿着外套和衬衫，下半身则是长衬裤、长筒袜和靴子。我特别留意，没把她腰部以下的衣物全部去除，这样一来，现在的她穿着一条松松垮垮、参差不齐的齐膝裙装，装饰用的缎带和蝴蝶结已经湿透。她把手伸进仅存的衣服里面，开始向外猛拉，我则充当着旁观者的角色。她发觉我在看，就停了下来，直视我的双眼。

　　"女士脱胸衣的时候，绅士可不应该盯着瞧。"

　　"实在抱歉。"

　　我移开视线，她则又是咕哝，又是气喘。我又听到噗噗两声枪响，而且这两声与以往听到的有所不同，离我们更近一些。枪声响过，身后有人如释重负地长出一口气。不一会儿，只听骂声传来，接着飞来丝带、缎带又或者是带有毒液的卷须，最后，一件半硬半软的长方形奇异物体从我头顶掠过，暂时在一棵矮松的枝丫上安了家。

　　"好了，现在可以看了。"她爽快地说，于是我回头。她已经摆脱了要命的内衣的束缚，就站在我右侧偏上的位置，看上去三十出头，一头浅褐色秀发，倒是位颇具魅力的女子。她拢了拢飘在脸上的几缕发丝，掸去外套袖子上的泥土和树叶，细心地清理好脏兮兮的手套。一举一动让我暗暗倾心，那姿态当真是增一分则长减一分则短，恰如其分地使她靓丽如初。她向我迈出一步，主动伸出手。并非所有人在衣衫不整且发型凌乱的情况下，都能如此彬彬有礼、落落大方，我不由得肃然起敬。

"先前有人向我引荐过你，"她说，"可我不太擅长记人名。我是伊丽莎白·黑兹尔。"

"刘易斯·阿利斯泰尔。幸会。"我握住她的手，微微一躬向她致意。我有点入戏太深。她的嘴角闪过一丝笑意，她也略一屈膝，作为还礼。我俩跟约翰签了合同，答应扮演好自己的角色，可上帝做证，不管约翰在场与否，我们都将戏份做足了。

"好吧。"她说。她把手抽走的同时，放弃的还有刚才的礼节表演，好像这两者突然将她的身体凿穿，透出日光来。"现在，咱们去找约翰，他竟敢把我丢在倒霉的灌木丛里，我要宰了他。不，等等，首先我要起诉他，让他把得到的每一分钱都吐出来。还有学院。然后再杀掉他。"

"依我看，你没法儿告他，更告不了学院。你可是签了弃权声明书的——"

"哦，天哪，没错。那没办法了，我只要他的命好啦。"

"这种事情倒是可能会发生，可或许并不是约翰的错。"

"那会是谁的错？他是我们的向导。他应该清楚自己在做些什么，应该把我们安然无恙地送回19世纪50年代的伦敦。"她紧握双拳，又在腰间，悻悻地环顾身旁的树林，"我不知道咱们究竟在哪儿，但我确信，在这附近肯定碰不上维姬女王和阿尔伯特[1]。很明显，我们偏离了正确的时空轨道，可天知道，误差究竟是多少年，还是几英里，又或者时间和地点都出了错，这种可

---

[1] 指英国的维多利亚女王和她的丈夫阿尔伯特亲王。

能性最大。所以，行行好，别再为那个烂人辩护了，好吗？"现在，她正悻悻地瞪着我，"你到底是什么人，学院里研究责任法的小子？负责公关，还是什么？"

"我也是游客。买了票的，跟你一样。"我摆出一副懊悔的表情，让她知道我们在同一条船上，可她只用残羹冷炙般的热情回应了我。"我可没，没为约翰辩护，但我老早就认识他了，此前也跟他旅行过，而且我只是说——"我支吾着继续说。

"他是个烂人，你知道的。他根本没把时空旅行当回事。"

"重要的是——"

"我们出发前，他还只顾着调戏团队里的女士。"她装出发抖的样子，"让我全身起鸡皮疙瘩，他真是个卑鄙小人。依我看，成为卑鄙小人必然跟他所做的工作或者别的什么有些关系。很可能，使他拥有时空旅行能力的某种特质，也将他塑造成卑鄙小人。很可能，卑鄙到某种程度的该死鬼都能够穿越时空。"

等她就卑鄙小人的话题暂时发表完观点，我才开口："重要的是，约翰将会找到我们。无论我们身处哪个时空，只要置身恰当的矩阵之外，都已经成为这里的异数。只要我们留下蛛丝马迹，约翰在一百年内准能发现。"

最后一句是有关时间旅行的笑话，只不过是个老段子了。可她甚至连礼貌地笑笑都不肯："我知道咱们不会永远被困在这里，至少也要期待这种事情不会发生。可在那个蠢货赶来之前，咱们究竟该做些什么呢？"

"一旦出现这种事情，咱们本应待在原地，哪儿也别去，但从目前的情况来看，这显然不是个好主意。根据听到的声音来判断，战斗离我们愈来愈近了。"

她沉默了一会儿，说："你知道咱们究竟在哪儿，到底是什么人在外面大呼小叫吗？"

"从树木来判断，这显然是北方。"

"这确实缩小了范围。"

"从枪声来判断——"我无助地耸耸肩，"我学的是19世纪英国文学。"

她满脸阴郁地看着我。"这专业可有趣得紧呢，"她说，那腔调往往是女人们应对荤段子时用的，"恐怕你对森林求生也一无所知吧，是吗？比如说，如何判断咱们应该走哪条路？又或者，万一我们被困在这里，如何生火，如何寻找食物和水？一无所知，太棒了。我需要人猿泰山、伟大的拓荒者丹尼尔·布恩[1]，得到的却是一位娘娘腔的英国文学专家。"

我感到脸和脖子一阵发烧，心底则像是醋和小苏打搅拌在一起，汩汩地冒着泡。有时候，男人和女人若发生化学反应，其产物就是一枚臭气弹。我说："我无法想象，你怎么认为自己能够冒充一位教养良好的英伦女子，不管是19世纪，还是别的时代。"

"你说这话什么意思？"

"你到底怎么通过筛选的呀？天哪，你的口音还过得去——是哪里的口音呢？达拉斯？特克萨卡纳？然而，更糟糕的是，就那件事来说，真正的19世纪的妇女交谈时，可不会用那种s打头的词，也不会用f打头的词，还有从a到z的其他不体面的词。地道的19世纪的妇女甚至不会在心里想这些词。"

---

[1] 美国历史上著名的拓荒者。

不知道我是不是连她的宠物猫也冒犯了，第一次婚姻结束以来，我还从未在人类的脸上见过她那样好斗的表情："你对我说话的方式有什么意见？"

　　"我对你有意见，这样说更恰当些。但我更讨厌的是遭遇围攻。我们抵达目的地后，麻烦你别跟任何人说话，除非得到我的许可。要是你在女王面前来句国骂，很可能会引发骚乱的。"

　　"你认为我连装装样都做不到，哈？"她突然坐直身体，双手在膝部交叉，深吸一口气，死死地盯着我，眼神中闪耀的是来自更新世的万年寒冰。她接着说，语调异常冷静、异常傲慢，用的是恰如其分的文雅英语："只要用心，没有我做不到的，阿利斯泰尔先生，扮演教养良好的英伦女子也好，更具难度的角色也罢。"两相比较，她先前装出的彬彬有礼，简直像是原本放纵的疯女人与人拥抱致意并送上问候。

　　"我拥有历史及语言学学位，"她接着说，"也有过职业表演经验。我能说四国语言以及多地方言。"她顿了顿，轻声清清嗓子，声音再次发生了令人吃惊的变化。她这次用的竟然是布鲁克林卡纳西区口音。"第二次时空旅行，我见到了奥地利的安妮[1]。她是法国国王路易十三的女朋友。我把录音设备藏在了假发里面。"这次她再次换回德克萨斯东部的口音，"明白了吗，讨厌鬼？"

　　"好吧，我闭嘴。"我依言而行。

　　我们很可能应该坐在那儿，互不交谈，甚至不看对方，直到约翰找到我们，又或者地狱冰封。究竟何者先至，尚未可知，可

_____

［1］　西班牙公主，法国国王路易十三的妻子。

就在此时，又一阵枪弹破空之声传来，我俩均紧张兮兮，望向周围的树丛。光线仅能照到方圆二十码的地方，但在我听来，枪声就来自斜坡之上。我现在甚至能够听到有人呐喊，一个恐怖的想法涌上心头。如果来者是阿帕奇印第安人、纳粹又或者是其他残忍成性的野蛮人，那该怎么办？

伊丽莎白疑惑地环顾四周。"究竟是哪个蠢货，"她说，"竟然把军队派到这里来？"很明显，在她心里，没有人睿智如她。"这树丛里很可能有蛇，还可能有蜱虫。"我发现她的肩膀再次战栗起来。只不过，这次的战栗并非假装。"呸，蜱虫。"

"咱们离开这里吧。"我向山下一指，"依我看，咱们应该走这条路。"

"我也有同感，快点走。"

我们转过身，吃力地顺坡而下，每迈一步都有植物绊脚。仅是灌木好像还不够，山路本身也起伏不平，如同狂风肆虐的海面一般：我们走出没有多远，发现前面出现的是上坡路，于是只能艰难攀登；接着，山路再次转为下坡，这次又比先前更加陡峭。似乎树丛和支离破碎的山路还算不上最糟糕的组合。我俩的体力都应付不了原始丛林中的长途跋涉。走出还不到十码，她的长筒袜就已经成为记忆，时髦的长靴貌似也开始分解。我的双脚同样尝到了被靴子挤痛的滋味。

尽管如此，我们仍然继续前行，直到眼前出现一条缓缓流淌的小溪，蜿蜒曲折地将一道峡谷截断，峡谷并不算深，两侧却颇为陡峭。走到这里，我们已经几乎要瘫倒在地，大汗淋漓不说，全身沾满芒刺，各自差不多又添了三百处新擦伤。

我们总算离战场又远了一些，但还不算太远，自然也不够安全。枪声听上去仍然很近。我无法确定，因为我发现自己的表早已被从表链上扯掉，但据我猜测，我们用了将近一小时，至多只走了四分之一英里。

伊丽莎白跪在小溪旁的泥地里，浸湿了手帕。她边用手帕轻拭面部，边用惊喜且感恩的语调说："我渴极了。"

"我也很渴，但还没渴到要喝这种东西。"我捧起一些水，泼在自己脸上，"除非消过毒。"

"你的冒险精神去哪儿了？"

"今天早晨交通拥堵的时候，落在高速公路上了。我差点儿没能准时赶到出发点。"

"我敢打赌，你准希望自己真的没赶上。"她再次蘸湿手帕，往脸上涂抹更多的水，"我就希望自己错过了这次时空之旅。这简直是我这辈子最糟糕的相亲经历。"

我们竟然对着彼此大笑起来。精疲力竭的两人不再像之前那样拘束。

枪声听起来离我们很近了。

我说："咱们最好继续前进。"她嘴里咕哝了些什么，我们振作精神，继续向前跋涉。

我们顺着小溪，朝下游走去，峡谷变得愈来愈深，愈来愈宽阔，堤岸从我们的两侧拉伸，周围密密匝匝地长满矮松和小树。很快，我们已经看不到堤岸的外延，溪流本身也不断加宽、变深，仍旧曲曲折折地流淌着。脚下的地面变得如同沼泽。我们很快就耗尽了力气，不得不再次停下来休息。令人发疯的是，枪声似乎就在我们身后，比以往任何一次都更接近。

"约翰永远也来不了这里，找不到我们。"伊丽莎白说。

"他这次的任务确实很艰巨。"我伸出手,想要拍拍她的手臂,以示安慰,她却往后一缩,躲开我的手。

"喂!"她说,"别对我动手动脚的,好吗?"

真是个善变的泼妇,我心想。

我们不再看对方,耳边又传来一两阵枪声。

我听到她叹了口气:"我想,咱们最好还是走快一点。"

我仍然没转头看她,缓缓站起来,抓住一棵枯萎松树的树干,以稳住身形。可就在我手上方大约八英寸的位置,伴随着子弹的尖啸,一块茶碟大小的树皮突然炸裂开来,碎片和沙砾溅到我身上。我的手猛地缩回,动作快到让人怀疑是它自己做的决定,我花了两秒钟考虑,最终还是决定扑倒在地。我发狂似的望向四周,但映入眼帘的除了树,就是匍匐植物,还有悬在松枝间那一小股青色的烟。伊丽莎白仍然站在那里,她气冲冲地低头看着我,好像眼前的是个从未谋面的家伙,有意摔倒在她脚边,而且神情慌张。

"伊丽莎白。"我说。

"怎么会——"

我抓住她,将她拉倒在地,翻滚中一度压在她身上,事情发生在心跳一次的短暂瞬间,她完全没有料到,也无从做出反应。树丛依然静谧,除了类似蜂群发出的嗡嗡声,声音并不大,几乎也没什么特别之处,突然间,那嗡嗡声变成嘈杂的人声,似乎是成群结队的人在灌木丛中横冲直撞,大呼小叫,还有子弹破空的声音,这次离我们非常近,且比先前响得多,不再像做爆米花时发出的噗噗声,更像是将鹅卵石和干豌豆放在大葫芦里摇动发出的撞击声,愈来愈多的子弹在树丛中爆裂开来。某些呼叫声变成闷哼。种种声音如今就在我们身旁，我们不再是濒临战场，而是置身其中。我仗着胆大抬头观看，只看见浓浓的硝烟飘在树丛间。我赶紧缩回头，继续趴伏在泥地里，伊丽莎白则在我身旁。

随着硝烟在树枝下积聚，树林变得越发阴沉，空气中传来一股呛人的臭气，刺痛了我们的眼睛，烧灼着我们的喉咙，此刻，阵阵枪声的间隙，我们能听到有人发出惨叫和惊呼。在溪流下游，也就是我们的左侧，有人高声发号施令，但我们听得并不真切，接着便是穿越丛林的沉重的脚步声和剐蹭树木的沙沙声，继而是蹚水而行的扑通声。我瞥见影影绰绰地有人蹚过齐膝深的溪水，位置就在溪流离我们最近的弯折处。从上游传来轰鸣的枪响，树丛间闪动着橘黄色的火焰，惨叫连连，脚步声也越发嘈杂。

还有其他声响，树冠间狂风怒号，噼啪声和咝咝声相继传来。我想不出这些声音代表着什么，但嗅到的烟味又跟先前不同。几乎同时，伊丽莎白把嘴贴到我耳边，喊道："树林着火了！咱们赶紧离开这儿！"

说时迟那时快，火舌蜿蜒着掠过三棵相互倚靠的枯松，距离我们躺的地方只有二十英尺。伊丽莎白吃力地站了起来，我一把抓住她。

"你想被子弹击中吗？"

她猛地挣脱开："我可不想被活活烧死，或者闷死。"

"躬着身子，别那么着急！"

"快点，你要来的话！"说完，她快步蹚进水里。

宁可被枪杀，也不被烤熟，我下定决心，紧随其后。在齐膝深的溪流中涉水前行，齐脚踝的软泥吸吮着我的靴子。我俩身后，烈火陡然在岸边咆哮起来，似乎在树冠之间跳跃，转瞬间将所有易燃之物吞噬，将剩余的一切烧焦。空气中火星四射，炽热异常，浓烟滚滚，我们立即被逼到另一侧岸边。燃烧着的碎屑犹如一群来自地狱的魔虫，朝我们席卷而来，落到我们的脸上手上，每吸一口气，都像是吞了火烫的针。我们的头发和衣服悄然闷烧，伊丽莎白尖声叫喊，拍打着周身上下。我单臂搂住她的腰肢，将她的后背压进水里，两人双双没入水中。她挣脱开，在几英尺外浮出水面，语无伦次地说着什么，用手把挡住眼睛的发丝撩开。

"快跑！"我冲着她喊，"快跑！快跑呀！"

我们犹如在地狱中穿行，全身被灼起燎泡，被熏得几乎半瞎，快要窒息。

到处烈火熊熊，浓烟腾腾，惨叫连连，令人心中惶惶。

一次，我们听到岸边一处丛林中有人高声求死，说他不愿烈焰焚身而亡，但求快被射杀。他的恳求戛然而止，代之以凄厉的惨叫，持续了足有一分钟之久。伊丽莎白出人意料地紧紧抓住我的手，我感觉到她的指甲深深刺进我的掌心。尽管她满脸泥泞与烟尘，但还是遮不住那煞白的面色。

我们继续向溪流下游前行，大火从岸边一路烧进水中，不得不选择绕行，一人被烈焰裹住，步履蹒跚，没头没脑地想要逃出火海。他拍打着身上的火焰，发出骇人的呻吟声，他穿过丛林时，烧着的藤蔓将他拖缠住，好像要再次将他拉回到火海垓心。最后，他滑倒在对面岸边的污泥之中，激起一团沸腾的蒸汽，好像活活熔化在里面。

我禁不住双手掩面，跟着伊丽莎白快步向前走去。

火势尚未蔓延到的地方，则只有无尽的阴影，还有那始终不绝、如同来自地狱的枪声，忽近忽远。我俩再次陷入敌对双方的交叉火力之中，只能抵着芦苇丛生的堤岸躺倒，惊惧交加，紧紧抓着彼此，眼睁睁看着子弹射穿头顶的嫩枝，将树皮击得粉碎。双方的互射迅速攀上狂暴的巅峰，继而声息皆无，当真是来也匆匆，去也匆匆。

我俩侧耳倾听许久，确定近处不再有战斗的声音，伊丽莎白朝我身边倚过来，说："我就这样了，精疲力竭，还在泥里失落了一只鞋，我没法儿再往前走了。"

"可咱们留在这里并不安全。"

"在这片该死的沼泽里，咱们走到哪里都不安全。逃到别处也是死，倒不如干脆死在这里。"

"咱们不会死的。约翰——"

"噢，去他的约翰，去你小子的。"说完，她爬上湿软的堤岸，扑倒在相对干燥的地上。我无从选择，只能跟随她进入树丛。我也想不出自己这样做的理由，除了再次犯了入戏太深的毛病。我脱下自己千疮百孔的外套，主动递给她。她抬眼看看外套，又看看我，目光中流露出的完全是反感，直接拒绝了我的好意。整个交流过程如同沉闷的哑剧，我们都疲惫不堪，虽然还能表达不同意见，却无力上演真正的争吵。她卷起自己的外套，当作枕头，脑袋刚一挨上，就沉沉睡去。我也累得要死，且又渴又饿，却忧心忡忡，无法入睡。约翰究竟在哪儿？

夜幕降临，可枪声并未完全停歇，丛林大火也未熄灭。我仍能听到周围断断续续的枪声，不时被喊声打断，空气中弥漫着烧焦的气味，火光映红了丛林，也映红了天空。距离我们不足二十码的地方，一团火焰骤燃，我上前查看动静，却在火光的照耀下，目睹松树残余的树桩之间，横七竖八地躺着众多死人。烈火烧到他们身上，将他们烤焦，他们穿的衣服已经无法辨认，只留下一阵阵令人作呕的焦肉气味，在四周飘荡。我刚想转身离开，几具烧焦的尸体之中，却有什么如同鞭炮般爆裂开来——显然是久久不息的火焰将死者弹囊中未曾使用的弹药点燃了。

我回到伊丽莎白身边，倚坐在一棵树下。我隐隐约约闭了会儿眼睛，再度睁开时，树林里弥漫着微弱的灰光，不知何处，有只鸟儿在呱呱叫。

站在我前面的，竟然是个陌生人。

他穿着一身深色衣服，破旧不堪，满是灰尘，手持一杆短筒猎枪，样式古旧但看上去颇具威力。枪口宽大，容得下一根香蕉，如今正指着我的腹部。他腰部右侧悬着的皮套里，还有一把同样古旧的左轮手枪，左侧的背带上挂着一把木质水壶。他那顶黑色宽边软帽也不如昔日那般光鲜，其边缘投下的阴影遮住了他脸的上半部分，只能看清其长满胡须的脸颊以及冷峻的嘴巴。

我高举双手，掌心向前。

他用猎枪大概指了指火场的方向，拖长声调发问，声音低沉柔和：“你目睹了一切？”

我想找回正常的嗓音，脱口而出的却仍是沙哑的低语：“是——是的。”

“你有什么想法？”

“太——太糟糕了！”

那陌生人微微向后仰头，冷峻的嘴巴显露出的像是一丝别扭的微笑：“哦，我不这么认为。那些是头一批北方佬，看着他们被烤熟，我还挺开心的。”

我心中产生一种异样的感觉，就好像冰冷的手指正在抚弄我的肩胛。

"跟视频里的可大不相同，"他说，"是吧？"

"你也来自未来！"

"你俩亦非来自这里。""亦非"二字听上去更像是故弄玄虚。"就算没有发现你们的踪迹，我也能分辨得出。最坏的估计是你俩遭遇了时空倒错，"他瞄了一眼伊丽莎白，"最好的估计则是你们来错了地方。"

伊丽莎白仍在熟睡，膝盖屈起，双臂环绕在脑袋旁边，像是要予以保护。我跪在她身旁，轻轻摇晃她。她咕哝了一声，抬了抬身子，可也仅此而已。

我再次摇晃她的身体，这次，她发出任性的呻吟声，翻身变为仰卧，用干涩的舌头舔了舔皲裂暗沉的双唇，透过拱起的胳膊肘，向外张望。

"同伴。"说着，我向陌生人的方向点头示意。

她眨眨眼睛，不明就里。我扶着她坐了起来，她这才注意到他。他们彼此端详了一会儿。

"他也是时空旅行者。"我告诉她。伊丽莎白似乎放下心来，但我不知道该如何向她解释清楚。

"从你们的衣服来判断，"他说，"或者说衣服残存的部分吧，我可以说，你们只不过是两个迷路的游客。"当他说到"游客"这个词，并未掩饰其语调中透露的鄙视。

"我想，她应该是记者之类的——"

"纪录片制作人！"

"我所属的大学是——"

他不耐烦地挥挥猎枪，打断了我的话："你俩原本要去何处？"

"英格兰伦敦市的水晶宫博览会，"我说，"1851年。"

"是吗？那样的话，你们偏离了十二年左右，外加几千英里。这里是弗吉尼亚——"

"弗吉尼亚！"我和伊丽莎白齐声惊呼。

"时间是1864年，5月的第一周。"

他的话让我们烦恼不已，却也只能乖乖承受。过了一会儿，伊丽莎白握拳击打着自己的膝盖，大喊道："约翰究竟在哪儿？"

那陌生人嘴里发出"嘘"声，示意伊丽莎白安静，又将手指放在自己嘴边，提醒她别嚷嚷："据我猜测，你们的向导正努力分辨你俩的踪迹。这附近过去几年发生了多次战斗，接下来的一段时间，战斗也将会继续。钱斯勒斯维尔大战[1]就发生在去年。可无论规模大小，发生在过去或者将来，每场战斗都有其特殊的观众族群。你们只是间接目睹了它们。在我看来，你们无法真正看懂，因为你们本就是旅客。但在我眼中，这整个战场其实纵横交错——就像是夜深之时端详一张长时间曝光的高速公路旧照，那一条条光纹。但这场战斗并不仅仅是长时间曝光的照片，而是两倍、三倍乃至百倍曝光的照片。"

"可否给我们点水喝？"

那陌生人显然正就热衷的话题侃侃而谈，伊丽莎白却将他打断。他收住话头，怒目而视，似乎还未缓过神儿来。

"我们渴极了，"伊丽莎白接着说，"从昨天起，我们就没

---

[1] 美国南北战争期间的主要战役之一，发生在1863年四五月份。

喝过任何东西。另外，我们也饿得要命。"

他又盯着她看了一会儿，接着调整了猎枪的位置，将水壶绕过头顶，取下递给了我。我拧开壶盖，将水壶递给伊丽莎白。

"你可真够殷勤的。"说着，她接了过去。

"千万别呛着。"陌生人警告她。

她果然呛到了，咳嗽起来。

"活该，"那陌生人说，"小口喝。"

她又猛吞一口，再次咳嗽起来。

他显然发觉伊丽莎白不理睬他的话，便对我说："不能给你们吃的。我只带了些硬面饼和一点咸肉，自己还要靠它们撑几天。再说，吃东西只会让你们更渴。等不到变成饿殍，向导就会找来，带你们回家的。"

"回家以后，我准会向人们提及你对我们的关怀。"伊丽莎白说，讽刺的腔调又呼之欲出，这样做有些冒险。我应该阻止她才是。

"若你回家以后别向人们提及我对你们的关怀，我倒是会感激不尽。"

伊丽莎白将水壶递给我，我举到唇边，小心翼翼地呷了一口。水还是温的，但有股怪味。我脑袋里闪过一个念头，很可能蝌蚪曾经在这水里畅游，或许现在还在里面，但我不在乎，充满感激地吞咽下去。接着，我又想到，那些尸身上的烈火也可能熄灭在这水里，想到这里，我赶紧拧好壶盖，将水壶物归原主。他又把它背在身上。

"你们最好躲在这儿，直到向导赶来。谁都不想看到时空旅客丧命于此，因此，你二人切莫引人注意。这地方对你们来说太危险。事实上——"他再次露出微笑，"对任何人来说，这都是危险的所在。这丛林之中，到处是南北两方的士兵。你们终将脱离整条战线。"

他不再多言，转身就走。

"等等！"伊丽莎白喊道，"我们能否先跟你的旅客待在一起，直到我们的向导赶来呢？"

"我不带旅客。"说着，他已经逐渐走远。

她仍在身后央求着："你能否带我们回家？"

他停住脚步，侧过身子，伸手碰碰帽檐。"女士，"他说，"这里就是家。"他大步流星地离开了，很快便消失在我俩的目力及听力所及的范围之外。

我突然意识到自己一直在屏住呼吸，连忙吐出一口气，像泄了气的皮球，跌坐在一棵树旁。

"这家伙，"伊丽莎白嘟哝着，"可真是个怪人。"

"事情远比你想象的复杂。"

她好奇地看着我，我却把头扭向一边，双手和双膝都颤抖不已。我对美国内战知之甚少，却记得曾经读到过，或者是听人提及，北弗吉尼亚是北美的兵家必争之地之一。若想目睹美国内战，造访弗吉尼亚是最好的选择。若想直播美国内战，且有能力达到目的，自然不会带些旅客当拖油瓶，完全可以在此时来到此地，无限期地留在这里，绝不会错过参与其中的机会——或许怀有改变战争结果的疯狂念头，即便不是，那么或许只是想要体验屠杀带来的疯狂快感。

想到这里，我又感觉那冰冷的手指正沿着我的脊椎磨蹭。

"他说这里是家，"伊丽莎白问，"你认为他到底是什么意思？"

"依我看……"我刚开口就停住，在心中问自己，是否真的想继续下去，告诉她我认为他的意思是这里是杀人的绝佳场所。答案显然是否定的，于是我耸耸肩，撒了个谎："我可想不通。"

接下来，我俩不再说话，在树丛中几乎挨在一起坐着，心惊胆战的同时，还要时刻保持警惕，她倾听着远处持续不断的交火声，我则留意任何或许是那陌生人回来的动静。他不愿我俩的尸体出现在自己的杀戮场，但这样的想法并未让我心安。有反社会情节的人，改变主意又何足为怪。终于，我俩真切地听到脚底踩碎树木的声音，感到惊恐万分，双双扯着嘶哑的嗓子，小声惊叫起来，但转身一看，从树后走出的竟然是约翰。他朝我们露出微笑，那开心的态度让我俩怒从心头起。他说："我相信，你们基本上毫发无伤。"

他还穿着我俩上次见面时的那身行头——带条纹的毛料西装加水獭皮帽子。头发完美地卷成波浪状，整个人全身上下似乎找不到一点尘土。

刚一见他，伊丽莎白就忍不住咆哮起来，那嗓音像是猫咪被门夹住尾巴时发出的尖叫："你到底去哪儿了？"

他笑吟吟地望着她。"哦，就在附近。来这儿之前，当然是在博览会现场。我还以为英格兰所有人都去那儿了呢。"他拽了拽领带，又将了将胡子，视线越过伊丽莎白，向我投来男人间那种尴尬的笑容，"如果有人告诉你，19世纪的妞儿个个都是丑八怪，又或者她们都不懂如何玩得尽兴，可千万别相信。"

"约翰，"伊丽莎白说，"只要稍微想想，我就恶心得快要吐了。"

他笑着回应。"我一直不知道你俩丢了，至少，刚开始不知道。我们抵达伦敦时，"说着，他非常刻意地看向我，"你没在，"接着，他又同样刻意地看向伊丽莎白，"她也没在，我当时只以为你俩被人群挤散了，又或者结伴去了哪里。"

我身旁的伊丽莎白发出厌恶的哼声："得了吧！"

针对约翰的话，我也做出回应："来这儿之前，我俩甚至不认识彼此，尽管现在已经熟识，可似乎仍然不太喜欢对方。"

"真遗憾呀。她虽然全身都脏兮兮的，可模样真的不丑呢。"

伊丽莎白径直朝约翰冲了过去，嘴里骂个不停。虽然他足有她两个半大，但连连后退，异常优雅地在植物的残骸间挪动着脚步，而她则伸出两只满是污垢的手，去抓他的衣领。然而，她光着一只脚，脚底的植物碎片之中隐藏着芒刺，她刚开始详尽描述他求偶的习惯，就发出一声惨叫。她抓住自己的脚，向后跳了几步，坐在一根倾倒的树干上。

我不禁问自己，能够带自己前往心仪的地点和历史时期关系密切的人，为何是约翰那家伙。认识他这么久，我不止一次心酸地问过这个问题。我朝伊丽莎白走去，跪在她面前："让我看看你的脚。"

"哦，上帝，这是什么？你看到血就会兴奋，还是——哦！真该死！"

我把芒刺拿给她看，然后丢到一旁。"约翰，"我说，"把你的手帕给我。"

我发现他从口袋里抽出手帕时，表情颇为痛苦，心中不禁涌起某种满足感。"这是真丝的，真丝的。"他说。

"真丝就真丝吧，约翰，那又怎么样？"

"啊，哎哟。"

"天哪，"我给伊丽莎白裹脚的时候，她低声说，"作为一个在丛林里连自己屁股都找不到的家伙，你现在活脱脱就是个童子军队员呀。"

她说这话的语调，几乎可以用温柔来形容。这大出我的意料，我抬头看着她的脸。她的脸上闪过一丝微笑，我迟疑片刻，还是以微笑回应。帮人取下脚底的芒刺，绝对是联络感情的绝佳方式，这种方式当真被大大低估了。我感觉自己就像是帮狮子取掉芒刺的安德鲁克里斯。

接着，她的注意力又从我和她的脚转向约翰，人立刻化身即将爆发的培雷火山[1]。

"嘿，"他对她说，"饶了我，好吗？这次短途旅行，我还有其他旅客要操心。把你俩搞丢了，我很抱歉，但你们清楚事情的缘由。这种微不足道的滑移确实会发生。"

培雷火山轰然喷发："这次微不足道的滑移差点儿要了我们的命！"

"可事实上，你们并未因此送命。我意识到你们真的掉了队，立刻赶来找你们。而且，现在我已经找到你们了，不是吗？是吧，不是吗？"

伊丽莎白给出了肯定的答案，可仍然余怒未消。我却没有回应。我累得要命，只想快点回家，虽然他惹恼了我，但仍在可以忍受的范围之内。这个自命不凡的家伙，早已把你签下的弃权声明书藏在某个安全的地方，幸好这样的家伙只有他一个。

---

[1] 位于加勒比海东部西印度群岛的马提尼克岛北部、活动最频繁的活火山之一。

听到枪声又在溪流下游回响，我俩四下张望。约翰则用略带责备的口吻说："伙计，今天似乎所有人的情绪都不太好。可是，正像我所说的那样，很抱歉花了这么长时间才找到你们。你们真的不知道现在这附近有多少时间旅行者，就在此时此刻。随处可见他们的踪迹，我是说，到处都是。新的踪迹也有，旧的踪迹也还在。谁会想到，居然有这么多人想跑来看两帮全副武装的暴徒，在这么个穷乡僻壤你追我赶？原谅我吧，谢了。"

"咱们离开这儿吧，"我不耐烦地说，"战斗又要打响了。"

他点点头，可还是说："你的冒险精神去哪儿了？"

"跟我的幽默感在一起吧，搞丢了。"

"伙计，我也这么想。好啦，快点，登上通往21世纪的特快列车吧。"他向前迈了几步，哀怨地看了一眼自己那双洁白无瑕的手套，勉强朝我们伸出手。我握住一只，伊丽莎白刚要去握另外一只，却又缩了回去。

"我的手脏得很，"她对约翰说，"千万别弄脏了你这双漂亮又干净的手套。"

她伸出双手，故意用他的西装前襟擦拭自己那脏兮兮的手指。

"好多了。"她宣布，接着把那仍然污秽的手指跟他的交缠在一起。

约翰叹口气，说："女士，你哪里有女士的样子呀？"

"少废话，"她说，"快带我们回家吧。"

我感到一阵头晕眼花，眼前发黑，接着，我们三个就穿过树冠，一起飘浮到空中，全然不理会重力以及什么尖利的树枝。现在，我们置身开阔的天空，我俯瞰一望无尽的森林，瞥见下方及前方的一条路上，有一支长长的队伍。

不过，也仅仅是一瞥而已。不透明的灰白色烟雾仍然萦绕在树丛间，四处耸立着深色的圆柱形物体，某些则被红橙色的火焰笼罩。目力所及的范围之内，整个世界都模糊不清，弥漫着一层气味刺鼻的半透明雾霭。

　　在我身旁的约翰说："我甚至遇到跟我们来自同一时代的访客，这对我来说还是头一遭。某位历史学家带着一帮研究生，他们可真是群逗比的家伙，听我给你讲。当我问起时空穿越的事情，他们一个个嗤之以鼻，说透露这些事违反规章。规章？我说，那个老家伙只是咧嘴冲着我笑，还不停地告诉我，有朝一日，世上会出现法律，还有警察呢。你能想象得出吗？警察！"

　　记起那陌生人说到北方佬被烤焦时露出的微笑，我点点头，更多是对我自己，而不是对约翰。警察，我当然能想象得出。

　　转瞬间，我们已经穿越时空。

时空吉普赛人

埃伦·克拉格斯 / 著

袁枫 / 译

....

　　埃伦·克拉格斯这位美国作家出版过两部广受好评的青少年小说:《绿玻璃海》赢得了斯科特·奥德尔奖、新墨西哥州图书奖以及朱迪·洛佩斯纪念奖;《白色沙滩,红色威胁》则赢得了加利福尼亚州及新墨西哥州图书奖。她创作的短篇小说曾经获得星云奖、雨果奖、世界奇幻奖以及坎贝尔奖提名。她在旧金山生活,那座不算大的房子里,满是稀奇古怪的东西。《时空吉普赛人》1998年首次发表于尼科拉·格里菲斯以及斯蒂芬·佩格尔编纂的《风景转向:科幻小说》。

✦

1995年2月10日,星期五,下午五点

　　我刚进门,同办公室的泰德就又一次向我发问,还是那么咄咄逼人:"你了解放射性平衡吗?"

　　"一无所知,怎么了?"

　　"那很重要。"他拿起一本绿色封面的书,颜色早已变淡,

"我在1945年的《天体物理学杂志》里面，找到这篇了不得的文章，作者是钱德拉塞卡[1]。关键是，我去借这本书的时候，图书管理员竟然告诉我，自从1955年以来，我是第一个把它从书架上拿下来的人。你能相信吗？居然再也没有人读过它。"他又打开那本书，"噢，顺便提一句，钱伯斯来了，说要找你。"

我"砰"一声把怀里抱着的书扔在自己桌子上。雷蒙德·钱伯斯博士可是物理系的系主任、诺贝尔奖得主，就算在伯克利也是绝对、绝对的大拿。据说，他目前正参与某项高度机密的政府项目，再次前往瑞典领奖几乎是十拿九稳的事情。

"没错，他想让你去趟他办公室，立刻就去。他提到萨拉·巴克斯特·克拉克。她就是那个50年代的怪咖，对吧，就是神秘死亡的那位？"

我眨眨眼睛："就是她。我的学术论文研究的就是她和她的著作。"真希望我另带了一件毛衣，这件两个手肘的地方都破了洞。我本打算在图书馆待一天的，可没想去拜访物理系的头头儿。

泰德目瞪口呆地看着我。"没多少年轻科学家选择那样的课题，哈？你博士后阶段也要研究这个？世界可真疯狂。"他把书放下，伸了个懒腰，"我先撤了，实验室要忙的事已经拖了一周，那可是真正的科研工作，你知道吗？"

我甚至没理会他。新学期开始刚刚一个月，他从第一天起就不断找我麻烦——嫌我是女人，说我是拉拉，还拿我快三十岁的年龄说事。他真是个蠢货，但我还有其他事要担心。比如钱

---

[1] 印度裔美国物理学家及天体物理学家，曾因在星体结构和进化方面的研究，与威廉·艾尔弗雷德·福勒共同获得诺贝尔物理学奖。

伯斯博士，他会不会因为发现我研究的竟是个怪咖，就炒我的鱿鱼？

自从孩提时代，萨拉·巴克斯特·克拉克就是我的偶像。我老爸是个技术兵，负责雷达系统，我们经常搬家——六个月住在雷克雅未克，六个月住在新泽西的利堡。妈妈经常说我们是吉普赛人，想将这种居无定所的生活描绘得像是探险。但我八岁的时候，妈妈和哥哥杰夫在关岛遭遇公交车事故，双双丧生。那之后，我们的生活彻底失去了探险的意味。

爸爸在雷达方面很在行，照顾小女孩却不太行。他不怎么理解我，依我看，恐怕因为我跟他有太多不同之处。十岁的时候，他给我买来裙子和玩具娃娃，却搞不明白我为什么想要一摞地下室里被图书馆抛弃的旧物理杂志。我喜欢科学。尽管不停搬家，但这一点始终没变。我告诉老爸，自己长大后要成为科学家，他却说，科学家都是男性，女孩子长大嫁人就好。

我一直相信他的话，直到我在其中一本旧杂志里了解到萨拉·巴克斯特·克拉克。她是英国人，就读于麻省理工学院，二十二岁就拿到理论物理学博士学位。在伯克利，她发表了三篇出色的文章，只不过是在最籍籍无名的刊物上。1956年，她出席了斯坦福大学举办的一场国际物理会议，被安排就她个人的第四篇论文发表演讲，这篇论文本身极具争议。她当时只有二十八岁，也是与会的唯一女性。

然而，没有人清楚她最后的论文究竟探讨了什么。发表演讲的前一天晚上，她的车失去控制，冲下恶魔海岬的一处峭壁，恶魔海岬位于旧金山南部海岸的偏远之处。她的尸体被冲进大海。关于这起事故的报道在次日的报纸上仅占了两英寸见方的篇

314

幅——就位于报道暴力抢劫的头条下面——但仍在物理学界引起小小的骚动。没有找到她的论文或者注释，其实验室也被洗掠一空。秘密就此石沉大海。

我对她的秘密深感着迷，就像其他孩子被阿梅利亚·埃尔哈特[1]所吸引。在我的想象世界里，萨拉·巴克斯特·克拉克和自己有很多相似之处，我经常假装自己是位像她那样的科学家，甚至在更多孤独的夜晚，装作在跟她对话，直到最终进入梦乡。

因此，考取物理学硕士学位后，我又获得科学史博士学位，研究课题正是她。或许要是我略微实际一点，不是那样着魔，我现在也不会坐在钱伯斯博士办公室外面的沙发上，择着毛衣上想象出来的线头，努力掩饰着自己的担心。我以前在初中教过一年自然科学，如果失去研究员的资格，我想自己可以重操旧业，可只是想想，我就感到沮丧不已。

终于，那位大咖的秘书按铃让我进入办公室。钱伯斯博士皮肤松弛，"聪明绝顶"，身上的西装整洁完美。他的办公室飘着柠檬味抛光剂以及烟斗用烟丝的味道。整间办公室嵌着木板，铺着长毛绒地毯，还有一张足有一英亩见方的红木桌子。我论文的复印件放在桌角。

"麦科洛博士，"他挥手示意我坐下，"你似乎对萨拉·巴克斯特·克拉克很有研究。"

"她是位了不起的女性。"我紧张兮兮地说，希望自己将对话引入了正确的方向。

---

[1] 美国著名飞行员，首位独自飞越大西洋的女性，1937年在飞跃太平洋期间神秘失踪。

"的确如此。你对她最后的论文，也就是从未公开过的那一篇，有什么见解？"他拿起我的论文，翻到用淡绿色百事贴标记出的那一页。"探讨实用性时间动力学？"他点燃烟斗，透过缥缈的烟雾望着我。

"我当然希望能够读到。"我这么说无异于冒险。如果能够得到那篇论文的副本，我愿意付出一切代价。说完，我等待着他的抨击，批评我研究早死多时的怪咖简直是在浪费学术生涯，这似乎已经不可避免。

"真的吗？你真的相信克拉克发现了时空旅行的途径？"他问，"时空旅行，麦科洛博士？"

我下了更大的赌注："没错，我相信。"

钱伯斯博士接下来的话让我大吃一惊："我也相信，甚至对此很有把握。我曾经跟她的助手吉姆·肯尼迪共事，他在事故发生后几个月选择退休。我花了整整四十年时间，想搞清楚当时不幸失却的究竟是什么。"

我盯着他，一脸的难以置信："您已经完善了时空旅行？"

他摇摇头："尚未完善。但我向你保证，时间动力学绝对是真实可行的。"

突然，我两腿一软，坐在他桌旁那张铺着软垫的皮椅上，注视着他，问道："您真的做到了？"

他点点头："过去四十年，针对时间动力学进行了大量研究，当然，是在高度保密的状态下。政府为此投资巨大。但近期，高强度重力场理论的几项关键发现，使我们终于能够打造出行之有效的时间动力舱。"

我简直无法相信这一切。"您为什么要见我？"我问。他探身抵住桌角："我们需要一个人，去跟克拉克博士聊聊。"

"您的意思是，她还活着？"我的心不禁狂跳。

他摇摇头："不。"

"那……？"

"麦科洛博士，我之所以批准你进入这所大学，正是因为你对萨拉·克拉克及其著作的了解甚深，超过我们此前找到的所有人选。我将给你一次机会，这绝对是一生只有一次的良机。"他清清嗓子，"我将把你送回1956年，参加那次国际实验物理学会议，帮我搞一份克拉克最后那篇论文的副本。"

我仍然目不转睛地看着他。这似乎是某种试探，但我不清楚他期待怎样的答复。"为什么？"我最后问。

"因为我们的仪器虽然能够正常工作，但实用性不强，"说着，钱伯斯博士把烟叶往烟斗里塞了塞，"重力场所需的能量极大。唯一并非遥不可及的原料是劳伦斯实验室研制出的同位素，但只够一次时空旅行的往返。我相信，克拉克不见踪迹的那篇论文里面有解决我们动力问题的方案。"

经过了这么多年，听到有人如此认真地看待克拉克博士的研究，我不禁有些困惑。因为早已习惯了为她辩护，我甚至不知道该如何回应。我自动退回到科学家模式——超然且理性："假定您的时间动力舱能起作用，您建议我怎么去找克拉克博士呢？"

他拿起一张乳白色的硬纸片，递给我："这是周五晚上那场会议欢迎酒会的邀请函，在圣弗朗西斯酒店举行。很遗憾，我无法参加，那周我要回一趟东部，家里有点事要处理。"

我看着手里的铜版纸。我的文件里也有欢迎酒会邀请函的复印件。拿着一张货真价实的邀请函，感觉真的很奇葩："这能让我顺利进入酒会现场。接下来，您想让我主动向萨拉·巴克斯特·克拉克介绍自己，请她把尚未发表的论文复印一份给我？"

"简单地说，如果需要的话，我可以给你些钱，帮你，呃，说服她。说实话，我不管你怎么做。我要的是那篇论文，麦科洛博士。"

他似乎有些激动，声音低沉却刺耳。我怀疑，钱伯斯博士想借助论文中的研究成果，追求更多的荣誉，甚至希望再次拿下诺贝尔奖。我沉思片刻。克拉克博士会把一切都留给吉姆·肯尼迪，她的助手兼未婚夫。就算钱伯斯如愿获得所期待的荣耀，或许仍然能够找到某种方法，补偿那些脚踏实地从事研究的人。于是，我随口说了个不小的数字。

"依我看，三万美元应该差不多。"我抓住椅子扶手，紧张地用大拇指摩擦那抛光木料光滑的表面。

钱伯斯博士似乎要提出反对意见，但最后只是挥挥手："好，好，不管需要多少钱。这个项目的资金不是问题。正像我说的那样，我们拥有的同位素只够为一次时空之旅的往返提供能量——也就是你这一次。如果你能够顺利将论文带回来，我们就能继续发展这项技术，让更多次时空之旅成为可能。否则——"他的话就此打住。

"有其他人尝试过这种时空旅行吗？"我警觉地问。我隐约感觉自己或许只是实验用的小白鼠，最终的结果通常是沦为牺牲品。

他半天才说话："没有，你将是第一个。根据记录，你没有家人，这可是实情？"

我点点头。我父亲两年前去世，我最长的恋情仅仅维持了半年。但钱伯斯并未将我斥为自由主义者。尽管我仍然和南希住在一起，但我认为他不会将她视为我的家人。"这需要冒很大的险，如果我拒绝呢？"我说。

"我们将复审你的博士后申请，"他耸耸肩，"我想你会很愿意换家大学试试看。"

我只能孤注一掷。我尝试衡量所有可能性，做出理性的决定，但根本做不到。此刻的我不像什么科学家，而像十岁的孩子，摆在眼前的恰恰是梦寐以求的东西——跟萨拉·巴克斯特·克拉克见面的机会。

"我接受。"我说。

"很好。"钱伯斯的语调有所调整，节奏明快，有条不紊，"你将于一周后的今天出发，具体时间是早上六点三十二分。你不能携带任何1956年以后生产的东西——内衣裤、衣服、鞋、手表。我的秘书有当地古旧衣物商店的清单，还有不少当时的时尚杂志。"他嫌恶地看着我的牛仔裤，"请为欢迎酒会选身合适的衣服。你的发型能打理下吗？"

我留着短发，但绝不是特立独行的那种，在90年代的伯克利绝对不会让人感到扎眼。就像是早期的披头士留的那种发型——我还是个小姑娘的时候，他们管它叫"精灵短发"——只不过，我又高又笨，怎么看都不像是小精灵。我不自然地捋了捋自己的头发，摇摇头。

钱伯斯叹口气，接着说："很好。现在我们的目的是取回克拉克的手稿，你也得带点东西，当然是那个时代的东西。我会给你一份我自己论文的草稿。你还将得到那个时代的驾照和大学教员证件，外加几袋当时的货币。周一上午十一点三十七分，你将带着手稿返回，没有第二次机会，你明白吗？"

我点点头，他那种居高临下的口吻让我有些不爽。"如果我错过了期限，就会被永远留在过去。除了您，克拉克博士是唯一可能将我送回家的人，只不过，她周一上午就不在了，除非——？"我故意没有把话挑明。

"绝对不会发生那种事。时间动力学有条永恒不变的法则，麦科洛博士。你无法改变过去，我相信你会牢记这一点，对吗？"他站起来说。

我俩的会面就此结束。我带着生命中最劲爆的消息，离开了钱伯斯的办公室。真希望有个人能接我的电话，听我倾诉这一切。哪怕有个人能帮我去买适合的衣服也好呀。

1995年2月17日，星期五，早晨六点二十分

勒孔特大楼地板上摆着一个储物柜，柜子并不宽敞，闪烁着微光，里面是装满橡胶手套、实验用长袍以及铺巾的盒子。跟校园的其他地方不同，物理系大楼过去四十年从未改建过。储物柜自始至终放在那里，但在星期五早晨六点三十分，它不太可能被填得满满当当。

我坐在水泥地上，后背抵着墙壁，穿着50年代的衣服。我本以为自己会紧张，但不知为何，感觉特别坦然。我拿着从7-11便利店买来的现磨咖啡，喝了一小口，咖啡依然温热。我冷眼旁观，因为我在这部分实验中没有扮演任何角色，只不过是小白鼠。钱伯斯博士的助手小心翼翼地跨过我伸出的双腿，对我四周的电池做最后的调整。

我那块古旧的天美时手表显示，时间恰好是六点二十八分，

钱伯斯博士出现在门口。他把厚厚一袋皱巴巴的钞票以及他的论文拿给我看——论文是用笨重的橡胶带打印机手打出来的——然后将两样东西都塞进一个破旧不堪的皮质公文包里。他把公文包放在我的膝盖上，伸出手来。当我也伸出手想要跟他相握时，他却皱起眉头，拿走了我手中的咖啡。

"祝你好运，麦科洛博士。"他的话更像是例行公事。他再也没有说什么，对一只小白鼠，又有什么可说的呢？他看了看表，接着把咖啡递给一位穿着黑色T恤的男士，那男人输入了最后一行代码，熄了灯，关上门。

我坐在黑暗之中，心里开始发毛。此前从来没有人尝试过时空旅行。我不清楚双腿下面压着的那块微凉的油布会不会成为自己最后感觉到的东西。仪器开始轰鸣，汗水从我双乳之间滴下。有那么一瞬，我极度紧张。没有声音，没有震动，没有任何我可以量化的东西。好像全世界所有的指甲突然同时在黑板上刮擦，与此同时，氧气全部转化成铅。我被一种极霸道的力量压倒在地板上，全身的毛发都竖立起来。就在我感觉已经无法忍受下去的时候，轰鸣声停止了。

我的脉搏加速狂跳，我感到天旋地转，还有些恶心。我坐了一会儿，甚至有点期待钱伯斯博士推门进来，告诉我实验失败，但没有人进来。我试着站起来——我的右腿彻底失去了知觉——摸索着寻找门附近的电灯开关。

借助仅有的灯泡的光亮，我发现那台仪器消失不见了，但灰色的金属架上堆放着一模一样的盒子，盒子里装的是手套和铺巾。右腿麻得要命，我只得倚着一个棕色纸板箱，上面用钢印出的字样是：贝塞德洗衣房，旧金山3，加利福尼亚。

我愣了一会儿，才意识到究竟哪里不对。一是那些毛巾的款式非常古旧，二是我似乎身处没有邮政编码的时代。

我走出那个储物柜，跟跟跄跄地顺着空荡荡的走廊往前走，脚下的高跟鞋踩在油布上咔嗒作响。我想寻找其他证据，进一步确认自己究竟身在何处。我仔细端详的第一个房间是个实验室——黑色板条桌前面摆着高高的凳子，桌上放着本生灯，灰色的盒子里满是刻度盘和开关。每个实验台上都放着计算尺。

我真的完成了穿越。

1956年2月17日，星期五，早晨七点

这个细雨霏霏的2月清晨，校园里没什么人，电报大街也是如此。街灯仍未熄灭，灯光是白色的，并非钠灯射出的黄光——雾气蒙蒙，沿街店铺红绿色的霓虹灯隐约可见。我感觉自己就像马可·波罗，在既陌生又熟悉的世界航行。建筑物没有变化，但店面和招牌像是舞台布景，又或者《生活》过刊杂志中的照片。

我花了一个多小时，步行来到市中心。店铺的每扇橱窗，路过的每辆汽车，都让我心生迷惑。我感觉自己像是处于微醺状态，边走边专注地看着四周的景致，却无法融入其中。或许是色彩的缘故。随着我慢慢长大，颗粒状的黑白电视节目重播以及50年代的彩色电影逐渐消失在时间长河之中，但当眼前的世界不再蒙着一层细微的粉橘色，我心中感到惴惴不安。

咖啡和熏肉暖暖的香气迎面飘来，我禁不住走进一家不起眼的小饭店。我点了特别套餐——鸡蛋、熏肉、土豆煎饼和面包。端上来的面包沾满不断往下滴落的黄油，果酱则是装在玻璃瓶里，而不是小塑料杯里。吃完算账，竟然只要五百五十美分，我

很慷慨地留了一角钱小费。搭乘黄色的F路巴士，驶过沙塔克大街，街上跑的黑色雪佛兰的挡泥板都是圆柱形，偶尔还能看到奢华的斯蒂贝克。

巴士上全是上班族——男人们穿深色外套，戴帽子，女人们则是裙装配帽子。我穿着订做的套装，倒是没感觉格格不入。让我感到惊讶的是，大家看上去都不像来自50年代——未来世界复古的50年代——渗透到90年代的50年代。没有狮子狗裙，也没有鸭屁股头。所有男人都让我想起老爸。有个戴着灰色帽子的男人在看《纪事报》，我也在背后偷瞧。艾森豪威尔考虑连任。旧金山警察局局长承诺加大打击犯罪力度。漫画专栏最顶端的是花生漫画，卡斯特罗剧院正在上映的是洛克·哈德森[1]主演的电影。没有什么太新鲜的内容。

跨越海湾大桥时，我发现眼前的旧金山竟然那么小，不禁有些惊奇。目力所及的范围内都是石头切割后砌成的建筑，没有玻璃钢铸就的摩天大厦。一辆绿色的市政电车载着我驶过市场街，前往鲍威尔街。我入住全市最豪华的酒店，圣弗朗西斯酒店。房间的花费比在廉价的汽车旅馆待一晚还要少。

我所有属于这个时代的东西都摆在桌面上——钱伯斯的手稿、里面夹着驾驶证的棕色皮质钱包、伯克利的教员证件、二十三美元的零钱、今晚欢迎酒会的邀请函，还有那三万美元，都是成捆儿的五十大钞。我从其中一沓的最顶端抽出三张，把剩下的塞进抽屉，用酒店乳白色的标徽盖住。我必须换掉这套衣服和这双鞋。

---

[1] 20世纪五六十年代好莱坞最红的男演员之一。

我在沃尔沃斯便利店买了牙刷及其他洗漱用品，还有一个锡质闹钟，上面画着"年轻的宇航员汤姆·科比特"。我在巴黎城服装店挑了一条皱褶裤、一件牛津布衬衫以及羊毛衫，又在梅西男装店买到一件粗蓝布长裤和两件T恤衫，可以睡觉的时候穿——每样只要六十九美分。一位态度傲慢的店员见我走进童装部，只是冷眼旁观，我只好编出侄子小比利这个人物，给他买了双黑色篮球鞋，尺码正好合适我穿。

冲完澡，换好衣服，我努力整理思绪，但还是激动得坐不住。再过几小时，就将真的和萨拉·巴克斯特·克拉克共处一室，我无法分辨自己究竟是担心还是激动。我整个下午毫无目的地在市中心徜徉，像个游客似的东看西瞧。

1956年2月17日，星期五，晚上七点

重新穿上高跟鞋和订做的休闲西装，我来到迎宾宴会厅门口，递上邀请函。身穿无尾晚礼服的年轻人往我身后张望，似乎他认为我后面应该还有其他人。过了一会儿，他清清嗓子。

"那么，您丈夫是……？"他边问边浏览着那份打印的名单。

"麦科洛博士，"我冷静地说，平视他，"钱伯斯先生出城去了，他托我代替他来赴会。"

他犹豫片刻，接着点点头，在一张白色卡片上写下我的名字，把卡片别在我西装的翻领上，像是朵胸花。

步入A宴会厅，满眼都是灰色西装、平头、领结以及深黑色边缘的玻璃杯。几乎全是男人，这倒在我的意料之中，他们大都在抽烟。稍远的角落里有几个女人，全都穿着亮色系短裙，梳着光滑如橄榄球头盔的发型。芭比文化的女性先祖们。

走过的侍者递给我一小块点心，我欣然接过，缓步朝那个角落走去。哪位是克拉克博士？我在距离女人们几尺远的地方站住，扫视她们的名牌。尼尔斯·玻尔[1]太太、理查德·费曼[2]、欧内斯特·劳伦斯[3]。我由衷感叹这次确实精英云集，但眼前这些女人都失去了自己的名姓，又让我感到灰心丧气。我露出鸡尾酒会上该有的空洞笑容，离开角落里的太太团，扫视整个宴会厅。灰西装里零星能看到几件蓝西装，可毫无例外地都是男人。难道我来得太早？

我想找个安全的角落，最好有棵能隐住身形的盆栽棕榈，这时，突然听到有个男人高声说："那么说，克拉克博士，你会尝试威尔斯的路线，是吗？简直是浪费纳税人的钱，所有这些都只存在于科幻小说里，难道你不这么认为？"

又听到有个女人回答："我可不这么想。或许等这次会议开到周一，我就能改变你的想法。"我还没看到她，但她的声音悦耳又饱满，带着点欢快的节奏，又或者是方言的味道——她嗓音所提供的线索之中，有一条表明"我不是美国人"。我的脚钉在地毯上，动弹不得，这让我惊讶不已。

"吉米，你能不能找找看，哪儿还有香槟？"我听到她问。我看到灰色海洋之中有什么在移动，于是截住一名侍者，从他的托盘里拿了两杯香槟，这一举动连我自己都感到吃惊。我迈步朝她声音传出的方向走去。"这里有，"我说，尽力不让自己的手

---

[1] 丹麦物理学家，1922年诺贝尔物理学奖得主。

[2] 美国籍犹太裔物理学家，1965年诺贝尔物理学奖得主。

[3] 美国物理学家，1939年诺贝尔物理学奖得主。

打战，"我这儿还有一杯。"

"你可真有办法呀。"她笑着说。我惊讶于她居然比我要矮几英寸。我忘记了现在的她跟我年纪相仿。她拿起细长的酒杯，向我伸出另一只手。"萨拉·克拉克。"她说。

"卡洛尔·麦科洛。"我触及她的手掌。整个宴会厅似乎突然变得异常明亮，四周的说话声都变成了低语。我一度认为自己穿越回了1995年，但没有发生任何戏剧性的变化。我只是呆呆看着她，瞠目结舌，甚至忘记了如何呼吸。

自从十岁那年起，不管与家人生活在哪座城市，我都会将萨拉·巴克斯特·克拉克的照片摆在书桌上。照片是我从那本旧物理杂志上裁下来的。那张有颗粒感的黑白照片，也是我见到过的唯一的她的照片。照片里的她，始终是我渴望成为的榜样——能力出众，态度认真，全身上下每一英寸都是如假包换的科学家。她穿着白色实验服，戴一副无框眼镜，头发拨到脑后。一位身穿同款式实验服的秃顶男士，正拿设备的配件给她看。两人都表情严肃。

那张照片的每个细节，我都记得清清楚楚。但我不知道她的头发竟然是红铜色的，也不知道她的眼睛绿得如此深邃、如此明亮。直到这一刻，我才知道她原来也会笑。

站在她身旁的纤瘦金发男子打破了我的白日梦："我是吉姆·肯尼迪，萨拉的助手。"

吉姆·肯尼迪，她的未婚夫。我感觉就像自己最爱的那部小说中的角色一股脑儿全活了过来，一个接着一个。

"你不是太太团成员，对吗？"他问。

我摇摇头："刚刚进入博士后阶段，我来加州只有一个月。"

他微笑着说："那么，咱们可以说是邻居了。你研究哪个领域？"

我深吸一口气："时间动力学。我对克拉克博士十分仰慕。"那个言语粗鲁的男人怒气冲冲地瞪了我一眼，抽身离开去寻找其他目标了。

"真的吗？"克拉克博士转过身，惊讶地挑起眉毛，"那样的话，咱们应该聊聊。你——"她说了一半又打住，用很低的声音骂了一句，"见鬼。是威尔金斯博士，我可要堆出笑脸。他是美国国家科学基金会的头面人物，而我需要资金。"她喝了一大口香槟，只剩下透明玻璃杯，"吉米，你为什么不给麦科洛博士再搞杯喝的，看看能不能说服她跟我们共进晚餐。"

出于礼貌，我开口推辞，但吉米抓住我的手肘，指引我穿过人群，来到一张没人坐的沙发前。半小时后，我俩已经对量子场理论进行了深入的探讨，此时，克拉克博士出现在我们面前，说："咱们悄悄溜走，怎么样？我都快饿死了。"

我们好似共谋犯一般，从侧门偷溜，顺着楼梯来到街上，又从鲍威尔街乘坐缆车，跨越诺布山，来到北滩，这里是整个旧金山意大利风味最浓厚的区域。我们走上哥伦布塔，来到一家我最爱的餐馆——新比萨——我发现这里跟四十年后几乎没有多少不同，差异最大的就是价格。

侍者拿来一瓶卡夫卡红酒，一组三个短粗的酒杯，接着我们吃了顿便饭——配红色酱汁的意大利面，外加几块热气腾腾的脆皮蒜香面包。萨拉·巴克斯特·克拉克畅谈她的工作时，我始终保持沉默，静静聆听。接着，她又快活地回答了我这辈子想问的所有问题。她才华横溢，令人着迷，又楚楚动人。不知不觉间，我的食物竟然被吃了个精光。

享用咖啡和意大利式冰激凌时，她又一次坚持让我直呼她萨拉，并问起我自己的研究。我几次发现自己讲错而住嘴，几次差点儿引用史蒂芬·霍金以及其他数十年后才会发表的著作里的金句，可欲言又止。这次谈话真的妙趣横生，让人愉悦。我无法将这也归入钱伯斯的应办事项。我们一直畅聊到人去餐馆空，才起身离开。

"睡前去喝一杯怎么样？"我们刚走出店门，她提议道。

"我就不去了，"吉米不愿同往，"我明天上午八点三十分还要参加一场座谈会。你俩不妨同去，纸娃娃已经不远。"

不知为何，萨拉白了他一眼，接着摇摇头。"别开玩笑，詹姆斯。"说着，她瞥了我一眼。我不明就里地耸耸肩。这似乎是他俩之间的私密玩笑，而我没法儿理解。

"想想而已。"说完，他亲吻她的面颊，独自离去。萨拉和我朝维苏威酒吧走去，那里是凯鲁亚克、费林盖蒂以及金斯伯格造就"垮掉的一代[1]"的酒吧之一。应该说将要造就。我想，我们目前所处的时间还要早上几个月。

萨拉又点了一瓶干红。在她身旁，我感到害羞，或者说是胆小，我想。与她见面曾是我多年的梦想，我希望她能够喜欢我。随着我俩开始交谈，发现彼此竟然极其相像：都度过了孤寂的童年，都是家中独女；都曾恳求得到化学用具，却未如愿；家人都希望我们学会如何熨衣服，而不是了解什么离子。第二杯酒喝到一半，萨拉叹了口气。

---

[1]　"二战"后美国的文学流派，前面提到的三位作家都是其中的代表人物。

"噢，真倒霉。一切都是老样子，你知道的。仍然全是嘲讽和冷落。为了在老男孩俱乐部获得一席之地，我拼尽了全力，真的感觉厌倦了。周一那篇论文是我五年辛勤工作的结晶，可所有与会代表拿我当笑话看的不在少数。"她的手越攥越紧，将手里的纸巾揉成一团，一滴泪水顺着面颊流了下来，"你是怎么忍受这种事的呢，卡洛尔？"

我该怎么对她说？我之所以能够忍受这一切，正是因为你。你是我心目中的英雄。我总是问自己，如果换成萨拉·巴克斯特·克拉克，她会怎么做，继而坚定意志，克服重重困难。但现在，她不再是英雄。她是那样真实，这个女人就坐在桌子对面。眼前的萨拉不再是我心目中那位不可战胜、永远讲求实际的科学家，她跟我一样年轻、一样脆弱。

我想要减轻她的痛苦，就像作为想象中的导师，她总能够减轻我的痛苦一样。我伸出手，按住她的手，她身体紧绷，但没有把手抽走。我感觉她的手是那样柔软，我想要触摸她的秀发，轻抚她后颈处红色的鬈发，甚至吻去她面颊上咸咸的泪水。

或许，我始终迷恋着萨拉·巴克斯特·克拉克，但我不能爱上她。她没有出柜，又比我年长四十岁。而且在内心深处，现实那冷酷的声音不断提醒我，她两天后就将殒命。我实在没办法将死亡与眼前这个充满活力的女人联系起来，她正活生生地坐在烟雾缭绕的北滩酒吧里。我也不愿意那样做。我又喝了两杯酒，希望酒精能够让心底的声音闭嘴，让我足够长地享受这短暂的时刻。

我们仍在交谈，指尖磨蹭着疤痕累累的木质桌面，这时，酒保宣布打烊。"噢，真见鬼，"她说，"我过得实在太愉快，投入到错过了最后一班渡船。真希望我有足够的钱打车。我的雪佛兰搁在伯克利的停车场了。"

"真可笑，"我听到自己说，"我在酒店订了个房间，跟我回去吧，明早再去搭渡船。"这绝对是酒后之言。我不知道如果她答应，自己会做些什么。我只是无比渴望她会答应。

"不，我不能打扰你。我干脆——"她先是提出反对意见，接着又打住，"哦，好吧，那么，谢谢你啦，你真是太大方了。"

于是，我们一道返回酒店。凌晨两点，奢华的酒店大厅空无一人。我们乘电梯上楼，两人都不说话，陷入令人昏昏欲睡的沉默。共处一室时，这种沉默更添几分尴尬。我连忙把新买的衣服整理好，从唯一的那张床上拿下来，招呼她坐下，又从皱巴巴的玻璃纸包装袋中取出一件T恤衫。"穿这个吧，"我把T恤衫递给她，"虽然不漂亮，但还是能当睡衣来穿。"

她望着放在膝盖上的T恤衫，还有我怀里抱着的工装裤和黑球鞋，脸上浮现出异样的表情。接着，她叹了口气，是那种听起来很痛心的长叹。这是我见过针对T恤衫最奇异的反应。

"就算去纸娃娃也没问题，不是吗？"她轻声问。

我迷惑不解，没有继续拆另一件T恤衫的玻璃纸包装，倚着化妆台。"我想是吧。我没去过。"她似乎有些为难，于是我继续往下说，"可我有很多地方都没去过，我对旧金山还不熟悉，只是刚刚来到这里。我还不认识什么人，没有好好四处转转。纸娃娃是什么地方呢？"

她愣了一会儿接着说，声音小得像在说悄悄话："是个女性主题酒吧。"

"哦，"我点点头，"好吧，那很好。"为什么吉米会建议我们去同性恋酒吧？尤其是让他的未婚妻去那种地方，这确实很奇怪。他不知怎么猜透了我？又或许他只是认为，我们俩夜里去那种地方比较安全，因为——

我所有的冥想——以及其他理性思维——都戛然而止，因为萨拉·巴克斯特·克拉克站了起来，双手捧住我的脸，轻柔地吻上我的唇。她后退几步，隔开几英寸的距离，注视着我。

我无法相信竟然会发生这种事："你难道——吉米难道——"

"他是我最好的闺蜜，实验室里的拍档。可爱情？没有，只不过是保护性伪装，对我俩来说都是如此。"她回应道，同时抚摩着我的脸。

我不知道如何是好。我所有的梦想都将于今晚实现。但我怎么能吻她呢？当我清楚一切注定终结，又怎么能够让它开始？她准是看出我犹豫不决的神情，因为她似乎有些畏缩，开始向后退。我不能让她离去，还不能。我伸手揽住她的后颈，把她拉了过来，开始第二段长吻。

1956年2月18日，星期六，早晨七点

光从窗帘的缝隙射进来。我独自躺在陌生的床上，认定昨晚的一切只是场梦，可接着就听到淋浴的声音从浴室传来。几分钟后，萨拉出现在我面前，正在擦她的头发。她微笑着俯下身——温暖、湿润、散发着肥皂的味道。

"我得走了。"她低声说，亲了我一下。

我想问是否还能再见面，想把她拉倒躺在我身旁，拥抱着她，几小时都不放开。但我只是抚摩着她的头发，什么都没说。

她坐在床边。"我十一点要做个实验，今晚在斯坦福还有个

讨厌的鸡尾酒会。我本来不想理会，但肖克利[1]会出席，他是下次诺贝尔奖的大热门，因此，我必须得到场。那之后见面好吗？"

"好的。"我说，接着轻声追问，"在哪儿见？"

"你不妨乘火车南下，七点半我在帕洛阿尔托车站接你，咱们开车去海边吃晚餐。穿那条漂亮的黑裤子吧。如果天不是太阴，咱们就在海滩上散散步。"

她从地板上捡起那件皱巴巴的西装——昨晚她把衣服扔在了那里——穿戴整齐。"那么，七点半见啦。"说完，她吻了我的脸颊。门"咔嗒"一声关上，她离开了。

我躺在床上，裹着被单，身体蜷缩着，头埋进枕头里，就像只心满意足的猫。就在我几乎又要进入梦乡时，一幅画面闯入我的脑海——一辆扭曲的雪佛兰出现在恶魔海岬下的礁石上。就像是噩梦的片段，在清晨的阳光下并不十分真切。但究竟哪场梦才是真的呢？

直到昨晚，萨拉·克拉克之所以那样令人感兴趣，部分原因是她谜一般的死亡。就像阿梅利亚·埃尔哈特，又或者詹姆斯·迪恩[2]，她曾经是璀璨的明星，却猝然离世，又因此成为传奇人物，变得非同凡响。但她的唇亲吻我脸颊的感觉仍未消散。她是那样鲜活，尽管钱伯斯警告过我，我仍要竭尽所能，阻止灾难的发生。

---

[1] 美国物理学家，1956年诺贝尔物理奖获得者。

[2] 美国男影星，二十四岁时因车祸去世。

1956年2月18日，星期六，晚上七点二十分

帕洛阿尔托火车站的月台寒风凛冽。真开心我带了件毛衣，但里面穿着毛衣，外面再套上西装外套，双肩的位置感觉有些紧，勒得我不太舒服。我看完报纸，正盯着火车车次表，这时萨拉出现在身后。

"嘿。"她她穿了件深色羊毛大衣，里面配一条米色竹节裙，风姿优雅。

"嘿。"我伸手想要拥抱她，她却向后退却。

"你疯了吗？"她说，对我怒目而视，"你到底在想什么？"她双臂抱在胸前。

"对不起。"我不知道自己哪里惹她生气了，"真开心又见到你。"我说话都有些犹犹豫豫。

"没错，好吧，我也很开心。但你不能只是——哦，你知道的。"说着，她挥了挥手。

我什么都不知道，只好耸耸肩。她气恼地望着我，接着转身打开车门。我在人行道上犹豫片刻，感觉有些迷惘，然后才钻进车里。

与我在90年代开的丰田相比，她的雪佛兰感觉要大得多，而且没有安全带。我们开车穿过帕洛阿尔托，沉默的气氛让人尴尬，车子驶上蜿蜒曲折的两车道公路，这条公路正是通往海边的。我俩的第二次约会显然不太顺畅。

大约十分钟后，我再也忍不下去："我为那次拥抱道歉，我想，在这里拥抱还是了不得的事情，是吧？"

她略微侧过头，双眼仍然盯着前路。"这里？"她问，"那么说，你来自哪个乌托邦？"

我一整天都在城里乱逛，感觉有点迷迷糊糊，又或者是被爱情搞得晕头转向，却为此刻感到担忧。我又怎么能够告诉她我来自何处，来自何时？就算是我来到此地的理由，又能告诉她多少？我数到三，然后重数一遍，接着给出答案："来自未来。"

"真是有趣。"她说。从她的口气，我听得出她感到很伤心。她扭回头，仍然直视前方。

"萨拉，我没开玩笑。你在时空旅行方面的研究仅停留在理论层面。我确实在加州大学读博士后，时间是1995年。物理系主任，钱伯斯博士，派我回到这里见你。据他说，他获得诺贝尔奖之前，曾跟你和吉米共事。"

她没有回应，将车靠边停下，熄了火，转头看着我。

"雷蒙德·钱伯斯？诺贝尔奖？吉米一直说，那家伙连自己的实验都做不好。"她摇摇头，接着点了根烟，将火柴弹出窗外，落入黑暗之中。"雷蒙德安排你来演这场戏，对吗？吉米上学期给他的评分太低，他因此想要实施报复？好啦，这个玩笑开得太烂。"说着，她把头转向一边，"我见过不少残忍至极的人，你绝对是其中之一。"

"萨拉，我没开玩笑。请相信我。"我把手伸到驾驶位，握住她的，但她使劲挣脱开。

我深吸一口气，绞尽脑汁想找出证据说服她："我知道，这听上去有些疯狂，但请听我说。今年9月，《现代物理》杂志会刊登一篇介绍你和你研究成果的文章。我十岁的时候，那是1975年，跟老爸住在奥德堡的营房里，当时我就坐在营房后门读那篇文章。正是那篇文章，让我爱上自然科学。我读到你的事迹，深知一旦长大成人，我希望能够真的穿越时空。"

她把烟掐灭："说下去。"

于是，我将自己整个的学术生涯向她和盘托出，当然还有钱伯斯交给我的"任务"。她仔细聆听，没有打断我。车里光线昏暗，我看不到她的表情。

我说完之后，她没有搭腔，接着叹口气，说："信息量太大，实在很难消化，你懂的。但既然我对自己的研究充满信心，自然也应该有几分相信你的故事，不是吗？"她又点了一根烟，提出我始终担心的问题，"那么，如果你穿越时空，为的是用一大笔钱买我的论文，这是否意味着论文又或者我本人出了什么事？"我仍然看不清她的脸，却听出她的声音在颤抖。

我不能告诉她，我不能那么做，只好编造谎话以求蒙混过关："发生了火灾，许多论文都不见了，你的论文恰恰是他们想得到的。"

"你那个时代的加州大学，我已经不在教员名单上，是吗？"

"没在。"

她深吸了一口烟，问得声音很轻，轻到我几乎听不清她的话。"难道我——"问题只问了一半，她再度陷入沉默，接着又叹了口气，"算了，不问了，我想，我也像其他普通人那样八卦。你真是个危险的女人，卡洛尔·麦科洛。恐怕你告诉我的太多事情，我其实并不应该知道。"她伸手去按点火开关，又中途停住，"不过，有一件事我必须确认。昨晚也是你精心计划的一部分吗？"

"天哪，当然不是。"我探身去抓她的手，这次她没有挣脱，"不，我不知道。除了在欢迎酒会上找到你，昨晚发生的一切都跟科学无关。"

让我颇感宽慰的是，她竟然咯咯笑了起来。"那么，或许跟化学有关吧，你不这么认为吗？"她瞥了一眼后视镜，拉着我跨过宽敞的前座，把我拥入怀里。黑暗中，我们久久拥抱着彼此，亲吻着彼此。她的唇稍稍有点杜松子酒的味道。

我们找了家餐厅，俯瞰半月湾海滩的美景，悠闲地吃了顿晚餐。新鲜的鱼搭配干白葡萄酒。我急于告诉她照片的事情，告诉她她对我有多重要。但我刚开口，就意识到她现在对我而言已经越发重要，于是，我干脆把一切讲给她听。整顿晚餐，我们始终痴痴地凝望着对方，就像是普通的恋人一样。

餐厅之外，天气阴冷，微风吹拂，扑面而来的是强烈的海水咸味和海藻味。萨拉脱下高跟鞋，我俩走上布满沙砾的小路，在黑暗中十指交缠。几分钟之内，我们都快冻僵了。在空无一人的海滩上，我把她拉向我，亲吻她。"你知道我想做什么。"我说，声音压过海浪拍岸的轰鸣声。

"什么？"她靠在我的脖子上，低声问。

"我想与你共舞。"

她摇摇头："不行，在这儿不行，现在也不行。这样做是违法的，你知道的。或许你不清楚这一点，但恐怕事实就是如此。警察们曾经在城市里大肆搜查，两个男人在一家酒吧牵着手，直接导致这家酒吧被吊销了营业执照。警察将这两个男人当流氓逮捕起来，理由是——哦，用的是哪个词来着——行为下流放荡。"

"流氓？太过分了！"

"这是报纸的原话——有伤风化的不道德行为。被逮捕的两个男人中，有一个是吉米的旧相识。他在斯坦福大学研究工程学，但名字和地址被报纸曝光后，他丢掉了工作。在你来的那个年代，情况依然如此吗？"

"我想不是，或许在某些地方仍是那样，我真的不清楚。可惜我对政治不感兴趣，我从来没必要对那种东西感兴趣。"

萨拉叹口气，说："那肯定很了不起，不用一直偷偷摸摸了。"

"我想是吧。"但我担心的并不是这件事，并为此产生了些许负罪感。可石墙骚乱[1]发生时，我只有四岁。等到上大学时，我公开出柜，那时候，同性恋已经不再被视作变态行为，反倒成了一种生活方式。至少在旧金山是这样的。

"确实不再需要那么遮遮掩掩，"我顿了顿，接着说，"去年，有二十五万人参加了同志骄傲大游行。沿着市场大街载歌载舞，高举标牌，宣扬身为同性恋多么美好。"

"你在拿我开心，不是吗？"我摇摇头，她则微笑着说，"好吧，我很开心，很开心这种政治迫害终会结束。几个月后，等我的设备研制成功，并且正常运转，或许我会穿越到你们的时代，在游行队伍中手舞足蹈。但今晚，咱们为什么不直接回我家？我刚刚买了台新的高保真音响。"

因此，我们沿着海岸往回走。这种老式轿车有一大优势，就是前座像沙发般宽敞。萨拉驱车沿着高速公路前行，我俩并肩而坐，我的手搁在她的大腿上。大海就在我们左侧，水波不兴，宛若漆黑的真空，接着，路面开始爬升，海面消失不见，取而代之的是参差不齐的峭壁。驾驶室一侧的道路则急剧变窄，我们已经接近恶魔海岬。

我感觉自己即将进入电影的恐怖片段，而且是部以往看过的电影，因为我知道接下来会发生什么。我右手紧紧抓住椅套，以

---

[1] 1969年6月27日，发生在纽约的一次同性恋者与警察间的暴力冲突。

备有车迎面而来，又或者石块松动等其他紧急状况，总之会让我们的车打滑驶离公路，摔到岩石上。

可什么都没发生。萨拉开着车，嘴里还哼着歌。我意识到，虽然这个地方让我倍感恐惧，对她来说却毫无感觉。至少今晚是这样。

路面再次变得平坦，这里荒无人迹，只有几块标牌透露出文明的迹象。一块标牌上写着"夏普公园"，标牌那边是一处拖车营地，用一串裸光灯泡勾勒出边界。路对面是家破破烂烂的酒馆，闪烁着的霓虹标牌上写着"黑兹尔酒吧"。停车场上塞满了车。茫茫荒野中的周六深夜。

我们又向前行驶了一百码，萨拉突然打个响指，掉头往回开。

请别回峭壁那边去了，我在心中默默祈求着。"怎么回事？"我高声问。

"黑兹尔酒吧。吉米上周跟我提过那里。那家酒吧几乎已经成为同性恋者的聚集地，由于它位于两个县的交界，又是灌木丛生的乡野，他说那里几乎百无禁忌。自然也包括跳舞。而且，我想我刚才瞥见了他的车。"

"你确定吗？"

"不确定，但现在没有几辆1939年的帕卡德还上路了。如果不是他的车，咱们就继续前进。"她拨转方向盘，驶进停车场，在靠后的位置找到车位，一边是垃圾桶，一边是大海。

黑兹尔酒吧里人声鼎沸，烟雾弥漫，只是小小的一个单间，房间一侧设置了吧台——四壁间的空间里挤满了人。足有几百之多，大多数是男人，但女人的数量也不算少。我走近些看，才发觉其中一些"男人"其实是女性，梳着背头，系着领结，穿着运动外衣。

我们搞到两杯啤酒,在舞池边缘发现了吉米的身影。所谓舞池只不过是一块面积不大的方形油布,不超过十平方米,随着投币式自动点唱机里播放的比尔·哈利和他的彗星乐队[1]的歌,几十人在油布上翩翩起舞。吉米穿着粗花呢夹克,配斜纹棉布裤,搂着一个年轻拉丁佬的腰,那拉丁佬身穿白色紧身T恤,配更紧的蓝色牛仔裤。我们从人群中挤过去,萨拉吻了下吉米的脸颊,说:"嘿,亲爱的。"

他显然吃了一惊,甚至有点错愕,没想到能在黑兹尔酒吧碰到萨拉。但当他发现我跟在萨拉身后,便露出笑容,说:"我说得没错吧。"

"詹姆斯,你根本就是一知半解。"萨拉微笑着说,伸手搂住我。

在这家燥热拥挤的酒吧里,我们跳了几支舞。我褪去外衣,又脱掉毛衣,把它们挂在栏杆上,旁边就是啤酒瓶。下一曲跳完,我把系扣领衬衫的袖子撸上去。这时,吉米又掏钱买了一轮啤酒,我低头看表,摇摇头。已经是午夜时分,我确实很愿意跟萨拉共舞,但更想拥她入眠。

"跳最后一支舞,然后咱们就走,好吗?"酒吧里人声嘈杂,点唱机播放的音乐声又很响,我只能高声喊,"我累了。"

她点点头。约翰尼·马蒂斯[2]的歌声流泻而出,我们环抱彼此,缓步起舞。我闭上双眼,萨拉则把头搁在我肩上,就在这

---

[1] 美国著名摇滚乐队,比尔·哈利是乐队灵魂及主唱。

[2] 美国流行歌手。

时，第一拨警察从前门冲了进来。

1956年2月19日，星期日，午夜十二点五分

一小队身穿警服的男人冲进酒吧。我俩周围的人惊恐地尖叫，没头没脑地四处乱跑，我三番五次地遭到撞击。位置靠后的人纷纷奔向后门。一位身材魁伟的红脸膛儿男人攀上吧台，他身穿卡其布衬衫，胸前佩戴一颗金星。"临检。"他吼道。他还带来了记者，闪光灯照亮了那一张张瞠目结舌、惊惧交加的面孔，几分钟之前，他们还悠闲地呷着饮料。

身穿卡其布衬衫的警官们手持警棍，堵住前门。到处都是穿制服的公职人员，至少有四十人——高速公路巡警、县治安官麾下的警员，甚至还有几名军装警察，构成包围圈，一直扩展到后门，也就是现在唯一的出口。

吉米抓住我的肩膀。"去跟安东尼奥跳舞，"他急切地说，"我认识他不久，但只有这么做，咱们才有可能离开这里，我跟萨拉跳。"

我点点头，那个拉丁男人健硕的双臂搂住我的腰。他露出羞涩的微笑，就在此时，有人拔掉了自动点唱机的插销，约翰尼·马蒂斯的哼唱戛然而止。酒吧片刻间一片死寂，接着，警察们开始高声发号施令。我们倚着栏杆站着，吉米的胳膊揽着萨拉的双肩，显然是想予以保护，安东尼奥也伸手揽住我。其他人也做出类似的举动，但没有那么多女人，原本共舞的男人们此刻都离开了彼此的怀抱，面露惊恐地站在那里。

警察让大家排好队，像驱赶羊群一样，将他们朝酒吧后部聚集。我们也加入队列之中，缓缓向前挪动。后门半开着，车头灯

射穿烟雾缭绕的房间，如同放映机的光束。冰冷的风吹了进来，我向后伸手，想去拿自己的毛衣，但距离栏杆太远，又无法从拥挤的人群中挣脱，只能跟着向前走。见我瑟瑟发抖，吉米脱下他的运动外套披在我肩上。

我们离门口愈来愈近，我发现外面停着一排黑色的客货两用车，将出口团团围住。货车里嵌有木质长凳，坐满了没被放回家的男人，其中绝大多数都耷拉着肩膀。一辆货车载着几个女人，她们或理着平头，或留着背头，愤愤不平地凝视着夜空。

我们距离后门还有十个人，吉米将一把钥匙塞进我手里，在我耳边低语："咱们不能乘一辆车，我把萨拉载回市区，咱们在你酒店大堂的酒吧碰头。""酒吧到时就关门了，"我同样低声回应，"拿着我的钥匙，在房间里等我。我再去前台拿一把。"我把钥匙递给他，他点了点头。

门口的警察看着萨拉优雅的裙装和大衣，只是瞥了一眼她拿出的身份证，连话都没说，就挥手示意她和吉米离开。她在门口停步，回头望着我，但一名武装警察摇摇头，指着停车场。"现在不走，可就走不了了，女士。"他说。萨拉和吉米消失在夜色之中。

只剩我一个，安东尼奥完全是个陌生人，但他强壮的臂膀是我仅有的依靠。有个穿西装的男人将他拉了出去。"得了吧，亲爱的，"那男人对安东尼奥说，"我之前就在这里见过你，你正跟同性朋友共舞。"他转身对穿卡其衬衫的警官说："他就是其中一名变态，给他登记。"那名警察把安东尼奥的手臂别到背后，给他戴上了手铐。"跟我们走一趟吧，帅小伙。"他笑着说，拖着安东尼奥走出酒吧，把他丢进一辆货车里。

我未加思索，朝安东尼奥离去的方向迈步。"别着急。"另一名警察说，他的两颊尽是粉刺疮疤。他看了看吉米的夹克，又低头盯着我的长裤和黑色篮球鞋，露出鄙视的眼神。然后，他双手按上我的胸部，抚摩着我的身体。"没束胸，跟其他那些女变态不一样，我喜欢。"他用挑逗的目光看着我，用力捏住我一侧的乳头。

我高声呼救，想要挣脱，但他冷笑着，猛地将我推向堆放在后门廊的啤酒箱。他用警棍戳向我两腿之间。"你想当男人，是吧，婊子？那好吧，不妨想想看，你那里长的是什么？"他死命将警棍塞进我的裆部，痛得我两眼含泪。

我盯着他，疼痛难忍，更加难以置信。我震惊不已，愣在那里，说不出话。他拷住我的双手，把我推出后门，推进载着另外那些女人的货车里。

1956年2月19日，星期日，上午十点

我选择认罪，承认自己有性犯罪行为，被罚款五十元。被逮捕并不会毁掉我的生活，我根本不是这个时代的人。

圣马特奥县监狱拘留室外，萨拉和吉米坐在木质长凳上等我。"你还好吧，亲爱的？"萨拉问。

我耸耸肩："我很累，又没睡觉。一间拘留室关着我们十个人。我旁边那个女的——是个铁T[1]——相当难搞，名叫弗兰姬，她留着个飞机头。两名警察把她拖到走廊上——回来的时候，她一边脸颊完全肿了，那之后，她没再说过一句话，没再搭

---

[1] T指女同性恋中扮演男性的人，铁T指不让同性伴侣碰自己的人。

理过任何人。我没事，我只是——"我控制不住地发抖。萨拉扶着我的一只胳膊，吉米扶着另外一只，他俩搀着我缓缓向外走，前往停车场。

我们仨坐在吉米那辆车的前座上，监狱刚刚消失在视线之外，萨拉就伸出双臂搂住我，拥抱着我，轻抚我前额的发丝。吉米顺着岔道，驶向圣马特奥大桥。"今天一早，我们已经帮你取消了酒店的房间，其实，除了公文包，也没有多少珍贵的东西需要收拾。不管怎样，在我看来，你住在我家的话，会舒服得多。咱们得先给你做点早餐，然后让你好好休息一下。"萨拉亲吻我的脸颊，"顺便提一句，我已经将一切都告诉了吉米。"

我困意十足地点点头，接下来，我只记得我俩站在一栋棕色的木瓦小屋前面，吉米驱车离去。我没感觉到饥饿，但萨拉做的炒蛋和培根吐司，我吃了个干干净净。她给我放了热水，看着我上臂拇指形状的青紫瘀伤，不由得皱起了眉头，她温柔地为我擦洗头发和后背。她扶我上床，拉过一床蓝色被子，将我裹在里面，然后蜷曲着躺在我身旁，我禁不住哭起来。我感到心力交瘁，再也经不起折腾，而且，上次这样悉心照顾我的人是谁，我已经记不得了。

1956年2月19日，星期日，下午五点

我被噼啪的雨声唤醒，还有炉子上炖肉的诱人香味。萨拉早把我的牛仔裤和一件棕色毛衣摊放在床边，赤着脚轻轻走进厨房。厨房一角堆着些纸板箱，吉米和萨拉坐在黄色胶木桌旁，心无旁骛地交谈着，桌上搁着两只茶杯。

"哦，太好了，你醒了。"她站起来拥抱了我，"壶里有茶。

如果你认为自己已经做好准备，我和吉米有些事要告诉你。"

"我感觉还有点痛，但会好起来的。不过，我可不会对50年代着迷。"陶瓷茶壶挺重，从里面倒出的茶有些中国风味，茶香和烟熏味混在一起。"什么事？"

"首先是一个问题。如果我的论文并不完整，是否会给你带来不好的后果？"

我沉思片刻："应该不会，如果有人知道论文的内容，他们也没必要再派我回到这里。"

"太好了。那样的话，我已经做出决定。"她拍拍那个破旧的棕色公文包，"为了交换这么多钞票，我们也会送回去一份能够自圆其说的论文。但其实，我将部分内容删掉了，而这件事只有咱们三个知道。比如说，这些。"她拿起钢笔，在一张纸上草草地写下一连串复杂的数字和符号，递给我。

我研究了一会儿。这草稿水准极高，但我拥有足够的物理知识，能够领会其中的精妙之处："如果这些真行得通，确实能够解决动力的问题，正是钱伯斯需要的那部分。"

"太棒了，"她微笑着说，"也正是这部分，我永远不会让他得到。"

我深感惊讶。

"下午你熟睡时，我读了他那篇论文的前几章，"说着，她用钢笔敲敲钱伯斯的手稿，"他的论文水准忽高忽低，不过，有几部分的确很不错。只可惜，出色的章节出自一位名叫吉尔伯特·扬的研究生之手。"

我又吃了一惊："可钱伯斯之所以能够得到诺贝尔奖，就是因为那篇论文。"

"狗杂种。"吉米猛拍桌子，"吉尔伯特完成他论文最后章节的同时，也在为我工作。他是个聪明的小伙子，研究极具独创性，前途无量，但突然感觉头痛不止。经检查发现，他脑部的肿瘤无法进行手术，六个月后便撒手人寰。雷蒙德说，他会替我清理吉尔伯特的办公室，我还以为他想重新跟我搞好关系。"

　　"雷蒙德对吉尔伯特研究成果的所作所为，我们已经无法改变，但我绝不会将我的论文交给他，任由身在未来的他肆意剽窃。"萨拉把钱伯斯的手稿丢到桌子另一边，"就算是现在，我也不会给他机会。我决定了，明早不会陈述我的论文。"

　　我感到头晕得厉害。我知道，她不会交出自己的论文，可——"为什么不呢？"我问。

　　"今天下午，我看论文手稿的时候，恰好听到收音机在播那个胖治安官的采访。他们昨晚在黑兹尔酒吧逮捕了九十人，卡洛尔，就是我们这样的人。这些人只不过想一起跳跳舞，他却一直在吹嘘，说警方端了变态分子的巢穴。我突然意识到——真有大彻大悟的感觉——大学只不过是州政府的分支机构，那治安官贯彻的则是政府的法令。他们这种人认为诋毁你、我或者吉米，拥有足够的道德依据，可我还在为他们卖命。我不能再这样下去了。"

　　"嘿，嘿！"吉米笑着说，"我今天上午就跟她说，唯一的问题在于，会议主办方可能会认为在全国所有知名物理学家面前丢了面子，更不用说，他们本来就觉得萨拉的研究成果属于大学。"他望着我，抿了一口茶，"因此，我们认定，萨拉消失一段时间，或许是最佳方案。"

　　我目瞪口呆，盯着他们俩。跟昨晚在车上一样，似曾相识的奇异感觉再次涌上心头。

"我已经从我们的办公室及实验室,把所有属于她的东西清理一空,"吉米说,"现在都转移到我车的后备厢里了。"

"还有那些,"萨拉指着角落里的纸板箱,"是我从办公桌和图书馆搜罗的重要物件。加上我的娜娜牌茶壶以及几件衣服,足够满足我短时间内的所有需要。吉米家在马林县西部有套度假房,也就是说,我既不用担心租金,也不会受到打扰。"

我的目光仍然没有移开:"可你的职业生涯怎么办?"

萨拉"砰"一声放下茶杯,开始在地板上踱步:"哦,让我的职业生涯见鬼去吧。我会继续自己的研究,放弃的只不过是大学,伪善的大学。如果哪位男同事搞点什么风流韵事,根本不会引起多大的关注。但身为女人,我就应该具备维多利亚时代的美德,成为纯洁无瑕的典范。要是他们知道了我的所作所为,准会把我钉死在十字架上。我可不想继续遮遮掩掩地过下去了。"

她拿着茶壶,回到桌边坐下,给我们一人又倒了一杯茶。"长篇大论到此为止。但这也是我必须提到你带来那些钱的原因,那些钱足够养活我很长一段时间,还能置办齐我需要的所有设备。如果有间设备齐全的实验室,再过几个月,我应该能鼓捣得差不多,"说着,她将拇指和食指并在一起,"将时空旅行的理论应用于实践。这一发现将属于我,属于我们,而不属于大学或者政府。"

吉米点点头:"我会留下来,直到本学期结束。这样一来,我可以密切关注事态的发展,同时顺理成章地订购设备,而不会引起任何人的怀疑。"

"他们难道不会找你吗?"我问萨拉。我感觉自己简直像是在做梦。我一直想了解发生这一切的原因,又感觉自己正推动着事情的进展。

"如果他们认为没有理由再找，自然就不会找了，"吉米说，"我们会开着我的车，重返黑兹尔酒吧，去开她的车。沿路而上，前进几英里，就能置身恶魔海岬。正值——"

"正值雨夜，"我继续说下去，"又是高速公路凶险的路段，时常发生事故。他们会在清晨时分发现萨拉的车，但找不到尸体，从而以为被海水冲走了。所有人都会认定这是场悲剧，因为她年纪轻轻就香消玉殒，"我语调轻柔，但喉咙发紧，强忍着泪水，"至少我一直是这么认为的。"

他俩目不转睛地望着我。萨拉起身站到我背后，双臂搂住我的肩膀。"那么，这就是事实真相啦，"她问，紧紧地抱着我，"你一直假设我明天一早就会死掉？"

我点点头。我无法相信自己还能说得出话。

大出我意料之外的是，她竟然笑了。"好啦，我才不会死呢。你应该吸取的教训之一，就是科学家从不假设。"说着，她亲吻了我的额头，"难为你一直保守着这个可怕的秘密，没有向我吐露实情，我要为此感谢你。否则，好端端的周末会因此毁掉。现在，咱们赶紧吃点晚饭，夜里可有的忙了。"

1956年2月20日，星期一，午夜十二点五分

"你到底在干吗？"萨拉叼着牙刷走进厨房，"这是咱俩共度的最后一晚，至少短时间内无法再见。我希望自己从浴室出来的时候，你正在床上等我。"

"我会的，再过两分钟就好。"我坐在餐桌旁，将一张空白纸放进她的打印机。我不允许自己想明早的事情，届时我将回到

90年代，与萨拉分别，我会尽可能久地推迟关于那些事的谈话，虽然这始终无法避免。"咱们制造完事故现场，开车往回走的时候，我想出了一个点子，可以拆穿钱伯斯的恶行。"

她把牙刷从嘴里拿了出来："你的想法很好，但你很清楚，穿越时空的人无法改变注定会发生的事情。"

"我无法改变过去，"我表示同意，"但我可以设置一枚炸弹，而且让它的引信足够长。比如说四十年。"

"什么？看你那副志得意满的样子，活像一只吃完金丝雀的猫咪。"说完，她在我身旁坐下。

"我给钱伯斯的论文重新打印了一张封面——署名改成你的。明天一早，我要做的第一件事，就是去趟市中心的富国银行，租用一个大保险箱，提前支付租金。1995年的某个时刻，萨拉·巴克斯特·克拉克的完整手稿将会奇迹般地被发现。这就是我设置的炸弹，她悲剧般地丧生，令人敬仰的钱伯斯博士却剽窃了她的论文，并将其公开发表，并因此获得了诺贝尔奖。"

"不，你不能那样做。这并非我的研究成果，而是吉尔伯特的，而且——"她说到一半停下，注视着我，"而且他真的已经不在人世。我想，我不应该毫不在乎学术信誉，不是吗？"

"我希望你不在乎。此外，钱伯斯无法证明论文并非出自你手。他会这样争辩——卡洛尔·麦科洛回到过去，是她陷害我的？他会把自己搞得活像个傻瓜。没有你的公式，他制造出的时间机器根本无法运转。记住，你永远不要公开自己的论文。我的来历奇葩点倒也无所谓，但就让时空之旅继续充当科幻小说的桥段吧。"

她笑着说："好吧，可以选择的话，我认为你的主意确实更好些，不是吗？"

我点点头，把那张纸从打印机里拿了出来。

"你真是个思路敏捷的姑娘，不是吗？"说着，她露出微笑，"你这样的人才可以担任我的助理。"萨拉的笑容消失不见，她按住我的手，"我想你恐怕不会考虑多留几个月，帮我把实验室建起来吧？我知道，咱俩认识只不过才两天。可这个——我——我们——哦，见鬼，我想说的是，我会想你的。"

我握紧她的手，两个人只是静静坐着，几分钟沉默不语。我不知道该说些什么，该做些什么。我不想回到属于自己的时代。对我而言，那里的生活没有任何意义。有篇论文，但我如今已经清楚它与事实不符；有间办公室，里面那张黑白照片上的人是我唯一真正爱过的，她现在就坐在我身旁，握着我的手。我可以像这样永远坐下去。但我能否忍受余生都遮遮掩掩，无法公开自己的身份以及心中所爱之人？我习惯了90年代——做研究从未离开过电脑，烹饪基本都是用微波炉。我担心，如果明天不回去，我将永远被困在这个倒退的过去里面。

"萨拉，"最后，我问，"你确信实验会成功吗？"

她看着我，目光温暖且柔和："如果你问的是我能否承诺有朝一日让你回到你的时代，答案是否定的。我无法给你任何承诺，亲爱的。但如果你问的是我是否相信我的研究，答案是肯定的。我相信。那样的话，你考虑留下来吗？"

我点点头："我想留下，只是不知道是否可以留下。"

"因为昨晚？"她轻声问。

"那只是部分原因。我在完全不同的世界长大，在这里我感觉不太好，毕竟我并不属于这里。"

她亲吻我的脸颊："我知道，吉普赛人四处漂泊，但并不属于任何地方，他们只属于其他吉普赛人。"

她牵着我的手，带我走进卧室，我的视线不禁有些模糊。

1956年2月20日，星期一，上午十一点三十分

我来到勒孔特大厦，把那个破旧的皮质公文包放进储物柜，关上了柜门。十一点三十七分整，我听到轰鸣声响起，当它戛然而止，我如释重负，两肩放松地垂了下来。该做的已经做了，一切已成定局，无法改变。在帕洛阿尔托，一众物理学家坐立不安，等待着倾听一篇论文，但那篇论文永远不会公之于众。而在伯克利，在遥远的未来，一位物理学家同样坐卧不宁，等待着一位信使回归，带回他期盼已久的论文。

但那名信使没有回去，可钱伯斯要担心的还有很多。

今天上午，我将富国银行的保险箱钥匙——还有关于保险箱里那篇论文内容的便条——放进1945年的那卷《天体物理学杂志》里。1955年以后，再也没有人去物理系图书馆借阅过这本书，这使我的同事泰德震惊不已。我希望，当他发现隐藏在杂志之中的秘密时，将会出离愤怒。

我走出勒孔特大楼，穿过校园，前往咖啡馆，萨拉正在那里等着我。我讨厌这里的政治气候，但至少我知道，一切都会发生改变，虽然无法一蹴而就，却确定无疑。而且，我们没必要一直待在50年代——再过几个月，我和萨拉计划进行一系列时空之旅。或许会有那么一天，某位研究生想要研究卡洛尔·麦科洛博士的神秘失踪。更加奇异的事情已经发生。

唯一让我感到遗憾的是，钱伯斯打开公文包，却发现里面没

有手稿，我无法目睹他那时的表情。我和萨拉认为，即便送回去一份她论文的阉割版本，同样是危险的事情。那会给钱伯斯足够的依据，证明他的时间动力学研究完全行得通，从而得到更多的资助，继续进行尝试。因此，我放进公文包里的，只是一张圣弗朗西斯酒店的明信片，没有署名，没有日期，上面写着：

"祝您愉快，感谢送我回来。"

在瞭望塔上

加里·基尔沃思 / 著

ninesnow / 译

加里·基尔沃思是一位广受赞誉、著作颇丰的英国作家，已发表八十多部小说和短篇集。她的作品大部分是幻想和科幻小说，以及少部分其他文学类型。目前她正在撰写一部暂定名为"绕着玫瑰围成圈"的科幻小说。本文最初发表于1988年出版的科幻选集《另类伊甸园II》。

尽管米丽娅姆向我保证，她会劝说政府避免我们和对手挥刀相向，但政府还是有可能命令我去庙里干掉他。一想到这种可能性我就不寒而栗。政府有它自己的理由：我们未来的存续倚仗将要从过去挖掘出的答案。我想知道自己敢不敢杀人，就算有这种勇气，又该怎么做？是在夜里悄悄溜出瞭望搭，像刺客一样在他熟睡时下手，还是做个堂堂正正的战士，向他发出一对一的决斗挑战？一想到要和别人正面交锋我就觉得不舒服，我祈祷如果政府真想这么做，他们会派别人去完成这份血腥的工作。这种工作不合我的胃口。

　　当发现探险队只能返回到公元前429年[1]的时候，所有人都很震惊：其实我们中的某些人不是不能接受这个现实。也许米丽娅姆是唯一对此感到恼火的人，因为我们见不到伯里克利[2]了。就在我们无法到达的那段时间里，在这一年的早些时候，他已经死了。我们离他如此之近，但是我们在线性时间的路径上撞到了如岩石一般坚硬的屏障，它就竖立在伯罗奔尼撒战争如火如荼地展开的那一年。屏障所在的这天夜里斯巴达和它的同盟军要对雅典人展开积极的攻击，目标是一座名为普拉提亚的拥有城墙的小城邦。普拉提亚——现有本地驻防重装步兵四百人，外加八十名雅典二等公民——几乎是在这场战争中大陆上唯一支持雅典的希腊城邦。即便以古代的标准来看这也是一座微型城邦——城邦周长大概只有一英里——并且城内的人数也远不及由斯巴达国王阿希达穆斯[3]统率的围城军队。普拉提亚毫无胜算。但它竟然誓死抵抗，它的顽强意志不逊于阿拉莫[4]，并在防守创意上更高一筹。

　　城外的山上有一座被废弃的瞭望塔，米丽娅姆建议把录像设备安置在那座破败的塔里。我们从那里既能看到城邦的大门，又可以同时拍摄交战双方的行动：斯巴达人怎样试图攻破城防，

---

［1］　本文的背景是古希腊伯罗奔尼撒战争中公元前429年的普拉提亚之围。

［2］　古希腊民主政治的杰出代表，公元前444年以后历任雅典的首席将军，成为雅典的实际统治者。

［3］　即阿希达穆斯二世，欧里庞提德世系的第二十一代斯巴达国王。他是伯罗奔尼撒战争时期希腊最重要的政治人物之一。

［4］　美国得克萨斯州圣安东尼奥附近一座由传教站扩建成的要塞。在美国德克萨斯独立战争期间曾在这里进行过一次以少数对抗多数的守城战斗。

守卫者又如何把侵略者挡在城外。瞭望塔的石墙不算牢固，木头柱梁也开始朽烂，估计在我们到来之前只有山羊会跑进来躲避风雨。正因为这样，我们都觉得驻扎在这里不会被当地人看到。反正在"旅行"期间我们的身体只是一团光影，并且几乎从没遇到过当地人。这座塔很符合我们的需求。塔的高度足可为我们提供良好的视野，破破烂烂的样子也很适合我们这种鬼魂形态。

探险队由三人组成：米丽娅姆是队长；约翰负责录像设备；我是官方联络员，负责和处于2017年的基地进行联络。在公元前429年，我们彼此相处得并不融洽。我们离家的时间实在是太久了，以至于每个人的习惯和行为都会触碰其他人最敏感的神经，让人惊声尖叫。我猜我们都非常想家，虽然从没有人说过为什么会想念那种地方。在我们的时代，五分之四的人口流离失所忍饥挨饿，并被特权集团控制的私人军队镇压，社会形势岌岌可危。我们这些人理所当然地属于其中一个特权集团，我们都知道局势不稳定，同时也意识到一个令人绝望的明显事实：我们对此无能为力。拥有一切的人不再有义务向一无所有的人提供帮助，即便有人有这种意愿也不能这么做。我参加探险队的原因之一就是要逃离这种罪恶感，以及特权集团之间无休止的战争。战争，从古至今，都是难以挣脱的泥沼。

"基地怎么说？"米丽娅姆问我。

她在塔顶不停地走来走去，透过她鬼魂一样的身体，我能看到不远处城墙上的烽火。约翰在下层忙着他的活儿。

"他们相信涡旋一定有外延极限，"我说，"现在的状况表明我们已经来到它的尽头。"

她不满意这种解释，我也没期望能让她满意。米丽娅姆不接受"相信"这种说辞，她希望得到明确的"解释"。

"但是为什么在这儿？为什么在这个时间？公元前429年有什么特殊的地方？这根本没有道理。"

"你认为这种事会和你讲道理？"

"我本以为……哦，我也不知道。也许这是一个还没有答案的问题。你不感到困惑吗？我们突然就撞上一堵墙，没有任何明显的理由？"

我耸耸肩："我敢说自然限制就是个很正当的理由。人类的锐意进取总会遇到这种事——比如音障。当时被认为无法超越，最后还是超过了。也许我们遇到了类似的状况？"

"我只知道这是个很扯的状况。"她的回答带着一丝苦涩，"我真的很想看看伯里克利——还有更早期的战争。马拉松战役。温泉关战役。见鬼！这么多要看的东西，我们却不得不离开。还有迈锡尼和阿伽门农。我们本可以见证这一切。如果我们不能再向前回溯，特洛伊就只能隐藏在迷雾中……"

至少对我来说这些都算不上坏消息，已经有太多的幻象被擦拭一空。为什么要毁掉所有的神话传说呢，就为了得知真相？剥下所有的神秘，只会得到一个无聊透顶的世界。

"也许不用一次搞定所有的史实。"我建议，"我觉得自己像被淹没在……还是让别人去摧毁荷马吧。"

她说："我们没有摧毁任何东西，我们只是记录……"

"事实。"我接着说，语气中有掩饰不住的嘲讽。

她瞪了我一眼，银色的皱纹破坏了她的美貌。最近我们之间发生过几次类似的冲突，我猜她对我爆发出的不满情绪已经感到厌倦。

"你的态度有问题，斯坦——不要说成是我的问题。"

"不会了。"我转身走开。

远处传来黄铜撞击的叮当声，斯巴达人的军队正在连夜行军，他们的火把清晰可见。这番景象在城墙上的普拉提亚人中引起了恐慌和激动。大敌当前。小小的身影在烽火间跑来跑去。他们几小时以前就已经知道阿希达穆斯即将到来：底比斯的叛徒、暗探和双重间谍一整天都在忙忙碌碌，就为挣口饭吃。然而收到警告时已经来不及逃走，现在只有两条路：抗击具有压倒性力量的敌人，或者献城投降。普拉提亚是圣地，这个事实是部分抵抗者的信心来源——本世纪初，希腊联军在这里大败波斯人[1]，自此普拉提亚就被奉为圣地——不过阿希达穆斯并不在意这种细枝末节。只要有需求，可以用各种方法恳请神明质疑这里的神圣权力。

我很好奇，如果斯巴达人知道他们正在被记录——以影像的方式——会有什么反应。他们本就非常善于炫耀自己——趾高气扬地展示自己的硬汉形象，锁役奴隶，任长发飘扬。有人告诉我们通过研究这样的历史记录，也许可以找到能够解答我们那个时代的社会问题的答案。虽然我没什么大局观，但并不妨碍我对这种观点嗤之以鼻。已经有另外一支队伍探索过未来，我们那个时代的未来。除了那支探险队和我们伟大的政府，没人知道探险的结果。我不由自主地认为未来的景象十分惨淡。

侵略军里除了斯巴达人，还有奴隶助手、一小撮雇佣兵，以及来自与斯巴达结盟的城市的志愿军：包括科林斯、迈加拉、伊利斯、底比斯等很多城市。这些城市都指望它们的大表哥能带领

---

[1] 指希波战争中的普拉提亚战役。

它们抵制新兴势力雅典——这个本世纪初还无足轻重的城邦，自从它在马拉松战役中重创波斯人的大批精锐军队之后就变得狂妄自大。说到古希腊人最不能容忍的事，就是有人认为他们比任何人都优秀。

尽管雅典的海上帝国统治着爱琴海上几乎所有的岛屿以及小亚细亚沿岸，但在希腊大陆上，除去普拉提亚，它真的是孤立无援。这场战争之所以持续了这么久，原因之一就是双方势均力敌。雅典有坚实的城墙，还拥有一座海港。没有人能从陆地突破它的城防。而雅典三列桨战船青铜撞角的赫赫威名，足以打消任何想要从海上封锁她的念头。另一方面，斯巴达是一座没有城墙的内陆城市，没有可以炫耀的船只，但是它热爱战争，它的重装步兵被公认为所向披靡，因此它能信心十足地鼓励别人入侵自己的领地。除非获得胜利，否则斯巴达人绝不活着离开战场。即便是勇敢的雅典人也绝对不想和这些冷酷无情不惧生死的勇士正面交战。

军事强权对海上霸主，水火不容，僵持不下。小小的普拉提亚不过是只替罪羊，正好供斯巴达发泄长久以来的挫败感和怒火。

米丽娅姆正通过夜视仪观看行进中的嘈杂人群。她说："这也许是我们能记录的最后一场战争了。"

我很开心。每个探险者都会告诉你，像我们这样的探险队总是在行程之初雄心勃勃、信心满满，最后无一例外以饱尝希望幻灭的苦涩而告终。想要在探险中有所发现就要付出高昂的代价——探险者的灵魂。

楼下传来的骇人惊叫声让我毛骨悚然。我看向米丽娅姆。很快约翰沿着简易梯子爬上来，一脸厌恶的表情。

"一个放羊娃，"他向我俩解释，"我猜他想进来躲避军队。城门已经关了。他看见我就跑了。底下满地羊屎，臭气熏天。这地方肯定被他们用了几十年了。"

米丽娅姆说："把梯子拉上来，约翰。我们可能晚上也要住在这里。他们要到早晨才开始行动。"

在我们下方，精疲力竭的联合军陆续抵达，开始在城头上弓箭手的射程外塔帐篷。号角声响起，向普拉提亚人宣告一场血战即将开始，就好像他们自己还不知道。营地嘈杂喧闹：卸载装备的声音、陶罐碰撞的声音、盔甲撞击的声音；新队伍到达时相互喊叫着打招呼，这是士兵们在杀戮开始前相互间表达诚挚问候的方式。虽然我们在旅行中不会睡觉也不用吃喝，但我们仍然需要休息。

"吵闹的杂种，"我低声说，"真希望他们能闭上嘴。"正在依照惯例跪地做晚祷的约翰皱眉，抬头尖利地看了我一眼。他不喜欢在做祷告时被打扰，我向他表达了歉意。

我们在这里，确保精准地记录这种人类间的争吵，详细程度史无前例却根本没人需要。我们这么做究竟是为了什么？我们的记录是不是毫无用处？我表示怀疑。在历史中回溯，人们往往困惑于某件事情的一个小方面。我们需要用神明的视角看到全景，衡量因果。

这样的神明也许就徘徊在时间涡旋产生的涟漪的远端。如果把涡旋看作一张可以长时间播放的老式唱片，把唱片上的密纹当成线性时间，当你看到唱机的唱臂轻巧地滑过碟片，多少就会明白旅行者们是如何在各个时代间穿越。时间旅行是一种精神过程，不需要传输装置。密纹之外的某处即是全能之神的居所。有谁想要面见神明，并在它洁白耀眼的光辉中见证绝对的真实呢？不会是我。不会是我，我的朋友。就像诗人艾略特说的那样："那些眼睛，我在梦中不敢直视。"

次日清晨，斯巴达人已经包围住普拉提亚，并打算用带尖头的木栅栏围住城池，尖端朝向城墙。阿希达穆斯想要确保没人能逃出包围圈。他要给城里的居民一个教训：雅典人是一群恶心的帝国主义者和理性主义者，和他们站在同一个阵营是一件危险的事情。

雅典创立了一个基本由岛国组成的联邦，也因此顺理成章地得到联邦各国的供奉，她不仅修建了帕特农神庙为雅典城增光添彩，还为自己的舰队添加了船只。这是事实。任何要求脱离联邦的国家都会在几天之内发现自己的海港中停泊着几艘战斗力等同于不列颠炮舰的战船。这也是事实。但是斯巴达人以及他们的两位国王（一位外出打仗时，另一位在家坐镇）不会在意他们自己以外的任何人。这同样是事实。雅典城里到处都是脑子里塞满羊毛的智者。他们醉心于各种进步思想和发明创造，并不断推翻、超越已取得的成就。而斯巴达人都是冥顽不灵的老古董。他们很久以前就不再追求进步。在斯巴达，明令禁止撰写新的歌曲、诗篇、戏剧，或是向社会引入任何带有改变意味的东西，更不用说在雅典城里横行的那些先锋派事物。为什么北方的那座城市对待艺术和科学的态度如此放纵。在拉西第孟尼亚[1]斯巴达人的生活方式早已定型，他们绝不允许任何人破坏这种完美的生活方式。

---

[1] 斯巴达城邦的旧称。

禁欲主义，高尚的战争，普通的食物，由城邦以战士为目标抚养的孩子，这些都是要好好维护的典范。给斯巴达人一件粗毛衫、一碟咸粥、一首有三百年历史的嘹亮军歌，再把他送上战场，他会对你感激涕零并愿意为你献出生命。而雅典人热爱的东西包括美食、新的数学理论、有着问不完的问题的怪老头儿、难以理解的哲学问题、奇奇怪怪的发明创造、拿神明寻开心的戏剧、爱情、生命，以及对幸福的追求，对他们来说斯巴达人都是嗜杀成性的疯子。

这两个希腊城邦相互间厌恶到这种程度，真是没有什么好奇怪的。

在我们下方，数千狂热的身影穿着盔甲热汗直流，跑来跑去忙着准备围城用的器具，而我们在做着我们的常规工作。约翰在塔的入口设置了一个全息投影装置，一旦有人靠近就会立即显示阿波罗的影像，用来警告那些士兵不要把这里当成厕所使用。全息影像能够说一些威胁的话，就是口音可能有点糟糕，不过这已经是我们用手头的设备能做出的最好效果。看起来很管用——启用它的第一天中午塔外就摆放了一些供品，供品和瞭望塔入口间隔着一段足够表示敬意的距离。我们没有刻意隐藏，他们能看到我们在塔顶游荡。我认为他们把我们也当成了神明，于此时此刻见证凡人间的英勇抗争。我尽力摆出和宙斯一样的姿势。我们有些"电闪雷鸣"的手段用来应对紧急状况，不过现在还没到使用它们的地步。

尽管身体上的很多功能都被冻结，但我们仍然有五感，炎热的天气让我们变得焦躁易怒。我看到塔顶的矮墙投下一点影子就开始联系基地。这回他们只给我们反馈了一些模糊的消息。有什么东西——他们还不确定具体是什么，只是让我们注意异常情况——正是这个东西阻碍涡旋向前延伸。

注意异常情况？也只有基地那些坐办公室的家伙才能说出这种话。对身处古代世界的旅行者来说，日常生活中无处不是异常。就我个人而言，我希望他们无法解决这个问题。我对这次任务已经感到厌倦并开始想家，而解决方案则意味着我们还要继续这段旅程。当然，我没把这些说出来。

我向米丽娅姆转述了基地的话，她点点头。

"谢谢，我们还要等等看。"

无聊是时间旅行的常态。就像战争一样，百分之五的时间用于热血偾张的行动，剩下百分之九十五的时间坐在那里无所事事。我只能百无聊赖地和约翰下国际象棋。

"你是雅典人，我是斯巴达人，所以我应该有两个王。"他和我开玩笑。

我认为约翰是个率真开朗的人，虽然他比我年轻许多，我们却很合得来。我是个少言寡语的人，他对此好像并不在意。他还没有失去年轻人那种喋喋不休的热情，对宗教很虔诚（在我状态低迷时，这两个特质有时会刺激我的神经），对同伴的热爱让人无法拒绝和他交好。

米丽娅姆和我性格相似。空闲时我会幻想我俩之间有一段浪漫关系。这就像童话里的爱情，根本不可能实现。虽然她很漂亮，意志坚定，头脑敏锐，但我一点都不迷恋她。我只是对她感兴趣，并不着迷。我猜这是化学反应中消极的一面。我很确定这种感觉是相互的，如果她真的考虑过这种事的话。在我们的时代，她有丈夫和两个孩子，虽然她从没谈起过他们。我希望他们和我们之间没有半点儿关系。

"该你走了。"

约翰晃晃头，干扰我的视线。

"哦，好——抱歉，走神儿了。"

"职业危害。"他说，语气中的严肃多于肯定。我还没来得及质疑他的语气，就看见一只鸟，应该是蜂虎，结结实实地撞上了塔顶的矮墙。我捡起这只美丽的小东西，它随即啄了我一口，挣扎着逃出我的手心，东倒西歪地飞向空中。看上去它没撞坏。

约翰意味深长地看着我。他认为时间涡旋会影响自然生物的方向感（我希望时间旅行者都是非自然生物）。他还打算等我们重返文明社会后写一篇相关的论文。他的理论也许没错，不过他要是坚信有人会对这种东西感兴趣，将来一定会大失所望。我认为基地里的那些家伙连人类的方向感都不关心，更别提蜂虎了。

接下来的几周里我们对塔下面的事情多了一丝兴趣。战争从兵戎相见变成了智慧的交锋，参战人员主要是双方的工程兵团。斯巴达军队费时费力地靠着城墙修筑起一座土山，他们打算沿山坡而上一举夺城。与此同时他们还用投石器投射火球，并徒劳无功地试图用梯子登上城墙。而机智的普拉提亚人不等土山完工就拆掉房屋，用拆下来的石块垒高土山倚靠的那段城墙。战争变成了竞赛。山高一尺，墙高一丈。最后阿希达穆斯让每一个能行动的人都去运土并借此赢得先机，土山就快要和城墙齐平。

守城者们毫不畏惧，他们在城墙下面挖了一个通向土山的隧道，把土山内的松土向外搬运，就这样把土山挖塌了。阿希达穆斯气得直跺脚，威胁要让普拉提亚人尝到死亡和毁灭的滋味。他向我们和另一个神庙——一座距离我们半英里的小庙——献祭了一打山羊。他希望我们代表他用神力干预这场战争，征服这些讨厌的普拉提亚人。他全副武装地来到我们面前：头戴经典的科林斯式头盔——拉长的护颊绘有装饰图案，马鬃冠羽横跨盔顶——手持黄铜包裹的盾牌，小腿上围着显示力量的护胫，身穿沉重的钟形胸甲。作为一个斯巴达人他的外表过于华丽，不过谁让他是国王呢。看得出他现在激动易怒，而且我还认为面对我们这些给他的军队带来艰难时光的神明，他要用尽全力才能维持住谦恭的姿态。恶臭的山羊内脏被扔进架在火上的铜碗里，我们退回塔内只留下雅典娜的全息图像立在塔顶倾听他们许愿：只要斯巴达人获得胜利，他们就会建立庙宇，组织朝拜。事后回想时才发现不应该使用雅典娜，因为她是雅典的守护女神，不过我们当时没有想到这一点。不过让阿希达穆斯恼火的是敌人不肯像男人一样出城迎战。斯巴达人并不是世界上最善于围城的士兵。他们憎恨和泥巴、木棍还有石块搅在一起。他们本可以满身戎装，在刮着大风的平原上冲锋陷阵，黑色长发在风中飞舞，发出令人恐惧的喊杀声，在声音尖锐的乐器的指挥下随时准备前进或停止。有很多关于斯巴达人的笑话，就连他们的盟友们都喜欢说上几个。最受欢迎的一个笑话说：斯巴达人披着狮子的皮囊，长着鼩鼱的脑子。

献上这些可疑的礼物之后，阿希达穆斯又去了木栅栏之内的小庙，重复了一遍相同的仪式。米丽娅姆对我们的竞争对手感到十分好奇，并在瞭望塔上找到一处能用望远镜看到那座庙宇的位置。尽管那座庙宇斜对着瞭望塔，我们无法直接看到庙宇内部，而且木栅栏上有些比较高的木棍的顶端会阻碍我们的视线，米丽娅姆还是让让约翰进行拍摄。我们前前后后地调整拍摄角度，终于能在大理石石柱的间隙中不时地瞥见一个身影。他拿着一个三条腿的仪器。仪器顶端装有可转动的坚硬片状物，仪器运转时片状物能像镜子一样反光。然而还有比这更重要的发现，那个穿白长袍操作仪器的身影看上去是半透明的。希腊人对待他的态度自然和对待我们一样：保持距离的恭敬有加。我们有足够的理由相信这个忽隐忽现的人以及可能藏在庙墙之后的他的同伴和我们有很多共同之处。

"看看这些乞丐——简直能让人自发地伸出援手。"约翰用带着钦佩的语气说。毫无疑问，他谈论的是普拉提亚人。阿希达穆斯的工程师们用装满黏土的篮筐作为土山的基石，它们不会像松散的泥土那样被轻易地挖走。普拉提亚人从土山内挖土的小把戏行不通了。守城者们采取的对策是在土山下面挖掘地道并导致土山再一次坍塌。现在围城的士兵不得不从很远的地方运土，他们被这件事搞得怨气十足并且变得毫无干劲。有逃兵在夜里从我们的瞭望塔旁经过，一两个小王收起帐篷带着他们的公民战士返乡。阿希达穆斯裁决了几名罪犯，也许是想制造点消遣，好让从事繁重体力劳动的士兵转移一下注意力，军队中的不满情绪却依然与日俱增。他又派出自己身边的塞西亚弓箭手，但是普拉提亚人在城墙上支起兽皮做掩护，攻击无效。疾病的味道在空气中弥漫，为战局雪上加霜。这是胶着的战场上不可或缺的丑恶的一面。

我们向基地报告可能存在另一队时间旅行者，基地要求我们获取进一步的信息。米丽娅姆花了很多时间通过望远镜研究小庙中鸠占鹊巢的神秘人物。但是我们之间隔着太多的障碍物，难以得到更确切的情报。

"我们要去一趟那边，"她说，"做近距离观察。"

约翰和我相互看了一眼。尽管这座瞭望塔根本没有防御能力，但是希腊人已经把它看作神圣之地，不太可能侵犯这里，我们也因此得到保护。只要当地人对这座摇摇欲坠的建筑敬而远之，我们就可以保持超然世外高高在上的样子。一旦我们像凡人一样在他们中间行走，就会变得不再神秘，进而遇到危险。某个勇敢的重装步兵完全有可能向"神明"发起挑战：毕竟奥德修斯[1]就做过这种事并且全身而退。这是一种冒险行为。我们当然可以用自己的武器进行防卫，不过我们从来没有采取过这种极端手段，不确定会导致什么后果。

　　"你想怎么做？"约翰问。

　　米丽娅姆说："我要带上便携设备到那边拍一些近距离特写——斯坦，你和我一起去。"

　　我心里想着"别太近"却又点头表示同意。必须承认，尽管我有些担心，但参与到刺激性的行动中让我又充满活力。

　　我们在希腊的黎明到来时出发。米丽娅姆拿着手持录像机，我则特意怀抱武器。我知道怎么使用它，不过问题在于它知不知道如何使用我。我还从来没有被迫伤害过任何人——我是指身体上的伤害。我们在入侵者搭建的帐篷和小棚子中穿行，一路畅行无阻，偶尔遇到一两个早起的人，他们也只是瞪大眼睛迅速给我们让路。到了木栅栏的大门前，我们遇到一个问题——门没开。

　　"怎么办？"我说，"我们不能穿过这该死的门。神明也不会为了弄明白怎么开门就在上面摸来摸去。"

　　还没等米丽娅姆回答，一个哨兵跑过来拉住一根皮带。门开

　　————————

[1]　希腊神话传说中的人物。

了。他当然听不懂神明的语言，但我们的意图很明显，我不过说了几个奇怪的词语，就足以促使他行动起来。

我们向神庙走去。我祈祷普拉提亚城头上的弓箭手在看到一对半透明的生物体时，心中的敬畏之情能够阻止他们射出箭矢。

在距离神庙一百码的地方已经可以清晰地看到庙内的景象，我们停下脚步，米丽娅姆开始拍摄。一个半透明的身影半掩在大理石石柱投下的浓重阴影里，他正在操纵那个带金属片的仪器。这台仪器可能是利用日光进行记录的装置，不过看上去更像是在某个瑞士玩具商的商店里被阿尼比亚王子弄坏的玩具。仪器的支架由打磨光滑的木头制成，上面刻着象形文字。几根木质悬臂由咬合的齿轮连接在一起，上面挂着用来保持平衡的铅垂线。操作者身后的柱子上悬挂着两张长长的羊皮卷轴，一张卷轴上画着猴头狗身像，另一张描绘的是某种涉水而行的鸟。

我们站在那里，他也是，相互拍摄——要我说这场面可真是够讽刺的——这时又出现一个鬼魂，穿着飘逸的长袍戴着布满装饰的头巾。他对同伴耳语了几句之后又回到旁边的屋子里。我确信定向麦克风能捕捉到那阵低语，只要把这些话放大就能知道他们使用的语言。米丽娅姆悄无声息地向我打了个手势，我们停止拍摄原路返回。

大门依然为我们敞开，我们顺利地走了过去，但是木栅栏另一边完全变了样。神明降临此处的传言已经众人皆知，栅栏外围满了人，不过人群中间留出一条通往瞭望塔的宽敞道路。我能看到约翰站在瞭望塔顶的矮墙上，手里拿着武器。

"好吧，"米丽娅姆说，"我们走，斯坦。别回头看。"

我根本就没打算那么做。我只想平安无事地回到塔里。随着我们沿路返回，周围的队伍中响起阵阵低语，声音愈来愈大，很快发展成一曲不协调的颂歌。我毫不怀疑他们在向我们祈求各种奇迹，既有集体的愿望也有个人的希冀。走到三分之二路程的时候，发生了一件可怕的事情。一个年轻人冲出人群跪在我脚下想要抓住我的脚踝。就在他的手触碰到我之前，他被几个同伴掷出的长矛钉在了地上。看着他像受伤的豪猪一样在尘土中蠕动，我真想当场就吐出来。我们回到塔里，路上没再遇到其他状况。随后斯巴达军官们很快出现，挥舞着鞭子驱散了人群。年轻人的尸体也被搬走了。看着人们搬运他的尸体，我很想知道到底是什么令他如此绝望，以至于他竟敢触碰神明。也许他的母亲或父亲得了重病，还是说他的密友不幸丧命，他希望我们能起死回生？又或者他是个农奴，是个奴隶，他希望我们只要挥挥手就能将他从斯巴达主人的压迫下解放出来？可怜的家伙。

回来后我去找米丽娅姆和她说起我们在神庙里的那些朋友。我们之前认为他们和埃及有关，判断的依据只有那台利用阳光的装置和那两幅画像。这是一群来自未来的古埃及复兴者吗？仅凭服饰和设备并不能证明他们就是尼罗河畔的居民。虽然我们并不觉得需要做伪装，不过狂热信徒的行为不需要理由，而理性的人也不会做这种事。

"那张鸟图画的是一种鹮，"米丽娅姆说，"那个狗猴……这么说吧，古埃及神责胡提就是由这两种符号形象代表的。"

"责胡提？"我对正在讨论的文化多少知道一点，不过这个名词听着很陌生。

"抱歉，你可能知道他的另一个名字：托特——责胡提是他的旧名。希腊人把他叫作赫尔墨斯，这就说得通了。赫尔墨斯是众神的信使——旅行者？"

"还有别的吗？"

"有的——托特还是科学和发明的守护神、众神的代言人、众神言行的记录者。托特创造了所有的艺术和科学，包括测量学、几何学、天文学、占卜、魔法……还要我接着说吗？"

"不用。我明白了。如果你需要一个时间旅行的神，托特再合适不过。那么我们现在要做什么？"

她笑得很无奈。

"等一下，还有什么？你把记录传回基地后，我们只需要等他们给出明确的指示。"

所以，我们能做的就是我们最擅长做的，也是我们最不愿意做的：等待。

一天晚上，我们三个坐在一起，大致围成一个圆，做着无关紧要的工作。我实际什么也没做。星星出来了，悬在头顶，我能听见塔下面家畜的鼻息声和陶罐的碰撞声。普拉提亚四周已经成为一片狼藉之地，一如"二战"时期的无人之境。粪坑散发出骇人的臭气，挖土运动为大地留下了丑陋的伤口。我们一直在讨论现在的处境。某样东西阻挡在时间涡旋的外围，让我们无法前行。基地坚信阻挡我们的是另一个时间涡旋，它来自和我们相反的方向，来自遥远的过去。两股涡流相抵，其中一个不撤退另一个就永远无法前进。我们的朋友的确是古埃及人。我们花了些时间才接受这个事实，不过仔细想想其实一点都不奇怪。

简单来讲，时间旅行就是通过黑暗和光明诱导出一种精神状态，最终导致无限、空间和时间的融合。黑暗和光明结合在一起凝聚出物质并塑造出形态。这种形态在夜晚的天空中随处可见：

平面上的一圈螺旋线，物质从中心向外围扩散，有些物质则留在原处成为涡旋的锚点。基地就是我们的锚点。我们开启不眠之夜的那个房间不再是房间而变成了别的东西：在某种感知程度上可以存在于所有思维中的超物质宇宙。早期文明凭借当时的技术能力没理由不能发现同样的方法。此外，虽然我们这种级别的人权限不足，不知道时间旅行的核心技术，但它的相关知识很可能来自过去。也许就记载于古埃及文稿，只是最近才被解读出来？我记得有些金字塔里会装上镜子，利用阳光驱散内部通道的黑暗。

我的脑海中产生了一个可怕的想法。

"他们要是不后退，我们就要一直停留在这里？"

米丽娅姆耸耸肩。

"不知道。我在等待基地的指令。"

"听着，待在这个地方的人是我们，不是他们。"

"我知道规矩，你也知道，斯坦。"

我瞪着她。

"我知道规矩。"我苦涩地说。

她鬼魂一样的脸上现出一个微弱的笑容。

那天晚上我没睡着，一直思考着我让自己陷入的这个困境。埃及人？如果他们在那时就已经掌握时间旅行技术，为什么没去拜访更遥远的未来？不过又一想，他们可能去过未来，而我们一定在遇到他们时尖叫着跑开了，就像看到我们的那个放羊娃一样。他们可能和我们有同样的行为准则：不许干涉，记录然后返回。于是，在无数次造访未来的旅程中突然遭遇停顿时，他们毫无疑问地得出和我们相同的结论：有人挡住了去路。

不难查出这种技术是怎么流传到未来文明的。某些外科手术技术不也是这样遗留下来的吗？时间旅行技术无疑掌握在某些精英人士手中：也许是一个不断传承的祭司职位。某个脑子不怎么灵光的法老——由世代相传的近亲结合造成的后果——一怒之下灭掉了这个祭司团体；或者是祭司们丧命于入侵的野蛮人之手，他们的秘密就这样被封存在石窟里。

在当下的前线上，普拉提亚人仍然比斯巴达人抢先一步。他们已经放弃挖掘地道，改为在城内建起一道新月形的城墙。当斯巴达人把土山堆好之后就会发现他们将要面临第二重更高的障碍。斯巴达的轻装士兵试图向更高的城墙内投掷长矛，但是距离太远投不进去。阿希达穆斯命令士兵们用柴草填满两面墙之间的空隙，然后点了一把火，但是突如其来的暴风雨让他们焚城的企图化为泡影。那之后我们从斯巴达人的脸上看到一些愤愤不平的表情。作为神明我们要对天气负责。侵略者的号角声在空中飘扬，我们敢肯定这些哀怨的音符是在控诉我们，以及我们对抵抗者显而易见的偏袒。

最后斯巴达人越过两道城墙之间的空地开始使用攻城锤，但是普拉提亚人也有自己的神兵利器——用锁链吊起的巨大原木。他们把这种东西从攻城锤上方扔下就能砸坏锤头。

阿希达穆斯决定放弃。他命令手下在木栅栏之外又砌了一道墙，并留下一部分军队守在那里。冬季即将来临。这位王者在这摊泥沼中沦陷得太久，已经丢掉了所有的脸面。他要回南方和家人团聚。

埃及人也在这时撤退，只留下一个人。

我们接到来自基地的指令。

"我们必须留下一个人，"米丽娅姆说，"直到基地派人接替他。如果我们全部撤回，涡旋也会随我们一起回退，埃及人就会前进，超过我们。"

"三足鼎立啊。"我厌恶地说。

"没错。不能让他们有机会侵占我们已经占领的地盘……"

我咒骂了一句，没有理会约翰不满的表情："现在还要打冷战，就连属于自己的时间都不安全了。先是物品，然后是国家，现在是时间本身。我们为什么不在今年也砌堵该死的墙，学学阿希达穆斯，再派军队守着它？"

米丽娅姆说："风凉话可解决不了现在的问题，斯坦。"

"没错，是解决不了，但能让我舒服点。现在该怎么办，我们抽签？"

"我建议民主表决。"她拿出从塔下捡来的三块陶片，给我们每人发了一块。

"我们把各自认为最胜任这项工作的人的名字写在上面，"她解释说，"然后把陶片放在地上这个圈的中间。"[1]

"最胜任——我真喜欢这种外交辞令。"我低声说。我知道约翰会写上他自己的名字。他是那种无私奉献的人，对任何事都愿意挺身而出。"责任"和"荣誉"就是他的小家神。他一定真心想要留下来。

我捡起发给自己的那块陶片。两个摔跤手扭打在一起的身影永久地凝固在未上釉的陶片上。两个人的力量和技巧看上去不相上下，双方都全力以赴绝不退缩。我翻过陶片清楚地写下"约翰"两个字，再把有画面的一面朝上将陶片放进圈里。

---

[1] 此处模仿古希腊雅典等城邦实施的陶片放逐法。

另外两块陶片也叮叮当当地落在我的陶片上。米丽娅姆把它们排开，一一翻过来。

有两块陶片上写着我的名字。

我转向约翰。

"谢了。"我说。

"总要有人留下来。你是最合适的人选。"

"一派胡言，"我说，"如果我拒绝会怎么样？我要辞职，终止合同。"我转向米丽娅姆。

米丽娅姆摇摇头："你不会那么做，否则你就再也不能进行时间旅行。你在这里感到坐立不安，等你回到家里情况只会更糟糕。我知道你是什么人，斯坦。你只要回去几个星期，就会哭喊着要求再次出发。"

她说得没错，真见鬼。我在这里感到厌倦，回到家里这种感觉还会翻倍。

"别为我下定义。"说着，我起身下楼。没过多久米丽娅姆也下来了。

"很抱歉，斯坦，"她搭上我的手臂，"你知道这是怎么回事——不过是目光短浅的老家伙们的政治企图，贪得无厌地想要占有一切。除非我回去说服他们，否则他们就会派出敢死队沿着时间线除掉那些埃及人。你很清楚这一切，对不对？"

"所以，就得是我。"

"约翰太年轻，不能一个人留在这儿。我会尽快找人替换你——只要……"

她伸出纤细的手，我缓慢又轻柔地握住它，感觉就像触摸温暖的丝绸。

"再见。"我说。

她爬上梯子换约翰下来。

我冷淡地问："这算什么？探监日？"

"我来和你道别。"他僵硬地说。

我目不转睛地瞪着他，希望能用责备的眼神让他觉得心中有愧，手足无措。

"为什么是我，约翰？你的理由。"

他的表情突然变得很严肃，鬼魂一样的面庞显得异常清晰。

"我本想自愿留下来，但那就意味着你们两个要单独回去——一起，我的意思是……"他有些慌乱，"她是个结了婚的女人，斯坦。她会回到丈夫的怀抱然后忘了你。"

我差点儿没站稳。

"什么？你在说什么鬼话？"

"米丽娅姆，我看见过你们看着对方的样子。"

我瞪着他，简直不敢相信他有这么蠢。

"你这个傻瓜，约翰，最差劲的傻瓜。是非都是由你们这样思想扭曲的人挑起来的，外面那场战争就是例子。你走吧——别再让我看到你。"

他爬上梯子居高临下地看着我，杀了一记回马枪："你在陶片上写下了我的名字，我为什么要因为写了你的名字而感到羞愧？"

他说得没错，但这并不能阻止我想要从下面猛地抽出梯子，摔断他那该死的脖子。

他们在一小时之内离开了，只留下我一个人继续阴魂不散地陪着希腊人，一个在瞭望塔的矮墙后不停地徘徊的孤魂野鬼。凌晨时分，我再一次看到我们的埃及对手，那个闪烁的身影来到开阔的室外向我这边张望。有那么一瞬，我以为他或她会向我挥手，不过并没发生这么有趣的事，于是我又开始继续思考目前的困境。我知道我们那个时代的办事效率。他们拥有世界上所有的时间。我很好奇埃及人能不能学会下国际象棋。真遗憾第欧根尼[1]还没出生，否则我很可能已经按捺不住跑去科林斯找他了。只要我不遮挡他的阳光，他一定愿意玩上一局。我和第欧根尼，坐在他的木桶上，下着一千年之后才被发明出来的国际象棋——意义非凡。柏拉图还是个嗷嗷待哺的婴儿。苏格拉底就在不远处，才四十出头，不过没人想和那么狡猾的人下棋。一旦让他掌握了规则，你就再也别想赢过他。

　　一场小雪翻过山头飘向这里。所剩无几的普拉提亚人都躲在屋子里忍受严冬。我知道这次围城的结局，理所当然。一年之后，一支由普拉提亚人和二等雅典公民组成的三百人的队伍就会冲出包围，杀死阿希达穆斯留下守卫围墙的士兵，趁着夜色逃出生天。他们全都成功逃脱，逃进雅典，他们会利用伪装的行迹骗过追兵，在生死存亡的关头他们从来都不缺乏奇思妙想。而那些不敢冒险逃跑的两百多个普拉提亚人则会被盛怒之下的斯巴达人全部处死。整座城池都会被夷为平地。斯巴达人也许会从这次事件中学到教训，不过我对此表示怀疑。不可否认，古代人从来都不缺乏耐心。

　　耐心。不知道那些来自法老之国的人会有多少耐心，在我看来时间的自然流向对他们更有利。假设我们就这样维持现状什么都不做，双方在各自的涡旋边界内面对面地站在一起，随着时间

---

[1]　古希腊哲学家，犬儒学派的代表人物。

的流逝他们终会获得胜利。一小时又一小时，一天又一天，我们不断向被我称为家的地方后退。

我们可以替换边界守卫，替换一个人或者换成几千人，但我们最终还是会被推回到我们归属的地方，这是不争的事实。要问为什么，他们已经赢得了今年的前几个月……再经过区区二十五个世纪我就会回到自家的后院。

很有可能我会收到一直害怕收到的信息，它会把我从一个雅典人变成斯巴达人，而我一直坚信自己是雅典人。它会让我放下卷轴拿起长矛和盾牌。来自未来的鬼魂战士冲向战场迎战来自过去的神灵士兵。这种行为可能导致历史性的灾难，我只能寄希望于这种灾难会反过来影响我们的时代，影响他们所做出的任何决定。然而我又不由自主地想象：无数和我一样的人，杀人或被杀，他们的双唇一定都诉说过对胜利的渴望，他们遍布历史的每个角落——在田野里、在战壕内、在沙漠和丛林深处、在海面上、在天空中。

胜算与我同在。

阿蕾西亚与格拉汉姆·贝尔

罗萨琳·洛夫 / 著

陈毅斌 / 译

....

罗萨琳·洛夫近四十年来笔耕不辍，发表过纪实性和虚构性作品，描述了澳大利亚的科学及社会现象。她的两部短篇科幻小说集《全神贯注机》和《安妮进化》，已由英国女性出版社出版。她最近的作品有：在悉尼及华盛顿出版的《礁岩：大堡礁反思》；短篇小说《旅行之潮》，由渡槽出版社在西雅图出版。她曾获得钱德勒澳大利亚科幻界终生成就奖。《阿蕾西亚与格拉汉姆·贝尔》首次刊载于1986年《远日点》第五期。

.... ⚙ ....

现在你应该对电话有所了解，并听说过它的故事。也许你认为它是一项已经有八十年历史的发明。

你错了。

世界上首台电话机两个月前才由我的兄弟格拉汉姆发明出来。那是在一个寒冷的冬日午后，他闲来无事，就把玩起几个锡罐头、热放大器、几条电线和我从角落里找到的一台废弃的电传机。我突然听到传来怪响,紧接着就听到格拉汉姆从厅堂的另一头高喊我的名字。我连忙跑过去看,心想他别不是又在做什么愚蠢的实验吧,比如把猫四脚朝天地从屋顶上扔下去,看看它们会不会四脚着地。不过这次并不是跟猫有关。他捣鼓起电传机,让它开口说话了!我见证了他实验的成功,电传机的声音很像自动钢琴,传出来的却是人说话的声音!格拉汉姆对着锡罐的讲话声从厅堂的另一头传过来!电话被发明出来了!现在诸位读者应该知道格拉汉姆发明了电话,然而这其中还有不为人知的秘密。那就是,这项伟大的发明真的是两个月前才诞生的。

凭什么相信我说的是真的?历史书上可不是这么说的,古董电话在拍卖市场上价格不菲。

让我来告诉大家吧!这事本不该发生的。现在回想起来,也只有发明了电话,往后的事情才顺理成章。

依我看,我们所处的乱局理所应当地拜我们的曾祖父——亚历山大·格拉汉姆·贝尔所赐。没错,早在1870年他就打算从英格兰移居加拿大,但是他误了船!不得已,他只能滞留在船坞等下一趟,就这么误打误撞地上了开往澳大利亚的班轮。用他老人家的话说,朝东走还是朝西走,又有什么区别呢?可惜他错了。自从亚历山大那次睡过头之后,整个世界的发明与发现方向就走偏了。是的,就是走向了电报、通信审查以及公共传信。

事情是这样子的。直到电话诞生之后,过去的事情才受到电话的影响。格拉汉姆是这么说的:在我们的日常生活中,人们通常朝着一个未来的目标努力,比如说,我努力学习想成为中央控制局的言语审查官,格拉汉姆存钱则是为了发明冰上飞机。当然这都是过去的事情了。好，言归正传说当下，我们已知我们的行为将塑造未来。那么自然地，我们此刻的行为也对过去有影响。格拉汉姆觉得这个道理再明显不过，连蝼蚁都懂，我不敢说自己对蝼蚁很了解，或许它们比我们想象的还要聪明。

我觉得格拉汉姆的观点从逻辑的角度来说有点简单粗暴了。

我还得祝贺格拉汉姆成功地完成了一项一次性的发明，哪怕这项发明派不上什么大的用场，可毕竟他是我亲弟弟，血浓于水。"格拉汉姆，你把这里弄得乱糟糟的，还用妈妈的热放大器来搞发明，等妈妈回来，看你怎么跟她解释。"我说。

格拉汉姆怒气冲冲地盯着我，伸手就要去抓猫，但猫已经被我先得手。他当然知道猫用尾巴作为缓冲。他根本没必要多此一举！这就是格拉汉姆，一个完美主义者。一个创造了我们完全用不着的知识的完美主义者。

他的工作是二等信差，因为受了工伤在家休养，这才有时间来捣鼓发明。格拉汉姆的终极梦想可不仅仅是当个小信差，所以每次从中央信息控制部接到跑腿任务，他都恨不得从楼梯上一跃而下，最终如愿以偿地把骨头摔断了，获准回家养伤。不过回想起来，既然电话已经被他发明出来了，他主动摔断腿就得不偿失了。小信差们也将因此纷纷失业。你猜对了，当下的失业危机，也是格拉汉姆发明了电话造成的。

这就是事情的经过，我有幸见证这一切，并且有必要将此事公之于众。

电话最大的贡献就在于它极大地缩短了空间距离。拿起话筒拨一串数字就可以联系到对方，无论对方是近在咫尺还是远在天涯海角。

如果不能区分距离跟时长的差异，就会混淆时间的概念。这是直到最近我们才意识到的。我以为所有人都能分得清楚。爱因斯坦揭示了时间的真相。因此，大致的情况就是，格拉汉姆开始捣鼓发明电话到现在的两个月，被从时空四维上延展开来，一下子变成了八十年！千真万确！

格拉汉姆的发明很巧妙，只发挥了一次作用，但也就是这一次，电话的功能超出了预期。

格拉汉姆最初只是在工作室里捣鼓。他很兴奋，边干边絮絮叨叨地说他准备做这个做那个，传到我耳朵里的也不外乎是拿猫做实验、空气动力学以及冰上飞机而已，我也就不当回事，没侧耳倾听。格拉汉姆说："想象一下！想象隔空传话，不必留下只言片语！这意味着什么！私密性！再也不会有无孔不入的言语审查官四处打听我们的生活了！整个电传室再也不会知道我们究竟说了什么！"

我在一旁听他这么说，很想据理力争。想象一下，没有审查官读所有信息的世界会变成什么样子！我会引导他往这方面想的，我保证："格拉汉姆，如果有人拿起你的电话跟世界上任何地方的人交流而不留下半点儿白纸黑字，我们的生活就会乱了套。"

"除此之外，"我继续说道，格拉汉姆瞪大了眼睛盯着我，"因为你的所作所为，审查官们无缘无故地就下了岗（这点我是对的），如果让他们知道了你在做什么的话，他们一定会暴跳如雷的！"哈，他被吓到了。

格拉汉姆抓住自己的喉咙，发出一声怪叫："那些审查官？派人来抓我？凭什么！我只是个孩子！妈妈爱我！他们又怎么会知道是我发明了电话？"

"隔墙有耳。"我得意扬扬地说。

"阿蕾西亚！千万别！别去告发我！我可是你的亲兄弟！你怎么可以这么六亲不认！"

哈！真的把他吓到了！不过他说的也没错。我又不是爱通风报信的人。没错，我是想找一份审查官的工作，但是我只求混口饭吃，图个稳定而已。我也不会把他们讲的那套维持法律与秩序之类的话照单全收。"小心点。"我对格拉汉姆说，显然他只会当耳旁风。他只要发现自己有能力去实现，就一定会全力以赴的。我没有去告发格拉汉姆。现在我知道自己错了。毕竟，格拉汉姆已经成功地颠覆了20世纪的社会面貌。

那阵子我实在太忙了，无暇兼顾格拉汉姆。我有自己的事要干。不过我把这事偷偷告诉了我的闺蜜格蕾塔。她是我在电传室的同事。

"我跟你说，如果格拉汉姆的发明真的成功了，那我们很快就要下岗了。"格蕾塔正忙着嘀嘀嗒嗒地发送电传信号，我悄悄告诉她。

格蕾塔一脸不相信的表情："从电传室下岗，包括中央信息控制局？不会的，阿蕾西亚，这绝不可能。咱俩谁也不会丢掉饭碗。"

"你将因人为干扰传信而被抓。"我提醒她。

格蕾塔无比震惊："阿蕾西亚，从来没有的事！没有人可以做到这一点！这实在太……离谱儿了！"

"那备份信息怎么说？你也逃脱不了干系。"

格蕾塔的回复从容不迫，那神情我一辈子都忘不了。"阿蕾西亚，"她说，"摩尔斯电码、信号调度机和信差小子无处不在的那会儿，你弟弟还没生下来呢，更别提他的那些异想天开的主意了！你们家的猫怎么样了？"

"还在疗伤。"

"那冰上飞机呢？你不是曾经说过，这是你弟弟的又一大发明创造吗？"

"我是说过，但是冰上飞机跟电话不可同日而语！我相信电话会实现的！"

格蕾塔将信将疑："我们之间说的话再也不会让电传室的人听到了。"

"我知道，我懂。"

"意味着我们所处的20世纪将不复存在！"

"不会有审查官了！"

"嘘！"

"格蕾塔，我实在看不懂格拉汉姆。我一直跟他说：弟弟，电话会让社会变得一片狼藉。"

"才不会，"格蕾塔说，顺便给我灌输起国家对言论审查的道德必要性，"如果我们注定要实现通过电线传输对话，上帝早就应该从我们出生的那一刻起为我们接通。"

格拉汉姆则继续完善他的发明。有一天晚上我一进门他就告诉我："今天连通了走廊，明天就能连通整个世界。"

一条地线穿过走廊，接在我房间的一部电话上。我大吼一声："格拉汉姆，这回你真的是太过分了，快把你的发明从我的房间里拿走！"正在此时，电话铃响了。

"姐姐，请先到隔壁房间来好吗？"格拉汉姆在电话里恳求道，语气谦卑，意识到历史性的时刻即将到来。

我是这么跟他说的："格蕾塔说你是个祸害，看来她说的一点不错！"这就是第一次实用的电话传信过程。此事的来龙去脉并不是所有人都清楚。

一开始，格拉汉姆为整个走廊接通了电源，把线路铺设到每个房间。这还不够，他还想把线路铺设到澳大利亚的大街小巷，再扩展到全世界。

同时，他开始四处游说！不用担心审查官，资本主义实业家一上台，他们全部消失得无影无踪。格拉汉姆成功说服了他们。

"油气管道、供水管道，以及通话管道！"格拉汉姆两眼放光，在空中挥着手，"一套系统，一套政策，一套服务，统一全球！"

"全由一家巨头垄断！财源滚滚！"资本主义实业家接着说。

"铺设一套庞大的电话网络，把每座农场和邻近的农场连接起来，把每家工厂跟中控室连接起来，把不同国家连接起来！"格拉汉姆说，带着憧憬。

还记得报纸上是怎么说的吗？"我们有充分的理由期待贝尔先生将把技术细节公之于众，以实现通过电线将语音和朗读文本传输到数百英里之外的目标。"确实如此。

我试着提醒格拉汉姆："电话的发明，将给社会带来不少问题。"

格拉汉姆漠不关心："没有什么社会问题是电话到户解决不了的。"

"我是说经济问题。"我提醒他。

"有哪些经济问题是钱解决不了的？"看来什么都阻止不

了他。

"缩短了距离，节省了时间！"

"就那么一丁点儿！没人会察觉到！"

"格拉汉姆，你可千万别这么做！你已经进入未知领域。"

"别为我担心，"格拉汉姆说，"我完全知道自己在做什么。"

当然，他做错了，我们都为此付出了代价。可怜的格蕾塔首当其冲。

"阿蕾西亚，这到底是怎么了？我的日子……过得好快！我记得昨天我们还在中央控制局上班，现在……电传都不见了！"

我尽力让她转移注意力："亲爱的，生日快乐！你看，生日蛋糕上有五十支蜡烛！"

"世界变化好快。该不是电话……"

"时间之妙，妙不可言。"

格蕾塔朝蜡烛吹气："身边的一切开始加速，从我身边经过的速度非常快！"

"你看，你看，你很享受嘛。"

"这不公平！我还没有享受生活呢！"

当然，格拉汉姆会解释的。"过去、现在以及未来的区别，不过是假象。"他说。

"对我来说还是有区别的，昨天怎么可能变成明天呢？"

"只要时间压缩了就会！"

"那是我的问题！该怎么办？"

"我正在解决。"格拉汉姆喃喃道。

"我一刻也不能等，"格蕾塔说，"我现在就要解决。"

我发觉时间的流逝比我感受到的要快。时间取决于电话。

也许会有人说："胡说八道！时间已经存在了几个世纪，电话才问世了几年时间！"

"几年时间，你是说才几年时间吗？你为什么会这么说？看，被我套路了吧？"

"我有说过几年时间吗？"读者会迷惑不解地问，"说错了不行啊，我是说一百年了。我不知道自己为什么会说才几年时间，还说得如此坚定。这只不过是个愚笨的小错误罢了。"

啊哈！愚笨的小错误就对了！你被这个问题搞糊涂了，承认了吧。电话本身带着一种属性，比较邪门，已经非常接近正常人认知的可接受范围。这种感觉，只可意会不可言传。

我和格蕾塔都注意到了事情正在发生变化，从那时候起，我就一直想搞明白是怎么回事。

格拉汉姆说服了推销员，电话开始走进千家万户。对大多数已经安装了电话的家庭来说，时间开始加速。谁都有过这种感觉，度年如日，去年好似近在昨天，人生好比白驹过隙。这种事情，有一个完美的合乎常理的解释。去年对有的人来说就是昨天，对我则不然了。

审查官们纷纷失业，信差小子都报名参加两次世界大战了，电话线铺设到哪里，时间就加速到哪里。只有在还没有安装电话的国家，那里的人们才过着完整的人生。

我不清楚格拉汉姆和我当初为何没有把这种体验共享。我们自身由于掌握了这个秘密而不受其影响，但从另一个角度来说，也相当于受到了这个秘密的惩罚。我们置身整个时间加速之外。格拉汉姆倒挺得意。他觉得自己在第一次试验的时候发明了长生不老药。只不过这服长生不老药不是由金银、珍稀的草药或者经过基因工程改造过的DNA制成的。这服长生不老药来自几块锡罐、热放大器、几条电线和一台废弃的电传机通过某种不可思议的组合产生的辐射，当木星遮住天王星、上弦月时。

我无法让时钟倒转。以我一人之力也无法控制遍布澳大利亚各地的所有电话。不过我迫不得已，只能绑住格拉汉姆并带他去南极。他会听我的话，还有什么地方比南极更适合造冰上飞机？

故事进展到这一步又出现了新情况。格拉汉姆开始喃喃自语，想造一台缩短空间距离的神器，只不过他这次想造个宇宙级别的。他这么聪明自然心想事成。不过，格拉汉姆说，最大的问题还是在太空穿梭上，毕竟太空实在太宏大了。造一艘太空船还是其次，乘坐太空船遨游太空得花上亿的时间。星星之间的距离太遥远了。为此，格拉汉姆正在研制一台压缩宇宙的神器。

不是我们去寻找那些星星，而是让那些星星来到地球。

必须做个了断，这个世界已经受够了。

我，头脑清醒的阿蕾西亚·贝尔，必须带着我的弟弟格拉汉姆去南极了。我将在那里建造冰机库和冰上飞机，把机库大门反锁，从高高的窗户上把钥匙扔掉。我所做的一切全都是为了人类。

巴巴里海滩的一夜

凯奇·贝克 / 著

仇俊雄 / 译

··

凯奇·贝克是一名美国作家，创作的故事和小说既严肃又诙谐，大多数都带有奇幻或者科幻倾向。她曾入围雨果奖的决选，并荣获西奥多·斯特金纪念奖和星云奖。《巴巴里海滩的一夜》在2003年获得了为幻想小说举办的第一届旧金山诺顿皇帝奖。该作最初出版于《银色狮鹫》选集中。你可以在本选集中找到另一篇"公司"系列的故事——《上等霉菌》。

❁

为了寻找门多萨，我已经整整走了五天，今年是1850年。

事实上，"走"这个词并不能确切地描述我在这片她生活的垂直丛林中穿行时遇到的艰辛。我依照圣方济各会修士的要求，脚蹬凉鞋，手拿念珠，穿着九码长的棕色麻布长袍，手脚并用地向上爬，这实在不是什么有意思的事。我滑下山的时候也是一样，特别是当衣服后摆不断向上拱的时候更是如此。我涉水穿过冰冷的小溪，拨开蕨类寻找小径若隐若现的踪迹，穿过高塔般的红杉下永远黑暗的林地，我是指浓荫。有一天，诗人们会爱上大苏尔[1]，野兽和嬉皮士之后也会爱上这里，但如果吸血鬼发现了这个地方，他们肯定会发疯的。

门多萨不是吸血鬼，尽管她是个永生者，还有着很多缺点，不过她把大部分问题都怪到了我身上。

我也是个有很多缺点的永生者，有其父必有其女嘛。

经过一周的漫长跋涉，我终于来到了一块大约三千英尺高的平地上。我站在那里，看着脚底的云朵在太平洋海面上飘浮，感觉挺有意思，结果就是胃里起了点有趣的反应——我突然在自己左侧看见了公司配给的处理柜，伪装得很好。看来我终于发现了门多萨的营地。

营地里有一顶露营帐篷，还不错。外加一张桌子、一个野营炉具，还有五个花盆，每个盆里都种着一棵小树。不过除了它们，其他一切都蒙上了一层灰，看起来像是废弃不用了。

我的天，我心想，她来这里多久了？我不安地环顾四周，想着自己是否应该喊两声或者做点什么，这时我注意到她的信号就在我的……上面？我仰起头。

我身后的山上长了一棵又高又大的橡树，枝叶蔓延得很宽，门多萨就倚在高处的树枝上。她凝视着远方的海，眼里却有种迷醉的闲适之情，我猜她在看的东西比尘世间的地平线更为遥远。

我清了清嗓子。

她眼中的闲适一下子消失了，脑袋用力甩了几下，当中有着某些非人的特征。

---

[1] 位于旧金山和洛杉矶之间，红杉国家公园坐落此处。

"嘿，亲爱的！"我说。她低下头，目光聚焦到了我身上。她和我一样有着黑色眼睛，只是我的眼神中有更多的快乐和欢欣，也更加明亮，而她的眸子就像燧石，她还是个小姑娘的时候就已经如此了。

"约瑟夫，你在这里搞什么鬼？"她终于开了口。

"我太想你了，孩子，"我说，"想下来吗？我们得谈一谈。"

她嘟哝着从树枝上爬了下来。

"这棵树真漂亮。"我评论道，"有咖啡吗？"

"我可以煮一点。"她说。我看着门多萨拨弄着快被掏空了的配给箱时一声不吭，她拖出水罐，困惑地看着干透了的罐子，随后才想起最近的那条小溪在哪儿，我一直都在旁边憋着话，而且她的头发里居然长了苔藓。我很想放声大喊：你的日子怎么能过成这样？不过我还是没有说出口。

我当然没有说，这事处理得很高明。片刻后，我和她就坐在一根倒下的大原木两端，各自啜饮着马克杯里的咖啡，像家人一样。

"唔，咖啡[1]不错。"我撒了个谎。

"你想要什么？"她问。

"好吧，我来告诉你，"我说，"公司把我派到旧金山来执行一项任务。我需要一名负责田野调查的植物学家，可以从这个地区选择任何人来帮忙，所以我选了你。"

我准备好了迎接她突然爆发的情绪，因为门多萨碰上惊喜时可能会有些易怒。不过她又带着先前那种困惑的神情安静了一

---

[1] java指代咖啡，源于17世纪荷兰殖民印度尼西亚的爪哇岛，当时此地几乎供给了整个欧洲的咖啡。

阵，我才知道她刚才是在调用自己的精密时钟，因为她忘记今年是哪一年了。

"旧金山，嗯？"她说，"但约瑟夫，我一个世纪前就已经调查过芳草地了，对当地的风土人情做了彻底的调查。样本采集、DNA编码，所有的活儿都干了。相信我，对宙斯博士来说，那儿没什么值得感兴趣的。"

"这个嘛，现在说不定有了，"我说，"在你到那儿之前，需要了解的就是这么多。"

她叹了口气："所以，这活儿和我现在干的差不多吗？"

"差不多。但是，嘿，这会是段难忘的经历！那儿可不像这里只有浓雾和沙丘，现在多了许多别的东西。"

"我倒是愿意相信这是真的，"她冷冷地说，"我刚刚访问了1850年10月的历史记录。那里正在遭受霍乱的肆虐，不断有人纵火，街道多半都被流沙覆盖了。你真是准备带我去一个好地方啊。"

"你有多久没在餐厅吃过饭了？"我循循善诱。她开始说些讽刺的话作为回答，同时低头看着咖啡杯底部漂浮着的东西，打了个寒战。

她把杯子举过肩膀，把咖啡渣向后一倒。"你看，换个环境是件好事，"我对她说，学着她的样子也把自己的咖啡倒了，"通向三藩之路！充满音乐之旅！两个疯癫的义体人加上一个秘密任务就等于许多欢笑！"

"噢，少说几句吧。"她对我说，但还是起身拔营了。

我们下山花的时间比我想的要长得多，因为门多萨坚持带着她的五盆小树，它们是濒危品种，所以我们得把它们都带到位于蒙特雷的公司接收终端，那儿离我们最近，我半道都已经准备随便找个方便的悬崖把这几盆破玩意儿给丢下去了，不过它们最后还是被送到了公司的植物园。我们随后在蒙特雷申请了一些设备，还要了两匹马，终于起程前往旧金山。

我在想，如果是另外两个人这么前往，他们就会一边骑马，一边聊着过去的时光。不过和门多萨聊往事永远都不怎么安全。我们沿着皇家大道一路上行，穿过森林，越过灌木丛生的山丘，一路都没怎么说话，直到我们离开圣何塞。沿着后湾的海岸线前行，放眼望去尽是黑色的污泥和牡蛎壳，门多萨这才看着我，问道："我们带了很多实验设备，这是为什么？"

可我只是耸了耸肩。

"不管公司派我们来调查什么，看来他们都想让我们在这里分析些东西。"她若有所思地说，"所以，很有可能是他们不知道自己真正想要的是什么，不过又需要找到它。"

"很有可能。"

"你唯一的一名田野调查专家只能知道她应该知道的信息，这又说明这件事非常重要，"她继续说，"尽管你此时还在教堂里继续伪装自己，扮演着卢比奥神父或者别的什么身份，没错吧？但他们还是选择派你过来。"

"没错。"

"我有没有和你说过，你穿这身长袍的时候看起来甚至比平时更像梅菲斯托勒斯[1]？但不管怎么样，为什么公司会派一名修

---

[1] 歌德《浮士德》中的魔鬼。

士前往这座满是金矿矿工、赌鬼和娼妓的镇子？你在那里会格外显眼，而我这个植物学家又该去哪儿隐藏自己的身份？"

"我猜我们会找到办法的，嗯？"

她斜着眼瞪了我一眼，自顾自地嘟哝了一阵，不过这没关系。至少我让她对这份工作产生了兴趣。最让我担心的就是她那持续了千年之久的怒视，好在它现在正在慢慢消失。

我倒是根本不担心接下来要做的事。

就算离旧金山有几英里远，你都能闻到它的味道。就算是缺乏卫生设施，一个凡人生活的繁荣小镇也不该那么难闻，就算有疟疾肆虐也不可能这么糟糕。旧金山的气味闻着就像是一股烟，带着恶臭直冲你的鼻子，一直钻进鼻窦里。

它的味道之所以如此是因为它已经被大火烧毁过四次，最近一次是在一个月前，不过当你看着这个地方时，根本不会知道着火的事。曾经被帐篷和棚屋占领的地方现在变成了贵得令人发指的住宅区，已经被全新的架构建筑填满了。锤子日夜不停地在克莱、蒙哥马利、科尔尼和华盛顿这几条街上敲打着。所有新伐的生木料上都装饰着红白蓝的彩旗，匆匆地挂起的星条旗四处飞舞。加利福尼亚刚刚才发现自己被接纳为联邦成员[1]，还在庆祝呢。

海湾里黑压压地停满了各种各样的船，不过最靠近海岸的那几艘永远都没机会再度出海了——他们的船员已经抛弃了船只，船坞早已把那些船包围起来，而且到处都被船填满了。船体上开凿出了门窗，被改造成了商店和酒馆。

---

[1] 加利福尼亚于1850年成为美国第三十一个州。

在后面的沙丘里，是一群上千年来未曾改变过生活方式的人们根据罗马帝国的官员最初设计的定居计划建造的土坯房，可怜的老德洛丽丝教会带着惊叹，俯瞰这个疯狂的新世界。门多萨和我骑马到了林孔山附近的时候，也盯着那片海湾看了一会儿。

"这就是一座美国城市。"门多萨说。

"天命在起作用。"我承认，然后看着她。门多萨一向不太喜欢和凡人在一起。在荒野里生活了一百五十年的她要如何适应一座现代城市呢？不过她只是张开嘴，催促着她的马儿向前跑去，这让我非常为她骄傲。

尽管到处都是灾难般的臭气，这个地方依然生机勃勃。人们纷纷走到屋外，跑来跑去，做做生意。这里有旅馆和客栈，还有杂货店、面包店和糖果店。驳船船员在那些尚未被吸收成为这座城市的船只间的水里忙碌着，把前往采金场的勘探工带进城市，或者把为商人准备的成箱货物带上岸。我还没穿过克雷街，就已经听见了六种语言。任何东西都能在这里买到或者卖掉，你甚至能尝到一名来自巴黎的大厨烹制的菜肴。空气中充斥着饥饿、热情和一种贪婪的天真。

我笑了起来，美国看上去很有趣。

我们在巨大的中央码头找了一家酒店，把行李放在两间狭窄的房间里。从房间的窗户望出去，可以看见被困在港口内的船只索具。门多萨盯着四周光秃秃的木板墙。

"这是俄勒冈云杉，"她说，"你还能闻到森林的气味！我敢打赌，这棵树一个月前还在生长。"

"很有可能。"我同意她的说法。我在箱子里翻找着，我找到了自己想要的东西，把它展开，检查着它是如何在漫长的旅途中幸存下来的。

"这是什么?"

"一个花招儿。"我把那幅画举了起来,"为神圣的教皇准备的漂亮礼物!不过这毕竟只是艺术家的构想而已。"

"一个又大又丑的十字架?"门多萨看起来神情很痛苦。

"还有一串与之相匹配的念珠呢,孩子。所有这些都是用黄金特别打造的——这才是最重要的一点——阳光灿烂的美国加州出产含着黄金的石英,这样神圣的父[1]就能知道他在这里有着忠实的信徒!"

"真恶心。你是认真的吗?"

"当然不是,不过我们不想让那些凡人知道这个。"我卷起画,把它塞进装满钱的卷毯旅行包里,"你就待在这里,把实验室架设好,行吗?我得去找些珠宝来。"

旧金山有许多珠宝商。从萨克拉门托归来的成功人士有时喜欢把金块镶嵌在怀表的表饰、领带别针或者为纪念东部的恋人所佩戴的胸针上。伴生有黄金的石英被切割和抛光后非常受欢迎,看上去也很漂亮。

位于俄亥俄和百老汇角落处的海勒姆·甘斯布那儿有些我要的东西,位于哈里森和百老汇的约瑟夫·施瓦茨那儿也是如此,不过在哈里森和第六大道交界处的J.C.罗斯有的品类更多。不过我也去了一趟克雷街购物中心里的鲍尔温公司,还有在卡尼街上的J.H.布拉德福德,为了保险起见,我还去了杜邦街和克雷街上的莫

---

[1] 这里指代教皇。

法特公司，拜访了矿物检验师和银行家。

所以，我只是个可怜的小修士，直到夜幕低垂，我才艰难地拖着沉重的卷毯旅行包回到旅馆。有个来自悉尼的前科犯跟踪了我三个街区，本来可能打算抢劫或者谋杀我。不过我先钻进一家酒馆，从后门溜出来穿过困在港口的"尼安蒂克号"的甲板，然后又穿过了另一家酒馆，在那儿停的时间就够我点一个牡蛎三明治[1]和一提桶蒸汽啤酒[2]。

我用卷毯旅行包推开门多萨的房门时，也恰好把那家伙甩开了。

"嘿，亲爱的，我带了晚饭！"

她立刻把门打开，紧张得要命："看在上帝的分儿上，别大喊大叫的！"

"不好意思。"我进了房间，开心地放下旅行包，"我觉得凡人应该还没睡觉，现在还早呢。"

"这儿的楼上有三个人，还有十七个人在楼下，"她说，焦虑地绞着双手，"我有很长一段时间没有和这么多凡人待在一起了，都忘了他们的心脏有多吵。现在我都能听见他们的心在跳动。"

"噢，你很快就会习惯的，"我说，举起了买回来的食物，"快看，牡蛎三明治和蒸汽啤酒！"

她看起来很不耐烦，可随后闻到了新鲜出炉的酸面包的香

---

[1] 长条的面包对半切开，挖空，填上炸过的牡蛎或者鸡肉、虾肉等。有时又称为穷孩三明治，在19世纪的美国非常流行。

[2] 一种产于19世纪中期美国加州东部的啤酒，因其发酵时煮沸的麦芽汁冷却产生的大量蒸汽而得名。

气，还有黄油、大蒜，以及稍稍炸过一下的牡蛎……

"噢，天啊！"她轻声叹道。

所以，我们又度过了一段愉快的时光，我和她坐在她安装测试设备的桌边，面对面在啤酒提桶边喝着吃着。我点起一盏油灯，把纸包着的不同的东西从我的卷毯旅行包里一个接一个拿出来。

"这些是什么？"门多萨嘴里塞得满满当当的。

"含金石英的样品，"我解释道，"从六个不同的地方收集来的。我在每个包裹上都用纸写了购买地点的名字，看见了吗？你的工作就是测试每份样品，在石英的缝隙里找到一种和黄金共生的蓝绿色地衣。"

她吞下嘴里的东西，摇了摇头，一脸茫然。

"约瑟夫，你得找个微生物学家来干这活儿，真的。对付这么原始的植物不是我的强项。"

"离我最近的微生物学家在西雅图，"我解释道，"而且和阿格里帕尼拉共事实在是太痛苦了。另外，你能解决这事的！还记得酿造黑色乐土用的葡萄吗，那种突变的酵母菌株或者别的什么东西？你还因为它获得了田野调查的奖励，这事对你来说很简单的！"

门多萨看起来很开心，但她努力隐藏住自己的情绪："我打赌这是因为你的任务预算不够把合格的人选送来这儿吧，嗯？果然是公司的作风。好吧，我吃完晚饭就开始。"

"你可以等到明天早上再动手。"我说。

"才不。"她喝下一大口啤酒，"没种的人才睡觉。"

吃完饭我就先休息了，入夜数小时后，我依然能看见她房间里的台灯亮着。每次我翻身的时候都能看见光线透过木板的缝隙，我知道她为什么会工作到这么晚。

如果你选择过滤掉凡人发出的噪声，想在这样的房里睡着并不算难。不过有些时候你即将入睡，却发现自己在倾听一颗本应该在那里跳动的心跳，但它并不在那儿，你会突然醒来，想起那些你不愿记起的事。

我睁开双眼，阳光已经照在了我的脸上，也洒在了海湾上，敞开的门外闪着海面粼粼的反光。门多萨坐在我的床边，从她的水壶里喝着什么。我嘟哝着做了个鬼脸，摇摇晃晃地坐了起来。

"咖啡。"我沙哑地说。她看起来很得意，把她的水壶举高。

"在拐角处有家酒馆，那位善良的凡人只收了我五美元就把一整壶咖啡卖给了我。想要来点吗？"

"当然。"我伸出手，"这么说来……你不介意一个人去酒吧？这个镇子上有些卑鄙的凡人呢，孩子。"

"你说那些著名的澳洲黑帮，那群悉尼来的鸭子？[1] 没错，我知道他们。"她好像因为什么事情变得很高兴，"不过约瑟夫，我在文塔纳生活了好几年，整天都在躲着山狮！一两个卑鄙的凡人根本吓不到我。来吧，尝尝看，咖啡。"

我小心翼翼地啜了一口，味道很棒。我们或许身处以糟糕的咖啡而闻名的美国，但旧金山就是旧金山。

门多萨清了清嗓子，说道："我发现了你说的那种蓝绿色的地衣，它生长在你从海勒姆·甘斯布那儿带来的样本里。这玩意儿看起来像是斯提尔顿奶酪（世界三大蓝纹奶酪之一）。所以约

---

[1] 仅限于旧金山本地早期的说法。

瑟夫，它到底是什么？”

“公司要的某样东西吧。”我把半壶咖啡都喝了下去。

“我就打赌说是，”她说，又斜眼看着我，“我坐在这里，看着你流口水和打呼噜，通过阅读有关生物反应介质研究的期刊取乐。约瑟夫，你要的这个地衣是种噬毒体，它非常喜欢吃与黄金伴生的砷和锑化合物，可以分解它们。我怀疑它能为任何从事工业污染清理工作的人赚很多钱。”

“你猜的非常有道理，门多萨。”我说。我把咖啡递回去，两脚垂在床边，找到了凉鞋，把它们穿上。

“不是吗？”她看着我在箱子里翻找自己的剃须用具，“没错，看在上帝的分儿上，刮刮胡子吧。这圈禁律的胡子让你看起来就像是托尔克马达[1]的支持者一样。所以，宙斯博士肯定在做一件无私奉献的事！不过当然了，他用的还是通常的公司盈利手段。我不太明白为什么这个任务得保密，不过我的确很惊讶。”

“嗯哼。”我在脸上抹了一圈刮胡泡沫。

“你看起来着急得要命。”

“真的？”我把脸上的胡子刮掉。

“我在想你急匆匆地要去做什么？”门多萨说，“是不是急着赶回海勒姆·甘斯布那里，看看他还有没有更多的昨天卖给你的东西。”

“大概吧，孩子。”

“我可以一起去吗？”

“不行。”

---

[1] 15世纪西班牙第一位宗教裁判所法官，号称最残暴的教会屠夫。

"我不要整天坐在房间里，看着地衣在培养皿里生长，"她说，"那我出去逛逛可以吗？"

我看着镜子里的她，不安地说："亲爱的，这个城市犯罪率很高。那些从澳大利亚来的家伙个个凶神恶煞，还有些北方佬——"

"那我只会同情那些带着犯罪意图接近我的凡人，"她说，脸上带着冷冷的笑，"我就骑马去金门兜一圈，这怎么能惹上麻烦呢？吉尔德利[1]还要再过两年才会出现，没错吧？"

我最后还是陪她走到马厩，目送她安全离开，然后就像她怀疑的那样，我急匆匆地回到了到海勒姆·甘斯布的店里。

甘斯布先生在店铺柜台后藏了一把上了膛的步枪。我冲进他店里的速度太快，吓得他掏出枪，飞快地瞄准了我，随后才意识到原来是我。

"抱歉，卢比奥神父，"说着，他放低枪管，"您又回来了？神父，您看起来很匆忙。"他留着一脸白胡子，穿着红白条纹的丝质背心，整个人给我一种错觉，让我还以为自己是在和山姆大叔说话。

"我刚被一群道德败坏的家伙追赶。"我说。

"真的吗？"甘斯布先生怀疑地噘起嘴，"好吧，您昨天买的那块石英还满意吗？您的修士朋友觉得合适吗？"

"当然，我的孩子，他们觉得非常合适，"我说，"事实上，它的颜色和质地如此出众、如此优秀，比我们见过的任何石

---

[1] 美国著名巧克力品牌，创建于1852年。

英都好，我们都认为，只有你才配得上为神圣的父担负这一重要的使命。"我把耶稣受难像放在柜台上，他笑了起来。

"神父，我很高兴能听到您这么说。我想自己能以一千美元的价格把这份工作做好。"他毫不遮掩地用双眼紧盯着我，想看我是否会动摇，但我只是抽出自己的钱包，对他笑着。

"对圣母教堂来说，金钱绝不是问题，"我说，"我可以先预付一半的款吗？"

他舔着牙齿看着我清点智利金币。我继续说道："事实上，我们打算为枢机团[1]的全体成员准备许多念珠来当礼物。所以，我们就先假设你有我们需要的那种纹路漂亮的石英。你知道它是在哪里开采的吗？"

"我不知道，先生，我真的不知道。"他告诉我，"一周前，有个矿工背了一袋石英来我这儿，他觉得自己能在珠宝商那里卖个更好的价钱，因为它的颜色很有趣。我敢打赌，我在后房里的存货够您做所有的念珠了。"

"甚好，"我说，"但你还记得那位矿工的名字吗，如果我们真的需要更多石英的话可以去找他。"

"记得，"甘斯布先生拿起一枚金币，仔细地看着，"那人的名字叫以赛亚·斯塔基。他没有说自己是在哪里采来的。他们一般都不说，这是行规。"

"可以理解。那你知道我在哪里可以找到他吗？"

"不，先生，我不知道。不过我能告诉您，我把石英的钱付给他之前他身上一分钱都没有。所以我猜，他要去的下一个地方

---

[1] 天主教会最高的宗教机构。

是旅店。"甘斯布先生看起来满脸鄙夷，"除非他直接去了黄金国或者妓院，抱歉。这取决于他在山里待了多久，不是吗？"

我叹了口气，摇摇头："我恐怕要承认，这是一座诱惑之城。你能和我描述一下他的长相吗？"

甘斯布先生想了想："这个嘛，他留着胡子。"

好极了。这个城市里满是留着胡子的家伙，而我要找的正是一个留着胡子的人。不过我至少知道他叫什么。

我在今天剩下的时间里拖着沉重的步伐，遍访旅馆、公寓和帐篷，询问是否有人见过以赛亚·斯塔基。我打听的半数人都窃笑着问："没有，怎么了？"然后等着一句点睛之笔。剩下的半数人说没见过，又请我针对困扰他们心灵的问题给出一些建议。等太阳落到诺布山后时，我听了十七名妓女、五个醉鬼，还有一名异装癖者的忏悔，但我还是没有找到以赛亚·斯塔基。

黄昏时分，我沿着日后会成为巴特里街和桑瑟姆街的步道一路走回被困在码头内的船上，许多摇摇晃晃的支柱撑在下方，立在港口的湿泥上。我蹒跚地走上一块跳板，那地方自称是木兰花旅馆，船首挂一条床单，上面画着旅馆的标志。一个闷闷不乐的家伙正在擦洗甲板。

"我们这里不再招该死的润滑工了，"他提醒我，"就算你是个牧师也不行。"

"好吧，我的孩子，现在耶稣在上，我不是过来占用你们的人手的，"我努力装出最重的都柏林口音说道，"请让我介绍一下自己！我是伊格内修斯·科斯特洛神父。我来此寻找一名可怜的灵魂，他的家庭处在水深火热之中，迫切需要他的出现，然而他这一年却从金矿里失踪了。小伙子，你们有没有把很多房间租给矿工呢？"

"当然。"那个人嘟哝着，看上去很尴尬，"他叫什么名字？"

"以赛亚·斯塔基，反正这是他那位亲爱的老母亲告诉我的。"我答道。

"那家伙！"那人抬起头来，一副义愤填膺的样子，用拖把指着甲板上的一大摊呕吐物，"这就是你要找的那个以赛亚·斯塔基的杰作，老天啊！"

我厌恶地向后缩了缩："他没得霍乱吧？"

"没有，先生，只是醉得不省人事罢了。他在房间里躺了差不多一个星期，你真应该闻闻他房间里那股该死的味道！因为他拖欠了三天的房租，所以老板要求我不管他醉没醉，都得把他从房间里拖出来。我好不容易把他拖到这里，结果他在我擦干净的地板上吐得一团糟。如果不是他突然清醒，立刻像匹赛马一样沿着甲板溜走了，我真希望自己能打死他！老板朝他开了一枪，但他还是不停地跑。我们最后看见他，他离卡尼街还有半条街的距离。"

"噢，我亲爱的孩子，"我说，"我猜你可能不知道他往里跑了吧？"

"我不知道，"那个人把拖把扔进桶里，继续干活儿，"但如果你也赶快跑，就可能抓住那个……"他吞吞吐吐地说，抬头看着我这身教会的装扮，"混蛋。他才离开十分钟，不会走太远的。"

我采纳了他的建议，在暮色中匆匆离去。空气中实际上有着一股挥之不去的恶臭，斯塔基留下的气味分子尚未被冲散，任何警犬都可以毫不费力地捕捉到，不过它们不会喜欢这种体验。另外，任何感官增强过的义体人也同样能跟踪他留下的踪迹。

我穿着凉鞋，啪嗒啪嗒地紧跟着斯塔基留下的踪迹，在转进街角时，偶然遇上了门多萨。

"嘿，约瑟夫！"她高兴地向我招手，"你永远都猜不到我发现了什么！"

"一些植物，对吧？"

"何止啊！我发现了一种羽扇豆，有着——"

"真是太棒了，孩子，这话是认真的，不过我现在得借你的马搭一程。"我翻身上马，坐在了她身后的马鞍上，却发现自己屁股底下是一团潮湿的东西。"这是什么鬼东西——"

"这是我的羽扇豆。我把整株植物都挖出来了，还撕下一片衬裙把根球包裹起来，直到我能找到花盆把它栽下去为止。如果你把它压烂了，我就把你的脖子拧断。"

"我没有，它还好好的。"我说，"听着，我们能不能让马沿着街道的那个方向慢跑起来？我在追一个人，不想跟丢他。"

她嘟哝着，但还是用脚后跟踢了踢马的两肋出发了，可就算这样我们的速度也不快，因为这条街是上坡。

"我们回旅店放下我的羽扇豆都用不了十分钟，这你也清楚。"门多萨说，"这真的是一种非常罕见的亚种，或许是一种突变体，它似乎能产生光反应性卟啉。"

"亲爱的，我可等不了十分钟，"说着，我把屁股从那堆该死的东西上移开，"等等！在这里左转！"斯塔基的踪迹在通向卡尼街的方向拐了个弯，转向了朴茨茅斯广场，所以门多萨猛地拉住马的缰绳，掉转方向，俯着上身拐了个弯。我环顾四周的情况，试图找出一个步履蹒跚、气喘吁吁的大胡子。但不幸的是，整条街上全都是跌跌撞撞的络腮胡子，他们都在往朴茨茅斯广场走。

我们终于知道他为什么来这里了。

朴茨茅斯广场只是一片铺着沙的空地，但是在四角摆着四个铁丝筐，里面满是沥青，红杉木片在上面燃烧，三面围着被火光映亮的木板和木条盖的房子，还有一面是商店和一间土砖砌成的屋子。它们就像一群受人尊敬的大家闺秀，皱着眉看着他们的邻居，不过广场剩下的地方燃着大火，就像是快乐的蛾摩拉。

"老天啊，"门多萨勒紧缰绳，"约瑟夫，我不要进去。"

"这不过是凡人在享受美好的时光。"我说。在假门上涂着花哨的名字，就像是古老的西方奇幻故事中的一样，比如玛祖卡、帕克·豪斯、瓦尔苏维纳[1]、墨西哥摔跤、丹尼森交易所，还有大拱廊。它们都被火把照亮，外面骄傲地涂着红白蓝三种颜色，整个地方给我的感觉就是可怕的美国国庆节。

"这里就是一窝妓院和赌场。"门多萨说。

"还有剧院。"我反驳道，指着珍妮·林德[2]剧院二楼的窗户。

"还有酒馆。你想在这里找什么？"

"一个叫以赛亚·斯塔基的家伙。"我说，身子向前探去。

---

[1]一种舞蹈，混合了华尔兹、玛祖卡和波尔卡的舞蹈元素，发源于1850年的华沙，在19世纪的美国非常流行。

[2] 著名歌唱家，瑞典夜莺。

他的气味现在很难分辨，但是……在那里……"就是他开采了那些石英，我需要和他谈谈。走吧，我们停在这儿把路都堵死了！我们先找找看这里，黄金国。"

门多萨咬紧牙关，但还是向前骑去，我们走近黄金国的时候，踪迹变得愈来愈强烈。

"他在里面，"说着，我从马鞍上滑了下来，"快来！"

"谢谢，不过我还是在外头等着吧。"

"你是想一个人在这里等着，还是在牧师的陪伴下进入一家漂亮文明的赌场？"我问她。她抓狂地看着四周成堆的快乐人类。

"不管怎样我都会恨你的。"她也下了马。我们走进了黄金国。

或许我就不该用"漂亮文明的赌场"这个说法。这是一个很大的方形场地，没有裸露在外的木板墙，地面从入口就开始往下倾斜，因为它仅仅靠着灰堆上的桩子支撑，已经开始下陷。风从木板的缝隙中吹进来，没有哪里比旧金山夜晚的风更冷了。它吹向靠着墙的空货摊，有面薄纱被图钉钉在木板上，隔出了一个空间，这些图钉还是用手指按进去的，薄纱后面是妓女们干活儿的地方。好莱坞的布景师做梦都想象不出这样肮脏恶劣的贫民区。

不过黄金国有着美国西部老式酒馆的所有特征，比如在木板墙上尽可能多地钉上洛可可的装饰，放不下的就靠在墙上。镀金的画框里裱着丰满的裸体女人。在酒馆的一头装着一面巨大的镜子，切面的镜子在油灯下闪着斑斑点点的亮光。一整支乐队在酒吧的舞台上演奏，演奏得又响又好，星条旗也挂在那里，带着荣光垂荡在空中。

　　赌桌边坐着赌场老板和穿黑色西装的商人，个个瘦骨嶙峋，就像是照着霍利德医生[1]的模子刻出来的一样。他们玩蒙特牌戏[2]、法罗牌[3]、戴安娜赌、三骰赌[4]，还有普通的扑克。餐具柜的食物是为那些豪赌的家伙准备的，许多衣衫褴褛的人——从金矿回来过冬的他们现在暂时是穿着蓝色牛仔裤的百万富翁——正在自顾自地享用馅饼和冷牛肉。一袋袋金粉或者成堆的金块就这样放在桌上，无人看管，但是就和小镇上的其他东西一样安全。

　　我真希望自己没有穿成修士的样子。在这个地方，一个能够记牌的义体人可以为自己挣些钱来抵消日常费用。我本来可以上去试一试的，但是门多萨在我身边，呼吸急促，所以我只是摇了摇头，转身关注自己的猎物。

　　以赛亚·斯塔基就在这里的某处。难道是在自助餐桌边上，不是……吧台？也不是……老天啊，那里肯定有差不多三十个家伙，他们都穿着蓝色牛仔裤和褪了色的红色印花棉衬衣，浑身散发着单身汉的臭味。有个强壮的家伙鬼鬼祟祟地四处打探，那是他吗？

　　"好吧，门多萨，"我说，"如果你是一个刚从醉酒的狂欢

---

［1］　19世纪中后期美国著名的赌王、枪手和牙医。

［2］　19世纪流行于美国西南部的一种西班牙牌戏。

［3］　产生于17世纪晚期的法国，19世纪在美国非常流行，在20世纪初被扑克取代。

［4］　源于英国酒吧的一种赌戏，因为要将三枚骰子装在鸟笼里，因此又称为"鸟笼赌"，在19世纪初传到美国。

中缓过来的采矿工人，而且身上一分钱也没有，你会去哪里？"

"我会洗个澡，"门多萨说，皱了皱鼻子，"不过一个凡人可能会试着去赚更多钱。所以我猜他进了这里。当然，你得先有钱下注才能去赢更多的钱——"

"站住！有贼！"有人喊道，我看见那个鬼鬼祟祟的家伙从人群里冲了出来，手里攥着一袋金粉。赌场的管理员团结一致，从他们干净的衣服里变出了数量惊人的武器。那人是以赛亚·斯塔基——我现在能闻到他的气味！他纵身冲破后窗，子弹和鲍伊猎刀[1]紧随其后。

情急之下我不由得说出一些平常人不会经常从牧师口中听到的话，一把抓住门多萨的手臂："快点！我们得赶在他们之前找到他。"

我们跑了出去，发现有群人围住了门多萨的马。

"都给我走开！"门多萨喊道。我推开她，目瞪口呆地看着眼前的一切。在门多萨的马鞍后面是一丛看上去很可怜的灌木……它在黑暗中发着光，就像一朵褪了色的霓虹玫瑰。它也在前后晃动着，因为有人正试图把它扯下来。

一个喝得烂醉的矿工摇摇晃晃地站在那儿，还有一个微醺的妓女，她一只手抓着矿工的皮带，另一只手用力拉扯那丛变异羽扇豆。

"我说了，都给我走开！"门多萨把我推到一边，伸手去够那个妓女。

"但我要结婚了，"妓女说，声音里满是威士忌和烟草留下

[1] 19世纪初由美国著名探险家詹姆斯·鲍伊发明的一种单刃猎刀。

的痕迹，"我应该手握一束玫瑰花去结婚。因为我从来没有结过婚，我应该给自己准备一束玫瑰花。"

"这不是玫瑰花，你这个愚蠢的母牛，这是一丛光照后会产生卟啉的突变羽扇豆样本，非常稀有。"门多萨说。她的眼神让我和其他清醒的人不由得向后退了几步，但那个妓女只是眨眨眼。

"别对我说这种话。"她尖叫着，试图把门多萨的眼睛挖出来。但门多萨弯腰躲过了这一招，左手用力一挥，重重地打在了可怜的莎莉·法耶的下巴上，好吧，她或许不叫这名字，但管它呢。她一屁股坐在地上，不省人事的未婚夫也和她一起倒地。

所有在场的人都满怀渴望地绕着门多萨围成了一圈，除了我。我跳上前，抓住了门多萨的胳膊。

她的眼里满是杀意，正从马鞍包里往外拿一把园艺铁锹，我用缄言对她说，你疯了吗？我们得找到以赛亚·斯塔基！于是门多萨怒吼了一声，翻身上马，我也只得匆匆爬上马背，用一种相当不体面的方式抓着自己的长袍，这引起了周围旁观者的哄笑，随后我们策马进入夜色中。

"下到蒙哥马利街去！"我说，"他可能会到那儿去。"

"前提是子弹没打中他。"门多萨说，但她还是催促马儿沿着克雷街一路狂奔，在蒙哥马利街左转。走到街区一半的时候，我们就放慢了速度，让马慢慢跑着，我探出身子，试图再次捕捉到他的踪迹。

"没错！"我朝空中挥挥拳，差点儿摔下马来。门多萨抓住我的兜帽，拉正我的身子，让我直直地坐在她背后。

"你和这个凡人说话为什么那么重要？"她问我。

"向北！他的踪迹又回到了华盛顿街。"我说，"孩子，我不是说过吗，他把那种石英卖给了甘斯布。"

"但我们已经在它里面检测出你要的那种地衣了。"门多萨说。我们在下一个十字路口停了下来，我嗅了嗅空气，指向前方。

"他往那方向走了，快走！我们想知道他是从哪儿弄来这些东西的，不是吗？"

"真的？"门多萨又踢了一脚她的马——我只能庆幸公司没有给她发马刺——我们向杰克逊街骑去，"约瑟夫，我们为什么需要准确地弄清石英是在哪里开采的？我成功培育出了这些地衣，已经够公司的实验室用了。"

"当然要知道，"我继续专注于以赛亚·斯塔基的气味，"继续往前行吗？我想他要回到太平洋街去了。"

"除非公司有其他原因想知道这种石英的矿床在哪儿。"门多萨说。我们到了太平洋街。

我在马鞍上坐直身子，闭上眼睛，集中精力闻着气味。那是他刚才的踪迹，但是……没错……他又往山上去了："再往左走孩子，你刚才说什么来着？"

"我想问的是，我想知道公司是不是想确保没有别人能够发现这种非常宝贵的石英矿藏。"门多萨说。这时候马喷了一声响鼻，耳朵扭向后面，它不准备在太平洋街上飞奔，而是一路小跑起来。

"给我跑起来。门多萨，你是说这种所能想到最珍贵的生物反应物质的独家专利权？为什么宙斯博士要担心这个？"我说。

她沉默了一会儿，但我能感觉到她心中的怒火正在慢慢上涌。

"你的意思是，"她说，"公司的计划是消灭这种地衣的源头？"

"我有这么说吗，孩子？"

"这样宙斯博士在24世纪将它推向市场之前就没人会发现它了？"

　　"你看见上面有斯塔基先生吗？"我从马鞍上站了起来，仔细地观察着太平洋街向上的陡坡。

　　门多萨用16世纪的加利西亚语说了一连串亵渎神明的话，真是令人惊讶，不过至少她没有把我从马上推下去。她把气用完，深吸了一口，说："在我永恒的生命中，我只想知道自己是否就像我们之前承诺过的那样，真的在尽一份力以拯救这个世界，而不是让许多未来的技术官僚靠不道德的手段暴富。"

　　"我也想知道，真的。"我说。

　　"你不要在我面前装出一副真诚的样子！你这个该死的服务商，我说得没错吧？你就像他们的走狗一样，一点道德感都没有！"

　　"我反对这个说法！"我紧贴着她的肩胛骨，那株在黑暗中发着微光的变异羽扇豆紧贴着我的后背，实在很难受。"但话又说回来，当个保护员有什么好的？你也可以像我一样当个服务商，这你也清楚，孩子？你有这个职位要求的一切。但是你呢，却把所有永恒的生命浪费在寻找稀奇古怪的灌木上！"

　　"像你这样的服务商？我还不如死在圣地亚哥的地牢里算了！"

　　"我救了你的命，这就是我得到的感谢？"

　　"说到那些稀奇古怪的灌木，了不起的服务商先生，你听着，或许你在知道某种稀有的卟啉在数据储存领域会有巨大的商业价值之后——"

　　"你倒是说说看，究竟是谁让那些技术官僚暴富的，嗯？"我质问道，"你有没有停下来想过，如果像你这样的植物学家不再像机器人那样不断地把它们挖走，这些植物就不会变得像现在那样稀少？"

"我得告诉你，这株植物生长的地方十年之后就会被夷平。"门多萨冷冷地说，"如果你再敢叫我一次机器人，我就在你的背上来一脚，让你弹来弹去地滚下这个山坡。"

马儿一直在走着，旧金山湾已经在我们下方很远很远。最后我愚蠢地说：

"好吧，我们已经把所有能用来互相指责的东西都说了一遍。你难道不准备说我把你最爱的那个男人杀了吗？"

她的身子猛地抽动了一下，好像我给了她一枪，她转过身来，用怒火中烧的眼睛狠狠地看着我。

"你没有杀他，"她说，声音很平静，"你只是让他死去了。"

她转回去。我当然想用双臂环抱着她，告诉她我很抱歉。不过我如果这么做了，那接下来的几个月我就要在再生舱内重新长回自己的手了。

所以，我只是抬头看着我们迷迷糊糊进入的那个街区，这时候我才真的感觉到血液发凉。

"呃——我们在悉尼镇。"我说。

门多萨抬头望去："噢，不。"

这里一面旗帜都没有，也没有成串的彩旗，没有火炬。你永远、永远都不会在好莱坞的西侧见到像这样的地方。就连约翰·韦恩[1]或者盖比·海耶斯[2]都没有去过任何像悉尼镇一样的

---

[1] 美国著名西部片演员，主演《关山飞渡》。

[2] 美国著名西部片演员。

地方。

镇子坐落于太平洋街顶端的那片岩架上，早已腐朽不堪。左侧是长长一排早已倾斜的棚户屋，右侧也是一样。我可以瞥见窗户和门廊里透出的昏暗灯光，听见小提琴的声音，这声音里混合了六首从英国诸岛传来的民谣，在怪异的不和谐中演奏着。这里的气味真是难以置信，恶臭从漆黑的门廊里漫溢出来，里面似乎有更加黑暗的东西靠在那里。在各种各样破败的寓所上方刻着的名字褪色后变得苍白不堪，名字很奇怪，可能指其他地方：小杯麦酒、苏格兰软帽[1]、欢乐的船员、一鸟在手。

有些黑影探出身来，朝我们说"晚上好"，他们没有提高说话的声音就让我们知道了这些屋子的特点。在"野猪之首"，一个女人正在后屋向一个和猪一样贪吃的男人示爱。我们想见到这样的场面吗？在"山羊与罗盘"，有个男人对吃喝的东西来者不拒，不管是什么东西都能咽下去，伙计，只要给他几分钱就行，而且他已经有十年没洗澡了。我们真的想让他试试看吗？在"喜鹊"，一个女孩躺在后面的一张床垫上，她喝得不省人事，不管谁对她做什么，她在天亮之前都不会醒来。我们对这些东西感兴趣吗？其他黑色的影子在阴影中穿行，看着我们。

朴茨茅斯广场满足了人们简单的欲望，比如饥渴、贪婪、性欲，还可以朝陌生人开枪。而悉尼镇则能满足那些人的特殊喜好。

我从来没见过这种情况，不过我在古罗马和拜占庭最糟糕的时期工作过，门多萨则向后退缩，骑马时紧挨着我。

---

[1] 一种棉质扁平的无檐圆帽，顶部有个装饰用的毛球。

她脸色苍白，神情呆滞，这种情况我之前只见过几次。第一次是在她四岁的时候，审问官把她带到装着栅栏的窗户前，让她看看如果不承认自己是犹太人会有什么后果。生活就是这样，虽有害怕或者恐惧，但更多的是惊吓。

另一次她看起来这样是我让她那身为凡人的挚爱死去的时候。

我向前靠得近了些，贴着她的耳朵说道："孩子，我准备下马自己去跟踪他的踪迹。你继续骑在马上，好吗？我们旅馆见。"

我飞快地从马鞍上滑下来，狠狠地拍了下马屁股，那株突变后发着荧光的东西在黑暗中若隐若现，闪着微暗的光。我向前走去，穿着那身该死的修士服，摆出一副最危险的样子，跟踪着以赛亚·斯塔基气味的踪迹。

他汗流浃背，现在就算在这里也能很容易地找到他的踪迹。过不了多久，这个凡人就得停下来，放下那袋金粉，擦擦汗，喘口气。他肯定没有蠢到闯进这些地方……

他的踪迹突然转了个弯，径直进了下一间破败的寓所。我叹了口气，抬头看着那里的标志。这个地方曾经叫作"凶猛的灰熊"。跟在我身后的五个人也随之停了下来，潜伏在暗处。我耸耸肩，走了进去。

里面又逼仄又黑暗，闻起来像是一座动物园。我扫视了一下房间。正中下怀！以赛亚·斯塔基就在这里，他拿着一瓶金潘趣酒，红色的脸上带着微笑，与两个连环强奸犯和一名用斧的杀手刚刚结束一场无聊的游戏。我离他们只有五步之遥，还差两步就能够到他们的时候，一只手搭在了我肩上。

"嘿，哥们儿，你拯救不了这里的任何人，"一个身形高大的暴徒说，"你要么滚蛋，要么坐下来看表演，嗯？"

我在想自己得用多大的力气才能把他打晕，但就在这时，房间的一头亮起了几支火把。脏毯一样的舞台幕布在烛光中向一侧徐徐滑开，接着被人猛地一扯。

　　我看见了一头被锁链拴着的灰熊，嘴上戴着口套。我猜它身后对观众笑着的家伙是它的训练师。表演开始了。

　　我活了整整两万年，总以为自己见识过了一切，但我猜自己可能失算了。

　　我惊讶得下巴都掉下来了，其他不是常客的顾客和我一样惊讶。他们的眼睛没法儿从舞台上发生的事情上移开，这倒是让小偷在房间里办事显得非常容易。

　　但这情况只持续了一会儿。

　　或许那天晚上这头熊终于觉得自己受够了，唤起了一些自尊心。或许锁链也到了金属疲劳的最后阶段。但不管是什么原因，突然传来"砰"的一声，就像鸣响的钟声，灰熊的前爪挣脱了锁链的束缚。

　　包括我在内，大约有二十个人同时试图从前门挤出去。当我从路边的排水沟爬起来时，抬头看见以赛亚·斯塔基又像发疯似的跑着，一直跑到了太平洋街那儿。

　　"嘿！等等！"我喊道。但当一头灰熊挣脱了锁链，没有哪个加利福尼亚人会选择放慢脚步。我一边咒骂一边站起来，跌跌撞撞地跟着他，还把长袍拉了起来，不让它妨碍我的腿。当我和他之间的距离开始慢慢缩小时，我能听见他像蒸汽机那样喘着粗气。突然，他一头栽了下去。

　　我连忙刹住，停在他身边，跪在地上。斯塔基的脸上毫无生气，双眼直直地看着清冷的星空。巨大的动脉瘤让他一命呜呼。

413

"不！"我号叫着，扯开他的衬衫，按压他的胸腔。尽管我知道不论做什么都不会让他起死回生。"不要在我面前死掉，你这个凡人！你这头蠢驴——"

黑色的身影开始从最近的门廊中出现，渴望抢劫这具倒下的尸体，但我猜他们看到一名牧师正尖声辱骂着死者，都纷纷停了下来，惊惧地向后退去。我瞪了他们一眼，想起自己应该做的事，于是勉强在死去的以赛亚·斯塔基身上画了个十字。

一阵马蹄声传来，门多萨的马儿从山坡上飞奔下来。

"你还好吗？"门多萨在马鞍上向前探着身子，"噢，天啊，你要找的就是他吗？"

"死掉的以赛亚·斯塔基，"我苦涩地说，"他心脏病发作。"

"看他一路跑上山，现在这样我并不惊讶，"门多萨说，"这个地方真的需要造个缆车。"

"你说的很有道理，孩子。"我站起来，"我们离开这儿吧。"

门多萨皱眉，盯着那个死去的人："等等，这人叫卡茨基尔·艾克！"

"这名字挺有意思的，"说着，我爬上马鞍，坐在她身后，"你认识这家伙？"

"不，我只是在监视他，以防他放火。在过去六个月里，他一直在维拉溪流附近勘探矿脉。"

"这又如何？"

"所以我知道他在哪儿找到了你要的石英，"门多萨说，"约瑟夫，它们根本不是在萨克拉门多开采的。"

"是在大苏尔采的？"我问她。她只是点了点头。

灰熊这时已经一路冲到了街上，看来最好还是赶快离开。

过了一会儿我们骑马回到了旅馆，门多萨对我说："别太难过，你不是拿到了公司派你来找的东西吗？我敢打赌，在我回家前会有保密技术人员在维拉溪流实施爆破的。"

"我猜也是。"我闷闷不乐地说。

她偷笑起来。

"想想我们一起度过的美好时光！教皇也会得到华丽的十字架，还是说这部分其实是个骗局？"

"是真的，公司真的在贿赂教皇，让他帮忙做点事，"我说，"但是你没——"

"没必要知道这个，当然，没事的。至少这次旅途我享用了一顿非常美妙的大餐。"

"嘿，你饿吗？我们还可以去一些餐馆看看。"我说。

门多萨正有此意。夜晚的风从下方的城市向我们刮来，有人在金鸡餐厅切洋葱，准备做西班牙辣椒汤[1]，还有人在烤牛排。我们沿着鲍威尔街一路前行的时候，总能听见酒瓶塞此起彼伏的开启声。

"听起来是个好主意，"她说，快速地访问了一下她的精密时钟，"只要你能保证让我在1906年离开这里就行。"她补充了一句。

"相信我，"我开心地答道，"没问题！"

"相信你？"她大叫起来，吐了口唾沫。不过我可以告诉你，她这么做不是那个意思。

我们向山坡下骑去。

---

[1] 一种巴斯克风味的汤，加入洋葱、青椒、番茄煸炒，并用埃斯普莱特辣椒调味。

415

悲剧之镜

伊丽莎白·贝尔 / 著

姚箐箐 / 译

....

伊丽莎白·贝尔和弗罗多、比尔博·巴金斯同月同日出生，只是出生年份不同。早期贫困的生活让她养成了不妥协的性格，并开始从事幻想小说的写作。她著有二十五部小说和近百篇短篇故事，获得过雨果奖、斯特金奖和坎贝尔奖。她的狗住在马萨诸塞州，她的伴侣、作家斯科特·林奇生活在威斯康星州。她的很多时间是在飞机上度过的。

⚙

在这悲剧之镜里，只看到了他的照片，
那就尽情为他的好运喝彩吧。
　　　　　——克里斯托弗·马洛《帖木儿大帝》，
　　　　　　　第一部分，第二幕，第7—8场

在修剪过的树荫下，一道青灰色的光闪了一下。一匹栗色的马儿将一只白色的蹄子踩在了路上。骑手站在马背上，透过层层迷雾向外张望。他耸了耸肩，黑色紧身上衣松开了，它已经划破了，这违反了节俭的规矩。马儿和骑手都大口地喘着气，望着那宽阔的草坪。这个草坪是庄园的屏障，青草刚被镰刀割过。昨天夜里和白天的大部分时间，马儿和骑手都是在这个庄园里度过的。

骑手坐上马鞍。他感到胃里一阵绞痛，但没有理会。他勒住马儿，抬起左手，用脚后跟轻轻地碰了碰马肚子。离德特福德街和屠宰场附近的聚会地点还有八英里。以伊丽莎白女王和她的枢密院的名义，为了曾在他身陷囹圄时对他伸出援手的那个人，在太阳爬到凌乱的地平线一掌之上前，克里斯托弗·马利必须抵达那里。

"这就是——"蒂亚瓦蒂瞥了一眼她的平视显示器。这间米灰色的计算机实验室里是有空调的，但她还是汗流浃背。她用那与生俱来的灵巧的手指打开了一盒罐头，罐头里飘出肉桂的气味。她心不在焉地嚼着，那股辛辣让她不由得龇出了牙。"真有意思。"

"布拉马普特拉博士，"她的研究助理抬起头来，拔掉了耳塞，"是不是软件出了什么问题？"

她点了点头，将一缕粗糙的银发从脸上拨开，弯下腰，靠近悬挂在桌子上方的全息投影仪。一辆半敞篷车驶离麦卡伦空军基地时发出的隆隆声震得窗户咯咯作响。她翻了个白眼："一定是某个大学生把文本中的代码写错了。我们的性别机器人刚反馈回来一个非常奇怪的结果。来看看这个，巴尔达萨雷。"

巴尔达萨雷站了起来。他是个二十多岁的男孩，有着令人胆怯的意大利名字，已经是有点发胖的大学教师。他绕过她的桌子，站在她身旁："要我看什么？"

"第一百五十七行，"说着，蒂亚瓦蒂按捺住了恐慌。她知道，这恐慌与眼前的形势无关，而是与过去的破坏和古老的历史有关。"看到了吗？这是个女性。我们有办法知道这些文本是谁编写的吗？"

他靠近了一点，伸手去够她，想把一只手放在她的书桌上。她躲开了，没让他碰到。"文艺复兴时期的资料都被西恩娜·哈弗逊检查了两遍，她不应该漏掉那样的错误。她看不上纳什或弗莱彻这样的人。出于对迈克的爱，她已经深深地迷上了荣誉诗人这个项目。而且，伊丽莎白时期的女剧作家并不多，她不至于搞糊涂啊——"

"这可不是置换。"蒂亚瓦蒂又拿出一颗肉桂糖，给了散发出大蒜气味的托尼·巴尔达萨雷。他足够理智，只是舔着这块糖，而没有将它嚼碎。她故意把自己的那块塞在嘴唇和口香糖之间，这样就不太可能嚼掉它了。"我检查过了，这是唯一出错的地方。"

"嗯，"巴尔达萨雷若有所思地呼了口气，"我想我们可以考虑这个可能性。那天晚上，哈弗逊博士喝醉了——"

蒂亚瓦蒂笑了。她将巴尔达萨雷推到一边，从椅子上站了起来，他的亲密让她感到不舒服："或者我们可以试试能不能说服权力集团，说伊丽莎白时期的经典中那个名声最臭的浪子是女孩。"

"我可不知道，"巴尔达萨雷回答道，"马洛和琼森关于绿林好汉的定义只有一线之隔。"

"呸！你明白我的意思。这件事值得一试。它将对我的终身职位和你未来的就业能力产生神奇的影响。我知道你也一直在关注荣誉诗人。"

"这是个疯狂的梦想。"他张开双臂，往后一仰，一副欣喜若狂的样子。

"谁不想与济慈教授共事呢？"她叹了口气，把头发盘成一团，"去他的吧，我要去吃午饭了。你看看能不能找出是哪里出了问题。"

太阳升起时，空气变得温暖，阳光洒在路上，洒在泰晤士河那流动着的灰色水面上，洒在茂密的树林之间。在德特福德，克里斯托弗·马利勒住了他的马儿，让它停了下来。阳光将他的头发染成了和马儿的鬃毛一样的颜色。这个男人和这匹马一样漂亮——打扮得光彩照人，长脖子，长腿，苗条得像个姑娘，面色是时髦的苍白。花边的袖口落在他的手上，那双手和马儿的前蹄一样，也是白色的。

他们的呼吸不再蒸腾，河水也不再蒸腾了。

基特用一只手的手背擦了擦嘴。他闭上眼睛，过了一会儿才回头去看：那座庄园——他的情人兼资助人托马斯·沃尔辛厄姆的庄园——早已看不见了。马儿昂起头，正准备慢跑，基特干脆松开缰绳，让它随心所欲。

随心所欲。这是一种特权，即便是基特自己也很少能获得这种待遇。

他们跟随着栗色马儿，前往德特福德和一所官邸。这所官邸的主人是伯利勋爵的一个表亲，前者是女王陛下的心腹和最亲密的知己。

这是埃莉诺·布尔小姐的房子。

蒂亚瓦蒂刚吃完最后一块素食烧烤，每六个月她就要吃一次。拉斯维加斯8月下午的热浪就像一双愤怒的手一样按着她的肩膀。在交通繁忙的街道上，内华达大学的校园铺出一片绿色，点缀着各种人造的东西。在一栋栋大楼后面，季风云环绕着群山，越过阔而浅的沙漠之谷。一个塑料袋在一堵灰泥墙附近剧烈打滚，被卷入了一个旋涡，但逆着风。不会再有闪电和雨水的洗礼了。她走过新的人行天桥，当济慈教授和凌教授一边交谈一边走过的时候，她朝他们打了个招呼："我们在跟踪普拉斯，但结果是她刚刚又自杀了。"就在她要转身问凌教授一个问题的时候，她放了个屁。

她轻轻地抹了抹嘴唇，擦去剩下的烧烤酱汁，打开微型电脑。云层遮住了太阳，但她脚下的人行道散发出令人作呕的热气。在西边，朝着雷暴和群山的方向，灰蒙蒙的水汽滋润着天空，就像上帝用一根拇指在一幅碳素笔素描上划过。"巴尔达萨雷先生？"

"布拉马普特拉博士。"他的声音里充满了忧虑。在她的一体化通信和计算机设备上方，他的图像显示出来了，两道眉毛之间有一条细细的黑线。"有个不好的消息……"

她叹了口气，闭上眼睛，听着从远处的山上传来的雷声："你是要告诉我整个数据库都坏掉了吧。"

"没有。"他用指关节揉了揉额头。他的图像断断续续，但她能看到他的手势和表情，仿佛他就站在自己的面前。"我纠正了马洛的数据。"

"然后呢？"

"性别机器人仍然认为基特·马洛是个女孩。我重新输入了一切。"

"那是——"

"不可能的，对吗？"巴尔达萨雷咧嘴一笑，"我知道。去实验室吧，我们把门锁上，再想办法。我叫了哈弗逊博士。"

"哈弗逊博士，西恩娜·哈弗逊吗？"

"在研究英国文学之前，她正在研究文艺复兴。有什么问题吗？"

"见鬼了。"

埃莉诺·布尔的房子刷成了白色，带着暖色调。花园的气味还没有完全掩盖住屠宰场的臭气，但是那狭窄的窗户让它看上去像是在微笑。基特将马儿的缰绳给了一个马夫，还给了他一些硬币，让他给马儿梳刷、喂食。他尴尬地用手抚摩着马儿的鬃毛。母亲总是让他将自己的手藏起来，不要让马儿看见。但女王的事情是要优先考虑的，而七年以来，基特一直都是女王的人。

布尔的房子并不是普通的酒馆，而是一位体面寡妇的府邸。在这里，上层男人一起进仓，私下讨论各种不能被普通人听到的事情。基特耸了耸昂贵西装下的肩膀——这套衣服是用情报人员的资金购买的——出现在了房子的大门前。他的胃里一阵绞痛。拍打了大门之后，他将蘸着墨水的手指绕在一起，等着布尔寡妇前来接待自己。

金发圆脸的西恩娜·哈弗逊站在蒂亚瓦蒂的办公桌旁，一

421

边咬着手指，一边皱起眉头："表面上看来，这很荒谬。克里斯托弗·马洛居然是个女人？他的生物特征不可能符合——什么来着，神秘的女性气质？看在上帝的分儿上，他可是神学院的学生啊。在文艺复兴时期，人们彼此靠得很近。两三个人睡在一张床上，而且与性无关——"

巴尔达萨雷以肉身出现了。和蒂亚瓦蒂一样，他更喜欢在一天的工作结束后回家休息一下脑子。此外，密切关注大学的政治动向也不会有坏处。

在蒂亚瓦蒂的注视下，他把一双穿着中国拖鞋的脚甩到桌子上，向后一靠，那件寒酸得令人发指的科里斯克烟熏夹克打开了。蒂亚瓦蒂靠在自己的手肘上，避开了她桌面上的界面板，藏起了笑容。巴尔达萨雷的动作幅度将她逗乐了。

他说："在美国内战期间，女兵们就是这样睡的。"

"几百年后——"

"是的，但没有理由认为马洛是个女人。他本来能以一位女诗人或剧作家——也许是玛丽·赫伯特——作为掩护。西德妮的妹妹——"

"或者他可能假扮成莎士比亚，"说着，哈弗逊挥了挥手，"这是有着二百五十位作者的数据库里出现的异常，蒂亚瓦蒂。我并不认为这会使我们白费力气。这个结果的精确是前所未有的。"

"这就是问题之所在，"蒂亚瓦蒂缓慢地回答道，"如果这模式是错的，或者如果他的出现只是个边缘案例——我们如果使用一个足够小的样本，能让爱丽丝·谢尔顿回归为男性作家——但这完全是马洛身体的作品。那就是强壮的雌性。在解决这个问题之前，我们不能公布，无论如何都不行。"

巴尔达萨雷保守的黑辫子向前落在肩膀上："关于克里斯托弗·马洛，我们知道些什么呢，哈弗逊博士？你接受过早期的现代英语和中世纪英语的RNA治疗，那包括历史吗？"

全息图里的哈弗逊翻了个白眼。"还有老式的阅读和研究。"她一边说，一边用啃坏了的拇指指甲挠着鼻翼。蒂亚瓦蒂朝她笑了笑，哈弗逊也咧嘴笑了，这一代人就是这样致意的。哦，这些孩子哪。

"克里斯托弗·马洛。在他那个时候，无神论者和鸡奸者是要被处死的——这两个概念在伊丽莎白时期的内涵与现在的可不一样。坦率地说，这些指控接近巫术——作为七部剧作和一首抒情短诗的作者，他还给我们留下了一首未完成的长诗以及几篇拉丁语译文和奇怪的悼词。毫无疑问，巴尔萨雷德是从玛丽·赫伯特的《彭布罗克伯爵夫人》中受到启发的。我们只知道他是鞋匠的儿子——一个获得基督圣体学院奖学金的神学学生，拥有的钱似乎超出了你的预期，他还得到了枢密院的青睐。他因为受到资本指控而被逮捕了好几次，这些指控总是不了了之。所有这些都暗示了他很有可能是伊丽莎白女王的一名特工——一名间谍。有一幅画像，应该是他的——"

巴尔达萨雷猛地抬头看着墙上。在书架的上面，靠近天花板的地方，钉着两排二维图像：诗人、剧作家和作家，他们的作品已经被输入了性别机器人。"红头发的。"

"原作中，他是一个深灰色皮肤、金发碧眼的人。复制品通常把他变得更漂亮，如果是他的话。坦率地说，这是个猜测：我们不知道是谁的画像。"哈弗逊咧嘴一笑，越说越劲。学者都喜欢展示没有用处的信息，蒂亚瓦蒂非常了解这一点。

蒂亚瓦蒂的研究领域是21世纪下半叶。自从上了本科，她再也没有深入接触过文艺复兴时期的诗人。"他结过婚吗？有孩子吗？"你为什么想知道这个呢？

"没有，据我们所知，他都没有。人们通常认为他是同性恋，但同样没有证据。在伊丽莎白时期的英国，男人通常要到二十八九岁才结婚，所以这不是决定性因素。他从未与任何人有过令人确信的联系，我们都知道，他二十九岁死去的时候可能还是个处男——"巴尔达萨雷"哼"了一声，哈弗逊将脑袋歪到一边，她那尖塔形状的双手张开了，像一对翅膀。"在他的传记里，还有其他违规行为：完成学业后，他拒绝了神圣的任务。而且他是出生二十天后接受的洗礼，而通常情况是三天。他的死确实非常奇怪，但我并不认为那是某个模式的一部分。"

巴尔达萨雷惊奇地摇了摇头："敢问你有多了解纳什呢？"

哈弗逊咯咯地笑了："比你想知道的还要多呢。关于马洛，我可以毫不费力地再讲一小时：在我的英国文学课堂上，关于他，我要讲九十分钟。"

哈弗逊要向新生介绍英国文学，这是她访问济慈教授和凌教授以及现世设备所要付出的代价。

"在莎士比亚的《皆大欢喜》里，有些东西比较奇怪，似乎暗示了主角的意图是成为马洛在小说中的映像，或者至少对他的死亡表示了质疑。我们知道这两个人最少合作过两个剧本，《亨利六世》和《爱德华三世》的第一部分——"哈弗逊停了下来，将悠闲地缠绕在她那波浪形的黄头发上的手指放了下来，"而且——"她的眼睛里闪烁着一种邪恶。

"什么？"蒂亚瓦蒂和巴尔达萨雷异口同声。蒂亚瓦蒂朝她的桌子俯下身去，双手抓住桌子的边缘。

　　"《皆大欢喜》的主人公——他引用了马洛和他死去时的细节吗？"

　　"罗莎琳德，"巴尔达萨雷说，"她怎么了？"

　　"她是个年轻女子，成功地模仿了一个男人。"

　　基特一如既往地吃得很少。他的形象，他的赞助金、性取向和生计都是建立在他的面部轮廓和他那稚嫩的身体上的，而这种年轻的幻觉一年比一年更难以维持了。同时，他不敢把眼睛从罗宾·波利的脸上移开，这个金色头发的家伙是他的控制人——基特就是这样被教育的——伦敦最危险的人物之一。

　　"你不应当如此轻易地放弃女王的服务，亲爱的基特。"波利一边吃鱼一边说。基特点点头，嘴唇紧闭。他没有料到波利会带着一名卫兵过来。另外两个人——斯克尔斯和弗雷泽——正专心用餐，并不在乎基特此时没有胃口。

　　"我并不希望伤害到陛下，"基特说，"但我发誓，托马斯·沃尔辛厄姆是她忠实的仆人，她不需要担心他什么。他对她的爱与任何男人的爱都一样了不起，他对家庭一直很忠诚——"

　　波利以一个手势打发了基特的抗议。英格利姆·弗雷泽从桌子的另一边伸出长长的刀刃，叉起基特面前的一片水果。基特倾斜着上身，让开了。

　　"你当然会意识到文字证据并不值得印在纸上。如果你认为马洛是个女人，莎士比亚也知道——"

"你很快就会进入疯子的世界，真的。"

"我们有个严重的问题。"

"我们可以悄悄地把他从数据中删除——"巴尔达萨雷咧嘴一笑，回应着她的注视，"不，不。我不是认真的。"

"你最好不要这么认真。"蒂亚瓦蒂回答道。她平息了巴尔达萨雷天真的戏谑引起的内心的怒火。十年前发生的事不是他的错。"是我的职业——我的奖学金——有问题。"

有人轻轻地敲了敲办公室的门。蒂亚瓦蒂看了看平视显示器，认出了哈弗逊，于是按了桌子上的键盘，锁打开了。这个红润迷人的金发女郎在门口犹豫了一下："下午好，萨提亚，巴尔达萨雷。是不是打扰你们了？"

"我们谈的还是之前的内容，"蒂亚瓦蒂说，"还在想办法挽救我们的研究——"

哈弗逊咧嘴一笑，身体一闪，迅速走进了房间。她随手关上门，确保门锁上了："我有你们要的答案。"

蒂亚瓦蒂从桌子另一边走了过来，拖出一把椅子，示意哈弗逊坐下。哈弗逊则将椅子推到一边，蒂亚瓦蒂自己坐了上去。"当然可以假设克里斯托弗·马洛于1593年5月在埃莉诺·布尔的房子里死于非命。他并没有逃往意大利，也没有写莎士比亚的戏剧——"哈弗逊耸了耸肩，似乎在表明这是个相当靠谱儿的假设。

"是荣誉诗人项目吗？"巴尔达萨雷挤了进来，先是双臂一挥，接着拍起了手掌，"哈弗逊博士，你很聪明。那么，如果马洛活过了1593年呢？"

"我们会派一个观察小组回去，确认他已经死了。无论如何，他们必须把尸体挖出来。我们需要用尸体换来活的马洛，前提是复原小组能在弗雷泽一伙刺伤他的眼睛之前找到他。"

巴尔达萨雷战栗了一下："我发誓，这让我毛骨悚然——"

"悖论是一件奇怪的事情，不是吗？你开始思考那具尸体从何而来，开始怀疑是否还有其他变化正在发生。"

"如果有的话，"巴尔达萨雷说，"我们永远也不会知道的。"

蒂亚瓦蒂虽然惊讶但还是闭了嘴，迫使她自己去理解他们到底在说些什么："没有人死于非命。1800年以前，是没有的。现在是有规则的，也有文化冲击和语言障碍。凌教授是绝不会允许有人死于非命的。"

哈弗逊笑得更厉害了。她显然很兴奋："你知道为什么要制订这些规则吧？"

"我知道这是历史系和时空理论研究部之间的协议，而英语系只能在他们的支持下使用这个设备，而且时间上的竞争非常激烈——"

"这条规则是理查德一世从他的临终之床上爬起来、帮助修复团队的两名历史系本科生进行梳理之后才发展出来的。我们没能找回他们的尸体，也没有找到狮心王查理一世的——"巴尔达萨雷停了下来，意识到哈弗逊在思索着什么，"什么？我寻思着要加入荣誉诗人团队。我一直在研究呢。"

"啊。"

"不过，我们永远不会完成克里斯托弗·马洛的文书工作了。"他叹了口气，"尽管从那么多张马洛一样的脸上的表情来看，这样做是值得的。"

"你对自己非常有信心，孩子。"

"哈弗逊博士——"

哈弗逊转了一下手腕，摆脱了他。她那双浅蓝色的眼睛盯着蒂亚瓦蒂："如果我认为济慈教授可能会感兴趣呢？"

"哦，"蒂亚瓦蒂说，"这就是你来学校的原因啊。"

哈弗逊继续咧嘴笑着，就在蒂亚瓦蒂看着她的时候，她显得更厉害了。"他不会通过全息会议处理事务，"她说，"珀西·雪莱最好的朋友怎么抵抗得了见到克里斯托弗·马洛的机会呢？"

基特靠着长椅，双手叠放在大腿上："罗宾，我抗议。沃尔辛厄姆和我一样忠于女王。"

"啊。"波利的语气变成了慢吞吞的指责：长长的音节，带着洋葱的气味。他挺直了身体，皱着眉头。"你忠诚吗，马利少爷？"

"你再说一遍？"仿佛肚子底下打开了一扇活板门，基特抓住桌子的边缘，稳住了自己。"我想我已经很好地证明了自己的忠诚。"

"你变得愚蠢了。"波利冷笑。弗雷泽在基特右边。他和基特站在一起，匆忙地推开了凳子。他用右手找到一个啤酒瓶。这间狭小的房间里除了一张桌子，还有一张床。基特踩了上去，将肩膀塞进床头板和墙面形成的角度里。

一把匕首出现在英格利姆·弗雷泽的手中。基特的目光越过他，盯着波利浅蓝色的眼睛。"罗宾，"基特说，"罗宾，老朋友，这是什么意思？"

他们敲着打开的房门时，济慈教授抬起了头：打开房门公

428

然违反了校园安全规定，但蒂亚瓦蒂承认，穿堂风的感觉比密不透风要好。他那红色鬈发呈现出了姜灰色，尖尖的下巴现在变得柔和了。他向后靠在椅子上，面前放着一个书架，里面塞满了皮面装订的旧书和打印出来的资料：这是一个从不抛弃纸张的人的遗物。蒂亚瓦蒂看见了五彩缤纷的诗集：这是荣誉诗人项目的成果。作为历史系的伯纳德·凌的私交和职业上的好友，济慈教授在荣誉诗人项目的创始人夏娃罗代尔博士死后不久即被任命为荣誉诗人的主席。

谁会否认这个项目取得了巨大的成功呢？

济慈死于肺结核，在他那个时代，这是一种顽固的疾病，现在有了抗生素，很容易治愈。肺部的损伤则可以通过植入物和移植物修复。蒂亚瓦蒂、哈弗逊和巴尔达萨雷进来的时候，济慈教授优雅地站着。这位六十岁老人精力充沛，看上去好像还能再活六十年。他将心爱的钢笔放到一边。"很少有可爱的女士来拜访我这个老诗人，"他说，"我能请你喝杯茶吗？"

"愚蠢。"波利又说了一遍，往地板上吐了口痰。草药将他的唾液染成了绿色，基特想起了毒液，笑了笑。如果我能活着，我会用的——

鱼和酒的臭味让人头晕目眩。"为了你钱包里的金子，五年前，你把汤姆·沃尔辛厄姆绞死了——"波利继续说着。

"除非他被证明有罪。"

"他犯了什么罪，要让那些愚蠢的学生看着他在基督圣体学院被绞死？"

基特让步了。他并不以此为荣。手里的瓷瓶粗糙而冰凉，他换了个握的地方。"沃尔辛厄姆少爷是忠诚的。弗雷泽，你在为他服务，伙计——"

"你这么激烈地为他辩护，"波利笑了，笑容里带着狠毒，"也许你为沃尔辛厄姆少爷脱下裤子的传言并不假，毕竟——"

"你个婊子养的！"基特爬上去，朝那堵废弃的墙冲了过去。这是个错误，他没看准波利，弗雷泽则抓住了他的手腕，扭着他。基特举起瓶子——先往上，再扔下来，狠狠地摔在弗雷泽的头顶上，弗雷泽拿着匕首，剧烈地摇晃着。弗雷泽咆哮着，满脸是血，而狡猾一直保持沉默的斯克尔斯，这时突然冲过桌子。

蒂亚瓦蒂将一张学生的桌子拉了过来，坐在上面，双脚放在狭窄的塑料座椅上，双手从浓密的银发中间捋过。约翰·济慈教授站在全息显示器旁边，这个显示器覆盖了教室的一面墙，巴尔达萨雷从蒂亚瓦蒂办公室的墙上扯下来的那张十二乘十四的卡片贴在上面，这是静电荷的作用。卡片发黄的四个角上留着一个个针孔，中间是一张打印的二维照片，那是一个面带痛苦的金发男子。他穿着华丽，黑眼睛大大的，五官柔和，稀疏的胡须衬托着他嘲弄的微笑。

"他死的时候可能只有八岁。"济慈说。

哈弗逊的笑声从门边传来："如果那就是他的话。"

"如果他是个男的。"巴尔达萨雷补充说。哈弗逊瞪了他一眼，他耸了耸肩。"这就是我们来这里要证明的，不是吗？要么软件没出问题，要么——"

"要么我们必须弄明白这个古怪的异常值是什么意思。"

济慈回头看了一眼："教授，能否解释一下您的程序是如何工作的？"

蒂亚瓦蒂用舌头舔了舔上齿，手伸进口袋去拿薄荷糖。她将薄荷糖分发给大家，只有济慈收下了。"这个想法在20世纪晚期就形成了，"她说，肉桂辣得她舌头发热，"它依赖词汇的使用频率和模式——嗯，它起源于伊丽莎白时代的学者用来证明有争议的戏剧作者的身份的一些标准，以及这些戏剧的写作顺序。我们一直没有把《爱德华三世》归为马洛的作品，可能是他和莎士比亚合作的，直到21世纪初——"

"你有电脑程序，可以识别某一段文字的作者的生理性别？"

"先生，它甚至可以用于新闻推送和教科书。"

"你输入过变性作者吗，蒂亚瓦蒂？"

约翰·济慈刚刚叫了我的名字。她笑了笑，在桌子上向前挪了半英寸，两肘支在膝盖上。"有几个女人是以男人的身份写作的，不管她们是出于什么原因。她们都被证实了是女性，尽管有些人接近中性。两个男性作家以女性的身份写作。各种各样的女同性恋、男同性恋和双性恋者。海明威——"

哈弗逊笑得喘不过气来，用手捂着嘴。蒂亚瓦蒂耸了耸肩："作为基准，阿娜伊斯·宁、奥维德和埃德娜·圣文森特·米莱、托里·斯卡宁。"

"我读过她的作品，"济慈说，"很不错。"

蒂亚瓦蒂耸耸肩："性别机器人对她的整个作品进行了分析，发现她的确是男性。甚至是在她变性后写作的。遗憾的是，我们还没有找到性别不明的知名作家。例如，我想看看一个天生隐性为男性却被指定为女性的人——"

"你的机器人会告诉我们什么呢？"

"染色体的性别吧，我想。"

"有意思。那么，性别真的是一成不变的吗？"济慈扬起眉毛，笑了。他的注意力回到了克里斯托弗·马洛身上。"这真是个棘手的问题——"

"除了他的问题，"蒂亚瓦蒂随着济慈的目光，看着这个复制的男孩那嘲弄的微笑和双臂交叉、抱着胳膊的姿态，"他有什么不同之处呢？"

"应该用'她'。"说完，巴尔达萨雷假装咳嗽起来，"那胡子完全粘在一起了，你看。"

济慈没有转身，但他耸了耸肩。"亲爱的，我们有什么不同之处呢？"他沉默良久，似乎期待着有人能回答这明显是个反问的问题。他转过头，看向蒂亚瓦蒂的眼睛。他那姜灰色的眉毛扬起，又垂了下去。"你了解这件事的风险和成本吗？"

蒂亚瓦蒂从椅子上向前倾身，摇了摇头："这是西恩娜的主意——"

"哦，这么快就撇得干干净净。"诗人说，眼睛闪闪发光。

哈弗逊走了过来，站在蒂亚瓦蒂的桌子旁边："有没有哪位作家或评论家一点也不怀疑那个年轻人做了些什么的？"

"他是不是更倾向于节制？"

济慈是迷人的。但他还是约翰·济慈。

"诗人天生没有节制。"他微笑着说。他合起双手，放在皮带的扣子前。他的摆动夹克是半透明的彩色天鹅绒做成的，当他移动的时候，那件夹克捕捉到了透过窗户照进来的光线。

"再过一百年，我们就会像换衣服一样改变性别。"哈弗逊按住了蒂亚瓦蒂的胳膊，蒂亚瓦蒂忍了，她才移开。

"我承认,这个观念让我不舒服。"济慈长长的手指夹住了他那件华丽外套的袖口。

蒂亚瓦蒂看着他,感觉和他更亲密了:"我认为有一个表达性别的生物学因素。我认为,我的性别机器人明确地证明了这一点:如果我们可以如此精细地检测出生性别——"

"这很重要吗?"济慈的表情温和而略带嘲讽,声音里带着古伦敦口音的紧急。但他歪着头,这向蒂亚瓦蒂表明这是个严重的问题。

"我们整个社会的基础是性别、性和生育。这对理解文学来说,怎么可能不像理解其他一切那么重要呢?"

济慈的嘴唇动了一下,他那苍白的眼睛眯了起来。蒂亚瓦蒂担心自己说得过分了,但当济慈再次开口,他的声音还是那么平稳:"如果作品是真实的,作者来自哪里——不论他是男还是女,有什么重要的呢?"

戳到了他的痛处。她舔着嘴唇,寻思着怎么解释。"人们宁愿认为这样的事不再重要。"说完,她瞥了一眼巴尔达萨雷。他向她低低地竖起大拇指。"这不是我的第一个终身职位。"

"你离开了耶鲁。"这只是个陈述,好像他不会施加压力。

"我对我的系主任提起了性骚扰指控。她矢口否认,说我是想掩饰自己缺乏学问——"

"她?"

蒂亚瓦蒂将双臂抱在胸前,这样的坦白让她颇感不适:"我想她并不赞成我的研究。这与她自己的性别认同理论相矛盾。"

"你以为她知道关注会让你感到不舒服,就把你从系里赶走了。"

"我……我从来没有接近过别人。如果我不信任你，请原谅。"

济慈默默地研究着她的表情。她发现自己抬起了下巴，以迎接他的注视，作为对他那无言挑战的回应。他若有所思地笑了笑，说："有人告诉我，马夫的儿子最好是去从诗歌中得到满足，你知道吧。我想象着你的马洛少爷，一个补鞋匠的儿子，听到类似的话不下一两次——上帝不准许我们中的任何一个成为女孩。你干预的是上帝的安排。"

蒂亚瓦蒂心里突然爆发出反抗情绪。她在那张可笑的桌子上坐直了身子，双手摊开，手指颤抖着，继续坚持自己的观点。"如果有的话，我的工作证明了生物学并不是注定不变的。坦白地说，我想强行打破一个规矩：'女人的作品'仍然被排除在外。就好像战争在某种程度上比养家糊口更正当——"见鬼。从他那惊愕的表情来看，她说得太多了。不过，她紧紧地盯着他，并没有低头。

济慈笑了笑，她知道自己赢了："除了代价，还有其他危险。"

"我明白。"

"是吗？"他戴着眼镜，这种古雅的矫揉造作在蒂亚瓦蒂看来还是有些迷人的。但是，当他透过银丝镜框看着她时，一股寒意袭上了她的脖子。

"济慈教授——"

"约翰。"

"约翰，"这种意想不到的亲密更让她发冷，"那就让我搞明白吧。"

济慈凝视着她，黯淡的眼神变得柔和，嘴角皱了起来："一个伊丽莎白时代的年轻人，一个决斗者、间谍和剧作家，一个暴力的男人，他依靠自己的智慧，在一个排外的社会里生活，其苦难是我们很难想象的。对他来说，马车——马车，博士夫人——是相当现代的发明，太阳系的日心说模型仍然是异端邪说。对他来说，你的美国就是弗吉尼亚这块新生的土地，是他的熟人沃尔特·雷利爵士建立的殖民地。烟草是一种新奇的事物，咖啡并不存在，我们日常交谈中的那种悦耳的语言对他来说充其量不过是一种野蛮人的土话，他几乎听不懂。"

蒂亚瓦蒂张嘴想要说什么，济慈举起一只手。仿佛是为了打断他的话，一阵愈来愈大的震动将窗户弄得咯咯作响。"这个年轻人，我还要指出——"好像这样说话能让那震动平息下来，"他必须从三个全副武装的对手的致命争吵中活下来。历史告诉我们，这场争吵是他醉酒后恶意煽动起来的。"

"历史是由胜利者书写的。"蒂亚瓦蒂说。就在同一时刻，巴尔达萨雷说："济慈博士，写《浮士德》的那个人，先生。"

"如果他是个男人的话。"济慈微笑着回答道，"总而言之，事情就是这样，这将产生国际反响。英国文化遗产协会提出了'盗窃他们文学传统'的质疑。"

"因为，假如没有约翰·济慈，世界将会更好吧？"蒂亚瓦蒂咧嘴一笑，舌头顶着牙齿，"见鬼，他们把伦敦桥卖给了亚利桑那，我看不出他们有什么好抱怨的。如果他们这么热衷于慢跑，就让他们建立自己的时间装置，将我们已经死去的诗人偷走几个好了。"

济慈仰身哈哈大笑，差点儿摔倒。他喘着粗气，站稳了，转向哈弗逊。哈弗逊点了点头："约翰，你怎么能抗拒呢？"

"我不能。"他承认了，回望着哈弗逊。

"要多少钱呢？"

蒂亚瓦蒂已经为回答做好了准备，但她先让了一步。很可能是她的项目预算的两倍。

"我会写一笔补助金。"巴尔达萨雷说。

济慈笑了："写两笔。这个项目，我倒觉得是有资金的。还会得到伯纳德的帮助，我会向他寻求帮助的。不过我很怀疑我们得排到下个财政年度才能修复。当然，这对马洛来说无所谓，但确实意味着，蒂亚瓦蒂，你的出版必须推后了。"

"我会考虑趁此机会扩大数据库。"她说。听到她声音里的顺从，济慈和哈弗逊像真正的学者一样笑了。

"然后——"

她退缩了一下："然后呢？"

"你的年轻人可能完全不合作，或者说在转存完成后会精神不稳定。"

"这种转变真的有那么糟糕吗？"巴尔达萨雷问。这也是蒂亚瓦蒂要问的。

"你的意思是他会拒绝现实吗？说得怪一点，是不是疯了？"

"是的。"

"我不能说他会怎么样，"他说，"但是我至少知道你说的是哪种语言，也知道我快要死了。"济慈摩擦着手掌，好像要将并不存在的粉笔灰从手上擦去。"我相当怀疑女博士，巴尔达萨雷先生，"当他毫不犹豫地正确地说出巴尔达萨雷的名字时，蒂亚瓦蒂巴眨了眨眼睛，她并没有意识到济慈已经知道了。"我们必须准备面对失败。"

基特再次躲过了那把刀，但斯克尔斯现在抓住了他的紧身上衣，两个人将他朝墙上撞去。他喘着粗气，他的衣服裂开了。弗雷泽把他的胳膊扭到背后，破碎的瓶子从他那流着鲜血的手指间滑落。

波利辱骂着："十字架上的基督——"

弗雷泽也谩骂着，将基特撕裂的衬衫扯开，抓住他的肉："天哪，是个女人。"

在弗雷泽松懈的瞬间，基特用手肘顶住他的肋骨，脚后跟狠狠踩着波利的脚背，再次钻进角落里，像一条挨过打的狗一样喘息着。没有通往窗口的路，没有通往房门的路。基特咽下胆汁和恐怖，将那几片破布拉起来，盖在他的胸部上面："放开我。"

"马利在哪儿？"波利问了一个愚蠢的问题。基特则紧紧地贴着墙板。

"我就是马利，你这个傻瓜。"

"没有哪个女人会写那样的诗——"

"我不是女人。"他说。弗雷泽举起刀，克里斯托弗·马利已经准备受死了。他踢着，朝某个比他大得多的东西喊叫着。

十七个月后，蒂亚瓦蒂将手指伸到嘴巴前面，朝它吹了吹气，温暖潮湿的呼吸从她的手上滑过，与沙漠里干燥的空气形成了对比。单向的防震玻璃在她身下铺开，她倾身向前，看着检索室，里面挤满了技术人员和医务人员，还有一部又一部静静地闪着灯的仪器——房间的中央空间宽阔，与手术区之间隔着一道十厘米厚的防震墙。修复团队将重新出现在那里。

不管他们有没有找到什么。

"还在担心是吗？"

她转过头，看着济慈教授，一如既往地凌乱："害怕。"

"画廊里的吟游诗人，"他说，"西恩娜在那儿……"他附身朝向地板，指着她那一头金发的脑袋。

修复箱的防震墙是全息的，以可能向里面的人隐藏外面的技术。从理论上讲，修复人员应该服用镇静剂。但对这样的事情过于自满、满不在乎是不大明智的。

修复层的灯光暗了一半。济慈在椅子上往前倾斜着身体："我们开始吧。"

"五，"扩音器里传来一个女性的声音，"四，三——"

我没想到他看起来这么脆弱，还这么年轻。

这就是地狱吗？奇怪的是，死亡的伤害竟然比活着小得多——

"女性。"一位肩膀宽阔的医生对着喉咙里的麦克风说。他朝检查桌上的那张镇静表格俯身，戴着手套的双手灵巧而敏捷。

马洛躺在一个保护泡沫里，医生戴着内置手套对她进行检查。她会被保持镇静和隔离，直到她的免疫接种证实有效。可以肯定的是，她没有携带16世纪的任何危险细菌。半人高的隐私屏幕遮挡住了诗人的表格，蒂亚瓦蒂十分欣慰。我没想到会是这样的入侵。

"大约三十岁，"医生接着说，"尽管体重不足、营养不良是伊丽莎白时期饮食的典型特征，但总体健康状况尚可。可能受到了某种寄生虫的感染，有龋齿，还有连续的瘀伤——该死，看看那个手腕。那一定是场地狱般的战斗。"

"是的。"说着，托尼·巴尔达萨雷一边用一条毛巾擦着手，一边走到蒂亚瓦蒂右边。他的头发被弄湿了，从他那典型的罗马人五官上向后梳。她走开，为他腾出了地方。"我希望这是我这辈子要进行的最糟糕的修复——尽管哈弗逊向我保证我达到了水准，而且还超出了。但穿着那套服装真是汗流浃背。"他皱起眉头，看着那位穿白大褂的医生，"他们什么时候开始RNA治疗？"

"就在检查之后。她仍然需要接触并学习这门语言。"

巴尔达萨雷先深吸一口气，又叹了口气："可怜的基特。不过我敢打赌，在这里她会过得很好：她是个不屈不挠的小东西。"

"她必须这样，"蒂亚瓦蒂一边思索一边说，想从医生检查的细节里看出些什么，"多可怕的生活啊——"

巴尔达萨雷咧嘴一笑，用毛巾潮湿的末端碰了下蒂亚瓦蒂。"好吧，"他说，"从现在起她可以做她自己了，不是吗？假设她适应新环境吧。可是，谁能像她那样以虚假的性别身份活将近三十年呢——"

蒂亚瓦蒂摇了摇头。"我不知道，"她低声说，"她父母到底是怎么了？"

在奇怪的光线里，基特醒来了：没有太阳，也没有蜡烛。房间里闻起来有股刺鼻的味道，不是甜味或者糊味，而是某种涩涩的、辛辣的东西，既像柠檬的香味，也像仿造的锡币之于银戒指。他本想坐起来，但他的胳膊被柔软的布绑在了硬得出奇的床上，床边有闪闪发光的钢质栏杆，就像熊笼子的栅栏。

他的视野被窗帘挡住了，但窗帘并没有系在那张奇怪的又高又窄的床上。它们挂在天花板附近的栏杆上。我被俘虏了。他想，注意到自己并不痛。他发现这很棒：在下巴需要拔牙的地方，并没有疼痛感；在他的皮肤上，被弗雷泽抓伤的地方也没有灼痛感。

他的衣服不见了，取而代之的是一件开背长袍。他本以为自己会歇斯底里，但是并没有。相反，他感到有点醉了。这并没有让他不适，但有种恐慌像是用带着肉垫的爪子挠抓着他的胸骨内侧，这让他感到不舒服。

床边有什么东西在轻轻地叫着，也许是笼子里的一只鸟儿。他转过头去，但只能看见一个箱子的边缘，那种颜色叫作灰黄色。如果他的手是自由的，他就会用手指摸一摸表面，感觉一下它的质地：既不是皮革，也不是漆器，看上去和他见过的东西都不一样。甚至床单也很奇怪：不是结实的亚麻布，而是一种光滑、凉爽、暗白色的东西。

"啊呀，"他自言自语地说，"真奇怪啊。"

"但很干净。"一个女人的声音，是从床脚传来的，"早上好，马洛少爷。"

她的口音很奇怪，元音全错了，重音又重又短。这是外国人的口音。他转过头来，斜视着她。那奇怪的光不是阳光，在她身后闪烁着，和阳光一样明亮。这让人很难看清她。不过，只有一个女人。从她的侧影看，她没有穿紧身胸衣；他惊奇地发现她穿的是一条又长又松的裤子。如果监狱长是一个声音温柔的女人，也许我还有活着出去的机会。

"是的，非常干净。"他表示同意。她走到了床边。她的头发是银白色的，像波浪一样轻柔地披散在肩上。他眨了眨眼睛。她的皮肤是红褐色的，眼角有着猫眼一样的弧度，像醋栗一样闪闪发光。她美极了，不太像人，他屏住呼吸，过了一会儿才开口说话："夫人，请原谅我的无礼。不过，请您回答一下——您是什么人？"

她眯起眼睛，仿佛他的话对她来说就像她的话对他一样陌生。"拜托了，"她不自然地说着一种她半生不熟的语言，"请再说一遍好吗？"

他用力拉了拉他的绳子，但并不剧烈。他的感觉迟钝了，消失了。可能是喝醉或者生病了，他心想。说实在的，真的是喝醉了，但我不记得喝酒了啊……罗宾。罗宾和他那帮混蛋——但基特摇了摇头，将头发从眼睛上撩开，颤抖着稳住了自己。他慢慢地、清晰地、一个一个字地又说了一遍。

当她微笑着点头时，他松了口气，明白了她的意思。轮到她说话时，她说得很准确，有意识地用嘴唇做出口型。她的关心本可以让他感激流涕。"我是女性，也是一名哲学博士，"她说，"我的名字是布拉马普特拉·蒂亚瓦蒂，而你，克里斯托弗·马洛，是我们通过科学从死亡中拯救出来的。"

"科学？"

她皱起眉头，想找个词："自然哲学。"

她的口音，她的肤色。他突然明白了。"我被偷到西班牙了。"始料不及的是，他刚说完就听到了笑声。

"不，"她说，"你是在新世界，在一所大学的医院里，

441

做——做手术是吧？——在内华达州的拉斯维加斯——"

"夫人，那些都是西班牙的名字。"

她乐得嘴唇抽搐了一下。"是的，不是吗？哦，这太复杂了。在这里，看。"她漫不经心，好像一点都不怕他——她们知道，基特，所以她们只留下一个女人来看着你。更像是亚马逊人：她的块头是我的两倍——她蹲在床边，解开绑在床上的绳子。

他想他可以把窗帘杆拉下来，撞得她脑袋开花。但是他没办法知道门口还有什么样的警卫。最好还是等待时机吧，她似乎并不想伤害他。他很累，即使衣服解开了，他也昏昏欲睡，倒在了床上。

"他们告诉我不要这样做。"她低声说。她那乌黑发亮的眼睛吸引了他的目光。她松开一个钩子，放下了钢质栏杆。"但是既然已经动手了，干脆一不做二不休吧。"

至少，他能理解这个表达。他小心翼翼地把脚搁在地板上，合上敞开的长袍。随着他的移动，他有种头晕目眩的感觉，好像这种眩晕就悬在他的头顶和左边。地板也是他所不熟悉的：不粗糙，不是石头，而是一种坚硬而有弹性的材料，可以镶嵌或切割成瓷砖。他本想蹲下来仔细看看——也许是为了让血流到脑子里——可是那女人抓住了他的手，把他拉过窗帘，拉向一扇窗户，那窗户用一种精致的屏幕遮挡着。他的手指滑过屏幕的表面。当她拉动一根绳子时，他倒抽了一口冷气：那东西整个立了起来，那是硬邦邦的鳞片或叠得像窗帘一样整齐的瓦片。

接着，他透过面前那块完全透明的巨大玻璃往外看，眩晕和惊奇差点儿让他跪倒在地。他的手紧紧抓住窗台，身体前倾。这落差一定有好几百英尺吧。地平线遥远得令人难以置信，像从一艘帆船的桅杆上看到的远景，像从一个孤独的高处向远方眺望。在这片地平线前面，耸立着许多奇形怪状的塔楼，比伦敦和巴黎加起来还要大，绵延二十或五十英里：不管多远的距离，山脉都会变得昏暗。

"天哪！"他低声说。他想象过这样的塔，还把它们写了下来。他看见了它们，他没有做梦。"亲爱的耶稣。夫人，这是什么？"他说得太快了，那个棕色皮肤的女人让他又重复了一遍。

"一座城市，"她平静地说，"拉斯维加斯。以今天的标准来看，这是个小城市。马洛少爷——或者我应该叫你马洛小姐——你来到了五百年后的未来，恐怕你必须在这儿留下来。"

"马洛少爷就可以，布拉马小姐……"马洛说不全蒂亚瓦蒂的名字。呼吸之间，温暖大方的马洛已经消失不见。她抱着胳膊，和基督圣体学院画像上的一样——她瘦了，也更疲惫，但带着相同的讽刺的微笑，长着同样的黑眼睛——蒂亚瓦蒂毫不怀疑，那就是同一个人。

"叫我萨提亚吧。"

"夫人。"

蒂亚瓦蒂皱起了眉头。"马洛少爷，"她说，"这是个不同的……现在情况不同了。看着我，一个女人，一个你所说的黑人。像你的朋友汤姆·华生那样的哲学博士，一名学者。"

"可怜的汤姆死了。"就像预言中的一样，他慢慢地眨着眼睛，"我认识的人都死了。"

蒂亚瓦蒂冲在了前面，担心自己脸上表现出的东西如果蔓延到腹部，马洛会退缩不前。幸好她服了镇静剂，否则她会瘫倒在地板上。"我写的书出版了，很快我就会成为终身教授。"你会让我实现的。但她没有说出来。她只是相信这个年轻女子会理解——在她为自己的傲慢做脆弱的辩护时，她睁大了眼睛，是那么认真。当然她没有理解，蒂亚瓦蒂重复了两次才确信她理解了。

诗人的口音有点像古老的苏格兰口音，也有点像阿巴拉契亚山脉的方言。该死，这是英语。只要她不停地告诉自己这是英语，外国的重音和元音并不意味着是一门外语，蒂亚瓦蒂就可能会迫使自己去理解。

马洛咬着嘴唇。她摇摇头，慢慢地听懂了蒂亚瓦蒂的话。但她的眼睛里闪烁着凶残。"这与机会无关。我不是女人。是啊，也许我是女儿身，但我当然是个男人，就像伊丽莎白是国王一样。我父亲从我出生的那一刻就知道了。如果不是这样，他会给我取名，把我当作儿子抚养成人吗？我一直像个男人一样生活，像个男人一样去爱。你以为可以强迫我去做一名妻子，知道我不会死。但我一定会死——因为现在地狱对我来说已经没有什么可怕的了——那个敢穿着女人的衣服接近我的男人一定会先于我抵达那里。"

蒂亚瓦蒂看着基特——他穿着可笑的棉布病号服——她让自己振作起来，表现出剑客才有的自信，流畅的动作带着男性的傲慢和轻浮，就像知道自己的宣言会给她带来人身攻击。

要证明点什么。这是什么生活——

门开了。蒂亚瓦蒂转过身看谁进来了，然后她叹了口气——是济慈教授，他穿着俗丽的夹克，留着一头红发。他在床帘边停了一会儿，手里悬着一个透明的包，里面装着衣服和书："如果你不介意的话，让我和这个年轻人谈谈吧。"

"她有点——心烦意乱，济慈教授。"但是蒂亚瓦蒂离开了，朝着济慈走过去，然后从他面前经过，走向房门。她停在那儿。

济慈面对着马洛："你是写《爱德华二世》的那位诗人吗？"

她突然涨红了脸，咧开了嘴，嘲弄地扬起眉毛："我是。"

"诗人都说谎，这是事实。"老人说，他并没有转向蒂亚瓦蒂，"但我们总是讲真话，知道什么就说什么。是不是这样，马洛？"

"是啊，"她说，"好人先生，我觉得我应该认识你，可是你的脸——"她全神贯注地听着，眉头紧锁。

"济慈，"教授说，"约翰·济慈。你可能没听说过我，但我也是个诗人。"

女人背后的门关上了，基特略微放松了肩膀："济慈少爷——"

"约翰，或者杰克，如果这样叫更舒服的话。"

基特打量着这位红发诗人的眼睛，淡蓝色的眼睛眯了起来。他点了点头，心安了一点："我叫基特。请你原谅我的混乱，我刚刚起来——"

"不要紧。"济慈把手伸进袋子里。他耸了耸肩，露出了自己的外衣，那是一件宽大的长袍，颜色有些变化，像蝴蝶的翅膀一样鲜艳。"我想你会喜欢这些时髦的衣服的，我带来了一些不怎么暴露的。"

他把衣服铺在床上：一件奇怪的衬衫，领子很紧，一条紧身格子呢绒连脚裤。浅口鞋子，看起来像是皮革制成的，但是基特摸了摸，那柔软的鞋底立刻让他震惊。他抬头看着济慈的眼睛："你对一个可怜的迷路诗人真是太好了。"

"我是被从1821年救出来的，"济慈不屑一顾地说，"我对你的恐慌表示同情。"

"啊。"基特走到帘子后面去穿衣服。济慈帮他拉上裤子的时候，他脸红了，但当他懂得了拉链的用途——他发现这玩意儿很有意思。"我知道，我要学的东西很多。"

"你会学到的。"济慈看上去好像还要说些什么。薄薄的衬衫让基特的小乳房隐隐露出，他往前躬着身子，有些不自在。即使是可爱的汤姆·沃尔辛厄姆也没有把他看得这么清楚过。

"如果我想到了，我应该给你带些绷带。"说着，济慈殷勤地将自己的夹克给了他。基特红着脸接了，耸了耸肩。

"今年——今年是哪一年，杰克？"

一只温暖的手搭在他的肩上。济慈深吸一口气，提醒基特准备好听他的回答。"公元2117年。"他说。他的话像石头一样击碎了基特那像冰一样脆弱的镇定。

基特咽下口水，他一直没有搞懂的含义瞬间明了，就像展开的横幅。他不要这个无尽变化的世界，不要窗户外面那些就像巴比伦或巴别塔的一座座高塔。但是——"汤姆。基督哭了，汤姆死了。汤姆一家——沃尔辛厄姆、纳什、基德。沃尔特爵士。我的姐妹。威廉。威廉和我在写一部戏，名为《亨利六世》——"

济慈轻轻地笑了。"哦，我有事要告诉你，基特。"他的眼睛里闪烁着腼腆的喜悦，"看这里——"

他从袋子里抽出一卷书，放到基特的手里。这东西很重，一定是用上蜡的布和硬纸捆扎起来的。封面上的字是镀金的，字母奇形怪状。《威廉·莎士比亚全集》，当基特明白了esses怎么读，他开始念了起来。他目瞪口呆，打开了封面。"他的剧本……"他抬头看着济慈，济慈笑了笑，双手打开做出祝福的动作。"字体是如此精致、如此清晰！天哪！人的手怎么能写出这样的字体来呢？告诉我实话，杰克，我是来到仙境了吗？"他用颤抖的手指小心翼翼地翻着书页，他那小心谨慎的语言变成了惊叹，"近四十部！噢，这字体太美了——噢，还有他的十四行诗，都是些美妙的十四行诗，他写的十四行诗比我看到的还多——"

济慈哈哈大笑，一只胳膊搂着基特的肩膀："他被认为是最伟大的英语诗人和剧作家。"

基特惊讶地抬起头。"是我发现了他。"他举起这本厚厚的书，纸张是那么精致、洁白，甚至可以与女士的手相比，"亨斯娄笑了；威廉是商人出身，除了上文法学校，没受过什么教育——"

济慈用自己的手遮着嘴咳嗽了几下："我有时认为财富和特权是对诗歌的一种损害。"

两人都用若有所思的目光凝视着对方，脸上慢慢露出同样若有所思的微笑。"还有……"基特看了看袋子，那光泽透明的质地和房间里的其他东西一样让他感到陌生。里面还有两卷书。他手里的书散发出新纸张的味道。令他吃惊的是，他意识到书页的末端被修得非常光滑，镶着金边。那要花多长时间呢？这位诗人是个富人，能送出这样的礼物。

"那克里斯托弗·马洛呢？"

基特笑了："哎。"

济慈低下头："我担心，人们之所以记得你，主要是因为你的誓言和豪言壮语，我的朋友。你的作品几乎没有留存下来。七个剧本，而且残缺不全。《奥维德》《英雄和利安德》——"

"确实，还有很多。"基特将印着威廉名字的书贴上自己的胸膛。

"将有更多的，"说着，济慈将袋子放在地板上，"这就是为什么我们要救你的命。"

基特又咽了一下口水。这是一种多么奇怪的赞助啊。他坐在床上，依然抱着那本精彩的书。他抬头看着济慈，济慈一定读出了他眼睛里的情感。

"一天就够了，我想，"红头发的诗人说，"我还给你带了一本历史书，和——"他歪着头，露出让人放松的微笑，"一本我自己的诗集。如果你有什么需要，就敲门吧——你可能会发现衣柜有点吓人，但它在门的那一边，而且基本的设施都够用了。明天早上我会来看你的。"

"我要和温文尔雅的威廉一起玩。"此刻，基特知道了什么叫焦虑的恐慌：这个姜灰色头发的诗人一定是爱上他基特了——当济慈被这个双关语逗笑的时候，他也知道了什么叫开心。济慈像个老朋友一样拍着他的肩膀。

"这样吧。哦！"济慈突然停了下来，把手伸进裤子的口袋里，"我来教你怎么用笔——"

基特的胃里搅动了一下，在这一瞬，他被战胜了："我敢说我知道怎么握笔。"

济慈摇摇头，咧嘴一笑，将一根细长的黑管子从口袋里掏了出来："亲爱的基特，你什么都不会做。不过我想你很快就会学会的。"

蒂亚瓦蒂碎步走了过来，又走了回去，直到巴尔达萨雷头都没有抬地伸出手、一把抓住她的袖子："布拉马普特拉博士——"

"巴尔达萨雷先生？"

"你要和我分享问题出在哪里吗？"

她看了他的脸一眼，就知道出了什么问题。她把袖子从他手里拽出来，靠在桌子边上，离他足够远，让他不能随便接触到自己。"马洛，"她说，"她对我们的数据仍然至关重要——"

"他。"

"随便你怎么称呼好了。"

巴尔达萨雷站了起来。蒂亚瓦蒂紧张了一下，但他没有靠近她，而是离她更远。他站了一会儿，抬头看着房顶的一排排画像——更确切地说，看着一片空白，那里曾经是马洛的画像。他考虑片刻，蒂亚瓦蒂看见他选择了另一个策略："马洛怎么样？"

"如果我发表——"

"是吗？"

"我要向全世界公布克里斯托弗·马洛的最深处的秘密。"

"济慈教授已经发誓要保守整个荣誉诗人项目的秘密。你不发表会怎么样？"

她耸了耸肩，想把肚子里的疙瘩藏起来。"我是不会找到第三个终身职位的。你至少有约翰·济慈和哈弗逊博士，有了一席之地。我只有——"她朝空白的墙做了一个绝望的姿势，"只有她。"

巴尔达萨雷转身面对着她。他那双极富表达力的手在空中慢慢地转动了一会儿，然后才说话，仿佛在双手转动之时他在仔细地思考。"你一直都是这样做的。"

"怎么做？"

"说基特是个女人。"

"她就是女人。见鬼，巴尔达萨雷先生，在我们带她回来之前，你是坚持说她是个女人的。"

"他坚称自己不是。"巴尔达萨雷耸耸肩，"如果他去变性，你会怎么称呼他？"

蒂亚瓦蒂咬着嘴唇。"他，"她不情愿地承认，"我猜会这样。我不知道——"

巴尔达萨雷打开双手："布拉马普特拉博士——"

"见鬼。托尼，就叫我萨提亚吧。如果你要为此和我作对，你要知道你将不再是我的学生，而是朋友。"

"那就叫你萨提亚吧。"他那腼腆的微笑使她吃了一惊，"你为什么不问问基特呢？他知道赞助是怎么运作的，他知道自己欠你一条命。明天去问问他吧。"

"你觉得她会答应吗？"

"也许吧。"他那不自然的笑容变成了嘲弄，"如果你能记住，别把他称为女人。"

奇怪的拼写和标点符号让基特没法儿加快速度，但他知道，这些拼写和标点一定为了某些人经过了改变，这些人很奇怪，说话比较快，显然，他现在要在这些人当中生活下去。一旦他掌握了现代人说话的节奏——事实证明批评是无价的——他阅读的速度就会加快，尽管他经常需要停下来重读、细细品味。

他在床上盘着腿，读了一整夜，那奇怪的绿光和那本在他腿上摊开的书令他着迷。传记的笔记告诉他"克里斯托弗·马洛"对无韵诗的创新为莎士比亚的成就奠定了基础。基特用约翰·济慈给他的笔在书的边缘更正了他名字的拼写。笔尖如此锋利，几乎看不见。这只笔居然如此依赖他的手，基特被逗乐了。他毫无激情地读到了1616年威廉的死，看到又有一位诗人回到了妻子身边，他笑了。读到《皆大欢喜》第三幕的中途他开始哭泣。他小心翼翼地蜷缩在书的上方，不让泪水落在书页上，安静地哭泣着，一边哭一边发抖，拳头紧紧地抵着牙齿，脸朝下藏在粗糙的被单里。

他没有睡着。一阵悲伤和狂喜过去之后，他又读了一遍，几乎没有抬头去看那个穿白衣服的仆人。仆人端来一个盘子，与其说里面装的是早餐，不如说是晚餐。食物是凉的、吃剩下的。他读完莎士比亚，开始读历史，终于放下了他的捐助者的诗歌。

门又开了，他抬起头来，说道："我什么也不要。"接着，他把书从腿上推开，飞快地跳了起来，敏锐地注意到了自己发红的眼睛和皱巴巴的衣服。昨天那个银发女人站在门口。"小姐，"基特不愿意说出她的名字，"我得再次恳求你的宽容。"

"没关系，"她说，"嗯——马洛少爷。倒是我必须请你帮一个忙。"她的嘴唇抿得紧紧的，他看懂了：她希望自己能理解。

"夫人，我身上的气息都是你给的——也许我也有办法报答你呢？"

她皱起眉头，随手关上了门。门闩哐当一响，他的心跳加速。她并不年轻，但他不确定自己是否理解年轻对这些人来说意

451

味着什么。她很可爱。从发型看，她还没有结婚——

什么样的姑娘会把自己关在一个陌生男人的卧室里，连个陪护都没有？她一点也不在乎自己的名声吗？

他叹了口气，走开了，靠在窗台上。她知道这个人不可能是个男人，或者——这只是我这个陌生人在漫漫长夜的阅读中产生的想法——或者世界已经发生了我做梦也想不到的变化。

"我需要你的帮助，"说着，她靠在了门上，"我要告诉全世界你是谁。"

她语调中的急迫感、她那冷淡的矜持，还有她眯起的眼睛让他打了个寒战。她想做什么就做什么，而你对她没有任何权力。"为什么要跟我谈这件事呢？就出版你的小册子好了，你已经——"

她摇了摇头，嘴唇在动。"这不是一本小册子，是——"她又摇了摇头，"马洛少爷，我是认真的。"

他心里充满了疑惑。如果我说"不"，她会忍受的。"你要的礼物不能超过我的生命，夫人。"他说。

她走上前来，他注视着她：这就像一只鸟儿被一只奇怪的银色猫跟踪。"人们不会去评价什么。你可以选择怎样生活——"她说。

"就像你不这样评价我吗？"

哦，这触动了他。她退缩了。他并不为此感到自豪。"不需要撒谎，不需要掩饰，不需要隐藏。你甚至可以成为一个男人。真的，在肉体上——"

疑惑。"成为？"

"是的。"她的双手垂到身体两侧，"如果你是这么想的话。"她的声音里有某种东西，一种他不敢相信的令人窒息的渴望。

"这对你意味着什么呢？告诉你们的世界，我两腿之间的那个东西古里古怪，那样——那对你有什么好处呢？如果你的社交圈里都是你这样知识渊博的人，谁会感兴趣呢？"

他看到她在思考真实的答案，而不是轻率的回答。她走近了。"是我的奖学金。"说到最后一个词时，她提高了嗓门儿。基特咬着嘴唇，转身走开。

不。他做出了这个口型：他无法发出这个读音。奖学金。

去死吧。奖学金。

她说出这个词的时候，就像济慈说出另一个词：诗歌。

"那就——"他看见她退缩了。他的声音哽在喉咙里。他吞下口水。"那么你就做你该做的吧。"他指着床上那本精致的书，一想起那些辉煌的文字，他的呼吸就哽在了喉咙里。"看来温文尔雅的威廉十分了解我的为人，他比我想象的更加能够原谅我。既然有位女士待我这么好，又这么直接地向我告别，我怎么能不对她好呢？"

蒂亚瓦蒂一只手托着下巴，另一只手捂着一杯冒着热气的茶。托尼坐在她右手边，懒洋洋地拨弄着他那只坦多里鸡的骨头。在桌子的里头，西恩娜·哈弗逊和伯纳德·凌正弯着腰交谈，济慈似乎沉浸在茶和芒果冰激凌的美味里。马洛用起叉子来还是很笨拙，看起来他用手指吃咖喱和馕毫不费力，还舔着他盘子里的咖喱羊肉。她喜欢看着她——是他，她有些生气地对自己纠正着——吃东西；过去的几个月里，他的体重增加了，看起来不那么像容易被大风吹走的样子了。

英语系的大多数人仍在悄悄地寻找可以向这个人介绍五行打油诗的人。

她端起茶来，在把茶杯送到嘴巴前面之前，托尼抓住了她的手肘，马洛则先是抬起头来，然后退缩了，匆忙擦了擦手，拿起一把黄油刀。他碰了碰杯子，桌子对面的济慈咧嘴一笑。马洛清了清嗓子，哈弗逊和凌伸手去拿他们的杯子，显然，祝辞已经在酝酿之中。

"布拉马普特拉教授，"马洛微笑着说，依旧带着浓重的口音，"恭喜你——"

她放下茶杯，大家碰杯的时候，她的脸颊红了。他继续说着："关于她的终身职位任命。作为纪念，我写了一首小诗——"

果然诡秘，果然有隐喻，这手段真让人恶心。蒂亚瓦蒂甚至能想象到，当他说完，她自己的脸应该已经通红了。济慈的笑声就足以让她钻到桌子底下，如果不是托尼死死地抓住她的右膝盖不放的话。"基特！"

他停顿了一下："我让我的夫人丢脸了吗？"

"马洛少爷，你把墙都震倒了。我相信这本书还不会出版！"她给了马洛和济慈太多时间。她注意到自己有一种倾向，倾向于使用一个古老的成语，这个成语可以用在他们两个人身上。

"最早也要到明年。"他咧嘴笑着回答道。但她看到了他接下来的不安。

吃过晚饭，他走到她身边。她正蜷缩在外套里，他殷勤地给她搭了把手。

"基特。"她轻声说道。她朝他弯下腰，这样就没有人会听到。他身上有天竺薄荷和咖喱的气味。"你不高兴。"

"夫人，"他以同样低沉的声音回答，"没有不高兴。"

"那是怎么了？"

"孤独。"马洛叹了口气，转身走开。

"几位名誉诗人结婚了。"她小心地说。济慈从马洛身后打量着她，但并没有插话。

"我想，我不太可能找到愿意和一个不男不女的家伙结婚的人……"他耸耸肩。

她咽了一下口水，喉咙干得让她不舒服："我们讨论过，现在有手术……"

"啊呀，这……"她知道他要说什么：让人恶心。

济慈转过身，把托尼和西恩娜拉到桌子另一边去加入凌教授等人的交谈。蒂亚瓦蒂盯着他们看了一会儿，咬着下唇。她把一只手放在基特的肩膀上，让他停下来。"你就是你。"她绝望地说，"总有人会欣赏这一点的。"她一时冲动，低下头，吻了吻他的面颊。

门滑开了。他走进来，跟在这个银发仙子一样阴郁的奇怪女人后面。当他走进这个天空布满了碎云的傍晚，浓烈的咖喱味包围了他。

克里斯托弗·马洛站了起来，抬头看着天空，沙漠炙烤着他的脸。真热啊。他深深地吸了口气，微笑地看着在世界的边缘起伏的群山，那些山似乎蒙上了一张茶褐色的面纱，在山后面，是金色和橙色的夕阳。在热浪中，低矮的树木蜷缩着。他可以永远看到这个炎热、平坦、狂暴的地方。

地平线似乎远在千里之外。

（作者注：在写这部作品之后的几年里，我注意到，对这部小说，有一种性别本质主义的解读，而这与我的意图是完全相反的，但是直到有人指出来，我才真正意识到它的存在。尽管我完全赞成文学作品的模糊性，但在一个故事中（包括其他的），跨性别恐惧的阅读绝对是个缺陷，它意在表明，不管你采用什么外部标准——染色体、计算机性质的或其他的——一个人的身份都是这样被定义的。很抱歉。从那以后，我一直在努力做得更好。）

岁月裂隙

乔治·奥利弗·沙多雷纳 / 著

爱德华·高文 / 英译

杨予婧 / 中译

乔治·奥利弗·沙多雷纳，法国小说家，著有百余篇短篇小说和九部长篇小说，被称为当代法国最具原创性的作家之一。其作品常与库尔特·冯内古特、弗朗茨·卡夫卡、胡里奥·科塔萨尔等作家的作品相提并论。此篇原为法文，由爱德华·高文翻译，于2011年在选集《纸上生活》中首次以英文发表。

火车上，乘客们低声谈论着艰难时代的种种。一个胸口上缝着黄色五角星的年轻女人正在看裁缝样式，突然抬头。对面的男孩从破书包里摸出一本最新的《信号》[1]，在她面前打开，挡住了她的视线。她又垂下眼帘。

芒瓦透过窗户看外面的车，轨道旁的路上，几辆车造型奇

---

[1] 20世纪30年代戈培尔创办的德意志第三帝国军事宣传杂志。

特，几乎都是新的。看到军事车队他很惊讶。他看了看表，又仰头坐好。时间还早，今天早上的轰炸要过一会儿才开始。远处，营房里的年轻小伙子刚醒……或是已经起床，穿好了飞行制服，跟皇家空军中校一起在黑板前集合了？一群早早起床经历战火和死亡的男孩。他们二十岁，脚上穿的是毛皮衬里靴子，头上戴的是皮革头盔，身上穿的是高级羊毛衫和羊皮外套。他们喝茶，抽高卢金丝烟。芒瓦对他们抱有最好的祝福。然而几小时后，他们中会有一人杀死他的母亲。

芒瓦在S站下车，沿车站大道往前走，在市政厅左转，路过那家邮局，又路过那所小学。他有些迟疑，但并不是在思考走哪条路。小时候，他在这些街上假装盲人，尝试闭着眼从家走去学校。有时会径直撞上灯柱，有时会撞上别人的腿。当然他也会作弊，经常把眼睛睁一条缝，看清自己在哪儿了才闭上。但有天晚上他只作了三次弊就走到了学校。

他又看了下表。五分钟后，一个小男孩会从几条街外的家里出来。他妈妈会像每天早上一样亲吻他。他手里拎着书包，不一会儿会穿过小院子，最后一次挥手道别后，又会穿过大门，匆匆赶去学校。

现在是七点五十分，学校八点开门。他走过去要十分钟还是五分钟就行呢？如果他错过了他——天啊，要是错过了怎么办？芒瓦发现一个披斗篷的男孩，然后又出现两个，大的那个牵着小一点的，后面又有两个……他们陆续从木厂出来，朝学校走，却依然睡眼惺忪，大部分时间眼神涣散，脸色苍白，因为怕冷而缩成一团。芒瓦慌了。他们同时从街道两边向他拥来，大点的孩子有时会挡住小一点的。他能看到的只是躲在羊毛帽下的一双双眼睛和露在围巾外的一点点鼻子。他想起来了，有一件淡黄色的外套，好像还有一顶贝雷帽？对，他确定有这么件外套。不过三分之二的男孩都戴着贝雷帽。

小孩愈来愈多，一时间淹没了人行道。芒瓦十分受挫，都快哭了。没有一个是他要找的孩子！人潮不再那么汹涌，大部分人已经走过去了。他错过了他，他让他在棕色外套下，在黑色帽子下，溜走了。什么都没了。他感到心碎。街道空了。他碰到几个气喘吁吁的迟到的孩子……在那边，那个身影！他冲过去。一件难看的黄色外套，一顶遮住半边额头的贝雷帽，一条轻轻系着的灰色围巾，还有走路时奇怪摇晃的姿势、笨拙的步伐！他就知道。他慢下来，尽量平复狂跳的心。现在那男孩距他不过十五码，他们即将遇上。男孩抬头望着这个男人。有什么东西——一种家庭般的氛围——唤起了他的好奇。芒瓦在他面前停下。

"让·雅克？"

男孩后退了一步："你怎么知道我的名字？我不认识你。"

"你是让·雅克·芒瓦，对吗？是你吧。你不认识我，但我知道你的一切。你今年八岁，上三年级，老师是克雷蓬先生。他有一小撮胡子，人很严厉。瞧，我知道你的一切！"

让·雅克立刻被这个陌生人的无所不知迷住了，但又担心会迟到，急得来回跺脚："好吧，但我快迟到了，克雷蓬先生会罚我抄东西的！"

克雷蓬先生并不经常罚他抄写，虽然他纪律一贯严格，但对班里住得最远的三个男生，纪律还是有所松动的。

"没事，克雷蓬先生没那么凶。要是你每回迟到或者开小差神游的时候他都惩罚你……"

这个陌生人，连这也知道！男孩倒吸一口气："你……你是谁？"

"我是你叔叔，你爸爸的表兄。不觉得我看起来跟他很像吗？"

"对，是很像。"孩子看了看他，回答道，"但我还是不认识你。而且我爸爸已经死了。"

芒瓦点点头："他在打仗的时候死了。他是个英雄，有很多勋章，有一块勋章上有绿色和黄色的绶带，还有一块有绿色和红色的绶带外加几把小剑。对不对？"

"对！"

"来吧，我给你看样东西证明我是他表兄。你知道爸爸经常戴的那枚戒指吧？"

"戒指？我不知道……"让·雅克的脸红了。他的口袋里有一块裹着的手帕，里面是一枚图章戒指。这枚偷偷带给朋友看的戒指仿佛在燃烧。

爸爸的表兄两眼放光，神色中有一丝嘲讽："你肯定见过。金色戒指，上面刻着一座小小的庄园，就像你的名字一样——manor[1]。"

让·雅克投降了："是，我以前见过。"

"我有一枚一样的！看！"男人把手从口袋里拿出来，手掌摊开，伸给男孩看。一枚图章戒指——跟不久前男孩从父亲书桌里偷的那个一模一样——在灰蒙蒙的天色里微微闪光。"看，这是我的

[1] 法语中manor有"庄园"的意思，跟主角的名字Manoir很像。

证据。"

"在干吗，让·雅克？让·雅克，你今天真的要迟到了！"

一个女人站在他们面前，是邻居。悲剧发生后，就是她会来抓男孩。她对男孩说着话，眼睛却上下打量着这个男人。在帮助那位年轻寡妇的事情上她很尽心：有时煮锅肉汤送过去，有时拆掉旧毛衣上的毛线给她。单是那位母亲或孩子的话，她都很信任，但眼下，这个像极了可怜的芒瓦先生的男人是谁？

"我是这孩子母亲的朋友。"她说，"您是……？"

"芒瓦。"陌生人含糊答道，"让·皮埃尔·芒瓦。很高兴认识你。"

"他是爸爸的表兄。"让·雅克说，"我不认识他，但我的什么事他都知道。"

女人有些犹豫。要不是因为长得像……她没敢继续，但发誓要搞明白这件事："我会顺路拜访你母亲，让·雅克。你得赶快，不然克雷蓬先生又要吼了。"

表兄有了别的主意："让·雅克今天上午不去学校了，我们要一起回家。"

"你肯定知道伊冯吧？"

"你是说珍妮吗？我可怜表弟的遗孀，她的名字叫珍妮。"

"当然是珍妮。我晕了头。"

"不过我们从没见过。命运弄人……但我非常渴望见到她。所以，不好意思我们就……"

"请便。那就，待会儿见吧。反正今天上午我本来也打算拜访珍妮。"说着，女人便离开了，不再怀疑。现在，是好奇心让

461

她感觉没有着落。让·皮埃尔·芒瓦，已故人士的表兄，跟他表弟长得一样，突然双手插兜就这么出现了。但是他是从哪儿来的呢？一个从天而降的表兄……他要是戴高乐主义者怎么办？要是自由法国军队的伞兵呢？要是恐怖分子呢？或是什么不知名的身份。她今天早上是不是该离珍妮远一点？但这么一来她就什么也查不出了！

芒瓦牵着男孩的手。让·雅克也让他牵着，这个信任的举动让男人深受震动。他迅速用另一只手的手背擦去眼泪。孩子很兴奋，在旁边蹦蹦跳跳。

"你会待很久吗？"

"我不知道。你希望吗？"

"那你要跟我一起玩。"

"放心吧。你有很多玩具吗？"

"满满一箱！还有漫画、小火车——说起来，你如果不认识妈妈，又怎么会知道我呢？"

芒瓦轻声笑起来，停下脚步："好呀！你考虑得很周全，是不是？看，面包店开了。想来点蛋糕吗？"

"那儿没有蛋糕。"

"的确没有。那，糖果呢？"

"那不是真的糖，妈妈说吃了会坏肚子。"

"明白了。但你还是喜欢吃，对吗？"

让·雅克偷偷笑了。他其实也没那么真正在乎，在乎吃了假糖做的糖果会坏肚子。

芒瓦走进店里。面包师在玻璃罐后朝他们投来好奇的目光。

她每天都看到男孩经过，有时会卖给他糖精做的糖果。他父亲在1940年牺牲了。这个男人看起来跟他太像！不用说，肯定是他兄弟。

"早上好，女士。我们想要一些糖果。"

"随便选。要绿色的，黄色的？"

"每样来点。再看看……"芒瓦把兜里剩的几枚硬币都拿了出来，"这些还能买点什么。"

"那可以买一百克的。"

"太好了！"

"你有配给券吗？"

"券？啊，没有，我没想到……"

面包师挠挠额头："真可惜。我给你碎糖怎么样？没有票的话……"

"当然啦，只要是有的都行。"

门口台阶上，芒瓦把小包裹递给让·雅克。

"谢谢。"

"你如果愿意，可以叫我让·皮埃尔叔叔。"

"谢谢，让·皮埃尔叔叔。"

他们又往前走。让·雅克大声嚼着碎糖果，吃得津津有味。

"你知道什么味的好吃吗？树莓味的。"

"有硬薄荷糖，还有里面是液体的小鸡蛋糖。不过……"

"你父亲寄了你的照片给我。可现在没了，打仗时弄丢了。"

"啊，我在照片里是小婴儿吗？"

"不，不算婴儿了，要不我也认不出你。是五六岁的时候吧。"

他们变得更亲密了。在下一个十字路口的左手边，他们看到了那所房子。

"噢！你弄痛我了！"

"对不起。"芒瓦把手松开了些。他这才发现自己抓得太紧，快把孩子的手捏碎了。他心跳得很快，嘴巴发干。他们绕过角落。

"怎么了，你不舒服吗？"

"没，没有。"

从这个角度望去，锈迹斑斑的绿色栅栏半掩着磨石和灰泥外墙。他记得楼房还要更高更大一些，中间凿了很多大窗户，仿佛伊甸园里一只只睁得大大的眼睛。实际上房子很小，是这条街上最小的一栋，隐匿在几英亩外两栋突出的别墅中间，照不到什么光。

"来，我们到了。"

让·雅克冲向前，随意拉了拉铃铛的长柄，铃轻轻响了。一分钟后，楼上的窗户打开了。

"让·雅克，你怎么没在学校？跟谁在一块儿？发生什么事了？"

"是爸爸的表兄。我在街上碰到他的。"

芒瓦听到孩子母亲的声音有些眩晕。他不能，或者说还没有强大到可以看着她跟她说话。他在人行道上就软了。他必须逃走，但双腿不听使唤。他单手扶门，闭上眼睛。一个瘦削的身影出现。他浑身发抖，眼里噙满泪水。

"先生？"

芒瓦拼命咽下泪水，露出笑容。母亲还是三十岁，她永远停留的那个年纪。炸弹还是会炸碎这个小巧的年轻女人，即便悲痛和焦虑早已侵蚀了她的模样和肌肤。她还能活一小时。她穿着自己缝制的女士衬衫，套着明显过大的男式夹克，就这么笔直地站在那儿。

"先生？"

她也一样在颤抖。这个男人看起来太像她的丈夫！他从未提起过有这么个人，但他们怎么可能会没有关系？他说起话来，声音、语调都在回响。他自我介绍，解释情况。他其实是死者唯一的亲戚。在死前的几个月，他给表兄写过信，还把小儿子的照片附在信里。芒瓦抚摩着让·雅克的头发，男孩没有拒绝。遗憾的是，在撤退的混乱中，让·皮埃尔·芒瓦在色当[1]附近弄丢了行李、信件和照片。

芒瓦说话时故意夸张地用戴戒指的手比画。珍妮注意到了。

"不好意思，那个戒指……"

突然，一直不作声看着两个大人的让·雅克插嘴道："对啊，看到了吗，妈妈？他跟爸爸有一样的戒指，简直一模一样！"

芒瓦伸出手："我们一起在P城的珠宝商那儿订的。米高亲自把庄园设计图画在自己的笔记本上。"

这句话无懈可击，年轻女人脑海中所有的疑虑顿时都打消了。她丈夫的确有一枚在P城做的戒指，设计草图是他自己画的。然而即便如此，还是很奇怪，他从来没提起过这位大他十来岁的表兄，他青年时期和他的关系一定很密切，看起来……但不论

---

[1] 法国的一个城镇。

如何，友好的来访还是让她很高兴，打破了她平日单调乏味的生活。她突然意识到自己打扮得乱七八糟——这衬衫，还有走形的夹克，真是的！她表示抱歉，本来准备在机器旁坐下工作的。她在做一些缝纫活，战争遗孀的抚恤金还是太少了。

他们进了屋。这名冒充者闻到了那股自己从未忘记的熟悉气味，看见了他偶尔在街上回想起的场景，喉咙哽咽。温柏芝士、淡黄色笼子、蜡光剂、蔬菜汤，以及让·雅克房间里有点刺鼻的老鼠屎气味。还有二手衣服的气味，在这个贫困的年代，珍妮新衣服做得少，更多是把衣服收集起来重新裁剪、拼接。还有缝纫机油壶散发出的味道。那边，那座雕镂镀金的黑色鸣钟威严地坐落在客厅里，被一堆针线、粉笔和剪刀围绕着。但他记得有间屋子是在特殊情况下才用的，只在必要时才去，要穿毡拖鞋……当然，那都是以前了！在战争开始前，父亲尚在时。起居室被用来做了工作室，拖鞋匍匐在沙发下向外偷窥。

珍妮带他们进了厨房。他坐在她递过来的椅子上，尽管坐着感觉就像腿被砍了一样。几面挂盘子的墙在他四周旋转起来。

"让·皮埃尔，我能叫你让·皮埃尔吗？毕竟我们是亲戚。你看起来很疲惫。"

"是。路上……"

"你从很远的地方来吧？"

"很远，对。"

他被眩晕感吞没。他闭上眼，又睁开，努力微笑。她已经转过去背对着他烧开水了。她站在餐具柜前，把空罐子都推到一边，拿起每一个白锡盒子在耳边摇。

"让我们看看……茶当然是没有了，也没有正宗的咖啡。花草茶怎么样，或者菊苣。"

一点一点地，芒瓦的眩晕感渐渐消散。墙壁不再旋转，盘子也静止下来。有三个盘子上沾着薄薄的油脂和灰尘。第一个盘子上画着装饰画：有个女人，就像此刻的珍妮，在厨房忙碌着。第二个盘子上是个上世纪的旅行者拿着手杖穿过森林，大帽檐遮住了他的脸。最后一个盘子上是一幅画谜。从他坐的这个地方看，不太能看清画里的元素：五线谱上的音符、池塘……

"给，要泡一会儿。是菩提花茶。啊，稍等，还是有东西可以款待的。"

她从另一个碗柜里拿出一个盘子。芒瓦认得那种深色的琥珀，从大块果冻上切下的棕色部分，跟她过去常为他准备的下午茶零食几乎一样。

"我不像之前那么爱做这个了，要放太多糖。但让·雅克爱吃。那孩子这会儿去哪儿了，让·雅克？"

楼梯间响起一阵脚步声，让·雅克出现了。

"你在忙什么？"

"我在整理房间，好带让·皮埃尔叔叔去看看。"

"可让·皮埃尔不是你叔叔，他是你父亲的表兄。"

"是，可他说……"

"没事，没关系。"芒瓦打断道，"我年纪太大了，当表兄不合适。"

"我们还要一起玩，对吗？你说过的。我整理了房间，这样我们就可以玩了。"

"别打扰让·皮埃尔。过来这儿，吃点温柏芝士。你也是，让·皮埃尔，请随意。"

男人和男孩都吃起来。东西嚼着有点黏，让·雅克舔了舔手指。芒瓦犹豫了一下，递了个眼色给他，也像他一样舔了。

"妈妈？"

"什么事，亲爱的？"

"我今天还要回学校吗？"

"这个……至少上午不用去了。"

"下午也不去了嘛！"

"到时候再说。我会再看。啊，茶好了。"珍妮拿出两个碗。让·雅克不太喜欢花草茶，而且他刚吃过早餐。但他没有因此就停下，而是一直在吃温柏芝士。这么一来，芒瓦虽然很想再继续吃，但他不敢动了。

"随意啊，让·皮埃尔。真的别客气！"

"我很乐意。这很好吃。"他从盘子里取了一点碎渣。

"嘿，你还会回来吗？"

他们在让·雅克的房间里。珍妮在楼下做事。让·雅克躺在玩具箱旁的油毡上，芒瓦放下他手里把玩的锡质小飞机。

"当然，如果你妈妈想我来的话。"

"她想，我知道她想！"

"为什么呢？"

"因为你是家人。有家人的时候，你就会去拜访，是不是？"

"我想是吧，我也不确定。我也没有家人了——除了你俩。"

"就像我们一样——我们也只有你。"

芒瓦俯身在玩具箱上，伸手去拿一盒拼图："但有时候住得太远，就不能经常拜访了。"

"你住得很远吗，在自由区？"

"对，在自由区。"

"所以，我们再也见不到了。"

芒瓦打开拼图盒子。他已经找到了一幅图的三个面，是竞技表演的场景图，没有悬念。

"我在搬家。"

"真的吗？太棒了！那我们就能经常见面了，是吗？我们可以去划船。妈妈不带我去。但是你可以，对吗？"

"我们可以去任何地方！马戏团、动物园、市集上的摩天轮。"

"摩天轮！它还没离地的时候我看周围都害怕！"

"你和我在一起就不怕了，对不对？"

"不怕！绝对不怕！"

警报骤鸣。男人和男孩都僵住了。

"听到了吗？是炸弹预警！"

芒瓦看看表，点点头。珍妮焦急的声音从楼下传来。

"让·雅克！让·皮埃尔！警报响了！"

"来。"

关门前，芒瓦在门口朝儿时的房间看了最后一眼。床上的红色羽绒被、咬笼子栏杆的白鼠、梳妆台上小狗形状的塑料存钱罐、烫金节曲线设计的吉卜林[1]诗集。再见了，这一别就是永远。

他们下了楼。珍妮在楼梯下等他们，她不是一个人，邻居也站在旁边。好奇心驱使她过来，人还在台阶上时警报突然就响了。

---

[1] 英国小说家、诗人。

"赶快！你们没听见警报吗？！"

"听到了，但不是响给我们听的。我敢说他们是要炸车站。"

"我们就在隔壁！快过来，我家地下室的位置很深，我丈夫把它弄得很牢固。"

"我们没时间了。"芒瓦打断道，"听，他们已经开始了！"

引擎咆哮声愈来愈大。不多时，空军就会飞过城镇上空。低沉的爆炸声已经响起。

"是高射炮。"让·雅克喊道，"嘣！嘣！呜！呜！嘣嗡嗡嗡！"

"快，下楼！"

珍妮抓着男孩。她打开地下室的门，顺着阶梯往下走。芒瓦闪开身，让邻居过去。

珍妮点上一盏小灯，他们坐在旧货箱上。地面不停摇晃。每次爆炸，冲击波都震得墙壁摇摇欲坠。地下室的一角，几个空瓶子哐当作响。

"他们在炸车站，我们没什么好怕的。"

"你非要这么说的话！"邻居很想念自己家坚固的避难室和沙袋。珍妮很安静。让·雅克害怕了一小会儿，又在"让·皮埃尔叔叔"面前重新变得自信。芒瓦笑了。他内心感到无比安宁。曾经灰飞烟灭的，如今要重新归位了。

上空，一架轰炸机被打中。它突然转变方向，失去平衡。为了减轻载重，飞行员卸掉了所有炸弹。一时间，炸弹在空中摇摇晃晃，没有轨道，但很快风托住了炸弹尾翼，稳住了航向。它们现在直冲冲下落，呼啸声一声比一声尖锐。第一枚落地的炸弹炸开了房子外两百多码的地，第二枚炸碎了街角一辆汽油油罐车。地下室里，邻居忍受着这糟糕的一切，大声哭喊。让·雅克紧靠着珍妮，把脸埋在她的胸口。芒瓦站起来，扑过去，将他们抱住。

伊诺克·索姆斯：19 世纪末的回忆

马克斯·比尔博姆 / 著

不圆的珍珠 / 译

马克斯·比尔博姆的全名是亨利·麦斯米兰·比尔博姆，曾于1939年被乔治六世授予爵位。英国散文家、滑稽模仿作品作者、讽刺漫画家，大部分作品都是纪实性的散文。他于1897年发表了第一部小说《快乐的伪君子》。小说《牛津爱情故事》也于1911年出版。本书于1916年在《世纪杂志》首次发表。书中，伊诺克·索姆斯通过和恶魔做交易进行了时间旅行。

当霍尔布鲁克·杰克逊先生出版了一本关于19世纪90年代文学的著作时，我急切地在索引中查找。和我害怕的一样，他不在索引里，但是其他人都在，那些我几乎忘记的作者，或者记忆非常模糊的作者，以及他们的作品都出现在了霍尔布鲁克·杰克逊先生的书中。这本书文采斐然，且异常全面详细，却丝毫没有提及伊诺克·索姆斯，更加证明了伊诺克·索姆斯试图留名青史的愿望彻底失败了。

我敢说自己是唯一注意到伊诺克·索姆斯不在书中的人。他失败得如此悲剧彻底，从任何标准来看，都未曾成功。确实，如果他的天分在他一生中得到认可，他绝不至于做出我看到的那个交易，那个奇怪交易的结果使得我一直对他记忆犹新。而这结果也使得他的悲剧更为瞩目。

促使我下笔写他的却不是我的怜悯之心。对于他这个可怜人，我本不该有任何着墨。因为，嘲笑逝者很不妥当，但是我怎么可能描写伊诺克·索姆斯的同时又不让他看起来荒唐呢？或者，我如何掩盖这一可悲的事实——伊诺克·索姆斯确实非常荒唐？然而，我迟早是要下笔写他的。你们很快就会发现我并没有其他选择，因此我在此时把这件事完工。

1893年的夏季学期，石破天惊般，如流星闪过天空，一个人成了牛津所有人茶余饭后的谈资。大学的导师和学生们，三三两两四处站着，都在讨论他。

这个"陨星"来自何方？巴黎。它姓甚名谁？威尔·罗森斯坦。目的为何？印刷一整套二十四幅肖像画，将由鲍利海出版公司出版。

事件非常紧急。此处的院长，彼处的教师，再彼处的钦定讲座教授都顺从地接纳了这一事件。颤巍巍、德高望重、从不屈服于任何人的老教授无从抵抗这一极具影响力的陌生人。他不祈求任何人，他邀请。他甚至不邀请，他命令。他二十一岁，戴着一副使其他眼镜都相形见绌的眼镜。他非常幽默风趣，有各种各样新奇的点子。他认识惠斯勒，也认识都德，还认识龚古尔一家。他不仅认识巴黎城的每一个人，而且记得每一个人。他在牛津就代表巴黎。据传，他已完成对导师的甄选，还会选中几个大学生。被选中的那天，我非常骄傲。我非常惧怕罗森斯坦，但也非常喜欢他。随着时间的流逝，我们俩之间的友谊迅速升温，我也愈来愈看重这份友谊。

在学期期末时，他到了，或者更准确地说"惊艳"伦敦。多亏他，我才首次知道迷人的切尔西[1]，首次认识华特·席格[2]和其他居住于切尔西的高贵长者。他还带我去皮米里科区的剑桥街拜访一个画作已经很出名的年轻人，名字叫奥博利·比亚兹莱。和罗森斯坦一起，我首次参观了鲍利海出版公司。他向我介绍了另外一个知识分子和时代先驱们经常光顾的场所——皇家咖啡酒店的宴会厅。

在那里，在那个10月的夜晚，整条街道流光溢彩，深红色的天鹅绒置于耸立的镜面和石柱之间，袅袅烟草的味道充斥着精雕细琢有异教徒雕像的屋顶，房间里充斥着激进谈论的声音，以及大理石台面上多米诺骨牌洗牌的声音。我深吸一口气，对自己说："这才是生活！"（请原谅我的这一理论！要知道那时还没有发动南非战争。）

正是晚饭开始前的时光。我们喝了味美思酒[3]。那些认识罗森斯坦的人正帮那些只听过他名字的人指认他。男士们不断从推拉门进来，四处漫步，寻找空的桌子或者是朋友在的桌子。其

---

[1] 伦敦下辖自治市。

[2] 一位拥有荷兰和丹麦血统，却在德国出生，在英国发展的艺术家。

[3] 由苦艾制成。

中一个人引起了我的兴趣，因为我很确信他想吸引罗森斯坦的注意力。他已经犹豫着两次经过我们的桌子了，但罗森斯坦正沉浸于对夏凡纳的高谈阔论中，没有注意到他。这个人驼背，步履蹒跚，很高，脸色异常苍白，褐色的头发略长，胡须几不可见，或者更准确地说是下巴上覆盖了一簇簇卷曲的毛发。他长相古怪，但是在20世纪90年代，我觉得，古怪现象比现在常见多了。那个时代的作家——我确定这个人是个作家——致力于在面貌神态上与众不同。此人却失败了，他戴着一顶柔软的黑色牧师帽，却试图展示波西米亚风格，穿着一个灰色防水斗篷，但正因为是防水的，所以就不够轻盈浪漫。我觉得用"不起眼"来形容他非常适合。我那时已经开始尝试写作了，热衷于寻找最合适的词来描绘东西或人，那一时期人们对这件事情非常热衷。

那个"不起眼"的男人再次接近我们的桌子，这一次，他似乎下定决心在桌子前停留。

"你不记得我了。"他机械地说道。

罗森斯坦立刻充满热情地专注于他，过了一会儿，罗森斯坦带着骄傲而非热情回答道："我记得你是伊德文·索姆斯。"这种骄傲是对自己好记性的骄傲。

"伊诺克·索姆斯。"伊诺克纠正道。

"伊诺克·索姆斯。"罗森斯坦重复了一遍，语调中暗示记得姓已经很足够了。伊诺克紧接着说道："你住巴黎的时候，我们见过几面。我们在格罗赫咖啡厅见过。我还去过你的工作室。"

"对对对，你去过，不好意思我那次出去了。"

"但是你那次在工作室啊，你知道吗，你还向我展示了一些你的画作。我听说你现在住在切尔西。"

"是啊。"

我几乎觉得索姆斯先生并没有理解这个"是啊"所传达的意思。他耐心地站在那里，就像一头木讷的动物，就像一头往门里看的驴。他悲剧的样子，突然让我觉得"饥渴"可能才是最适合描绘他的字眼，但是对什么饥渴呢？他看起来对什么都没有胃口。我为他感到遗憾。罗森斯坦虽然没有邀请他去切尔西，仍然请他坐下喝点东西。

就座后，他对自己更加信心十足。他把他斗篷的两边往后一甩，要不是因为斗篷是防水的，那个动作会让人觉得他蔑视一切。他叫了一杯苦艾酒，对罗森斯坦说道："我总是忠诚于可怖的魔鬼。"

"这对你不好。"罗森斯坦毫无感情地说道。

"对一个人来说，没有什么是不好的。"索姆斯回答道，"这个世界没有什么好坏之分。"

"没有好坏之分，你什么意思呢？"

"我在我《谈判》这本书的序言中详细解释了。"

"《谈判》？"

"是的，我送你一本吧。"

"哦，好的。但是，你解释了，比如说，没有好坏句法这一说法吗？"

"没有。"索姆斯说道，"在文学作品里，当然有好坏之分。但是在生活中，并没有。"说话时，他正在卷烟。他的手苍白、虚弱、没有洗干净，每个手指的尖端都残留着尼古丁的污渍。"在生活中，人们有好坏的幻觉，但是——"他的声音变低，仿佛自言自语，"老学派"和"洛可可"这些字眼几不可闻。我觉得他认为自己并没有一展所长，担心罗森斯坦很快会指出他的谬误。不管怎样，他清了清嗓子，说："我们来谈点别的吧。"

你可能会觉得他是个傻子？我当时没这么觉得。我那时很年轻，还没有罗森斯坦这么清楚的判断力。索姆斯比我俩都大至少五六岁，而且他还写了一本书。写过书可是很棒的！

如果罗森斯坦不在那里，我可能会崇拜索姆斯。即使罗森斯坦在，我仍然崇拜索姆斯。当他说他还有一本书将要出版时，我几乎要崇拜他了。我问他我是否能知道是什么类型的书。

"我的诗集。"他回答道。罗森斯坦问这是不是书的书名。诗人对这一说法思索了一阵，说他觉得根本不需要给书取书名。"如果一本书足够好……"他低声说道，挥舞着他的香烟。

罗森斯坦不同意，认为书没有书名，会影响销量。

"如果，"他继续劝道，"我走进一家书店，只是说'你们有？'或者'你们卖？'书店的人怎么可能知道我想买什么？"

"哦，当然，我会把我的名字放在封面上。"索姆斯急切地回答道，"另外，我还想要，"他一边盯着罗森斯坦，一边补充道，"封面上有一幅我的肖像。"罗森斯坦承认这是一种大胆的想法，然后提到他会去法国待一段时间。他看看表，惊叹时间飞快，付了账单，和我去吃晚饭。索姆斯待在原地，继续保持他对可怖魔鬼的忠诚。

"你为什么如此确定，不挖掘他的消息？"我问道。

"挖掘他的消息？就他！我们怎么可能深究一个不存在的人呢？"

"他是很不起眼。"我承认。但是相比罗森斯坦，我对他的描绘词就变得平淡无奇了，罗森斯坦说他根本不存在。

不管怎么样，他已经出了一本书了。我问罗森斯坦是否读过《谈判》。他说他翻阅过。"但是，"他爽快地补充道，"我可不能说我了解写作。"这一时期典型的保守！那时候，画家绝对不允许任何人不经其本人同意就对其画作发表任何观点。这一规则导致了一些限制。如果对其他非画作的艺术品，除创作者外，别人无法完全理解，这一规则就有所松动。门罗主义此时并不是好的选择。因此，任何一个画家在发表对一本书的看法时，都会不断说他的观点毫无价值。罗森斯坦非常擅长鉴赏文学作品，但是在那个时代不能这么说。我知道我必须自己形成对《谈判》这本书的看法。

在那个时代，于我而言，不买一本面对面见过的作家的书无异于自我否定。圣诞学期，我回到牛津时，已经买了一本《谈判》。一开始，我只是随意地把它放在我房间里的桌子上，每当有朋友拿起，问我书的内容是什么时，我就会说："哦，这是一本很棒的书。作者我认识。"只不过，我从来没办法说书的内容是什么。我根本不知道这本薄薄的绿色小册子在讲什么：书的序言和里面迷宫般的内容毫无关系，而内容又和序言扯不上任何联系。

靠近生活，紧紧地靠近生活，再近些。

生活是一张网。没有经纬，只是一张网。

正因如此，我是彻彻底底的天主教徒。然而，让心情编织这张网，让心情自由穿梭。

这些是序言开头的几句话，接下来的句子就更难理解了。

然后就是一个主角为女店员的名为《斯塔克：一个小故事》的小说。这个女店员，我理解的应该的是被谋杀了，或者是将要被谋杀。整篇文章读起来就像门德斯的小说，里面要么是译者跳过了要么就是译者删掉了中间的句子，无法理解。然后是潘和圣乌尔苏拉的一段对话，我认为是缺乏"停顿"。再然后是一些格言警句（标题是希腊语的格言警句）。事实上，整本书有各种各样的文学形式，且这些文学形式似乎都经过仔细地加工。就是内涵我无法理解。我在想，这本书到底有没有内涵？我当时没有假设伊诺克·索姆斯是个傻子，却得出了另外一个假设，我是不是个傻子？我倾向于觉得自己是个傻子。我已经读了《农牧神的下午》，却理不出丝毫头绪。然而，马拉美[1]的作品也是这样，我怎么知道他不是另一个马拉美？他的散文里有一种音律美，并不十分明显，但是我觉得它和马拉美的作品一样有着潜在的深刻含义。我带着一种开放的心态等待着他的诗集。

我耐心地期待他的诗集，在我和他第二次见面以后。第二次见面是在一个1月的晚上，当我走进前面提到过的宴会厅时，我经过了一个桌子，一个面色苍白的男人坐在那里，脸被面前的书挡着。他从书中抬头看我，我往后看，恍惚觉得自己应该认得他。我返回桌子向他致意。说了几句话后，我看向打开的书，说道："很抱歉打扰你了。"我准备离开，但是索姆斯用平淡的声音回复道："我宁愿被打扰。"于是，我随着他的手势坐了下来。

我问他是否经常在这里读书。

"是的，我在这里读这类书。"他一边回答，一边示意手中

---

[1] 法国诗人、散文家。

书的书名——《雪莱的诗》。

"书里面有你特别……"我本来是要说"崇拜"的，但是我故意没有说完。我很庆幸自己这样做了，因为他郑重其事地说道："全是二流的。"

雪莱我读得很少。但是，我还是轻声说道："当然，他的书质量参差不齐。"

"我早该想到工整就是他问题的症结所在，致命的工整。这就是我为什么在这里读他的作品的原因。此地的噪声可以打破书中的押韵。在这里，他的书变得尚可接受。"索姆斯拿起书，翻了几页。他笑了起来，他的笑是一声从喉咙里发出的苦笑，脸部肌肉没有任何移动，眼睛也没有发亮。"什么时代！"他喃喃道，把书放下，又补充说道，"什么样的国家！"

我紧张地问他是不是觉得济慈也没有跨越这个年代和这个国家的不足。他承认济慈"有几篇"，但是没有具体说是哪几篇。"上一辈人"（他是这么称呼他们的）似乎只欣赏弥尔顿。"弥尔顿，"他说，"不多愁善感。"此外，"弥尔顿有着黑暗的洞察力，我可以在阅览室读弥尔顿。"

"阅览室？"

"大英博物馆的阅览室。我每天都去那里。"

"每天都去？我只去过一次。我觉得那里非常压抑，似乎能吸掉人的活力。"

"确实如此。这就是为什么我会去那里。人的活力越低，人对伟大的艺术就会越敏感。我住在博物馆附近。我在迪奥特街[1]

---

[1] 大英博物馆附近的一条街道。

"你去阅览室读弥尔顿？"

他看着我说道："通常都是弥尔顿。"

"是弥尔顿，"他郑重补充道，"他让我转信恶魔主义。"

"恶魔主义，真的吗？"我说道，略微有些不自在，但是又很努力在别人说到自己的信仰时表示礼貌，"你崇拜魔鬼？"

索姆斯摇了摇头。

"不完全是崇拜，"他啜了一口苦艾酒，修正了下我的说法，"更是让人信赖，鼓舞人心。"

"我懂了，是的。我从你《谈判》的序言中就发现了你是一个天主教徒。"

"我那时是。事实上，我现在还是。我是一个天主教的恶魔主义者。"

但是他说这话的时候非常含糊。我看得出最深层次的他仍然是我从《谈判》序言中读到的他。他无神的双眼第一次发出亮光。我感觉像是一个要被口头测验自己是否是最容易动摇话题的人。我赶紧问他的书什么时候出版。

"下周。"他告诉我。

"出版的时候还是没有书名？"

"不，我最终想到了一个。但是我不会告诉你是什么。"好像我问了书名是非常不礼貌的一样。"书名并没有完全让我满意，但是这是我能想到的最好的了。书名显示了诗歌的质量——奇怪的生长，自然肆意，而又精致。"他补充道，"色彩斑斓却有毒。"

我问他如何看待波德莱尔，他"哧"了一声。"波德莱尔，"他说，"就是一个中产者。"法国到现在只有一个诗人，那就是维隆。"但是维隆三分之二的作品只是纪实文学。"魏尔伦是"一个食品杂货商"。让我惊讶的是,他对法国文学的评价比英国文学还低。维利耶·德·利尔-阿达姆[1]的有些"章节"还可以。但是,"我,"他点点头总结道,"与法国两不拖欠。""你到时就会看出来。"他预测道。

然而,到时时,我并没怎么看出来。我现在仍然这么觉得。我在牛津买的这本小书《方戈一》,在我写作的此刻就在我的面前。它浅灰色硬麻布的封面以及银色的印刷字体并不怎么经得住时间的考验,书的内容也是如此。透过这些,以一种忧伤的兴趣,我再次翻开了书。书的内容不多。但是在买的时候,我隐隐觉得书的内涵应该很丰富。我认为应该是我对信仰的理解,而不是可怜的索姆斯的作品比以前削弱不少。

致一位年轻的女士

你世所罕有

苍白调节了犹疑

古老声音的窗棂

吹自腐蚀的长笛

混合锈迹斑斑已然蒙上胭脂色的钹声

且奇异形态和阴阳人

在尘埃中流血

---

[1] 法国象征主义诗人、作家、剧作家,作品经常有神秘与恐怖主义的风格,兼具浪漫主义元素。

为伤口所伤

这就是了，和你一样

世代的流言蜚语

你世所罕有，艺术亦如是！

　　于我而言，似乎诗的第一行和最后一行并不和谐。我竭尽
全力，试图理解这种不和谐。但是我不觉得自己这种不理解和索
姆斯想传达的意思背道而驰。这是否就表明了他的诗内涵深厚。
至于诗的技巧，"蒙上胭脂色"是不错的表达，用"且"不用
"和"也非常得体。我在想这位"年轻的女士"是谁以及她做了
什么。我悲哀地怀疑索姆斯没能力写出她的全部。然而，即使到
现在，如果有人不试图理解诗的含义，只是为了音律美，这首诗
读起来还是相当抑扬顿挫的。索姆斯是一位艺术家，如果非要说
他是什么的话，可怜的索姆斯！

　　当我最初读《方戈一》时，奇怪的是，我觉得他恶魔主义的
那一面是最好的。恶魔主义似乎对他的生活起到了愉悦甚至是健
康的影响。

夜曲

一遍一遍地围着广场，

我挽着魔鬼的手臂漫步。

静谧无声，只有魔鬼蹄子的剐蹭声，

回响着我和他的笑声。

我们喝了黑葡萄酒。

我喊道："主人，我要和你比赛！"

"有什么关系。"他兴奋尖叫，

"今晚我们俩谁跑得更快？

今晚，在满月的月光下，没有什么值得害怕！"

我看进他的目光里，

他的谎言里，我尖声大笑。

他伪装了狼牙利爪。

是真的，别人一遍一遍地告诉我，他很老——很老。

　　我觉得，第一诗节颇为热闹——一种愉快欢闹的兄弟情谊。第二节也许有一点歇斯底里。但是我喜欢第三诗节，如此让人愉悦却又非比寻常，即使从索姆斯诡异的信仰来看也是如此。魔鬼没有那么"让人信赖和鼓舞人心了"！索姆斯成功地把魔鬼塑造成了谎话精，并且笑起来很尖锐，我觉得他塑造出了一个令人振奋的形象！但是只是在那时，现在，他的其他任何诗都无法像《夜曲》一样使我沮丧。

　　我试图寻求现代评论家的观点，他们似乎分为两派，一派是没太多可以评论的，而另一派是没有任何可以评论的。第二派占了多数，第一派的评论也非常冷酷，比如：

　　"激起了现代感……这些流畅的数字。"——《普林斯顿电讯报》

　　它算得上唯一引诱读者读索姆斯作品的广告。我本来希望能在下次见到诗人的时候，恭喜他成功引起轰动，因为我想他对自己内在的伟大并不确信。然而当我真的再次见到他时，我只能含糊地说自己希望《方戈一》"卖得很好"。他透过他的苦艾酒酒杯看向我，问我有没有买。他的出版商告诉他已经卖了三本了。我笑了，仿佛他在开玩笑。

"你认为我不在乎是吗？"他几乎是吼叫着说道。我否认了这个说法。他补充说他不是个商人。我温和地说我也不是，并且小声地说能给这世界带来真正新鲜和伟大事情的艺术家总是需要等待很长时间才能得到认可。他说他一点也不在乎认可。我附和说创作这个事情本身就是一种奖赏。

如果我认为自己什么也不是，他的忧郁可能让我疏远他。但是，哈！约翰·雷恩[1]和奥博利·比亚兹莱[2]不是都建议我给正在筹备中的《黄皮书》写一篇文章吗？编辑亨利·哈兰德不是已经接收了我的文章吗？我的文章不是已经确定是这本书的第一章了吗？在牛津，我还只是个学生。但是在伦敦，我认为自己已经是一个毕业生了——索姆斯这类人是不能惹我生气的。一半是为了炫耀，一半是出于好意，我告诉索姆斯他应该向《黄皮书》投稿。他却从喉咙里发出一声对这本书的轻蔑。

然而，一两天以后，我还是试探性地问了哈兰德他是否知道一个叫作伊诺克·索姆斯的人的作品。他止住了习惯性绕着房间大步走的脚步，双手指着天花板，大声抱怨说他以前经常在巴黎见到"那个荒唐的生物"，而且就在今早还收到了他的几份诗的手稿。

"他难道没有天分吗？"我问道。

---

[1] 鲍利海出版公司的创始人。

[2] 英国著名插画艺术家。

"他有一份收入。他没事。"哈兰德是最快乐的那种人，也是评论家中最仁慈的，他不愿意谈论任何无法激起他热情的东西，所以我不再谈论索姆斯。而且知道他有收入也减弱了我对他的关切。我之后了解到他父亲已经去世，生前是普雷斯顿一个不成功的书商。但是索姆斯从一个已婚的阿姨那里每年可以继承三百磅。他没有任何在世的亲戚。从物质上来讲，他"没事"。从精神上，我却为他唏嘘不已，尤其是我觉得如果他的父亲不是普雷斯顿人的话，可能连《普雷斯顿电讯报》也不会赞赏他。我很钦佩他那种虚弱的顽强。他和他的作品都没有得到丝毫的鼓励，但是他坚持表现得像是名人一样：总是高举他昏暗的小旗。每当有青年艺术家聚会，不管是在他们刚发现的soho区的餐馆，还是他们常去的音乐厅，索姆斯总是在他们中间，更准确地说是在他们边缘，一个不起眼但是必然存在的人物。他从来不试图和同辈的作家和平共处，丝毫不隐藏对自己作品的自大和对其他人作品的轻蔑。对画家他非常尊敬乃至谦卑，但是对写《黄皮书》的诗人和写《萨伏伊》的散文家，他从来不置一词，只有轻蔑。可是大家也并不怨恨他。从来没有任何人觉得他或者他的天主教恶魔主义有什么要紧的。在1896年，他出版（这一次是自费出版）他第三本书也是他最后一本书的时候，没有人说这本书一句坏话，当然也没有人说一句好话。我本来想买的，但是最后忘记了。我从来没见过这本书，而且非常羞愧的是也不记得书的书名了。但是，在书出版的时候，我还是对罗森斯坦说我觉得可怜的索姆斯真是一个悲剧人物，而且我真的觉得他会因为缺少认可而死的。罗森斯坦嘲笑了我，他说我试图让别人表扬我心地善良，但是我根本没有一颗善良的心。也许，他说的是对的。但是几周后，在新英国艺术俱乐部，我看到了一幅伊诺克·索姆斯的蜡笔肖像画。肖像画酷似索姆斯，而且很有可能是罗森斯坦画的。索姆斯，戴着他软塌塌的帽子，穿着他的防水斗篷，站了一整个下午。认识他的人一眼就能看出肖像中是他，不认识他的人也能从站在那里的他认出肖像中的人。它的"存在感"比他强得多。此外，肖像没有那种微微的开心神情。不错！在索姆斯脸上可以看清那种微微的开心！名声开始青睐他，我一个月去新英国文学俱乐部两次，每次都看到索姆斯站在画前欣赏自己的肖像。回想起来，展览的结束实际上就是他事业的结束。他感受到名望在他的脸颊上轻吹——如此迟，如此快。名望撤退之时，他退却、放弃，最后停止一切。虽然他从来看起来都不强壮或者健康，现在更是糟透了，成了从前自己的影子。虽然他现在仍然经常光顾宴会厅，但是已然不愿激起任何人的好奇心，他再也不在那里读书了。"你现在只在博物馆读书了吗？"我问道，带着一种强行伪装的兴高采烈。他说他现在不去那里了。"没有苦艾酒。"他咕哝道。以前他说这种话是为了引起某种效果，现在却是真心实意。苦艾酒曾经是他想要塑造自己作为一个"人物"中不可缺少的一部分，但现在苦艾酒于他而言是慰藉也是必需品。他现在不叫它"恐怖的魔鬼"了，也不再开口闭口都是法语了。他现在成了一个普通的、坦率的普雷斯顿人。

如果是普通的、坦率的且彻底的失败，甚至是卑劣的失败，都有一定的尊严在。我避开索姆斯是因为他让我觉得相当庸俗。此时，约翰·雷恩已经出版了我的两本小书，都有不错的口碑，那时我虽然影响力不大，但肯定是个"人物"了。弗兰克·哈里斯[1]让我在《周六文学评论》大展拳脚。艾尔弗雷德·哈姆斯沃思[2]也让我在《每日邮报》有了一席之地。我就是索姆斯成为不了的那种人。他使我的成就蒙羞。如果我那时知道他是真的切切实实地相信自己作为艺术家成就斐然的话，我可能不会避开他。任何没有丢掉自己名利心的人都不能说是彻底失败了。索姆斯的尊严是我尊严的幻象。1897年6月第一周的某天，那种幻象离开了。同一天的晚上，索姆斯也离开了。

　　我上午大部分时间都不在家，而且由于赶回家吃午饭太迟了，我去了名为"二十世纪"的饭店。这个小地方的全名是"来自二十世纪的饭店"。一些诗人和散文家在1896年发现了这个小地方，但是那时它已经几乎被抛弃，他们开心地投向其他新欢。我觉得这个餐馆无法像其店名那样存活到20世纪。但是那时，它仍然位于希腊街，离苏荷广场几步之隔，正对那座房子。在那座房子里，一个小女孩和一个小男孩德·昆西[3]每夜驻扎在那里，在黑暗里忍受饥饿、肮脏和鼠患，苦读古老的法律羊皮纸文稿。"二十世纪"就是个很小的只涂了白色涂料的房间，房间的两头，一头连着街道，一头连着厨房。店主兼厨师是一个法国人，我们称他为"二十世纪先生"。服务员是他的两个女儿，罗斯和贝尔特，食物不错。因为桌子很窄，间隔很小，房间可以容纳十二张桌子，六张紧挨着墙。

　　我进门的时候，只有两张紧挨着门的桌子有客人。一边坐

---

[1]　编辑、小说家。

[2]　英国现代新闻事业奠基人。

[3]　英国著名散文家和批评家。

着一位个子很高、俗艳而且略显冷酷无情的男士，我在宴会厅和其他地方总是看见他。另一边就坐着索姆斯。在那间洒满阳光的房间里，他们俩形成了诡异的对比。索姆斯坐在那里，很憔悴，戴着同样的帽子，穿着同样的斗篷，任何地方任何季节我从未见他脱掉过。另一位客人，看起来是个精明的大人物。我第一眼看到他就觉得他是一位钻石商人、一位魔术师，或者私家侦探社的所有者。我确定索姆斯不需要自己的陪伴，但是我还是问能否和他一起，仿佛不这样会显得我很没有教养，然后我坐到了他的对面。他在吸烟，面前盘子里的萨拉米根本没有动过，旁边是喝了一半的苏特恩白葡萄酒。他很沉默。我说为庆典的准备让伦敦变得乱七八糟（我其实挺喜欢的）。我坦言事情一结束就想立即离开。我所做的一切似乎都无法改变他的愁眉不展。他似乎听不到我在说什么，也看不到我。我感觉他的行为让旁边的客人觉得我很好笑。二十世纪饭店两边桌子的通道不足两英尺宽（罗斯和贝尔特在服务顾客时，总是要侧身经过彼此，这个时候她们还会低声吵架），和你并排的桌子几乎就挨着你。我觉得坐在旁边的客人一定觉得我没能引起索姆斯的兴趣很可笑。我也不能跟他解释自己坚持这样做几乎是出于慈善目的，于是我变得沉默。即使不转头，我也能将旁边客人的所作所为尽收眼底。我希望自己看起来不像他那么粗鲁。我确定他不是英国人，但是他是哪国人呢？尽管他乌黑的头发打理得油光发亮，我却不觉得他是法国人。他跟服务他的贝尔特说法语，说得相当流利，语音却不地道。我推断他是第一次来"二十世纪"，但是贝尔特对他不怎么殷勤，显然他没有留下好的第一印象。他的眼睛生得很漂亮，但是和"二十世纪"的桌子一样——太窄而且靠得太近，他的鼻子很有侵略性，他的胡子尖垂直地立在鼻孔下方，让他笑起来很僵硬。确实，他看起来很阴险。他坐在附近，让我觉得非常不舒服。他在6月穿着非常不合时令的酱红色马甲，而马甲又紧紧地束住他的大肚腩，这让我觉得更加不自在。马甲不合适，也不仅仅是因为天气很热。不知怎的，马甲整个就不对。即使是圣诞节的早上，穿这件马甲也不对。他也会在《欧那尼》[1]的第一晚引起不和谐的音符。我正在试图分析马甲不合适的原因所在时，索姆斯突然奇怪地打破了寂静。"一百年以后。"他咕哝道，仿佛是在昏睡状态。

"我们将不在世间。"我立刻傻傻地补充道。

"我们将不在世间，不在。"他喃喃道，"但是博物馆还将在原地，阅览室也还将在原地。人们仍可去那里阅读。"他大口地呼气，仿佛什么疼痛让他全身痉挛，五官都扭曲了。

我在想可怜的索姆斯在想什么，在长久的停顿之后，他开口说："你不觉得我在乎。"

"在乎什么，索姆斯？"

"忽视！失败！"

"失败？"我由衷地说道，"失败？"我心不在焉地重复道，"忽视，也许有吧，但那是两码事。你可能确实没有受到欣赏，但那又怎样？任何给予……"我原本想说的是"任何能给这世界带来真正新鲜和伟大事情的艺术家总是需要等待很长时间才能得到认可"，但是这番恭维话我怎么也说不出口。面对着他满目的悲惨——这种悲惨如此真实且不加掩饰——我怎么也无法开

---

[1] 维克多·雨果的剧本。

口说这些话。

然后，他却把这些话说了出来。我羞红了脸。"你本来是要说这些话的，是吗？"他问道。

"你怎么知道的？"

"三年前，《方戈一》出版时你对我说过同样的一番话。"我脸红得更厉害了。我其实没有必要脸红的。"这是我唯一听过的你说得比较重要的话，"他继续说道，"我一直没有忘记这句话。这句话说得很对，却很残酷。但是，你记得我怎么回答的吗？我说'我一点也不在乎认可'。然后，你就相信了我的话。你相信我是不在乎名利那等事情的。你真肤浅。你怎么可能知道像我这样的人有什么感受呢？你假想一个伟大的艺术家只要相信自己，相信自己会被后代认可，就能开心。你从没想过这种苦涩和孤独……"他破音了，但是又立刻继续说下去，声音充满力量，我从来不知道他体内蕴含如此大的力量，"后代认可，对我有什么用？死人才不知道游客来瞻仰他的墓碑、他的出生地，为他挂匾，为他雕像纪念！死人无法阅读那些关于他的书籍！一百年以后！想一想，我那时不能重生，哪怕几小时，去阅览室读书！或者现在，当下，我就能看到未来，看到阅览室发生的一切，哪怕仅仅一个下午，我愿意把我的身心出售给魔鬼！想想索引里都是伊诺克·索姆斯，想想一次又一次的再版，想想那些评论，想想那些序言，想想那些关于我的传记——"这个时候隔壁挪动椅子的声音打断了索姆斯。我们隔壁桌的客人站了起来，微微向我们倾斜，对打扰我们表示歉意。

"抱歉，原谅我。"他轻声说道，"我没法儿听不到，在这个小餐馆里。我能……插一句吗？"

我只能表示同意。贝尔特出现在厨房门口，以为这个陌生人想要埋单。他用雪茄跟她摆了摆手，下一秒钟就坐在了我旁边，能完全看到索姆斯。

"尽管我不是英国人，"他解释道，"我非常了解我的伦敦，索姆斯先生。您的大名和声望，以及比尔博姆先生，我都久仰大名。你想知道我是谁？"他快速地往后瞄了一眼，低声说道，"我就是魔鬼。"

我不可自抑地笑了起来。我试图停下来，我知道没什么好笑的，我的粗鲁让我很羞愧，但是我的笑声愈来愈大。魔鬼的安静，以及他挑起的眉毛中展示的惊讶和厌恶更让我笑得不能自已。我笑得前仰后合，笑到肚子痛。我表现得非常糟糕。

"我是一个绅士，"他着重强调了"绅士"，"我以为我的同伴也是绅士！"

"不要这么觉得！"我笑得喘不上气，"哦，不要这么觉得！"

"很好奇，觉得是假的？"我听到他对索姆斯说，"有一种人，只要一提到我的名字，就觉得非常，哦——好笑。在剧院里，最呆笨的喜剧演员只需要说'魔鬼！'，他们立刻就能笑得很大声，这只能说明这种人脑袋空空。难道不是吗？"

我现在终于喘过气来，向他表示歉意。他接受了我的道歉，但是很冷淡，然后再次向索姆斯介绍自己。

"我是一个生意人，"他说，"总是能把事情'当下'解决，就像美国人说的那样。你是一个诗人，生意——肯定很讨厌。讨厌就讨厌吧，但是有了我，你就能处理一切。你刚才说的给了我极大的希望。"

索姆斯除了又点了一根雪茄，一动不动。他坐在那里，头往前倾，手肘支在桌上，手托着脸，仰头看着魔鬼。

"继续。"他点头示意道。彼时，我已经完全止住了笑。

"我们的小交易，将会非常愉快，"魔鬼继续道，"因为你是——如果我没说错的话——一个恶魔主义者？"

"一个天主教的恶魔主义者。"索姆斯说道。

魔鬼欣然接受了他的这一修订。

"你希望，"他继续说道，"现在，今天下午如常去大英博物馆的阅览室，是吗？但是是一百年以后的大英博物馆，是吗？很好！时间——只是幻觉。过去和未来——它们和现在一样存在当下，至少是你们说的'就在眼前'。我可以把你带到任何时间。我现在就能让你看到——噔！你希望去到1997年6月3日下午的阅览室？你希望能在这一刻就推开门，站在那个房间里，是吗？一直待到闭馆，我说的对吗？"

索姆斯点点头。

魔鬼看了看他的手表。"两点过两分，"他说，"那时的闭馆时间和现在一样——七点。这样你有将近五小时。七点的时候——噔！你会再次在这里，坐在这张桌子前。我今晚会和一些上流社会的人共进晚餐，之后这次对你们伟大城市的拜访就结束了。我会来这里接你，索姆斯，在我回家的路上。"

"家？"我重复了一遍。

"千真万确！"魔鬼轻轻说道。

"好的。"索姆斯说道。

"索姆斯！"我恳求地喊着。但是我的朋友一动不动。魔鬼似乎要把手伸到桌子对面，但是他停下了动作。

"一百年以后，和现在一样，"他笑道，"阅览室不允许吸烟。因此，你最好……"

索姆斯拿走嘴里的烟头，丢到了他的苦艾酒酒杯里。

"索姆斯！"我再次喊道，"你就不能……"但是此时魔鬼的手已经伸到了桌子对面。他慢慢地把手放到了桌布下。索姆斯的椅子上没人了，他的烟头还浸在他的酒杯里，到处不见他的踪影。

有几次，魔鬼的手停在了原地休息，他用眼角的余光扫了我几眼，带着胜利的炫耀。

我打了个寒战。我勉力控制住自己，从椅子上站起来。"很好，"我居高临下地说，"《时间机器》这本书很好，你不这么觉得吗？如此的原创！"

"你很愿意讽刺，"魔鬼说道，此时他也站了起来，"但是，写一本关于不存在的机器的书是一回事，拥有超自然的能力是另外一回事。不管怎样，我成功了。"

听到椅子挪动的声音，贝尔特跑了过来。我向她解释说索姆斯先生被人叫走了，我和他今晚还会在这里吃晚饭。出了门，在外面，我才感觉头晕。我不记得在那个骄阳似火的漫长下午自己做了什么、去了哪里。我只记得沿着皮卡迪里一路木匠锤子的声音和半直立的"柱子"乱糟糟的模样。是在格林公园还是在肯辛顿花园，还是我曾经在那里，坐在树下，试图阅读一份晚报的地方，报纸头版的一句话不停地在我乱糟糟的脑袋里出现，"在六十年的统治中，以其智慧，没有什么可以瞒得过女王陛下"。我记得我在疯狂地构思一封信（要用快件寄到温莎，信使要当面等待回复）："女王陛下：众所周知，在六十年的统治中，您极具智慧，我斗胆问您对如下小事的意见。索姆斯先生，您可能听说过或者没有听说过他的诗……"真的没有办法去帮助他、拯救他了吗？交易就是交易，我是最不愿意怂恿任何人摆脱一个合理的交易的。我是肯定不会拯救浮士德的。但是可怜的索姆斯！他注定要付出一切，除了无果的搜寻和苦涩的幻灭，得不到任何东西。

在我看来，异常古怪，不可思议，他，索姆斯以其肉身，穿着防水斗篷，当下，生活在下个世纪的最后十年，埋头苦读那些还没有写的书，观察和被那些还没有出生的人观察。更古怪和不可思议的是，他将会下地狱。确实，事实比小说还要出人意料。

那个下午无比漫长。我几乎希望自己和索姆斯一起去了，当然不是待在阅览室里，而是能快速地在新伦敦观光游览一番。我不安地走出一直待着的公园，徒劳地想象自己是来自18世纪的激动游客。时间慢得让人难以忍受。离七点还早的时候，我就回到了"二十世纪"。

我坐在了午饭坐的位置。空气从我背后开着的门无精打采地进来。罗斯和贝尔特时不时地出现一下，我告诉她们在索姆斯先生来之前不会点任何东西。有人拉起了手风琴，陡然淹没了街头某些法国人吵架的噪声。每当转音的时候，我还是能听到吵架仍在继续。我在路上又买了一份晚报。我的眼睛总是忍不住离开报纸，瞄一眼厨房里的钟。

离七点还有五分钟了！我记得饭店里的钟总是快五分钟。我把眼睛聚焦到报纸上，发誓再也不会偷瞄。我把报纸举正，完全展开，离我的脸很近，这样我就看不到其他东西了。手在抖？我告诉自己是因为报纸的内容。

我的手臂逐渐开始发麻、疼痛，但是我不能把报纸放下来——现在。我怀疑，我确定。怀疑确定什么呢？我来这里是为了什么？我紧紧地举着报纸这一壁垒。贝尔特在厨房快速的脚步声让我，强迫我，把壁垒放下，说：

"我们吃什么，索姆斯？"

"他看起来很痛苦——索姆斯先生。"贝尔特道。

"他只是——累了。"我让她拿点酒——勃艮第，以及任何准备好了的食物。索姆斯坐在桌子前，和我上一次见他时一模一样的姿势，就好像他从来没有移动过——他已经去了那么远的地方。下午有一两次我想可能他这次旅行不会一无所获，也许我们对索姆斯作品的评价都是错的。但是从他的样子，我知道我们对他糟糕的评价全是对的。但是，"不要灰心，"我支支吾吾地说道，"也许只因为你没有给足够的时间，两三个世纪以后，也许……"

"是的，"他出声了，"我已经想到了。"

"现在，现在，更迫切的是现在！你要躲在哪里？如果你从查令十字街搭乘去法国的快车会怎么样？还有将近一小时。不要去到巴黎，在加来[1]就停下来。住在加来。他永远不会想到去加来找你的。"

"就像我的运气，"他说，"在地球的最后一小时要和一个混蛋度过。"但是我没有生气。"还是一个叛变的混蛋。"他加了这么一句奇怪的话，扔给我一张他一直攥在手里皱了的纸，我扫了一眼纸上的字，显然是一些胡言乱语。我很不耐烦地将纸放在一边。

---

[1] 法国北部城市。

"索姆斯，振作起来！这不仅仅是生或死的问题，这涉及无尽的折磨，这关乎你自己！你不会想说你就坐在这里什么也不做，等着魔鬼把你抓走吧！"

"我什么也做不了。我没有选择。"

"索姆斯，这次的'令人信赖和鼓舞人心'是有报复性后果的。这是魔鬼主义！快跑！"我把他的杯子倒满酒，"而且，你现在看到了野蛮的——"

"辱骂他是没有用的。"

"你必须承认，他一点也不弥尔顿，索姆斯。"

"我没有说，他与我想象的不一样。"

"他很粗鲁，他是挺着肚子的犯罪团伙成员之一。他是那种躲在去往里维埃拉[1]火车走廊里的人，伺机偷走女士的珠宝盒子。想想被他无尽的折磨！"

"你不会觉得我很期待吧，对吧？"

"那么，你为什么不偷偷地逃跑？"

我一次又一次地将他的酒杯倒满，他总是机械地喝完。但是酒一点也没点燃他的斗志。他没有吃东西，我自己也几乎没有。我的内心深处不觉得任何逃跑能拯救他。魔鬼一定会很快追到他，肯定能逮到他。但是总比现在被动、温顺和凄惨地等待好。我告诉索姆斯，为了人类的尊严，他应该表现出反抗。他问人类为他做过什么。"还有，"他说，"你难道不懂吗？我在他的控制里。你看到他触碰我了，对吗？是有范围的，我没有意志。我被封印了。"

---

[1] 南欧沿地中海的一个地区。

497

我做出绝望的样子。他继续重复"封印"这个词。我开始意识到酒已经让他的大脑不清醒了！难怪！去未来时，他没有吃任何东西。现在，他仍然没吃任何东西。我敦促他不管怎么样，吃点面包。我才不会相信，他有这么多要说的会什么也不说。"怎么样，"我问道，"那边。来，告诉我你的经历！"

　　"他们会出一流的'再版'的，会的吧？"

　　"我为你感到很遗憾，索姆斯，我非常体谅。但是你有什么理由暗示我要再版你的书？"

　　这个可怜的人用手扶额。

　　"我不知道，"他说，"我有某种理由，我知道。我会尽量想起来。"他坐在那里，沉浸在思考中。

　　"对，尽量想起来所有的事情。吃点面包。阅览室长什么样？"

　　"和现在差不多。"他终于说话了。

　　"人多吗？"

　　"和现在差不多。"

　　"人长什么样？"

　　他试图想起人的模样。

　　"他们都……"他很快想起来了，"看起来很像。"

　　我吓了一跳。

　　"都穿着羊毛的衣服？"

　　"是的，我觉得是。灰黄色的东西。"

　　"一种制服？"他点了点头。"制服上都有数字？数字在左肩的一块金属上？类似D.K.F.78,910这样的东西？"原来如此。

　　"甚至所有人，不论男女，都被照顾得很好？非常的乌托邦，闻起来有很强的碳味？所有人都没有什么毛发？"我每次都猜对了。索姆斯仅仅不能确定男男女女是天生没有毛发还是剃掉了。

"我没有足够的时间来观察他们。"他解释道。

"你当然没有时间。但是——"

"我告诉你，他们盯着我看。我引起了很大的注意。"他终于做到了！"我觉得我吓到他们了。每当我走近他们的时候，他们就躲开。他们远远地跟着我，不论我到哪里，坐在阅览室中间圆桌的人，每当我去问问题时，他们就非常害怕。"

"你到的时候做了什么？"

当然，他肯定径直去了书目录处，找S那一册，在SN和SOF之间踌躇良久，没办法把书从架子上拿下来，因为他的心一定跳得很快。他说他一开始没有失望，只是觉得应该有某种新的排列方式。他走向中间的桌子，问他们20世纪的书的目录在哪里。他再次查找了自己的名字，盯着那烂熟于心的三页，坐了很长时间。

"然后，"他喃喃道，"我查找了《全国传记词典》和一些百科全书。我回到中间的桌子问关于19世纪晚期的文学，哪本书是最好的。他们告诉我普遍认为安普顿先生的书是最好的。我在目录里查找他的书，填了个表格，书就被送过来了。我的名字不在索引里，但是——对了！"他突然变了音调，"那就是我忘记的东西。那张纸在哪里？还给我！"

我也忘了那张揉皱了的纸。我在地上找到它，递给他。

他把纸展平，点着头，看着我，让我觉得很不舒服。

"我浏览安普顿的书，"他继续说道，"很难读，好像某种语音拼写。我看到的所有现代的书都是语音拼写。"

"那么我什么都不想知道了，索姆斯，拜托。"

"名字似乎全部还是按照旧时的方法拼写。要不是这样，我可能不会注意到自己的名字。"

　　"你自己的名字，真的吗？索姆斯，我非常开心。"

　　"还有你的。"

　　"不！"

　　"我觉得你今晚会在这里等我，所以我把文章抄下来了。读一读吧。"

　　我夺过纸。索姆斯的笔迹非常不清楚。他的笔迹、奇怪的拼写以及我自己的兴奋都让我不能很快知道安普顿想表达什么。

　　那份文件现在就摆在我的面前。很奇怪我接下来给你们看的是可怜的索姆斯在八十二年前抄给我的。

　　来自《英国文学1890—1900》234页，作者安普顿，1992年出版于美国。

　　"例如，那是一个叫马克斯·比尔博姆的作家，他在20世纪仍然活着，写了一个故事。他虚构了一个叫伊诺克·索姆斯的人物，一个三流诗人，索姆斯坚信自己是一个伟大的天才，和魔鬼做了一个交易，为了知道后代如何评价自己。这是一个labud讽刺故事，但并非全无价值，说明了19世纪90年代的年轻人多么重视自己的名声。现在文学已经被归为公众服务，我们的作者知道自己的水平，他们完成自己的使命而不会多想。图书馆也物尽其用。谢天谢地，我们这个时代没有伊诺克·索姆斯。"

　　我发现通过读出声（我希望读者也这么做），我逐渐理解了。他们越清楚，我就越困惑、越痛苦、越恐惧。整件事就是个噩梦。远处，令人毛骨悚然的命运在等待着可怜的诗人。这里，在桌边，盯着我看的眼神让我浑身发烫，这个可怜人，我的人品在接下来的几年怎么会变得如此不堪，我不应该这么残忍——我又看了一遍这个长篇大论。"虚构的"！但是索姆斯就在这里，和我一样真实。而且"labud"是什么？（我到今天也不知道这个词的意思。）"太——奇怪了。"我最后结结巴巴地说道。

索姆斯什么也没说，但是仍然残忍地盯着我。

"你确定吗，"我挣扎道，"你真的确定你抄对了吗？"

"非常确定。"

"那么，就是这个烦人的安普顿犯了——将要犯愚蠢的错误。看这里，索姆斯，你知道的——毕竟马克斯·比尔博姆不是一个多罕见的名字，一定有好几个叫伊诺克·索姆斯的人，或者任何一个写故事的人都会想到伊诺克·索姆斯这个名字。我不写小说，我是一个散文家、一个评论者、一个记录员。我承认这是一个天大的巧合，但是你得了解……"

"我了解整件事。"索姆斯静静说道，"我们谈点别的。"他补充道，有一丝以前行为的样子，但是比我所了解的他更高贵。

我立刻接纳了这个提议。我把话题转到当下迫在眉睫的话题。那晚的大部分时候，我都在不断地怂恿他逃跑，在其他地方躲起来。我记得自己最后说如果我注定要写他，那个故事最好有一个完美的结局。索姆斯用极讽刺的语气不断重复"完美的结局"这五个字。

"在生活和艺术中，"他说，"最重要的就是要有不可避免的结局。"

"但是，"我尽可能地表现出有希望的样子，"一个可以被避免的结局不是注定的。"

501

"你不是一个艺术家，"他用刺耳的声音说道，"你跟艺术家有着天壤之别，以至于你不能想象一件事情，让它看起来是真实存在的。你甚至会让一个真实存在的东西看起来像虚构的一样。你是一个可怜的草包，就像我的运气一样。"

　　我抗议道："我不是一个可怜的草包，以后也不会是，安普顿才是。"我们进行了一场相当激烈的讨论，在最激烈的时刻，我突然发现索姆斯似乎意识到了自己的错误，他表现得畏畏缩缩。我在想为什么——他看向我的后面。那个"注定结局"的缔造者站到了门前。

　　我努力把椅子往里挪了挪，尽量装出轻快的样子说道："啊，请进！"看着像情节剧里混蛋样子的他，我的内心充满恐惧。他倾斜着的帽子和衣服前襟的光泽、他一直捋着胡子的样子，尤其是他的冷笑似乎都在表达他才是一切的主宰。

　　他一步跨到我们桌子前。"很抱歉，"他讥笑道，"打断了你们开心的聚会，但是——"

　　"您没有打断，您让我们的聚会更完整了。"我向他保证道，"索姆斯先生和我想跟您稍微谈谈。坐下来怎么样？今天下午的旅程让索姆斯先生一无所获，真的一无所获。我不想说整件事就是一个诈骗，一个彻底的诈骗。相反，我们相信您的本意是好的。但是这个交易，以这种情况看，是否可以取消了？"

　　魔鬼没有给出任何回答。他只是看着索姆斯，用他的食指指向门。索姆斯立刻就从椅子中站了起来，在绝望之下，我快速地把桌上的两把叉子放在一起，刀刃相交。魔鬼直直地往后面的桌子走去，颤抖着转过头。

　　"你不迷信！"他发出咝咝的声音，说道。

"一点也不。"我笑着说。

　　"索姆斯，"他像是对小喽啰说话，但是没有转过头，"把叉子放正！"

　　我示意我的朋友不要这么做。"索姆斯先生，"我一字一句地对魔鬼说道，"是一个天主教的恶魔主义者。"但是我可怜的朋友听了魔鬼的命令，而不是我的。当主人的目光再次聚焦于他时，他起身，挤过我身边。我试图说话。但是索姆斯先开了口。"尽量，"当魔鬼粗鲁地把他拽出门时，他留下了最后的话，"尽量让他们知道我确实存在过！"

　　下一秒钟，我自己也冲出了门。我四处观望，街头、街角、街尾，只有月光和路灯，没有索姆斯也没有另外一个。

　　我茫然地站在那里。最终，我又茫然地走回那个小餐馆。我想自己向贝尔特或者罗斯支付了我的晚饭和中饭，还有索姆斯的。我希望是这样，因为我再也没去过"二十世纪"。那晚以后，我一并连希腊街也不去了。数年以来，我甚至不再踏足苏荷广场，因为在那一晚，我在那里徘徊观望，像丢了东西的人一样，抱着某种希望，不愿离开那个地方。"一遍一遍地围着广场"，我想起了索姆斯的这句诗，顺带想起了整个诗节，它们在我的脑海里回响，让我发现他想象的快乐场景和他真实的经历有多么不同！那个王，在所有的王中是我们最不能信任的！

　　但是散文家的思维就是这么奇特，不管遭受何种打击，总是这么发散。我记得曾经驻足在一个很宽的门阶前，思考也许年轻的德·昆西就是在这里晕倒，而可怜的安飞速地赶到了牛津街，去找他们"铁石心肠的继母"，回来时听到了"一杯葡萄酒和香料"。没有这杯东西，他想，他可能已经死了。年迈的德·昆西重返旧地也是在这里吗？我细细品味安的命运，思索她突然离开男友的原因。很快，我开始谴责自己居然让过去凌驾于现在之上。失踪了的可怜的索姆斯！

于我自己，我也开始有些纠结。我应该做什么？我是不是应该大肆宣传"作家的离奇失踪"之类的？他最后被人见到就是和我一起吃中饭晚饭。我是不是应该直接坐车去伦敦警察厅？他们肯定会觉得我疯了。毕竟，我宽慰自己道，伦敦是座大城市，一个不起眼的人物可能很容易就不见了，尤其还是在五光十色的庆典之中。最好什么也别说，我这样想。

我是对的。索姆斯的失踪根本没有激起任何涟漪。他被彻底忘记了，我觉得根本没有人发现他再也不四处游荡了。时不时地，也许某个散文家或者诗人会说一句："那个索姆斯现在怎么样了？"但是我从来没有听过任何人问这个问题。至于他在迪奥特街的房东，毫无疑问他的租金是周付的，而且索姆斯房间里的财物足够让她对他的失踪闭口不言。那个领取他每年年金的律师也许追问过他的下落，但是没有得到任何回复。我的潜意识里有一个可怕的想法，我不止一两次地在想，安普顿，那个尚未出生的婴孩，认为索姆斯是我的臆想也许是真的？

安普顿令人讨厌的书中的一点可能让你疑惑，书的作者（他的名字我已经在文中提及，书的内容我也进行了精确的摘抄）怎么会没有发现我根本没有捏造任何事情？答案只能是这样：安普顿没有读这份传记的后半部分。缺乏完整性是做学术研究的大忌。我希望这些话能被安普顿同时代的学者看到，消除他的观点。

我宁愿认为，1992年和1997年之间的某个时间，有人会阅读

504

这篇传记，然后向全世界提出他的让人震惊但在所难免的观点。我有理由相信，会是这样的。你们会意识到1997年6月3日下午的大英博物馆的阅览室和索姆斯通过魔鬼看到的一模一样。你们会意识到，当那个下午到来时，会有同样的一群人在那里，索姆斯也会准时到达，他们做着和我描绘的一样的事情。想一想索姆斯说的他引起的轰动吧。你可能会说光是他的穿着就足以在那群穿着制服的人中引起轰动。我向你保证，如果你见过他，你就不会这么说了，因为索姆斯真的非常不起眼。人们这样盯着他看，跟着他四处走，似乎很惧怕他只能通过一个假设来解释：人们已经对他诡异的拜访有所准备。他们一定很热切地在等他是否会来。当然，当他真来的时候，效果一定是惊人的。

一个真正的、确切无疑的、已经被证明的鬼！只能这么解释！第一次拜访时，索姆斯是有血有肉的人，而他周围的生物则是鬼——我是这么认为的，结结实实的、可触摸的、有声音的生物，却是无意识的、自动的——身处本来就是幻觉的建筑物之中。第二次，这些生物和建筑物就是真的了。我希望我认为他注定会再次拜访那个地方，真真切切地、实实在在地、清清醒醒地再去一次。我希望他可以有这么一次短暂的逃离，这么一个小小的奖励来期待。我总是想起他。他就在那里，一直都在。你们之中坚定的道德至上的人可能会说，他只能怪自己。可是于我而言，不应怪他。是的，人不应该有名利心，我也承认，伊诺克·索姆斯的名利心超出一般人，需要特殊对待。但是我坚持认为，他是被魔鬼骗了。魔鬼肯定知道我朋友的未来之行将会一无所获。整件事就是一个卑劣的伎俩。我越想，越觉得魔鬼面目可憎。

"二十世纪"那天之后，我在各处又见了他几次。然而，只有一次是近距离看到他。那是几年前了，在巴黎，有一天下午我正沿着安廷街散步，看到他从对面走来，穿得和以前一样浮夸，挥动着乌木拐杖，仿佛整条街都是他的。想到索姆斯和其他无数人都永久地被魔鬼控制着，我被巨大的愤怒笼罩。我站直了身子。但是，人都太习惯在街上对自己认识的人点头微笑了，以至于这一动作变得十分自然。阻止这个动作，需要很大的努力和毅力。悲剧的是，我意识到，在我经过魔鬼时，我向他点头微笑了。当他带着傲慢直勾勾地盯着我看时，我的耻辱感更甚。

　　被他抢道，被他故意抢道！到现在，我仍然对让此事发生异常愤怒。

致 谢
ACKNOWLEDGEMENTS

姚箐箐 / 译

　　我们真心感谢以下人员的帮助：感谢我们英国的编辑、宙斯之首出版社的尼克·奇塔姆；感谢我们美国的编辑利兹·戈林斯基·托尔、我们的代理莎莉·哈丁和罗恩·埃克尔，还有库克代理机构的好心人，是你们决心冒险一试；感谢丹·里德——我们的好朋友和杰出的书商，感谢他发现并与我们分享晦涩难懂的书籍；感谢宝拉·古兰，感谢她那宝贵的友谊；优秀的迈克尔·莫考克，感谢他一直以来的支持，也感谢他多次为我们指明了正确的方向；感谢不停地向我们伸出援手、总是给我们带来微笑的特蕾莎·高尔丁；感谢理查德·斯科特帮我们找到了几个故事；感谢弗里兹·弗伊帮我们穿过许可的迷宫；感谢爱德华·高文的专业知识和翻译才能；感谢帮助过我们的编辑们，包括约翰·约瑟夫·亚当斯、杰斯·德·弗里斯、加文·格兰特、阿丽莎·克拉斯诺斯坦、塞缪尔·蒙哥马利-布林、比尔·谢弗和乔纳森·斯特拉罕；我们也要感谢泰勒·欧文和发酵酒吧里的好人们，他们为我们的大脑和身体提供了养分！最后，要感谢我们的编辑助理多米尼克·帕里西恩和泰莎·库姆，感谢他们和我们一起开始了这次冒险并让我们保持理智。如果没有你们，我们是无法完成的。

关于编辑和非小说散文的贡献者

二十五年来，雨果奖得主安·范德米尔和世界奇幻奖得主杰夫·范德米尔一直在穿越过去，为几代读者带回令人难以置信的故事。他们最近出版的《怪诞：古怪与黑暗的故事简编》用一本七十五万字、一千二百页的巨著，涵盖了一百年以来的怪诞小说。范德米尔夫妇还编辑了《蒸汽朋克》和《新奇葩》等标志性作品，被认为是这些流派的权威。最近出版的其他书籍还包括《萨克雷·T.兰姆谢德的珍奇柜》和《奇幻动物的真实指南》。这对"文坛强人"曾在美国国家公共广播电台、天气频道、Wired.com和《纽约时报》的图书博客上撰文。他们一起或分别在世界各地做过主题演讲，包括麻省理工学院、国会图书馆和乌托邦者电影节。他们还被请去为暴雪娱乐（魔兽世界）等公司举办创意研讨会，并帮助运营沃福德学院的"共享世界"，这是一个独特的科幻/奇幻青少年写作训练营。安曾担任《怪谭》的主编五年，目前是Tor.com的咨询编辑。她最近还编辑了《蒸汽朋克III：蒸汽朋克革命》。杰夫最近出版的《奇迹之书》是世界上第一本视觉导向的写作书籍。改编自他的《遗落的南境·湮灭》的电影《湮灭》已于2018年在中国上映。范德米尔一家住在佛罗里达州的塔拉哈西，有四只猫和两万本书。

杰森·海勒是另类历史小说《塔夫脱2012》的作者，因在《克拉克世界》杂志的工作而获得雨果奖提名。他也是洋葱网出版的在线杂志《视听俱乐部》的撰稿人和前编辑。此外，他的小说和非小说作品已经出现在《派思杂志》《西比尔的车库》《怪诞故事》《另类出版社》、Tor.com等上面。他住在丹佛，在那里，他为朋克乐队演奏，并让他的学习写作的学生们听鲍勃·迪伦的音乐。

莱恩·约翰逊是一位获奖作家和导演，他的电影包括《追凶》《布鲁姆兄弟》和《环形使者》（穿越电影）。他住在洛杉矶。

泰莎·库姆的作品曾出现在《荣光：进化、行李、大怪兽、ASIM》等多部作品中。2005年她毕业于南克拉丽奥，曾是《怪谭》的编辑助理，并接受安·范德米尔的指导；现在，她是一名自由编辑，住在墨尔本。

斯坦·拉夫是一位行星科学家、美国宇航局宇航员，也是一位终生的科幻小说迷。他拥有哈维穆德学院物理学学士学位以及华盛顿大学天文硕士和博士学位；哈维穆德学院用犀牛教授相对论。根据他的专业背景和作为航天飞机机组人员的经验，他经常就太空科学和探索发表公开演讲。拉夫博士支持推理小说和科学技术之间能相互作用的观点，前者能想象更好的未来，后者能使它们成为现实。

多米尼克·帕里西恩是一位住在魁北克蒙特利尔的法国自由主义者。他拥有渥太华大学英语文学硕士学位。他的诗歌已经出现或即将出现在《妖精果》《石头故事》《神话谵语》《震动图腾》《奇异地平线》和《十七号超正方体》等出版物中。多米尼克为图书《狡猾的家伙》提供编辑支持，并曾是《怪谭》的编辑助理。

吉纳维芙·瓦伦丁的第一部小说《机械》获得2012年克劳福德奖，并获得星云奖提名。她的第二部作品《翠鸟俱乐部的女孩们》于2014年由阿特里亚出版。她的短篇小说获得了世界奇幻奖和雪莉·杰克逊奖的提名；她的故事发表在《克拉克世界》《奇异地平线》《神话艺术杂志》等刊物上，还发表在《联邦文集》《活死人2》《死后》《牙齿》等刊物上。她的非小说作品已在NPR.org、《奇异地平线》、io9.com、《怪谭》和Tor.com上发表，她还是流行文化书籍《极客智慧》的合著者。

　　游朝凯凭借短篇小说《三等超级英雄》获得美国国家图书基金会颁发的"5位35岁以下杰出作家"奖。他的第一部小说《科幻宇宙生存指南》是《纽约时报》的著名作品，并被《时代》杂志评为2010年最佳书籍之一。他的新书《对不起，请，谢谢》被《旧金山纪事报》评为年度最佳书籍之一。他住在圣莫尼卡。

授权声明

Press).

C.J. Cherryh: 'The Threads of Time' by C.J. Cherryh, copyright ©
1978 by C.J. Cherryh. Originally published in *Darkover Grand Council
Program Book IV* (1978), and *Visible Light* (1986).

John Chu: 'Thirty Seconds From Now', copyright © 2011 by John
Chu. Originally published in *Boston Review* (2011).

Peter Crowther: 'Palindromic', copyright © 1997 by Peter
Crowther. Originally published in *First Contact* (edited by Martin
Greenberg and Larry Segriff).

Rjurik Davidson: 'Domine', copyright © 2007 by Rjurik Davidson.
Originally published in *Aurealis #37* (March 2007).

Greg Egan: 'The Lost Continent', copyright © 2008 by Greg Egan.
Originally published in *The Starry Rift* (ed. Jonathan Strahan/Viking
Penguin 2008), *Oceanic* (UK), and *Crystal Nights and Other Stories*
(Subterranean, 2009).

William Gibson: 'The Gernsback Continuum', copyright © 1981
by William Gibson. Originally published in *Omni* magazine.

Karen Haber: '3 RMS, Good View', copyright © 1990 by Karen
Haber. Originally published in *Asimov's Science Fiction Magazine* (Dec
1990).

Nalo Hopkinson: 'Message in a Bottle', copyright © 2004 by Nalo
Hopkinson. Originally published in *Futureways* (New York's Whitney
Museum and Arsenal Pulp Press).

Langdon Jones: 'The Great Clock', copyright © 1966 by Langdon
Jones. Originally published in *New Worlds Quarterly* (March 1966).